"十三五"国家重点图书、音像、
电子出版物出版规划项目

国家一流学科外国语言文学建设项目
上海文教结合"支持高校服务国家重大战略出版工程"
上海外国语大学重大科研项目

"美国文学专史系列研究"

李维屏 主编

乔国强 副主编

美国女性小说史
A History *of* American Women's Fiction

李维屏　程汇涓 等著

上海外语教育出版社
外教社 SHANGHAI FOREIGN LANGUAGE EDUCATION PRESS

图书在版编目(CIP)数据

美国女性小说史/李维屏等著. —上海：上海外语教育出版社,2020
(美国文学专史系列研究)
ISBN 978-7-5446-6406-6

I. ①美… Ⅱ. ①李… Ⅲ. ①妇女文学-小说史-研究-美国
Ⅳ. ①I712.074

中国版本图书馆 CIP 数据核字(2020)第 056425 号

出版发行：**上海外语教育出版社**
　　　　　（上海外国语大学内）　邮编：200083
电　　　话：021-65425300（总机）
电子邮箱：bookinfo@sflep.com.cn
网　　　址：http://www.sflep.com
责任编辑：潘　敏

印　　　刷：上海信老印刷厂
开　　　本：635×965　1/16　印张 31.75　字数 518千字
版　　　次：2020 年 10 月第 1 版　2020 年 10 月第 1 次印刷
印　　　数：1 100 册

书　　　号：ISBN 978-7-5446-6406-6
定　　　价：99.00 元

本版图书如有印装质量问题, 可向本社调换

质量服务热线：4008-213-263　电子邮箱：editorial@sflep.com

总　序

　　美国文学的历史在不同的国家具有不同的身份特征和学术意义。在美国本土,它具有从文学层面反映国民意识、书写历史和建构文化身份的意义。而在中国,它主要是作为"外国文学史"的一个重要分支得到关注,其历史概貌、演变过程、艺术特征和美学价值无疑是中国学者研究的重点。然而,文学史研究往往以其坚定的步伐向纵深发展,它不但会在宏大叙事的催化下实现全方位的推进,而且也会在学术研究深化过程中出现专题的分割。近几年来,国内文学专史和文类史研究的不断繁衍便是一个例证。文学史研究在日趋理论化、专业化和多元化的氛围中必然会出现学术的分化,以及视角的变化与调整。因此,"美国文学专史系列研究"既是从文学历史的宏大叙事向文学历史专题梳理和研究的演变,也是对传统文学史研究的一种补充,又是美国文学史研究范式的一种更新。

　　文学专史研究是文学通史或全史研究的一种繁衍,也是当前学术多元化和专业化的必然结果。然而,即便在美国本土,高水平、有影响力的美国文学专史研究成果也十分罕见。美国文学史研究的主要标志性成果包括 1917 年出版的《剑桥美国文学史》(*The Cambridge History of American Literature*)、1948 年出版的由罗伯特·斯皮勒(Robert Spiller)主编的《美国文学史》(*Literary History of the United States*)以及 1988 年出版的由埃默里·埃利奥特(Emory Elliot)主编的《哥伦比亚美国文学史》(*Columbia Literary History of the United States*)。这三部大作分别出版于 20 世纪初期、中期和后期,不仅代表了美国学者在各个时期的批评意识、学术观点和理论发展,而且也反映了他们对美国文学历史的不同理解和把握。但迄今为止,美国文学专史的研究,在美国本土似乎依然处于蓄势待发阶段,有价值、有世界影响的论著还在路上。我国的"美国文学史"研究发轫于 20 世纪 80 年代初的改革开放之后。30 多年来,我国学者纷纷提笔书写美国文学历史,以中国学者所持的独特目光来审视美国文学的历史概貌和发展轨迹,揭示其内在逻辑并阐述其艺术价值。其间,

出现了多部精湛而又各具特色的美国文学史作,包括通史、断代史和文类史。其中具有代表性的通史当属刘海平、王守仁主编的四卷本《新编美国文学史》(2000,2002,2003)和常耀信的《美国文学史》(1998),断代史有杨仁敬的《20世纪美国文学史》(2000),文类史有郭继德的《美国戏剧史》(1993)和毛信德的《美国小说发展史》(2004)等。此外,国内学者还撰写了多部断代文类史作,如汪义群的《当代美国戏剧》(1992)和张子清的《二十世纪美国诗歌史》(1995)等。显然,这些学者不仅为我国的美国文学史研究奠定了重要的基础,而且也为美国文学史研究视角的变化和学术范式的转型创造了良好的条件。

"美国文学专史系列研究"旨在对美国文学某些领域的历史(即文学思想、批评理论和文学类型)进行深入系统的专题研究。它包括《美国文学思想史》《美国文学批评史》《美国短篇小说史》《美国女性小说史》和《美国印第安文学史》五部分散独立、自成体系的学术专著。它并不是通常由多本平分史料、均衡编排并按时间顺序介绍文学运动、流派、作家及作品的基本情况,虽面面俱到却无法深究的文学史作简单汇编而成的"丛书"。概括地说,它是对美国文学五个领域的发展历史的全面考察和深入研究。笔者之所以选择对这五个领域的历史进行专题研究,一个重要的原因是国内相关的研究较为薄弱,类似的论著尚未出现。笔者以为,美国文学专史研究不仅有助于对文学分支的系统梳理和整体把握,而且也有助于对其内涵、特征及价值体系的深度探讨。

"美国文学专史系列研究"是继笔者主编的"英国文学专史系列研究"(五卷)发表之后对美国文学展开的一次较大规模的专史研究和学术探索。尽管我们现在很难断言这种研究是否会引起更多学者的关注和兴趣,但它应该是一条有意义的、值得尝试的学术路径。一个重要的理由是,它不仅使我们以中国学者所持的独特目光来审视美国文学分支的历史概貌和价值体系,而且还客观反映了国内美国文学研究领域的新模式、新概念、新视角和新观点。

李维屏

2016年10月

于上海外国语大学

本书作者及分工

李维屏　（上海外国语大学教授、博士生导师）设计、立项、总序、前言、第一章、审稿、定稿

程汇涓　（上海外国语大学副教授、硕士生导师）第五章、第十章、大事年表、统稿

魏小梅　（河南科技大学副教授、硕士生导师）第二章、第四章

张秀丽　（上海大学讲师、硕士生导师）第七章、第八章

陈　豪　（上海对外经贸大学讲师）第九章

沈晓红　（上海外国语大学讲师）第六章

周　怡　（上海外国语大学副研究员、硕士生导师）第三章第一、六、七节

许原雪　（上海外国语大学图书馆馆员）第三章第二、三、四、五节

陈天雨　（上海外国语大学博士生）作家作品中英文对照表、主要参考文献

前　言

　　翻开著名文学史家马库斯·坎利夫（Marcus Cunliffe，1922—1990）撰写的《美国的文学》（*The Literature of the United States*，1975）一书，女性作家寥若晨星。目录中仅列出艾米莉·狄金森（Emily Dickinson，1830—1886）、伊迪丝·华顿（Edith Wharton，1862—1937）和格特鲁德·斯泰因（Gertrude Stein，1874—1946）三位女作家，而其中狄金森是作为诗人与其他几位"低调"（Minor Key）的作家一起讨论。无独有偶，在长达一千多页的《哥伦比亚美国文学史》（*Columbia Literary History of the United States*，1988）中，也仅有"女作家和新女性"和"两次世界大战之间的妇女作家"两小节，总共不足 40 页。也许在以男性为主体的文学史家和文学批评家们看来，女性创作的文学作品只是旁枝末节，只是对辉煌的文学历史起着点缀的作用。著名文学批评家伊恩·瓦特（Ian Watt，1917—1999）在《小说的兴起》（*The Rise of the Novel*，1957）一书中对笛福（Daniel Defoe，1660—1731）、理查逊（Samuel Richardson，1689—1761）和菲尔丁（Henry Fielding，1707—1754）等男性作家的小说做了深入的探讨，而对简·奥斯汀（Jane Austen，1775—1817）的小说只是一笔带过。在瓦特看来，尽管 18 世纪的英国小说大部分是由女性写的，但这在很长一个时期内依然只是一种数量上的优势。显然，无论在美国还是在英国，女性作家都遭受了男性批评家的贬抑和漠视，女性小说未能得到应有的认识和肯定。

　　那么，美国女性小说家在文学史上究竟扮演了怎样的角色？她们的作品对整个美国文学体系的建构究竟做出了何种贡献？是否有必要专门为美国女性小说撰写一部史作？纵观美国文学的发展历程，我们不难发现，早在"新大陆"开发时期，一些知识女性便开始习作练笔；她们几乎与男性作家同时投入小说创作，以生动的笔触描写了当时的生活现实，而且她们的创作能力并不亚于男性作家。随着美国独立战争的胜利，知识女性纷纷步入文坛，从而开始有效地建构美国女性小说的体系和传统。19

世纪下半叶,美国女性主义小说的顽强崛起为女性小说的发展起到推波助澜的作用。凯特·肖班(Kate Chopin,1850—1904)、伊迪丝·华顿和薇拉·凯瑟(Willa Cather,1873—1947)等作家的小说不仅充分展示了女性的现代意识和艺术想象力,而且还以坚定和自信的步伐步入了经典的行列。20世纪是美国女性小说创作空前活跃的时代。随着美国文学的第二次繁荣,美国文坛涌现一批出类拔萃的女性作家,并推出了大量名垂青史的经典力作。格特鲁德·斯泰因、凯瑟琳·安·波特(Katherine Anne Porter,1890—1980)、赛珍珠(Pearl Buck,1892—1973)和托尼·莫里森(Toni Morrison,1931—2019)等人无疑是20世纪美国女性小说家中的佼佼者,其中还有诺贝尔文学奖获得者。显然,美国女性小说不仅有自己的属性和传统,而且无可争议地拥有一个值得夸耀和谱写的历史。

《美国女性小说史》旨在全面追溯美国女性小说的发展轨迹,系统梳理其基本类型,并充分提示其特征和发自女性作家内心的声音。女性文学之所以成为"她们自己的文学"(a literature of their own),那是因为它长期被忽略、埋没或被视为一种"亚文化"的产物。正如《她们自己的文学》(*A Literature of Their Own: British Women Novelist from Brontë to Lessing*,1977)的作者伊莱恩·肖瓦尔特(Elaine Showalter,1941—   )所说,"成熟的女性写作不再是亚文化的一部分,而是可以毫无痕迹地融入文学主流之中"。时至今日,美国女性小说已经发展到了相当成熟的境地,不再仅仅是"她们自己的文学",而女性作家的追求也早已超出了争取"一间自己的屋子"(a room of one's own)的目标。从某种意义上说,以中国学者特有的目光来考察美国女性小说的来龙去脉,并用我们的话语来建构其传统和评价其地位,既是这一文类的需要,也是当今文学史研究的需要。在肖瓦尔特看来,尽管20世纪末女性作家已经拥有了"一间自己的屋子",而它也不再像达洛维夫人住的阁楼一样被视为一座坟墓,但女性小说家获得的"一间自己的屋子"似乎依然不在当今文学世界的中心。英国女性小说家如此,美国女性小说家同样如此。因此,由对当代美国文学研究动态十分敏感的中国学者撰写一部《美国女性小说史》不仅具有学术意义,而且也在情理之中。

本书系统地阐述了美国女性小说的演变过程,既全面考察了影响其发展的历史背景和文化氛围,又深入探讨了各个历史时期杰出女性作家与作品的思想主题、创作题材、艺术手法和美学价值。同时,本书还论述了美国现代女性主义文学批评理论的发展、女性写作风格和女性小说的美学接受等问题。本书不仅对美国历代重要女性小说家描写女性的社会角色和命运以及反映女性身份和意识的形式做了深入探讨，而且也对这一小说体裁的政治内涵、社会意义和历史作用进行了客观的分析。从某种意义上说，全面勾勒美国女性小说史的概貌只是本书的基本目标，而更重要的是作者在阐述美国女性小说的发展过程时表现出了一定的问题意识，对这一小说体裁中出现的一些问题和现象予以自觉的关注。

　　《美国女性小说史》是上海市外国语言文学Ⅰ类高峰学科建设项目和上海外国语大学重大科研项目"美国文学专史系列研究"的子项目。本书的其他几位作者全是高校从事英美文学教学与研究的优秀学者。由于美国女性小说在国内尚未得到系统梳理，许多作家和作品还未得到深入发掘和研究，加之部分作家的参考资料匮乏，因此书中难免会有疏漏或误读之处，还望读者不吝指教。

李维屏

2019 年 4 月

于上海外国语大学

目　录

第一章　美国女性小说的诞生 ………………………………………… 1

　第一节　美国女性小说的社会基础 …………………………………… 2

　第二节　美国女性小说的文学渊源 …………………………………… 4

　第三节　美国女性小说的诞生 ………………………………………… 9

第二章　19 世纪上半叶美国女性小说 ………………………………… 19

　第一节　萨拉·约瑟法·黑尔：成功的女主编 ……………………… 21

　第二节　凯瑟琳·玛丽亚·塞奇威克：新英格兰故事的讲述者 …… 25

　第三节　凯罗琳·李·亨兹："家庭小说"的创作者和推广者 …… 30

　第四节　安·索菲娅·斯蒂芬斯："廉价小说"鼻祖 ………………… 34

第三章　19 世纪下半叶美国女性小说 ………………………………… 41

　第一节　哈里耶特·比彻·斯托：一本书改变美国历史的女

　　　　　作家 ……………………………………………………………… 44

　第二节　苏珊·沃纳：未能彻底超越传统的叙述者 ………………… 51

　第三节　E. D. E. N. 索思沃思："弃妇传奇"的讲述者 …………… 57

　第四节　伊丽莎白·斯托达德：女性欲望的正面书写者 …………… 64

　第五节　路易莎·梅·奥尔科特：影响世界的"小妇人" …………… 70

　第六节　奥古丝塔·埃文斯·威尔逊：首位获 10 万美元版

　　　　　税的女作家 ……………………………………………………… 77

　第七节　莎拉·奥恩·朱厄特：承上启下的女性主义作家 ………… 88

第四章　现代美国女性主义小说 ……………………………………… 95

　第一节　凯特·肖班：女性主义文学的先驱 ………………………… 97

第二节　夏洛特·珀金斯·吉尔曼：美国女性乌托邦文学的
　　　　先驱 ………………………………………………… 103

第三节　伊迪丝·华顿："老纽约"系列小说代言人 …………… 112

第四节　薇拉·凯瑟：女性拓荒小说的先驱 …………………… 120

第五节　苏珊·格拉斯佩尔：跨界女才子 ……………………… 128

第五章　20世纪上半叶美国女性小说 ……………………… 141

第一节　格特鲁德·斯泰因：先锋派女性小说 ………………… 142

第二节　埃德纳·费伯：中产阶级女性历史小说 ……………… 151

第三节　玛格丽特·米切尔：女性的南北战争小说 …………… 157

第四节　凯瑟琳·安·波特：女性区域短篇小说 ……………… 163

第五节　赛珍珠：异乡女作家的"中国小说" ………………… 170

第六节　苔丝·斯莱辛格：左翼知识女性小说 ………………… 179

第六章　20世纪美国非裔女性小说 ………………………… 191

第一节　佐拉·尼尔·赫斯顿：黑人女性文学之母 …………… 192

第二节　安·佩特里：双重文化视角下的北方叙事 …………… 201

第三节　托尼·莫里森：黑人文学史上的"摩西" …………… 209

第四节　艾丽丝·沃克：寻找母亲花园的勇士 ………………… 217

第五节　其他非裔女性小说家 …………………………………… 225

第七章　美国南方女性小说 ………………………………… 243

第一节　艾伦·戈尔森·格拉斯哥：弗吉尼亚社会史的书写者 … 245

第二节　伊丽莎白·马多克斯·罗伯茨：肯塔基历史的书写者 … 256

第三节　尤多拉·韦尔蒂：美国南方记忆的书写者 …………… 261

第四节　卡森·麦卡勒斯：人类孤独的书写者 ………………… 274

第五节　弗兰纳里·奥康纳：美国南方怪诞的书写者 ………… 289

第八章　20世纪下半叶美国女性小说 ……………………… 311

第一节　玛丽·麦卡锡：孤独的反叛者 ………………………… 312

第二节 辛西娅·奥齐克：犹太困境的书写者 ················ 321

第三节 乔伊斯·卡罗尔·欧茨：当代美国社会的全景勾勒者 ····· 334

第四节 其他女性小说家 ·························· 351

第九章 当代美国华裔女性小说 ······················· 367

第一节 汤亭亭：开辟中西文化的中间地带 ··············· 369

第二节 谭恩美：母女关系与身份传承 ················· 378

第三节 任璧莲：从华裔到混裔的转向 ················· 387

第四节 其他华裔女性作家 ······················· 395

第十章 美国女性小说艺术、理论与批评 ··················· 403

第一节 美国女性小说的文化特征 ··················· 404

第二节 美国女性小说艺术探析 ···················· 415

第三节 美国女性小说理论与批评概述 ················· 421

附录一 美国女性小说大事年表 ······················· 433

附录二 作家作品中英文对照表 ······················· 457

附录三 主要参考文献 ····························· 473

第一章

美国女性小说的诞生

  美国女性小说代表了美国历史上女性作家的艺术灵感和文学成就,同时也是美国小说的重要组成部分。尽管美国小说直到 19 世纪中叶才作为一种公认的文学样式开始步入经典化的历程,但美国女性小说的历史几乎可以追溯到 17 世纪"新大陆"的开发与殖民时期。事实上,美国女性小说不仅是美国历史上最早问世的文学作品之一,而且与美国小说的演变过程密切相关,对整个美国小说体系的建构产生了重大的影响。甚至有美国学者认为,"早期美国小说体现了一种非常明显的感伤主义女性话语"(a predominantly female discourse of sentimentalism)。[①]如果这一观点成立,那么它反映了早期女性作家对欧洲(尤其是英国)的殖民统治和强势文化的忧虑伤感和不满情绪。换言之,美国女性作家早在"新大陆"开发和殖民时期就通过小说的形式发出了自己的声音。然而,作为一种具有作家性别特征的散文叙事文学体裁,美国女性小说的形成和发展既有其自身的客观规律,又与美国社会和文化的变化息息相关。

  像其他文学体裁一样,美国女性小说的诞生和发展不是一种孤立或自发的文学现象,而是有赖于一定的基础。从某种意义上说,构成美国女性小说(乃至整个美国文学)形成与发展的基础主要有两大因素,即从"新大陆"殖民到独立的社会变革和异域文学在美洲大陆的流传与影响。基于这种特定的社会现实和文化氛围,美国女性小说像其他文学体裁一样,经历了一个从原始到成熟的发展历程。无论我们如何评价美国女性小说的历史作用、社会影响和艺术价值,可以肯定的是,它通过文学形象真实而生动地反映了历代美国女性的境遇、情感和命运。

第一节
美国女性小说的社会基础

　　美国的历史很短，独立战争胜利至今不到 240 年。尽管很久以前生活在这块土地上的印第安人已经有了讲故事的兴趣，但真正意义上的小说直到美利坚合众国成立之后才得以问世。据史料记载，"在 1789 年至 1800 年之间，大约 30 部美国人撰写的小说在美国出版，而那时的美国与现在有很大的区别"。[②] 事实上，在独立战争胜利之前，美国小说尚处于萌芽期，而女性小说不仅数量极少，而且还只是小说的雏形，离真正意义上的小说还相去甚远。尽管如此，独立战争胜利之后的新兴政治、经济和文化环境为美国女性小说的形成奠定了重要基础。

　　应当指出，包括女性小说在内的整个美国文学诞生在一个非常独特的环境中。这种环境与英国、法国、德国、意大利或其他国家的环境迥然不同。这些国家不仅拥有自己的文化、语言、统一治理国家的政府和法律以及具有国际影响力的大都市，而且还有辉煌的文化传统。"它们在本质上构成了国家的身份、声音和政策，概括地说就是国民性。而这种优点我们（美国人）几乎是完全缺乏的。"[③] 作为被"发现"继而被殖民的"新大陆"，美国为文学创作提供了一种非常独特的社会基础。杰弗逊总统曾将独立战争后的美国描述为"一个地理位置遥远、人口和宗教信仰差异极大，且各州主要因共同反抗专制而联合起来的国土"。[④]

　　然而，杰斐逊所描写的美国仅仅是一位政治家眼中的国土，美国社会的真实情况则更加琐碎而复杂。在这片原始而辽阔的"新大陆"中求生存、谋发展的既有来自英国的清教徒，也有来自西班牙、葡萄牙、法国等欧洲国家的移民。这不仅是一个文化多元、观念碰撞、声音杂糅的"新世界"，而且还是一个物质基础薄弱、生存条件极差的环境。一方面，随着各国移民的纷纷涌入，加之源源不断的黑奴贩运，各地的文化、习俗、观念和生活方式也像形形色色的商品、用具和物资那样在"希望之乡"交汇、冲突与融合，呈现出一个多声部的"新世界"。另一方面，人们在这片陌生的土地上探险、开发和创业，为生存和发展而艰苦奋斗。女性当然也不例外，她们也像男性一样承担着繁重的体力劳动,为家庭和孩子不辞辛劳。应该说,这既是大多数历史学家、社会学家和文学批评家眼中的"新世界",也是美国女性小说乃至整个美国文学的社会基础,就是在此基础上诞生了未来的美国文学。

引人注目的是,独立战争胜利后,美国社会的急剧变化对小说创作产生了强烈的催化作用。原先为生存或改变物质条件而奋斗的女性,尤其是知识女性,开始有了精神诉求。尽管她们依然承担着繁重的体力劳动,过着简朴甚至清苦的生活,但她们开始关注自己的社会地位和角色,纷纷追求个人的自由权益和价值。独立战争的胜利不仅强化了女性的政治意识和社会责任感,而且也为她们提供了更大的发展空间。尽管独立战争前后的美国人依然远离文明中心,日夜为衣食住行操劳,但包括一些才华横溢的知识女性在内的作家们却开始考虑诸如国家前途、民族命运和社会发展之类的严肃问题。不管他们是否真正喜欢这个"希望之乡",他们对生活的体验和对"新世界"的感受已经在其作品中得到真实的描写。独立战争胜利后的美国社会面临了多重维度的转型乃至重构,这不仅为小说家提供了丰富的创作素材,而且极大地激发了女性作家的创作热情,使她们纷纷登上了这一新兴国家的文坛。

与许多历史悠久、文化发达的西方国家相比,新兴的美国似乎为女性小说的创作提供了更加适宜的环境。这主要体现在以下三方面。首先,独立战争胜利之后,美国的造纸、印刷、出版和运输等行业得到了长足发展。随着工业技术的发展,与小说相关的造纸、印刷和书籍装订技术也不断革新,尤其是轮转式印刷机和性能良好的装订机的发明极大地提升了印刷品出版的效率,降低了书籍的成本,加之美国邮政部门对书籍邮寄实行优惠价格,所有这些变化无疑都有利于小说的创作与出版。其次,在社会经济发展进程中出版商对女性作家有了更多认同与接纳。"在一个做生意已经成为一切的社会中,出版家既有理想主义的一面,同时又是抓紧一切机会赚钱的生意人,他向人们提供他们喜欢阅读的报纸、杂志和书籍。"⑤在出版商看来,女性作家以其独特的视野、灵感和对生活的体验撰写的作品,无论从销售的角度还是从受欢迎的程度来看,都不亚于男性作家的作品。因此,"对于那些雄心勃勃的女作家,他们总是以认真的态度评论她们的作品并报之以尊敬。"⑥此外,美国社会女性读者队伍的快速扩大也在一定程度上激励了女性的创作热情。美国早期的小说读者大都是有钱、有闲和有教养的绅士。随着独立战争的胜利和社会民主化进程的

加快,女性和青年获得了更多接受教育的机会,其文化水平有了显著提升。"到了 19 世纪,有教养的绅士读者在美国越来越少……填补这个空缺的是数量巨大的妇女和青年人,他们成为 19 世纪美国文学作品的主要读者。"⑦从某种意义上来说,女性读者群体的扩大对女性小说的发展产生了强烈的催化作用。

综上所述,美国女性小说的形成和发展基于美国独立战争胜利后的新兴政治、经济和文化环境。这种环境不仅客观反映了摆脱殖民统治之后美国女性的平等意识和自由精神,而且也为女性作家的崛起和女性小说的发展奠定了重要基础。今天,无论我们如何评价女性小说形成的社会基础,可以肯定的是,它在一定程度上摒弃了殖民时期社会对女性作家的歧视和偏见,为女性小说创作提供了适宜的空间,并促成日后知识女性纷纷加入作家队伍这一社会现象的出现。

第二节
美国女性小说的文学渊源

作为美国整个文学体系的重要组成部分,女性小说不但经历了一个从原始到成熟的发展过程,而且还具有自身的艺术特征和发展规律。然而,更重要的是,像美国其他文学体裁一样,女性小说的形成也不是一种孤立或自发的文学现象,而是与其他文学样式分享着同一份珍贵的文化遗产,具有同一个文学渊源。就总体而言,美国女性小说的文学渊源出自两个领域:一是早期在"新大陆"广为流传的英国小说,二是产生于美国本土的早期散文叙事文学。像美国早期的男性作家一样,女性作家不仅富有灵感和想象,而且也博览群书,熟谙经典,对构成其习作练笔和自我表白基础的传统文学情有独钟。从某种意义上说,早期在"新大陆"流传的经典文学作品不仅成为当时知识女性的精神食粮,而且也极大地提升了她们的文学修养,激发了不少富有才华的女性的创作兴趣。

早期英国文学作品在"新大陆"的传播与影响对美国女性小说的诞生具有一定的促进作用。自英国清教徒于 17 世纪初开始在美洲大陆建立殖民地起,文艺复兴时期问世的英国文学作品便在移民中开始传阅,其影响在这片荒凉的土地上逐渐显现。当时在"新大陆"流传的英国叙事作品不少出自毕业于剑桥和牛津的"大学才子"（the University Wits）之手，"是一种崭新的、自觉的文学样式"。⑧尽管人们对这种初来乍到的文学作品了解甚少，但它不仅给那些在异常艰苦的环境中生活的欧洲（尤其是英国）移民带来了精神上的享受，而且也为那些喜欢写作的女性提供了不可多得的范例。同时，莎士比亚（William Shakespeare，1564—1616）的剧本、斯宾塞（Edmund Spenser，1552—1599）的《仙后》（*The Faerie Queene*，第一部分 1590，第二部分 1596）和弥尔顿（John Milton，1608—1674）的《失乐园》（*Paradise Lost*，1667）等经典文学作品也在殖民地居民中广为流传，"上述神话的文学表现也是他们的共有财产"。⑨英国经典文学作品的谋篇布局和人物塑造对美国女性作家从事小说创作具有一定的借鉴意义。

　　当然，对美国女性小说的诞生起到直接催化作用的莫过于在"新大陆"流传的早期英国小说。自 18 世纪 30 年代起，约翰·班扬（John Bunyan，1628—1688）的《天路历程》（*The Pilgrim's Progress*，上半部 1678，下半部 1684），阿弗拉·班恩（Afra Behn，1640—1689）的《奥隆诺科》（*Oroonoko*，1688），丹尼尔·笛福（Daniel Defoe，1660—1731）的《鲁滨逊漂流记》（*Robinson Crusoe*，1719）和斯威夫特（Jonathan Swift，1667—1745）的《格列佛游记》（*Gulliver's Travels*，1726）等小说几乎达到了家喻户晓的程度。早期英国小说在美洲大陆的流传不仅体现了大西洋两岸传统与文化的关联性，而且也为美国小说创作奠定了必要的基础。在早期英国小说中，班扬的宗教寓言小说《天路历程》对"新大陆"的清教徒产生了极大的影响。尽管"宗教印刷材料在北美具有悠远的历史，并且在独立革命和南北战争期间渗透了这个新兴国家的文化"，⑩但《天路历程》无疑是"新大陆"移民（尤其是清教徒）爱不释手的读物，因为它不仅是一部以宣传教义和道德感化为目的的宗教寓言小说，而且也是一部技艺精湛的文学作品。它从基督教教义和经验主义认识论两个方面为生活在美洲大陆的小说家们提供了一个范例，同时对美国早期小说的创作产生了重要影响。一是其深刻的宗教主题。这部小说在向读者传达人类原罪意识的同时，还强调赎罪的重要性和艰巨性。显然，这一主题在清教主义流行的美洲大陆是备受欢迎的。二是其现实主义创作风格。《天路历程》脱离了以往罗曼司的传统轨迹，描写的是平民百姓而不是贵族骑士，反映的是日常生活而不是繁文缛节。"他（班扬）用现实主义取代浪漫主义。虽然他坚持了理想主义的观念，但他描写这种生活时从不淡化其中的困

难。"①三是其别具一格的创作技巧。作者巧妙地采用了当时的作家还不太擅长的第一人称梦境形式来叙述故事,正如小说的副标题"从这个世界到未知的世界,以梦境的形式加以表现"所示。显然,这种叙述手法对美国早期女性作家具有一定的启示作用,因为当时她们撰写的叙事性作品中第一人称视角层出不穷。从某种意义上说,《天路历程》作为早期在"新大陆"流传甚广的一部宗教寓言小说,为当时尝试创作的知识女性提供了一个杰出范例。

引人注目的是在"新大陆"最早流传的英国小说中,阿弗拉·班恩的代表作《奥隆诺科》似乎对当时的美国女作家具有一定的启示作用。有评论家声称:"《奥隆诺科》是最早的美国小说,因为它是由一个自称在美国生活过的人用英语撰写的一部有关美国的文学作品。"②这部由一位才华横溢的女性创作的小说生动地描述了某个非洲国家的王位继承人奥隆诺科因与国王发生冲突而被押往一个名叫"苏里南"的美洲殖民地当奴隶继而惨遭杀害的故事。有评论家指出,《奥隆诺科》"的确直接反映了奴隶制和英国在海外殖民地的君主统治问题"。③尽管这部小说并非要揭露或抨击残酷的奴隶制度和殖民统治,但作者对这位"皇家奴隶"形象的成功塑造和对故事情节的生动描写足以引发"新大陆"早期女性作家对社会现实的深刻反思和文学想象。

应当指出,在美国小说的文学渊源中,笛福的《鲁滨逊漂流记》也许是对美国早期作家影响最大的小说之一。这部小说的人物形象和创作技巧均使美国早期小说家受到启迪。就人物形象而言,主人公鲁滨逊精力充沛,敢于冒险,乐于进取,在荒岛上历经千辛万苦,以惊人的毅力和智慧为生存而艰苦奋斗。显然,这一人物形象对当时远渡重洋来到"新大陆"艰苦创业的移民具有重要的示范作用,成为众多拓荒者理想中的英雄和崇拜的偶像。就创作技巧而言,《鲁滨逊漂流记》采用的是别具一格的"自传性回忆"创作手法,借主人公之口将其冒险经历和创业过程告诉读者。作者成功地向人们展示了小说如何通过第一人称的自传性回忆反映个人经历。作者本人退出小说而让主人公自己叙述的手法不仅有助于确立自我在小说中的主导地位,而且使作品显得更加真实,更加贴近读者。显然,作者找到了一种有效反映18世纪工业革命初期全面兴起的个人主义创作手法,通过主人公的喉舌表达当时流行的世界观和价值观。从某种意义上说,《鲁滨逊漂流记》在"新大陆"的流行不仅因为当时拓荒者对冒险故事具有浓厚兴趣,而且还因为笛福采用的"自传性回忆"手法取得了极强的艺术效果,为当时喜爱创作的知识女性提供了可资借鉴的样板。

　　此外,在英伦三岛盛极一时的塞缪尔·理查逊(Samuel Richardson,1689—1761)的书信体小说同样在美洲殖民地备受青睐。理查逊的《帕梅拉》(Pamela,1740)和《克拉丽莎》(Clarissa,1748)在"新大陆"不断重印,其中的女性视角无疑对早期美国女性作家具有一定的示范作用。"书信体小说形式构成了那些在遥远的空间里写信的人的思想基础,从而使作家能有效地利用这一跨国界的通信形式。"⑭理查逊认为,书信体小说可以产生"即时创作"(written to the moment)的艺术效果,比用通常的叙事手法写成的小说更真实、更具吸引力。理查逊书信体小说在美国的流行与当时的社会生活和读者文学趣味的变化密切相关。在一个娱乐活动和消遣方式十分贫乏以及通信手段极其落后的年代里,美国百姓对写信情有独钟,民间的书信往来日趋频繁。随着个人主义的不断蔓延,写作逐渐成为表达个人情感和记录人生经历的重要手段。从某种意义上说,在英伦三岛盛极一时的理查逊书信体小说在美国的流行充分反映了这一小说体裁的通俗性和现实性。它不仅"是绅士的书房中不可缺少的"书本⑮,也是知识女性爱不释手的读物,同时对美国早期小说(尤其是女性小说)的第一人称叙事形式的发展具有一定的影响。美国政治家本杰明·富兰克林(Benjamin Franklin,1706—1790)曾在一篇有关文学创作的文章中指出:"约翰·班扬是我所知的第一位采用叙事和对话的作家,这种写作方法使读者颇感兴趣……笛福在《鲁滨逊漂流记》等作品中模仿得很成功。理查逊也一样。"⑯富兰克林不仅是一名杰出的政治家,也是美国历史上一位重要的作家。他的代表作《自传》(Autobiography,1818)在叙述手法上受笛福等作家的影响较深。

　　早期英国小说对美国女性的自我意识和启蒙主义思想的发展具有积极的促进作用。例如,劳伦斯·斯特恩(Laurence Sterne,1713—1768)的《项狄传》(Tristram Shandy,1759—1767)和《感伤的旅行》(A Sentimental Journey,1768)不仅在当时美国中产阶级群体中颇受欢迎,也备受知识女性的青睐。一个重要原因是斯特恩的小说既充满了诙谐、幽默和才智,又生动反映了当时流行的启蒙思想和道德信念。此外,斯特恩在小说中揭示心理现实的艺术手法对女性作家的自传性回忆写作也有所启迪。斯特恩在《项狄传》中向读者展示了一种全新而具有透明度的心理现实,使当时的美国小说家大开眼界。更重要的是,早期英国小说对18

世纪英美之间日趋活跃的"跨大西洋智识互动"(transatlantic intellectual interaction)起到了推波助澜的作用。美国不少女作家也开始了解大西洋彼岸英国的社会现实,通过两地的比较和鉴别,对本土的社会制度和生活方式进行了深刻反思,并"从认识论和伦理学的角度去系统地批判传统的社会等级制度"。⑰毋庸置疑,早期英国小说在美洲大陆的流行在一定程度上促进了美国启蒙主义思想的传播,同时也有助于促进女性意识的觉醒。美国女性从事文学创作的积极性也随之显现。

应当指出,将英国经典文学作品视作包括美国女性小说在内的整个美国文学的主要渊源,这并非否认美洲早期印第安文学对这片土地上文学创作的影响。经过口传和整理的印第安人早期歌曲和故事不仅是美国文学的渊源之一,而且也属于同一个文学历史。尽管早期印第安文学发出的是不同的声音,且与英国经典文学不能互通渊源,但它与美国文学的联系从未中断过,始终是美国文学的组成部分。同样,它与美国女性小说的发展之间也保持着千丝万缕的联系。印第安人在这片辽阔的土地上发出了种种古老而又复杂的声音,留下了种种令人望而却步的语言文字,包括歌谣、祷文、符咒、谜语和故事等等,充分反映出纷繁复杂的土著文化与传统。印第安人在这片广阔而又荒凉的土地上感受生活和大自然力量的同时,也将他们的感受通过"语言"或符号的形式记录下来,传给后人。这便是美国文学的本源。随着历史的变迁和岁月的流逝,印第安原始文字逐渐衰落,不少用文字和符号记录的原始文化和经历令人费解。尽管如此,所有这些都透露出了美国文学的本土色彩和本源信息,构成了印第安女性小说的文学渊源。当然,我们不能夸大古老而又神秘的印第安文学源头对美国女性小说的影响,但它不仅是美国文学的开端,而且也是美国女性小说的文学渊源之一。

除了英国经典文学作品和印第安原始文化遗产之外,构成包括女性小说在内的美国文学的另一个重要文学渊源是灿烂辉煌的古希腊和古罗马的神话典故。像英国文学一样,美国文学也是在西方神话典故和传奇文学的长期影响下形成与发展的。众所周知,古希腊和古罗马拥有大量的神话典故。它们不仅成为整个西方文学发展的重要基础,也极大地激发了早期美国女性小说家的想象力,并使她们产生丰富的艺术灵感和强烈的创作欲望。从某种意义上说,美国女性作家对西方神话的兴趣绝不亚于男性作家。她们像男性作家一样喜欢神话典故中鲜明的人物形象,太阳神阿波罗、智慧女神雅典娜和爱神阿佛洛狄特等魅力无穷的人物,给她们留下了难以磨灭的印象。此外,神话典故大都具有精彩动人的故事情节,如特洛伊战争的故事和奥德修斯漂流沦落的故事都妙趣横生,引人入胜,这无疑会使女性作家受到启迪。除了人物和情节之外,神话典故所反映的价值观念和深刻道理也能获得女性作家的认同。西方神话在描绘神明的力量和被神化的英雄人物的伟绩时,还反映了原始氏族社会流行的意识形态和普遍认同的价值观念。而这种价值观念以及与之相伴的道理对"新大陆"拓荒时期的知识女性具有一定的影响。像英国早期小说家一样,美国早期女性小说家大都是西方神话典故的忠实读者,而且也从中获得了不少艺术灵感和创作素材。

综上所述,美国女性小说的形成在一定程度上受惠于其本土文化遗产的影响以及异域经典文学和神话典故的流传。美国早期女性小说家不仅从其文学渊源中培养了自己的创作兴趣,而且还不时借鉴先辈留下的作品中的人物、情节或框架来构思最初的女性小说,并逐步推进其形成的步伐,从而使这一文学体裁找到了当时赖以生存的基础和未来发展的空间。

第 三 节
美国女性小说的诞生

在美国文学史上存在着这样一个无可争议的事实:女性作家与男性作家几乎同时投身于小说创作。这与英国文学的历史具有明显的区别,而这在其他国家的文学史上也是极为罕见的。在美国文学史上还存在着另一个引人注目的事实:诗歌与小说几乎同时受到女性作家的青睐,而且早期的女性作家在这两个领域均有不俗的表现。例如,安妮·布雷兹特里特(Anne Bradstreet,1612—1672)的诗歌和玛丽·罗兰森(Mary Rowlandson,1637—1711)的散文故事均为美国文学的诞生起到了积极的促进作用。前者是"试图为新世界创造新话语的第一位美国作家",⑬而后者撰写的关于自己和孩子被印第安人关押随后又释放的生动故事则成为17世纪下半叶英美两国的畅销书。上述两个事实表明,作为一个从殖民地上建立起来的新兴国家,美国不仅拥有自己独特的文学历史,而且还

拥有一群杰出的女性小说家。

美国女性小说诞生于一个新建殖民地特殊的历史语境和文化氛围之中。与其他国家的小说发展历史不同,美国女性叙事散文作品并不是发端于美洲大陆的民间口头文学。换言之,土著印第安人的口头文字因语言的巨大差异而无法向早期尝试散文故事创作的知识女性提供有价值的素材。世世代代居住在这片原始土地上的印第安人没有特别成熟的文学传统,仅有的一点口头文学也在逐渐消失。因此,美国早期女性小说乃至美国当时的所有小说是一种被"移植的"(transplanted)的文学品种,是从欧洲尤其是英国传入的一种文学体裁。此外,美国早期女性小说也缺乏应有的文化基础。1700 年以前,美洲大陆既没有一家出版社,也没有一份定期发行的报纸,更没有一个像样的公共图书馆。值得一提的是,美国第一位女性诗人安妮·布雷兹特里特的第一部诗集《在美洲大陆出现的第十位缪斯女神》(*The Tenth Muse Lately Sprung Up in America*,1650)是由她的内兄带到伦敦去印刷出版的。布雷兹特里特早期的诗歌仍然是建立在传统欧洲素材以及历史主题上的。正当人们在美洲新建殖民地艰苦创业时,像布雷兹特里特一样,玛丽·罗兰森、朱迪思·萨金特·默里(Judith Sargent Murray,1751—1820)和苏珊娜·哈斯威尔·罗森(Susanna Haswell Rowson,1762—1824)等女性作家已开始在叙事性散文作品创作方面跃跃欲试,其作品在语言质量和艺术水准上也许都能够与同时代的男性作家媲美。尽管女性在"新大陆"开发初期肩负着各种体力劳动和养育子女的沉重负担,但一些知识女性依然不忘习作练笔,并借此表达自己的情感与思想,或记录生活中的某些重要事件。时至今日,我们对这些知识女性的日常生活仍然了解甚少,只知道她们面临的是一种极其艰苦的生存环境。"荒芜使男人们变得严厉而且沉默不语,孩子不守规矩,仆人也蛮不讲理",[19]因此,当时女人的生活压力之大也就可想而知了。然而,"来到这个国家后……发现一个新世界和许多新习惯"的知识女性在对文学创作很不友好的条件下书写了美国女性小说史的第一篇章。[20]

应当指出,由于美国女性小说诞生于一片亟待开发和建设的辽阔之地,因此其题材和形式也同样处于小说发展的初级阶段。就题材而言,家庭生活、创业致富和冒险经历等是当时女性叙事散文作品中常见的内容。这些题材不仅客观反映了当时的社会现实,而且也与女性作家的审美意识和价值取向密切相关。从某种意义上说,女性也许比男性更加关注家庭生活和创业致富,但她们对冒险故事的兴趣也绝不亚于男性。在"新大陆"开发之际,家庭成员之间的亲善关系以及如何艰苦创业和发家致富无疑具有普遍的现实意义。就形式而言,美国独立战争前后的女性叙事文学作品在谋篇布局和艺术风格上还很不成熟,离真正意义上的现代小说相距甚远。由于当时大西洋彼岸的英国小说家们也正处于探索阶段,尚未取得足够的创作经验,因而在形式上能为美国早期知识女性的小说创作提供的借鉴十分有限。当时的美国女作家们撰写的散文作品形式简陋,风格粗糙,大都近似于日记、随笔、小故事或见闻录。据史料记载,后来的美国文坛巨匠纳撒尼尔·霍桑(Nathaniel Hawthorne,1804—1864)在写给出版商的一封信中,将这些书写散文作品的知识女性称为"涂鸦的女人们"。㉑尽管霍桑不久便收回了这句在激愤中说的话,但这在一定程度上反映了他对处于初级阶段的女性叙事散文作品的评价。

引人注目的是,像简·奥斯汀(Jane Austen,1775—1817)、夏洛蒂·勃朗特(Charlotte Brontë,1816—1855)和乔治·艾略特(George Eliot,1819—1880)等英国女作家一样,美国早期小说家也受到当时男性霸权话语的压制和歧视。熟悉英国小说史的读者大都记得,当《傲慢与偏见》(*Pride and Prejudice*,1813)、《简·爱》(*Jane Eyre*,1847)和《弗洛斯河上的磨坊》(*The Mill on the Floss*,1860)三部经典力作问世时,奥斯汀、勃朗特和艾略特三位女作家不约而同地掩饰了自己的真实身份和姓名。显然,这些才华横溢的女作家不得不以匿名或男性笔名发表作品。这充分反映了父权社会男尊女卑的观念对女性小说家造成的巨大压力。同样,对美国早期女性小说家而言,虽然物质基础和生活条件上的困难已经十分可怕,但世俗的偏见和精神的压力更令人难以承受。例如,莉迪亚·玛丽亚·蔡尔德(Lydia Maria Child,1802—1880)在发表第一部小说《霍波莫克》(*Hobomok*,1824)时有人告诫她:"当一个女人写了第一本书之后就别再指望别人会将她视为淑女了。"㉒蔡尔德无奈之下只能称该书的作者为"一个美国人"(by an American)。㉓"美国文学的女性缔造者们更倾向于回避公众视野和贬低自己的成就。她们往往匿名或以笔名发表作品。"㉔尽管在美国小说发展的最初阶段女性小说并未缺场,但像英国女性小说一样,它自问世之日起便遭到了男权主义的遏制和诋毁。

如果说英国早期小说经历了从口头形式到书面形式、从诗歌体到散文体的演变过程,那么美国小说(包括女性小说)的形成和发展则与社会的不断进化息息相关,同时也是作家认真探索和反复实践的结果。尽管

美国早期女性散文叙事作品也许只是文学海洋中的几朵小小浪花,且有些作品甚至无法归类,但它们无疑构成了美国小说史上令人难忘的一支前奏曲。随着美国社会的不断发展和演变,作为人类意识形态的小说不可避免地对此作出了必要的反应。尽管"新大陆"开发时期的意识形态和社会势力并不鼓励知识女性投身于文学创作,但不少妇女往往会在家里习作练笔,书写人生。她们不但在作品中客观描写殖民时期的环境与生活,而且还经常借人物之口表达自己的写作感受。就总体而言,美国早期知识女性不仅对小说创作表现出比较大的兴趣,而且对自己的写作能力也颇有信心。随着美洲"新大陆"开发过程的不断加快,殖民地规模的进一步扩大,以及生活条件的日趋改善,越来越多的知识女性开始尝试散文叙事文学的创作,从而拉开了美国女性小说的序幕。

在美洲"新大陆"开发时期,为散文叙事作品的发展做出积极贡献的知识女性为数不少,但她们大都已经被人遗忘,只有极少数人有幸被载入史册,其中最杰出的女性作家当属玛丽·罗兰森、苏珊娜·哈斯威尔·罗森和莉迪亚·玛丽亚·蔡尔德。尽管传统观念和男权制度限制了她们的社会作用,但小说创作不仅丰富了她们的精神生活,而且还传达了美国早期文学女性的心声。从某种意义上来说,她们在自己的创作才华和决心得到充分展示的同时,积极推进了当时尚未成为"高级"文学题材的小说的发展与成熟。

玛丽·罗兰森撰写的《玛丽·罗兰森夫人遭绑架和被归还的故事》(*A Narrative of the Captivity and Restoration of Mrs. Mary Rowlandson*,1682)无疑是美国早期女性叙事性散文作品的杰出范例。玛丽·罗兰森夫人是一名虔诚的清教徒,其丈夫是马萨诸塞州西部的一位著名牧师。她和两个孩子于 1676 年被印第安人绑架,遭受侮辱、体罚和多达 20 次的强行押送。后来在当地政府的交涉和帮助下,她终于获释,但她的一个孩子途中不幸遇难,而另一个孩子则下落不明。罗兰森夫人以深沉的笔调详细记载了这次长达近三个月的不幸遭遇。这篇充满紧张气氛和悬念的叙事散文是罗兰森夫人发表的唯一作品,1682 年出版后立即在社会上引起强烈反响,并畅销各地。"她(罗兰森)遭绑架的故事戏剧性地描述了美洲殖民地的种族矛盾和文化冲突,成为美国小说的先兆。"[25]《玛丽·罗兰森夫人遭绑架和被归还的故事》也许是美国女性撰写的最早的叙事性散文作品之一。尽管这部作品在艺术形式上离现代小说的标准相去甚远,但作者对本人不幸遭遇的生动描述为以叙述为主的初创阶段的美国小说提供了样板。

　　像大多数现代小说一样,《玛丽·罗兰森夫人遭绑架和被归还的故事》也具有主人公、叙述者、情节和主题等重要元素。不言而喻,这部作品的主人公是遭印第安人绑架的玛丽·罗兰森夫人,而她的两个孩子以及作品中出现的印第安绑匪和当地政府代表都是次要人物。作品的叙述者为玛丽·罗兰森本人,以第一人称"我"的视角和口吻展开叙述,从而使作品的一个显著特征便是其扣人心弦的故事情节。从玛丽·罗兰森夫人遭绑架到被归还的过程中有大约 20 次押送。每当她被押往一个新的地方,就会引发一系列意想不到的事件。这无疑为作品增添了一定的悬念和紧张气氛,使故事情节引人入胜。此外,像现代小说一样,这部只能算作小说雏形的散文叙事作品也具有鲜明的主题,即美洲殖民地的种族矛盾和文化冲突。这一主题在人物的"善"与"恶"以及"文明"与"野蛮"的行为中得到了充分的展示。显然,这部创作于 17 世纪下半叶的散文叙事作品已经具备了现代小说应有的基本元素和特征。

　　引人注目的是,作为美国小说雏形的一部代表作,《玛丽·罗兰森夫人遭绑架和被归还的故事》体现了美国早期小说的两个重要特征。一是故事描写的真实性和浓郁的现实主义色彩。与现代小说不同的是,罗兰森夫人的这部散文叙事作品完全以真人真事为描写对象,以写实的手法和酷似日记的形式真实记载了她本人遭绑架和被归还的全过程,其描写手法完全排除了一般文学作品所具有的虚构性。以下这段引文是作品的开局,写实性可见一斑:

　　　　1675 年 2 月 10 日,一大帮印第安人来到兰开斯特。他们首次出现大约是在太阳升起的时候。我们听到了几声枪响,看到外面几间屋子在燃烧,烟雾升向天空,一间屋子里有五个人被抓,其中父亲、母亲和一个吃奶的孩子的头都被砸破,另外两个活着的被带走了……㉕

作者开门见山,以平实的文笔直接向读者揭示了印第安人突然袭击移民居住地的情景。事件描写既不讲究修辞,也不带有虚构的成分,而是凸显其真实性和客观性,体现了浓郁的现实主义色彩。

　　《玛丽·罗兰森夫人遭绑架和被归还的故事》的另一个显著特征是叙述者强烈的宗教意识。这部作品创作于"新大陆"殖民地全面开发和清教主义思想广泛传播的特殊时期。因此,作品不仅渗透着作者的清教思想,

而且处处显示了上帝的意旨。像当时"新大陆"的大多数移民一样,罗兰森夫人也是一位虔诚的清教徒,她不仅向往新教改革可能带来的一个新世界,而且时刻沐浴在上帝的福音和光辉之中。在作者看来,无论是福还是祸,上帝始终与她在一起。她一开始便告诉读者,尽管他们像一群落入虎狼之口的羊,"但上帝凭借他的力量保护了我们一些人的生命,因为我们当中还有二十四人活着被带走"。[②]连印第安绑匪在荒无人烟的恶劣环境中能够多次获得食物幸存下来也被作者视为上帝的恩赐。这无疑反映了当时清教徒对上帝的无限崇敬和精神依赖。从某种意义上说,作者在叙述本人不幸遭遇的同时,不断在与上帝进行心灵上的交流,并从中获得精神上的慰藉。显然,这部作品在当时之所以十分畅销不仅在于其故事的真实性和生动性,而且还在于其得到读者普遍认同的清教主义思想。如果说罗兰森的散文叙事作品对美国女性小说的诞生有所贡献的话,那么这种贡献不仅明白无误地体现在其鲜明的主题、曲折的情节和生动的叙述之中,而且也必然与其作品浓郁的现实主义色彩和作者一再强化的清教思想密切相关。

为美国女性小说的诞生做出积极贡献的另一位重要女作家是苏珊娜·哈斯威尔·罗森。这位出生在美国、在马萨诸塞州长大的才女一生创作了十部小说、七部剧本以及许多教材和随笔。罗森夫人曾在费城经营过剧院生意,并在自己创作的剧本上演时扮演过角色。她后来在波士顿附近创办了一所寄宿学校,并为学生编写了不少教材和道德教育读物。罗森夫人发表的第四部小说《夏洛特·坦普尔》(*Charlotte Temple*,1791)不仅是她的代表作和成名作,而且也是当时美国最畅销的小说。这部具有感伤主义色彩和道德感化意图的小说在美国女性小说史上拥有一席之地。《夏洛特的女儿,或三个孤儿》(*Charlotte's Daughter;or The Three Orphans*,1828)是罗森夫人去世后出版的一部半自传性小说,通常被评论家们视为《夏洛特·坦普尔》的姐妹篇,故又名《露西·坦普尔》(*Lucy Temple*)。尽管罗森夫人创作并亲自扮演过角色的剧本《阿尔及尔的奴隶》(*Slaves in Algiers*,1794)曾轰动一时,但她的文学成就和影响主要还是基于小说,尤其是其代表作《夏洛特·坦普尔》。

在美国女性小说发展初期,《夏洛特·坦普尔》无疑是一部优秀作品。这部首先在英国出版(1791年),随即在美国出版(1794年)的"感伤主义罗曼司"在美国盛极一时,"到1933年为止,印刷数竟多达161版"。[③]作者以其本人的家庭生活为创作素材,成功地塑造了一位18世纪末从英国与情人私奔来到纽约生活的年轻女子的形象。女主人公夏洛特 15 岁时受到军官蒙特拉维尔的引诱坠落情网，并与他一起私奔到纽约。不久，蒙特拉维尔无情地抛弃了怀有身孕的夏洛特，与豪门女继承人朱莉娅结婚。孤立无援的夏洛特生下女儿露西之后在极端痛苦与贫困中离开人世。夏洛特的父亲闻讯赶往纽约。他收养了露西，并原谅了已有悔改之意的蒙特拉维尔。小说结尾，蒙特拉维尔通过决斗杀死了后来也欺骗过夏洛特的伪君子贝尔科，从此与温柔的妻子朱莉娅过起了平静的生活。显然，像英国早期的罗曼司一样，《夏洛特·坦普尔》不仅描写了男女之间的爱情、背叛和决斗等情节，而且还具有道德感化作用，尤其是"为那些年轻且善于思考的女性读者写的"。[29]小说采用第一人称叙述，情节曲折，笔力稳健，语气凝重。这部小说具有两个显著特征：一是深刻地揭示了人物错综复杂的心理世界，尤其是将女性人物的情感纠葛和精神痛苦描绘得丝丝入扣；二是作品具有明显的说教倾向和道德感化意图。作者不仅以批判性口吻对人物的道德沉沦和行为过失加以描述，而且还不时对广大少女的为人处事进行开导和劝诫，试图向她们提供获得幸福人生的宝贵知识。从某种意义上说，《夏洛特·坦普尔》真实地反映了美国独立战争之后女性在追求爱情和幸福过程中的困境，深刻揭示了女性的精神诉求与社会现实之间的矛盾。显然，对同时代女性命运的高度关注，加之深刻的道德启示和现实意义是这部小说广泛流传、备受青睐的关键所在。

应当指出，为美国女性小说的诞生做出贡献的知识女性为数不少，有的是最终载入史册的才华横溢的作家，而有的则是至今依然鲜为人知的小说形式探索者。例如，朱迪思·萨金特·默里就是美国小说发展初始阶段众多默默无闻的女性探索者之一。她出生在马萨诸塞州，在波士顿完成了她的大部分作品。她不仅"在美国革命之后为妇女权利代言"，而且也被一些评论家称为"美国第一位女作家"。[30]她既创作诗歌和小说，也撰写了许多具有女性主义观念的文章。默里在美国革命之后积极倡导女性教育权利平等及知性发展的重要理念，并强调女性在文学创作中不可或缺的地位和作用。她撰写的一些有关妇女权利的文章不仅是对女性要勇于追求自信和自尊的呼吁，而且也在一定程度上激发了同时代美国知识女性从事小说创作的热情。尽管默里本人在文学创作中并未取得非凡成就，但她的女权思想和文学创作实践使她成为"女性教育和包括小说及戏剧在内的美国文学艺术的积极倡导者"。[31]

　　综上所述,美国女性小说诞生于一个缺失本土语言文化基础和文学传统以及社会物质文明程度相当落后的殖民地。美国早期的女性叙事散文作品基本出自移居"新大陆"的欧洲尤其是英国知识女性之手,而这些女性在来到"希望之乡"之前大都接受过良好的教育,并对原居住地(尤其是英国)的文学作品相当熟悉。从某种意义上说,初始阶段的美国女性撰写的叙事散文作品不仅是一种"被移植的"文学样式,而且还只是一种形式简单、写法粗糙的小说雏形,离艺术上精湛成熟的现代小说相去甚远。然而,玛丽·罗兰森、苏珊娜·哈斯威尔·罗森和朱迪思·萨金特·默里等女性作家的叙事性散文作品客观地反映了"新大陆"开发初期女性的社会角色、家庭生活、清教主义思想以及对自由、自信和自尊的追求。毋庸置疑,这些优秀知识女性的创作实践为美国女性小说的诞生奠定了重要的基础。

　　美国女性小说起源于 17 世纪中叶欧洲(尤其是英国)移民正全力探索、开发和殖民的"新大陆"。在这片既没有现代文明基础也没有明显文学传统的荒原上,一群热爱文学创作的知识女性凭借其自身的艺术灵感和对散文叙事作品的感知,自觉而又勤奋地撰写了她们的动人故事。"自350 年前她们开始发表作品至今,美国女性作家们公开表示她们并不在乎有否文学声誉或能否名垂青史。"[2]尽管在自身备受冷落、压制乃至歧视的环境中从事创作,这些女性作家在为家庭和孩子辛苦操劳和无私奉献的同时,成功地谱写了美国小说史的第一章,为美国小说日后走向成熟和辉煌奠定了重要的基础。

---

① Paul Giles, "Transatlantic Currents and the Invention of the American Novel," in Leonard Cassuto, Clare Virginia Eby and Benjamin Reiss, eds., *The Cambridge History of the American Novel*. Cambridge: Cambridge University Press, 2011, p. 22. 若无特殊说明,本书引语汉语译文均为笔者自译。

② Leonard Cassuto, "General Introduction," in Leonard Cassuto, Clare Virginia Eby and Benjamin Reiss, eds., *The Cambridge History of the American Novel*. Cambridge: Cambridge University Press, 2011, p.1.

③ James Fenimore Cooper, *Gleanings in Europe: England*. Albany: State U of New York P, 1982, p.264.

④ 转引自 J. Gerald Kennedy, "National Narrative and the Problem of American Nationhood," in Shirley Samuels, ed., *A Companion to American Fiction: 1780 -*

1865 . Oxford：Blackwell，2004，p.7.

⑤ 埃默里・埃利奥特：《哥伦比亚美国文学史》，朱通伯等译，成都：四川辞书出版社，1994 年，第 232 页。

⑥ 同上。

⑦ 同上。

⑧ Richard Kroll，*The English Novel*，*1700 to Fielding*. London：Longman，1998，p.6.

⑨ 埃默里・埃利奥特：《哥伦比亚美国文学史》，朱通伯等译，成都：四川辞书出版社，1994 年，第 20 页。

⑩ Paul Gutjahr，"Religion," in Shirley Samuels，ed.，*A Companion to American Fiction: 1780 - 1865*. Oxford：Blackwell，2004，p.87.

⑪ Charlotte E. Morgan，*The Rise of the Novel of Manners*. New York：Columbia University Press，1911，p.17.

⑫ Paul Giles，"Transatlantic Currents and the Invention of the American Novel," in Leonard Cassuto，Clare Virginia Eby and Benjamin Reiss，eds.，*The Cambridge History of the American Novel*. Cambridge：Cambridge University Press，2011，p.23.

⑬ Ibid.

⑭ Ibid.，p.24.

⑮ Godfrey Frank Singer，*The Epistolary Novel*. Philadelphia：University of Pennsylvania Press，1933，pp.63 - 64.

⑯ Benjamin Franklin，*Writings*. New York：Library of America，1987，p.1326.

⑰ Paul Giles，"Transatlantic Currents and the Invention of the American Novel," in Leonard Cassuto，Clare Virginia Eby and Benjamin Reiss，eds.，*The Cambridge History of the American Novel*. Cambridge：Cambridge University Press，2011，p.32.

⑱ Elaine Showalter，*The Vintage Book of American Women Writers*. New York：Vintage，2011，p.3.

⑲ Ronald Gottesman，Laurence Holland，David Halstone，Francis Murphy，Hershel Parker and William Pritchard，eds.，*The Norton Anthology of American Literature*，Vol.1，Part 1，New York：W. W. Norton & Company，1979，p.40.

⑳ Ibid.

㉑ 埃默里・埃利奥特：《哥伦比亚美国文学史》，朱通伯等译，成都：四川辞书出版社，1994 年，第 233 页。

㉒ Elaine Showalter，*The Vintage Book of American Women Writers*. New York：Vintage，2011，p.3.

㉓ Ibid.

㉔ Ibid.

㉕ Ibid.，p.11.

㉖ Ibid.

㉗ Ibid.，p.13.

㉘ James D. Hart，*The Oxford Companion to American Literature*. Fourth Edition.

New York: Oxford University Press, 1965, p.147.

㉙ Ibid.

㉚ Elaine Showalter, *The Vintage Book of American Women Writers*. New York: Vintage, 2011, p.51.

㉛ Ibid.

㉜ Ibid., "Introduction", p. xvii.

第二章

19世纪上半叶美国女性小说

19 世纪美国女性小说是女权主义文学评论家吉尔伯特（Sandra M. Gilbert，1936— ）和古芭（Susan Gubar，1944— ）提出的"女性文学传统"的重要部分。它们曾经辉煌一时，甚至引起男性作家的嫉妒，[①]但它们也曾因种种原因淡出人们的视野，甚至遭人讥讽。随着 20 世纪六七十年代美国女权运动的蓬勃发展，它们又重新受到关注。女性小说在对女性问题的思考和女性地位的感受方面有着不可替代的优势和作用。

19 世纪上半叶的美国女性小说参与缔造了正在崛起的美国文学。到了 19 世纪中期美国女性小说空前繁荣，成为当时最受欢迎的文学形式。女性小说因迎合了当时美国社会意识形态的需要而拥有广大的读者群。同时，其畅销度和利润率也让众多同时代的男性作家难以企及。19 世纪上半叶美国女性小说的主题大多和家庭、爱情、婚姻相关，聚焦女性所熟悉的家庭领域和女性的生存状态，承袭英国感伤主义小说的传统和特色；小说采用美国本土素材，致力于道德和美学建构，主张家庭应该对社会生活产生重大影响。所以，多数女性小说难以摆脱"感伤小说""家庭小说"或是"闺阁小说"的标签。虽然这一时期的女性小说大多在文学成就上难以比肩男性创作，但是其鲜明的特色使之成为不容忽视的"女性文学传统"的一部分。当然，此时的女性小说也多以女性为主人公，讲述女性的生活、思想状态和道德成长过程。道德典范逐渐成为"家庭小说"的核心。这一时期，女性小说家们用女性的敏感纤细和独特视角描述了女性的情感世界和矛盾心理。这些作家创作的女性人物中，既有抱守传统价值观的女性，又有

富有独立意识的女性,还有兼具传统和新女性气质的人物。女性小说家们以写作为谋生手段或职业,既树立了一种有别于传统的女性生活模式,又让自己成为经济上和精神上独立的女性。她们靠写作在经济上获益颇丰,成为真正"养家糊口"之人。她们不仅用笔创造"新女性",对抗父权中心文化,而且自己本身就成为"时代新女性"或"职业女性"的典范。

本章中的四位女性作家几乎都是迫于生计而走上写作道路,最后也都成功地以此谋生。她们的职业生涯和经历颇能反映出当时的社会、文化和历史风貌。19世纪上半叶美国女性的社会角色、职业领域和接受教育(尤其是高等教育)的机会依旧受到很大限制,遵循社会规范仍是多数女性的选择。女性依然要成为"家中的天使",为男性操持家务,使家成为乐土。女性自己也默认这种"理想女性"形象,认同女性需具备四大美德:虔诚、贞洁、温顺和持家。[②]多数女性还被禁锢在"结婚是女性唯一的出路"这样的意识中。和男性相比,女性只有少得可怜的几种谋生方式,其中写作、教书、做审稿人和编辑算是较为体面的职业,从事这几样工作的女性社会地位较高,也受人尊重。萨拉·约瑟法·黑尔(Sarah Josepha Hale,1788—1879)和安·索菲娅·斯蒂芬斯(Ann Sophia Stephens,1810—1886)都做过编辑、审稿人和撰稿人;凯瑟琳·玛丽亚·塞奇威克(Catharine Maria Sedgwick,1789—1867)、凯罗琳·李·亨兹(Caroline Lee Hentz,1800—1856)和黑尔都从事过教职,甚至管理和开办过学校。写作成为当时许多才华横溢但却为生活所迫的女性的首选。因为在当时的社会大环境下,多数女性只能在家庭领域担负起母亲和妻子的角色,而无法像男性那样走出家门参与公共事务,但是从事写作可以不必走出家门,可以让女性兼顾家庭和职业活动。最重要的是,文学写作给女性"提供了不带性别歧视的独特挣钱机会"。[③]未经训练的中产阶级妇女从事写作要比做家庭教师获得的报酬高许多。肖瓦尔特(Elaine Showalter,1941—)曾指出:一个无名作者的一部哪怕是中等水平的小说,其版权交易所得都可能相当于一个家庭教师的年收入。她还指出,女性写出一部小说差不多需要一年的时间,但是一旦出过书,她们给报纸和杂志撰稿就能获得不菲的稿费;即便是在较低的层次,按时间投入计算,女性写小说也比做编织品之类的活计能得到更好的经济回报;更何况当时的出版制度对女性作者有诸多好处——她们只要每年完成一定数量的小说,就能挣到稳定的收入;如果她们合作的是有名望的出版社,更可以直接售出版权甚至得到畅销书的红利,而如果一部书畅销了,作者以后写的书就可以卖个高价。[④]虽然肖瓦尔特是以

19世纪英国女性小说家们为例说出了此番话,但是这种情况同样适用于同时期的美国女性作家。黑尔、塞奇威克、亨兹和斯蒂芬斯都靠写作获得了不菲的报酬,这些报酬远远超过从事教师和编辑职业带来的收入。正因如此,她们才能在无依无靠(要么丈夫亡故,要么丈夫失去养家能力,要么单身不婚)的情况下独挑养家重担,不仅在写作事业上成就了自己,也为其他女性树立了独立自主的榜样。

第一节
萨拉·约瑟法·黑尔:成功的女主编

萨拉·约瑟法·黑尔(Sarah Josepha Hale,1788—1879)是19世纪美国最成功的女性杂志主编,也是美国19世纪上半叶较为重要的女性作家。她一生发表过许多作品,并参与了多本期刊的编辑工作,内容涉及诗歌、散文、小说等各种体裁以及家政、厨艺、建筑设计、儿童教育等不同领域。她主编的《戈蒂女士手册》(*Godey's Lady's Book*)在当时影响力巨大。她是知名童谣《玛丽有只小羊羔》("Mary Had a Little Lamb")的作者。她的首部小说《诺斯伍德》(*Northwood*,1827)⑤使她成为较早使用文学谈论奴隶制的作家之一。她的宣传呼吁和不懈努力使感恩节成为官方节日。她还为邦克山纪念碑(Bunker Hill Monument)的完工做出了自己的贡献。

生平传略与创作成就

萨拉·约瑟法·黑尔1788年出生于新罕布什尔州的纽波特,家中有四个兄弟和一对思想开明的父母。黑尔的母亲是她的启蒙之师,向她传授了女性应该多读书并且要接受女性基础教育的理念,因为只有这样,她们在将来成家之后才能担负起教育家庭成员的职责。除了从母亲那里获得启蒙,黑尔还从兄长那儿接受教育。在黑尔生活的时代,女性被拒于大学校门之外。但幸运的是,兄长利用暑假在家的时光,把自己在学校所学的拉丁语、哲学、地理学、文学等科目一一教给妹妹黑尔,所以她在某种程度上也相当于接受了大学教育。得益于这些从家人那里获得的非正规教育,黑尔于1806—1813年间在离家不远处的一所私立学校担任教师。当

时,女性从事教师这个职业还是比较罕见的。1813 年黑尔嫁给年轻的律师大卫·黑尔(David Hale),并从丈夫那里再次接受教育。丈夫教她法语和植物学,夫妻二人一起在晚上学习和阅读。大卫还鼓励妻子为当地出版物撰稿。黑尔后来将自己能够清晰表述思想的写作能力归功于她丈夫的指导。⑥黑尔与丈夫育有五子,然而就在第五个孩子即将来到人世之际,丈夫大卫于 1822 年死于肺炎。黑尔此后终生只穿黑衣,以表示对丈夫永远的哀悼。年轻的寡妇要养活自己并独立抚养五个孩子绝非易事。在尝试了一些方法后,黑尔决定要用写作谋生——写作毕竟是当时女性能够从事的几种职业之一。她开始向杂志和报纸投稿。1823 年在已故丈夫所属共济会的资助下,黑尔的诗集《遗忘的天赋》(*The Genius of Oblivion*)出版并获得不小的成功。1826 年黑尔的诗歌《赞美慈善》("Hymn to Charity")获奖并为她赢得 25 美元的奖金。黑尔的第一部长篇小说《诺斯伍德》于 1827 年出版并获得好评。这部小说不仅牢固奠定了她写作事业的基础,让她跻身于美国最早的女性小说家行列,而且还引起了约翰·布莱克牧师大人(Reverend John Blake)的注意。布莱克牧师邀请黑尔搬到波士顿为他的《女士杂志》(*Ladies' Magazine*)担任主编。此后,主编成为黑尔毕生最主要的事业。从 1828 年担任《女士杂志》主编到 1877 年以 89 岁高龄从《戈蒂女士手册》杂志主编位上辞职退休,黑尔做了整整半个世纪的女主编,可谓史无前例,可能也是后无来者。在做主编之余,黑尔仍笔耕不辍,坚持创作诗歌和小说,当然也包括为自己所属的杂志撰稿。她的儿童诗集《献给孩子们的诗》(*Poems for Our Children*)于 1830 年出版,其中就包含那篇脍炙人口的歌谣《玛丽有只小羊羔》(最初被命名为"玛丽的羊羔")。无独有偶,在 1877 年黑尔退休的同年,托马斯·爱迪生(Thomas Edison,1847—1931)念诵了《玛丽的羊羔》的开篇诗行,为他新发明的留声机首次录音。据统计,黑尔一生出版的各种作品接近 50 部。

此外,黑尔还热衷于社会和公益活动。1833 年,她建立了"海员救助协会"(the Seaman's Aid Society),帮助那些在海上失踪或遇难海员的妻儿。从 1846 年开始,她就呼吁把感恩节纳入官方节日,此后 17 年她坚持不懈地为此理想努力,先后给五位美国总统写信,直至最后给林肯总统的信说服了他支持立法。⑦1863 年,感恩节通过立法被确定为美国的官方节日。在此之前,美国仅有两个官方节日:华盛顿诞辰日和美国独立日。当位于马萨诸塞州查尔斯敦的邦克山纪念碑因资金不足而工期拖延时,黑尔号召她的读者为纪念碑的完工捐款,最终在波士顿募得三万美金善款,保证了纪念碑的落成。黑尔还大力提倡将乔治·华盛顿的弗农山庄种植园保护下来,作为爱国主义精神的象征,并为它的修缮筹款。

黑尔在提倡和推进女性及孩童教育方面也不遗余力。她促成了瓦萨(女子)学院(Vassar College)的建立,甚至呼吁高等教育中的师范学院积极培养女教师,为后来女性得以名正言顺地加入教师行列进而拓展女性的就业空间起到了巨大的作用。黑尔关注幼童教育,曾亲自创办幼儿园,此后她还一直关心学前教育运动。

主编是黑尔职业生涯中最辉煌的一笔。她的办刊方针和时尚品味曾经在杂志行业独树一帜。她希望自己主编的杂志在教育女性方面有所助益。早在1828年担任杂志主编伊始,黑尔就曾表示她的首要目标是让女同胞们能够接受与男性同样的教育,而她所办刊物的使命就是"为女性教育事业争取与男性相同的社会认同及法律支持"。⑧在漫长的编辑生涯中,她始终履行自己作为知识传播者和教育者的历史使命。《戈蒂女士手册》的老板路易斯·安托万·戈蒂(Louis Antoine Godey)有意聘请黑尔做杂志的主编,他于1837年收购了黑尔所在的《女士杂志》,将之合并至自己旗下。黑尔顺理成章地成为《戈蒂女士手册》(以下简称《戈蒂》)的主编,一干就是40年。在担任《戈蒂》主编的任期内,她一改当时女性杂志普遍重休闲娱乐的倾向,致力于提升杂志的文学性和教育性。因此,具有教育意义的名人传记、杰出女性的传记和教育类文章成为她杂志内容的主流。她在杂志上刊登介绍写作技巧的文章,以期提高女性读者的写作能力;她在杂志上推介书目,以方便女性读者自学;同时,她还积极扶植女性作家。当时几位较为重要的女性作家,例如亨兹(Caroline Lee Hentz,1800—1856)、莉迪亚·西格尼(Lydia Sigourney,1791—1865)等人都曾为《戈蒂》贡献自己的诗歌和散文作品。著名的男作家如埃德加·爱伦·坡(Edgar Allan Poe,1809—1849)、纳撒尼尔·霍桑(Nathaniel Hawthorne,1804—1864)、奥利弗·温德尔·霍尔姆斯(Oliver Wendell Holmes,1809—1894)、华盛顿·欧文(Washington Irving,1783—1859)等人也都经常为《戈蒂》供稿。黑尔重视名家作品,但也不排斥新手。除了向名家约稿,她也向社会群众广泛征稿。她开发稿源,提倡作品风格的多样性,确保作品题材的丰富性,以满足读者的多样化需求。需要特别指出的是,她的杂志为维护女性权利服务的宗旨十分明确。在杂志的选题上,阐述女性权利的文章经常得到采用。同时,女性作家的稿件受到特别

重视，只要内容切题、主题向上，大都能够发表。黑尔具备优秀主编所应有的开放和兼容并包的态度和胸怀。⑨值得一提的是，当时许多杂志不愿采用的专业性和学术性较强的选题却得到黑尔的偏重。此外，黑尔因其职业地位还成为美国风尚品位的引领者。《戈蒂》不仅影响了当时女士时装的时尚，还影响了民用建筑的风格。《戈蒂》登载的家居设计图成为当时全美住宅施工纷纷效仿的对象。在《戈蒂》辉煌的时期，没有竞争对手能撼动它的霸主地位，它的影响力之大，是21世纪任何一家刊物都无法想象的。

特别值得指出的是，黑尔是美国本土原创作品的坚定支持者，是"美国精神"的继承者和弘扬者。19世纪20、30年代，当别的杂志只是编辑和转载英国刊物上的文章时，黑尔作为主编，坚持在自家杂志上只刊登美国作家的原创作品。这通常意味着在稿源不足的情况下，杂志上一半的文章都得由黑尔本人亲自执笔。在《戈蒂》杂志发展的后期，她尤其喜欢刊登反映美国主题的小说、美国边疆小说以及美国内战背景下的历史小说。黑尔反对奴隶制并积极致力于联邦的统一，因此她主编的杂志自然也成为其理念的"喉舌"。她的爱国精神被带到工作中，引导着她的职业生涯。她将建立统一国家和文化的呼吁不断地诉诸笔端，并且时常创作一些南方人和北方人共同抗击英国人，或是一个南方人和北方人共坠爱河并终成眷属之类的故事。

在1837年和1850年，黑尔出版了自己编辑的美国和英国女性作家的诗歌选集。1854年出版的《女性记录：著名女性的概述》（*Women's Record；or，Sketches of All Distinguished Women，from the Creation to A.D. 1854*）汇总了黑尔执笔的200多位有历史研究价值的女性的简要生平。

《诺斯伍德》：对奴隶制的反对

黑尔的小说中比较有影响力的是《诺斯伍德》，这是她的首部长篇小说。这部小说描述了在美国这个新国家初期的家庭生活，对比了北方和南方生活的不同，触及了南北方之间日渐紧张的经济摩擦。小说将新英格兰美德奉为全民典范，并认为国家唯有如此才能繁荣昌盛。它以全美为背景探讨了奴隶制问题，支持将美国的非洲奴隶重新安置在利比里亚的殖民地。小说显然认为奴隶制不仅绝对伤害了奴隶，剥夺了他们的人性，而且也泯灭了奴隶主的人性，阻碍了奴隶主世界在精神、道德和技术层面上的进步。尽管黑尔反对奴隶制，但是她不支持废奴主义者的做法。

当1852年斯托夫人（Harriet Beecher Stowe，1811—1896）的《汤姆叔叔的小屋》（*Uncle Tom's Cabin*）发表并广受欢迎之时，黑尔重新出版了她的《诺斯伍德》，并将书名改为《诺斯伍德，或北方和南方的真实生活》（*Northwood，or Life North and South: True Character of Both*），并且重写了小说的序言，用以支持南方联盟。她对彻底解放黑奴是持怀疑态度的，因为她认为被解放了的黑奴也不会得到白人的公平对待。因此，在她的下一部小说《利比里亚》（*Liberia*，1853）中，黑尔提出将奴隶重新遣送回非洲进行安置。事实上，利比里亚这个国家主要就是由解放了的美国黑奴及其后裔建立的。不得不说，历史现实与虚构惊人地相似。

黑尔的女性观

由于自身的教育经历，黑尔极为关注女性追求教育和自身发展的权利。她认为女性的首要权利就是最大限度地接受教育，而女性所受的教育将会对女性人格、道德和思想的形成产生重大影响。作为成功的职业女性，黑尔引领了美国中产阶层女性在时尚、烹饪、文学和道德等方面的品位。作为知识女性的代表，黑尔也看到男尊女卑的不公平现象，但是她并不鼓励女性直接通过政治运动来争取权利。她认为可以通过对人们思想的改造来实现争取女性权利的目标。所以在其著作中，她对女性社会角色的定位和看法是极为保守的，始终认为家庭领域才是女性的用武之地。她并不支持女性选举权，认为女性应该施展其潜移默化的影响力让男性选举人替自己发声。以今天的眼光来看黑尔，她的一些想法因受到时代的局限而显得相当保守，但是，她以个人之力为提高女性意识、提升女性社会地位做出了不小的贡献。从审美角度来看，黑尔小说的文学价值或许不是很高，但是从历史角度来说，她的作品是极具意义的。

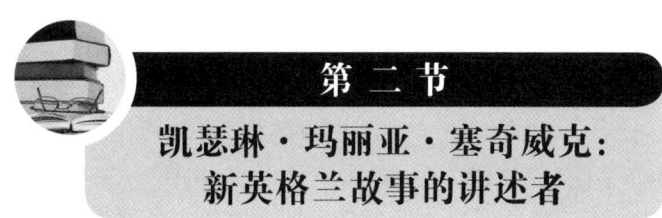

第二节

**凯瑟琳·玛丽亚·塞奇威克：
新英格兰故事的讲述者**

凯瑟琳·玛丽亚·塞奇威克（Catharine Maria Sedgwick，1789—

1867)是 19 世纪美国最知名的女性小说家之一。她不仅靠写作过上了优质生活,还在大作家埃德加·爱伦·坡(Edgar Allan Poe,1809—1849)的"纽约文坛"("The Literati of New York City",1846)系列中留下了"肖像画",容貌体态得到爱伦·坡的细腻描写。⑩她的作品不论是在观点上还是在情感上都具有鲜明的美国特色:以美国为背景,讲述"道德"故事,批判清教对人的压迫,其中还洋溢着爱国情怀。因她对细节刻画的讲究以及对人物塑造的专注,她的作品也生动体现了新英格兰的风土人情和鲜活的人物形象。

生平传略与创作成就

凯瑟琳·玛丽亚·塞奇威克 1789 年出生于马萨诸塞州的斯托克布里奇。她成长于加尔文教义的氛围中,却于 1821 年改变信仰,加入唯一神教派。她家世显赫,母亲来自新英格兰德怀特家族,父亲是当时著名的律师和政治家,曾担任美国众议院发言人以及马萨诸塞州高级法院审判官。年轻的塞奇威克在波士顿一所女子精修学校接受教育,在 24 岁时就开始掌管马萨诸塞州一所私立女子学校,并且一干就是 50 年。从加尔文教派皈依到唯一神教派后,塞奇威克在两位兄弟的鼓励下创作并匿名出版了她的第一部小说《一个新英格兰故事》(A New-England Tale,1822)⑪。她的第二部小说《莱德伍德》(Redwood,1824)也是匿名出版的,并且在英国得以再版,后来还被翻译成四种语言。之后塞奇威克又创作了另外几部小说,如《霍普·莱斯利》(Hope Leslie,1827)⑫、《克拉伦斯》(Clarence,1830)⑬、《林伍德一家》(The Linwoods,1835)⑭、《结婚还是单身?》(Married or Single?,1857)等等。这些小说使她成为当时美国最受欢迎且知名度最高的作家之一。除此之外,塞奇威克还为很多杂志撰写一些小故事和描写日常生活的文章,其中较为知名的有:《贫穷的富人和富有的穷人》("The Poor Rich Man and the Rich Poor Man")和《生存和允许生存》("Live and Let Live")。塞奇威克曾用一年的时间在欧洲旅行,并写出了《海外来鸿:致亲友书》(Letters from Abroad to Kindred at Home,1841)。她还写过大量的历史随笔和传记,并为一些文学出版物编辑和撰写了几篇文章。由于在 19 世纪 20 年代至 50 年代期间定期为许多刊物撰稿,塞奇威克收入颇丰,生活优渥。虽然生活中不乏追求者,但是她选择单身并献身于自己的写作事业。她对婚姻的大胆看法集中体现在其小说《结婚还是单身?》中。塞奇威克还积极投入到废奴运动、唯一神教堂和女子监狱协会的各项社会事务中,并且对人们心理健康方面的问题给予特别关注。爱伦·坡认为塞奇威克可以和欧文(Washington Irving,1783—1859)、库伯(James F. Cooper,1789—1851)等人齐名,是享有全国声誉的美国文学先驱。⑮然而,自从塞奇威克去世后,其作品长期被人冷落。20世纪六七十年代,随着女权主义运动如火如荼地展开,女性作家的作品重燃起人们的兴趣,尤其是受到女权主义学者的重点关注。位列19世纪美国"女性作家之首"⑯的塞奇威克自然也不例外,她对文学的贡献得到重新评价。

《一个新英格兰故事》:第一部美国家庭小说

塞奇威克的首部小说《一个新英格兰故事》被认为是"第一部美国家庭小说",⑰也奠定了塞奇威克作为"家庭小说"作家的地位。小说出版后获得极大成功,在1822—1870年间多次再版。小说描写了一个孤女简·爱尔顿被信仰加尔文教的姑姑虐待的故事,塑造了一位道德高尚、自强不息的女性典范,谴责了宗教的狭隘。小说未能完全摆脱"感伤"的标签,依然沿袭了"感伤小说"的女性教育话语。由于作者在小说文风、人物塑造和新英格兰方言的运用等方面可圈可点的表现,小说收获了不少评论家们的赞赏。不同于此前在美国盛行的"感伤小说"中软弱无力的女性形象,此部小说开创了具备独立意识和道德自律的美国女性理想形象,而这也正契合塞奇威克一直以来所倡导的崇尚理性、反对感伤的原则。《一个新英格兰故事》也是一部"女性成长小说"。12岁就失去父母的孤女简寄人篱下,在饱受冷眼和缺乏温情的环境中成长,但她仍然保持着善良、宽容、感恩、自尊和自强的心态。聪明好学的她通过教师这种职业赢得自立,并以女性美德最终获得幸福的婚姻。简的身上既带有传统女性的美德,又在关键时刻展现出独立的思想和道德判断力,敢于反抗权威。不同于以往传统欧美文学中女性反抗常遭遇失败和死亡的厄运,简的反抗赢得了支持并且获得成功。简也成为美国文学中一个崭新的形象。值得注意的是,《一个新英格兰故事》的情节、人物、主题、女主人公的成长史,以及女主人公所从事的教师职业等诸多因素,都让人不禁联想到25年之后在大洋彼岸的英国出版的《简·爱》(Jane Eyre,1847)。夏洛蒂·勃朗特(Charlotte Brontë,1816—1855)笔下的经典女性人物"简·爱"就连名字都与塞奇威克笔下的女主人公简·爱尔顿极为相似。

《霍普·莱斯利》：历史、移民与女性之战

　　塞奇威克的第三部小说《霍普·莱斯利》是一部意义非凡的作品。它为作者赢得了大批读者，并且让作者在美英两国声名鹊起。小说鲜明的女权主义论调和公平对待北美印第安人的理念在 1827 年小说创作和出版之时都是十分鲜见的。《霍普·莱斯利》同时又是一部波澜壮阔的历史小说，其中的一些人物，如清教徒领袖约翰·温斯洛普、异教徒塞缪尔·戈登和北美印第安人莫诺诺托，都在历史上确有其人。小说详述了移民到新大陆的清教徒和美国印第安人之间的爱恨情仇。它以移民生活为主线，以殖民地时期马萨诸塞州的佩科特战争为背景，通过两位主要女性人物霍普·莱斯利和印第安人马嘎维斯卡的视角来观察清教徒对待印第安人的态度，再现了英国殖民者和美国印第安人之间的冲突。小说的显性主题是"大爱无疆"和"爱"的所向披靡。小说中无论是爱情、亲情还是友情都充分说明了"爱"的强大力量。"爱""尊重"和"信任"能超越敌对、宗教、种族差异和文化禁忌，让具备这些特质的小说人物甘愿为他人冒险，甚至牺牲自己解救他人。小说的隐性主题是"为独立（尤其是指女性独立）而战"和"为信仰而战"，集中围绕对女主人公霍普·莱斯利的刻画而展开。霍普·莱斯利代表了 17 世纪开疆拓土的女性形象：独立、坚毅、善良、有正义感、敢于挑战殖民地时期对女性的社会角色定位。当然，这位身上带有女权主义气息的女性绝非完美的圣人，她既有远见卓识，又不可避免地带有时代的烙印，作者刻画了她既激进又保守的双面性。[⑱]小说的时代背景虽然被置于殖民地时期，但它无疑也是对作者生活时代的影射。小说以小见大的叙事方式值得称道，发生在个体身上的故事直观再现了美国的民族史和大时代下的种族关系，反映了对印第安人被迫背井离乡的同情态度，谴责了早期移民定居者对印第安人犯下的罪行，揭露了宗教说教虚伪的一面。借助印第安人的叙事视角，小说也颇具说服力地展示了印第安文化以及作者的情感倾向。

从《克拉伦斯》到《结婚还是单身？》：
女性婚姻观的发展

　　《克拉伦斯》是塞奇威克著名的社会风俗小说，以当时纽约的上流社会为背景，关注了精英社会中女性的婚姻观。小说讲述了不同性格的女性追求幸福婚姻的故事。在婚姻仍由父母做主的时代，性格懦弱的艾米丽想和自己喜欢的男人结合却无望获得父亲的首肯,于是选择投水自尽,结果幸运地遇上格特鲁德·克拉伦斯小姐。在后者的不断帮助下,艾米丽为追求自己的幸福进行了种种努力,最终在克拉伦斯的赞同和支持下选择和爱人私奔从而获得了幸福。曾经遵循传统女性价值观的艾米丽在大胆挑战女性传统价值观的克拉伦斯的启蒙下,做出了私奔这一惊世骇俗之举。克拉伦斯的独立意识和对待爱情、婚姻的不同寻常的态度更加充分地体现在她自己对爱情和婚姻的追求上。克拉伦斯敢于追求真爱,面对爱慕自己而非自己所爱的男人,她勇于拒绝并坦言告知对方两人之间只可能是普通的朋友关系。当自己所爱之人出现时,她也不愿告诉对方自己本就是他的未婚妻,因为她希望两人之间是出于真心相爱而结合,而不是掺杂了任何其他的人为因素。当时报刊上的书评就认为,小说《克拉伦斯》最引人入胜的优点之一,就是作者非常生动、真实地呈现了美国的家庭生活。[19]也有评论认为此部小说的写作风格过于老套,沿袭的是半个世纪之前的方式。[20]

《结婚还是单身?》是塞奇威克的最后一部小说。《北美评论》(*North American Review*)认为这部小说无论在艺术上还是在道德上都堪称塞奇威克的巅峰之作。[21]作者在小说中传达了一个大胆的理念:如果女性结婚意味着会丧失自尊,那么她们就不该结婚。小说讲述了单身女性和已婚女性保持尊严的故事,说明了单身可以是一种正确的选择。虽然作者安排了小说女主人公最后还是在婚姻中找到了幸福这样略显俗套的结局,但是小说显然认为单身女性可以有各种各样的追求,而婚姻并非女性获得幸福的唯一方式。这些观念无论是在当时还是今天看来,都是颇为超前和勇敢的,具有很强的女性主义色彩。

塞奇威克的女性观

作为女性作家,塞奇威克自然更关注当时女性的处境,并且借助作品表达自己对一些妇女问题的看法。除了创造一些恪守传统价值观的隐忍、善良、谦卑的女性人物,塞奇威克还创造了一批具有独立意识、不因循守旧的励志女性形象。她在表现女主人公独立意识觉醒的时候,更侧重表现她们对婚姻生活的态度。小说和女性人物的塑造也是塞奇威克表达自己独立意识的手段。她的作品既有教化民众的功用,又指出了一些解决社会弊端的方法。塞奇威克的小说中关于女性、家庭、宗教、学校教育和法律案件的描写被认为是"体现了她致力于培养有道德意识和公民意

识的新共和国民众的目的"。㉒她对女性道德影响力的信心远胜于她对法律的信心。

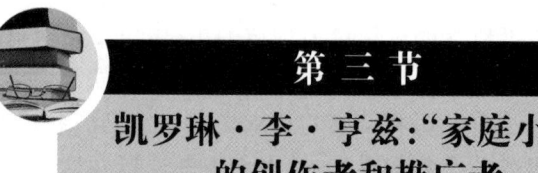

第三节

凯罗琳·李·亨兹:"家庭小说"的创作者和推广者

凯罗琳·李·亨兹(Caroline Lee Hentz,1800—1856)是美国 19 世纪女性小说家、作家,美国南北战争之前的畅销书女作家,"家庭小说"的创作者和推广者。她以反对废奴运动和驳斥废奴小说《汤姆叔叔的小屋》(*Uncle Tom's Cabin*,1852)而闻名。她出生并成长于北方,但是一生大部分时光却在南方各地度过。她的小说大多以美国南方为背景。她在作品中为南方文化和奴隶制辩护,并且创作了"反汤姆"(anti-Tom)小说——《种植园主的北方新娘》(*The Planter's Northern Bride*,1854)。与她作品中时常塑造的坚强女性人物一样,亨兹在随丈夫到南方诸州生活的过程中成功地靠写作养活了自己和家人。亨兹的作品幽默、有见地,在恣意书写和精心雕琢之间取得了较好的平衡。㉓

生平传略与创作成就

凯罗琳·李·亨兹 1800 年出生于美国马萨诸塞州的兰卡斯特,成长于洋溢着爱国热情的家庭氛围中,其父和三个兄长都曾为国家走向战场。亨兹年幼时就显示出创作的欲望,12 岁时就创作了奇幻小说和戏剧。亨兹 17 岁时就在兰卡斯特的一所公立学校开始了教书生涯。1824 年,她嫁给法国移民尼古拉斯·马塞勒斯·亨兹(Nicholas Marcellus Hentz)。丈夫尼古拉斯很有才华,但是易于妒忌。男性的妒忌因此是日后亨兹小说中一再出现的主题之一。夫妇二人婚后不久就搬到北卡罗来纳州的教堂山。1826 年,亨兹开始创作诗剧《德·拉腊》(*De Lara,or The Moorish Bride*),直至 1830 年她随夫搬到肯塔基州的科文顿时这部诗剧才完成。《德·拉腊》既获了奖(奖金 500 美元),赢得了好评,又在后来被搬上波士顿和费城的舞台,并最终成书出版。1832 年,亨兹夫妇搬到俄亥俄州的辛辛那提管理一家女子学校。1834 年,亨兹夫妇移居到亚拉巴马州并创办了一所学院。接下来的 14 年间,夫妻二人在当地的一些女子学校担任管理工作。亨兹虽然继续创作,但是她的大部分时间都花在协助丈夫管理学校、为学生们做饭和照看自己的孩子这些事务上面。1848 年,亨兹夫妇又移居到佐治亚州的哥伦布开办一所学校,但是丈夫健康状况的恶化使得夫妻二人于 1849 年关闭了学校。1851 年,亨兹夫妇在佛罗里达州定居,自此亨兹的余生时光都在照料丧失生活能力的丈夫,并通过创作短篇小说和长篇小说来养活自己和家人。她很快成为美国最受欢迎的作家之一。在 1850—1853 年间,亨兹的作品卖出去了 9.3 万余册。可惜亨兹享受成功果实的时间并不长,1856 年她因感染肺炎病逝。

亨兹作品的畅销在于她能娴熟地创作感伤小说,也了解小说受众的阅读心态。她小说的主要情节模式是:故事围绕一位天真年轻的姑娘(通常是孤女)展开,姑娘被邪恶的坏蛋虎视眈眈,历经一系列磨难和危险,被一位帅小伙解救,然后与之缔结良缘并从此过上幸福生活。小说成功的要素则是:死里逃生、身份错置、浪漫爱情、妒忌猜疑、宗教态度、信仰改变等,此外还有从一贫如洗到家财万贯的励志故事。[24] 虽然这类小说被认为过于"感伤",但是却丝毫不妨碍它们受欢迎的程度。当然,女性主义学者也从亨兹的小说中解析出一点女性主义的味道,认为亨兹的部分小说还是委婉地表达出了女性对男权统治的反抗。以亨兹的小说《艾欧莲》(Eoline,1852)为例,女主人公艾欧莲就通过拒绝其父为她选择的结婚对象来反抗父亲的权威,尽管反抗父权的代价是她丧失了继承权,最终艾欧莲还是与自己选择的求婚者结合。

从《琳达》到续篇《罗伯特·格拉汉姆》: 女性的成长小说

小说《琳达》(Linda)出版于 1850 年,是亨兹的首部小说,也是她最赚钱的一部,两年之内再版了十三次。小说故事结合了家庭虐待、逃离和冒险经历等元素,是受广大读者欢迎的典型模式。女主人公琳达从小就是种植园里的小公主,集万千宠爱于一身。她无忧无虑的生活随着生母的去世而终结。琳达的父亲娶回了一个铁石心肠、专横跋扈的寡妇给她做继母,这个继母还带来自己的亲生儿子罗伯特——一个比琳达大五岁的男孩。心地善良、反应迟钝的父亲对琳达的继母言听计从,坐视其宠溺自

已的儿子却忽视他的女儿。继母虽然讨厌琳达，但是却打算让她与自己的儿子罗伯特结婚，因为这样一来罗伯特就可以拥有琳达的所有财产。暂时让琳达松口气的是，年龄尚小的她需要去一家女子学校接受教育，管理学校的女老师人很好。在被父亲护送至学校的途中，马车出了事故，琳达被一男子罗兰所救。四年后琳达与接她回家的父亲从学校返家，父女乘坐的蒸汽船发生爆炸，父亲遇难，琳达再次被罗兰所救，这时的罗兰已经是蒸汽船的引航员了。罗兰的宽厚胸怀和自律的性情深深吸引了琳达的心，而继母之子罗伯特却让她感到厌恶。没有了父亲的保护，琳达被继母和罗伯特步步紧逼。眼看一场包办婚姻要成为事实，绝望之中的琳达逃跑。经历了一系列骇人听闻的历险之后，琳达病倒。与此同时，她曾经厌恶的继母之子罗伯特也因一系列事情发生了本质上的转变，皈依宗教并成为牧师。罗伯特的改变仍未赢得琳达的芳心，但他还是大度地主持了琳达与罗兰的婚礼。小说的情节一波三折，为读者提供了引人入胜的阅读体验。同时，女性人物的塑造也为日后亨兹的小说开启了一种模式。在这种模式中，女主人公通常会害怕狂热的男子——她们并非恐惧男人的性欲，而是担心其表现出的"兽性"，即一厢情愿、咄咄逼人、不考虑对方的感受。因此，亨兹的女性人物在这方面既传统又不传统：传统的是，她们寻觅一个令之仰慕和尊敬的男人，并在婚姻生活中心甘情愿地服从于这样的男人；非传统的是，她们不尊重令之痛苦的男人。[25]所以，在1855年出版的《琳达》续篇——小说《罗伯特·格拉汉姆》（Robert Graham）中，作者亨兹安排琳达与之前避之唯恐不及的罗伯特最终走到一起，再续前缘。经历了一系列事件和人生历练后的罗伯特已经非常能够把控自己的情感。他在印度经过数年的传教后回到家乡去找他的挚爱琳达。琳达彼时已为人妻母，罗伯特遂将真情升华为兄长之爱，在琳达的丈夫出海时照顾和保护她。为避免节外生枝和猜忌，罗伯特向一位不错的女士求婚。在琳达和作者看来，罗伯特的这一举动并非对感情的不忠，而是成熟和务实的表现。[26]当罗伯特的新娘死于肺炎而琳达的丈夫在海上失踪后，琳达与罗伯特的婚姻之路便没有了任何障碍。由此读者也不难看出，作者亨兹对"二婚"和"爱情第二春"也是没有什么疑虑的。[27]

《种植园主的北方新娘》："反汤姆"小说

亨兹最著名的小说之一《种植园主的北方新娘》是受到斯托夫人（Harriet Beecher Stowe，1811—1896）的反奴隶制小说《汤姆叔叔的小屋》启发而创作的,不过却是用来为南方人和南方奴隶制辩护的。《种植园主的北方新娘》与《汤姆叔叔的小屋》针锋相对,斥责了对南方奴隶主的指控。小说表面上看来是一部"感伤小说",讲述了两个人结合和磨合的故事。但是在本质上,小说的主题却是通过男种植园主的慷慨陈词和善心,以及奴隶平和欢畅的生活为奴隶制度辩护。亨兹用自己在南方诸州生活多年的亲身经历和体会告诉读者:她对南方奴隶主和奴隶之间的关系更有发言权。亨兹借助小说女主人公的视角传达这样一个信息:她所观察到的奴隶主与奴隶之间的关系是友善的。透过小说,亨兹间接地表达出自己的观点,质疑废奴主义者的论点。亨兹认为,北方正在进行的工业革命需要大批廉价的劳动力,这只能靠获取南方的奴隶得到保证;希望摧毁奴隶制的人不过是出于个人获利动机或个人利益的驱使,而非真正出于人道主义;违背奴隶自己的意愿强行解放他们只会带给奴隶更大的伤害。在小说中,来自北方的女主人公尤来丽嫁给了一个南方种植园主。尤来丽在丈夫种植园的亲身感受让她意识到她的父亲对奴隶制的谴责是错的。与斯托夫人笔下"虐奴"的奴隶主截然不同的是,她看到的奴隶主是关心奴隶的,甚至愿意为手下奴隶的幸福做出牺牲;相反,那些逃跑的奴隶却境遇悲惨,遭到别有用心的废奴主义者的操控和欺骗。不可否认,亨兹看到的有部分属实。她与北方新英格兰背景下成长起来的斯托夫人看到的是庞然体制下的不同侧面。但是,奴隶制的确是逆历史潮流而动,势必为文明进步的社会所淘汰而成为历史。所以在这个意义上,亨兹"只见树木不见林"的历史眼光是狭隘的。像她这样为奴隶制叫冤的人并不在少数,这点从《种植园主的北方新娘》在19世纪后半期的几十年间竟然重印多次这个事实就可以看出。

有趣的是,尽管在奴隶制上的政见不同,亨兹和斯托两人在生活中却有不少相同甚至相交之处。两人都是从19世纪的马萨诸塞州出来的,都在跟随丈夫四处迁徙的过程中教书。两人都在1832年搬到了俄亥俄州的辛辛那提,并在那里参加了同一个文学社交团体,从而相识并成为朋友。尽管不久后,因亨兹搬离辛辛那提并移居至亚拉巴马州,两人从此天各一方,但是她们最终都成为享誉全美的通俗小说女作家。

无论亨兹的政治观点和思想观点保守与否,她的众多作品推动了女性小说的进步。在写作条件恶劣、创作环境艰苦、各种事务不断干扰的情形下,她依然能够创作出八部长篇小说和几部短篇小说合集,这一点着实让人敬佩,也为其他女性树立了榜样。

第四节

安·索菲娅·斯蒂芬斯："廉价小说"鼻祖

安·索菲娅·斯蒂芬斯(Ann Sophia Stephens，1810—1886)是 19 世纪美国小说家和杂志编辑。她是"廉价小说"或"一角钱小说"(dime novel)的作者，被誉为"廉价小说"之鼻祖。在移居纽约之后的岁月中，她活跃于纽约文坛，因此也在埃德加·爱伦·坡(Edgar Allan Poe，1800—1849)的"纽约文坛"("The Literati of New York City"，1846)系列中留下了印迹和"肖像画"。⑧依靠自己的写作和编辑工作，她成功地供养了丈夫和两个儿子，所以她也是"女人养家"的典范。

生平传略与创作成就

安·索菲娅·斯蒂芬斯 1810 年出生于康涅狄格州的德比，幼年丧母，被姨妈抚养成人。她自幼立志成为一名作家，曾在康涅狄格州的一所淑女学堂(dame school)接受教育，年纪轻轻便开始涉足写作。1831 年她嫁给出版商爱德华·斯蒂芬斯(Edward Stephens)后，夫妻二人搬到缅因州的波特兰居住。在波特兰的岁月，斯蒂芬斯夫妇共同创办和发行了文学月刊《波特兰杂志》(*Portland Magazine*)，并由安·斯蒂芬斯担任编辑。《波特兰杂志》登载当地作家的作品，斯蒂芬斯的一些早期创作也刊登在这本月刊上。《波特兰杂志》于 1837 年被他人收购。之后，斯蒂芬斯夫妇移居纽约，安·斯蒂芬斯担任了《淑女指南》(*The Ladies' Companion*)杂志的编辑，并得以进一步历练自己的文笔和开展自己的文学创作。斯蒂芬斯的一部讲述拓荒者和印第安人故事的中篇小说《玛丽·德温特》(*Mary Derwent*，1838)不仅为她赢得了 200 美金的大奖，还于 1838 年 5 月至 10 月在《淑女指南》上连续刊载。在纽约生活期间，斯蒂芬斯曾以"Jonathan Slick"的笔名发表作品，并在数年间创作了 20 余部连载小说；她同时还为当时几家著名期刊撰写短篇小说和诗歌，这些期刊中就有知名的《戈蒂女士手册》(*Godey's Lady's Book*)和《格雷厄姆杂志》(*Graham's*

Magazine)。斯蒂芬斯还担任过《格雷厄姆杂志》和《皮特森杂志》(*Peterson's Magazine*)的编辑。1856 年,她又创办了自己的杂志——《斯蒂芬斯夫人插图版新月刊》(*Mrs. Stephens' Illustrated New Monthly*),并由丈夫负责出版发行。数年后,这本杂志与《皮特森杂志》合并。安·斯蒂芬斯的首部长篇小说《时尚与饥荒》(*Fashion and Famine*)于 1854 年出版。她的其他作品还包括《纽约的上流社会》(*High Life in New York*, 1843)、《爱丽丝·科普利:一个玛丽皇后时代的传说》(*Alice Copley: A Tale of Queen Mary's Time*, 1844)、《钻石项链和其他故事》(*The Diamond Necklace and Other Tales*, 1846)、《古宅》(*The Old Homestead*, 1855)、《被拒绝的妻子》(*The Rejected Wife*, 1863)和《一个高尚的女人》(*A Noble Woman*, 1871)等。在美国内战期间,斯蒂芬斯编纂了《图绘联邦战争史》(*Pictorial History of the War for the Union*, 1863)并担任了纽约一个女性委员会的主席。她倡导理性和朴素生活来支持北方联军。在 76 岁时,她在《皮特森杂志》的老板查尔斯·皮特森(Charles Peterson)家中辞世。

提到斯蒂芬斯,就不得不提她和"廉价小说"的渊源。"廉价小说"(又称"一角钱小说")一词源自比德尔-亚当斯公司(Beadle & Adams)于 1860 年 6 月 9 日首发的"比德尔廉价小说"(*Beadle's Dime Novels*)系列之第一本(期)——《玛莉丝卡——白人狩猎者的印第安妻子》(*Malaeska: The Indian Wife of the White Hunter*)。这本由安·斯蒂芬斯创作的中篇小说实际上是《淑女指南》杂志 1839 年 2 月、3 月和 4 月刊登的连载小说的单行本,后来被格罗里埃藏书俱乐部(the Grolier Club)列为 1860 年最具影响力的书籍。这本"比德尔廉价小说"在出版面世后的头几个月就销售了 6.5 万余本。"比德尔廉价小说"系列一经面世便风靡一时,因其价格低廉(通常价位在 10 至 15 美分之间),受到年轻的工人阶级读者群的追捧。"比德尔"品牌系列连续出版了 321 期,直到 20 世纪 20 年代才停止,并且建立了一套"廉价小说"创作的模式。斯蒂芬斯跟比德尔公司签订了七本"廉价小说"的合约,凭借这些小说的出版和编辑工作带来的不菲收入,她养育了自己的两个儿子并照顾了当时已无法养家的丈夫。

斯蒂芬斯的长篇小说中最为成功的作品有两部:《时尚与饥荒》和《古宅》。她的小说《古宅》还于 1856 年被搬上戏剧舞台。

《时尚与饥荒》:大都市情节剧小说

小说《时尚与饥荒》属于大都市情节剧(big-city melodrama),这是一

种自 19 世纪 40 年代早期以来就十分流行的文学类型,斯蒂芬斯进一步完善了这种类型。大都市情节剧小说反映了时代背景下乡下人进城的浪潮,城乡矛盾与冲突,以及城乡生活给身份转型中的人们带来的习惯、思想和行为上的裂变。大都市情节剧小说在美国内战爆发之前一直有着不错的读者基础,读者也乐于看到这类小说使用的习惯套路——进城之后的乡下人发生了巨变:男人们受到城里的各种诱惑,开始灯红酒绿的生活,恶习导致的欠债让不少人走向犯罪;女人们在性的问题上也开放起来,由于虚荣或软弱,毁在"渣男"魔掌下的天真女性也不在少数。这类小说真实展现了大城市贫穷与奢华并存的双面性,当然它也要满足读者天真的道德感需求。所以这类小说在最后都会安排一个"悲剧被避免"的结局,而完成这一逆转的人物通常都是一个在大都市生活的洪流中没有泯灭正义感、品性纯良和拥有判断力的乡下英雄。斯蒂芬斯擅长当时所有流行的写作形式,她将大都市情节剧的传统做法纳为己用,并且融合了自己的想法,形成了自己的写作特色。《时尚与饥荒》的主人公是一位风流多情但又在爱情中自卑怯懦的女性艾达。生活的变故让她经历感情的背叛,成为富有的寡妇,并和一个玩弄女性的男人纠缠不清。她从英国返回纽约不是为了寻找失散的女儿或是被遗弃的父母,而是复仇。然而在情感的驱使下,她无力完成自己的计划。在周围正直的亲朋好友的影响下,在历经了一系列骇人听闻的事件之后,艾达最终回头向善,将剩下的生命时光投向慈善事业。曾经被购买并用来炫耀其权力的豪宅如今被改造成收留贫穷弱势女性的妇女之家,艾达成为妇女之家的管理者。除了浓墨重彩地描绘大城市的贫穷和富有生活之外,小说表明:当女人被情感完全操控时,她也就丧失了个人权力,看上去所拥有的权力不过是一种表象,而缺乏自控力的女人想控制他人也就无从谈起。艾达最后建立的妇女之家实际上是对她早年生活方式的抛弃。她最终退出了喧嚣浮华的大都市,身边不再有男性围绕,同时她也告别了感情用事的风格。事实上,艾达最终的放弃反而使她拥有了更多,即精神上的富足与内心的平静。

《古宅》:19 世纪城市与乡村的参考

小说《古宅》较之《时尚与饥荒》,更加娴熟地融合了大都市情节剧和女性小说的写法。斯蒂芬斯将小说聚焦在城市对家园和家庭的摧毁上。不过这一次,摧毁的实施者不像以往由恶人来担当,而是由贿赂腐败滋生的城市暗黑力量来扮演。小说中城市的低效和冷酷等种种问题的展现具有纪实性,《古宅》因此也是研究19世纪城市史的重要参考资料。㉚《古宅》以一个家庭的分崩离析为开篇:饥寒交迫的小女孩玛丽在出租屋里父亲的病榻前看着他离世,酗酒的母亲早已消失数月,孤苦无依的玛丽只能流落街头。玛丽被街头巡逻的警察约翰·切斯特发现并被带到市长处寻求帮助,遭拒。约翰只好将玛丽带回自己家中。不幸的是,玛丽的第二个家很快也瓦解了:市长因一个无中生有的渎职指控将约翰解职,失业的约翰贫病交加最后淹死于河中,而约翰的妻子在外出找寻丈夫途中也一病不起,凄凉地死在医院中。约翰的女儿伊莎贝尔和玛丽都成了孤儿,被送到孤儿院。一段时间之后,两个孩子被市长的遗孀带到乡下。漂亮的伊莎贝尔成为市长遗孀的被监护人,而玛丽则与一户贫穷的农户居住。小说第二部分的故事完全发生在乡下。即便远离城市,乡下的生活模式也不可避免地被城市波及甚至摧毁。因为大多数人都涌向城市谋生,乡下人口锐减,曾经肥沃的土地现在变成游乐场。尽管乡下已经破败不堪,但是坚守在这片土地上的人们身上残留的“力量”“独立”和“正直”却是未来的希望。作者斯蒂芬斯通过小说中回到“古宅”的人们开启新生活和重新开垦乡下土地的举动表明了“希望”的回归。可以说,这部小说放入任何一个国家的城市发展史中看,都会令人产生共鸣;它对城乡转型问题丝丝入扣的揭示,具有很强的借鉴意义。

斯蒂芬斯的女性观

虽然斯蒂芬斯更倾向于男人应该负责社会和政治事务这样的观点,但是她并不认为女人在政治和社会事务上就应该没有发言权。相反,她的作品中经常会流露出以下暗示:女性的直觉更准确,情感更细腻,因此较之男性适合做行动者,女性更适合做思考者。换言之,女性是大脑,男性是肌肉;如果女性操控得当,男性可以实施女性的想法。女性对社会罪恶和人类需求的直觉格外敏锐,加之女性的才智,就使得女性能够提出一些救治社会的良方。㉛斯蒂芬斯用她的作品表明,她并不愿意局限于当时女性小说的狭小题材,而是逐步进入了男性作家会涉及的更广阔空间。斯蒂芬斯的文学实践也向世人昭示:她不仅能像男人那样独立和养家,也能像男人那样思考和写作。

本章所讨论的四位19世纪上半叶的美国女性小说家在美国小说史的长河中可能被视为“寂寂无闻”的人物,因为人们往往重视那些“伟大”

的作家而无视那些并不"伟大"的或是"次要"的作家。对于次要人物，但凡文学史、作品选集、教科书和理论著述一贯的做法是省略不提。当然，由于这些女性小说家身处美国女性小说开始发展的时代，其作品从审美角度和文学价值来看自然比不上后世的伟大作品。然而，正如肖瓦尔特（Elaine Showalter，1941—　　）在《她们自己的文学》（*A Literature of Their Own*，1978）中所指出的那样：次要小说家是将一代代作家联系起来的链条上的链环，没有她们的踪影，我们对女性写作中的连续性也就没有明晰的理解；对于作家人生与女性在法律、经济、社会地位等方面的变化之联系，我们也不能获得可靠的资讯。②与此同理，要想了解美国女性小说中"女性自我意识"得以表达的具体方式，我们也需要将女性小说家（无论是重要的，还是次要的）置于共时和历时的背景中，审视她与同时代女性以及历史上别的作家的联系。一如弗吉尼亚·伍尔夫（Virginia Woolf，1882—1941）在《女性与小说》（"Women and Fiction"，1929）一文中所说的那样："只有当我们了解一般女性的平均生活状况——她有几个孩子，她有没有自己的钱，她有没有自己单独的房间，她养育子女的时候有没有帮手，她有没有佣人，她是不是必须承担一部分家务——只有当我们能够估计普通女性所可能有的生活方式和人生经验的时候，我们才有可能解释非凡女性作为作家的成功或者失败。"③本章的四位女性作家借助小说这个"发声"平台，表达着自己或强或弱的女性意识以及或进步或保守的政治观点。作为经济和精神上双重独立的职业女性，她们在自己所处的时代无疑是成功者，也是女性的榜样。

---

① 19世纪著名作家霍桑（Nathaniel Hawthorne，1804—1864）曾致书其出版商，愤愤不平地抱怨自己得和当时成功的女性小说家竞争，谴责美国已经完全沉迷于那群"胡乱涂写"的妇女，而且"只要公众陶醉于她们的陈词滥调，我便没有成功的机会了。"见金莉：《文学女性与女性文学：19世纪美国女性小说家及作品》，北京：外语教学与研究出版社，2004年，第3页。

② 有评论家将19世纪美国社会提倡的女性价值观归纳为"真正的女性"的四种品质：虔诚、贞洁、温顺、持家。见 Barbara Welter, "The Cult of True Womanhood, 1820‑1860," *American Quarterly*, Vol. 18, No. 2, Part 1 (Summer, 1966), pp. 151‑174.

③ 伊莱恩·肖瓦尔特：《她们自己的文学》，韩敏中译，杭州：浙江大学出版社，2011年，第43页。

④ 同上，第 44 页。

⑤ *Northwood* 在美国和英国出版时书名略有不同，再版时书名也略有调整：*Northwood: Life North and South*；*Northwood: A New England Tale*；*Northwood or Life North and South: True Character of Both*。

⑥ 参见 Johnson Jone Lewis，"Sarah Josepha Hale," http://womenshistory.about. com/od/godeyshale/a/Sarah-Josepha-Hale.htm. Accessed 7 May 2018.

⑦ 感恩节在成为全国性节日之前只是新英格兰地区的节日，而且没有固定统一的日期，几个州从 10 月至 1 月自行庆祝。南方诸州大都不知道这个节日。为了支持将感恩节定为官方节日，黑尔给五位美国总统写过信，他们分别是：扎卡里·泰勒（Zachary Taylor）、米勒德·菲尔莫尔（Millard Filmore）、富兰克林·皮尔斯（Franklin Pierce）、詹姆斯·布坎南（James Buchanan）和亚伯拉罕·林肯（Abraham Lincoln）。

⑧ 转引自童雯、徐丽芳："莎拉·约瑟芬·黑尔的编辑思想"，《中国编辑》，2007 年第 6 期，第 82—84 页。

⑨ 童雯、徐丽芳："莎拉·约瑟芬·黑尔的编辑思想"，《中国编辑》，2007 年第 6 期，第 82—84 页。

⑩ "纽约文坛"以系列文的方式刊载在《戈蒂女士手册》（*Godey's Lady's Book*）上，每次描述一位作家。

⑪ *A New-England Tale* 又名 *Sketches of New England Character and Manners*。

⑫ *Hope Leslie* 又名 *Early Times in the Massachusetts*。

⑬ *Clarence* 又名 *A Tale of Our Own Times*。

⑭ *The Linwoods* 在美国又名 *Sixty Years Since*。

⑮ 见埃德加·爱伦·坡的"纽约文坛"（"The Literati of New York City"，1846）系列。

⑯ 参见方凡："女儿国里的玛丽亚和夏娃——评凯瑟琳·玛丽亚·赛奇威克的女性小说"，《复旦学报》（社会科学版），2004 年第 1 期，第 132 页。

⑰ 转引自卢敏："家庭、女性与美国早期公民道德建构——以《新英格兰故事》为例"，《国外文学》，2012 年第 4 期，第 136 页。

⑱ See Judith Fetterley，"'My Sister! My Sister!' The Rhetoric of Catharine Sedgwick's 'Hope Leslie'," *American Literature* 70. 3 (1998): 491‑516.

⑲ Catharine Sedgwick，*Clarence，or，A Tale of Our Own Times*，ed. Melissa J. Homestead and Ellen A. Foster. Peterborough：Broadview Press, 2012，p.454.

⑳ Ibid.，p.461.

㉑ 参见徐颖果、马红旗：《美国女性文学：从殖民时期到 20 世纪》，天津：南开大学出版社，2010 年，第 127 页。

㉒ 卢敏："家庭、女性与美国早期公民道德建构——以《新英格兰故事》为例"，《国外文学》，2012 年第 4 期，第 136—141 页。

㉓ Nina Baym，*Women's Fiction: A Guide to Novels by and about Women in America*，1820‑1870. Ithaca and London：Cornell University Press, 1978，p.127.

㉔ 参见 Ron Rindo，"Caroline Lee Hentz," in *Encyclopedia of Alabama*，http:// encyclopediaofalabama.org/face/Article.jsp?id = h-2449. Accessed 7 May 2018.

㉕ 参见 Baym，Nina. *Women's Fiction: A Guide to Novels by and about Women in America*，1820‑1870. Ithaca and London：Cornell University Press, 1978，

pp.129 -130.

㉖ Ibid.，p.130.

㉗ Ibid.

㉘ 爱伦·坡在"纽约文坛"("The Literati of New York City"，1846)中也描绘过斯蒂芬斯的容貌，见 http://www.librarycompany.org/women/portraits/stephens_ann.htm. Accessed 7 May 2018.

㉙ Nina Baym，*Women's Fiction: A Guide to Novels by and about Women in America*，*1820 - 1870*. Ithaca and London：Cornell University Press，1978，p.184.

㉚ Ibid.，p.185.

㉛ Ibid.，pp.187 - 188.

㉜ 肖瓦尔特：《她们自己的文学》，北京：外语教学与研究出版社，2004 年，第 7 页。

㉝ Virginia Woolf，*The Essays of Virginia Woolf* (*Vol. V: 1929 - 1932*). London：Hogarth Press，2009，p.29.

第三章

19 世纪下半叶美国女性小说

　　19 世纪下半叶，美国的国民经济高速发展，即便遭遇了南北战争，整体市场经济依然保持了良好态势。南北战争之后，随着南部种植园制度的废除，资本主义在全国范围内更是迅速发展，至 1850 年左右，美国已经成为当时的世界工厂，大量生产质优价廉的纺织品、枪支和其他生活产品，"美式制造业体系"初见雏形，国内的生活水平也开始超过了欧洲。物质的繁荣促进了教育的普及，也极大地提高了女性的受教育程度。科技的进步使一系列便捷的家用电器进入家庭，进一步减轻了女性在家务劳作中的负担，使她们有更多的时间阅读书籍，关照精神层面的生活。随着社会的不断发展，社会变革层出不穷，女性要求获得更大的社会权利，其政治呼声也愈发高涨，越来越多的女性开始积极参与社会活动，其中包括帮助美国南方黑人奴隶获得解放的废奴运动，它甚至引发了美国历史上第一次女权运动的高潮。在众多早期女性主义者的不懈努力下，19 世纪下半叶，美国逐步推出了各种维护妇女权益的法律，包括 1856 年的《已婚妇女财产法》与 1857 年的《婚姻法和离婚法》。在美国女性真正拥有选举权之前，女性赢得受教育权和就业权成为这一阶段女权运动最重要的两大成果。

　　在这样的社会背景下，美国女性文学迎来了发展的黄金时期：女性读者的热切需求刺激了女性作家数量的不断增长，同时女性文学的创作技法也开始推陈出新。美国女性小说成为当时最受欢迎的文学形式，其销售量和经济效益之高连同时代的男性作家作品也难望其项背。这个时期具代表性的女性作家首推哈里耶特·比彻·斯托（Harriet Beecher

Stowe，1811—1896)，也就是中国读者熟悉的斯托夫人。她的《汤姆叔叔的小屋》(*Uncle Tom's Cabin*，1852)是美国历史上销量仅次于《圣经》的作品。而其他的女性作家也大都叱咤一时，用手中的笔诠释着对于生活的全新理解。苏珊·沃纳(Susan Warner，1819—1885)的处女作《宽宽的大世界》(*The Wide，Wide World*，1850)在两年之内再版了 14 次，其后的 80 年共出现了 106 种不同的版本，总销量超过 100 万册。奥古丝塔·埃文斯·威尔逊(Augusta Evans Wilson，1835—1909)的《圣埃尔默》(*St. Elmo*，1866)仅出版短短 4 个月，销量就直冲 100 万册，此后还不断被改编成戏剧和电影上演。路易莎·梅·奥尔科特(Louisa May Alcott，1832—1888)的《小妇人》(*Little Women*，1868)至作者逝世百年时，仅在美国就出版了 29 个不同版本，销量高达 600 万册。

这些在 19 世纪下半叶大放异彩的女性作家绝大部分属于"文学家庭妇女"，即她们虽走上文学创作的道路，但始终是以家庭为第一出发点，她们创作的目的主要是为了补贴家庭收入，家庭题材也是她们创作的中心。这些女性作家大都出生于盎格鲁-撒克逊后裔的中产阶级家庭，因此有条件接受良好的教育；此外，她们深受传统礼仪的浸润，从小恪守"真正的女性"的道德标准，人生的理想是成为合格的女儿、妻子和母亲。相应的，她们的作品也基本遵从了男权社会所认同的传统女性价值观，正如奥尔科特在《小妇人》中所反复强调的："家是女人最幸福的王国。"可以说，这些女性作家选择了以写作为职业，尽管有热爱文学的内因存在，但最主要的动力还是因为外部的经济压力。她们并不想背离社会传统期待的角色，相反，写作是她们为家庭贡献和牺牲的一种途径。这一时期比较特殊的一位女作家是莎拉·奥恩·朱厄特(Sarah Orne Jewett，1849—1909)。这位女性小说家具有罕见的文学自觉性，她几乎从一开始就坚定地将写作视为自己的毕生追求，也因此成为 19 世纪末、20 世纪初女性作家中承上启下的代表性人物。

纵观 19 世纪下半叶的女性小说家，不论她们原本的创作动机如何，她们所获得的空前商业成功确实使其成为不同于普通家庭妇女的职业新女性，她们的职业写作行为对传统社会价值体系形成了强烈的冲击。以影响了好几代美国女性的《小妇人》三部曲为例，虽然作家奥尔科特本人是南方文化和价值观的积极倡导者，她笔下的女主人公被塑造成"无私、牺牲"的典范，但是故事中以乔为代表的艺术新女性，却积极争取自己选择生活道路的权利，因此突破了传统社会既定的角色要求，最终使作品超越了简单的四姐妹成长故事而成为探讨女性价值的经典之作。事实上，奥尔科特本人也的确是积极的女权主义活动家。相比同时期的男性作家，这些女性作家的写作显然更重视再现女性在社会变迁中所经历的情感和生活变化，因此她们塑造的女性角色也更能突破"理想女性"的平面化效果，而成为"成长中"的血肉之躯。例如，曾惨遭丈夫遗弃的 E. D. E. N. 索思沃思（E. D. E. N. Southworth，1819—1899）就视写作为"精神自传"。她的写作生涯长达40余年，创作了60余部小说，被誉为美国文坛"19世纪最畅销的作家"。她的作品强调家庭必须建构在两性平等的基础上，其故事常以被伤害、被遗弃的女性为中心，颂扬女性内在的无私奉献与坚韧毅力。在她的笔下，读者能够明显地感受到"真正的女性"所具有的传统美德和独立意识。

具有讽刺意味的是，虽然在那个年代，美国女性文学市场达到了异常的繁荣程度，但女性作家和她们的作品却被长久地排斥在美国文学"正统"与"经典"之外。在很长一段时间里，斯托夫人都是19世纪上半叶美国传统文学研究和教学中唯一榜上有名的女作家。女性主义作家往往被主流的评论界置于边缘地位，被归为"感伤小说家"或者"区域小说家"之类。如前一章所提及的，霍桑（Nathaniel Hawthorne，1804—1864）曾愤愤不平地抱怨道："美国如今已经完全沉迷于一群乱涂乱画的妇女。只要公众陶醉于她们的陈词滥调，我就没有成功的机会。即使我得到成功也会为自己感到羞愧。《点灯人》（*Lamplighter*，1854）一版再版，究竟什么是它成功的秘密呢？还有其他相同类型的小说，水平甚至比《点灯人》更差，不过它们也不需要比它出色，因为这类小说怎么都能销售到10万册以上。"① 如今，这封信几乎与他的作品《红字》（*The Scarlet Letter*，1850）一样出名，频频被评论界，尤其是女性评论家们谈论和引用。霍桑的表述颇能代表那个时代男性作家对女性作家与女性文学的敌意。

对此，尼娜·贝姆（Nina Baym，1936—2018）1978年出版了《美国女性小说指南：1820—1870》（*Women's Fiction: A Guide to Novels by and about Women in American: 1820—1870*），以回望的角度，对100多年前霍桑的评论做出了有力的反驳。贝姆强调，19世纪这一特殊时期的女性小说契合了时代的需要，满足了当时的读者（绝大部分是女性读者）的内心渴求。由女性作家创作的作品讲述的是女性自己的故事，同时也是为女性读者而作。虽然每一位女性作家都各具特色，笔下的人物也千差万别，但基本上她们的故事都刻画了女性普遍经历的艰难困苦，最后往往以

温暖人心的胜利结尾：女主人公最终在生活的磨难中成长为"完美的女性"，并得到了一位爱她并且尊敬她的理想夫君——美德得到了回报。但这些故事不仅仅是在宣扬传统的"理想女性"，其潜藏的文本同时揭示出了一个个独立的女性个体：情感独立、智力独立以及经济独立。因此，这一时期的男性作家之所以对女性作家与女性作品感到不安，恐怕正是因为这些作品所具有的对传统女性价值观既遵从又否定的双重性。重读这些一度被男权文学传统边缘化的女性作家的经典作品时，越来越多的评论家已开始将目光转向"理想女性"故事背后所隐含的具有反叛意义的潜文本。

第 一 节

哈里耶特·比彻·斯托：一本书改变美国历史的女作家

哈里耶特·比彻·斯托（Harriet Beecher Stowe，1811—1896）是 19世纪下半叶的代表性女作家，她的《汤姆叔叔的小屋》（*Uncle Tom's Cabin*，1852）是美国历史上销售量仅次于《圣经》的作品。[②]它极大地推动了废奴运动的发展，被史学家认为是美国内战的导火索之一。当时广为流传的一则轶闻是，林肯总统在南北战争结束前夕接见斯托夫人时，曾戏称她是"写一本书发动了一场战争的小妇人"。[③]斯托夫人是一位非常高产的作家，在她近半个世纪（1833—1878 年）的写作生涯中，共出版了 17 本书、45 篇文章以及大量关于宗教、政治和家庭伦理的手册。20 世纪 70 年代以来，随着女权批评家对于女性文学的"考古"努力，斯托夫人的文学成就逐渐得到了较为全面的评介。除了宣传废奴思想的作品外，斯托夫人还创作了一系列描写新英格兰地区的小说和众多儿童文学作品，她也是美国女性游记的早期开拓者之一。整体而言，斯托夫人的创作具有强烈的使命感，道德问题是她最重要的文学命题。

生平传略与创作成就

哈里耶特·比彻·斯托一生都深受加尔文教派影响，其写作表现出强烈的自我克制与精神再生的信念。1811年,哈里耶特出生于康涅狄格州的利奇菲尔德,其父利曼·比彻(Lyman Beecher)是当地非常有威望的公理教会牧师。哈里耶特自幼受到浓厚的加尔文派宗教家庭氛围熏陶,在严格的基督教教义训练下长大。其母罗珊娜·富特·比彻(Roxana Foote Beecher)虽然在她四岁时就过世了,但在家人心目中却是无私忘我的女性楷模,亦成为哈里耶特成年后一直效仿的人生榜样。比彻家九个子女均受过良好的教育,几乎个个饱览诗书。尤其值得一提的是哈里耶特的姐姐凯瑟琳,她是美国19世纪妇女教育运动的先驱者,主张女性应该掌握主要领域的知识和原理,并以母亲、教师或护士的身份发挥道德榜样。1824—1832年,哈里耶特正是在凯瑟琳创办的哈特富德女子学院修读各种课程,包括地理、历史、哲学、化学、逻辑、法语、拉丁语以及绘画和缝纫。1832年,父亲利曼成为莱南神学院院长,原本分散的比彻一家人重新团聚,怀着“为美国的灵魂而战”的信念,[④]共同移居辛辛那提。

　　作为女性,哈里耶特在家中曾一度被强调父权的父亲所忽视,这在很大程度上影响了哈里耶特的自我价值感。1834年,哈里耶特在《西方月刊》(Western Monthly)上发表了第一个故事《伊莎贝尔和她的妹妹凯特》("Isabelle and Her Sister Kate")。两个月后,她发表了《新英格兰地区素描》("New England Sketch"),获得《西方月刊》杂志评选的一等奖,并随后被《辛辛那提纪事报》(Cincinnati Chronicle)转载。至此,哈里耶特正式踏入文坛。1834年,《新英格兰地区素描》单独出版。因为写作的成功,哈里耶特作为女性的自信心得到了极大的提升。

　　在辛辛那提,比彻两姐妹还参加了舅舅塞缪尔·富特(Samuel Foote)主持的“分号沙龙”。这是一个以研究社会学见长的知识分子小团体。在1837—1838年期间,哈里耶特很有可能参加了一位斯维登堡学派(Swedenborgian)哲学家亚历山大·金蒙特(Alexander Kinmont)的讲座。亚历山大·金蒙特主张发展中的美国文化需要包含黑人与妇女温暖与温柔的一面,这样才能中和传统的盎格鲁-撒克逊文化中以男性为主导的侵略性。哈里耶特在同一时期对教育产生了更为积极的态度,并开始坚信美国文化必须要有女性文明的滋润。在给挚友乔治亚娜·梅(Georgiana May)的信中,哈里耶特这样写道:“只有在女性的手中,教育才能完成它真正的意义。”她认为,男性无论是多么学富五车,总是缺乏“耐心、忍耐力与温柔的态度,而所有这一切,对于性格的塑造都是非常重

要的",因此必须克服社会成见,找到那些"有主见,有规划"的女性。⑤

哈里耶特渴望成为像她母亲一样的"真正的女性"。1836 年,哈里耶特嫁给了莱南神学院一位丧偶的圣经文学教授凯尔文·艾利斯·斯托(Calvin Ellis Stowe),成为斯托夫人。很多研究者认为哈里耶特的选择更多是出于崇高的呼唤,出于母性的同情。像 19 世纪其他中产阶级家庭的妇女一样,斯托夫人婚后承担了照顾丈夫、抚养子女的繁重家务,但她并没有放下手中的笔。她始终坚持以文字表达女性的道德诉求。正如金莉在《文学女性与女性文学:19 世纪美国女性小说家及作品》中所总结的,"斯托不仅对妇女的智力水平和女性视角对于世界的价值充满信心,也坚信家庭在社会里的重要性。她逐步建立起既要扮演好传统妇女的角色,又要尽力以基督教的精神和行为改变社会、拯救世人的道德标准和行为准则"。⑥斯托夫人的写作并不否定女性与母性的情感表述,她反而强调:正因如此,女性可以成为孩童与男性的"精神导师"。⑦

斯托夫人首先通过供养家庭来实现自身作为女性的价值。她出身于一个大家庭,父亲的两次婚姻共养育了 11 个子女;她本人在婚后也养育了一个大家庭:婚姻的前 7 年生育了 5 个孩子,之后又陆续生育了两个孩子。满腹经纶的丈夫并不能为家庭提供可靠的经济保障。因此,出于强烈的基督教使命感,斯托夫人在婚后自觉担负起家庭的经济重任,以写作补贴家用。她的故事不断发表在各类杂志上。在姐姐凯瑟琳的帮助下,斯托夫人出版了第一本短篇集《五月花》(The Mayflower,1843),其中包含 15 个故事,比较突出的是《圣诞节美丽仙女》("Christmas;or The Good Fairy")与《运河男孩小弗莱德》("Little Fred,the Canal Boy")。前者讲述一个富家女最终脱离浮华生活而成为穷人的"慷慨小姐"的故事;后者描写一个孤儿凭着对母亲与姐姐的美好回忆,终于在一位牧师的帮助下逃脱了周边的邪恶影响。两个故事都带有强烈的道德说教倾向,表达了对女性"精神导师"的殷切希望。《五月花》的成功出版使斯托夫人认识到自己有可能成为一名职业的"文学女性"。她丈夫对此也非常鼓励,并建议她将署名改为更加富有韵味的"哈里耶特·比彻·斯托"。

此时的斯托夫人也已强烈认识到奴隶制的罪恶。她所居住的辛辛那提城位于俄亥俄河的北岸,河对面蓄奴的肯塔基州常有黑奴冒死凫水逃跑。她和家人曾尽力救助过一些黑奴,但也亲眼见到更多的逃亡奴隶被抓回接受酷刑。1850 年,斯托夫人的丈夫赴柏德英学院任教,斯托一家搬至缅因州。同年,美国国会通过了《1850 年逃亡奴隶法》(Fugitive Slave

Act of 1850)，旨在缉拿全国的在逃奴隶，并规定藏匿奴隶者将会遭到处罚。这一法令在全国范围内掀起了关于奴隶制合理性的大讨论。这一年底，斯托夫人收到了嫂嫂的来信，信中说："要是我有你那样的写作天赋，我就会拿起笔，让国人都知道奴隶制有多么可恶。"据说，斯托夫人为此激动异常，不但给全家人读了来信，还发誓："我一定要写点什么。只要我活着。"⑧1851年2月，另一件事坚定了斯托夫人的决心。在布伦斯维克的一个教堂，她亲眼见到一个老黑奴，一个非常温和的基督教徒，被当众鞭打致死。这个人临死前还在祷告，祈求上帝宽恕伤害他的人。斯托夫人将这一幕写进了《汤姆叔叔的小屋》最后一章。正如在给出版商的信中所说的那样，反对奴隶制的暴行，已经"到了即使是一个能为自由和人道说话的妇女或孩子也必然开口的时候了……我按捺不住，希望每一个能够写作的女性都不要沉默"。⑨

事实上，在强烈宗教道德感的激励下，斯托夫人仅用了半年时间就完成了被后人称为"不朽著作"的长篇小说《汤姆叔叔的小屋》。小说于1851—1852年在周刊《民族时代》(*National Era*)杂志上连载，1852年出版单行本，一年内就发行了30万册以上。按当时美国人口2 300万计算，平均每70余人就买了一本，何况包括在人口总数内的近400万黑奴根本无法见到这本书。在南北战争前夕，这本书的销量已经达到了300万册；到了1972年，总销售额又翻了一倍多。最终，这部作品稳居美国文学史上最畅销的小说之列。斯托夫人在书中倾注了她的基督教博爱思想和政治民主思想，以饱含激情的笔描述了奴隶制给黑人带来的悲惨生活。

《汤姆叔叔的小屋》：载入史册的废奴小说

《汤姆叔叔的小屋》的主线讲述了一位虔诚的黑奴悲惨死去的故事。小说中的汤姆叔叔代表着基督教的博爱、忍耐与宽容。他原本是肯塔基州庄园主谢尔比家的奴隶，在庄园里出生长大，后成为奴隶总管。他做事干练，忠心耿耿，深得主人的信任。在得知主人要卖掉自己后，他并不愿逃走，而是为了主人和其他的黑奴，忧伤地与家人告别，坦然接受了自己的命运。在随着奴隶贩子驶往密西西比河下游的轮船上，汤姆救起了不慎落水的女孩小伊娃。小伊娃的父亲圣克莱尔于是买下了汤姆，而汤姆也与伊娃在一起度过了一段快乐的时光。但是不久伊娃病故，圣克莱尔没来得及实现自己解放汤姆的诺言，就在一次意外中身亡。此后圣克莱尔的太太玛丽再次将汤姆卖给了凶残的种植园主雷格里。最后汤姆因为

拒绝鞭打别的奴隶,也拒绝说出两个逃跑女奴的下落,被雷格里毒打致死。在斯托夫人的笔下,汤姆的一生完美体现了基督教的自我奉献精神,以及面对强权的正直不屈。

与汤姆悲惨命运相对的,是小说的叙述副线——逃亡女奴伊莱扎的故事。女奴伊莱扎是敢于向命运挑战的典型。作为谢尔比太太的贴身女仆,伊莱扎通过偷听谢尔比夫妇的谈话了解到主人要卖奴隶还债的计划,其中就有她的儿子小哈利。于是,在劝说汤姆一起逃跑未果后,伊莱扎毅然决定独自带着小儿子北上逃跑,其中最扣人心弦的一个场景就是伊莱扎不顾奴隶贩子的追捕,冒着生命危险抱着儿子奋力跳上俄亥俄河上的浮冰逃跑。后来伊莱扎在逃亡的路上意外遇见同样从奴隶主那儿逃出来的丈夫乔治,他们一路上躲避奴隶贩子的追捕,困难重重,险象丛生。最后在废奴派人士的帮助下,伊莱扎一家最终以自由人的身份在加拿大团聚。斯托夫人在小说中描写了汤姆和伊莱扎两种截然不同的个性与最后的命运,表达了其对于黑人奴隶的同情与期望。

值得注意的是,在小说中,斯托夫人多次强调了女性作为男性"精神导师"的作用。例如,谢尔比夫人就是一位具有强烈基督教道德观的"好夫人"。谢尔比夫人多年来一直宽待黑奴,并将他们同样视为上帝所创造的产物,并积极向他们传道。她对丈夫卖掉奴隶的决定十分不满,因为她首先想到的是被卖奴隶的家庭将会遭受怎样的感情创伤。在丈夫去世之后,正是她要求儿子务必找到汤姆的下落,最终将汤姆的尸首带回家。而与谢尔比夫人相反的,是"坏夫人"圣克莱尔夫人的冷酷无情。在女儿和丈夫死后,她全然不顾两人的遗愿,决意卖掉汤姆和其他的奴隶。斯托夫人在书中暗示,正是圣克莱尔夫人的道德缺陷,才导致了她家庭生活的不幸。由于圣克莱尔夫人无法承担正确的母亲职责,其女儿小伊娃在事实上成为家庭的中心。小伊娃虽年幼,却富有人道主义精神,能以榜样的力量影响身边的男性,是斯托夫人笔下典型的女性美德的化身。

有批评家指出,小伊娃的形象其实是女性版本的耶稣。小伊娃的大名是伊凡杰琳(Evangeline),与福音传教士(evangelist)同根,有"福音的信使"或"福音的天使"之意;而小说的第25章也以"小福音使者"("The Little Evangelist")为标题。小伊娃总是喜欢身着白衣,"像影子一样悄无声息地穿越各处,不染一点尘埃"。⑩小伊娃代表了基督教的平等与博爱。她第一次在驶向南方的船上出现时,就像一位小天使一样满面笑容地把手里的糖果分给那些不幸的奴隶。在学会阅读《圣经》后,小伊娃梦想着能有钱"在自由州买下一块地,把我们的人都带到那里,雇老师教他们读书写字"。⑪像耶稣一样,小伊娃也充满献身精神,情愿为她所爱的人献出一切。她对汤姆说:"我能懂得耶稣为什么要为我们去死,如果我的死能制止所有这些痛苦,我宁愿去死。"⑫正因为小伊娃能以基督教的仁爱照顾家中的每一个人,所以在她死后,所有的人都悲痛万分,这也表现了基督教道德观在美国的胜利。

而书中所描绘的形形色色的奴隶主们,则体现了资本主义非人性的商品观。需要特别指出的是,斯托笔下最凶残的奴隶主雷格里并非地道的南方人。他出生于北方,后来才到南方定居,而南方奴隶主则常是善良的主人,对汤姆不薄。圣克莱尔本人也憎恨奴隶制,愿意让家里所有的奴隶获得自由。这些细节曾使斯托夫人饱受争议。批评者认为斯托夫人并不是一个纯粹的废奴主义者,而斯托夫人的支持者则强调,她作为虔诚的教徒,其道德主张是始终如一的。她反对奴隶制度,其根本出发点在于反对将人作为商品加以剥削。事实上,《汤姆叔叔的小屋》原本的副标题正是"作为物品的人"。她对于北方的资本主义市场经济也确实持有一定的怀疑态度:解放后的奴隶该何去何从呢?是否就顺理成章地去填补北方的廉价劳力缺口呢?斯托夫人担心的是赤裸裸的商品(劳动力)交易观对于传统道德(尤其是以家长制为基础的家庭关怀)会产生巨大的侵蚀作用。⑬最著名的论断来自爱伦·摩尔斯(Ellen Moers,1928—1978),她在《哈里耶特与美国文学》(*Harriet Beecher Stowe and American Literature*,1978)一书中指出:"对于斯托,最可怕的不是奴隶制的非人性,而是它的貌似人性,它总能轻易地和市场上现存的规范流程结成同盟。"⑭更有女性批评家指出,斯托夫人反对的是男性/商品化的道德观,倡导的是女性/反商品化的道德观。⑮

斯托夫人的废奴写作,正是基于其对于"理想女性"的道德追求。然而,当她挺身而出公然控诉奴隶制罪恶的同时,她也在事实上挑战了时代对于女性的局限。她违背了传统美国女性,尤其是南方女性,在政治生活中的"沉默"传统。因此,正如斯托夫人的传记作家琼·D. 赫德里克(Joan D. Hedrick)所指出的那样,斯托夫人几乎是"在拿自己的女性身份冒险"。⑯当时有一些评论家认为书中的内容是瞎编乱造,是对南方生活的歪曲。为此,斯托夫人专门于1853年发表了《关于〈汤姆叔叔的小屋〉的辩护》(*A Key to Uncle Tom's Cabin*)一书,以法律条文、法庭记录、报纸报道、私人信件等大量的资料史实为依托,正式与批评者展开论战。有趣的

是,最终也正是斯托夫人的"女性身份",即她作为牧师的妻子以及七个孩子的母亲的事实,帮助她赢得了最广泛的群众支持,使她免于在这一道德论战中受到伤害。1853年,有超过50万的英格兰、苏格兰、爱尔兰的女性共同就奴隶制问题签署了一份请愿书,声援斯托夫人。同年,斯托夫人受邀访问了英格兰和爱尔兰,受到了热烈的欢迎。⑰1856年,承受住了舆论风暴的斯托夫人出版了第二部废奴小说《德雷德:阴暗的大沼泽地的故事》(*Dred: A Tale of the Great Dismal Swamp*)。该作以美国历史上黑人起义领袖德雷德·司各特(Dred Scott, *c*. 1799—1858)为原型,描写了德雷德率领逃亡奴隶为自由而战的故事。这本书再次表明了斯托夫人支持废奴运动的坚定立场。

其 他 创 作

除了废奴主题创作,斯托夫人还写作过一系列新英格兰地域小说,包括《教长的求爱》(*The Minister's Wooing*, 1859)、《奥尔岛上的明珠》(*The Pearl of Orr's Island*, 1862)和《古镇上的人们》(*Men of Our Times*, 1869)等。斯托夫人以充满乡土生气的笔触,记录了美国新英格兰地区的生活风貌和历史传统。通过对那个简朴纯真的时代的追忆,斯托夫人也含蓄地表达了对如洪水野兽般的工业资本主义的抗拒。此外,斯托夫人的作品中也包括了一些游记。《异国的阳光记忆》(*Sunny Memories of Foreign Lands*, 1854)记录了她于1853年在英国以及欧洲大陆旅行的见闻。在当时的美国,女性游记文学是个新兴文类。大部分游记都以杂谈、书信的形式出现,作者往往强调她们的"淑女"身份,因为她们的旅行都是在男性亲友(如丈夫、父亲、儿子、兄弟等)的陪同下进行的。斯托夫人的旅行虽也有家人陪同,但由于她此时已作为《汤姆叔叔的小屋》的作者而声名鹊起,因此她是旅游的主导方,也就更能在游记中展现出自己的主动性。斯托夫人的游记创作旨在通过拜访"旧世界"而将改革和教育的新视角带回"新世界"。⑱南北战争之后,定居于佛罗里达州的斯托夫人亦创作了大量的儿童文学。斯托夫人晚年的主要作品包括为妇女权利辩护的小说《我的妻子和我》(*My Wife and I*, 1872)和以作者童年生活为题材的《波格纽克人》(*Poganuc People*, 1878)等。

整体而言,哈里耶特·比彻·斯托作为19世纪下半叶女性作家的先锋,其创作突破了时代对于女性的限制。强烈的宗教使命感帮助斯托夫人站得更高、看得更远。她笔下所描绘的不再是个人世界的深深庭院,而是更为广阔的公共社会领域。斯托夫人对于种族问题的敏感,开拓了女性创作的崭新方向;同时,她对妇女如何在更高层次上获得解放的思索,亦鼓舞了无数女性读者。斯托夫人最重要的文学命题依然是道德问题,她强调女性可以作为儿童与男性的"精神导师";她始终如一的道德理想是以基督的教义为中心、以女性的母爱为基础、以家庭为单位的平等、有爱、和谐的自然生活。

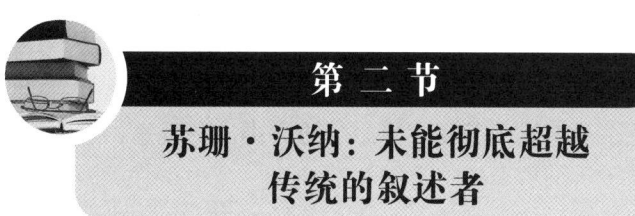

第二节

苏珊·沃纳:未能彻底超越传统的叙述者

苏珊·沃纳(Susan Warner,1819—1885)一生出版了30多部作品,是19世纪中期美国具有较高知名度的几位作家之一。其处女作《宽宽的大世界》(*The Wild*,*Wild World*,1850)堪称一部现象级作品,在出版两年内就再版了14次,并在其后的80年间,有106种版本出现,总销售量超过100万册,仅次于斯托夫人的《汤姆叔叔的小屋》。苏珊·沃纳的文笔细腻流畅,字里行间闪耀着虔诚的女性奉献美德,代表了她那个时代典型的女性道德标杆。

生平传略与创作成就

苏珊·沃纳于1819年出生于纽约市,父亲亨利·沃纳(Henry Warner)是一位出色的律师和商人,给孩子们提供了优裕的生活条件,苏珊和妹妹从小过着养尊处优的富裕生活。尽管苏珊在九岁那年遭遇了丧母之痛,但这份悲痛很快就被姑妈的慈爱填补了。姑妈终身未婚,一直留在沃纳家如母亲一般照顾苏珊姐妹的生活。除了物质上的富裕,苏珊·沃纳的父亲也给女儿们提供了多姿多彩的精神生活。在父亲和家庭教师的教导下,苏珊姐妹饱读诗书,熟知大量文学作品,学习了法语、意大利语,从小就打下了良好的语言文学基础。她们还学习了绘画、声乐等,经常去听音乐会、歌剧,长期耳濡目染之下,也拥有了出色的艺术修养。然而天有不测风云,苏珊·沃纳的家庭在她18岁那年发生了变故,父亲投

资失败、卷入财产官司,一家人只好与从前奢华优越的生活道别,变卖家中的珍贵物品,离开了纽约的豪宅,搬到康斯蒂图申岛上的农舍去安身。在生活的重压之下,苏珊姐妹也被迫改变了一掷千金、锦衣玉食的生活方式,开始节衣缩食、艰难度日。她们像普通贫家女子一样学会了缝衣、煮饭、操持繁重琐碎的家务,也见识到了世态炎凉、人情冷暖。昔日富贵之时,门庭若市,往来巴结之人络绎不绝;如今生活潦倒、举步维艰,却鲜有雪中送炭、扶危济困之辈。苏珊姐妹只能依靠自己咬紧牙关,为生计奔忙。尽管一落千丈的经济状况给他们带来难言的困窘和痛苦,她们仍然坚强地扛起了一切。苏珊姐妹后来加入了默塞尔街基督教长老会,在宗教中寻求心灵的慰藉。宗教在某种程度上抚平了她们的心灵创伤,让她们用一种更平静坦然的态度对待命运的磨难。宗教意识也或多或少地渗透到了苏珊·沃纳后来的文学创作中。

假如苏珊·沃纳没有遭逢巨大的人生变故,也许她会成为一个普通而幸福的中产阶级妇女:知书达理,温婉贤淑,相夫教子,度过无忧无虑的一生。而美国文坛则会少了一位优秀的女作家。苦难一方面摧毁了苏珊·沃纳富裕安乐的生活,一方面也给了她更丰富的人生经历和智慧,让她看清了生活和世界的真相,具备了一个成功作家应有的视野和胸怀。生活的重压、姑妈的鼓励、自己多年积累的良好文学基础以及对生活的多番感悟促使她提起笔,开始构思创作小说。她的第一部小说《宽宽的大世界》完成之后,却遭遇了出版上的尴尬。一开始没有出版商赏识这本小说,但是一位出版商的母亲却被这个以女性为主角的故事打动了,强烈要求儿子出版这部作品。于是,这本书得以出版问世并风靡一时,打动了千千万万的读者,尤其引起了女性读者的共鸣。

《宽宽的大世界》:中产阶级女性的楷模

《宽宽的大世界》的女主人公埃伦·蒙哥马利是一位命途多舛的女孩。在她十岁左右,原本幸福的家庭发生了变故,父亲因卷入财产官司而破产,只好把女儿托付给自己的妹妹福琼·爱默生照料。埃伦的父亲决定带着妻子去欧洲闯荡,寻求新的发展机会,岂料妻子在欧洲病死,他本人不久也遭遇了海难。可怜的小埃伦成了孤儿,在一个宽宽的大世界里处于孤立无援的境地。福琼姑妈虽然受埃伦的父亲所托,答应照顾这个孤女,但内心对这个小侄女没有太多好感。她简单粗暴,把自己的意志强加给埃伦;她不让埃伦上学,不让她做自己想做的事。值得一提的是,作者并不是把福琼姑妈作为类似白雪公主继母这样的反面人物来塑造的——福琼姑妈不是恶人,相反,她身上还有许多普通劳动妇女的优秀品质,如吃苦耐劳、自强自立、强势能干等等。她一开始对待埃伦不够友善疼惜,并不是有意虐待她,只是她的阶层、学识和性格注定了她不是一个文雅知礼、温柔体贴之人,不懂得怎样从内心深处关怀别人。但不可否认,福琼姑妈给了父母双亡的小埃伦一个安身立命之所,教会了她洗衣煮饭等生活技能。因此,当福琼姑妈病倒时,埃伦有能力在照顾病人的同时把家务操持得井井有条。福琼姑妈也被埃伦感化,不再把她视为兄弟强行塞给自己的包袱。

在福琼姑妈家生活的那段日子里,埃伦与善良的邻居爱丽丝·汉弗莱斯结下了深厚的情谊。爱丽丝性格细腻敦厚,在埃伦没被福琼姑妈从心底真正接受的时候,爱丽丝给了埃伦亲人般的温暖。她像母亲和姐姐一样温言细语,抚慰她心里的伤痛,又像一个老师那样教导她如何应对生活的不如意。苏珊·沃纳借爱丽丝和埃伦之口在书中浸染了她的宗教意识。她们虔诚信奉基督教,把上帝的旨意视作至高无上的圣谕,以温柔谦恭、逆来顺受、自我牺牲的态度和精神去应对生活的磨难。现实中的苏珊·沃纳也是在人生最困窘潦倒、孤苦无助的时候找到了宗教这一安慰剂。马克思曾经说过,宗教是人类的精神鸦片,但是从另一个角度来解读这句话,鸦片也是可治病的药物之一,也有缓解痛苦的作用。信奉宗教虽不能直接帮助苏珊·沃纳脱离经济困境,但是她能够在祈祷的过程中感受到神灵的聆听与关注,她能够在参加教会活动的时候感受到团体的温暖、精神的依靠,她知道自己仍旧是被爱、被关怀的,不会对生活产生绝望的念头。保持善良的心和温柔的性情,尽量与人为善是正确的为人处世之道。能够在生活重压之下依旧保持不怨不怒的宁静心境,不扭曲自己的本性,坦然承受命运给予的一切,待人接物仍不失温文尔雅的气度,这本身也是一种坚强的勇气。小说中的埃伦也是用这样的善良、真诚、坚韧赢得了福琼姑妈和其他亲人的疼惜和信任。埃伦与爱丽丝·汉弗莱斯信仰相同、志趣相投,她们之间不是姐妹胜似姐妹的情谊更成为埃伦人生中一抹挥之不去的亮色。爱丽丝不久之后病重身亡,埃伦对爱丽丝至死不渝的友情和对上帝的恭敬虔诚支撑着她熬过了这段痛苦,强忍着悲痛去安慰爱丽丝的亲人。埃伦已经不是第一次遭遇失去至亲的痛苦,但命运的打击只会让她变得更加坚强。她相信那些爱她的人不会真正离开她,而是进入了天堂,与上帝一起继续带给她关怀和温暖。

一个偶然的契机,埃伦得知父亲生前希望她去投奔苏格兰的舅父一家。经过一番犹豫,她决定遵从父亲的意志,远涉重洋奔赴另一种未知的生活。舅父一家给了埃伦优裕的物质生活,也给了她欣赏与关爱,但是控制欲极强的舅父试图操纵埃伦的精神世界,不许她祷告唱诗。为了捍卫心中的信仰,一向温顺的埃伦用每天坚持祈祷唱诗这样一种虽不激烈但是坚决的方式反抗了舅父,终于迫使舅父让步。埃伦对信仰的忠贞、对原则的坚守,使她赢得了人格的尊严和心灵的自由。她用自己的行动告诉舅父:她不是被圈养在华美鸟笼中的金丝雀,不是任人摆布的听话宠物;她有自己的思想和信念,不会为了贪图物质上的富贵而屈从于他人强加给自己的意志,或是交换自己的灵魂。她最终回到了美国,与昔日挚友爱丽丝的哥哥喜结良缘。

尽管作为作家的苏珊·沃纳终身未婚,也一直未放弃写作这个谋生手段,但她在潜意识里希望自己和妹妹都能够摆脱这种不得不依靠拼命写作来维持生计的生活方式。毕竟,她最初走上文学创作这条道路不是出于个人喜好,而在很大程度上是被现实经济状况所迫。如果生活能给她更多的优待和选择,她宁可把文学作为一种业余的消遣。既然在现实中不能实现这个愿望,苏珊·沃纳便把这个美好的幻想寄托在书中,寄托在她精心塑造的女主人公身上。小说中的埃伦最终成为一个不为生计发愁、备受丈夫呵护的家庭主妇。这一点体现了苏珊·沃纳思想的局限性——尽管她不认为经济独立的职业妇女低人一等,但是她心目中真正的幸福生活仍然是在一个男人的守护下不必工作奔波的安闲生活,也就是她父亲原有经济状况不出现变故的情况下自己将会过上的那种中产阶级家庭妇女的生活。苏珊·沃纳的幸福观使"宽宽的大世界"这个标题带有了一丝反讽意味。尽管她笔下的女主人公埃伦去过美国、欧洲等不少地方,但是她并不想在这个"宽宽的大世界"里闯出自己的一片天地,她最终属于、也愿意属于家庭这个"窄窄的小世界"。

《奎奇》:超越传统又回归传统的灰姑娘

苏珊·沃纳的另一部小说《奎奇》(Queechy,1852)讲述的也是一个孤女应对生活磨难的故事,不同的是女主人公弗莱达比《宽宽的大世界》中埃伦的经历更加丰富,个性更加鲜明。弗莱达从小与祖父在奎奇农场相依为命。她信仰基督教,小小年纪就懂得用教义来规范自己的一言一行。祖父去世后,弗莱达投奔了巴黎的姨母露西·罗西特,在姨母家过了一段时间的富裕生活,学习了不少文化知识。因为她善良温柔、聪明懂事,姨父、姨母和表兄休都很喜欢她,他们就像真正的一家人在一起享受和睦幸福的生活。书中的这段描述显然是作者苏珊·沃纳对自己童年生活的一种怀念,接下来的情节发展也具有半自传性质。姨父罗尔夫破产,经济状况急转而下,全家人被迫离开纸醉金迷的巴黎,回到美国的奎奇农场生活。面对生活的重大变故,罗尔夫姨父作为一家之主,显得过于懦弱无能。他从心理上无法正视自己一贫如洗的事实,仍然幻想着维持旧日的生活水准,但是他又不肯放低身段、脚踏实地地做些力所能及的事情来改变现状,成天只知道怨天尤人、满腹牢骚。他把农场交给外人管理,导致农场经营失败,于是更加一蹶不振、自暴自弃,完全失去了昔日温文尔雅的风度,后来竟然还毫无责任感地抛下一家老小,独自离开农场远走他乡。相比之下,年轻纤弱的弗莱达反而是生活的强者。她坦然接受了命运的苛待,在姨父无能、姨母软弱的情况下毅然以高度的责任感挑起了生活的重担,和表兄休一起下地劳动,努力挣钱,养家糊口。聪明上进的弗莱达同时还学会了管理农场和开发生意的商业技能。她可以享受富裕的生活,也能够适应贫困的环境,在逆境中坚忍不拔,终于凭借自身努力让农场有了起色。她甚至还凭借自己的文学天赋写诗投稿,用稿酬来增加家庭收入,就如同作者苏珊·沃纳本人一样。

姨父罗尔夫的原型显然是苏珊·沃纳的父亲,罗尔夫在由富到贫之后的性情变化也是苏珊父亲情况的真实写照。沃纳作为一个敢于挑起生活重担、照顾长辈的孝顺女儿,一直深爱着父亲,但父亲面对生活挫折时所表现出的屡弱无能也令她失望,令她对男性的崇拜产生了动摇。从童年时起,苏珊·沃纳所适应的生活就是男人在社会领域奋斗,女人被置于男性羽翼保护之下,在家中安心地读书弹琴,不去理会其他。当她发现父亲这棵大树也会突然倒下、一蹶不起,才终于意识到男性并不如她想象的那样强大无畏,女人也有能力成为一棵枝繁叶茂的大树去经受风雨、庇护自己的亲人。传统社会所设定的男强女弱、男主外女主内的性别角色并非不能置换,而且男性可以成功做到的事情,女性也同样有能力做到,甚至可以取得比男性更灿烂瞩目的成就。在男人处于精神瘫痪状态,甚至懦弱地想要逃离自己本应承担的责任时,女性往往能够以她的坚强勇敢、高度的责任感和对亲人的关爱独撑大局,挽狂澜于既倒。现实中的苏珊·沃纳父女、小说中的罗尔夫姨父和弗莱达,他们的形象都形成了鲜明的对比。

　　值得一提的是,苏珊·沃纳的女性意识与其他很多女性主义者并不相同。她不是因为自身遭遇了性别歧视、性别压迫而愤愤不平,或是见识了社会中种种男女不平等的现象才开始思考性别角色的问题,她也从来不想用激进手段推翻男权社会的霸权、改变女性的地位和处境。苏珊·沃纳对传统性别角色看法改变的直接原因仍是经济状况的窘迫,她和她笔下的女主人公都是被拮据穷困的生活所迫,在失去了男性保护伞庇护的情况下,从天真懵懂、无忧无虑的小公主成长为精明强干、独当一面的职业女性。尽管她们通过事业的成功证明了自己不弱于男人的出色能力和顽强意志,但是这条充满了艰辛和险阻的生活道路并不是她们自愿选择的。苏珊·沃纳曾借弗莱达之口吐露了她对繁重劳动的倦怠以及对安逸舒适生活的憧憬。当然,苏珊·沃纳和弗莱达不会抛下家庭重担一走了之,无论是出于基督徒的隐忍和自我牺牲,还是出于她们本性中的善良和坚毅。

　　苏珊·沃纳在弗莱达身上寄托了明显的偏爱,她不仅把"具有文学天分"这一自身特质赋予了弗莱达,还把她一直憧憬却无法再次拥有的富裕轻松生活给了弗莱达。弗莱达最后嫁给了富有的英国男人卡尔顿,随他去英国定居,在他的呵护下卸去了生活的重担,过上了入有仆、出有车的好日子。这个结局就像是一个美好的童话:灰姑娘嫁给了王子,从此幸福快乐地生活在一起。波伏娃(Simone de Beauvoir,1908—1986)曾经在《第二性》(*Le Deuxième Sexe*,1949)中批判过西方经典童话的叙事模式:男性总是扮演一个拯救者的角色,如英雄、骑士、王子等等,带着女性脱离苦海、灾难,而女性则柔弱无助地被动等待拯救。这种叙事模式强化了男性的优越与强大,却把女性描绘得过于无能无用。尽管许多文学作品都采用过灰姑娘与王子的基本架构,但并不是所有的故事都一成不变地重复了最初的内容。苏珊·沃纳作为一名近代女性作家,在原有叙事模式上展开了部分带有女性意识的颠覆。她笔下的灰姑娘弗莱达并非单方面被处于优势地位的男性所拯救,事实上她早年曾经在旅途中偶遇卡尔顿,用自己质朴纯洁的心灵感化了这个玩世不恭、无所事事的公子哥儿,使他浪子回头,认真追寻生活的意义。卡尔顿自此走上了脚踏实地、勤奋工作的道路,还信奉了基督教,和她一样以一颗虔诚的心侍奉上帝。她首先在精神上拯救了他,使他成为一个正直、高尚的人而不是肆意挥霍家产的无能之辈,也因此他才有机会在经济上和生活上救助这个令他感激、欣赏、倾慕的好姑娘。弗莱达本人也不是仅凭美貌脱颖而出、获得他人青睐的灰姑娘,不是无才无德、被动等待男性拯救的弱女子。她的经历证明她已经超越了传统女性角色,能够凭借自身的出色能力在以男性为主导的社会中立足。她只是在遇到爱情之后选择了放弃职业女性的身份,回归传统家庭妇女的角色。这一点反映了作者本人的心理矛盾和思想的时代局限性:苏珊·沃纳在某种程度上反叛了传统,但她最终希望能回归传统。

苏珊·沃纳的作品文笔细腻,擅长描写女性心理与中产阶级家庭生活,但她的作品也具有时代局限性,过度宣扬了女性的隐忍和自我牺牲精神,在当代女权主义者看来"好像就是在鼓励女性共同臣服"。[19]另外,苏珊·沃纳小说中的宗教意识十分浓厚,这也是她个人化的写作特色之一。她是19世纪美国一位不可忽视的女性小说家,为读者认识那个年代的女性生活提供了一面清晰的镜子。

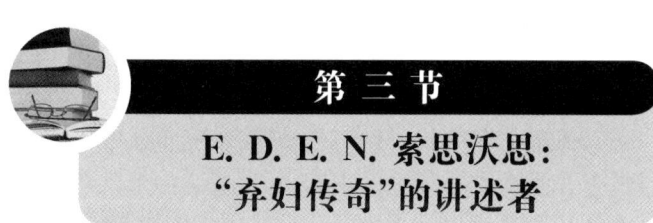

第三节
E. D. E. N. 索思沃思:"弃妇传奇"的讲述者

E. D. E. N. 索思沃思(E. D. E. N. Southworth,1819—1899)是19世纪中叶美国最受欢迎的女性作家,在美国文坛整整活跃了40年,出版了近60部小说。索思沃思早年婚姻不幸,独立抚养了两个孩子。曲折的个人经历为她的创作提供了丰富的素材,她选择了以写作为职业,向世人讲述自己的故事,讲述这一时代女性共同的故事。因此,索思沃思的作品往往对当时受到男权压制的被虐待、被遗弃的女性抱有深切的同情,也因此受到广大女性读者的热烈欢迎。

生平传略与创作成就

索思沃思全名为爱玛·多萝西·伊丽莎·内维特·索思沃思(Emma Dorothy Eliza Nevitte Southworth),于1819年出生于华盛顿,是商人查尔斯·勒·孔特·内维特(Charles Le Compte Nevitte)的长女。索思沃思的母亲苏珊·韦尔斯(Susannah Wailes)嫁给内维特时只有15岁,比丈夫年轻30岁。由于苏珊·韦尔斯步入婚姻时还是个年幼无知的少女,不

能适应从小女孩到为人新妇的转变,因此苏珊的母亲爱玛一直和新婚夫妇住在一起,照顾他们的生活。索思沃思出生后,外祖母对她疼爱有加,在某种意义上成为她黯淡童年最亲密的忘年交。索思沃思父母的婚姻没有持续太长时间,在她四岁的时候,父亲就去世了。失怙的索思沃思表现出了与年龄不相符合的敏感和成熟,这个幼小的女童开始思考与生死、天堂、地狱有关的问题。父亲的死亡带给索思沃思和家人最直接的影响是财政上的困境。中产阶级妇女在那个年代可选择的就业途径极少,一家人只能靠外祖母的微薄收入生活。那时候,幼小的索思沃思不会想到,自己成年后走上文学道路在很大程度上也是因为经济原因,这或许是最适合饱读诗书的中产阶级妇女的一条道路,也是最能发挥她天赋的职业。

在索思沃思六岁的时候,寡居两年的母亲苏珊嫁给了波士顿的约书亚·L. 亨肖(Joshua L. Henshaw)。这位新继父虽然没有让索思沃思和她的小妹妹夏洛特感受到什么家庭温暖,但是他给索思沃思提供了不错的教育环境。约书亚·亨肖在华盛顿办了一所学校,他让索思沃思入学念书。索思沃思是个认真好学的孩子,旺盛的求知欲使她沉浸在知识的海洋中,像海绵吸水一样吸取着各种知识。她不仅博览群书,也从家里非裔佣人所讲的故事传说中吸取养分。在环境的熏陶下,她成为一个既有渊博学识又有丰富想象力的人。索思沃思十六岁时从继父的学校毕业,在华盛顿的公立学校执教。1840 年,她嫁给了来自纽约的发明家弗雷德里克·汉密尔顿·索思沃思(Frederick Hamilton Southworth),并随他搬迁到威斯康星州。

关于这段婚姻的具体情形,世人知之甚少,只知道在 1844 年,身怀六甲的索思沃思牵着年幼的儿子回到华盛顿,她的丈夫不知所踪。不久之后,她生下了小女儿夏洛特·爱玛(Charlotte Emma)。她独自一人含辛茹苦地养育两个孩子,然而华盛顿公立学校的薪水不足以支撑她和孩子的生活。于是,索思沃思为生活所迫,开始提笔创作,希望能够挣到稿费来缓解生活的窘迫和拮据。她既要教书育人、完成工作,又要照顾儿女、操持家务,因此不得不利用零碎的空余时间见缝插针地写作。这种写作方式并未影响索思沃思的作品质量。她的辛劳和多年的文学积累都得到了回报:她的第一篇短篇作品《爱尔兰难民》("The Irish Refugee")于 1846 年发表在《巴尔的摩周六游客报》(*Baltimore Saturday Visitor*)上;她的第一部长篇小说《报应》(*Retribution*,1849)在《国家时代》(*National Era*)上连载,后来被哈珀出版社整理成书出版;她在各类报纸上发表的优秀作品不仅提高了报纸的销量,也提高了她本人的知名度。艰辛的生活不但没有压垮她,反而在某种程度上成就了她,让她变得自信从容,逐渐走出了"弃妇"的阴影。

《被遗弃的妻子》:新女性与旧女性的矛盾混合体

1850年,索思沃思的小说代表作《被遗弃的妻子》(*The Deserted Wife*)出版。这部小说具有一定的自传性,索思沃思根据自己被丈夫遗弃的经历创作了这部作品,同时又发挥想象,让女主人公经历比自己更加丰富多彩的人生。小说女主人公黑格·丘吉尔像索思沃思本人一样,也有一个黯淡无光的童年。黑格被婶母苏菲亚抚养长大,却没有体会到太多的家庭温暖。苏菲亚是个传统守旧的女人,嫁给了一个有间歇性精神病的男人,毫无怨言地服侍着不能带给她幸福的丈夫,让不幸的婚姻占据了太多的精力,以至于忽略了侄女黑格的成长。苏菲亚是典型意义上的贤惠妻子,符合男权社会对女性的期待和要求。然而,这个贤惠之名却是以她自己的自由和幸福为代价的。她沉默地屈从于命运,从没想过要发出自己的声音,或者用自己的行动去抗争什么。苏菲亚婶婶的婚姻没有让小女孩黑格看到一个可以向往憧憬的生活范例,她开始追求一种自己想要的生活方式。闲暇之余,她在大自然的怀抱中与动物们做伴,在森林田野间自由奔跑。她不愿意按照传统淑女的礼仪来规范自己,因为那样会窒息她的生命。

黑格爱上了一直关心她的雷蒙德·维瑟斯,但她并未被爱情冲昏头脑。相反,她一直在心里暗暗担忧自己和雷蒙德的爱情是否会成为一桩不幸婚姻的开始,害怕女性长辈的命运轨迹在她身上重复。由此可见,黑格这个女性人物与很多传统作品的女性是不同的。传统作品中的女性有不少是"爱情动物",一旦陷入爱情,就进入了一种极度感性甚至是卑微的境地。她们把男性和男女之情视为人生的中心意义,为情生、为情死、为情改变自己、为情抛弃一切而在所不惜。朱丽叶在爱人罗密欧死后,似乎无法找到自己存在的意义,这世上也再没有值得她留恋的人和事,所以她可以毫不犹豫地慷慨赴死,追随爱人而去。苔丝狄蒙娜一旦爱上了奥赛罗,就愿意毅然决然地抛弃自己的家园和亲人,不顾自己和奥赛罗之间种族、地位、身份、外貌等差异,就算被丈夫猜忌辱骂、恶语相向也只知柔顺服从,不敢质问奥赛罗苛待自己的缘由,以至于最后被丈夫活活掐死都毫无怨言。即使是欧里庇德斯笔下强悍狠辣的复仇女神美狄亚,最初也是个奉行爱情至上主义的姑娘,曾经为了爱人伊阿宋抛家弃国、付出所有,

在遭遇了爱人变心、抛妻弃子的残酷现实之后才变得清醒、狠毒,为了复仇不择手段、不计后果。像索思沃思笔下黑格这样从一开始就能理智看待爱情、会思考爱情和婚姻带给她生活影响的女子,让人看到了现代社会新女性的形象——她既不会像男性心中的天使一样贤良淑德、顺从沉默、时时处处以男性为中心,也不会走向另一个极端,变成阴险毒辣、无所不用其极的恶魔。黑格真诚地对待爱情,但不愿因此放弃尊严和自由。然而在现实中,婚姻对女性的改变是不可避免的。初为人妇的黑格也不得不在婚姻里做出某种程度的妥协。雷蒙德逼迫她放弃了赛马,逼迫她压抑自己纵马驰骋于自由天地的欲望。这是一种变相的精神阉割。

黑格在婚后过了一段郁郁寡欢的日子,双生子的出世让她的生活有了改变。她渐渐把精力放到了两个刚出世的婴儿身上,开始体会初为人母的喜悦,不再为丈夫的苛刻压制而烦恼。岂料,她对丈夫的忽视却让丈夫觉得尊严受损,心生不满。在雷蒙德的心里,他有权打压妻子,按照自己对贤惠妻子的设想来改造妻子,但妻子却不能忽略他的存在、他的感受,不能藐视他作为一家之主的地位。即使他曾经爱过黑格,也不能摆脱这种男权中心的思维。他不会反省自己做错了什么,黑格对孩子的关注反而给了他不忠实于婚姻的借口。于是他很快有了情人罗莎尼亚,又接受了驻意大利领事的职位,带着情人走马上任,抛妻弃子。黑格成了可怜的弃妇,这一点与作者索思沃思本人的经历形成了映照。虽然索思沃思本人几乎没有提及她不幸婚姻的具体情况,但可以想象她曾经经历的绝望与痛苦。她把这些痛苦经历诉诸笔端,化成了精炼而动人的文字。苦难可以摧毁一个人,也可以成就一个人。

书中的黑格和现实中的索思沃思一样,没有被残酷的现实压垮,而是走上了自强自立的道路。如果说黑格之前的婚姻使她成为丧失主体意识的男性附庸,那么被人抛弃这一令人伤心的现实却给了她重新生活的契机。从某种程度上说,黑格反而被动地挣脱了婚姻的枷锁,她不再需要为某个男人作出妥协,不再需要压抑自己向往自由的天性,不再需要按照婚姻的条条框框来约束自己。由于黑格有副好嗓子,她选择歌唱作为养活自己和孩子的谋生手段。这一点对女性来说是非常大胆的。因为在传统守旧的观念中,女性不应过多在大庭广众之下抛头露面,而应当乖乖待在家中相夫教子,即使需要做些工作来补贴家用,也应当从事缝纫、教书这种符合传统女性特质的行当。而黑格却站在聚光灯下,于众目睽睽中,用自己的歌喉向命运宣战,为处于失语状态的女性发出自己的声音,闯出了一条属于自己的自强之路。"沉默总是昭示着它的反面的存在"，[20]黑格之前的沉默并不意味着她对男权心甘情愿的忍耐服从，如今这沉默走向反面，形成了振聋发聩的反抗之声。

黑格的歌声征服了众多观众，她取得了事业上的成功，名利双收；她去欧洲各地巡回演出，不再担心自己和孩子们的生计问题。作者索思沃思有意强调，在女主人公的歌唱生涯中，她保持了自己正直与贞洁的品性。这是作者保守思想的体现。其实黑格有重新追求感情生活的自由，没有必要为已经抛弃她的丈夫恪守贞节。但是当时的读者未必能够接受这样开放的情节，索思沃思也不愿意她的女主人公沾上有违传统妇德的污点。她想要塑造的是一个获得读者肯定的正面女性人物，而不是一个有争议的人物。因此，黑格身上既矛盾又和谐地交融了新时代女性的敢闯敢拼、自强自立和旧时代女性的保守克己、从一而终。

黑格的前夫雷蒙德作为一名普通观众，重新见到了在舞台上大放光彩的前妻，追悔莫及，决定向前妻低头认错、重修旧好。黑格以自己的实力赢得了丈夫的尊重，也以宽容的胸怀包容和接纳了曾经给过她深深伤害的人。她告别了舞台，回到家园，管理农场，开始了全新的生活。黑格与雷蒙德的关系也是全新的。她不再是那个为了婚姻委曲求全的女人，他也不再是那个颐指气使、目中无人的丈夫。无论是在事业规划和家庭管理上，黑格都有了话语权，夫妻俩在婚姻中的地位趋于平等。黑格终于苦尽甘来，获得了她想要的幸福。这种大团圆式的结局迎合了读者的阅读需要，迎合了善有善报、恶有恶报的传统叙事模式，也让索思沃思本人在虚构的故事中弥补了现实生活的缺憾。这种破镜重圆的模式虽然俗套，但是与"王子公主举行了婚礼，从此幸福地生活在一起"的童话式情节比起来，又是不俗的。索思沃思用现实主义手法深刻地揭示了女性在婚姻中的困境和问题，表现了婚姻出现变故时女性如何在痛苦中坚强面对、奋起抗争。婚姻不是婚礼过后一劳永逸的幸福和快乐，生活从来不像童话那样简单。黑格最终的幸福不是像童话中的公主、灰姑娘那样因为自身的单纯美丽而受到王子的青睐，她是在一条铺满荆棘的道路上经受了苦难的洗礼，依靠自己的坚忍顽强与生活搏斗，最终凤凰涅槃，重获新生。

《克利夫顿的诅咒》：女性美德的回报

索思沃思的另一部作品《克利夫顿的诅咒》(*The Curse of Clifton*，1852)也塑造了一个可敬可叹的女性形象。女主人公凯瑟琳·卡瓦纳是

一个朴实善良的乡村姑娘,她在一个风雨交加的夜晚救助了迷路的男主人公阿切尔·克利夫顿和他的朋友,冷静沉着地把他们从陡峭的山路上引到自己的小木屋里。在小屋中,凯瑟琳温柔细心、任劳任怨地照顾着生病的祖父。她独特的气质和品格吸引了克利夫顿,然而克利夫顿的军官身份和已有未婚妻的现实使他羞于承认自己对一个下层贫穷女子动了心,也不想因此毁了自己与门当户对的表妹之间的婚约。尽管凯瑟琳与克利夫顿之间并无苟且之事,但克利夫顿的未婚妻卡罗琳在别有用心之人的挑拨下,还是对他们的关系产生了误解,与克利夫顿产生了矛盾,婚礼也因此推迟。克利夫顿离开家园返回部队,卡罗琳一病不起。凯瑟琳在此时勇敢地站出来,不计较卡罗琳对自己的敌意,像呵护自己的亲人那样精心照顾卡罗琳。卡罗琳在日复一日的相处中也被凯瑟琳的仁慈深深打动,对她由敌视转向了尊重和信任。克利夫顿的母亲对凯瑟琳也欣赏有加,在凯瑟琳祖父过世后让她来到农场,帮她开阔眼界、学习农场管理的技能。卡罗琳去世后,克利夫顿娶了凯瑟琳为妻,但出于傲慢,他对出身寒微的妻子怀有一种居高临下的轻视,因此轻信了他人的造谣生事,以为凯瑟琳只是觊觎他的金钱和地位才接受了他。克利夫顿又一次离开家园,使凯瑟琳成为弃妇。凯瑟琳忍受着难以名状的心灵折磨,无怨无悔地挑起了养家糊口的重担。为了使负债累累的农场重振生机,她忍辱负重、历尽艰辛,终于扭转了逆境。两年以后,克利夫顿终于意识到自己对妻子的种种苛待,羞愧难当。他迷途知返,回到家园,与妻子言归于好。

这种"美德得到回报"(Virtue Rewarded)的叙事模式在传统西方文学里较为常见,例如格林童话和感伤小说家塞缪尔·理查森(Samuel Richardson,1689—1761)的《帕梅拉》(*Pamela*,1740),甚至以反礼教习俗著称的《十日谈》(*Decameron*,1349—1353)里也有极个别篇章是类似的故事。女主人公往往温良贤淑、逆来顺受,具有隐忍克制、宽厚仁慈、以德报怨、自我牺牲等高尚的美德。一开始她们得不到周围人的善待,但她们不会以牙还牙,而是用自己与人为善、无私奉献的实际行动感化了旁人,让旁人折服于她们的美德,从而改变态度。原本对她们轻视鄙弃的男人最后也满心羞愧、追悔莫及,意识到自己应当好好珍惜这样一位善良贤惠的好姑娘。这种叙事模式说到底是男权文化的产物——女人在遭到环境苛待时,只能默默忍气吞声,用以德报怨的方式来处事,被动等待他人的回心转意。为了宣扬善有善报的伦理观,作者最终给这些女人安排了美满的婚姻和幸福的结局,希望她们能够成为女性读者效仿的榜样。索思沃思也很难摆脱这种思维和写作模式,但是她在前人的基础上有所突破。凯瑟琳除了贤良淑德、温柔可亲以外,也不乏精明强干、坚强勇敢的特质,她能够在暴风雨之中沉着冷静地救助他人,能够把濒临破产的农场经营得风生水起。她和《被遗弃的妻子》中的黑格类似,都是女性旧道德和新特质的矛盾统一体。不同的是,黑格比凯瑟琳更加大胆,更加富有闯荡精神,在历尽苦难艰辛、重新接受丈夫之后也更有女权意识,坦诚地向丈夫表示她需要一种彼此尊重的平等关系,而凯瑟琳身上则更多的是一种天使般的隐忍、仁慈与自我牺牲精神。

《隐蔽的手》:突破传统的女性冒险

假如读者以为索思沃思只擅长塑造"坚强弃妇""能干贤妻"一类的女性形象,那就错了。索思沃思的另一部代表作《隐蔽的手》(*The Hidden Hand*,1859)展示了她毋庸置疑的创作天分以及在写作上突破自我的勇气。小说女主人公卡普托拉·布莱克是一个充满活力与冒险精神的女孩,她的特立独行注定了她不会是社会规范教化之下那种娴静温婉、贤淑卑顺的女子。卡普托拉在纽约的贫民窟长大,没有受到中产阶级对女性的束缚,身上洋溢着市井平民的大胆狡黠、不拘一格。当她被监护人找到,她反而不适应那种像笼中金丝雀一样养尊处优却不得自由的生活。她不愿自己的天性被腐朽的社会规则扼杀,于是用自己独有的方式反抗环境对她的侵蚀。她做出了一系列惊世骇俗之举,如不敬神灵、戏耍牧师、营救孤女、擒获土匪等等。她的所作所为是男人也未必敢为、未必能为的勇敢之举,打破了传统对女性性别角色的规定。女性绝不是只能困在家庭小天地中洗衣煮饭的贤惠主妇,甚至也不仅仅是可以在经济上撑起整个家的精明农场管理者——她可以是任何人,只要给她足够广阔的天地和自由。

索思沃思在塑造这个角色的时候,也明白这样一个桀骜不驯、狂放不羁的女性人物对社会传统习俗来说是具有颠覆性、反叛性的,不像她从前塑造的"坚强弃妇""能干贤妻"那样易于被人接受。为了不遭受太多的非议,她有意在书中表态她并不支持、赞同卡普托拉的行为,只是把她的故事呈现出来,把评论权交给读者。这种欲盖弥彰的做法反而更让人意识到索思沃思对这个人物的偏爱。为了使这个个性鲜明、光彩照人的女孩被世人顺利接受,索思沃思不惜挖空心思,对她百般保护疼惜。她是索思沃思潜意识里想要成为的另一个奔放自如的自我,但是被种种现实因素所限,索思沃思成不了卡普托拉,她最多能够成为黑格或是凯瑟琳。然

而，尽管索思沃思为书中的弃妇黑格和凯瑟琳描绘了丈夫悔悟归来、夫妻破镜重圆的美好结局，她本人在现实中并没有等回当初遗弃她的丈夫。

如果说索思沃思在创作《被遗弃的妻子》和《克利夫顿的诅咒》时还寄托了对"浪子回头"的幼稚幻想，那么她在历尽世事艰辛之后，已经变得更加成熟清醒、睿智通透，更能看清生活残酷的本相。她已经足够自信坚强，不需要依靠"浪子终将弃妇寻"的想象来麻醉自己的心灵。因此，在《隐蔽的手》中，她塑造了另一个和女主人公卡普托拉性格形成鲜明对照的女性梅拉·罗克。梅拉对待丈夫就像黑格在婚姻初期那样卑微顺从，她也像凯瑟琳那样遭受了别人对自己名誉的诬蔑，遭到丈夫遗弃，然后独自将孩子抚养成人。她默默等待丈夫的回心转意，却等来了一场空。梅拉的角色设置和境遇表明：过分的善良懦弱未必有好结果，把幸福的希望寄托在男人身上更是不可靠。一个女人过分屈从于男权社会的规则只会丧失自我，成为一个被动等待命运恩赐的牺牲品。与其成为一个可悲可怜的牺牲品，不如像卡普托拉一样个性张扬、勇敢强势、藐视习俗，活出真正的自我。

总体来说，索思沃思是一个善于突破自我的作家，她塑造了许多多姿多彩、令人难忘的女性人物。她肯定了女性自立自强的品质，期待一种男女平等、互相尊重欣赏的两性关系。尽管有的时候她的女性意识不免趋于保守传统，但她的作品对今天的女性读者仍有正面的指导意义。从某种程度上说，她属于她所存在的年代，也超越了她的年代。

第四节
伊丽莎白·斯托达德：女性欲望的正面书写者

伊丽莎白·斯托达德（Elizabeth Stoddard，1823—1902）是19世纪活跃在美国文坛的一位多产作家。她涉猎颇广，体裁灵活，无论是在短篇小说、长篇小说、诗歌、散文、游记，还是在儿童文学、新闻领域均有不错的代表作品。斯托达德尤其擅于将19世纪西方文学传统中以男性主人公为中心的成长小说转换为以女性视角为中心的叙述，以此探索女性的情感历程与个人成长。斯托达德细腻入微的描写真实地记录了当时美国社会的人情风貌，即便今天读起来依旧栩栩如生。

生平传略与创作成就

伊丽莎白·斯托达德原名伊丽莎白·德鲁·巴斯托（Elizabeth Drew Barstow），于 1823 年出生于马萨诸塞州的海滨小城马特波伊西特，是家中的第二个孩子。她的父亲是一名富有的造船师，在当地颇有名望。在家庭的支持下，伊丽莎白·斯托达德从小就接受了良好的教育。1837年，她进入了诺顿的惠顿女子学校学习，但是她却很厌恶学校里刻板的教育理念，更厌恶与宗教有关的条条框框，厌恶传统对女性的束缚。有趣的是，尽管她不喜欢宗教，但是她文学素养的形成却得益于一位公理会牧师。这位牧师的私人图书馆收藏了大量的经典文学作品，如亨利·菲尔丁（Henry Fielding，1707—1754）、查尔斯·狄更斯（Charles Dickens，1812—1870）、勃朗特姐妹（the Brontë Sisters）、丁尼生（Alfred Tennyson，1809—1892）、霍桑（Nathaniel Hawthorne，1804—1864）、惠特曼（Walter Whitman，1819—1892）等人的小说、诗歌和散文。伊丽莎白·斯托达德徜徉在书海中，如饥似渴地吸收文学大师们的精髓。她还经常随父母到处旅行，增长见闻。也许她还没达到读万卷书、行万里路的程度，但已经比很多同龄的女孩子学识丰富、见多识广。

1848 年和 1849 年，伊丽莎白·斯托达德的妹妹和母亲相继去世，伊丽莎白频繁地离开家乡出游，似乎想要通过旅游散心来逃避丧亲之痛。在一次去纽约的旅行中，伊丽莎白·斯托达德结识了诗人理查德·亨利·斯托达德（Richard Henry Stoddard，1825—1903），并与他在 1852年正式成婚。作为一个从小就爱读书爱思考、性格独特桀骜，甚至带有女权主义倾向的女子，伊丽莎白·斯托达德对这桩婚姻并没有盲目憧憬，反而抱有疑虑，不知道女人究竟会在婚姻中做出什么样的妥协。但这份犹疑和顾虑并未影响她去拥抱新婚的快乐——她坦然正视自己的欲望，懂得如何享受生活。

然而好景不长，新婚的快乐转瞬即逝，伊丽莎白·斯托达德在漫长的婚后生活中经历了许多不幸。夫妇俩时常陷入经济困境，接二连三的丧子之痛更是让他们痛苦不堪。他们的第二个儿子天生畸形，出世不久就夭折了；大儿子威尔逊在六岁那年也因病离世，让夫妻二人陷入了近乎崩溃的境地；三儿子罗利长大成人，并且成为一个成功的演员，却最终还是先于父母死去。白发人送黑发人的遭遇就像是一个不怀好意的玩笑，屡次打击斯托达

德夫妇饱受创伤的心灵,摧毁了他们本就虚弱的身体。伊丽莎白·斯托达德在三儿子去世一年后也溘然长逝,告别了自己多舛的人生。

也许伊丽莎白·斯托达德不幸人生中为数不多的幸福就在于她有一个志同道合的丈夫,受他鼓励走上了文学创作的道路。她为报纸写过专栏,也写过儿童文学作品,发表过 30 多篇短篇小说,但名气最响的还是她的几部长篇小说:《莫格森一家》(*The Morgesons*,1862)、《两个男人》(*Two Men*,1865)和《泰珀之家》(*Temple House*,1867)。

《莫格森一家》:女权意识的最初萌芽

《莫格森一家》是伊丽莎白·斯托达德的代表作,讲述了一个年轻女人追寻独立自我的故事。女主人公卡珊德拉·莫格森出生于新英格兰地区的小镇萨里,小镇的生活宁静安详,如一潭死水没有波澜。为了抵御生活的枯燥无味,卡珊德拉常常让自己沉浸在紧张刺激的冒险故事之中寻求心灵的愉悦。偏僻的小镇就像是一片文化的荒漠,窒息着女主人公躁动不安的心,令她想要逃离这一切,想要获取更多的知识与经历。在 13 岁那年,卡珊德拉被送到巴茅斯与外祖父一起生活,在那里她的精神生活变得更加单调贫瘠,成天只在家庭、学校和教堂之间穿梭,她从心底厌恶宗教对她个性的压制。转眼间,卡珊德拉长到了 18 岁,来到罗斯维尔与表亲一起生活。在这个城市,卡珊德拉终于感受到了一种大都市的欣欣向荣,她的生活也开始变得丰富多彩。表兄查尔斯唤醒了卡珊德拉深埋在心中的爱欲,她如飞蛾扑火一般义无反顾地投向这场激情四射的爱恋。可惜不久之后她的爱人却被一场意外夺去了生命,她侥幸逃生,脸上留下了一道伤疤。卡珊德拉逃离了罗斯维尔这个曾经带给她极乐和伤痛的城市,来到繁华的贝伦市与朋友本·萨默斯一起居住。她与本的兄弟德斯蒙德互生情愫。爱情让他们获得了新生,卡珊德拉逐渐从初恋的伤痛之中走出,德斯蒙德也下定决心洗心革面,不再酗酒。为了达成戒酒的目的,德斯蒙德不惜远走他乡,希望改过自新以后再与卡珊德拉缔结良缘。卡珊德拉也回到了她出生的小镇萨里,在母亲去世之后,作为家中长女担起了管理家庭、照顾妹妹的职责。她的妹妹维若妮卡与本·萨默斯成婚,本却在两年以后因为酗酒过度丧生,留下一对孤儿寡母相依为命。卡珊德拉则与成功戒酒的德斯蒙德终成连理,但她追寻自我的旅程并没有因婚姻而终结。她通过写作来探寻自己的内心,继续追逐精神的独立和人生的意义。

　　相比同时代女性小说中那些温柔乖巧、对上帝恭顺虔诚的女主人公，卡珊德拉就像是一团妖娆燃烧的奇异火焰，夺人眼球。"卡珊德拉"在希腊神话中是一位特洛伊公主的名字，这位公主天资聪颖，能够预测世事，曾经预言如果小王子帕里斯活着，特洛伊将遭受灭顶之灾。但由于她受到了太阳神阿波罗的诅咒，她所说的预言不被世人相信。她不停地说着有关城邦命运的预言，说帕里斯远航会带来灾难，说木马里藏有一支军队，却不断被人嘲笑奚落，只能眼睁睁看着城破人亡的惨景。最后她落入希腊统帅阿伽门农之手，被其妻所杀。女性主义者认为，卡珊德拉代表了最早的女性知识分子形象。她拥有过人的智慧，但是她的知识和智慧得不到他人的承认，她的真知灼见被人当作疯人呓语。她虽然没有患上沉默的失语症，但她的话语权仍被变相地嘲弄践踏了。即使有着公主的尊贵身份，她也不能在以男性为主导的世界里用话语为自己争取一席之地，不能拥有一个独立的女性知识分子应有的尊严。

　　伊丽莎白·斯托达德用"卡珊德拉"作为《莫格森一家》女主人公的名字，颇有深意。小说中的卡珊德拉也是一个渴求知识和智慧的女人。她与世俗格格不入，总是能够敏锐地感受到外界对她个性的压制。她终其一生都在拷问内心、追寻自我和独立。卡珊德拉的外祖父沃伦代表了压迫女性的男权势力和宗教势力。他是个冷酷无情、刚愎自用的宗教人士，对宗教的清规戒律有一种近乎变态的固执坚持——他其实是想用宗教这个工具来满足自己现实中的权力欲和控制欲。沃伦认为每个人，尤其是女人，必须遵循社会和宗教所规定的传统习俗，对上帝谦卑，对戒律低头。他不关心他人的内心世界、所思所想，只在意周围的人是不是循规蹈矩，是不是认真扮演了适合他们的社会角色——当然这是沃伦本人在心里为他人所设定的角色。他像是一个横行霸道的大独裁者，把个人意志强加于人，毫不留情地摧毁了女儿们的人生梦想和希望，还试图把同样的手段用在外孙女卡珊德拉身上。卡珊德拉对这一切深恶痛绝，她通过外祖父明白了一个道理：在父权制社会之中，男性长辈给予自己的并不一定是温暖的亲情和关爱；他们有时只是传统势力的帮凶，与整个父权制社会有意识或无意识地结成同盟来压迫自己的女性亲属。"一个个体父亲的力量往往和整个父权制的力量融为一体。"[①]卡珊德拉痛恨千人一面、毫无个性的人生。她不想服从整齐划一的规则，不安于扮演别人赋予她的社会角色和性别角色，叛逆的火焰从未在她心中熄灭。她知道周围的人，包括自

己的亲人,都在试图规范她、定义她,但是她的内心一直有股力量拼命挣扎着与外部势力抗衡,不愿意被别人所定义、所限制。她一直在思考自己是谁,从哪里来,往哪里去,真正属于哪里。这样的思考伴随了她一生,对独立自我的追求给了她与外界对抗的勇气,使她从不轻易向命运妥协认输。

卡珊德拉在 18 岁那年逃离外祖父和他所在的城镇,象征着她对传统和宗教习俗的摒弃。她在罗斯维尔生活期间与表兄查尔斯相恋,释放出心底压抑已久的爱欲,仿佛找到了一直被埋藏在身体和心灵深处的另一个自我。值得注意的是,与同时代很多保守传统的女性小说家不同,伊丽莎白·斯托达德以一种令人惊叹的坦率态度正视了女性的情欲。同时代的女性作家,如路易莎·梅·奥尔科特(Louisa May Alcott,1832—1888)、苏珊·沃纳(Susan Warner,1819—1885)、E. D. E. N. 索思沃思(E. D. E. N. Southworth,1819—1899)等人,在叙述女主人公的爱情故事时几乎不涉及性描写,男女主人公之间发乎情、止乎礼,情欲似乎从爱情之中被剥离了出去。她们采用这样的写作方式也许是出于个人书写偏好,也许是在潜意识中部分迎合了父权制社会对女性情欲的态度。在整个社会规则的默许之下,男性比女性享有更多的性自由,他们可以通过金钱或权力与女性缔结婚姻。为了保证自身后代血统的纯正,他们用严苛的性道德来禁锢妻子的自由,但自己并不放弃在合法婚姻关系之外猎艳的额外权利。吉尔伯特(Sandra M. Gilbert,1936—　)和古芭(Susan Gubar,1944—　)曾说:"妇德是男人最伟大的发明。"[20]当然,所谓"妇德"都是由作为强势群体的男性强加给作为弱势群体的女性来遵守的,是用来律人而不是用来律己的。贞操被视作女性的美德,追求情欲的女人被视为可耻的淫妇、试图颠覆原有性别秩序的异端。当女性性行为的原始动机是为男性传宗接代时,她的性行为才不会被人鄙夷唾弃。女性的身体和欲望是从属于男人的,是不能被正视和言说的。

伊丽莎白·斯托达德在写作中打破了这一禁忌,让笔下的卡珊德拉成为自己身体的主人。卡珊德拉追求爱欲不是为了取悦或满足男人,不是为了履行男性要求女性完成的生育责任,只是为了爱情和情欲本身带给她的快乐。在获得爱情与快乐的同时,她也拥有了处置自己身体的权力,独立选择生活、选择命运的权力。卡珊德拉从前一直想要通过思考来找寻自我、定义自我,她的内心奔涌着与外部世界对抗的激流,现在她终于在某种程度上听清了自己内心的声音,看清了一度被压抑的真实自我,通过"身体自治"把她对社会习俗的反抗愿望付诸实践。如果男性不能够在性方面对女性实施有力的压制,也就不能真正牢固地掌控女性。当女性自身的性意识觉醒,开始质疑妇德的合理性,开始挣脱男性强加给女性的片面贞操枷锁时,女性的其他意识也会随之觉醒,成为一股深不可测的力量,撼动原有性别秩序的根基。"若是女人逃避了社会惯例,她就会重返大自然,再度变成恶魔,在群体中释放出无法驾驭的邪恶力量。"②因此,与其说男性鄙夷女性的情欲,不如说他们恐惧女性的情欲,所以才想要通过压抑她们天性的方式来维系男权的统治。事实证明,这种愚蠢的压制往往是徒劳无用的。当小说中的卡珊德拉与查尔斯不顾一切共浴爱河之时,她的外祖父、她的男性长辈乃至整个男权社会试图困住她的妇德藩篱在一瞬间轰然坍塌了。

卡珊德拉随后经历了初恋意外身亡、自己带着伤痕侥幸逃得一条性命的惨事,这是成长小说(Bildungsroman)惯有的情节。成长总是伴随着伤痛,而伤痛则更快地帮助人们成长,让人们更好地明白生活和世界的真相。卡珊德拉没有忘记她的初恋,但她懂得放下执念,以成熟的心态继续自己的人生,与朋友的兄弟德斯蒙德开始新的恋情。她选择回到萨里小镇照顾家庭和妹妹是出于亲情和责任,但她的内心依然在质疑女性是否应该温柔顺从地扮演社会赋予她们的传统角色,是否要在贤妻、良母、天使、守护者这样的角色中耗尽单调无味的人生。

其实,在小说中有类似纠结挣扎心情的人物不止卡珊德拉一人。卡珊德拉的母亲玛丽作为一个长期受到父亲压制的人,不知道自己是否应当要求女儿重复自己的老路,是否应当把自己多年接受的思想理念传递给女儿,是否应当把女儿困在家庭的牢笼中。她甚至觉得,自己赋予女儿生命,把她们带到这个充满了男权压迫的世界中来,是应当受到诅咒的。卡珊德拉的妹妹维罗妮卡也想追求独立和自由,但却发现自己太脆弱,不足以与社会势力抗衡。甚至卡珊德拉的姨母麦丝,虽然表面上恭顺温存地照顾着如同暴君一样的父亲,但她的内心也并不如外表那般安分守己,叛逆的种子时刻准备破土而出。

在那个女性普遍成为男性附属品的年代,敢于突破传统性别角色的女人被视作有罪的或是疯癫的,可是小说中的女性人物仍旧尽自己最大的力量对传统进行了反抗。尽管她们的反抗结果并不都尽如人意,但伊丽莎白·斯托达德似乎通过这些情节暗示:当更多的女人从沉睡中觉醒时,这股反叛的力量将是聚沙成塔、不可小视的。

其 他 作 品

除了女性问题以外,伊丽莎白·斯托达德也关心种族、阶级等其他社会问题。她的另一部小说《两个男人》大胆涉及了跨越种族的爱情。杰森·奥斯特通过与富家女萨拉·帕克联姻成为帕克家族的一员,并接受萨拉的儿子帕克成为自己的继子。萨拉失散多年的表兄带回一个私生女菲利帕,让她成为杰森和萨拉的养女。菲利帕对年貌相当的帕克情有独钟,而帕克却对一个有非洲人血统的美丽女郎夏洛特·朗动了心。帕克与夏洛特珠胎暗结,可悲的是他们还没有等到正式结婚,夏洛特和孩子就死了,帕克伤心之下远走他乡。杰森在妻子萨拉死后对养女菲利帕表白,菲利帕最终接受了他。书中的恋情都是惊世骇俗的。杰森与妻子萨拉因为阶级、性格上的差异,彼此之间始终有道隔阂。他最后与菲利帕冲破道德伦理的限制走到一起,从心所欲,不在意世俗的眼光,足见其勇敢无惧,不会因为他人的流言蜚语而不敢正视自己的感情,或是放弃自己的幸福。而帕克与夏洛特跨越种族的爱情却因为造化弄人,以悲剧收场。也许在伊丽莎白·斯托达德看来,在那个种族主义盛行的年代,这样的感情终究没有容身之处。在《泰珀之家》里,伊丽莎白·斯托达德甚至涉及同性恋情节,这在当时的写作中也是先锋前卫的。

伊丽莎白·斯托达德是一位颇具个性的女作家,在同时代女作家中是个异数。她具有强烈的女权主义意识和反宗教意识,并且能大胆正视女性的欲望。尽管她在同时代女作家之中知名度并不是最高的,但她仍是一道不可忽视的风景线。

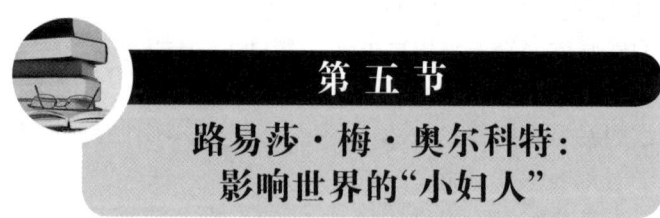

第 五 节

路易莎·梅·奥尔科特:
影响世界的"小妇人"

路易莎·梅·奥尔科特(Louisa May Alcott, 1832—1888)是 19 世纪美国文坛又一位极其成功的女性作家,凭借强调女权意识的半自传体小说《小妇人》(*Little Women*, 1868)而长久地受到世界读者的喜爱。即便是在 150 多年后的今天,美国依然有多达 100 个不同版本的奥尔科特作品在销售,仅《小妇人》一书就有 30 多个不同的版本。奥尔科特笔下那些细腻真挚的女性意识和美好善良的女性品质,深深地感染了一代又一代的读者。

生平传略与创作成就

路易莎·梅·奥尔科特 1832 年出生于宾夕法尼亚州。她大部分时间居住在新英格兰地区。奥尔科特的父亲阿莫斯·奥尔科特(Amos Alcott)是一位先验论哲学家、教育家和乌托邦主义者,曾经创办过教会学校,还与爱默生(Ralph Waldo Emerson,1803—1882)和梭罗(Henry David Thoreau,1817—1862)一起参加过超验主义俱乐部。路易莎·梅·奥尔科特是家中的第二个女儿,她有三位姐妹:安娜·奥尔科特(Anna Alcott)、伊丽莎白·奥尔科特(Elizabeth Alcott)和阿比盖尔·奥尔科特(Abigail Alcott)。

路易莎·梅·奥尔科特的童年在困苦中度过,她的早期教育主要来自父亲的教导,同时也接受了梭罗、爱默生等人的指导和帮助。为了补贴家用,路易莎·梅·奥尔科特尝试过各种职业:教师、社会工作、裁缝、女佣等等。她的文学天赋也促使她开始尝试文学创作。她撰写并出版了第一部作品——儿童故事集《花朵的寓言》(*Flower Fables*,1854)。这是写给爱默生的女儿的故事,书中有拟人化的花朵对孩子进行道德说教。但是路易莎·梅·奥尔科特没能成功地把想象与道德说教完美结合,所以这本书并未获得太多关注。

在 1862—1863 年间,路易莎·梅·奥尔科特在华盛顿某家医院担任了六个星期的护士。这次经历使她染上了伤寒,且在使用汞治疗时造成汞中毒,极大地损害了她余生的健康。这次经历也让她写出了广受好评的短篇小说集《医院速写》(*Hospital Sketches*,1863)。1865 年,她的第一部长篇小说《情绪》(*Moods*)问世,毁誉参半。她还以"A. M. 巴纳德"(A. M. Barnard)为笔名发表过一系列作品,如《亡爱天涯》(*A Long Fatal Love Chase*,1866)、《面具背后》(*Behind a Mask*,1866)等等。

路易莎·梅·奥尔科特最负盛名的作品是半自传体小说《小妇人》。小说描写了南北战争期间马奇家四姐妹的故事,其中马奇家的二女儿乔在很大程度上是以作者本人为原型的。《小妇人》备受好评,读者几乎在此书刚出版时就吵嚷着希望看到续集,于是《小妇人》的第二部《好妻子》

（*Good Wives*，1869）很快问世，描写了四姐妹成年后的婚姻爱情生活。路易莎·梅·奥尔科特还写了《小男人》（*Little Men*，1871）和《乔的男孩》（*Jo's Boys*，1886），作为马奇家故事的续集和终结。

路易莎·梅·奥尔科特在她的写作生涯中期曾写过《传统的女孩》（*An Old-Fashioned Girl*，1869）、《八位堂亲》（*Eight Cousins*，1875）、《盛开的玫瑰》（*Rose in Bloom*，1876）等小说，探讨女孩的教育问题。在她的众多作品中，《丁香花下》（*Under the Lilacs*，1878）大约是最乏善可陈的。路易莎·梅·奥尔科特在这本书的写作过程中一直在照顾病重的母亲，后来又沉浸在丧母之痛中，因此写作质量受损。当她写《杰克与吉尔》（*Jack and Jill*，1880）的时候，她本人的健康状况已经不容乐观。1888年3月6日，路易莎·梅·奥尔科特在她父亲去世后两天离开人世，为世人留下了宝贵的文学财富。

《情绪》：女性情感与伦理的交锋

奥尔科特第一部小说《情绪》的女主人公是"情绪不定的"西尔维亚·尤尔。西尔维亚认为自己结婚时过于年轻轻率，与自己的丈夫并不相配。她的丈夫罗伯特·穆尔是个聪明善良的男人，但是有点娘娘腔，因此西尔维亚更倾心于丈夫的好友亚当·华威。在经历了一年黯淡无光的婚姻生活后，西尔维亚明白亚当也是真心爱她的，并且希望她离开罗伯特。西尔维亚却在感情和伦理的交锋中难以抉择，痛苦万分。西尔维亚既非一个被动的牺牲品，亦非十恶不赦的坏人，她只是缺乏一种平静而强大的力量来掌控自己，所以她的出路只能是死亡。

在《情绪》中，西尔维亚的命运悲剧在于她在太过于年轻无知的时候就匆忙步入婚姻，不成熟的心智使她没有足够的能力来应付一种新的生活方式，在婚姻出现问题后也找不到有效的解决办法。西尔维亚也想过遵从自己的内心去追求真爱，但是她的良心和她一直受到的伦理教育不允许她做出有违妇德的事。她不能为了一己之私去伤害别人，所以她最终只能伤害自己。西尔维亚与托尔斯泰（Leo Tolstoy，1828—1910）笔下的安娜·卡列尼娜有相通之处：她们虽然都对丈夫不忠，有过肉体或精神上的出轨，但她们并不是被作者和读者践踏、厌恶的反面角色，不是生性邪恶的荡妇淫娃；她们都在伦理和感情的撕扯中进退维谷，备受煎熬，最终也为此付出了生命的代价。托尔斯泰塑造安娜·卡列尼娜这个人物并不是想让读者单纯地用世俗的伦理道德对她进行批判，读者分明能够从字里行间感觉到作者对这个人物的疼爱怜惜。同样,作为女性作者,奥尔科特更不会把西尔维亚这个"不守妇道"的角色塑造出来迎合男权社会对其的道德批判。奥尔科特本人并不欣赏西尔维亚的过于矛盾、过于情绪化的性格。她以"情绪"为小说标题,其实委婉地表达了对小说女主人公性格缺陷的批评。西尔维亚从父亲那里继承了骄傲、智慧和意志,从母亲那里继承了多愁善感的忧郁气质,这些复杂的性情在她的心中纠结不断,导致她的心情总是处于矛盾重重的状态,无法用一种清醒睿智的态度去对待生活。

在奥尔科特看来,造成西尔维亚人生悲剧的与其说是道德因素,不如说是性格因素。但奥尔科特并不仅仅着眼于批评女主人公,她也批判了一种鼓励不成熟少女早婚的社会风气。社会应当给予女孩子足够的时间,让她们拥有成熟理性的心态,让她们更好地明白生活、爱情、婚姻的真谛,不再被这些想不明白的问题困扰,否则过早地以一种幼稚无知的态度步入婚姻家庭,于人于己都是悲剧。奥尔科特本人终身未婚,有较强的女权主义倾向,但她并不是那种最极端、最激进的具有"厌男症"倾向的女权主义者。奥尔科特对婚姻也并不持厌恶、排斥的态度,只是她比较反感那种坚信女人必须结婚甚至早婚的传统观念。她认为,如果要选择婚姻作为生活方式,那么这应当是两个思想成熟的人缔结的一种平等关系,而不是社会习俗督促的结果。如果社会习俗能给女性更多的空间和时间,能像包容男人一样包容她们,让她们更好地发展自己,不用结婚与否这一点去苛责她们,或许这对两性而言都是好事。

《小妇人》及续作:健康、平等、和谐的两性关系

由于《情绪》在当时的批评界毁誉参半,奥尔科特对那些带有敌意的批评反应强烈,更坚定了自己走文学道路的决心。她在几年后创作了巅峰之作《小妇人》,这部半自传体小说获得了举世瞩目的成功,被译成多国文字广泛流传,还被不停地改编、翻拍成电影、电视剧等等。《小妇人》以美国南北战争为背景,讲述了新英格兰地区一户普通人家四姐妹的生活琐事。四姐妹的父亲马奇先生去前线当了随军牧师,留下敦厚善良的妻子在家中教导几个女儿。大女儿梅格温柔贤淑,颇有典型的贤妻良母风范。二女儿乔以作者本人为原型,是书中最具光彩和魅力的人物。她热爱阅读,善于思考,开朗豁达,坦诚直率,独立自强,不愿依赖他人;她也如愿以偿地走上了文学道路,靠写作谋生,并将所得稿费补贴家用。三女儿

贝丝性格内向,温婉害羞,谦虚娴雅,热爱音乐,但因为身体虚弱,年纪轻轻便染病而亡。四女儿艾美热爱艺术,因为备受父母和姐姐们疼爱,有时会有几分刁蛮任性,自私虚荣,但后来她性格有所好转,成为一个优雅的淑女,并且嫁给了年貌相当的邻居劳里。劳里在《小妇人》中是一个较为重要的男性人物。他是一个年轻英俊的男孩,家境殷实。由于父母双亡,他跟随祖父劳伦斯先生一起生活。他和祖父都是善良友好、乐于助人的人,并没有因为自己的财富而自觉高人一等。马奇家在与劳伦斯家的交往中始终保持着不卑不亢的态度,既不特意谄媚讨好,也不过分冷淡清高。劳里的初恋原本是马奇家的二女儿乔,但遭到了乔的婉拒。他从失恋的痛苦中走出来以后,才重新与乔的小妹妹艾美相爱。

劳里与乔这一段无疾而终的纯真初恋曾经让无数读者扼腕——他们更倾向于接受一种童话般的美好结局。然而,乔拒绝劳里的情节设置正是《小妇人》不同于普通言情作品的脱俗之处。劳里英俊富有、善良多情,无疑是很多女孩眼中的白马王子,很多父母眼中的乘龙快婿。能被这样的男孩爱上是幸福的,但特立独行、自有主张的乔却毅然决然地拒绝了这份感情。因为她很清楚,自己对劳里的好感并不是爱情,她需要的是一个真正能够读懂她灵魂,与她心灵相通的人生伴侣。劳里虽好,但相比她而言终究流于肤浅,不能达到她的思想高度。如果她因为一时的感动和迷茫接受了劳里,也许她会过上众人艳羡的那种优裕闲适、养尊处优的日子,但那不是她真正想要的生活,她的精神世界会在物质的侵蚀下变得荒芜,她就会像奥尔科特另一部小说《情绪》里的女主人公西尔维亚一样,在不如意的婚姻里进退维谷,饱受心灵煎熬。因此,尽管乔对劳里感情的拒绝令她自己颇为内疚,就像是自己在向亲爱的朋友捅刀子,但乔仍旧坚定地用理智控制了情感,没有让自己因为一时心软和糊涂把自己和劳里的生活推入不幸。乔最终选择了鲍尔教授——一个不如劳里家境优越但远比劳里成熟睿智的男人,一个能够尊重她、理解她、欣赏她才华和思想的人。

乔所持的婚姻观与作者奥尔科特所接受的清教主义和超验主义思想相吻合。清教主义的婚姻观不提倡人们寻找能够引发心中激情的伴侣,而是要找到能够一起过着平稳安定生活的爱人。这种婚姻观强调理性,把理性和秩序置于激情之上,倡导一种既是朋友亦是爱人的夫妻关系。超验主义则强调人的精神的重要性,认为人的首要责任是自我完善,而不是刻意追求金玉富贵。乔在选择人生伴侣的时候,首先考虑的也是精神因素而不是物质因素,不会为了富有的物质生活而违背自己的心情和意志。她与鲍尔教授的婚姻并无太多激情,但却不乏温情。两人既是相濡以沫的爱人,也是志趣相投的朋友,在对文学和教育的共同追求中彼此相扶,自我完善。

乔的大姐梅格虽然人格魅力不及聪颖好学的妹妹,但她的人生和婚姻最终贯彻的也是这样一种朴素正面的人生观。虽然她一度在虚荣中迷失,在富贵人家举行的舞会中听到别人的嘲笑和讥讽会自卑难堪,但她本性中的正直善良使她很快认识到自己不应该向往那种富裕空虚、肤浅无聊的生活方式,不必理会浅薄之辈的闲言碎语,更不能为了迎合他们的价值观而放弃自己的美好品质。梅格后来与劳里的家庭教师约翰·布鲁克相爱成婚,相夫教子,过着平淡而幸福的生活。小妹妹艾美也在父母和姐姐们的教导下逐渐成长,从一个任性的小姑娘长成了懂事的小妇人。当她明白自己所爱的人是与她性情相投的劳里时,她不介意劳里曾经爱过她姐姐的事实,勇敢地选择和劳里在一起;所幸的是,劳里也懂得惜取眼前人,没有一味沉浸在年少时单恋无果的挫败中不能自拔,所以他们也获得了幸福。四姐妹中的老三贝丝是一个悲剧人物,她温柔可亲,热爱生活,对父母孝敬,对姐妹友爱,却因为体弱多病而早夭。她的死亡使这个故事更具有现实主义色彩——生活并不会像童话那样美好,死亡也是生活的一部分,人都有归于黄土的一日,都要学会承受失去亲人的痛苦。

《小妇人》在世界文学史上的口碑甚佳,除了因为这部半自传体小说本身写得真实、细腻、感人之外,还因为它传递了很多正面的价值观。小说人物所体现出来的善良、忠诚、慷慨、尊严、宽容、勇敢等品质,都是人类应当尊崇和追求的美德,具有跨越时代、跨越地域的魅力。小说中的女性意识显而易见,但也没有招致男性读者们的反感。奥尔科特不属于最激进的那一类女权主义者,她在《小妇人》中塑造的男性形象基本还是正面的,不是歧视、欺压女性的恶魔;只是相对于被浓墨重彩刻画的女性角色而言,他们在小说中属于陪衬人物。例如,四姐妹的父亲马奇先生在很多时候都处于缺场状态,母亲马奇太太成了女孩们名正言顺的心理导师,听着女儿们吐露她们的困惑和烦恼,亲切地教导她们应该成为什么样的人,过一种什么样的生活。即使马奇先生从战场归来,家里的格局也没有发生明显的变化。马奇先生把精力放在教区的工作上,马奇太太和女儿们依旧是一个充满了温情和理解的女性小团体。马奇先生的原型是作者奥尔科特的父亲,虽说奥尔科特先生在现实中也是一个有理想有抱负的正

直人士,但是他对家庭没有承担太多的责任义务,养家的重担曾一度落到妻子女儿肩上。出于女儿对父亲应有的尊敬,奥尔科特没有刻意贬损《小妇人》中的马奇先生,但是让马奇先生沦为次要的陪衬人物,这未必不是奥尔科特潜意识里对父亲怨意的流露。

应读者要求,奥尔科特还续写了《小妇人》的故事,《乔的男孩》是这个系列的终结,重点刻画对象已经转向了新一代女孩。在《乔的男孩》中,乔与丈夫有了两个儿子,但她并没有被家庭所累,依然精力充沛地管理着她和丈夫共同创办的劳伦斯学院。乔以自己姐妹的故事为蓝本写书出版,并将得来的稿费补贴家里,孝顺母亲,犹如现实中的奥尔科特用文学创作支持家中经济一样。梅格和艾美也参与了劳伦斯学院的教学,发挥自己的特长,教育下一代的孩子走上正途。奥尔科特重点刻画了四个新一代的女孩子:黛西、乔西、贝丝和南。黛西很像她的母亲梅格,温柔贤淑。贝丝是艾美的女儿,继承了母亲的艺术天赋。梅格的小女儿乔西在个性方面更像年轻时的二姨乔,而不像自己的母亲。乔西是个假小子,从小天不怕地不怕,并不恪守淑女应有的那一套温文尔雅的规范,有较强的女性意识,认为女孩做什么都不会比男孩差。她热爱表演,后来在事业上也取得了令人瞩目的成就。与马奇家并无血缘关系的女孩南可能是作者奥尔科特在本书中最为欣赏的女孩。她天资聪颖,独立自强,呼吁男女平等,有着悬壶济世的高尚理想并为之努力。南没有选择婚姻,她并不像很多通俗言情小说中的角色那样,因为受了情伤、灰心失望才不嫁,而是她压根没有把婚姻看成女人的必经之路。做个有用的单身女人,为父老乡亲行医治病已经能够使她的生活充实快乐。如果说奥尔科特在早期作品中为了迎合读者的阅读习惯,遵循传统的小说写作风格,习惯于给笔下的主要女性人物安排婚姻,而此时功成名就、著作颇丰的她已经没有太多顾忌,可以按照自己的意愿来安排故事情节的走向。奥尔科特像南一样,也是终身未婚,也倡导女权主义。她想通过南这个角色告诉读者,女人也可以选择和传统不一样的人生道路,社会也应该给予女性更多的尊重和包容。

路易莎·梅·奥尔科特是一位成功的作家,她在迎合读者和市场的同时也出色地保持了自己思想的独立性。她提倡女性自尊自爱、自立自强,积极接受教育、提升自我,倡导健康、平等、和谐的两性关系与婚姻,眷恋温馨美好的亲情。她不排斥传统婚姻,同时也认为女性可以走出更宽广的道路。她和她笔下的小妇人一样,在世界女性文学中留下了不可磨灭的痕迹。

第 六 节
奥古丝塔·埃文斯·威尔逊：
首位获 10 万美元版税的女作家

奥古丝塔·埃文斯·威尔逊（Augusta Evans Wilson，1835—1909）是 19 世纪下半叶轰动一时的畅销书女作家。她是首位获得 10 万美元版税的女性作家，她的作品在当时几乎无人不知，她的名字对于 19 世纪的读者而言就是畅销文学的代名词。威尔逊 15 岁开始写作，直至 74 岁去世，共创作了 9 部长篇小说，几乎本本热卖，尤其是 1866 年出版的《圣埃尔默》(St. Elmo，1866)，出版伊始便在短短 4 个月内狂卖 100 万册，堪称出版界的奇迹。但是随着时间的流逝和大众文学品味的变迁，奥古丝塔·埃文斯·威尔逊的名字在今天几乎完全被读者遗忘。如今回顾其文学声名的起落，考量其作品中带有独特时代烙印的艺术审美旨趣，探讨她的成功究竟是与其所处环境的共谋还是突破，对于今天的女性文学研究具有一定的启示意义。

生平传略与创作成就

奥古丝塔·埃文斯·威尔逊 1835 年 5 月 8 日出生于西佐治亚州哥伦布市的一个富裕家庭，家里有兄妹 8 个，她是长女。和 19 世纪大部分的女孩一样，埃文斯并未受过多少正规教育，但她从小显露出对书籍如饥似渴的兴趣。她的知识启蒙人是其母亲。多年以后，声名响亮的威尔逊回忆起母亲，依然满是感激："我的母亲从许多意义上都是我的校友，我所取得的一切都有她的功劳，我对她的崇敬高于一切。"[20] 即便是在颠沛流离的旅途中，母亲也会给孩子们讲述文学大师们的故事来鼓舞孩子们的士气，这一点也对埃文斯的精神塑造起到了至关重要的作用。"正直、乐观、虔诚"成为日后威尔逊教育小说的道德审美核心。

埃文斯五六岁的时候，父亲因为 19 世纪 30 年代的经济萧条而投资失败，丧失了家庭的大部分资产。埃文斯的家庭开始由富至贫，最终不得已于 1845 年举家背井离乡，搬迁到得克萨斯州中南部的圣安东尼市。尽

管离开了故土,埃文斯依然生活在熟悉的南方土地上。无论是在佐治亚州,还是在得克萨斯州,埃文斯都忠实地热爱着美国南方特有的风俗地貌和社会结构,是南方文化和价值观培养出来的"淑女"。自 50 年代起,随着父亲身体状况的不断恶化,埃文斯一家的经济状况每况愈下。作为长女,埃文斯希望为父母分担经济上的忧愁,而她唯一能做的就是写作。

1850 年,年仅 15 岁的埃文斯开始写作《艾内丝:圣方济会阿拉摩的故事》(*Inez: A Tale of the Alamo*)。1854 年底,这个故事的手稿被埃文斯作为圣诞礼物送给父亲,并最终以匿名的方式于 1855 年底出版。故事以一位孤女的精神之旅为主线,记录了她如何从怀疑上帝到最终成为虔诚的信徒。这是那个时代典型的感伤型爱情故事,具有强烈的道德说教意味,同时也表达了作者本人反天主教的立场,因为该故事涉及 1836 年墨西哥军包围圣安东尼市的圣方济教会并屠杀得州人的史实。当然埃文斯是全然站在美国人的视角上来看待这场冲突的。[⑤]故事出版后,虽然读者的反响并不算太强烈,但是埃文斯的父亲开始担心在圣安东尼这样的边境城市居住,对于家庭尤其是对埃文斯来说并不安全,因此他们全家又迁往了亚拉巴马州西南部的木耳比市。

18 岁的埃文斯在木耳比市很快开始创作她的第二部作品《朴菈》(*Beulah*,1859)。这部小说拉开了埃文斯女性教化文学创作的序幕。小说 1859 年一经出版就广受欢迎,并受到了评论界的一致好评,甚至有评论家称它为"最好的美国小说之一",也有报纸认为她超越了乔治·艾略特(George Eliot,1819—1880)。[⑥]就 19 世纪读者的文学口味而言,《朴菈》确实具有畅销书的一切元素。它是查尔斯·狄更斯(Charles Dickens,1812—1870)和勃朗特姐妹(the Brontë Sisters)的综合体,讲述了另一位孤女朴菈走向真理的经历。朴菈幼年失去双亲,和妹妹莉莉被送至孤儿院。后来姐妹俩被迫分离,妹妹染上猩红热不治身亡。朴菈也在绝望中大病一场,最终被富有同情心但性格刻板的达特维尔医生救回家。朴菈最终成长为一名富有学识的知识女性,获得了教职,并在文坛声名鹊起。她最后与自己的恩人达特维尔医生喜结良缘。朴菈在书中的名言是:"我并无信条。我真诚地,也急切地渴望找到我的信条。"这种宗教的皈依思想贯穿了小说的始终。朴菈这一女性形象虽然延续了南方女性的传统设置,即女性自觉履行家庭职责,但也强调了女性作为道德榜样的拯救者力量,这在当时是相当进步的思想。最后小说也是讨喜的大团圆结局,因此这本书在第一年就售出 2.2 万册,在当时已然是蔚为可观的记录了。《朴蓝》使埃文斯一举成为亚拉巴马市的第一位职业作家,稿费丰厚。埃文斯的成功也使家庭迅速摆脱了经济上的拮据,并购买了位于春山大道的乔治亚屋。

1861年,美国历史上的一场巨变改变了埃文斯的人生轨迹。亚伯拉罕·林肯(Abraham Lincoln,1809—1865)宣誓就任总统,美国南部十一州由此相继退出联邦,成立以杰斐逊·戴维斯(Jefferson Davis,1808—1889)为"总统"的政府,并驱逐驻扎在南方的联邦军,美国内战由此开始。此时正值二十来岁、富有热血朝气的埃文斯立刻旗帜鲜明地拥护其家乡的联盟军。随后几年她都是南部忠实的追随者。早在1860年,埃文斯曾与来自纽约的新闻记者詹姆斯·里德·斯波尔丁(James Reed Spalding)订婚,但是因为两人对南北战争的政见与立场不同,埃文斯毅然决定与斯波尔丁解除婚约。而在木耳比市的摩根堡垒,埃文斯忘我地加入了护理受伤联盟军战士的志愿者队伍。她还慰问驻扎于齐克莫贾的联盟军队,缝制巷战用的防御沙包,并出钱出力帮助建立了一座医院。后来这座医院被当地人亲切地称为"朴莔营"。埃文斯还在1862年间与著名的南方军将军P. G. T. 博勒加德(P. G. T. Beauregard,1818—1893)通信。

1864年,埃文斯最著名的战争宣传小说《玛卡瑞亚》(*Macaria*)出版。埃文斯后来回忆说,这部作品是在昏黄的烛火下护理联盟军时创作的。故事主要讲述一位南方女性为了联盟政府做出了令人动容的牺牲,它有明确的政治目的,即为南方各州的军民士气摇旗呐喊。它反映了当时南方的价值观,以及对于建立独立阵营的渴望。有趣的是,这部书几乎同时在南方和北方出版,受到了战争分界线两岸读者的一致欢迎。而这本书在北方的出版过程也很值得玩味:北方的出版社最初觉得一位南方作家不配拿稿费,因此根本就没打算通知埃文斯这本书的出版。所幸此事被埃文斯的一位北方朋友发现了,正义才得到了伸张,那笔稿费在南北战争结束后成为埃文斯一家的救命钱。事实上,《玛卡瑞亚》是如此畅销且有影响力,以至于北方得克萨斯州的联邦军将军乔治·亨利·托马斯(George Henry Thomas,1816—1870)曾下令在当地将此书没收并焚毁。

《圣埃尔默》:女性的道德训诫力量

《圣埃尔默》是埃文斯最为著名的小说,它出版于1866年。埃文斯是在自己的一位阿姨家创作的该书,而这位阿姨正是南方军将领西伯恩·琼斯上校(Colonel Seaborn Jones)的夫人。《圣埃尔默》中主要故事的发

生地是琼斯家乡名为"艾尔·朵拉多"(El Dorado)的故居,因此,从某种角度而言,《圣埃尔默》也是埃文斯送给南方联盟军的礼物。1878年,那所故居也被改名为"圣埃尔默"以兹纪念。同时,《圣埃尔默》也是一部以基督教思想为基础的道德训诫作品,故事围绕愤世嫉俗的富家子圣埃尔默与虔诚好学的贫穷少女艾德娜·厄尔之间的复杂情感展开。最终当然美德获得了奖励:在故事的结尾,圣埃尔默与艾德娜·厄尔在众人的祝福下喜结良缘,琴瑟相合。如此苦尽甘来的情节很容易让人联想到18世纪英国小说家塞缪尔·理查逊(Samuel Richardson,1689—1761)笔下脍炙人口的《帕梅拉》(Pamela,1740)。艾德娜与帕梅拉相似,也是无依无靠的孤女,寄居在富有的家庭中,受到男主人公的另眼相待,却始终虔诚规矩,坚持初心。而圣埃尔默在故事初期同样以风流浪荡子的形象出场,他不相信上帝与爱,最终却被艾德娜虔诚的美德所感化,回归了真诚的人性。

作为一部严肃的文学作品,《圣埃尔默》的结构扎实完整,人物形象鲜明、有厚度。故事以死亡开篇,以一个接一个的死亡推进,又最终在死亡的阴影下结尾。小说第一章中,十二岁的艾德娜甫一出场就表现出一种与天地万灵相统一的"庄严的美"。她偶然目睹了一场决斗,目睹了一个生命的消失。尽管周围的人都告诉她这样的决斗行为并不违法,但年幼的她却能在朴素的宗教观中做出自己的道德判断。第二章中,早年就父母双亡的孤女艾德娜再次失去了亲爱的祖父——她最后一位亲人。在无依无靠的痛苦中,她也诘问上帝自己究竟做错了什么,要承受这样的惩罚;但最终,爱的回忆帮助艾德娜走出了虚空,重新鼓起对生活的勇气。随即在第四章,艾德娜乘坐的火车发生了意外,无数人受伤、死亡,艾德娜也被压伤了腿,失去了祖父留下的小狗。艾德娜再次发出了诘问。这场事故让艾德娜最终搬进了富有的莫雷夫人家暂住,并因此遇见了莫雷夫人的儿子圣埃尔默。埃尔默曾在决斗中射杀了自己最好的朋友并从此游戏人生,甚至不再相信上帝,再不踏进教堂半步。但最终埃尔默还是被艾德娜感化并爱上了她。尽管如此,艾德娜因为埃尔默的不虔诚、不道德而不愿意接受他的求爱,她离开了莫雷夫人家。此后艾德娜在安德鲁斯家担任家庭教师,并全身心地照顾一位身体虚弱、患有残疾的十二岁男孩菲利克斯。最终埃尔默因为艾德娜的影响重新皈依上帝,而菲利克斯的死亡使艾德娜回到纽约并最终与埃尔默携手。这样的"大团圆"结尾再次强调宗教的教化意义:美德能战胜一切。小说不断被死亡推动的情节,尤其是结尾婚礼上墓地景象的描写,则具有强烈的"上帝审判"的宗教色彩。

　　艾德娜并不是一个传统意义上的女性角色。她谦逊但是内心勇敢，她恭顺但骨子里也很倔强。她领先于自己的时代，是一位具有独立思想的新女性。祖父去世后，艾德娜婉拒了邻居伍德夫妇收留她的好意，决心自己去大城市独立生活，因为她明白，如果留下来，她的未来是成为模范的家庭主妇，但那不是她的理想。她想和男人一样接受教育，也不惧惮未知的世界："我听说在佐治亚州哥伦布斯城里，哪怕是很小的小孩都能在工厂里工作挣工资，我相信和城里的那些人一样，我也能自己养活自己……我想受教育，但是如果我留在这里，我是不可能上学的。"㉗当伍德先生企图告诫她"女子无才便是德"时，艾德娜再次说出了令人振聋发聩的女性独立宣言："女人和男人一样有学习书本知识的权利，只要她愿意。"㉘这是艾德娜与男权社会的第一次交锋。

　　而艾德娜与男权社会的第二次交锋是与埃尔默最初的磨合。这一年艾德娜年满十七岁，当听说莫雷夫人那位声名狼藉的儿子要回家了，她很是担忧，没想到第二天她就险些被埃尔默的猎狗咬伤。埃尔默因此暴虐地鞭打自己的狗以示惩罚，艾德娜却勇敢地为猎狗辩解。她并不畏惧埃尔默的恐吓，反而在男性暴力面前显示出了勇气，一种能平复疾风暴雨的平静和仁慈。她并没有因为埃尔默是自己恩人的儿子、是大房子的主人，或因为自己是这个家庭的寄居者而卑躬屈膝；相反，她坚持最质朴的道德观念，坚持虔诚的是非之心。她为埃尔默的堕落而感到痛心，但始终没有放弃感化他。每当埃尔默说出对上帝和亲友的不敬之语时，艾德娜都敢于直面埃尔默，坚持自己的信念。当埃尔默渐渐被艾德娜感动并吸引，乃至最终鼓起勇气向她祖露心声时，艾德娜虽然也意识到自己对埃尔默的感情，但却坚持如果埃尔默不能彻底改过自新，她便不能接受他。艾德娜宁愿放弃做豪宅女主人的机会，宁愿舍弃富裕的生活去做家庭教师自力更生，这种坚强的意志力使她成为一个远远走在时代之前的独立新女性。

　　和《朴菈》的女主人公极为相似，艾德娜最后也在智力上显露出不输于男性的璀璨光辉。她天资聪慧又勤敏好学，因此在学术上取得了巨大的成功，有能力和男性一较高下。艾德娜的文章开始在全国性的报纸杂志上刊登，她成为受人瞩目的文坛新人。尽管如此，艾德娜依然坚守着自己的原则，她虔诚地听从内心的声音，没有被各种诱惑吸引。拒绝埃尔默之后，艾德娜又遇见过两个求婚者，但是她都没有接受。她一直等到埃尔默浪子回头，等到他最终被自己完全感化，彻底与过去放荡不羁的生活一刀两断，等到埃尔默最终回归自己原本善良的人性，成为教会的牧师，成为上帝虔诚的

信徒。最终艾德娜和埃尔默喜结良缘,婚后的她放弃了教职和写作,像一位典型的南方女性那样,把全部精力都放在了家庭角色上。可以说,在表现南方女性美德上,《圣埃尔默》是一部巅峰之作。

艾德娜在《圣埃尔默》中所展露的女性光辉是如此耀眼,其怀揣的宗教虔诚是如此坚定,以至于小说一经出版便在整个美国大受欢迎。《圣埃尔默》轰动一时,出版后短短 4 个月内狂售 100 万册,甚至还有无数的小镇、旅店、游船也竞相改名为"圣埃尔默"。《圣埃尔默》当之无愧地成为 19 世纪最畅销的小说之一,几乎可以和《汤姆叔叔的小屋》(*Uncle Tom's Cabin*,1852)媲美。埃文斯成为美国文学史上首位获得 10 万美元稿酬的女作家,而这一记录直到伊迪丝·华顿(Edith Wharton,1862—1937)崭露文坛后才被打破。随后的很多年,《圣埃尔默》被无数次搬上舞台和大银幕。1954 年,另一位美国著名女作家尤多拉·韦尔蒂(Eudora Welty,1909—2001)也在自己的作品《庞德之心》(*The Ponder Heart*,1953)中将女主人公的名字取为艾德娜·厄尔·庞德,向埃文斯致敬。《圣埃尔默》还启发了另一位美国作家查尔斯·亨利·韦伯(Charles Henry Webb,1834—1905),后者创作了一部戏仿作品《圣特埃尔默》(*St. Twel'mo*,1868)。美国甚至还诞生了名叫"圣埃尔默"的雪茄品牌,《圣埃尔默》对于美国文化经久不衰的影响力可见一斑。

1868 年,奥古丝塔·埃文斯嫁给退伍军人劳伦佐·麦迪逊·威尔逊(Lorenzo Madison Wilson),婚后随夫姓,改名为"奥古丝塔·埃文斯·威尔逊"。奥古丝塔的丈夫比她年长 27 岁,在银行、铁路与食品批发业都投资有道。婚后两人在埃文斯一家的"乔治亚屋"附近又购置了一处大房子,命名为"木耳比沙地"。夫妇两人加入了当地的美以美教会。木耳比市原第一夫人对联邦政府的驻军展现出过多的热情,因此失去了当地人的拥护,威尔逊夫人顺利地取而代之,成为木耳比市的第一夫人。奥古丝塔·埃文斯·威尔逊在《圣埃尔默》之后又继续创作了五部小说:《凡世提》(*Vashti*,1869)、《因范利斯》(*Infelice*,1875)、《台比留的慈悲》(*At the Mercy of Tiberius*,1887)、《带斑点的鸟》(*A Speckled Bird*,1902)和《戴维塔》(*Devota*,1907)。1909 年 5 月 9 日,威尔逊夫人死于心脏病,葬于木耳比市。1926 年,她钟爱的"木耳比沙地"在一次突发大火中付之一炬。但是春山大道的"乔治亚屋"还在,至今依然是当地标志性的历史建筑。

因为其坚定的南方立场以及她在南北战争中活跃的文学和文化活动,奥古丝塔·埃文斯·威尔逊在南方的影响力很大,是美国南方文学中非常重要的一位作家。1977年，奥古丝塔·埃文斯·威尔逊的名字被记录于亚拉巴马州女性名人堂。她的写作属于维多利亚时代家庭感伤主义小说的范畴，其笔下的女性符合世俗南方传统对女性美德的要求，是"南方淑女"的典范。美国著名评论家尼娜·贝姆（Nina Baym，1936—2018）尤其评论《圣埃尔默》是"这类作品中最为畅销的一部，也是最后一批完全符合这类小说写作模式的作品"。[28]但也正是因为这个原因，威尔逊常被后世的评论家称为"反女性主义"作家。[29]随着20世纪女权主义运动的兴起，威尔逊逐渐被边缘化。她的作品在美国文学和女性研究课程的专业书单上消失了，其研究者愈来愈少。不可否认，威尔逊作为一名19世纪的南方女性作家，她的视阈和认知难免有局限性，但是她的存在是女性文学发展史上承上启下的关键一环。她强调女性可以拥有与男性相同（甚至更高）的才智，强调女性的道德感化力与拯救力，这已领先于她的时代。因此，在今天的女性主义文学研究中，威尔逊是一个不应该被忽视，也不能够被忽视的声音。

第七节

莎拉·奥恩·朱厄特：
承上启下的女性主义作家

　　莎拉·奥恩·朱厄特（Sarah Orne Jewett，1849—1909）是19世纪走在时代前列的女性主义作家。作为与哈代（Thomas Hardy，1840—1928）同时代的小说家，大洋彼岸的朱厄特亦将写作立足于她生于斯、长于斯的土地：美国的新英格兰地区。她以缅因州乡村的地貌民俗为主要素材，后人称其为"朱厄特的乡村"。朱厄特长达35年的文学生涯共发表了200多篇作品，10部短篇小说集，5部小说，还有4部儿童作品，留下了蔚为可观的文学遗产。"来自美国其他任何地方，或是来自世界任何地方的人如果想要了解新英格兰，只需阅读朱厄特的故事就可以了"，玛格丽特·索普（Margaret Thorp）在《莎拉·奥恩·朱厄特》（*Sarah Orne Jewett*，1966）一书的前言中如此评价。[30]也正因此，朱厄特的作品通常被归为"区域写作"的类别，或者更为确切的说法是"乡土色彩"（local color）文学。

朱厄特不是 19 世纪典型的"文学家庭妇女",亦无意去宣扬"真正的女性"的道德典范。她或许在销售成绩上稍逊色于同时代的其他女性作家,但今天,当其他 19 世纪女性作家的声名起起落落时,朱厄特却始终散发着炫目的艺术光芒。从女性主义批评的角度来看,朱厄特更是远远超越了她的时代。她的写作是美国内战后区域文学的重要组成部分,是女性区域文学的典范,代表着文学多元化的转向,亦孕育了女性生态主义思想的萌芽。她是 19 世纪末、20 世纪初女性作家中承上启下的代表性人物,是现代女性主义文学的先驱。

生平传略与创作成就

莎拉·奥恩·朱厄特 1849 年 9 月 3 日出生在缅因州南伯里克镇一个富裕的本地望族,是三个女儿中的第二个。南伯里克镇是新英格兰地区有名的历史老城,朱厄特父母两边的家族都在此居住多年。朱厄特的祖父西奥多·F. 朱厄特(Theodore F. Jewett)是当地赫赫有名的船长,年轻时曾在西印度群岛的航海冒险与商贸中获得了第一桶金,在整个南伯里克镇的船贸行业拥有举足轻重的地位。他的成功为朱厄特家族的持续繁荣奠定了基础,为日后朱厄特的写作提供了衣食无忧的保障;更为重要的是,朱厄特的祖父知识极为渊博,又有满肚子的故事,他的个人魅力与气质深深地影响了朱厄特日后的价值取向与精神风貌。另一方面,朱厄特的父亲西奥多·H. 朱厄特(Theodore H. Jewett)是一名乡村外科医生,母亲卡罗兰·F. 佩里(Caroline F. Perry)也同样出自医学世家,因此朱厄特从小受到极好的教育。朱厄特幼年体弱多病,还患有风湿性关节炎,父亲便常常让她请假随自己去乡间出诊,以便朱厄特能更好地在自然中强身健体。父亲教会了她用心观察沿途的花草树木,观察周围的环境和人事。朱厄特后来感慨道:"我父亲的马车和它载我去过的地方是我受到的最好的教育。"[②]

1866 年,朱厄特从南伯里克的博瑞克专科学院毕业后,开始尝试以细腻流畅的女性笔触,记录家乡在世纪之交的风俗人情与历史变迁。不过作家并不是朱厄特的第一志愿。在很小的时候,她曾立志要成为像父亲一样悬壶济世的乡村医生。但由于身体原因,自十几岁起朱厄特越来越没有体力参与户外活动。她认识到自己并不具有从事这一高强度职业所需的体能,因而退而求其次地开始以斯托夫人为榜样,用文字来实现自己的理想。朱厄特天资聪慧,从小就酷爱读书,很快就在文坛崭露头角。与

19 世纪其他的女性作家不同，朱厄特并没有迫切的经济压力，不需要以稿费来补贴家用。虽然朱厄特一直很欣赏斯托夫人的作品，但她本人也不像斯托夫人以及同时代的其他女性作家那样强调宗教的虔诚，或是强调"理想女性"的道德规范。1871 年，朱厄特加入了新教圣公会（Episcopal Church），她对传统的宗教教义和女性道德教化表现出了更多的质疑。总之，朱厄特不是她那个时代典型的传统女性。在很小的时候，她就明确意识到自己长大后不想去做相夫教子的家庭妇女，她对"淑女"美德不感兴趣；相反，她渴望成为独立的职业女性。她的态度在当时是极其罕见的。

跟随内心的朱厄特从一开始就有着极为明确的写作诉求。日后，在给朋友的一封信中，她这样总结道："我下定决心要告诉世人，乡下人可不是他们所想的那样笨拙无知。我希望世人能了解到他们那简单却重要的生活。当我刚开始从事写作的时候，我想那就是我的使命感。"[③] 因此，朱厄特大部分作品都以她熟悉的新英格兰地区的乡村风貌为背景，描写古老的小镇、海边的渔家和在那里世世代代生活的人们。朱厄特的努力很快就取得了收获。1868 年，她的处女作《詹尼·盖络的情人们》（"Jenny Garrow's Lovers"）发表在波士顿一家主流周刊上。次年，20 岁的朱厄特迎来了其文学伯乐，短篇小说《布鲁斯先生》（"Mr. Bruce"）被《大西洋月刊》（Atlantic Monthly）录用，自此《大西洋月刊》成为朱厄特最重要的文学活动基地。作家豪厄尔斯（William Dean Howells，1837—1920）很快引荐朱厄特进入了波士顿主流文学圈，朱厄特由此结识了波士顿著名出版商詹姆士·菲尔兹（James T. Fields）及其夫人，也就是作家与社会改革家安妮（Annie Adams Fields），并成为终身好友。

1877 年，在豪厄尔斯的鼓励下，朱厄特将之前陆续发表在《大西洋月刊》的四个短篇结集出版，即短篇小说集《深港》（Deephaven）。《深港》描写两位来自波士顿的年轻女性在夏天来临前拜访了一个衰败的海滨小镇。通过城市年轻人的叙述视角，小说栩栩如生地刻画了一个海港小镇的日常生活与内在精神风貌。作者怀着对往昔新英格兰地区的眷恋之情记录下这个早年繁荣的港口如何在新的社会经济力量的冲击下走向衰落，具有很强的艺术感染力。尽管相较于朱厄特中后期作品，《深港》的文笔还略显稚嫩，但年轻的朱厄特显然已找到她最擅长的主题、形式和风格：乡土一隅，三两人物，相对松散的结构。虽然在部分评论家看来，这种方式不够传统，略显零乱，但朱厄特却从其他的文类（譬如素描和简述）中汲取了艺术养分，为小说创作开辟了某种新的可能性，而这种艺术表达也

在某种程度上与女性高发散性的认知方式密不可分。《深港》尤其描绘了女性的处世智慧和人生哲学,在她们漫不经心的闲聊杂谈背后暗藏着女性口述历史的传统。居住在树林深处小木屋的邦尼夫人更是让人眼前一亮的女性形象:她像男人一样穿衣、抽烟,经历过岁月的洗礼,坚忍而睿智,与大自然心灵相通。朱厄特此时已表现出生态女性主义思想的萌芽。

1884 年,朱厄特完成了作品《乡村医生》(*A Country Doctor*)。《乡村医生》被认为是朱厄特最具自传性,也是极富女权主义色彩的作品。在这部小说中,孤女楠热爱自然和户外运动,却对传统的女性活动(比如女红)不感兴趣。她的养父莱斯利医生(以朱厄特的父亲为原型)是其人生的良师益友,而楠也渴望以后能像莱斯利医生一样救死扶伤。楠长大后,坠入情网,却在被求婚的那一刻突然意识到,自己内心的天命呼唤与社会对女性的期望存在冲突。楠最终拒绝了求婚,全身心地投入到热爱的事业中去。朱厄特显然并不认为女性的归宿在家庭,这与奥尔科特在《小妇人》中反复强调的"家是女人最幸福的王国"形成了鲜明的对比。

在《乡村医生》中,朱厄特甚至提出了一个很激进的观点:对于女性而言,婚姻与事业无法并存。她借莱斯利医生的口,评论道:"有些女性就是不同的,她们天生是要做其他事的,而不是婚姻。"④朱厄特在真实生活中的态度也颇耐人寻味。1881 年,好友詹姆士·菲尔兹不幸离世,朱厄特与其遗孀安妮开始更加紧密地联系在一起。通常一年里有半年的时间朱厄特会在南伯里克陪伴自己的家人,而另外的半年时间则主要和安妮一起住在波士顿。她们读书,看戏,听音乐会,招待文学圈的朋友。两人四次结伴去欧洲旅行,拜访如阿诺德(Matthew Arnold,1822—1888)、詹姆斯(Henry James,1843—1916)、丁尼生(Alfred Tennyson,1809—1892)、吉卜林(Rudyard Kipling,1865—1936)等文学名流。因此,一些朱厄特研究者怀疑朱厄特和安妮之间有同性恋情。但迄今为止,这种推测都未能证实。两人之间大量的信件仅证明了两位同样杰出的女性之间的友爱与相互鼓励。朱厄特经常在信中和安妮分享自己的写作感悟和理念,她这样写道:"把一个故事的所有细节构思成熟最后一蹴而就真是一种奇妙而神秘的变化过程。"⑤正如《乡村医生》中的楠一样,朱厄特自然地将写作视为自己毕生的事业、全部的生活与存在的意义。

1886 年,朱厄特出版短篇小说集《白鹭及其他故事集》(*A White Heron and Other Stories*)。其中的同名短篇小说《白鹭》("A White Heron")是朱厄特当之无愧的代表作,曾多次被收在文学选集里,翻译成多种语言,甚至被拍成电影。故事的小主人公是九岁的女孩西尔维娅。她热爱自然,纯真无邪,和祖母一起住在缅因州的一个偏僻农场,远离工业文明。一天,西尔维娅遇见了一位年轻的鸟类学家,他的英俊和迷人唤醒了西尔维娅懵懂的性意识,让她怦然心动,一心只想讨好这个年轻人。年轻人来此是为了寻找罕见的白鹭以制作动物标本。他对西尔维娅说,只要能帮他找到白鹭,他可以付给西尔维娅十美元作为报酬。西尔维娅知道祖母需要这笔钱来贴补家用,而且她也很想让年轻人快乐满足,尽管她并不明白这个男人为什么要杀死自己喜爱的鸟。第二天清晨,西尔维娅早早起床,独自爬上一棵松树顶去寻找白鹭。她看见了白鹭,并和它一起迎接了黎明的到来。在松树顶上西尔维娅俯视着整片树林,她突然获得了一种顿悟,好像经历了一场成年仪式。在那一刻,她和两只展翅高飞的白鹭融为一体,一起飞向了金色的天空,在树林上空俯瞰太阳的升起。西尔维娅最终守住了白鹭的秘密,年轻的鸟类学家失望地离开了。《白鹭》具有强烈的象征主义色彩。在某些女性主义批评家看来,《白鹭》是典型的反浪漫主义作品。女主人公拒绝了王子,转而追求自然的和谐,她的选择代表了女性主义与生态主义之间天然的联系。

《尖尖的枞树之乡》: 女性与自然
互为一体的存在方式

1896 年,朱厄特出版了其最重要的代表作——小说《尖尖的枞树之乡》(*The Country of the Pointed Firs*)。和《深港》一样,《尖尖的枞树之乡》最初也是在《大西洋月报》上以四个独立短篇的形式刊登,随后才结集出版。《尖尖的枞树之乡》同样以波士顿女性访客的视角来审视工业化进程下的小镇。来自波士顿的年轻女作家曾经数次来到缅因州海滨小镇邓尼特度夏,并自称是邓尼特小镇的恋人。这年夏天,她重返小镇进行创作。她借住在当地的药剂师托德太太家,在与托德太太的闲聊中揭示了这个小镇的过去与现在。长长的夏日时光宁静无扰,这个“充满着海水咸味和白木板房子的小镇”生活着世居于此的老乡们。他们曾经有过显赫荣耀的过去,但如今都已成为历史,就像高坡上的老房子,只是“一所废弃的老房子的躯壳,窗子空在那里像是瞎子的眼睛”。⑧在朱厄特笔下,一个个故事串联而成的邓尼特小镇,具有 19 世纪新英格兰海滨小镇所蕴含的古典之美,甚至拥有某种禀赋使其比缅因州东海岸的其他滨海乡村更为迷人。小镇生活中的旧闻旧事和本地人的独特气质,使来自城市的知识

女性受到了某种精神启迪。夏天结束时,叙事者"我"要重回城市了。她担心自己经过邓尼特小镇淳朴简单生活的洗礼,会变成城市的陌生人。"安宁在战争中是找不到的。"㉒这个长着尖尖枞树的小镇在时间长河的冲刷中,以其丰厚的习俗和孩子气般的自信,保留着不变的容颜,使"我"眷恋异常,又莫名地担心在工业化进程下,原本淳朴自然的海滨小镇将会丢失许多自身的特色。

《尖尖的枞树之乡》是一部标准意义上的女性主义作品。她以女性的叙述视角,通过女性人物塑造,采用女性的话语结构,展现与生命养育相关联的姐妹联系,并探讨女性与自然的交融。与《深港》不同,《尖尖的枞树之乡》里的叙述者不再是涉世未深的年轻女性,而是阅历丰富、观察敏锐的现代知识女性。她成熟、优雅、独立,具有明确的职业身份——作家,并全身心地投入到她热爱的事业中去。不仅如此,与19世纪作家流行将女性描写得漂亮羞涩的做法不同,朱厄特笔下的海岛女性大多为平凡勤劳、果断独立的年长女性:托德太太、布莱克特太太、乔安娜等人,她们经历了艰苦的过去,却依然保持着乐观、独立与勇敢。尤其值得注意的是,叙述者"我"和邓尼特小镇的其他女性一样,大多缺少完整的家庭生活,但她们并不寂寞,而是每天忙碌于自己的事或小镇的人际交往。日常生活的各个细节,如烹饪、编织、缝纫、刺绣这样的家庭和社区活动,仿佛具有一种仪式感和凝聚力,平凡的生活中蕴含着人性的真谛。朱厄特笔下的女性,在承担母亲、妻子、女儿等传统女性角色的同时,并没有成为男性的附庸,反而在责任担当中成为家庭不可取代的一分子、社会的中流砥柱、文化的权力中心,彰显出人性的高贵和尊严。同时,这样一种随遇而安的生活态度,强调了女性与自然互为一体的存在方式。因此,朱厄特的女性形象更像是20世纪的现代女性,她笔下独立的女性形象为20世纪女权主义的高潮拉开了序幕。

朱厄特所描绘的女性与自然之间的亲密关系,表达了一种对即将逝去的生活方式和价值观念的怀念。事实上,乡村的衰败和工业社会的兴起在朱厄特的时代已不可避免,小镇上原本简单和睦的人际关系终将被赤裸的利益关系侵蚀。朱厄特以其对乡土特有的敏锐直觉和对女性社群的热情,将新英格兰地区海边小镇的生活真实而诗意地记录了下来。她的人物故事是从地理环境中自发生成的,而非仅将乡村环境作为故事发生的背景。那些孤独的生长着尖尖的枞树的牧场和农场,那些整齐的灰色乡村房子,那些默默无闻却沧桑坚强的老妇人们,都成为朱厄特的标志性符号。薇拉·凯瑟(Willa Cather,1873—1947)认为朱厄特的作品带有一种"与生俱来的个性之美"(inherent,individual beauty):她捕捉到了一种稍纵即逝的新英格兰乡村的颜容光泽,将之化为文字铺展在纸上,这一过程如同"将早春林中深处盛开的那朵最柔嫩的花朵带到正午的烈日下,但没有碰伤它的花瓣",成为永恒的"朱厄特乡村"。⑧她的乡村隔绝于世,却是连接偏远区域和都市的桥梁。尤其珍贵的是,朱厄特选择了缅因州方言来讲述故事,土话俚语的乡邻交流传递着乡土的亲密和单纯。朱厄特以安静祥和的新英格兰方言极好地展示了"乡土与怀旧"的精神内核。

1901 年,博德因学院为朱厄特颁发了文学荣誉博士学位,这也是该学院第一次将此荣誉授予一位女性。由于很多她所熟悉、崇拜的人,包括她的父亲和作家霍桑(Nathaniel Hawthorne,1804—1864),都曾就读于博德因学院,朱厄特为此倍感自豪。在给菲尔兹夫人的信中,朱厄特激动地写道:"你无法想象作为博德因学院众多弟子中唯一的女性是多么令人愉快。"⑨朱厄特本应创作出更多作品奉献给世人,但意外的是,就在第二年,在朱厄特 53 岁生日的当天,她不幸遭遇车祸,大脑和脊椎严重受伤,导致她难以再继续自己热爱的写作事业。朱厄特的余生主要居住在波士顿和南伯里克。1909 年,朱厄特中风,随后被送回老家贝里克城的大房子里;6 月 24 日,朱厄特死于脑出血。她曾经说过:"我生于斯,也望死于斯,留下紫丁香花丛依然葱翠茂密,所有的椅子都保留在原处。"⑩这句话成为朱厄特的墓志铭。她为世人留下的不仅是紫丁香花丛和椅子,还有她丰富的文学遗产。1916 年,朱厄特的部分诗歌也结集出版。她作品的艺术价值从来没有因为时间的流逝而褪色。

朱厄特的写作大多以远离工业社会的乡村与农场为背景与灵感之源,同时她本人也是城市文学圈波士顿女性艺术家团体里颇为活跃的一员。某种程度而言,在乡村和城市间游刃有余的朱厄特正是 19 世纪新英格兰中产阶级女性主义运动兴起的一个缩影。朱厄特出于女性的本能直觉去爱她的乡村。"她看到了乡村的本来面貌,她的天性和气质也帮她洞悉乡村,她也通过直觉明白了她所见乡村的深层蕴意。"⑪她的地方色彩写作,代表了美国文学中女性区域文学的独特分支,"新英格兰妇女创立了一个相对立的世界,一个存在于父权社会边缘的乡村世界,一个孕育了坚强和自由女性的世界。朱厄特创作的《尖尖的枞树之乡》代表了这个传统的顶峰"。⑫女性区域文学作家的伟大成就"在于她们没有被困于男权社会

的毁灭性实践之中,而是创造了一种积极的、提倡坚强独立的女性的、属于她们自己的他者世界"。㊸作为 19 世纪与 20 世纪之间具有承上启下意义的女性作家,朱厄特一方面受到 19 世纪代表性女作家斯托夫人的精神感召,另一方面,她又对 20 世纪最重要的美国区域作家薇拉·凯瑟影响至深。朱厄特曾经写信给当时初出茅庐的薇拉·凯瑟,建议她"要对着人心写作,所有的人性最终都沉淀成了大意识",并进一步指出,"书写生活,却不是书写生活本身"。㊹因此,读者似乎能在凯瑟的《啊!开拓者》(*O Pioneers!*,1913)和《我的安东尼娅》(*My Ántonia*,1918)中找到朱厄特人物的影子。直至今天,朱厄特的作品依然熠熠生辉。她的作品不断再版重印,并在女性生态主义、女同文学研究等新的批评视阈的观照下,被挖掘出新的解读,激荡出新的回响。

综上所述,美国女性文学在 19 世纪下半叶迎来了一个发展繁荣期。由于国民经济高速发展,女性受教育程度普遍提高,在天时、地利、人和的良好环境中,涌现出了诸如哈里耶特·比彻·斯托、苏珊·沃纳、E. D. E. N. 索思沃思、伊丽莎白·斯托达德、路易莎·梅·奥尔科特、奥古丝塔·埃文斯·威尔逊、莎拉·奥恩·朱厄特等一批叱咤一时的女性畅销作家。对于美国女性文学而言,这是继往开来、承前启后的重要历史阶段。这个时期的大部分女性作家仍受限于"文学家庭妇女"的身份,她们往往因经济窘迫而成为职业作家,且始终将写作视为女性为家庭贡献和牺牲的一部分,其作品也很少超出男权社会所认同的传统女性价值观,倾向于宣言"理想女性"与"真正的女性"。但是在世纪之交的朱厄特却显示出超越时代的勇气。她第一次在真正意义上跳脱男权建构并开创独立的女性精神,她的写作是女性区域文学的典范,孕育着女性生态主义思想的最初萌芽。尽管在她的时代,朱厄特远没有其他女性作家"畅销",但她却注定将获得更长久的艺术生命力。朱厄特的横空出世,预示着 20 世纪美国女性文学即将迎来黄金年代。

① Nathaniel Hawthorne,*Letters of Hawthorne to William Ticknor*,1851－1864,Vol.1. Newark,NJ: Carteret Book Club,1910,p.75.

② Thomas F. Grossett,*Uncle Tom's Cabin and American Culture*. Dallas Texas:

Southern Methodist University Press，1985，p.164.

③ Eric J. Sundquist，"Introduction,"in Eric J. Sundquist，ed.，*New Essays on Uncle Tom's Cabin*. Cambridge：Cambridge University Press，1986，p.10.

④ Diane Prenatt，"Harriet Beecher Stowe：A Life,"*Belles Lettres: A Review of Books by Women*，Vol.10，No.1，1994，p.10.

⑤ Millicent Lenz，"Harriet Beecher Stowe,"in Glenn E. Estes，ed.，*Dictionary of Literary Biography*. Detroit，MI：Gale，1985，p. Xⅲ.

⑥ 金莉：《文学女性与女性文学：19 世纪美国女性小说家及作品》，北京：外语教学与研究出版社，2004 年，第 35 页。

⑦ Millicent Lenz，"Harriet Beecher Stowe,"in Glenn E. Estes，ed.，*Dictionary of Literary Biography*. Detroit，MI：Gale，1985，p. Xⅲ.

⑧ Ibid.

⑨ Thomas F. Grossett，*Uncle Tom's Cabin and American Culture*. Dallas Texas：Southern Methodist University Press，1985，p.97.

⑩ Harriet Beecher Stowe，*Uncle Tom's Cabin；or，Life among the Lowly*. Boston：Jewett/Cleveland：Jewett，Proctor & Worthington，1852，p.334.

⑪ Ibid.，p.386.

⑫ Ibid.，p.400.

⑬ Elizabeth Ammons，*Harriet Beecher Stowe's Uncle Tom's Cabin: A Casebook*. Oxford：Oxford University Press，2007，pp.96－97.

⑭ Ellen Moers，*Harriet Beecher Stowe and American Literature*. Hartford：Stowe-Day Foundation，1978，p.8.

⑮ Rachel Naomi Klein，"Harriet Beecher Stowe and the Domestication of Free Labor Ideology,"*Legacy: A Journal of American Women Writers* 18. 2（2001）：135.

⑯ Joan D. Hedrick，*Harriet Beecher Stowe: A Life*. Oxford：Oxford University Press，1994，p.201.

⑰ Brenda Haugen，*Harriet Beecher Stowe: Author and Advocate*. Minneapolis，MN：Compass Point Books，2005，pp.59－60.

⑱ Sarah Bird Wright，"Harriet（Elizabeth）Beecher Stowe,"in Donald Ross and James Schramer，eds.，*American Travel Writers*，*1850－1915*. Detroit：Gale Research，1998. Dictionary of Literary Biography Vol. 189. *Gale Literature Resource Center*，https://link.gale.com/apps/doc/H1200008024/LitRC?u＝shisu&sid＝LitRC&xid＝ed64b8d6. Accessed 23 Dec. 2019.

⑲ 萨克文・伯科维奇：《剑桥美国文学史》（第二卷），史志康等译，北京：中央编译出版社，2008 年，第 87 页。

⑳ Susan Sontag，"The Aesthetics of Silence,"in Pat C. Hoy II，Esther H. Schor and Robert Di Yanni，eds.，*Women's Voices: Perspectives and Visions*. New York：McGraw-Hill Publishing Company，1990，p.367.

㉑ Patricia Yaeger and Beth Kowaleski-Wallace，*Refiguring the Father: New Feminist Readings of Patriarchy*. Carbondale and Edwardsville：Southern Illinois University Press，1989，p. Xⅰ.

㉒ Sandra Gilbert and Susan Gubar, *The Madwoman in the Attic: The Woman Writer and the Nineteenth-Century Literary Imagination*. New Haven and London: Yale University Press, 1979, p.13.

㉓ 波伏娃:《第二性》,陶铁柱译,北京:中国书籍出版社,2004 年,第 180 页。

㉔ Janet Gabler-Hover, "Augusta Jane Evans (Wilson)," edited by NGE staff, in *New Georgia Encyclopedia*, http://www. georgiaencyclopedia. com/nge/Article. jsp? id = h-453. Accessed 18 May 2018.

㉕ 事实上,1846—1848 年美墨战争后,美国最终夺取了墨西哥 230 万平方公里的土地,占当时墨西哥全部领土的 55%。美国因此获得了现在加利福尼亚、犹他和内华达三个州的全部,以及科罗拉多、新墨西哥、怀俄明和亚利桑那四个州的部分地区,美国的领土也由此直通太平洋,真正成为连接大西洋和太平洋的国家。

㉖ Janet Gabler-Hover, "Augusta Jane Evans (Wilson)," edited by NGE Staff, in *New Georgia Encyclopedia*, http://www. georgiaencyclopedia. com/nge/Article. jsp? id = h-453. Accessed 18 May 2018.

㉗ Augusta J. Evans Wilson, *St. Elmo*. Gutenberg Ebook, p.18. www.gutenburg.org/cache/epub/4553.html. Accessed 18 May 2018.

㉘ Ibid.

㉙ Nina Baym, *Women's Fiction: A Guide to Novels by and about Women in American: 1820 - 1870*. Ithaca and London: Cornell University Press, 1978, p.12.

㉚ Beverly E. Golemba, *Lesser-Known Women: A Biographical Dictionary*. Boulder UA: Rienner. 1992, p.92.

㉛ Margaret Farrand Thorp, *Sarah Orne Jewett*. Minneapolis: University of Minnesota Press, 1966, p.5.

㉜ Jeri Parker, *Uneasy Survivors: Five Women Writers*. Santa Barbara: Peregrine Smith, 1975, p.12.

㉝ Judith E. Harper, "Sarah Orne Jewett: Overview," in Pamela Kester-Shelton, ed., *Feminist Writers*. St. James Press, 1996. http://go. galegroup. com/ps/retrieve.do?tabID = T001 & resultListType = RESULT_LIST&searchResultsType = SingleTab&searchType = AdvancedSearchForm & currentPosition = 1 & docId = GALE%7CH1420004361&docType = Critical + essay&sort = RELEVANCE& contentSegment = &prodId = GLS&contentSet = GALE%7CH1420004361&searchId = R8&userGroupName = shisu&inPS = true. Accessed 21 Sept. 2017.

㉞ Ibid.

㉟ Margaret Farrand Thorp, *Sarah Orne Jewett*. Minneapolis: University of Minnesota Press, 1966, p.24.

㊱ Sarah Orne Jewett, *The Country of the Pointed Firs*. New York: Signet Classics, 2000, p.6.

㊲ Ibid., p.128.

㊳ Melissa Homestead, "Willa Cather Editing Sarah Orne Jewett," *American Literature Realism* 49. 1 (2016): 63 - 89.

㊴ Annie Fields, *Letters of Sarah Orne Jewett* (1911). Montana: Kessinger Publishing, LLC, 2011, p.126.

㊵ Margaret Farrand Thorp, *Sarah Orne Jewett*. Minneapolis: University of Minnesota Press, 1966, p.45.

㊶ Judith E. Harper, "Sarah Orne Jewett: Overview," in Pamela Kester-Shelton, ed., *Feminist Writers*. St. James Press, 1996. http://go. galegroup. com/ps/retrieve.do?tabID = T001&resultListType = RESULT_LIST&searchResultsType = SingleTab&searchType = AdvancedSearchForm&currentPosition = 1 & docId = GALE%7CH1420004361&docType = Critical + essay&sort = RELEVANCE& contentSegment = &prodId = GLS&contentSet = GALE%7CH1420004361&searchId = R8&userGroupName = shisu&inPS = true. Accessed 21 Sept. 2017.

㊷ Josephine Donovan, *New England Local Color Literature: A Women's Tradition*. New York: Continuum, 1983, p.3.

㊸ Ibid., p.12.

㊹ Patti Capel Swartz, "Sarah Orne Jewett: Overview," *Gay & Lesbian Literature*, Vol. 2, Gale, 1998. Literature Resource Center, http://go.galegroup.com/ps/i.do?p = LitRC&sw = w&u = shisu&v = 2.1&id = GALE%7CH1420004362&it = r& asid = 71a8576900d0e66d7a3a4303accd2c2b. Accessed 21 Sept. 2017.

第四章

现代美国女性主义小说

　　19、20 世纪之交由于妇女选举权运动的兴起，女性的地位较从前得到了改善和提高。追求平等、自由和发展成为觉醒中的女性的奋斗方向。女权主义运动为女性主义文学奠定了政治和理论上的基础。受益于女权主义运动，女性接受高等教育和进入职场的机会愈来愈多，这也使得女性的独立意识和觉醒意识愈来愈强。虽然贤妻良母仍是社会对女性的传统期待，职业女性也通常不被鼓励，但是如果没有婚姻这个保障，女性的另一出路显然就是要走向职场，依靠自己。本章涉及的几位女性作家大抵如此。出身普通中产阶级家庭的薇拉·凯瑟（Willa Cather，1873—1947）和苏珊·格拉斯佩尔（Susan Glaspell，1876—1948）就是接受完高等教育后直接进入职场，而不是先选择婚姻之路。前者做了编辑，而后者做了记者，两人都以文字谋生并实现了经济独立。即便依循社会主流传统，女性在接受完中学教育之后早早进入婚姻生活，这种出路带给女性的未必就是永恒的保障和安全感。凯特·肖班（Kate Chopin，1850—1904）的婚姻随着丈夫的去世戛然而止，她不得不一肩挑起养家糊口和养育子女的生活重担。夏洛特·珀金斯·吉尔曼（Charlotte Perkins Gilman，1860—1935）的首次婚姻并未带给她幸福与保障，反而让她患上了严重的抑郁症，游走在崩溃的边缘。结束不幸的婚姻才让她得以开启新生活之门，找到自我，开始创作，而后获得真正的幸福婚姻。家世殷实、教育良好的伊迪丝·华顿（Edith Wharton，1862—1937）最初也是按部就班地进入一场"门当户对"的婚姻中，结果以惨败收场，害得自己精神崩溃并入院治疗。结束婚姻之后，她创作的"第二春"也随即开启，佳作不

断。这些现代美国女性作家都认为女性应该走出家庭,参与社会,获得经济独立,成为社会进步的主体,她们也都践行了自己的主张。[①]

女权主义运动使女性相继获得财产支配权和选举权。因此,这一时期的女性较之以往,能够更广泛地参与社会各个领域。这一时期,美国女性作家笔下的主题也不再局限于"家庭领域",而是涉及社会各个层面。虽然她们中多数都不是激进的女权主义者,但是其人、其作与其思都和女权主义运动脱不了关系。女性作家们不再局限于记录下自己的反抗和诉求,而是开始关注一些更具普遍性的问题,如妇女在更高层次上的解放以及种族问题。尽管女性文学在以白人男性为主导的美国文学经典的建构过程中仍然处于被排挤和边缘化的境地,[②]但是女性文学在 20 世纪初期的成就令人瞩目。在这一时期,女性较之以往有更多闲暇时间,因而成为小说最大的阅读群体,同时她们自己也形成不断扩大的小说创作队伍,在小说中展示了逐渐脱离男性影响的女性主义立场和态度。这一时期,随着文学杂志和短篇小说的兴起,时代给年轻作家,尤其是女性作家提供了莫大的机会。这一时期,在社会政治活动和改变两性关系的社会变革中经常见到美国女性积极参与的身影。美国的女性小说也一改曾经盛行于 19 世纪中叶的"感伤小说"和"家庭小说"之风,转为探讨女性身份、权利、话语、觉醒、自治等主题的女性主义小说。这些小说拒绝浪漫,远离伤感,以现实的笔触批判现行的社会问题,反思弊端,呼吁女性角色的改变,甚至提出救治社会的构想。肖班、吉尔曼、华顿、凯瑟和格拉斯佩尔这些作家的女性主义小说批判和反对父权制的传统和思想,表达女性的社会诉求和政治观点,主张女性在社会各个领域拥有与男性平等的权利,探讨女性如何参与社会建构和促进社会发展。这不仅有助于加快女性意识的觉醒,而且可以激发女性争取权利的运动。[③]

虽然文学中的"理想女性""家中天使"形象依旧存在,但是小说中也开始不断涌现一些"叛逆"女性形象。这些不同以往的叛逆女性有的以"荡妇"形象挑战人们的传统期待,有的以"新女性"形象示人,她们基本上脱离了社会赋予女性的生儿育女和操持家务的职责。"新女性"一词指的是 19 世纪 90 年代前后开始出现在美国社会和文学作品中的具有现代意识的女性群体。她们追求平等,崇尚自由,蔑视传统,拥有新的价值观,并对美国文学的发展产生了影响。19、20 世纪之交的现代美国女性作家们无疑属于这个群体。她们对"新女性"的态度虽不尽相同,但是身为作家,她们对这个群体的了解和理解无疑比一般人更深刻。因此,"新女性"形象在她们的笔下也得到了充分的、多元化的表征和书写。这些"新女性"形象的塑造反过来又体现着女性作家身上不同程度的自发性和独立性。随着"新女性"在现代社会的崛起,女性小说家们也及时调整创作思路,建构了全新的"新女性"形象。女性作家们赞赏"新女性"对男权社会和传统观念的挑战,也肯定她们在婚姻和家庭之外通过工作实现自我和独立的决心。当然,她们也认为女性在现代社会中获取成功并非易事。④"新女性"小说家们或用文学形式或用自身经历反抗了当时的社会习俗和规范,而她们笔下的美国"新女性"小说不仅在人物刻画和故事发展上令人着迷,而且在审美上也令人瞩目。"新女性"人物模式的多样化增强了小说的思想内涵和人物形象的感染力。除此之外,这一时期的女性小说家们的写作技法也有所创新。她们的作品在反抗性和革新性方面体现的进步使这些小说具有了真正意义上的"现代性"。

第 一 节
凯特·肖班: 女性主义文学的先驱

　　凯特·肖班(Kate Chopin,1850—1904)是美国颇有建树的地域文学女作家、女性主义文学的先驱。从被人追捧到被人打压,从销声匿迹到重见天日,从千夫所指到被奉为圭臬,肖班生前身后的经历颇具戏剧性。她的"觉醒"让她成为具有超前女性意识的孤独的先行者,让她敢于蔑视传统和权威,在描写女性对性的渴望和个人解放等方面大胆超越前人。她用《觉醒》(*The Awakening*,1899)唤起更多女性以不同的方式觉醒、思考和反抗。《觉醒》被视为女性主义文学的先锋之作。在肖瓦尔特(Elaine Showalter,1941—　)眼中,肖班不仅是"美国女性的先驱者,而且也是美国超验主义、欧洲现实主义、世纪末的女性主义和唯美主义的代表作家"。⑤她用"女性现实主义"⑥的创作手法,塑造了典型环境中的典型"新""旧"女性形象,让读者从特定的历史环境和文化背景中探寻人物性格形成的原因。一如佩尔·塞耶斯泰德(Per Seyersted)在《凯特·肖班评传》(*Kate Chopin: A Critical Biography*,1969)中所总结的那样,肖班是美国首位把激情热恋作为严肃主题坦诚地写进小说的女性作家;她不施加

道德评判,而是客观地反映性、离婚和女性对存在的真实诉求;她开辟了美国文学中的"新领域"。

生平传略与创作成就

凯特·肖班1850年出生于美国密苏里州的圣路易斯,[⑦]父亲是爱尔兰移民,母亲是法裔克里奥人。在五个兄弟姐妹中,肖班排行第三,是唯一活过25岁的孩子。她四岁丧父,由孀居的母亲、外祖母和曾外祖母共同抚养长大。这几位长辈都是性格坚强且独立的法裔克里奥人,这对肖班日后性格的形成和写作风格的确立起到了决定性影响。肖班自幼好学,喜爱阅读。她精通英语、法语,热爱文学、音乐和艺术。她阅读过莫泊桑(Guy de Maupassant,1850—1893)、福楼拜(Gustave Flaubert,1821—1880)、左拉(Émile Zola,1840—1902)等法国作家的作品,而这些法国作家对肖班日后的文风也产生了深远的影响。1868年,肖班从圣路易斯的一所教会学校毕业后即进入当地的社交圈。1870年,肖班与新奥尔良棉花经纪人奥斯卡·肖班(Oscar Chopin)结婚,并随夫迁到路易斯安那州的新奥尔良居住。婚后,肖班依照传统忠实履行着妻子的家庭职责和社会职责。1879年,奥斯卡·肖班经济状况恶化,全家迁往路易斯安那州红河湾地区的克劳蒂尔维尔小镇,经营几家小农场和一个杂货店。不幸的是,奥斯卡1882年去世,留给妻子肖班的是六个年幼的孩子和一笔巨额债务。1884年,处于困境中的肖班卖掉在路易斯安那州的产业,举家搬回母亲所居住的圣路易斯。在母亲的支援和帮助下,肖班暂无经济之忧。1885年,母亲的去世又让肖班倍受亲人离世的打击。肖班的产科医生朋友建议她用写作治疗伤痛,因为写作不仅可以转移她多余的精力,同时也能让她获得一定的经济收入。事实上,肖班在早些年间已经开始考虑从事写作,只是那时她因疲于养家和照顾家人而无暇顾及。她一生中多次痛失亲人,让她对人生有了深刻的体悟,这也为她日后的写作带来帮助。在亲朋好友的鼓励下,肖班开始学习创作能被大众认同的小说。她起先创作短篇小说和诗歌时,学习榜样是法国作家,如左拉、莫泊桑等人,但真正对她写作产生深远影响的则是置身于路易斯安那州多元文化的生活体验。肖班的小说通常都是以路易斯安那州为背景,围绕着生活在此地的克里奥尔人(Creoles,首批定居在美国南部的欧洲人,尤其是法国人和西班牙人的后裔)、卡津人(Cajuns,居住在路易斯安那州的法国移民的后裔)、非裔美国人和混血印第安人展开。这里来自各个阶层的各种类型的人成为肖班日后作品中的人物原型。

肖班的早期创作展现了路易斯安那州各色人等的现实生活,主题涉及南北战争对南方的影响、黑白混血儿的悲剧命运和老套的浪漫爱情故事等,属于典型的美国重建时期南方乡土文学题材。1890 年,肖班的首部小说《过失》(*At Fault*,1890)出版,该书重点突出了路易斯安那州的背景,以及作者本人对种族、阶层、女性角色和战后重建等问题的兴趣。小说还客观描述了离婚事件而不加以道德评判,表现了肖班对妇女问题的关注,这也是她后来成熟之作中一贯坚持的原则和不断关注的焦点。《过失》探讨了婚姻观念、道德和当代女性的困惑等妇女问题。小说在人物塑造、语言风格和幽默感方面都有可圈可点之处,但是由于小说是肖班初涉文坛之作,牵强的结局、不够成熟的构思等青涩之处也是显而易见的。此后,肖班转向短篇小说创作。19 世纪 90 年代早期,肖班的短篇小说、文章和翻译陆续出现在一些期刊上,并且受到读者的欢迎。她作品中的地方风俗和方言对大众有着不小的吸引力。当时的报纸和重要杂志都重点推介她的作品,这其中就有彼时刚刚创刊的《时尚》(*Vogue*)和久负盛誉的《世纪》(*Century*)杂志。然而,肖班的第二部小说,也就是她的巅峰之作《觉醒》出版后,一切都发生了天翻地覆的变化。先前喜爱她、欣赏她的读者纷纷指责她,《觉醒》成为一部争议之作,继而遭禁。众口铄金的力量让肖班始料未及。自此,肖班"哑然失声",基本搁笔,直到五年后离世。

肖班虽然深受法国文风的影响,但是她没有止步于此,而是形成了自己独特的风格。她善用悬念营造出人意料的结局,擅长挖掘人物内心世界,把握人物视角,制造反讽效果。虽然人到中年才开始创作且写作生涯短暂,但她却是一位多产的作家,一共出版了两部小说,发表了百余篇短篇小说以及一些散文、诗歌、剧本、儿童文学和文学评论。她被忽视,后又被重新发现、重新审视。1969 年,挪威学者佩尔·塞耶斯泰德的《凯特·肖班作品全集》(*The Complete Works of Kate Chopin*)和《凯特·肖班评传》出版,肖班研究获得新生,大量有关肖班研究的论文和专著开始涌现。她的《觉醒》从"禁书"到"经典化"的进程用了将近 80 年。[⑧]如今这部在小说主题、风格和女性书写等方面都有所突破的"女性革命之书"已被正名并得到广泛认可。肖班的短篇小说《一小时的故事》("The Story of an Hour",1894)、《暴风雪》("The Storm",1898)等也成为经典研究文本。2004 年"凯特·肖班国际学会"成立并建立网站。2005 年以降,"全美文

学协会"年会每年都设有"凯特·肖班研究"的专题研讨。肖班及其作品似乎有着无限被解读的可能性。

肖班的短篇小说

1894 年,肖班的首部短篇小说集《牛轭湖人》(*Bayou Folk*)出版后,受到市场和评论界的好评。《牛轭湖人》的所有故事背景都设置在肖班生活过的路易斯安那州,人物就是生活于此的克里奥人、卡津人和非裔美国人。文笔优美、描写细腻的众多短篇故事描述了普通人的喜怒哀乐,极富感染力地展现了当地的风俗民情。《牛轭湖人》展示出肖班作为"地域作家"的才华和娴熟的写作技巧。《德西蕾的婴孩》("Désirée's Baby")是其中的名篇。在这个短篇中,肖班通过一个撼动人心又颇具讽刺意味的故事触及了种族问题、混血问题,也揭露了男性对女性的压迫和歧视。短篇小说集的成功不仅为肖班带来一定的经济收益和经济独立,也鼓舞她继续在这条成功之路上大胆探索。此后,肖班转向表现个人与社会之间的冲突,尤其是展现女性在家庭和婚姻生活中的境遇、女性的自我追求与盛行的道德观念和社会习俗之间的冲突。她的第二部短篇小说集《阿卡迪之夜》(*A Night in Acadie*, 1897)中的不少作品就反映了以上主题。《阿卡迪之夜》同样大受欢迎,巩固了肖班叙事高手的地位,展现了她日臻成熟的艺术风格。《阿卡迪之夜》描述了 19 世纪美国女性在爱情、婚姻、家庭等各方面的独特经历,揭示了传统社会观念对女性的禁锢和束缚。在这部短篇小说集中,肖班特别注重表现女性对爱情的大胆追求,展现了强大的爱情力量可以让人们冲破种族、阶层、地位和名誉的限制。其中的代表短篇《一个正派的女人》("A Respectable Woman")就描写了一位已婚女性面对婚外恋的复杂微妙心理,并预示她将冲破一切束缚去追求自己的幸福。当时的评论界在肯定这部短篇小说集所表现的浓郁乡土气息的同时,也对作品中所流露的妇女对性解放的大胆追求颇有微词。肖班的第三部短篇小说集《职业和声音》(*A Vocation and a Voice*, 1898)将女性的生活经历与社会环境紧密结合在一起,更加深入地探讨了人的情感和道德观念,思索什么是充实的人生。较之肖班先前的短篇,这个集子中的故事女性意识更加强烈,人物性格更加鲜明。这部短篇集的许多主题在《觉醒》中得到了最充分的表现。令人惋惜的是,由于《觉醒》所受到的攻击,本已经被出版商接受的这部短篇小说集未能及时出版。

《觉醒》：女性主义文学的先锋之作

《觉醒》(*The Awakening*，1899)常被认为是"美国女权文学中最早的代表性作品"。⑨它标志着肖班艺术风格的成熟，反映了女性的性觉醒主题以及女性在爱情问题上的自由选择权问题。小说讲述了一位生活在 19 世纪美国男权社会中的年轻女性由于自我意识和性意识的觉醒而大胆追求个性自由的故事，属于"觉醒型女性成长小说"。⑩女主人公艾德娜的家庭"幸福美满"：丈夫不仅事业兴旺，对妻子也关爱有加，两个孩子更是活泼可爱。艾德娜似乎习惯了这种平淡的生活，满足于贤妻良母的角色。然而结婚六年后，有一次全家前往格兰德岛度假，与大自然的亲密接触激发了艾德娜受到压抑的天性，使她意识到自己的婚姻缺乏爱情，生活没有自我，有的只是对丈夫的依顺和对孩子的责任。她意识到自己不过是丈夫的一件贵重财物而已。在和邻居罗伯特的暧昧无果后，自我意识已经觉醒的她无法忍受之前的生活和社会角色。她想要按自己的意愿生活，生理欲望使她成为另一男性的猎物。与罗伯特的再次重逢让她决意抛开一切与所爱之人结合，但是罗伯特的再次退缩让绝望的艾德娜意识到：家庭、社会、责任和义务都不允许她追求灵魂的自由。于是，她回到唤起她自我意识的格兰德岛投海自尽。颇具讽刺意味的是，艾德娜在巨大社会压力下做出的自杀选择却是她唯一能"自主"的选择。艾德娜这样"新女性"因觉醒和反省走上了一条反叛之路，然而这个反叛者注定只能被社会压制和扼杀。事实上，为了突出艾德娜这样一个"新女性"形象，肖班在小说中塑造了另外两个"新""旧"女性形象。阿黛尔就是符合传统期待的中产阶级女性形象——完美的家庭主妇、体贴温顺的贤妻良母，她存在的意义就是将自己全身心地献给丈夫和儿女。钢琴家赖斯小姐是典型的职业女性，属于"新女性"行列中的一员。她未婚，与爱情绝缘，似乎始终是个我行我素之人。通过对这二人的刻画，作者暗示了完整的女性生活应该在这两种极端生活之间，女性不应当受男性奴役，应当做自己的主人，有自己独立的生活。

小说《觉醒》由于在价值观和伦理观上超越了它所处的时代，问世后引发了极大的争议，不能为主流社会和读者所接受。艾德娜"性意识"的觉醒和对"自我"的追求严重违背了当时的社会道德准则，而肖班在文中表露出对这位追求个人自由并敢于实现自身价值与愿望的"新女性"的同情和赞赏，这更是激怒了评论界。甚至连同时代著名女性小说家薇拉·

凯瑟(Willa Cather，1873—1947)也对肖班略有微词，认为肖班"能用她那流畅华丽的风格写点更有意义的东西"。[11]社会舆论指责肖班在描述艾德娜的两段婚外情时的"超然"态度，认为她至少不应该纵容艾德娜的不道德行为。女主人公"抛夫弃子"的离经叛道之举令肖班遭到各方面的严厉批评，自此肖班基本搁笔。

事实上，纵观当时的文化、道德和社会背景，考虑到受众群体中占绝对比重的读者是中产阶级这一因素，当时人们无法接受这部小说就不奇怪了。与肖班同时代的男性作家史蒂芬·克莱恩(Stephen Crane，1871—1900)的小说《街头女郎麦琪》(*Maggie: A Girl of the Street*，1893)和西奥多·德莱赛(Theodore Dreiser，1871—1945)的小说《嘉莉妹妹》(*Sister Carrie*，1900)出版后同样遭遇了大众的"拒绝"和"伤风败俗"的指责，更何况"有伤风化"的《觉醒》出自一位女性作家笔下，而且这位"大逆不道"的女性人物是一位中产阶级白人妇女。正如艾米丽·托斯在《解读凯特·肖班》(*Unveiling Kate Chopin*，1999)一书的前言中所指出的那样，肖班在许多方面都走在时代的前列，但是在 1899 年，她是个孤独的先行者。[12]虽然 19 世纪妇女解放运动不断推进，但是读者和评论家们所能承受的开放度还是有限的。在当时的男权社会中，女性实现价值的最佳场所是家庭。在男性眼中，女性是繁衍后代的工具，是父亲或丈夫的财产。女性对性快乐的追求会被视为淫荡，婚外情更是有悖于社会对女性的规约。如果说《街头女郎麦琪》和《嘉莉妹妹》中女性人物的"堕落"是因为她们来自社会底层，为生活所迫，读者还能达成某种程度的谅解和同情，那么肖班作品中来自中产阶层、衣食无忧的女主人公就走得太远了。

尽管当时不被大众接受，《觉醒》的艺术价值却不容否认。大量象征和意象的运用，人物心理的成功刻画，场景、人物行为和氛围的融合都为小说营造出一种"诗意"效果。此外，《觉醒》本身具有广阔的阐释空间，加之社会意识形态、文化权力和文学理论的发展变化，这一切使得评论家们从语言学、心理学、古典神话、女性主义、解构主义、新历史主义和读者反应批评等各种角度解读文本。虽然曾经遭禁，但正是这本"禁书"在半个世纪后让肖班名声大噪，被肖瓦尔特誉为"有史以来第一部由一位美国女性作家创作的具有美学意义的经典小说"。[13]

肖班的女性观

虽然肖班本人反对被贴上女权主义的标签，并且认为她写的不过是

"揭开了传统面纱的、具有又微妙又复杂的真实含义的人类生存状态"，[14]但是其作品中表达出的关于女性社会地位和女性悲剧的思考以及男权社会中女性自主意识的觉醒和抗争，都使得她成为女权主义的同伴。无论是其作品中最终沦为牺牲品的女主人公，还是肖班自己的文学实践，都清晰地昭示出女性个体困境的普遍性。在文学虚构中，在男权统治的社会规约之下，女性没有话语空间，没有独立的精神空间，到最后连逼仄的生存空间也丧失了。现实社会的残酷一点也不比虚构世界少：因为《觉醒》，肖班本人的创作空间被剥夺，受到社会各方的打击和指责，忍气吞声地沉默着，而这对美国文学而言无疑是个巨大的损失。

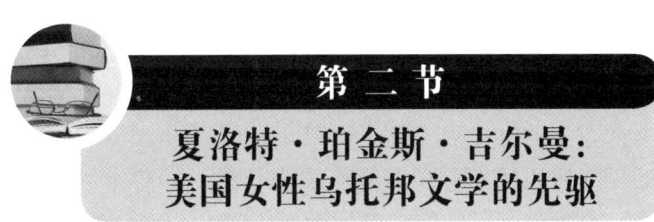

第二节
夏洛特·珀金斯·吉尔曼：
美国女性乌托邦文学的先驱

夏洛特·珀金斯·吉尔曼（Charlotte Perkins Gilman，1860—1935）是第一波女权主义运动浪潮中的重要作家、理论家、经济学家和社会学家，是 19 世纪末、20 世纪初最有影响力的女权主义者之一，也是世纪之交最重要的女性主义小说家之一，同时还是 20 世纪初著名的女性主义乌托邦作家。因其作品在 20 世纪 70 年代被"重新发现"，吉尔曼得以重返经典作家之行列。她的"乌托邦小说"因其系统性、先驱性、创造性、前瞻性和批判性最为人们津津乐道；又因这些作品和女性主义理念密切融合，吉尔曼也被认为是"女性主义乌托邦小说的先驱"。[15]其中，小说《她乡》（*Herland*，1915）更被视为"美国女性乌托邦文学史上的一个里程碑，奠定了吉尔曼在该文类的先驱地位"。[16]吉尔曼的女性主义乌托邦小说"折射出激进时代美国的乌托邦思想和女性主义观念"。[17]吉尔曼的改革理想和她对未来的憧憬也集中体现在她的乌托邦小说之中。

生平传略与创作成就

夏洛特·珀金斯·吉尔曼 1860 年出生于康涅狄格州的哈特福德，是著名的比彻（Beecher）家族的后裔。其父弗雷德里克·比彻·珀金斯

（Frederick Beecher Perkins）是《汤姆叔叔的小屋》（*Uncle Tom's Cabin*，1852）作者斯托夫人（Harriet Beecher Stowe，1811—1896）的侄子，但他在吉尔曼两岁时就抛弃妻儿，离开家庭，并于1869年与妻子离婚，使吉尔曼和兄长跟随母亲过着颠沛流离的生活。在父爱缺失的情况下，母亲对子女的教育异常严苛，所以吉尔曼自幼就学会了自强和独立，并曾一度打算单身，以便能够更好地投身于社会工作。吉尔曼一生经历了两次婚姻。首次婚姻带给她的是痛苦和压抑。女儿出生以后，她患上了严重的产后抑郁症，游走在崩溃的边缘。1890年她结束了这场不幸的婚姻，之后否极泰来。吉尔曼与表弟乔治·休顿·吉尔曼（George Houghton Gilman）的"姐弟恋"以及随之而来的幸福婚姻带给她生活和创作的"春天"。在第二任丈夫的全力支持下，吉尔曼的事业迎来高潮，创作出大量的文学和社会学作品。当她手稿的累积速度远远超过卖出速度之时，她选择自己创办《先驱》（*The Forerunner*，1909—1916）杂志并独自担任编辑和撰稿人。她还与丈夫创建了查尔顿出版公司（Charlton Company，1909—1916），出版了她的三部乌托邦小说和多部非虚构作品。1932年，吉尔曼被查出罹患乳腺癌。两年后其挚爱的丈夫病逝，让她痛上加痛，难以承受。1935年，吉尔曼选择自杀，结束了自己的生命，为其自传《夏洛特·珀金斯·吉尔曼的生活》（*The Living of Charlotte Perkins Gilman*，1935）中对死亡的看法做了实践的注脚，因为这种死亡的选择对她来说是"最简单的人权"。[18]

　　吉尔曼一生虽曾经历过诸多不幸，生活也较为清贫，但她仍拥有乐观的斗志和改革精神，并且始终坚持为社会服务的精神。[19]她自己从未停止追逐梦想的脚步，而她身体力行追梦的实践也为广大女性以何种方式进入社会公共领域树立了鲜活的榜样。她曾在罗德岛绘图学校学习美术，一度依靠绘制名片和教授美术课程谋生。她还曾为妇女俱乐部等社会机构演讲，依靠发表作品获得的报酬维持生计。在她的时代，像她这样在公众场合抛头露面，用工作薪酬养活自己的中产阶级女性是少之又少，社会的认可度也不高。然而，吉尔曼既需要勇气又需要智慧的"抛头露面"并非没有回报，除了可以有收入维持生计之外，她的演讲和写作也让她进入了公众视野，使更多的男性和女性听到"女性"的声音，这对"突破父权社会对女性的刻板印象、帮助女性认识到自身潜力具有重大推动作用"。[20]此外，吉尔曼在社会学、经济学和建筑学基础上提出"集体式家庭生活"的理念，因而被视为美国历史上最有创见的女性主义者、最伟大的美国女性之

美
国
女
性
小
说
史

一。㉑她曾参加过多种社会运动,如文化女性主义、改良达尔文主义、实用女性主义、费边社会主义和民粹主义等。她借公共演讲来表达自己的社会改革观点。即便是在她声名渐衰的 20 世纪 20 年代和 30 年代,她的影响力依旧存在,这点可以从 1920 年和 1933 年在美国举办的"吉尔曼周"(Gilman Week)中略见一斑。吉尔曼的女性个体体验是其乌托邦作品创作的基础,而她的乌托邦作品又实现了对个体的救治。她所倡导的"女性可以将家庭幸福和社会成就完美结合"的理念何尝不是她第二次婚姻中将家庭生活与个人事业成功结合之现实的文字投射呢?吉尔曼一生著述颇丰,其作品涉及小说、诗歌、戏剧、自传、社会和政治评论等文类。她一共创作了 8 部长篇小说、186 篇短篇小说、490 首诗歌、5 部剧作、9 部非虚构作品以及 1 490 篇杂文。㉒她是激进的改革者,也是心怀天下的人文主义者。

"吉尔曼首先是一位女权主义者,然后才是作家。"㉓这种说法足以印证吉尔曼的社会影响力。在写乌托邦小说之前,她已是颇有影响力的女性社会活动家,著有《女性与经济》(Women and Economics,1898)一书,该书被誉为"女权主义宣言"。"当她借助小说的形式展开政治想象,探索女性发展之路的时候,她在作品中寄托了一位女权主义者对社会发展前景的强烈关注。"㉔当世纪之交现代主义文学风起云涌之时,吉尔曼却与之保持距离,继续用暂时处于低潮的乌托邦小说形式审视女性在世纪之交的生存状态,传达女性的社会诉求,提供社会改良的药方。"作为第一波女权主义运动浪潮中的重要人物,吉尔曼对现当代女性主义文学和乌托邦小说产生了深远影响……她建构的家园乌托邦和母职乌托邦是对父权乌托邦的重大突破,也影响了 20 世纪 70 年代以来的女性主义乌托邦小说,能够为当下社会提供借鉴。"㉕吉尔曼在女性乌托邦小说《移山》(Moving the Mountain,1911)、《她乡》中所塑造的"新女性"形象打破了父权社会对女性的成规设定,她们不再是男性的附庸,而是独立、理性、勇敢、善于管理的社会主人翁。1990 年,夏洛特·珀金斯·吉尔曼协会成立,每隔四年召开一次吉尔曼研究大会。如今吉尔曼研究已结出累累硕果。吉尔曼毫无疑问地成为经典作家之一。

吉尔曼的非虚构作品

吉尔曼认为自己的任务是"寻找社会的痼疾,并且找到最容易、最自然地改进它的良方"。㉖她在 20 世纪初就已经认识到语言是建构女性屈从

地位的"同谋",而语言中的性别主义是男性霸权文化的体现,因此她大力批判语言中的性别主义和性别歧视。她在非虚构作品《男人制造的世界》(*The Man-Made World*,1911)中首次提出"大男子主义"概念,并一针见血地指出,女性在人类社会观念中被视为男性的陪同、附属的助手;女性的作用仅仅是繁衍后代;在与男性的关系方面,女性总是处于介词的位置;女性是一种相对的存在;在默认假设的基础上,人类的标准都是基于男性特征之上的,例如当人们赞扬一位女性的工作时会说她有"雄心"。吉尔曼认为,在她所生活的时代,女性被囚禁在家庭之中;社会是男性的天下,男性统治着公共领域的一切,于是整个社会文化都具备父权制和大男子主义特征;男性既能从事社会工作,又能享受家庭中的人伦之乐,而女性却不得不在家庭和工作之间痛苦抉择。吉尔曼还"批判文化中的男性霸权现象,揭示男性统治文学界带来的后果"。[⑦]在《男人制造的世界》中,吉尔曼区分了"大写的艺术(Art)"和"小写的艺术(art)",认为从事"大写的艺术"的女性是少之又少。在她看来,文学创作是"大写的艺术",女性在这种艺术中的缺席是世界文学的损失;男性带给世界的是男性化的文学,一种只反映他们自己体验的文学;男性化的小说具有两大男性特征——欲望与战斗、爱情与战争;即便是男性作家创作的爱情小说最终也是为父权制服务;大男子主义文学中的女性不过是父权传统下男性幻想和欲望的投射物,女性的存在只是为了衬托男性的英勇,满足男性的征服和冒险欲望。吉尔曼的另一部非虚构作品《女性与经济》则被评论界誉为"女权主义宣言"和"时代之作",也被视为自约翰·斯图尔特·密尔(John Stuart Mill,1806—1873)《女性的屈从地位》(*The Subjection of Women*,1869)之后对女性问题"最有价值的贡献"。[⑧]吉尔曼在其中探讨了女性的屈从地位,强调女性的个体进步和女性对社会发展的贡献。

吉尔曼其他重要的非虚构作品还包括《关于儿童》(*Concerning Children*,1900)、《家庭:作用和影响》(*The Home: Its Work and Influence*,1904)、《人类活动》(*Human Work*,1904)、《他和她的宗教:论我们父辈的信仰和母辈的劳动》(*His Religion and Hers: A Study of the Faith of Our Fathers and the Work of Our Mothers*,1923)等。在众多非虚构作品中,吉尔曼反对马克思主义理论中的阶级斗争和暴力手段,认同傅立叶、圣西门和欧文乌托邦社会主义者的社会理念,强调自己的"社会主义"是一种早期的带有人文主义性质的社会主义。她关注弱势群体,尤其是被压迫和被忽视的妇女和儿童,认为社会改良需要通过改变社会意识来进行。

《黄色墙纸》：对制度性母职的控诉

短篇小说《黄色墙纸》（"The Yellow Wall-Paper"，1892）是吉尔曼首部引起文学批评界关注的作品，也是迄今为止吉尔曼作品中被评论得最多的一例，更是众多文学选集青睐的对象。有学者宣称："美国文学选集里如果漏选《黄色墙纸》，就像《乌鸦》（"The Raven"，1845）和《论公民的不服从》（*Civil Disobedience*，1849）被漏掉一样不可思议。"[29]《黄色墙纸》具有自传特征，它以吉尔曼身患抑郁症、接受"休息疗法"的亲身经历为蓝本，描写了一位被幽禁的女性最终陷入彻底疯癫的故事。由于故事本身所具有的"疯女人""阴森的环境"等特色标签，《黄色壁纸》最初发表在《新英格兰杂志》（*The New England Magazine*）上时被 19 世纪末的众多读者当作一个哥特式的恐怖故事。事实上，它的确具有哥特文学的一些特点，所以也不难理解恐怖小说（horror fiction）作家 H. P. 拉夫克拉夫特（H. P. Lovecraft，1890—1937）为何于 1927 年将它列入其论文《文学中的超自然恐怖》（"Supernatural Horror in Literature"）之中。[30]但是从女性主义的角度来审视，这个短篇通过展示对"家庭的囚徒"——一位"疯母亲"的禁锢达到对制度性母职的控诉。小说以第一人称日记体记叙了女主人公自己在被迫接受"休息疗法"的几个月中的经历和感受。女主人公兼小说的叙述者是一位富有创作才华、渴望工作的中产阶级女性。其丈夫是象征男性权威的医生，他以为妻子治病为名，将她幽闭在一所老房子的育儿室中，禁止她写作，也使她与外界隔绝。这种治疗方式造成了比疾病本身更严重的后果，女主人公逐渐变得精神恍惚、行为疯癫。她把房间中的墙纸大片大片地撕下，最终完成了与妄想中的"墙中人"的"合体"。看到这一幕的丈夫在万分惊愕中昏厥在地，而女主人公则在丈夫身上爬来爬去，这一举动代表了她冲破牢笼并赢得了最后的胜利。吉尔曼熟练地运用心理现实主义的写作手法，将女主人公那种无奈、无助的心理和对自由与独立的渴望表现得淋漓尽致。《黄色壁纸》被女性主义者认为是对扼杀女性智力、心理和创造力发展并且有厌女症倾向的社会体系的控诉。[31]

从"优托邦"到"劣托邦"：吉尔曼的 女性主义乌托邦小说

吉尔曼对美国文学最重要的贡献莫过于她创作的"乌托邦小说"，抑或说是"女性主义乌托邦小说"。吉尔曼的主要乌托邦作品出现在 1910—

1919 年间,不仅包括其著名的"长篇乌托邦三部曲"(这三部乌托邦小说最初是以连载的形式发表在《先驱》上),即《移山》《她乡》和《与她同游我乡》(*With Her in Ourland*,1916),还包括一些中、短篇小说,例如《戴安莎的作为》(*What Diantha Did*,1910)、《改变》(*Making a Change*,1911)、《睿智》("Bee Wise",1913)等等。在吉尔曼的乌托邦作品中,作者批判世纪之交美国社会的痼疾,倡导个人与社会、意识和行动等各方面的变革。吉尔曼突破乌托邦文学的传统,用政治想象和文学艺术创建了一个女性主义乌托邦社会。②在她的乌托邦图景中,既有整个社会昂扬向上、愈发美好的"优托邦"(utopia),也有面临愈加糟糕的社会现实的"劣托邦"(dystopia)。③《她乡》中的"她乡"是"优托邦"的典型,而《与她同游我乡》中的"我乡"则是"劣托邦"的代表。吉尔曼的"她乡"和"我乡"是女性"乌托邦"(utopia)和"反面乌托邦"(dystopia)的典型范例,前者描绘了一个美好的、理想式的"女人国"图景,后者展示了走向不归路的男权社会的种种弊端。在"她乡",女性井井有条地管理着国家,社会的方方面面运作有序且高效;女性享有话语权、立法权和自治权。而在以 19 世纪末美国为蓝本描绘的"我乡"中,社会道德沦丧、私欲泛滥,对女性的压迫随处可见,战争、种族和阶级矛盾笼罩在对其根源未有丝毫觉醒的人们头顶。"吉尔曼的乌托邦构想从小到大,由点到面,从一个小家庭、一座城市延及一个州和一个国家,继而观照全世界。这种乌托邦创作打破了父权乌托邦文学传统的垄断,以女性主义思维方式和解构特征构建女性主义乌托邦框架,对 20 世纪七八十年代重新繁荣的女性主义乌托邦小说产生了重要影响"。④此外,吉尔曼认为乌托邦不是一个终点,她相信人类始终有能力进行变革,持续进步。因此,她的乌托邦具有"开放性",她所勾勒的乌托邦社会并非一幅静止的蓝图,让人们自此安逸或闭塞地生活下去;在她的乌托邦中,人们继续谋求发展和进步。⑤

中篇小说《戴安莎的作为》描绘了美国加州一个小镇里的女性乌托邦。女主人公戴安莎·贝尔在 21 岁时出于对现实的不满,向其父母提出离开家庭、开创事业的想法,结果遭到所有人的反对,未婚夫也不理解她的想法。即便如此,戴安莎仍决心将自己的想法付诸实践。她首先在一个家庭担任管家,锤炼自己的持家技能,然后开始组建公司,提供外送食品和清洁房屋业务。她的成功不仅让父母为之骄傲,甚至他们也加入女儿红火的事业中。她的创举还赢得了国际声誉,最终让未婚夫意识到她的价值并给予她尊重和理解。戴安莎不仅是"新女性"的代表,她还通过自己经营的家政服务公司,将许多家庭主妇从家务劳动中解放出来,使得更多的女性有精力去追求事业。走出"小家"的女性势必开始思索如何融入社会这个"大家"并为之服务,进而成为促进社会进步的重要力量。

短篇小说《改变》具有乌托邦小说的特征。作者通过描述两位母亲的选择,表达了女性可以发挥各自优势和各司其职的理念。《改变》的女主人公本是一位艺术教师,成为母亲后她终日身陷育儿和家事之中,远离了自己原来的专业领域,这让她非常沮丧和压抑,一度绝望并尝试自杀。于是,"改变"势在必行。女主人公的婆婆利用家里的阁楼开办了一所小型育幼园,婆婆这样不仅能够照顾自己的孙子,同时还免去了像她媳妇这样被困在家庭中的女性的后顾之忧,使她们重新返回职场,追求自己的事业。这种"改变"体现了两类母亲的选择:一类是不愿为家庭所束缚、希望继续工作和从事事业的母亲,另一类则是喜欢照顾孩子并将这种喜好转变成工作和事业的母亲。"这种做法是吉尔曼育儿专业化理念的雏形——真正热爱育儿工作、并且有能力的人专事育儿工作。"㊱这种新理念在当时势必会对人们的观念造成冲击,因为在世纪之交的现实生活中,女性离开待哺的幼儿,走出家庭去工作被认为是背离母职,将会受到谴责。尽管这种"改变"是种乌托邦的举动,但是一个家庭中的"改变"必将形成"蝴蝶效应",推动整个社会意识的变革。

《移山》是吉尔曼的"长篇乌托邦三部曲"中的第一部,创作于乌托邦小说陷入低潮的20世纪初,描述了距离当时30年的美国未来社会的风貌。"在宏观描绘乌托邦社会的全景图时,吉尔曼重点强调了女性转变意识后带来的社会变化。"㊲小说叙述者约翰·罗伯逊在中国西藏旅行时不慎跌下悬崖,下落不明。30年后,他被妹妹找回。当他重返纽约时,整个社会已经发生重大改变。约翰开始了他的"新世界"之旅。他发现,在这个天堂般的世界里,女性地位今非昔比,男女两性和谐相处,人人安享幸福。过去压在人们身上的贫穷、剥削、阶级等"大山"已被移除,人们的道德和心智都得到了升华。人们对社会形成新的共识,认为社会是人们自己管理自己。从父权制压迫中觉醒过来的女人在"新世界"中完全颠覆了当时美国社会现实中女性的被动和屈从地位,俨然一副社会主人翁的姿态。"她们"不仅社会地位大幅提升,拥有更多的社会权利,选择自己喜欢的工作,还可以担任多种不同的社会职务。这些女性成为延续种族的人,而男性只是助手。吉尔曼在这部小说中无疑要传达这样一个信息:当女性觉醒并积极参与社会生活之后,男性的意识也会随之改变,继而会带来

整个社会的进步和飞跃。㊳吉尔曼不仅在《移山》中预言了女性选举权运动的成功，㊴还在小说中赋予女性立法权。㊵

　　短篇小说《睿智》是吉尔曼的长篇小说《她乡》的"雏形和成功预演"㊶，继《移山》发表之后不久刊载在《先驱》上。小说讲述了一群女性所能成功做到的事情，并且是由女性来管理，男性来帮忙。小说的主人公是一群女大学生，她们组成联谊会，并依据各自的特征分别冠以"管理者""艺术家""教师"等称号。"管理者"在意外获得一笔巨额馈赠后，带领联谊会的成员在加利福尼亚创建了两个小镇——赫维兹镇和毕威兹镇，小镇居民以女性和儿童为主。为了更好地建设小镇，她们吸纳了更多的职业女性。小镇以自给自足式的经济为主，利用所处港口的优越地理位置发展对外贸易和旅游观光业，成为证明女性能力的"示范镇"。女性的科学管理证明，"一群人可以利用自己的智慧减少工作时间，增加产品价值，保证健康、和平和繁荣，并且使人们感到极大的快乐"。㊷小说结尾时，"管理者"决定停止发展赫维兹镇以免其患上"城市病"，并且决定"像蜜蜂一样飞到别的地方去开拓新天地"。㊸"更重要的是，她们相信理念的变化是世界进步的前提，所以决定到别的地方去传播女性管理者的成功经验和理念，以表明乌托邦'在路上'的动态发展和传播过程"。㊹《睿智》中的地名无疑具有象征意义。"赫维兹镇"的英文 Herways 与"她乡"的英文 Herland 冠名策略高度一致，都强调了女性原则。㊺小说中对女性管理能力和决断能力的描绘既是对"女性既没有决断力，也没有常识"论调的反击，也是对父权社会"厌女症"的改写。㊻

　　吉尔曼的代表作《她乡》最初也是以连载形式发表在《先驱》上，直到1979年随着短篇小说《黄色墙纸》的"重新发现"才得以单行本的形式出版。《她乡》和其他女性主义乌托邦作品一起引发了 20 世纪 70、80 年代女性乌托邦小说的第二次浪潮。《她乡》是吉尔曼最为成熟、也最为成功的女性主义乌托邦小说。小说描绘了一个地图上并不存在的"女人国"，全面展现了以女性为主体的社群模式和一些社会改革思想。"与传统乌托邦小说相比较，《她乡》的说教特征大大减少，避免了简单的现象罗列，更注重利用冲突推进叙事。"㊼小说的叙述者是一位名叫凡戴克·詹宁斯的社会学家，他与两位男性好友——特里和杰夫一起加入一个科考队，结伴探索世界。在探险途中，于一大山深处，他们发现了一个农业发达、技术先进并且全部由女性构成的"女人国"——"她乡"（Herland）。"她乡"的女性异于三位男士之前遇到过的任何女性，她们个个身体强壮、聪慧自信,对男性毫无惧色。"她乡"的女性运用单性繁殖技术保证社会的繁衍,生育变成一项社会服务,是女性的最高荣耀,也是社会的最高职责。养育孩子不再是个人的事,育儿工作和教育工作都由专家承担,所有孩子都能得到每位女性无私的关爱。"她乡"的人们用最高的理性管理国家,因而这里没有竞争、犯罪、腐败和污染,有的是安宁与和谐,整个社会运行有序且高效。"她乡"中的所有女性不再是父权制社会所塑造的女性,而是可以管理国家、为社会服务、让个体与社会达到和谐统一的女人。显然,"女人国"和单性繁殖带有女权主义的隐喻,象征着父权及男权的消解和女性对自己身体的完全自主权。"通过与现行社会进行对比,吉尔曼批判大男子主义,称颂女性,推崇母职,倡导平等、民主和环保。"⑱当然,吉尔曼也"意识到单性社会存在缺陷","女人国"的闭塞和与世隔绝状态不能为更广阔的世界服务,所以她这样设计了《她乡》的结尾:"她乡人"赛里斯和"外乡人"杰夫的婚姻成功孕育了下一代,杰夫成为"她乡"的第一位父亲,"她乡"重返两性社会的曙光来临,"她乡人"踏上新的乌托邦征途。⑲《她乡》中强烈的女权主义思想让这部小说获得"美国传统中第一部真正意义上的女性主义小说"的称号。⑳《她乡》也是女性主义乌托邦小说的先驱。

　　《与她同游我乡》是《她乡》的续篇,但却是一部"劣托邦"小说。《与她同游我乡》也是吉尔曼《移山》和《她乡》的补充,三部小说完整构成了吉尔曼的乌托邦谱系。读者透过它们可以了解 20 世纪初的美国社会风貌。《与她同游我乡》的背景依然是美国社会,只是将时间设定在并不遥远的未来。《她乡》中的女主角伊蕾朵跟随丈夫凡戴克离开"她乡",经历了世界大战,游历了非洲和亚洲后回到"我乡"——美国。小说借人物的游历过程历数了美国社会的各种弊端,并试图提出救治的良方。小说基本没有情节,主要是以对话方式描绘了美国社会在女性地位、政治、经济、教育、宗教和种族等方面存在的问题,强烈讽刺了愚蠢的、非理性的美国社会,呈现的是美好"优托邦"社会的反面,预绘了一幅惨淡的美国社会远景。充斥在小说中的辛辣讽刺与批判大大增加了小说的说教特征。当然,吉尔曼在此部小说中指出美国的移民、种族等问题的同时,也暴露了自己的种族主义观点和偏见。㉑由于吉尔曼在这部小说中所预见的美国社会与现实并无太大出入,所以读者能够更好地了解 20 世纪初的美国社会真相。此外,《与她同游我乡》集中探讨了语言中的性别主义。透过小说,作者批判了男权专制,认为男性词汇中充斥着"我的名字""我的房子"等第一人称属格形式,这种语言风格具有大男子主义色彩,没有民主特征。

男性将自认为好的品质归为"男性品质",并将之延伸为"人类品质"的代名词;将男性不看好的品质,例如柔弱、低下、无能等,称为"女人的本性"。小说中特里对"她乡"的戏称("Feminisia""Ladyland")也透露着他对"她乡"的贬低。[52]

吉尔曼的女性观

吉尔曼的小说作品无疑是她女性主义思想和理念的最佳代言。吉尔曼强调女性意识的觉醒和女性社会地位的提升。她从女性的角度反思当时的美国社会,批判父权社会对女性的压迫,探讨适宜女性居住的理想家园。她致力于唤醒女性的自主意识,呼吁女性从男权社会的压迫中解放自己,发挥女性的潜能。在吉尔曼构建的理想社会中,女性充分享有话语权、主导权、生育权和教育权。吉尔曼的乌托邦理想不像柏拉图(Plato,约公元前470—公元前330)、托马斯·莫尔(Thomas More,1478—1535)和H. G. 威尔斯(H. G. Wells,1866—1946)等人的乌托邦世界那样过于笼统,或是与当下社会区别过大,而是具备在可以预见的未来能够实现的可能性。[53]吉尔曼认同母职的崇高性,但也提出必须改革社会环境,解决女性作为母亲和作为社会人之间的矛盾冲突,让女性发挥社会潜能。吉尔曼对女性的特别关注使得她的小说具有强烈的女性主义色彩。她的小说鲜明地批判了以男性为主导的语言和文学,并在其中融入女性的个体体验,打破父权垄断乌托邦小说的传统。她的小说改写性别歧视,"对父权社会的'厌女症'进行反书,将女性刻画成自主、自立和自治的个体"。[54]她的小说改写"大男子主义"文学中的爱情和冒险故事,适时地讽刺男性文学的主题。吉尔曼认为女性应当参与文学创作这种"大写的艺术","打破男性对文学主题的垄断和局限,创作出别具特色的女性文学,实现文学的乌托邦"。[55]

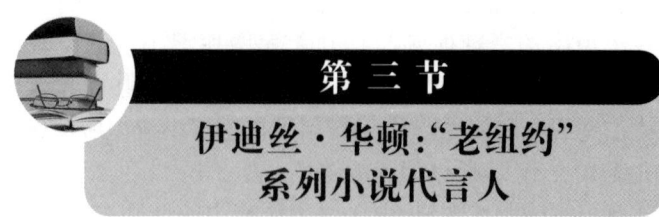

第三节

伊迪丝·华顿:"老纽约"系列小说代言人

伊迪丝·华顿(Edith Wharton,1862—1937)是美国风俗小说家,是第一位获得普利策奖的女作家,同时也是她那个时代著名的设计师和建筑装潢家。华顿是一位多产的作家,一生出版了 40 余部作品,文类涉及小说、诗歌、评论、传记和杂记等,其中多数作品都以她所熟知的纽约上流社会为故事背景,以纽约日趋没落的贵族阶层和各种追求个性自由或是自我意识觉醒的女性之间的冲突为题材。尽管她长年旅居欧洲,但其作品以独特的视角和细腻的风格真实地再现了美国社会,尤其是上层社会的风情与变迁。华顿对自幼生活过的"老纽约"社会始终怀有一种爱恨交加的复杂情感。㊟"老纽约"系列小说也成为华顿符号式的代表作。华顿的小说多以生动的场景、优美的文笔、讥诮的风格和严肃的道德性著称,并且在表现美国上层社会的心理意识方面达到相当的高度。她认为,杰出的小说都应以深刻的道德内涵作为首要的创作基础。虽然华顿在理论上和实际创作上都算不上是一位女权主义者,但是她的主要小说对于"女性"的建构做出了深刻的、情感强烈的女性主义分析。㊟华顿的小说揭示了不同类型女性的价值观和行为,从女性的视角审视了女性所遭遇的婚姻、离异、婚外情、单身、寡居等各种现象,涉及女性的堕胎、未婚生子、经济依赖和性道德的双重标准等问题。㊟从某种意义上看,华顿小说中多元化"新女性"形象的建构不仅体现了她对当时美国妇女社会地位、角色、困境和精神诉求等方面的关注,也是她早期现代主义思想的演示。㊟

生平传略与创作成就

伊迪丝·华顿 1862 年出生于纽约的富有之家,自幼受到良好的家庭教育,并随父母先后旅居意大利、西班牙、法国和德国等欧洲国家。她的名门望族背景是把双刃剑,既是她走上文学创作之路的障碍,又是她日后文学作品的丰富素材。1885 年,华顿嫁给年长她 12 岁的"门当户对"的波士顿名流爱德华·华顿(Edward Wharton)。然而,"门当户对"的婚姻并不美满,丈夫的拈花惹草导致她心情抑郁,婚后无嗣也进一步导致夫妻关系的破裂。在经历了一次严重的精神崩溃并入院治疗后,华顿于 1913 年与丈夫离婚,之后定居巴黎直至去世。华顿旅居欧洲长达 30 年之久,大部分时间都居住在巴黎的寓所。华顿的豪门背景使她结识了许多美国及欧洲望族。她本人也喜欢交际,她在法国的住宅成了当时各国艺术家云集的地方。第一次世界大战期间,华顿投身慈善事业,开设诊所,为难民创建旅社,为失业的法国女性、音乐家创造就业机会。1916 年华顿因其善举获得法国荣誉军团勋章。一战后华顿仅回过美国一次——领取 1923

年耶鲁大学授予她的荣誉文学博士学位。1937年，华顿在巴黎去世，葬在凡尔赛。

华顿早年就熟读古典名著，深受欧洲文化的浸淫，对文学创作产生了兴趣。她最初的写作尝试曾遭到家庭的阻挠，婚后为了排遣家庭生活的苦闷，她重拾爱好。1899年，华顿出版了她的第一部短篇小说集《高尚的嗜好》(*The Greater Inclination*)，1900年她的中篇小说《试金石》(*The Touchstone*)问世，1901年小说集《重要时刻》(*Crucial Instances*)发表。华顿在年届40时出版了其首部长篇小说《抉择谷》(*The Valley of Decision*，1902)。小说以18世纪的意大利为背景，跟随当时盛极一时的历史小说创作潮流，因此并无多少新意。1905年具有里程碑意义的长篇小说《欢乐之家》(*The House of Mirth*)发表后，华顿才从业余作家转变成职业作家。《欢乐之家》不仅让华顿确定了适合自己的创作体裁——风俗小说(novel of manners)，还帮助她找到了自己最佳的素材来源——"老纽约"社会。华顿非同寻常的生活背景让她具备其他作家所缺乏的优势。凭借对纽约上流社会的洞察力、对上流社会行为规范的准确把握和细节的详尽描述，华顿真实地再现了当时的社会风貌，恰如其分地表现了人物的思想情感。华顿用她的聪明才智和诙谐深刻记录下了"老纽约"家庭的虚荣和沉浮，以及在时代浪潮中取代了"老纽约"的百万"暴发户"们。华顿的另外两部小说代表作《国家风俗》(*The Custom of the Country*，1913)和《纯真年代》(*The Age of Innocence*，1920)均以纽约上流社会阶层为主要描述对象，揭示了社会变迁对这一阶层人们生活和思想的影响。华顿痛恨男权社会对女性的压迫，鞭挞"老纽约"社会的虚伪和腐败。但是当新兴的"暴发户"阶层异军突起并要取而代之时，她又表露出犹豫和矛盾的心理，与那些"伺机入侵"的新富阶层始终保持着距离。华顿对"老纽约"传统的眷恋及其摇摆的社会立场和矛盾心理制约了她的创作视野，也在一定程度上削弱了其小说的艺术感染力。

应当指出的是，华顿也讲述过生活在社会底层的人们的故事。事实上，她在创作初期讲述的多是有关城市贫困的故事。例如，《树果》(*The Fruit of the Tree*，1907)展现了磨坊劳工、安乐死、妇女教育等社会问题。即便是在《欢乐之家》中也有制帽工的工作场景。华顿的中篇小说《伊坦·弗洛美》(*Ethan Frome*，1911)的背景甚至暂时离开了她所熟知的美国上流社会，直接描绘了下层社会的生活和复杂的情感世界，但是小说依然体现了华顿高超的创作水准。被学界认为是《伊坦·弗洛美》"姊妹篇"

的小说《夏》(*Summer*，1917)亦是根据新英格兰普通人生活的悲欢离合写就的。此外，华顿还创作过战争小说，如《马恩河》(*The Marne*，1918)和《一个儿子在前线》(*A Son at the Front*，1923)，以及"鬼故事"——《鬼故事集》(*Ghosts*，1937)。华顿1921年获得普利策小说奖，1930年当选为美国文学艺术学院院士。

华顿无疑是文学传统的继承者和融会贯通的使用者。她认为创新并非抛弃传统，真正的创新在于使用新视角而非使用新方式。[60]她从前辈作家的理论实践中受益匪浅。成为职业作家之后，华顿觉得她写作的理想楷模只有在英国文学和欧洲的伟大小说家中才能找到。巴尔扎克(Honoré de Balzac，1799—1850)、屠格涅夫(Ivan Turgenev，1818—1883)和福楼拜(Gustave Flaubert，1821—1880)都是她的好榜样。她也是现代主义文学先驱亨利·詹姆斯(Henry James，1843—1916)的追随者。华顿与詹姆斯过往甚密，是詹姆斯生命后期最亲密的朋友。两人之间的友情对华顿的创作风格产生过重要影响。她对国际题材的运用显然受了詹姆斯的影响。像詹姆斯一样，华顿也常将自己小说的主题置放在传统社会的富裕阶层背景之下。像詹姆斯一样，她也对词汇质量和语言风格极为讲究。不难发现，华顿的后期作品多以詹姆斯的小说为典范，但是她并没有盲目模仿詹姆斯的风格，而是带着批判的眼光看待詹姆斯晚年过于注重纯粹艺术技巧的做法。

随着20世纪初美国社会热论的妇女性解放问题蔓延到文学领域，华顿也成为关注现代妇女性意识的女作家之一。尽管她"并未像英国现代主义作家D. H. 劳伦斯(D. H. Lawrence，1885—1930)那样秉笔直书人物的性行为，但她一再将性主题作为其小说的重要题材加以表现"。[61]华顿对性有着独到见解：她认为性冲动是自我和社会的基本动力，是美国强大商业文化和文明不可分割的一部分，对于妇女获得个人和社会权利至关重要。[62]与劳伦斯的《儿子与情人》(*Sons and Lovers*，1913)同年发表的小说《国家风俗》就"凸显了性主题在现代美国小说中的地位"。[63]华顿虽从未创立过新的文学流派，但她多年的文学创作实践也使她有别于其他作家。

华顿以精湛的艺术技巧再现了19、20世纪之交的纽约上流社会，描写了在以男性为主导的社会中女性的遭遇，被誉为美国文学里"最好的社会历史学家之一"。[64]作为女性作家，她表达了对女性意识觉醒和女性命运的关注，建构了形形色色的"新女性"形象，再现了世纪之交美国社会女性的喜怒哀乐。她的小说描写了美国生活中引人入胜的一面。然而，在她

去世后的几十年间,她被排挤出美国主流文坛,被认为"在美国文学的伟大实验中不足挂齿",并被讥讽为"社交场上的玩偶""贵族阶层的回忆录作家"。⑤她基本上被误读为"一个在思想倾向上隶属于老派绅士阶层,在审美品位上与现代主义背道而驰,而在文学创作上则被视为是对亨利·詹姆斯亦步亦趋的女性翻版"。⑥随着 20 世纪 60、70 年代女权运动和女权文学批评的兴起与发展,华顿的女权主义思想得到重视和研究,她的声誉在 70 年代之后再回巅峰,被称为"美国心理小说的教母""美国最杰出的世俗风情作家"。⑦2001 年,"美国文库"出版了厚重的华顿中短篇小说选集,这套超过 1 700 页的精美文集标志着她已跻身于美国经典作家之列。此外,华顿的小说也被频繁地改编成电影和电视。时至今日,华顿的作品已经得到众多不同角度的发掘和解读,这足以说明其作品内涵之丰富、意义之重大。

《伊坦·弗洛美》与《夏》: 小镇生活的悲欢离合

小说《伊坦·弗洛美》是华顿根据旅行中耳闻目睹的真人真事改编而成,讲述了发生在新英格兰一个小镇上的悲剧故事,揭示了人性的弱点,具有普遍意义。小说篇幅不长,情节简单,人物关系并不复杂,但是构思巧妙,寓意深长,被公认为杰作。连华顿本人也认为这部作品是她第一次感到自己能娴熟地运用小说素材进行创作,是她写作日臻完善的标志。小说叙述者采用倒叙的手法向读者讲述了 20 年前发生在男主人公伊坦·弗洛美家庭中的一个悲剧故事以及它对伊坦命运发生的影响。伊坦曾经热切向往家乡小镇之外的精彩世界,但是无奈于家庭的义务和生活的重压,他逐渐放弃梦想,未来似乎是一片迷茫。由于妻子吉娜体弱多病,伊坦遂邀请表妹麦蒂来家中帮忙料理家务。年轻且充满活力的麦蒂让伊坦暗淡的生活重燃希望,两人也互生爱慕之情甚至计划私奔。然而强烈的家庭责任感和传统的道德束缚让伊坦打消私奔的念头。绝望之中,伊坦接受麦蒂滑雪橇殉情的建议。结果造化弄人,殉情不成却造成麦蒂下肢瘫痪,而伊坦的余生只能在照顾妻子和麦蒂中度过,简陋破败的家中遍布悲凉。小说中有关伊坦生活经历的叙述和矛盾心理描写,反映了作家的自然主义倾向和宿命论的思想。⑧

小说《夏》表现了一个女反叛者的抗争、绝望与妥协。华顿在小说中提出了女性社会角色和地位的问题。小说故事围绕着女主人公夏绿蒂·罗约尔展开。身世不明的夏绿蒂由养父母劳耶·罗约尔夫妇抚养成人。小说开始时养母已去世多年,夏绿蒂与养父居住在一个名叫北多玛的小镇。养父曾试图诱奸夏绿蒂并两次向她求婚。夏绿蒂有种想做大事的冲动,但仍不清楚要做什么。一天给亲戚帮工的夏绿蒂遇见了哈尼,爱上了他并渴望嫁给他这样的城里人。她被哈尼引诱并怀了身孕。但是哈尼与一个和他同阶层的姑娘订了婚,夏绿蒂惨遭抛弃。绝望中的夏绿蒂去寻找生母,然而生母恰巧在两人重逢前去世。命途多舛的夏绿蒂不顾周围环境的压力,勇敢地接受了做母亲的角色和身份。养父在得知夏绿蒂怀孕后立刻同她结婚,而夏绿蒂为了生存也愿意嫁给养父,放弃了自由与渴望,接受了命运的既定安排。故事以夏绿蒂跟随养父回到曾梦想逃离的北多玛镇告终。夏绿蒂曾是一个充满反叛精神、不顾传统礼教束缚、不轻言妥协的"新女性",她一心想追寻与自己心灵契合的生活,大胆表露内心对情欲和爱情的渴望,然而女性意识已经觉醒的她最终还是被改造成了一个顺应周遭环境的妥协者,被纳入了北多玛镇的世俗之中。

《欢乐之家》《国家风俗》与《纯真年代》: "老纽约"系列小说

《欢乐之家》于 1905 年问世,是华顿还在纽约时完成的最后一部小说。华顿在其自传中声称这部小说使她从一个漫无目的的业余爱好者变为一个专业作家。《欢乐之家》成书出版后曾在 3 个月内连续印刷 4 次,几次占据了畅销书榜首的位置。《欢乐之家》标志着华顿的写作进入成熟期,使得她成为 20 世纪前 20 年最受欢迎的美国作家。小说描述了逐渐跻身纽约上流社会的新贵与日渐衰败的富有绅士阶层之间的冲突,深刻揭露并抨击了"老纽约"社会所崇尚的习俗和所遵循的行为规范对女性智力和情感发展的压抑与束缚。

这部小说为华顿的"纽约小说"系列(通常表达"老纽约"社会对人性的束缚)打下了基础。小说亦是一部道德寓言。女主人公莉莉·巴特生活在一个仅仅注重培养女性依赖性的社会里。她没有独立生存的能力,只能依赖男人(父亲或丈夫)过活。父母过世后,她的唯一出路就是尽快凭借自己的年轻美貌和魅力赢得一位有钱的丈夫,以便最终换取稳定的经济来源和优越的社会地位。当时的社会环境剥夺了女性接受合理教育和生存技能训练的机会,以至于女性不得不依附于男性,"寄生"在男权世界里,成为男权社会奴役和娱乐的对象。莉莉显然并不甘心被命运摆布,起初她虽然也按照习俗加入"钓金龟婿"的游戏,但是在最后关头她无法做到抗拒真爱,把自己当作商品在婚姻市场上出售。强烈的道德观让她

屡屡放弃享受荣华的机会,走上了一条追求独立生活的艰辛道路。然而,她的自我意识、觉醒和追求都无法改变环境和时代的现状,她的故事最终以悲剧结尾。莉莉是彼时社会的受害者,她受到纽约贵族阶层和新兴资产阶级的压迫,她的死亡是对当时上流社会迫害女性身心的控诉。华顿在作品中塑造了这样一位不愿屈服于丑陋世界的"新女性"形象,传达出她对妇女问题的关注,也反映了作家早期的女性主义倾向。⑩

《国家风俗》与华顿个人生活的改变有着千丝万缕的联系。华顿于1913年结束了与丈夫长达28年的不幸婚姻,如释重负后的新生活自由轻松。她较之以往更有信心,更渴望创作。这些变化也体现在《国家风俗》的女性形象塑造中。女主人公安婷·斯普拉格一改华顿以往作品中的柔弱女性形象,不再孤苦无助,而是以巨大的勇气和毅力面对来自各方的阻力和重压。她虽然也像《欢乐之家》中的莉莉·巴特那样生活在男权社会,也得依靠美貌获取实现梦想的入场券,也得依附男性生活,但是她精明务实、野心十足、坚决果断、敢作敢为,勇于背离传统道德规约。她先是凭借与纽约世家子的婚姻跻身纽约上流社会,而后又借助与法国侯爵的联姻摆脱纽约上流社交圈。她的行为不断冲击着"老纽约"的传统文化。简单的"善""恶"标签无法准确定义这样复杂的女性人物,她更像是一个"新女性"时代的强者和上流社会阶层的"入侵者"与胜利者,象征着当时的新兴资产阶级。安婷最后与新兴资产阶级的代表人物埃尔默·莫法特结合。这样的小说结局从一个侧面反映了当时的社会现实:20世纪初的新兴资产阶级已经凭借强大的经济实力成功地渗入社会的各个领域,并且逐渐成为主导势力。他们觊觎着"老纽约"的社会特权并希望取而代之。他们的到来不断冲击着传统文化和道德规范。在某种意义上,《国家风俗》又可以被视为一部社会小说或历史小说,因为它从一个侧面记录了19世纪末20世纪初的新旧势力斗争和更替的过程。在安婷这个"强势""有主见"的"新女性"形象面前,诸多男性形象倒是成为陪衬,显得有些软弱,尤其是安婷的第二任丈夫拉尔夫的陪衬更加突出了女主人公的非凡勇气和执着。即便婚姻之于安婷是一笔商业拍卖交易,她也要成为那个一锤定音的拍卖者,而非等待被拍卖的商品。安婷的自我意识在追求婚姻的过程中日渐增强,而"性"俨然已成为部分女性征服男权社会、获取名利的有效武器。

《纯真年代》为华顿赢得1921年的普利策奖,使其成为美国获此殊荣的第一位女性作家。小说展现了华顿对逝去的传统和"老纽约"社会的眷恋,感伤怀旧气息颇浓。虽然作品中依旧不乏对"老纽约"社会的批判,尤其是对其压抑女性发展的谴责,但是小说家的笔调已经不像过去那么犀利与尖刻。小说更侧重于强调道德义务和颂扬顾全大局等优良传统。小说结尾更是流露出作者对传统的家庭关系、道德责任、信仰与习俗的尊重。"怀旧"与此部小说的创作背景有莫大关联。当时遭到第一次世界大战重创的欧洲满目疮痍,文明和文化的劫难极大刺痛了华顿,冲击着她的现代意识和女权主义思想,也使她不禁怀念起一战浩劫之前的传统文化。面对世界的动荡,华顿更希望维护秩序和稳定。因此,在《纯真年代》中读者看到了作者对"新女性"人物模式的调整。故事发生在 19 世纪末一个纽约贵族家庭。男主人公纽伦德·阿切尔按照"门当户对"的规则与一位漂亮的贵族小姐梅·维兰德订了婚。这个做法既保证了家族血统的纯正性又避免了家族财富的外流。但是,一位"新女性"——艾伦·奥兰斯卡的出现打破了男主人公的平静生活。由于多年侨居法国,艾伦受到良好的文化熏陶,拥有活跃的思维和独立的人格。艾伦漂亮性感、热情大方、思想开放,具有艺术气质和叛逆精神。她刚从欧洲回来,正准备与丈夫离婚。她勇于向男权社会的世俗观念挑战,渴求自由。她的与众不同为死气沉沉的"老纽约"社会带来靓丽色彩,并深深吸引了纽伦德。不过艾伦和纽伦德最后还是基于家族荣誉和传统道德的考虑放弃了彼此的感情。梅是一个为了婚姻而完全交出了个性自由、放弃了自我的女性形象。她把社会规范视作行为准则,将婚姻视为幸福生活的唯一选择。梅履行着男权社会为女性规定的传统角色,对这个社会的行为准则有着内在的认同。具有讽刺意义的是,梅的保守、传统和"老旧"做派让纽伦德对她渐失兴趣,纽伦德反而被与梅截然不同的"新女性"艾伦迷倒。作家将艾伦塑造成一位具有开放观念和独立人格的坚强女性,这一点从侧面反映出作家对法国重视妇女地位的文化氛围倍加推崇。同时,艾伦身上又有着作家自己的影子,小说因此带有一定的自传成分。借助艾伦这位较为完美的"新女性"的故事,华顿巧妙地传达出自己的女性主义主张:女性应该追求经济上和精神上双重独立的生活。[20]当然,男主人公和女主人公的故事,以及女主人公艾伦从反叛到妥协的心路历程,也表达了在世俗的压力下人们无法选择个人爱情的无奈。

华顿的女性观

尽管华顿不承认自己是个女性主义作家,但是她把自己的艰苦和奋

斗都融进了小说之中，也为觉醒中的女性树立了榜样。华顿在自传《回顾》(*A Backward Glance*, 1934)中表示，自己为了能够在男性主宰的社会中自由选择生活曾付出巨大的努力和代价。所以，我们不难发现华顿笔下不乏"迷失""觉醒"和"抗争"的女性形象。虽然这些女性中有些最终走向绝望、幻灭和妥协，或是成为残酷社会传统的牺牲品，但是她们都表现出女性意识的觉醒，成为美国文学中浓墨重彩的一笔。华顿在作品中批判女性在男权社会中的从属和附庸地位，揭示了女性，即便是上层社会的女性，要找到真正的自我，做到物质上和精神上的双重独立是多么不易。在作品中，华顿表现了社会发展带来的女性意识的觉醒，但是也展现了女性人物觉醒后的悲剧。她本人无论是在生活中还是写作生涯中从未停止对社会传统的抗争，展现着"新女性"的姿态。她始终追寻着自己的创作梦想、作为女性和女性作家的自我意识及自我价值。她比"迷惘的一代"作家们更早挣脱了美国本土传统思想和文化的束缚，旅居法国，实现了"自我流放"。[⑪]她最终成为一位收入颇丰的职业女性，做到了物质上和精神上的双重独立，用亲身实践为仍在"迷失""觉醒"和"抗争"的女性同胞做出了表率，指明了道路。

第 四 节
薇拉·凯瑟：女性拓荒小说的先驱

薇拉·凯瑟(Willa Cather，1873—1947)是美国 19、20 世纪之交的杰出女作家和文学评论家。凯瑟从事过多种职业，是个文学多面手。她的小说作品以擅长描写女性以及美国早期移民的拓荒生活而闻名。她用清新、细腻、简洁的笔触缅怀着 19 世纪的拓荒品质和拓荒精神，从女性的视角关注人们(尤其是女性)的生存状态。她被誉为"平等社会结构中传统的贵族，工业社会中的重农作家，物质文明过程中精神美的捍卫者"。[⑫]甚至有评论家认为，在美国文坛上没有第二位作家像凯瑟一样，"以如许深切的热情，抒情诗般的恋旧情怀，坚定的了解，写出美国人经验中最主要的一环"。[⑬]凯瑟文笔清新自然，人物性格刻画清晰感人，叙事技巧巧妙娴熟。她的作品将艺术性与真实性完美地结合在一起。她的"拓荒小说"系列(又称"内布拉斯加"系列)以女性拓荒为主题,开创了美国文学史的先河。她所塑造的文学史上的"新女性"形象——女拓荒者们,以其善良质朴、坚强独立、奋发图强、不怨天尤人的品质在文学女性人物画廊中熠熠生辉。凯瑟的作品语言简练,文风淳朴,具有浓郁的地方色彩,所以她也被视为重要的地域作家。凯瑟凭借自身的艺术成就与福克纳、海明威等诸多男性小说大师比肩而立,进入了美国文学经典作家的行列。

生平传略与创作成就

凯瑟 1873 年出生于弗吉尼亚州温彻斯特附近的后溪谷,1883 年随家迁居至内布拉斯加州的移民小镇——红云镇。在那里,她熟悉了一批来自德国、法国、波希米亚和斯堪的纳维亚的欧洲拓荒移民。红云镇的旧人和旧事成为日后激发凯瑟创作灵感的重要源泉。红云镇也作为小镇原型被写入凯瑟的诸多小说中:它是《啊,拓荒者!》(*O Pioneers!*,1913)中的汉诺威镇,《云雀之歌》(*The Song of the Lark*,1915)中的月石镇,《我的安东尼娅》(*My Ántonia*,1918)中的黑鹰镇,《我们中间的一个》(*One of Ours*,1922)中的法兰克福镇,《一个迷途的女人》(*A Lost Lady*,1923)中的甜水镇。当然,凯瑟小说中人物有很多也是根据红云镇现实生活中的人物原型创作的,有的甚至无需多余的虚构。凯瑟 1890 年进入内布拉斯加州立大学学习,成为当时少数拥有大学学历的知识女性之一。凯瑟一开始立志做医生——一种当时女性鲜有涉足的职业,所以她的最初专业方向是自然科学。只是后来无心插柳,她的一篇文章被文学老师推荐给了《内布拉斯加州报》。这篇被刊载的文章让她极为兴奋,遂将从医的打算搁置脑后,从此潜心写作,最终以文学学士身份毕业。大学期间,凯瑟撰写了三四百篇文章,这一数量对于专职评论家来说也是难以达到的。同时,她还成为州报的兼职戏剧评论家。所有这些文字的历练使得凯瑟的文风稳重老练,让人很难相信文章是出自一位年轻女士之手。1895 年从内布拉斯加大学毕业后的凯瑟先是回到家乡红云镇担任杂志编辑,很快又来到匹兹堡工作,并先后担任过杂志编辑和中学教师。1903 年,凯瑟的第一部诗集《四月的黄昏》(*April Twilights*)发表,引起当时出版界巨头麦克卢尔的注意。1904 年,凯瑟来到纽约,很快出版了生平的第一本短篇小说集《精灵花园》(*The Troll Garden*,1905)。1906 年,凯瑟应邀担任以"揭丑"(muckraking)而闻名的《麦克卢尔杂志》(*McClure's Magazine*)的执行编辑。1908 年,凯瑟结识了地域文学作家萨拉·奥恩·朱厄特

(Sarah Orne Jewett，1849—1909)并与之成为挚友。在朱厄特的启发、鼓励和劝导下，凯瑟从自己熟悉的中西部生活寻找素材，决定写一些与自身经验有关的东西。当凯瑟真这样做的时候，她觉得自己就像骑着一匹识途老马穿过熟悉的乡间一般。1912 年，在首部小说《亚历山大的桥》（*Alexander's Bridge*）问世之后，凯瑟辞去编辑工作，开始专心写作，自此走上职业作家之路，并最终成为美国 20 世纪杰出的小说家之一。凯瑟的作品深受美国人的喜爱。她也曾获众多荣誉：普利策奖、美国妇女奖以及耶鲁大学和普林斯顿大学的荣誉学位。凯瑟终身未婚，但是不乏女性密友，因而外界对其性取向纷纷猜测。1947 年，凯瑟在纽约病逝，葬于新罕布什尔州的一处墓地，墓志铭是来自其小说《我的安东尼娅》中的一句话："……这就是幸福，融入某个完整且伟大的东西之中。"[74]

凯瑟的作品主题多样，关注焦点亦有所不同。她捕捉着世事变迁，担忧着传统价值观念的没落，警惕着快速工业化和疯狂的物质主义引发的各种社会问题，留恋着过往那种恬静和清心寡欲的生活方式。凯瑟的首部长篇《亚历山大的桥》是失败之作。它以伦敦为背景，内容是关于高尚传统下"一些意志薄弱的人物和一些不堪一击的伦理观念"。[75]小说刻意安排、凭空虚构，凯瑟自己也承认"她是企图在唱一支与自己嗓音不和的歌"。[76]当然，凯瑟的早期作品更多是关注中西部的拓荒移民生活，歌颂拓荒者的勇气和毅力，是真正属于凯瑟个人的小说。这些作品有《啊，拓荒者!》《我的安东尼娅》《我们中的一个》和《一个迷途的女人》。另外，《云雀之歌》主题不止涉及拓荒、女性的奋斗和自我意识的觉醒，还表达了"凯瑟的另一个主题：艺术家需要摆脱各种束缚，尤其是要摆脱乡村背景或者小镇背景的束缚"。[77]随着年龄的增长和成功的累积，凯瑟深深体会到，"她所尊崇的信念、价值和生活方式正在逐渐被现代社会的物质主义所吞噬。而这一主题则深刻体现在小说《教授的房子》（*The Professor's House*，1925)里"。[78]此外，凯瑟的《死神来迎大主教》（*Death Comes for the Archbishop*，1927)和《岩石上的影子》（*Shadows on the Rock*，1931)则取材于北美的历史，将历史与宗教虔诚和人物刻画巧妙地融为一体，表达了对逝去传统的怀念、对信仰的虔诚以及对现代城市生活的批判。[79]凯瑟也间或创作一些短篇小说集，如《老来俏及其他》（*The Old Beauty and Others*，1948）等；还有一些散文集，如《不下四十》（*Not Under Forty*，1936)和《凯瑟谈创作》（*Willa Cather: On Writing*，1949)等等。

值得一提的是，1922 年是凯瑟生活和职业生涯中的重要年份，是凯瑟创作的分水岭。这一年由于事业、生活和信仰上的诸多原因造成凯瑟人生哲学观的变化。凯瑟曾宣称，世界在 1922 年时已经一分为二。在她看来，美好的时代已经消逝，现代物质文明以无法阻挡的态势侵袭人们的生活并带来巨变。她也把关注的视角投向因快速工业化而造成的美国社会生活道德的堕落，再现了农业社会向工业社会转变时期人们的心态。发表于 1922 年的小说《我们中的一个》就是对当时环境的一种回应。此前凯瑟曾有的乐观精神随着对现代社会的失望而逐渐消失。在 1922 年之前创作的小说如《啊，拓荒者!》《我的安东尼娅》中，我们看到的是，凯瑟乐观地相信逐渐涌现的城镇对淳朴的农村和她的英雄式人物不会有什么影响，那些移民拓荒者的前途是光明的。那时的社会向着良性的方向发展。大多数人纯朴、友善、勤奋、努力，家庭纽带牢固。拓荒者大多是来自欧洲的移民，但他们重视自己的传统，可以为大家庭牺牲小自我，愿意和家人一起同呼吸共命运。只要人们艰苦奋斗，就有成功的希望。在那个可以自给自足的农业社会，只要拥有了土地这个"必需品"，只要勤劳坚毅，拓荒者们可以创造财富而且多数能幸福快乐地生活。然而，情况并未向幸福的结局走去，社会的变化也不以人的主观意志和期待为转移。凯瑟敏锐地捕捉到了 19、20 世纪之交美国中西部农村与城镇的变化。老一辈白手起家的辉煌故事已终结，他们的精神与他们的肉身一道走进了坟墓。新一辈憎恨像他们的父辈那样去创造些什么，他们感兴趣的是享受一切现成的东西，享受物质。先辈的拓荒精神在新一辈人身上已荡然无存，取而代之的是重商主义、唯利是图、亲情淡薄、世风日下。在惨烈的"拼杀"中，拓荒时代和拓荒精神走向终结。新兴商人把从拓荒者手中榨取的肥沃土地弄得面目全非，分块出售实现利益的最大化。凯瑟自然是厌恶重商主义的，她对新兴阶级的失望是显而易见的。所以在 1922 年以后创作的作品中，她排斥现代文明，竭力赞美传统价值，但是其早期作品中所呈现的乐观和信心已然看不到，荡漾开来的是对拓荒者命运的悲观情绪："……拓荒者征服了西部却不能坐拥他们打下的江山。如今他们打拼下来的广袤西部将落入像艾维这样的人手中……"⑩

凯瑟的文学声誉来自她对她那个时代美国中西部（尤其是内布拉斯加）乡村的描述和赞美，对拓荒时代精神和价值观的怀念。她曾亲眼看见美国拓荒时代的辉煌和衰败，所以她会在小说中对那段美好的旧时光不遗余力地称赞和缅怀。凯瑟以她独特的方式向人们呈现出特定时代、特定环境下的一群特定人物，尤其是女性人物。20 世纪的前 20 年，凯瑟牢

固树立了自己作为"重要的美国作家"的地位。但到了 20 世纪 30 年代，凯瑟的声名开始受到评论家的挑战，被视为"跟不上时代发展的浪漫的怀旧作家"，⑤被指责为只知遁入理想化的过去却无法直面当代生活的逃避者。由于 20 世纪 30 年代恰逢美国的经济大萧条，其间又发生了严重的沙尘暴（the Dust Bowl），这些社会疾苦在凯瑟的作品中却不见踪迹，加上凯瑟本人保守的政治态度，种种因素叠加，使得她的作品不再受到新生代评论家们，尤其是左翼评论家们的待见。后来随着女权运动的发展和女性主义批评的兴起，凯瑟的作品又开始受到批评家们的青睐。尤其是近年来随着生态视角和批评的出现，生态批评和女性主义批评的结合，凯瑟小说中对生态问题的忧患、关注和思索得到更多的发掘与解读。无论凯瑟的声名曾怎样起伏，文学地位曾怎样受到争议，有一点是无疑的：凯瑟的小说真实反映了时代的变迁、社会的演变和道德的式微，其小说中体现的人与自然、人与人、人与自我的和谐统一更是焕发出历久弥新的气息。

《啊，拓荒者！》《云雀之歌》与《我的安东尼娅》："草原三部曲"

《啊，拓荒者！》是凯瑟"草原三部曲"（Prairie Trilogy）中的首部，标题取自美国诗人沃尔特·惠特曼（Walter Whitman，1819—1892）的诗句。小说创作得很顺利，主要因为凯瑟汲取的是自己的记忆和情感。凯瑟将此部小说献给了她的人生导师——朱厄特。小说以拓荒时代内布拉斯加州的一个小镇为背景，刻画了一位独立坚毅的女性拓荒者形象——亚历桑德拉·柏格森，表现了拓荒时代所崇尚的纯朴、正直、坚忍和独立与现代社会的物质主义之间的矛盾与冲突。小说中的瑞典移民约翰·柏格森一家在美国中西部扎根，但彼时艰苦恶劣的条件让男性的承受力都达到了极限。一家之主柏格森先生去世后，家长的重担留给了女儿亚历桑德拉。亚历桑德拉用坚毅、勤劳、智慧、克制和担当精神将荒原变为美好家园，最后也拥有了自己的幸福——与一直苦恋她的男子缔结婚姻。值得一提的是，小说运用《圣经》中伊甸园的典故演绎了玛丽和亚历桑德拉的弟弟埃米尔的爱情故事。玛丽家的果园象征着伊甸园，而这对青年男女之间的情爱也如同伊甸园的禁果一样甜蜜而危险。凯瑟自认这部小说的题材相当创新，因为当时没有哪个美国作家曾以严肃的态度将瑞典移民的故事作为创作素材。当时美国文学的现状是："瑞典人是美国文学中传统的喜剧角色。也无人屑于把发生在内布拉斯加平原的事作为写作题材处理。在当时的文学圈中,内布拉斯加一直被认为是完全属于乡巴佬的天地。"⑩不过评论家们认为这部小说出彩之处在于细节方面的描写,小说题材并无新颖之处,凯瑟不过是"把一些鲜为人知的典型乡村地方,以及一些带有乡土色彩的奇风异俗加以引申、扩充而已"⑪。小说的写作方法也很传统。小说探讨的主题"是自一八二三年詹姆斯·库珀的《拓荒者》面世以来,许多以美国开垦为背景的小说的共同主题——移民如何征服荒地的故事"⑫。虽然凯瑟的《啊,拓荒者!》与库珀(James Fenimore Cooper,1789—1851)的《拓荒者》(*The Pioneers*,1823)相比之下显得较为简单,分量也较轻,但是女性作家更关注女性拓荒者的故事和生活,看问题的视角也异于男性作家,所以从这个意义上说,凯瑟的确在"创新"。正如尼娜·贝姆(Nina Baym,1936—2018)在 2011 年发表的专著《美国西部女性作家:1833—1927》(*Women Writers of the American West,1833–1927*)中所指出的那样:女性作家的西部作品与男性作家作品不同,她们更关注女性自己的故事。这些女性作家不认为西部是男性的专属话题,她们把自己的创作视为对西部定居的真实记载,对女性坚强意志的歌颂。在女性作家笔下,西部拓荒是以家庭、农场和商业发展为目的,而非征服、暴力或是张扬男性气概和个人英雄主义。美国女性在开发西部的历史进程中是男性的伙伴,她们参与到西部地貌的改变和西部生活的共建中。西部赋予女性成长和自由发展的空间。比起东部的姐妹们,西部女性更多地参与社会领域,也变得更加活跃和健康。远离了东部城市的等级观念和文明社会的繁文缛节,西部女性得到更多实现自我的机会。因此,读者在凯瑟的"拓荒小说"系列中看到的女性形象,即便是乡下姑娘,都是健康活泼、爽朗率真,没有任何惺惺作态和故作淑女的架子。

《云雀之歌》是"草原三部曲"中的第二部。拓荒与艺术主题在此部小说中并置。小说的背景依然是内布拉斯加,但是凯瑟将之改称为"科罗拉多"。主角是祖上移民而来的本地女孩希亚,一个歌唱天赋高但是机会似乎很少的女孩。她不仅要面临在无情的土地上开辟家园的考验,还要在生存奋斗外寻找机会,使自己的天赋歌喉得到训练。小说旨在阐述"一个天才歌唱家,如何在平原上铁路旁的粗陋小镇,寻找发挥的机会,以及一个在边疆的美国人,在没有文化传统和艺术背景下,如何刻苦奋斗有成,充分发展成一个艺术家和一个人"。⑬希亚和《啊,拓荒者!》女性人物亚历桑德拉·柏格森,以及《我的安东妮娅》的女性人物安东妮娅都是第二代移民中的佼佼者。"她们或是吸收或是延续了欧洲知识和艺术的传统,而

又不失新大陆人的清新,也没陷入商业及狭窄'现实'的陷阱中。她们同有成功的故事,共同反映出一个美国人如何摸索探求,以建立一个稳固的自我。"⑧但是小说中细节的描写过于烦琐、令人疲倦,结果连凯瑟自己也厌腻了这部作品。"有了这次教训,凯瑟以后就不曾再采用无所不包的方法。"⑩当她创作下一部小说《我的安东尼娅》时,她很自然地走的是《啊,拓荒者!》而非《云雀之歌》的创作道路。

《我的安东尼娅》是"草原三部曲"中的第三部,常被视为凯瑟的巅峰之作,也是凯瑟的得意之作,是她命中注定要写的小说。⑨其素材和文风都类似于《啊,拓荒者!》,背景依然是内布拉斯加大草原上的一个小镇。小说中的人物都是凯瑟幼年时在内布拉斯加大平原上所熟识的邻居的化身,这些邻居是来自波希米亚和瑞典的移民。小说文字质朴无华、舒卷自如、惹人遐思,小说结构复杂但线索分明,主题含蓄但表现得很充分,情节安排自然、恰到好处,人物刻画鲜活且具象征意义。女主人公是波希米亚移民安东尼娅·谢默尔达。她与《啊,拓荒者!》中的女主人公亚历桑德拉有些类似,但是与成功经营农场且近乎完美的英雄式亚历桑德拉相比,安东尼娅因自身的"不完美"而更贴近生活。故事通过安东尼娅少年时代的朋友吉姆·伯顿的追忆展开。男性叙述者吉姆讲述了他和女主人公安东尼娅的故事。小说展现了女主人公在困难和挫折面前乐观积极的生活态度,再现了中西部草原所象征的精神力量,也呈现了拓荒时代的变迁。安东尼娅是拓荒者中的杰出代表。她14岁随家庭移民到内布拉斯加,在那块处女地上面对残酷的自然环境、艰苦的生活条件和不幸的家庭变故。她任劳任怨,为承担家庭重担放弃许多东西;她勤学好问,敢爱敢恨,经历情感挫折但不自怨自艾。她最终如愿以偿建立了一个幸福的大家庭并开心地在自家的土地上劳作。随着安东尼娅的成长,我们看到拓荒时代的上升时期,拓荒者们诚恳、纯朴、吃苦耐劳。天道酬勤,最肯吃苦的移民拓荒者也最先摆脱当初的窘境逐渐富裕起来;他们成家立业,落地生根,前景一片光芒。凯瑟热情赞美了这些英雄的人们,对他们信心十足。整部小说俨然是一曲对拓荒时代早期的赞歌。

《一个迷途的女人》：美国拓荒时代的挽歌

如果说《啊,拓荒者!》和《我的安东尼娅》呈现了19世纪美国拓荒时代的前期风貌,那么发表于1923年的小说《一个迷途的女人》则反映了拓荒时代末期的景象。《一个迷途的女人》从一个不断成长的小男孩内尔的视角展开,以美国中西部的一个铁路小镇为背景,讲述了女主人公玛瑞恩·福瑞斯特的婚姻生活,叙述了她30年的生活变化,关注了在男性主导的世界中女性的人生选择。小说具有深刻的象征意义,是美国拓荒时代的挽歌。随着老福瑞斯特队长这一代开拓者的逝去,以律师艾维为代表的新兴商业资本家兴起,两个时代完成了交替。小说展现了拓荒时代后期那些曾亲手创造了西部繁荣的英勇慷慨、品德高尚的老一代和自私狭隘、冷漠残酷、唯利贪婪的新一代的冲突。在这两股力量的交锋中,女主人公玛瑞恩左右为难。她是位漂亮迷人的女主人,但又需要男人强有力的臂膀维系她的生存。在丈夫去世后,没有依靠的她很自然地"迷失"在生活的洪流中,让关注她的人失望。同时,玛瑞恩又是一位反传统的女性。她特立独行,对男性加诸她身上的期望不屑一顾。她在丈夫病重时不离不弃,但却拒绝恪守那个时代的"妇道"。她我行我素,与情人约会,不在乎镇上人们的闲言碎语和批评指责,甚至不在乎接线员的偷听而在电话中怒斥情人。丈夫去世后,她不愿守寡,拒绝成为正在消亡的拓荒时代的陪葬品,时常邀请一些年轻人到家中做客。她渴望享受物质和舒适的生活。在某种意义上,玛瑞恩这个女性人物更像是时代和群体的象征符号,代表着现代、城镇、工业社会、世故和精神荒芜。在这部小说中,冷酷的现实让所有人都无法乐观,拓荒时代的最后一抹微光随着玛瑞恩丈夫的去世而消失,拓荒者们的土地落入为所欲为的新兴商人手中,城镇化和工业化的脚步势不可挡,道德滑坡不可避免。

凯瑟的女性观

凯瑟是女性传统和规约的叛逆者。她的种种"离经叛道"的行为似乎可以看作她渴望获得与男性一样自由、平等的自我表达机会。十几岁的时候,她就违反当地的风俗,把自己打扮得像个男孩子,头发比男孩子留得都短,并且厌恶穿裙子。中学时代的她常是吊带裤、工装裤的装束,在学校的演出中扮演男性角色。大学时代,她仍喜欢穿着男性化服装,甚至有着男性化的绰号"威廉"。到了谈婚论嫁的年龄,凯瑟却认为自己不需要异性的关怀。她喜欢自由,不想结婚,两次拒绝异性的求婚。在艺术上,凯瑟推崇和追随的是以狄更斯(Charles Dickens,1812—1870)、萨克雷(William Makepeace Thackeray,1811—1863)、爱默生(Ralph Waldo Emerson,1803—1882)、霍桑(Nathaniel Hawthorne,1804—1864)、巴尔扎克(Honoré de Balzac,1799—1850)、福楼拜(Gustave Flaubert,

1821—1880)和托尔斯泰(Leo Tolstoy,1828—1910)等大师为代表的男性文学传统。虽然她也喜欢乔治·艾略特(George Eliot,1819—1880)、勃朗特姐妹(the Brontë Sisters)、简·奥斯汀(Jane Austen,1775—1817)和凯瑟琳·曼斯菲尔德(Katherine Mansfield,1888—1923)的小说,但对大多数女性作家凯瑟是持贬低之辞的,因为她们太"多愁善感"。她曾取笑当时的女子文学俱乐部,也曾声称对女性小说家毫无信心,因为那些女性小说家的性别意识让她反感,并且她们也没有几个创造出什么有价值的东西。凯瑟这种对女性艺术传统的贬低表达了她急于独立、渴望找到"自己的声音"的心态。直到1908年与著名的地域文学女作家朱厄特相识,接受了这位深谙女性体验的文学前辈的建议,凯瑟的创作才开始了脱胎换骨的蜕变,逐渐进入成熟期。朱厄特建议凯瑟辞去繁忙的编辑职务安心写作,并告诫凯瑟抛弃男性面具,以女性视角创作,讲述那些长久拨动其心弦的故土旧事。凯瑟有保留地听从了前辈的告诫,踏上了专业创作之路,明确了自己的定位,自此佳作迭出。

　　凯瑟在小说中塑造的"新女性"不同于以往文学作品中老套的类型化女性人物,而是以崭新生动的面貌出现在人们面前,让所有的男性人物成为她们的陪衬。这些被赋予丰富内涵的女性人物打破了长久以来男性对女性的定义,超越了读者对人物的期待,使得身边的男性黯然失色。无论结局是喜是悲,她们不遵循社会常规的做法也反映了作家对社会和文学传统的颠覆。这一切都使得作家的女性主义"声音"不言而喻。无论她们的奋斗是成功还是失败,她们都在为女性的发展与生存探索一条出路。她们的沉浮向人们昭示:经济独立在女性奋斗中至关重要;女性只有经济上独立,才有精神上的独立,才能选择自己想要的生活,才能在男性主导的世界中为自己赢得一席之地。作家凯瑟本人在文学上的奋斗经历也为这条启示做了最好的诠释。

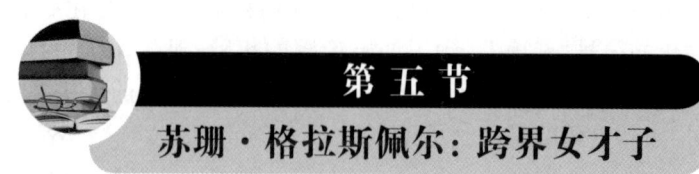

第五节
苏珊·格拉斯佩尔:跨界女才子

　　苏珊·格拉斯佩尔(Susan Glaspell,1876—1948)是美国现代戏剧的奠基人之一,也是小说家、剧作家、女性主义剧作的先驱、戏剧演员和导演。其独幕剧《琐事》(*Trifles*,1916)被誉为女性主义戏剧文学的经典之作。她才华横溢,能娴熟地在小说家和剧作家两种身份中自由切换并取得不俗的成就。作为剧作家,她锐意进取,不断进行戏剧改革,推动了美国戏剧的现代化进程。正是她积极参与的"普罗温斯顿戏剧社",再加上其他戏剧组织的努力,为美国戏剧摆脱欧洲影响,走向民族化、现代化贡献了力量。她发掘和提携了日后成为剧坛巨匠的尤金·奥尼尔(Eugene O'Neill,1888—1953)。格拉斯佩尔极为看重自己的独立人格,对艺术不懈追求,其艺术思想深受芝加哥和纽约都市文化的影响,这两座文化都市的反传统意识和波希米亚艺术特征更可见于其创作。她的作品始终以她所熟悉的中西部地区为背景,展现了中西部的风土人情,因此带有浓郁的地域色彩。她的作品也反映了作者对整个社会进步的关注,具有强烈的社会责任感。格拉斯佩尔在多部作品中刻画了众多身处困境的女性形象,探讨了女性之间的姐妹情谊和女性对"自我"与"生命意义"的追寻。此外,她在作品中还探讨了一系列经久不衰的文学主题,如"身份""族裔""婚姻""爱情""道德"等。

生平传略与创作成就

苏珊·格拉斯佩尔 1876 年出生于艾奥瓦州的小镇达文波特。她高中毕业后就为达文波特的《共和党早报》(*Morning Republican*)担任记者,并且因此获得固定收入。后来她又为家乡的《每周观察》(*Weekly Outlook*)做编辑,但是很快就厌倦了这种写作方式。于是,她离开家乡到德雷克大学读书,并于 1899 年毕业,成为当时少有的女性知识分子中的一员。在大学读书时,格拉斯佩尔重拾年幼时对文学的浓厚兴趣,开始尝试小说创作。她大学毕业后在艾奥瓦州首府得梅因的《每日新闻》(*Daily News*)报社从事了一段时间的记者工作——一份在当时很少有女性从事的职业,但是她始终坚信自己应该成为一名作家。从事新闻创作之余,她还为《青年指南》(*Youth's Companion*)杂志撰写短篇小说。1901 年,她辞去记者工作,回故乡达文波特专事小说写作。此后一段时间,格拉斯佩尔的创作仍以短篇小说为主,其中大部分作品发表在《哈珀杂志》(*Harper's*)、《女士居家杂志》(*The Ladies' Home Journal*)、《女士居家指南》(*Women's Home Companion*)等当时的主要刊物上。虽然这些作品充满感伤、风格陈旧,未能让其蜚声文坛,但却让她的写作水平日臻成熟。

1902 年,格拉斯佩尔搬到芝加哥,参加了芝加哥大学的研究生课程,继续她的写作事业,并逐渐获得成功。

1909 年,格拉斯佩尔的首部长篇小说《被征服者的荣耀》(*The Glory of the Conquered*)问世并赢得不少关注。小说的个性特色不同于寻常的美国小说,因而受到《纽约时报》(*New York Times*)的高度评价。[②]小说的畅销让格拉斯佩尔获得一笔可观的收入,使她得以到欧洲旅行了一年,浸淫在欧洲的文化和艺术中。这趟欧洲之旅对她之后的创作产生了深远的影响。《被征服者的荣耀》讲述了一位艺术家和一位科学家之间的爱情悲剧。虽然这部小说的结构和成熟度逊于格拉斯佩尔后来的小说,但此部小说再版时的出版商认为,这部小说在美国的受欢迎度并不亚于格拉斯佩尔的后期作品。受好友乔治·克拉姆·库克(George Cram Cook)的激进思想影响,格拉斯佩尔的创作重心从感伤主义逐渐转向社会现实,尤其关注女性的生存境遇。她的第二部小说《见识》(*The Visioning*,1911)显然就是此方面的明证。《见识》既是一部关于女性社会主义的小说,也是格拉斯佩尔思想发生巨变和她的女性社会批评观形成的标志。小说探究了财富的分配、权威的合法性等社会问题,还透过两位女性的视角讨论了职业男性和职业女性的困境。格拉斯佩尔的第三部小说《忠贞》(*Fidelity*,1915)则是以作者自己的恋爱经历为蓝本,讲述了一位女士爱上一位已婚男人并与之私奔的故事。

生活中的格拉斯佩尔是一位特立独行的女性。她敢于与自己志同道合的作家朋友且是有妇之夫的乔治·克拉姆·库克相爱,并且在 1913 年库克与前妻离婚后不久就与之结婚。结婚后的格拉斯佩尔夫妇主要在演艺界活动。她在一些剧目中还亲自扮演角色,是个出色的演员。1914 年,格拉斯佩尔夫妇搬到马萨诸塞州的普罗温斯敦。1915 年,两人一起创建了非营利性质的"普罗温斯敦戏剧社"(Provincetown Players),积极帮助和提携剧坛新人,弘扬和倡导具有民族特色的戏剧,上演了尤金·奥尼尔等剧坛新人的剧作,为美国戏剧摆脱欧洲戏剧(尤其是英国戏剧)传统的束缚从而走向现代化做出了贡献。以格拉斯佩尔和奥尼尔为代表的剧作家们主张戏剧从结构到风格都应当创新,应当融合美国民间艺术成分,表现美国人民的思想和审美,反映美国历史与现实。此外,格拉斯佩尔还热衷于各种社会进步活动。她是激进女性主义俱乐部"非正统"(Heterodoxy)的成员,夏洛特·珀金斯·吉尔曼(Charlotte Perkins Gilman,1860—1935)也是这个俱乐部的成员。此俱乐部致力于促进女性在政治、经济、性和职业上的自由。

格拉斯佩尔以小说开始自己的职业写作生涯,最终以戏剧蜚声文坛并铸就自己在文学史上的地位。她在很短时间内就掌握了戏剧的创作方法,并且显示了创作才华。在 1914—1921 年间,她创作了 10 部戏剧,其中两部戏剧是与丈夫合著,即独幕剧《受压抑的欲念》(*Suppressed Desires*,1915)和《无声的时间》(*Tickless Time*,1919)。《受压抑的欲念》运用弗洛伊德的潜意识理论分析了隐藏在一对男女心底的偷情欲望,塑造了一位追求精神和肉体和谐的新女性形象——亨利艾特。由于舞台设计新颖、编剧技巧独特,作品上演时令观众耳目一新。此剧不仅获得"美国现代喜剧开山之作"的美誉,后来还成为美国独幕剧的保留剧目之一。格拉斯佩尔独立创作的戏剧有:一直被誉为"格拉斯佩尔的巅峰之作"且常被收入美国文学各类教科书的《琐事》,关注女性经历的《外界》(*The Outside*,1917)、《合上书本》(*Close the Book*,1917)、《人民》(*The People*,1917)、《女性的荣誉》(*Woman's Honor*,1918),描写女人自杀对生存者影响的《伯尼斯》(*Bernice*,1919),描写女人深陷矛盾并痛苦选择婚姻对象的《继承人》(*Inheritors*,1921),描写女性处于在个性迷失与自我解放之间尴尬境地的《边缘》(*The Verge*,1921)等。

1922 年,为追寻理想,格拉斯佩尔与丈夫搬到希腊的德尔斐。两年后,库克因病离世,格拉斯佩尔遂又搬回美国。1926 年,她为亡夫库克撰写的传记《通向圣殿的道路》(*The Road to the Temple*)出版。随后几年间,格拉斯佩尔与年轻作家诺曼·H. 梅森(Norman H. Matson,1893—1965)相恋,在两人分道扬镳后陷入一段低迷期。她于 1930 年创作的戏剧《艾莉森的房子》(*Alison's House*)荣获 1931 年普利策奖。作品讲述了一位像艾米莉·狄金森(Emily Dickinson,1830—1886)这样的女诗人的追随者如何为出版她的那些令人尴尬之作而费尽心机。作品依旧展示了一个不受旧世界传统习俗和道德伦理约束的新女性形象。1936 年,格拉斯佩尔被委任为"联邦戏剧计划"的中西部主管。1938 年主管任期结束后,她从芝加哥搬回普罗温斯敦,继续小说创作。1948 年,格拉斯佩尔因病毒性肺炎在普罗温斯敦去世。

格拉斯佩尔一生著作颇丰,一共创作了 9 部小说、14 部戏剧、50 余篇短篇小说。这些作品通常带有半自传性质,并且将故事背景设定在她的家乡艾奥瓦州,一再讲述着有关性别、族裔和分歧的故事,透露出作者的人文关怀。让人多少感到唏嘘的是,格拉斯佩尔虽然在世时曾为畅销作

家,但去世后她的小说就成了绝版,而她也只是因建立了"普罗温斯敦戏剧社"、发掘和提携了尤金·奥尼尔以及创作了独幕剧《琐事》而被人们怀念。随着女权运动在 20 世纪 70 年代的发展,格拉斯佩尔和其戏剧作品重新受到重视和推崇。她的戏剧作品频繁地被大学的戏剧系排演,她还被尊称为"美国戏剧的第一夫人"(the First Lady of American Drama)。㉝因此人们还是习惯以偏概全地用"戏剧家"来为格拉斯佩尔贴标签。但是,我们不应当忽略这样一个事实:格拉斯佩尔在 1927 年后将写作重心重新放在了小说上,相继发表了《布鲁克·埃文斯》(*Brook Evans*,1928)、《逃亡者的回归》(*The Fugitive's Return*,1929)、《安布罗斯·霍尔特与家人》(*Ambrose Holt and Family*,1931)、《清晨临近》(*The Morning Is Near Us*,1939)、《诺玛·爱什》(*Norma Ashe*,1942)、《加德·朗金之女》(*Judd Rankin's Daughter*,1945)等六部长篇小说,而在此期间她只有一部戏剧问世,即为她赢得 1931 年普利策戏剧奖的《艾莉森的房子》。也许正因此,2003 年"苏珊·格拉斯佩尔国际学会"(the International Susan Glaspell Society)建立时,它的目标就是推动确立格拉斯佩尔作为美国重要戏剧家和重要小说作家的地位。

《忠贞》:关于爱情、道德与婚姻的探讨

《忠贞》写于格拉斯佩尔与库克新婚之时,是她的第三部小说,被当时的《纽约时报》评价为"是对美国小说的巨大且真正的贡献"。㉞小说带有明显的自传性,反映了她对当时美国中西部令人压抑的道德束缚和思想前卫者的反道德冲动的一种反思。这部小说似乎是在为婚外恋和"第三者"行为做辩解,认为爱情无所谓对错,不过是一种顺其自然的结果。小说情节的发展则暗示着这位女士的"忠贞"是针对她不可屈从的女性意识而言,而并非对婚姻或新的恋爱关系而言。㉟小说中的女主人公鲁斯爱上了有妇之夫斯图尔特。因对方妻子拒绝离婚,鲁斯与斯图尔特私奔到科罗拉多。12 年后,鲁斯返回家乡弗里波特,而此时她的父亲已经离世。鲁斯开始扪心自问当年的私奔是否正当,因为这个行为代价不菲:她牺牲了自己的名誉,让自己的家庭蒙羞,造成了爱人的背井离乡。以牺牲个性和扼杀自由来换取对爱恋的"忠贞"又是否值得? 如今,鲁斯从父亲那里继承了遗产,而自己所爱之人的妻子也终于同意离婚,这一切都使鲁斯可以名正言顺地与爱人结合,但是她反而开始思考"婚,还是不婚"的问题:如果结婚,她就可以为自己当年的叛逆行为写下今日"合理合法"的故事结局;

如果不婚,则是保持自己独立和自由的大好机会。《忠贞》所探讨的问题在当时看来是很大胆的,具有极强的女性主义色彩。也许正因如此,它才被一些评论家视为可以比肩凯特·肖班(Kate Chopin,1850—1904)、夏洛特·珀金斯·吉尔曼(Charlotte Perkins Gilman,1860—1935)、伊迪丝·华顿(Edith Wharton,1862—1937)或是薇拉·凯瑟(Willa Cather,1873—1947)的任何一部小说。⑥女性主义批评家肖瓦尔特(Elaine Showalter,1941—)则认为此部小说未能达到与肖班、吉尔曼、华顿和凯瑟作品媲美的高度,因为格拉斯佩尔花了太多笔墨铺陈小说的戏剧化发展和弗里波特居民们的过时看法,而对鲁斯的自我剖析展现得过少。⑦现实生活中,格拉斯佩尔和库克的爱恋也经历了世俗和流言蜚语的考验。与小说中女主人公与有妇之夫私奔不同的是,格拉斯佩尔是等到库克与前妻离婚后才与之结合。即便如此,旁人对"第三者上位"的闲言碎语和道德审判也让这对新婚夫妇不堪重负,婚后他们就立即搬离故土,来到纽约的格林威治村居住。《忠贞》显然是有感而发,格拉斯佩尔将自己一段刻骨铭心的经历和对婚姻、自由及人格独立的严肃思考融入了小说。

《她的同性陪审团》:女性联盟

短篇小说《她的同性陪审团》("A Jury of Her Peers",1917)是根据格拉斯佩尔的著名戏剧《琐事》改编而成。故事来源于格拉斯佩尔早年在得梅因做记者时报道过的一桩谋杀案的审判。小说情节围绕一桩谋杀案展开,以女性之间的理解和互助为主题。小说中黑尔太太和彼得斯太太陪同她们的丈夫和小镇的律师来到受害人约翰·赖特家中搜查,因为人们怀疑赖特是被妻子米妮谋杀的。故事情节在三男两女的讨论和作案证据搜索中展开。男性人物和女性人物在细节观察和看待事件的角度上都十分不同。男人们最终一无所获,而女人们则透过细节看到了米妮的痛苦生活。男人们无法破案,而女人们则解开了案件的谜团。最后两位太太在女性特有的敏感特质的指引下,发现了谋杀的线索——被损坏的鸟笼和被拧断脖颈的金丝雀,同时也看到了一颗受伤、孤独、绝望的女人之心,找到了作案的动机。她们能够理解嫌疑人米妮的憎恨和复仇心理,也能对家庭女性所承受的压力感同身受。作为米妮的同性,同时也是某种意义上的陪审员,两位太太意识到女性团结起来、互助互爱的必要性。于是在小说结尾处,两位太太心照不宣地决定帮助米妮隐瞒罪证。被杀死的金丝雀显然具有极强的象征意义。米妮就是婚后被困在寂寞家庭"牢

笼"中的一只金丝雀,她本来喜欢歌唱,但是婚后被困于家中,与外界隔绝,逐渐窒息。她失去了希望和自我意识,冒着牢狱之灾杀死了父权律法和统治的实施者和施暴者——自己的丈夫。米妮用"以暴制暴"的方式反抗父权和夫权统治,而黑尔太太和彼得斯太太则用另一种方式表达出她们对男性主导世界的不满和挑战,与米妮建立了某种女性联盟。

格拉斯佩尔的女性观

作为女性,格拉斯佩尔同其他女性一样感受到传统家庭对女性的束缚和压制;而作为知识女性中的一员,她不仅为同时代的女性代言,还用自己的作品来唤醒被家庭"囚禁"的女性,希望她们能追寻自我、探求生命的意义。格拉斯佩尔从女性的视角表现女人之间的关系,对女性生活的洞察力和独特视角是男性作家无法相比的。在她的作品中,女性人物永远占据中心且熠熠闪光,而男性只是辅助人物。虽然格拉斯佩尔所塑造的女性角色通常孤独落寞,离群索居,生活在失望和痛苦之中,但是她们身上却透露出反抗男权压迫的女性主义意识。格拉斯佩尔对两性关系的关注、对性别意识形态的剖析以及对女性批判性主体意识的阐发,使她当之无愧地成为女性主义作家的典范。

19、20世纪之交是"女性文学在美学上高度发展的时期。这一时期的女性作家已经堂而皇之地登上文坛。与之前的女性作家不同的是,她们大胆地宣布自己的作家身份,在形式上不断追求自由和创新,甚至在内容上也大胆地挑战了关于女性性关系的清教信仰,为女性的故事创造了新的叙事形式和情节。"[⑩]随着女性经历涉入更广阔的社会公共领域,现代美国女性小说家的视野更加开阔,题材范围更加宽广,写作风格更加多样,艺术性更上层楼。肖班、吉尔曼、华顿、凯瑟和格拉斯佩尔都有意识地从女性的角度写作,表现女性体验和生活经验,重塑女性形象,打造了千姿百态的"新女性"人物。她们思考、关注两性关系以及与女性生活密切相关的社会问题,颠覆传统小说的意识形态,挑战父权意识,审视和批判父权制的弊端和危害,探索解决女性困境的可能性。无论有意还是无意,她们都在作品中传播了女性主义思想,无意中迎合了女性主义的政治策略。她们用作品修订了美国文学的基本主题,建构了美国女性文学的新传统,践行了女性主义政治,展望了和谐相处的两性关系。这些现代美国女性作家与女权主义者们共同对促进社会变革、促成美国社会对女性态度的基本转变做出了巨大贡献。⑨

　　本章涉及的几位现代美国女性作家,除了吉尔曼之外,大都明确表示过反对被冠以"女权主义者"的称号,更不用说被归为女权主义作家,毕竟没有哪个有成就的作家愿意被人简单归类并贴上单一属性的标签。事实也的确如此,她们作品中蕴藏的丰富内涵及思想也绝不能仅用女权主义或女性主义来定义。但不可否认的是,她们的小说批判了父权制的弊端与危害,颠覆了当时通行的社会性别构建和文化构建,鼓励女性的觉醒、反思和独立,期望打破男权统治并争取女性真正的自由、独立和平等,希冀重构人们的认识观从而实现改变社会现行模式的良好愿望。不论乐观还是悲观,激进还是保守,设想解决方案还是提出思考问题,她们无一不是希望改变女性的"他者"和"第二性"地位,使女性成为促进社会进步和发展的主体,从而使人类社会变为合理与和谐的家园。所以,她们的小说和思想都契合了女权主义运动的主旨和政治性,从这个角度而言,她们的大部分小说的确可以称为"现代女性主义小说"。毕竟,这些小说所表现、反映、反省和探讨的问题终归是隶属于女性主义文学关注的性属问题、性政治问题和女性的身份问题。⑩

① 魏小梅:"'新女性'崛起——现代美国女性主义小说的兴起与繁荣",《山花》,2016年第 5 期下,第 160—161 页。

② 20 世纪初期,美国文学作为正式的学科领域开始出现。在美国文学机构化的进程中,制定文学经典标准的权力主要把持在中上阶层白人男性中。例如,在 1935 年出版的大学教材《重要的美国作家》(*Major American Writers*)第一版中,就没有任何女性作家入选。见金莉:"美国女权运动·女性文学·女权批评",《美国研究》,2009 年第 1 期,第 62—79 页。

③ 魏小梅:"'新女性'崛起——现代美国女性主义小说的兴起与繁荣",《山花》,2016年第 5 期下,第 160—161 页。

④ 参见李维屏:"早期现代主义思想的演示:论华顿小说中多元'新女性'形象的建构",《山东外语教学》,2013 年第 1 期,第 79—82 页。

⑤ 转引自万雪梅:"当代西方凯特·肖班研究综述",《当代外国文学》,2013 年第 2 期,第 153—160 页。

⑥ 塞耶斯泰德在《凯特·肖班评传》(*Kate Chopin: A Critical Biography*,1969)中认为肖班运用了现实主义的创作手法,但却是一种"更强大的女性现实主义"。见万雪梅:"当代西方凯特·肖班研究综述",《当代外国文学》,2013 年第 2 期,第 153—160 页。

⑦ 西方学界关于肖班的出生年月观点不一,主要在 1850 年 7 月和 1851 年 2 月之间

变动。

⑧ 《觉醒》的经典化过程完成于 20 世纪 80 年代。1981 年,《觉醒》被诺顿评论集收录,频繁地出现在大学课程教材中。之后,它相继被美国重要的大学文学选集收录。见万雪梅:"当代西方凯特·肖班研究综述",《当代外国文学》,2013 年第 2 期,第 153—160 页。

⑨ 转引自陈亚丽:"未出场的'颠覆者'——对《德西蕾的孩子》的一种新解读",《外国文学》,2010 年第 5 期,第 3—10 页。

⑩ 孙胜忠:"分裂的人格与虚妄的梦——论觉醒型女性成长小说《觉醒》",《外国文学》,2011 年第 2 期,第 89—96 页。

⑪ 转引自彭贵菊:"真实的束缚,虚幻的自由——试论凯特·肖班的《一个小时的故事》",《外国文学评论》,2003 年第 1 期,第 130—134 页。

⑫ Emily Toth, *Unveiling Kate Chopin*. Jackson:University Press of Mississippi,1999,p. xix.

⑬ 转引自万雪梅:"当代西方凯特·肖班研究综述",《当代外国文学》,2013 年第 2 期,第 153—160 页。

⑭ 转引自彭贵菊:"真实的束缚,虚幻的自由——试论凯特·肖班的《一个小时的故事》",《外国文学评论》,2003 年第 1 期,第 130—134 页。

⑮ 曾桂娥认为吉尔曼的乌托邦小说具有系统性并体现出女性主义乌托邦小说的先驱特征。见曾桂娥:《乌托邦的女性想象:夏洛特·帕金斯·吉尔曼小说研究》,上海:上海大学出版社,2012 年,前言,第 1 页。

⑯ 转引自曾桂娥:《乌托邦的女性想象:夏洛特·帕金斯·吉尔曼小说研究》,上海:上海大学出版社,2012 年,第 13 页。

⑰ 曾桂娥:《乌托邦的女性想象:夏洛特·帕金斯·吉尔曼小说研究》,上海:上海大学出版社,2012 年,第 27 页。

⑱ 在其自传中,吉尔曼是这样看待死亡的:"当一个人尚具服务能力时,悲痛、痛苦、不幸或者'破碎的心'都不是结束生命的借口。但是,当一个人丧失一切用处后,当他确定自己无法避免死亡并且死期将近时,选择快速、简单的死亡而不是等待漫长、痛苦的死亡是最简单的人权。"转引自曾桂娥:《乌托邦的女性想象:夏洛特·帕金斯·吉尔曼小说研究》,第 28 页。

⑲ 吉尔曼在《女性与经济》一书中指出:"仅为自己服务的工作是最低层次的工作,仅为自己家庭服务的工作是第二低的。如果工作目的是为更广范围的更多人服务,直到接近于全世界服务的神圣精神,这才是真正意义上的社会服务,也是我们能做到的最高形式的服务。"转引自曾桂娥:《乌托邦的女性想象:夏洛特·帕金斯·吉尔曼小说研究》,第 53 页。

⑳ 曾桂娥:《乌托邦的女性想象:夏洛特·帕金斯·吉尔曼小说研究》,上海:上海大学出版社,2012 年,第 29 页。

㉑ 同上,第 30 页。

㉒ 同上。

㉓ 虞建华:"女性乌托邦小说:一个女权主义者的政治构想(代序)",载曾桂娥:《乌托邦的女性想象:夏洛特·帕金斯·吉尔曼小说研究》,序,第 3 页。

㉔ 同上。

㉕ 曾桂娥:《乌托邦的女性想象:夏洛特·帕金斯·吉尔曼小说研究》,上海:上海大

学出版社，2012 年，第 36 页。

㉖ 转引自曾桂娥：《乌托邦的女性想象：夏洛特·帕金斯·吉尔曼小说研究》，上海：上海大学出版社，2012 年，第 52 页。

㉗ 曾桂娥：《乌托邦的女性想象：夏洛特·帕金斯·吉尔曼小说研究》，上海：上海大学出版社，2012 年，第 118 页。

㉘ 转引自曾桂娥：《乌托邦的女性想象：夏洛特·帕金斯·吉尔曼小说研究》，上海：上海大学出版社，2012 年，第 30 页。

㉙ 同上，第 32 页。

㉚ 拉夫克拉夫特在 1927 年的论文《文学中的超自然恐怖》中这样评价《黄色壁纸》："*The Yellow Wall Paper* rises to a classic level in subtly delineating the madness which crawls over a woman dwelling in the hideously papered room where a madwoman was once confined." 参见 H. P. Lovecraft, "Supernatural Horror in Literature," *The Recluse* 1 (1927): 23 – 59.

㉛ Frank N. Magill, ed., *Masterpieces of Women's Literature*. New York: Harper Collins Publishers, 1996, p.584.

㉜ 曾桂娥：《乌托邦的女性想象：夏洛特·帕金斯·吉尔曼小说研究》，上海：上海大学出版社，2012 年，前言，第 1 页。

㉝ 鉴于 utopia 的词源、意义和发音，笔者参照曾桂娥的译法译为"优托邦"，与之意义相反的 dystopia 笔者则译为"劣托邦"，以便在中文上和"优托邦"相对。

㉞ 曾桂娥：《乌托邦的女性想象：夏洛特·帕金斯·吉尔曼小说研究》，上海：上海大学出版社，2012 年，前言，第 2 页。

㉟ 同上，第 58 页。

㊱ 同上，第 153 页。

㊲ 同上，第 54 页。

㊳ 同上，第 55 页。

㊴《移山》发表于 1911 年，小说中的女性已然被赋予选举权，一些女性还有立法权。但在现实生活中，美国女性直到 1920 年才获得选举权。

㊵《移山》中，女性制定法律，禁止患有淋病和梅毒的男性结婚，因为女性立法者认为，以梅毒毒害他人的行为与使用毒药戕害人命一样，是一种犯罪。

㊶ 曾桂娥：《乌托邦的女性想象：夏洛特·帕金斯·吉尔曼小说研究》，上海：上海大学出版社，2012 年，第 56 页。

㊷ 同上。

㊸ 同上。

㊹ 同上。

㊺ 同上。

㊻ 同上，第 57 页。

㊼ 同上。

㊽ 同上，第 59 页。

㊾ 同上。

㊿ 同上。

(51) 同上，第 60 页。在《与她同游我乡》中，吉尔曼的代言人伊蕾朵在谈论美国的移民政策时认为，不加选择地欢迎所有移民的政策会使美国种族混杂、文明退化，移民

会像寄生虫一样侵蚀美国,让美国成为一个杂草丛生之地;而民主也应该是有选择和限制的民主。这种观念体现了一种美国优越感和种族优越感,在一定程度上也是 20 世纪初美国社会种族观念的投射。

㉒ 参见曾桂娥:《乌托邦的女性想象:夏洛特·帕金斯·吉尔曼小说研究》,第 120—121 页。

㊼ 曾桂娥:《乌托邦的女性想象:夏洛特·帕金斯·吉尔曼小说研究》,上海:上海大学出版社,2012 年,第 38 页。

㊄ 同上,第 119 页。

㊅ 同上。

㊆ 虞建华主编:《美国文学词典·作家与作品》,上海:复旦大学出版社,2005 年,第 191 页。

㊇ Katherine Joslin, *Women Writers: Edith Wharton*. New York:St. Martin's, 1991, p.142.

㊈ 金莉等:《20 世纪美国女性小说研究》,北京:北京大学出版社,2010 年,第 12 页。

㊉ 李维屏:"早期现代主义思想的演示:论华顿小说中多元'新女性'形象的建构",《山东外语教学》,2013 年第 1 期,第 79—82 页。

㉟ Penelope Vita-Finzi, *Edith Wharton and the Art of Fiction*. London:Printer Publishers Ltd., 1990, p.21.

㊱ 李维屏:"早期现代主义思想的演示:论华顿小说中多元'新女性'形象的建构",《山东外语教学》,2013 年第 1 期,第 79—82 页。

㊲ 埃默里·埃利奥特主编:《哥伦比亚美国文学史》,成都:四川辞书出版社,1994 年,第 493 页。

㊳ 李维屏:"早期现代主义思想的演示:论华顿小说中多元'新女性'形象的建构",《山东外语教学》,2013 年第 1 期,第 79—82 页。

㊴ 转引自金莉等:《20 世纪美国女性小说研究》,北京:北京大学出版社,2010 年,第 9 页。

㊵ 同上。

㊶ 宁:"人所未知的伊迪丝·华顿",《外国文学评论》,2002 年第 1 期,第 151—152 页。

㊷ 转引自金莉等:《20 世纪美国女性小说研究》,北京:北京大学出版社,2010 年,第 9 页。

㊸ 虞建华主编:《美国文学词典·作家与作品》,上海:复旦大学出版社,2005 年,第 189 页。

㊹ 同上,第 188 页。

㊺ 同上,第 191 页。

㊻ 李维屏:"早期现代主义思想的演示:论华顿小说中多元'新女性'形象的建构",《山东外语教学》,2013 年第 1 期,第 79—82 页。

㊼ 转引自金莉等:《20 世纪美国女性小说研究》,北京:北京大学出版社,2010 年,第 42 页。

㊽ 斯坦福大学英文系教授华莱士·斯特格纳(Wallace Stegner)语。见《美国小说评论集》,田维新等译,北京:美国驻华大使馆新闻文化处,1985 年,第 187 页。

㊾ 中文为笔者所译,原文为 "... that is happiness; to be dissolved into something complete and great."。

⑦⑤ 华莱士·斯特格纳：《美国小说评论集》，田维新等译，北京：美国驻华大使馆新闻文化处，1985 年，第 177 页。

⑦⑥ 同上。

⑦⑦ 虞建华主编：《美国文学词典·作家与作品》，上海：复旦大学出版社，2005 年，第 219 页。

⑦⑧ 同上。

⑦⑨ 同上。

⑧⓪ Willa Cather, *A Lost Lady*. New York：Vintage Books，1972，p.106. 中文为笔者所译。

⑧① Sharon O'Brien, "Being Noncanonical：The Case Against Willa Cather," *American Quarterly* 40. 1（1988）：110 - 126.

⑧② 华莱士·斯特格纳：《美国小说评论集》，田维新等译，北京：美国驻华大使馆新闻文化处，1985 年，第 178 页。

⑧③ 同上。

⑧④ 同上，第 179 页。

⑧⑤ 同上。

⑧⑥ 同上，第 180 页。

⑧⑦ 同上。

⑧⑧ 在某种程度上说，《我的安东尼娅》在凯瑟心中已经孕育了三十多年，因为小说中安东尼娅在真实生活中的原型——安妮·萨德雷克·帕维尔卡（Annie Sadilek Pavelka）是凯瑟十岁时在内不拉斯加红云镇就听说和认识的人。那时凯瑟一家刚从弗吉尼亚迁到内不拉斯加不久。安妮父亲的自杀事件是凯瑟到内不拉斯加后最早听到的故事之一。回首往事，凯瑟觉得安东尼娅这个人物身上体现了自己对那块大草原上早期欧洲移民的所有感情，好像她命中注定要写下这本书。安妮是凯瑟所钦佩和钟爱的朋友，她具有让凯瑟兴奋不已和温暖凯瑟心灵的力量。

⑧⑨ 参见 Janis P. Stout, *Willa Cather: The Writer and Her World*. Charlottesville：University of Virginia Press，2000，p.38.

⑨⓪ 朱厄特建议凯瑟在小说中使用女性叙述者，但是凯瑟在创作实践中坚持使用男性视角来叙事。

⑨① 见魏小梅的硕士论文《凯瑟笔下拓荒时代女主人公沉浮的艺术拱弧线》（上海外国语大学，2004 年）。

⑨② 《纽约时报》如此评价格拉斯佩尔的《被征服者的荣耀》："Unless Susan Glaspell is an assumed name covering that of some already well-known author — and the book has qualities so out of the ordinary in American fiction and so individual that this does not seem likely — *The Glory of the Conquered* brings forward a new author of fine and notable gifts."见 Linda Ben-Zvi, *Susan Glaspell: Her Life and Times*. New York：Oxford University Press，2005，p.98.

⑨③ Bárbara Ozieblo Rajkowska, "The First Lady of American Drama：Susan Glaspell," *Barcelona English Language and Literature Studies* 1（1989）：149 - 159.

⑨④ Linda Ben-Zvi, *Susan Glaspell: Her Life and Times*. New York：Oxford University Press，2005，p.159.

⑨⑤ 徐颖果、马红旗：《美国女性文学：从殖民时期到 20 世纪》，天津：南开大学出版社，

2010 年,第 288 页。

⑯ Elaine Showalter，*A Jury of Her Peers: American Women Writers from Anne Bradstreet to Annie Proulx*. New York：Alfred A. Knopf，2009，pp. 263 - 264.

⑰ Ibid.，p. 264.

⑱ 金莉:"美国女权运动·女性文学·女权批评",《美国研究》,2009 年第 1 期,第 62—79 页。

⑲ 魏小梅:"'新女性'崛起——现代美国女性主义小说的兴起与繁荣",《山花》,2016 年第 5 期下,第 160—161 页。

⑳ 同上。

第五章
20世纪上半叶美国女性小说

　　20世纪上半叶,世界范围内的政治局势动荡不安。国际政治局面混乱,两次世界大战深刻改变了欧、美、亚、非等各大洲的发展态势,国际政治、经济和金融格局几乎迎来了大洗牌。虽然美国在两次世界大战中都没有成为主战场,但是它深刻参与了政治同盟、军事行动、货币战争、金融和经济势力的重组和划分。这些行为对美国社会产生了深远的影响,身处其中的美国人也感受到了不可逆转的社会变化。此间种种情形都在文学上有所表现。如果回顾20世纪上半叶的美国文学,人们可以发现1900年的小说与1950年前后的小说具有何等巨大的差异。德莱塞(Theodore Dreiser,1871—1945)在《嘉丽妹妹》(*Sister Carrie*,1900)中所关心的问题,到了19世纪50年代似乎显得有些落伍和过于平静了,毕竟在经历了残酷的战争之后人们又陷入了冷战的对峙之中,思想和情绪上的焦躁不安达到了一个新的高峰。

　　在20世纪上半叶,美国国内的女性地位得到了一定程度的提升。从19世纪80年代开始,美国女性就发起了第一波女性主义运动。1848年7月19—20日的塞尼卡瀑布城大会(The Seneca Falls Convention)开启了公开讨论女性社会、政治和宗教权利的先河。自此,女性权利问题在美国逐渐得到社会的关注与讨论。从客观角度来看,20世纪上半叶的战争局面从一定程度上给予了女性更多的就业机会,促进了美国女性地位的提升,因为许多男性被征兵走上了战场,同时女性也需要在后方生产更多的军需品。这一现象在女性小说家的创作中得到了体现。另外一个显著的特征是,女性作家开始从自己的视角反映、参与和重写历史。不论是严肃的"高眉"

(highbrow)文学,还是中产阶级历史小说,抑或是左翼知识女性的小说创作,都认识到女性参与和融入历史的重要性。本章所探讨的小说家格特鲁德·斯泰因(Gertrude Stein,1874—1946)、埃德纳·费伯(Edna Ferber,1885—1968)、凯瑟琳·安·波特(Katherine Anne Porter,1890—1980)、赛珍珠(Pearl S. Buck,1892—1973)、玛格丽特·米切尔(Margaret Mitchell,1900—1949)以及苔丝·斯莱辛格(Tess Slesinger,1905—1945)都在创作中表现出了这样的倾向。不论她们的目标读者是具有较高文学素养的"精英",还是中产阶级乃至大众文学、通俗文学的读者,其带有鲜明女性印记的创作无疑成为美国文学史的重要组成部分。事实上,20 世纪上半叶的美国女性小说精彩纷呈,族裔作家、南方作家都产出了一批深具影响力的作品,为了史论批评的方便,这类作家的创作在其后各章中单列讨论。

第 一 节

格特鲁德·斯泰因:先锋派女性小说

  20 世纪前 30 年是现代主义文学运动风起云涌之时,各色具有先锋意识的文学思潮层出不穷。一时间,"主义"纷呈,意象主义、漩涡主义、未来主义、达达主义等新鲜的提法此起彼伏。美国文学的面貌也在此间发生了明显的变化。当老欧洲饱受战争摧残的时候,美国这个原本在文学上落后于欧洲并长期模仿英国文学的国度,开始涌现出一批批具有先锋意识和批判精神的作家,他们的创作使美国文学开始与英国文学等量齐观。一战后,欧洲由于受到战争拖累,陷入了困顿期,而美国政治和经济地位上升,美元的购买力急剧提高。许多美国作家发现,欧洲,特别是法国成为他们的乐园,巴黎左岸在这一时期聚居了大批作家和艺术家,创作的自由氛围和革新的愿望让他们不约而同地来到这里,频繁的沙龙活动成为这一时期突出的艺术风景线。

生平传略与创作成就

  格特鲁德·斯泰因(Gertrude Stein,1874—1946)出生于宾夕法尼亚

美国女性小说史

州,她的童年有很长一段时间是在加利福尼亚度过的。1903 年,斯泰因前往法国巴黎,她非常享受欧洲大陆的艺术生活,并最终选择在巴黎定居。斯泰因的文学创作独树一帜,具有很强的先锋性和实验性。按照创作的顺序来看,她的第一部小说是《证迄》(*Q.E.D.*,完成于 1903 年,出版于 1950 年),内容涉及她早年的一段同性恋情,其中的一些情节进入了她后来的另一部短篇小说集《三个女人》(*Three Lives*,1909)中。《三个女人》篇幅不长,但是表现人物的手法极其凝练,受到了评论界的好评。斯泰因于 1902—1911 年间花了大量的精力创作长篇巨著《美国人的形成》(*The Making of Americans*,1925),她对这部作品抱有很大的期待和野心,希望它留名青史。然而这部作品过分的实验性和文本中大量的重复,让大部分读者失去耐心,将之归入难以理解的"天书"范畴。就在这样的情况下,斯泰因又出奇招,出版了大受欢迎的《艾丽丝自传》(*The Autobiography of Alice B. Toklas*,1933),这本书使用平易近人的手法,向企图窥视艺术家内心的读者交付了一份看起来很坦诚的"答卷"。在这本书中,巴黎左岸的文人和艺术家生活令读者十分向往,如果和海明威(Ernest Hemingway,1899—1961)的《流动的盛宴》(*A Moveable Feast*,1964)放在一起阅读,会产生复调一般的效果,让人对彼时巴黎的文化圈产生强烈的好奇心。

在巴黎左岸的著名沙龙中,格特鲁德·斯泰因的花园街 27 号"周六晚间沙龙"可谓独树一帜。格特鲁德和哥哥利奥·斯泰因(Leo Stein)从美国转战巴黎,他们独具慧眼,购买和收集了大量新派画家的画作,例如马蒂斯(Henri Matisse)、高更(Paul Gauguin)、塞尚(Paul Cézanne)、雷诺阿(Pierre-Auguste Renoir)等,当然最著名的还是毕加索(Pablo Picasso)的作品。在这些画家还未被世人发现和接受的时候,斯泰因兄妹就展现出超前的艺术嗅觉;艺术批评家麦克布莱德(Henry McBride)曾作出如下评价:"格特鲁德收集的不是杰出的画作,而是天才,她能从老远就认出他们来。"[①]斯泰因的洞察力由此可见一斑。在《艾丽丝自传》中,斯泰因描绘了沙龙声名鹊起的过程:"慢慢地人们开始来到花园街,来看马蒂斯和塞尚的画,马蒂斯带来了一些人,这些人又带来其他人……就是这样,星期六晚间聚会开始了。"[②]实际上,斯泰因的沙龙不仅有大批画家参加,还吸引了许多作家,包括海明威、菲茨杰拉德(F. Scott Fitzgerald,1896—1940)、庞德(Ezra Pound,1885—1972)、怀尔德(Thornton Wilder,1897—1975)、舍伍德·安德森(Sherwood Anderson,1876—1941)等。

这些侨居巴黎的美国作家在大西洋彼岸悄然改变着这一时期美国文学的面貌,斯泰因作为置身其中的女性作家,以独特的先锋意识、超出常规的创作手法和极为敏锐的营销触觉,建立起与这些男性现代主义作家相匹敌的地位。从文学接受史的效果来看,斯泰因可以说是除了伍尔夫(Virginia Woolf,1882—1941)以外,少数能与现代主义男性巨擘齐名的女作家。

斯泰因一生的创作种类繁多,比较知名的包括小说、诗歌、戏剧、肖像描写、传记、回忆录和演讲稿等。其创作的显著特点是不拘泥于常规和传统,极端突出个人的实验风格,具有很强的先锋性,这与她在科学研究方面的经历有关。斯泰因曾就读于拉德克利夫学院,受教于著名的心理学家威廉·詹姆斯(William James)和雨果·芒斯特伯格(Hugo Münsterberg)。心理学、动物学和医学方面的训练使她非常关注写作与意识的关联,执着于在写作中表现头脑运作的过程。这种创作方式往往打破人们的认知习惯,破坏传统的叙事结构,拒绝满足读者的阅读期待,充分展现出语言符号的随机性。

《软纽扣》:打破逻各斯中心主义, 从语言实验到虚构艺术之革新

虽然《软纽扣》(Tender Buttons,1914)通常被视作"诗歌"作品,但在这里不妨以它为例,来说明斯泰因先锋派革新的基本观点,即打破逻各斯中心主义,而这一主张在斯泰因后来的小说创作中是一以贯之的。这部静物写生作品被斯泰因本人归入"诗歌"的范畴,但是它除了词语之间的韵律感以外,几乎没有和传统诗歌相近的地方。例如,在"食物"这个部分中,斯泰因以令人匪夷所思的方式描写了多种食物,但是她选择的切入点和人们对客观世界的观察具有很大的反差。以其中一首《芹菜》("Celery")为例,她写道:"芹菜的味道味道在卷曲的睫毛上和星星点点里面大部分在残余里。/绿油油的一英亩是如此自私,如此纯净,如此富有生机"(Celery tastes tastes where in curled lashes and little bits and mostly in remains./A green acre is so selfish and so pure and so enlivened)。[③]字面上的意义显然违反了语言习惯,逻辑链的断裂迫使读者积极地调动想象力,去尝试理解词语背后的思维关联。这种写法实际上建立在斯泰因对语言的深层次哲学思考的基础上。斯泰因认为"名词不能像动词那样表现人的经验的流动和变化,而且名词的关联性较强,总会给读者带来某些

不必要的联想，并因此破坏了阅读中应有的完整的意识流动"。④然而，她同时也认为名词的这种特性反而为作家带来了更有意义的挑战。在《软纽扣》中，她就通过静物写生的方式，让名词成为创作的主角，用跳跃的组合方式将名词从意义惯性中解脱出来，拓展了联想的空间，反而更真切地揭示了人的思维特征。

这种打破逻各斯中心主义的写作方式是典型的斯泰因风格，有批评家认为它具有以女性思维方式颠覆父性话语的先锋意义。实际上，斯泰因的实验性和先锋性不仅表现在《软纽扣》这样的诗歌创作中，还体现在她的小说中，只不过它们是从内容、形式、语言等多个角度渐次展开的。在小说《证迄》和《三个女人》中，斯泰因都进行了最早的女同性恋小说实践，虽然写得比较隐晦，但她在这一主题的表现上具有超前的意识。其次，由于受到了系统的心理学训练，斯泰因一直对人性的展现抱有浓厚的兴趣。她创作了大量的人物肖像，试图通过极简的方式表现人性和现实世界的组合。在人物肖像、小说《三个女人》和鸿篇巨制《美国人的形成》中，斯泰因都将"基本特征"（bottom traits）的塑造摆在了极其重要的位置上，期待以一种结构性的方式来理解和建构人性。斯泰因的另外一部作品《艾丽丝自传》通常被归入传记的行列，但它不能算作传统的传记，因为它显然是一部虚构类作品。它的先锋性体现在角色和身份的表演上：斯泰因通过腹语术式的表现方式，借恋人托克拉斯（Alice B. Toklas）之口，描写她们在巴黎左岸的生活以及与一批现代艺术家的交往；文本的执笔者是斯泰因，但她以托克拉斯的口气完成，后者的目光成了一道滤镜，而小说/传记的主人公实际上是斯泰因。这样，斯泰因就通过几层折射关系完成了对自己身份的塑造和声名的营销，这本书的虚构方式显然具有了行为艺术的先锋特性。

《证迄》与《三个女人》：先锋性的人物肖像

斯泰因在小说《证迄》中运用了她所青睐的人物肖像写法，静态地表现了人与人之间的僵局关系。这种以关系为焦点的创作与围绕情节展开的传统小说相比，具有革新意义。《证迄》的题材在1903年是比较禁忌的。通常文学史上认为英语世界第一本以女性同性恋为主题的小说是拉德克利夫·霍尔（Radclyffe Hall，1880—1943）的《孤寂深渊》（*The Well of Loneliness*，1928），这本小说在出版后不仅遭到查禁，还惹上了官司。《证迄》的创作比《孤寂深渊》还要早上二十多年。斯泰因以自身的情感经

历为基础,写就了这样一部描写女性之间三角关系的小说,这在 1903 年是不足为外人道的。根据斯泰因在《艾丽丝自传》中的说法,她是很久之后才无意中发现了这部手稿,而这本书最终在她去世之后才得以公之于众。

小说分为三个部分,每部分围绕一个中心人物展开:活力充沛的年轻姑娘阿黛尔受到漂亮女孩海伦的诱惑,然而海伦却最终拒绝了她,选择了富有的梅布尔,三个人的关系最终陷入死结。小说的情节并不发展,其重点在于表现人类情感的存在形式。早在这一时期,斯泰因就开始以文学方式表现心理原型,小说中的三个人物经常被设置为对立状态,如主动/被动、强势/弱势、依赖/独立等,而这种对立也常用来表现人物内心的矛盾。斯泰因笔下的"对立"与维多利亚小说中常见的人物性格二元对立不太一样,她设置的"对立"并不是为了通过对比来实现道德教化等目的,而是试图以简洁的文风和几近于无的情节,将形而上意义的人类情感展现出来。有评论家指出,《证迄》并没有一个强行加入的结局,"故事没有以成功或是失败作结,而是结束在一个痛苦的僵持中",它很好地"在一个克制的框架内表达出了人类行为的微妙之处"。⑤由此可见,斯泰因在小说创作的早期就试图走出一条背离传统的道路。

小说《三个女人》的先锋性体现在人物肖像与小说的融合上。这部小说实际上是三个中篇小说的合集,包括《好安娜》("The Good Anna")、《梅兰克莎》("Melanctha")和《温柔的莉娜》("The Gentle Lena");它们虽然都是独立的作品,但背景都设定在"桥头镇",即按照美国城市巴尔的摩虚构出来的一个小镇。这种写法对后来福克纳(William Faulkner,1897—1962)的约克纳帕塔法县(Yoknapatawpha County)系列故事和舍伍德·安德森(Sherwood Anderson,1876—1941)的《小城畸人》(Winesburg, Ohio,1919)都产生了影响。《好安娜》围绕着一个中下阶层的德裔女佣安娜的一生展开,以简洁明快且富有节奏韵律的语言勾勒出了安娜那略显强势的性格——她在几任主人家中都希望按照自己的想法安排主人的生活,她能干但也有些强硬,善良又不乏倔强。斯泰因在小说中使用的语言非常简单,几乎没有复杂句,在不长的篇幅中非常有效地利用人物肖像的手法凸显出了"安娜"的特征,这种极具个人特点的文风给人留下了深刻的印象。在撰写《三个女人》之前,斯泰因翻译了福楼拜(Gustav Flaubert,1821—1880)的小说《一颗简单的心》("Un Coeur Simple",1877),她显然受到这位法国前辈的影响。福楼拜的这个著名故事也以一个女佣的一生为表现对象，只不过他朴实的风格传达了明确的道德意愿，而斯泰因则以一种看似明确实则隐晦的疏离风格，传递出了反讽的意味。

这部中篇小说集中最令人瞩目的篇目当属《梅兰克莎》，它平淡但意味深长的故事、重复却寓意隽永的语言以及对立方主义绘画风格的借鉴，使它成为独树一帜的人物肖像。这种写法也让它成为文学课堂上经久不衰的选篇。黑人姑娘梅兰克莎在社区里与其他黑人显著不同：她的父亲是黑人，母亲是混血；她勇敢而坚强，对外部世界和"知识"有着强烈的好奇心；她渴望拥有"智慧"，但是现实却似乎并不友好；她与杰弗森·坎贝尔朦胧的恋情最终以苦涩的隔膜收场，而梅兰克莎的生命也毫无声息地被疾病消耗殆尽。斯泰因重复使用了一些短小的词汇，如梅兰克莎总是感到"难过""受伤"和"疼痛"，营造出一个沉闷的、压抑其潜力的种族社区环境；此外，像"知识"和"智慧"这样的简单词汇，隐含意义非常丰富，历来被批评家解读为富含宗教、种族乃至性意味的能指。《梅兰克莎》的情节极其平淡，女主人公的一生没有任何波澜起伏，然而其悲剧正在于庞大的虚无感映衬出人的渺小，个人的命运就这样悄然消逝在琐碎和无望中了。虽然呈现的媒介不同，《三个女人》与画家塞尚笔下的肖像画却具有相通的特质——塞尚通过重复的笔触和浓重的色块突出物体之间的关系，而斯泰因对重复的运用也是为了加深人们对情感纠缠和思维凝滞的认识。有批评家指出，《三个女人》的创作手法受到了塞尚夫人画像的影响，"从扶手椅那柔和的红色，到模特外套上的灰蓝色，到背景中昏暗的墙纸……似乎都让肖像嵌入永恒。格特鲁德重复的句子，通过一个个的短语，每一句都在夯实人物的质地"。⑥实际上，从宏观的角度来看，《梅兰克莎》原本就是一种重复，它脱胎于对《证讫》的改写，杰弗森·坎贝尔的观点和话语是对《证讫》中阿黛尔这一人物的直接挪用，只不过同性恋的白人女孩变成了异性恋的黑人医生。这种对特征、种族和性取向的整体迁移实际上代表了斯泰因对性格原型的浓厚兴趣，也造就了她极为简约和多义的先锋创作方式。

《美国人的诞生》：元小说和语言无政府主义的先锋实验

斯泰因的皇皇巨著《美国人的形成》以陌生化的句式和时态、反认知的重复以及对关联词超出常规的运用，造就了美国文学史上的一本奇书。

这本书创作的年代非常早，斯泰因从 1902 年左右开始动笔，到 1911 年完成，几经易稿，1925 年才最终出版。现在市面上的 1995 年版最为完善，全书近千页。⑦斯泰因曾经在《艾丽丝自传》中做过非常直截了当的判断，称自己的《梅兰克莎》是"文学离开 19 世纪、迈向 20 世纪的坚定一步"。⑧在写给著名摄影师卡尔·范·维克腾（Carl Van Vechten）的信中，她将《三个女人》比作自己的"大女儿"，而《美国人的形成》就是"大儿子"，⑨可以想见后者在斯泰因心目中的重要地位。即使在现代主义文学史上，这也是一部里程碑似的作品。斯泰因动笔的时候，艾略特还在上中学，乔伊斯和伍尔夫不过初出茅庐，庞德才读完大学，而福克纳刚刚八岁，因此有学者认为，这本书"见证了现代实验主义出生时的场景"。⑩不管这本书在今天看来多么怪异，其中的先锋性有着多么不成熟的表现，人们始终不能否认它在表意和表征方面所做出的突破性努力。

《美国人的形成》具有一个宏伟的民族性目标，这让它的写作意图在其创作的年代具有谱系和历史文学化的先锋意义，而其文本操作层面的创举让斯泰因早在后现代主义之前，就开始了元小说和语言无政府主义的先锋实验。这部小说以赫斯兰德和德宁两个家族的发展和谱系为核心，谈论美国身份和民族性格的形成。其实，做出这样的概括并不容易，也不准确，因为这本洋洋洒洒将近一千页的小说缺乏情节故事的骨架，文本里面充满了个性、种类和基本特征的展现，循环往复。有评论家指出，《美国人的形成》"完全是一部野心之作，类似于一部自传体小说，一部家庭传奇，一部现代主义版的'教育小说'"，同时，它也是"关于心理特征和类型学的综合研究"。⑪斯泰因在构思这部作品的时候，实际上是在回应美国民族主义的呼声，希望创造出与"美国""美国人"和"美国文学"相称的作品。

不过，她近乎激进的语言实验，让读者在面对这部巨著的时候难免望而却步。重复、即兴离题和小词的运用是这本小说最突出的语言特点。斯泰因在创作人物肖像的时候，就十分重视"重复"在语言表达中的哲学意义，例如她的名句"玫瑰是一支玫瑰是一支玫瑰是一支玫瑰"就是通过重复让人正视词语本身的价值。在《美国人的形成》中，她在小说的不同阶段甚至会进行大段的重复，其目的是展现"相同的词语是如何来表现不同的意义的"。⑫即兴离题，实际上是对英语文学传统中劳伦斯·斯特恩（Lawrence Sterne，1713—1768）风格的继承，它脱离了叙述的逻辑安排，走向了意识流，展现出了人类头脑中原始的思维工作状态，"这种只对她自己的笔和头脑运作感兴趣的自我中心主义,引导着(斯泰因)走向了元小说"。[13]小说中大量的关联词和代词的运用是斯泰因继名词革新之后的又一创新之举,其背后的哲学意义是破坏语言规则,从而质疑社会秩序,其中包含着"借由打乱词语秩序从而破坏等级制度的激进暗示"。[14]总体来说,《美国人的形成》通过激进的先锋文本实验为斯泰因博得了名声,但是同时也让她面临失去读者的危险,这对渴求名望和市场的斯泰因来说无疑是一种打击。

《艾丽丝自传》:半虚构式的先锋传记实践

1933年,斯泰因包装了自己的先锋实验性,出版了一本"平易近人"的传记类半虚构小说《艾丽丝自传》,其腹语术式(ventriloquism)的创作方式即使在今天看来,也是对自传和虚构文学界限的挑战和革新。《艾丽丝自传》延续了影射小说(roman à clef)的传统,同时以腹语术式的文本生产提供了传记文学的一种新的可能性。小说中的叙述者或者说发声者是斯泰因的伴侣托克拉斯,但真正的作者却是斯泰因,她仿佛是腹语表演的演员,艾丽丝则是演员手中的玩偶。小说标题"艾丽丝自传"和作者"格特鲁德·斯泰因"之间形成了堂而皇之的悖论谎言。在文本的结尾处,斯泰因也毫不避讳这层"假托"关系,小说最后一段中她以托克拉斯的口吻写道:"六周前,格特鲁德·斯泰因对我说,看起来你永远都不打算写那本自传了,你知道我会怎么做,我会替你把自传写出来,就像笛福(Daniel Defoe,1660—1731)为鲁滨逊·克鲁索写的那样明白易懂。她写了,就是你们眼前看到的这本书。"[15]到此,读者不免感到困惑,文本中的艺术观到底属于斯泰因,还是属于托克拉斯眼中的斯泰因,抑或属于斯泰因所观察到的托克拉斯对自己的看法? 斯泰因为什么要将托克拉斯当作叙述者,而不是直截了当地写一部自传? 既然是"艾丽丝自传",为何艾丽丝几乎通篇不谈自己的事,而仅把自己当作斯泰因及其艺术圈子的观察者? 这是否表达了斯泰因极度自恋的心理?

实际上,腹语术文本生产的目的正是让托克拉斯成为斯泰因这样的现代派艺术家与普通读者之间的传声筒。斯泰因在小说中反复使用的一个关键词是"天才",她认为自己是天才的代表,而托克拉斯这样的人是天才周围的簇拥者,或者说是"半内行";"半内行"也拥有一些直觉能力,虽然与天才艺术家相比还有很大差距,但这种发现天才的能力使之适合参与到腹语术式文本生产中。《艾丽丝自传》的开篇处写到,托克拉斯在与

斯泰因初次见面的那一刻就对后者产生了深刻的印象,"在人生中,我只有三次遇到了天才,而每一次我心中都叮咚一响,我的判断从未出过错……这三位天才是格特鲁德·斯泰因、帕布罗·毕加索和阿尔弗莱德·怀特海"。⑯此处的描述非常微妙,托克拉斯的叙述视角落在多年之后,描述的却是初见天才时的直觉,两者之间的时间差"证明"了托克拉斯直觉的准确性。但在文本生产和出版的时候,这种"证明"实际上还未得到充分的公众认同,彼时的出版市场和普通读者仍把斯泰因视作一个怪才,《艾丽丝自传》将斯泰因的天才当作"既成事实"是一种相当强硬的艺术观兜售和个人宣传手段。

考虑到托克拉斯的形象在这里实际上是腹语术表演的前台玩偶,真正的执笔者是斯泰因,腹语术式文本生产就具有了相当程度的个人形象营销目的。如果将文本逻辑重新整理,对"天才"认识和认同的顺序应该是:斯泰因首先肯定自己及圈中某些艺术家是天才,托克拉斯拥有认识和发现天才的能力;普通的圈外读者对天才好奇,但却不能理解天才的世界,因此需要托克拉斯这样的人作为中介。托克拉斯比普通人离天才更近,但在对艺术的感悟和理解上都比天才慢了几步,这种"迟来的觉悟"却正让她与普通人之间产生了契合,方便她运用与天才不同的方式对普通人作出解释。这种"不同的方式"就是文本腹语术产生的动因。腹语术式的自我宣传降低了斯泰因传统风格的难度,其背后隐藏着现代主义文学生产和消费过程的诸多因素,创作目的、营销手段和市场动力均在其中发挥着效力。

斯泰因矛盾的女性观

作为一位极具争议的现代主义女作家,斯泰因到底对其女性身份抱有什么样的态度,以及她的女性观如何,历来是学界关注的重点。不难发现,"女性"是让斯泰因感到依赖但同时又不乏恐惧的话题。她不喜欢谈论女性,总是刻意把自己与其他女性区别开来;但与此同时,她的创作目光又从来没有离开过女性,其创作的先锋性有很大一部分仰仗其文学表现与传统父性话语逻辑的决裂。正如一位学者指出的那样,斯泰因的前卫性在于,"她在以男性为主导的文学文化氛围里写作,却创作出有别于男性的另类文学文化,而且随着时间的推移,这种另类愈发显得从容自觉,有关女性的写作变得越来越细致。虽然斯泰因会瞧不起女人,但是她倾其一生写女人,觉得女人作为写作对象比男人更有意思"。⑰

不过,我们必须要指出的是,斯泰因在塑造自己的身份和形象的时候,将"女性"与"弱者"挂钩,对她们的事业表现出明显的不屑一顾。她曾经对朋友说,不是她不关心女性事业,而是"它们并非她的责任"。[18]更有甚者,她在一篇题为《美国女性的衰退》("Degeneration of American Women",1901)的文章中,发表了相当反动的性别言论——她从爱国主义的视角出发,认为美国文明在与旧世界的竞争中如果落入下风,责任正是在于妇女,"特别是受过教育的妇女",因为"她们追求教育,而不是按其本分繁衍后代"。[19]这种女性观念几乎骇人听闻,而斯泰因也似乎自动把自己排除在女性群体之外。在巴黎左岸的文化圈子内,斯泰因也以"权威"和"天才"为目标,经营着自己的形象。她对文学地位的渴望使她竭力塑造自己"高眉"艺术家的形象,让自己跻身艺术权威之列,抛弃弱势的女性身份。例如,她在《艾丽丝自传》中完全剔除了女性艺术家的重要性。伍尔夫就曾在日记中抱怨斯泰因在这样一部名流云集的作品中完全没有提到自己。[20]其他女性人物在《艾丽丝自传》中也很少被赋予"艺术家"的地位,通常她们是作为杂志编辑、出版人等文学辅助者出现,或者干脆被称作"天才的妻子们"——斯泰因借托克拉斯之口写道:"天才们来与斯泰因交谈,而他们的妻子则与我坐在一起。"[21]斯泰因为自己设计的理想身份于此可见一斑。

总的来说,为了确实树立自己文学天才的形象,斯泰因在一个女性容易被边缘化的社会环境中,摈弃身上的女性元素,以牺牲女性身份为代价,提升自己作为名流、艺术家的地位。她所选择的交往模式和文学表现手法是其对文学市场做出的一种自发选择,体现了其文本营销的倾向性策略。从这个角度来看,斯泰因的先锋派小说既具有深刻的女性元素,也包含她在特定社会环境、历史阶段和交往社区中所展现出的摇摆而尴尬的性别立场。

第 二 节

埃德纳·费伯:中产阶级女性历史小说

20世纪上半叶美国女性小说的发展呈现出多方向性的特点,其中一个分支就是与美国历史的想象性融合。埃德纳·费伯(Edna Ferber,

1885—1968)是这方面的佼佼者,她的作品也许在艺术手段上不够细腻新颖,但其历史主题和对时代浪潮的反思,延续和发展了美国文学史上一条女性历史小说的线索。这条线索以斯托夫人(Harriet Beecher Stowe,1811—1896)、海伦·亨特·杰克逊(Helen Hunt Jackson,1830—1885)为先导,以艾伦·格拉斯哥(Ellen Glasgow,1873—1945)、薇拉·凯瑟(Willa Cather,1873—1947)为中继,在埃德纳·费伯和玛格丽特·米切尔(Margaret Mitchell,1900—1949)的笔下得到了广大读者和电影市场的认可,在大众文化中产生了广泛影响。费伯是一位高产作家,同时她很强调故事的可读性,因此她的小说往往情节丰富,对历史和时代精神的把握符合美国中产阶级的情感需要,但在艺术理念上没有突出的创新,这让她与同时代的现代主义作家相比显得较为保守和传统,但从对大众文化的影响力来看,费伯在当时的文学市场中代表了一股不可忽视的力量。

生平传略与创作成就

费伯出生于匈牙利裔犹太人家庭,自幼就表现出很强的文字天赋。大学毕业后,她曾经在新闻媒体工作过一段时间,这一经历对她了解美国社会、构思基于美国历史浪潮的小说多有裨益。费伯的创作期从1911年持续到1963年,其间共出版了30余本小说和传记作品。"埃德纳·费伯"的名字在美国书市和电影市场上几乎成了一个文化现象,她的作品长期占据畅销书榜,并数次被改编成音乐剧和电影,很多批评家因此将她归入通俗小说家的行列。实际上,早在1925年,她的小说《如此大》(*So Big*,1924)就曾获得普利策奖,应该说她在一定程度上得到了严肃文学界的认可。此后,她出版了一系列以女性为主要人物的小说,如《演艺船》(*Show Boat*,1926)、《锡马龙》(*Cimarron*,1930)和《巨人》(*Giant*,1952)等,受到了美国本土读者的热情追捧。但是,在她过世之后,其作品由于缺少审美艺术形式上的突破,渐渐被评论界遗忘。从今天读者的视角来看,费伯的作品主要具有历史意义,能够为读者提供一些当时的文化视角和历史素材,帮助人们更好地理解美国特定历史时期的大众思想。

《如此大》:中产阶级女性视角下的拓荒运动

在费伯的众多作品中,与美国历史大时代浪潮以及中部、西南部开疆拓土等主题相关的创作往往最受关注。这些作品的共性之一就是以女性的视角观察时代变迁,展现人物在社会生活中的体验。它们符合美国主流社会的审美趣味,代表了中产阶级对美国历史的认同。在《如此大》中,芝加哥中西部的大草原和农场为故事的展开提供了舞台。这里是荷兰移民的聚居地,小说的女主人公塞琳娜·皮克作为外来者不仅需要融入全新的自然环境,还必须融入当地的社会环境。她来到大草原时满怀拓荒者的精神,对亲手开垦一片土地充满向往。然而她很快就发现,这里荒寂的大自然虽然呈现出旷野的美感,但也将她与自己原本熟悉的社会环境隔离开来,她必须依靠顽强的拓荒精神才能够实现自己的理想。塞琳娜身上的现代意识必然与传统欧洲移民身上的保守意识发生冲突,她与当地人佩维斯·德容的婚姻就是这种冲突的具体体现。塞琳娜希望使用现代的技术手段革新农场的管理方式,而佩维斯和大草原上的其他男性农场主则将她的想法视作天方夜谭,他们满足于祖先留下来的传统方法,同时也不希望女人插手男人们的"重要事务"。在这样一个传统而封闭的父权社区中,女性拓荒者必须凭借强大的精神力量才能够立足。

《如此大》的历史背景设定于19世纪末至20世纪初,这是一个现代性逐渐凸显、意识形态发生变迁的时代。塞琳娜与儿子的差异恰恰体现出美国社会在这个意识形态不断变动的时期所面临的困境:拓荒者的传统无以为继,新的价值体系尚未形成。塞琳娜虽然在农场上与粗犷的大自然和辛勤的劳作相伴,但她并没有丧失对艺术和美的追求,甚至将这种理想寄托于儿子德克身上。然而这个乳名叫"如此大"(So-Big)的孩子并未继承母亲的拓荒精神和艺术素养,而是屈服于当时在美国逐渐形成的金融浪潮和消费精神,成了一名证券销售员,与艺术和美绝缘。这样的情节安排不免带有"突降"的意味,讽刺地回应了小说的标题,但同时也反映出费伯的女性精神和历史眼光,正如评论家所指出的那样,"《如此大》是费伯第一部思考拓荒女性的小说,探讨她们在国家发展中留下的精神遗产。费伯所执着的不仅仅是塞琳娜对土地与经济所产生的实实在在的影响,还包括她的智慧和精神禀赋"。② 可以说,在一个庸碌的男性社区中,女性成了物质和精神的双重支柱。

《演艺船》：中产阶级女性视角下的种族融合问题

在关注女性拓荒者的同时,费伯也通过女性的视角来表现美国历史上的种族问题,特别是南北战争之后的异族通婚现象。《演艺船》就是这样一部小说,在其跌宕起伏的情节背后,费伯较为完整地呈现了自己的历史关怀和艺术理念。她将美国文化历史上独有的"演艺船"现象当作故事

的有机背景,利用船上来来往往的人员流动,引出一场关于"异族通婚"的争斗。如何确定《演艺船》中的核心事件,读者和批评家历来众说纷纭。一个最明显的例证就是,这部小说在百老汇和好莱坞都曾被数次改编并搬上舞台和银幕,而每一次的改编都各有侧重,表现出编剧对费伯文本的差异性解读和运用。

然而,从历史小说的角度来考察,我们不难发现费伯对数个重要历史文化现象的文学表现都隐含于"异族通婚"的情节线索之中。故事开始于19世纪末,安迪·霍克斯船长和妻子拥有一艘演艺船,往返于密西西比河畔的小镇之间,为小镇居民提供演出和娱乐。船上有一名叫朱莉·多泽尔的漂亮女演员,她的美貌引起了技工皮特的色欲。在骚扰未能得手的情况下,皮特愤愤不平,决定向密西西比当地的一名治安官告发朱莉和她的丈夫斯蒂夫·贝克违反"反异族通婚法"(anti-miscegenation law)。原来朱莉有一半黑人血统,依照"反异族通婚法",白人与黑人不能缔结合法婚姻。斯蒂夫在得知皮特的卑劣举动后,割破了朱莉的手,喝下妻子的血。当治安官到来后,他问道:"如果一个白人体内有黑人的血的话,他就不能算白人了,是不是?"治安官回答说,在密西西比,"只要你体内有一滴黑人的血,就算是黑人了"。[23]斯蒂夫宣称自己体内有黑人的血,在演艺船上众人的帮助下逃掉了一劫。实际上,费伯是在为《演艺船》的故事进行实地考察、积累相关历史素材的过程中,听闻了这样一则真实的"异族通婚"事件,事件激起了她的兴趣,从而为这部以演艺船事业兴衰为大背景的小说增添了一个重要的历史维度。[24]"反异族通婚法"在美国有相当长的历史,早在17世纪末北美的13个殖民地就遵从这样的规定,进行了种族隔离。直到1967年,美国的最高法院才宣布"反异族通婚法"违宪,并将之彻底废除。费伯在这本1926年发表的小说中,以一个戏剧化的故事,从侧面展现历史上种族隔离的面貌,具有回顾和反省历史的意味。

此外,"演艺船"本身也是历史的一个侧面,它的兴起和衰败伴随着美国中西部的发展和经济转型所带来的社会变化。《演艺船》中故事的时间跨度长达40多年,从南北战争战后重建到"镀金时代"的芝加哥,再到20世纪的重大社会变迁,小说文本充分表现了"演艺船"这一特殊行业的潮起潮落,以船上演员的命运纠葛展现出被宏大历史所忽略的小人物的挣扎与辛酸。实际上,在20世纪20年代费伯为创作《演艺船》准备素材的时候,这一风靡一时的文化艺术现象已经成为历史。演艺船最终无法抵挡时代的潮流,被电影这种更具现代特征和娱乐功能的艺术媒介所取代。

费伯通过她的小说记录和再现了一个历史时代和文化潮流。有趣的是，这部小说被反复搬上电影银幕，被电影取而代之的艺术形式反而在电影银幕上得到了延续历史记忆的机会。

《锡马龙》：中产阶级女性视角下的西进运动

作为一位具有强烈美国意识的历史小说家，费伯的西部小说创作在美国文学史上也占有一定的地位。《如此大》《美国美人》（*American Beauty*，1931）、《夺妻记》（*Come and Get It*，1935）和《风尘双侠》（*Saratoga Trunk*，1941）都带有西部色彩，但是她最伟大的西部小说，还当属《锡马龙》。[㉕]这部小说在市场上取得了惊人的成就，其改编的电影也为人津津乐道，更重要的是，它挑战了以男作家为主导的西部历史小说书写。费伯的历史小说创作注重史料的收集和细节的表现，《锡马龙》中的一个重要历史事件就是 1889 年的俄克拉何马"抢地热潮"（*Land Rush*）。在动笔之前，费伯花了将近两年的时间做采访和阅读文献资料，她对"抢地热潮"时期的拓荒心态、白人与印第安人的冲突以及后来的石油热进行了深入调查。她希望在小说中将传统的西部叙事与"女性视角、印第安人以及其他的少数族群问题"糅合并平衡处理。[㉖]

费伯笔下的西部是一个充满冲突和活力的场域，它融合了殖民者和被殖民者、白人和印第安人、男人和女人、自然与工业之间的制衡。小说男主人公杨西·克拉瓦特代表了当时美国人躁动不安、渴望开拓的情结。他执意放弃在堪萨斯州稳定安逸的生活，带着妻子萨布拉来到俄克拉何马州，诱因是该州为了刺激发展而发布的抢地政策。该政策采取"先到先得"的方针，吸引了大批拓荒者。历史上，1889 年 4 月 22 日那天，半天之内俄克拉何马城（Oklahoma City）凭空而建，人口数量达到一万多，这样罕见的景象令人叹为观止。在俄克拉何马州，人人都知道"Sooner"和"Boomer"这两个英文单词的特殊含义，它们分别表示"捷足先登者"和"赶往新兴地区安家的人"，这两个称谓承载了一段历史记忆。在新兴城镇抢到土地的人迅速建立起自己的社区，银行、教堂、报社、出版社等设施大量涌现，呈现出一副欣欣向荣的景象。杨西和妻子萨布拉就在新兴城镇以刊发新闻报纸为业。杨西在他的报纸中以公正的精神为导向，在当地引起了人们的关注，他惩恶扬善的形象逐渐深入人心。然而，杨西身上最具争议的特点就是他永远不能安分的内心——他永远需要"在路上"。因此，当报纸渐入佳境时，他向妻子提出要离开家，离开两个孩子，

追求下一个待开垦的目标。利用这样的人物设定,费伯得以在她的西部小说中为女性争取到了极大的出场机会。

在《锡马龙》中,男主人公的早早退场让这部小说成了真正的女性西部史。萨布拉在杨西走后一人承担了家庭主妇、女商人、女殖民者和女政治家等多个角色。她将家里收拾得井井有条,把两个孩子抚养成人,经营报社,将原本野蛮荒寂的西部定居点打造成"文明"世界的模样,甚至最终通过自己的努力当上了女议员。这样的安排打破了传统西部小说中男性攀登社会阶梯的模式,把女性"书写"进了宏大的历史之中。实际上,在费伯的历史小说中,女性人物通常是经验的中心,读者通过她们感受时代洪流的变化。

然而,值得注意的是,费伯虽然将女性置于历史浪潮的中心,但她并没有对女性人物一味褒奖。她看到了人物的多重身份,肯定了萨布拉作为拓荒者的勤恳和毅力,但也注意到白人女性殖民者天生的优越感,因此她在小说中深入刻画了印第安人在被殖民、在家园遭到掠夺时所感受到的不公。西进运动作为美国历史上长达一百多年的群众运动,既有其鼓舞人心的一面,也具有极大的复杂性和争议性。萨布拉带着文明社会的骄傲将"荒蛮"建设成理想的家园,但是她一厢情愿的干涉是否也同样具有破坏作用? 在费伯看来,萨布拉对待印第安人的态度是具有一定历史代表意义的。她看似温和,但并不真正希望与这些"少数人"融合;她只是希望按照殖民者的想象,创造西方"文明社会"的镜像,肃清原住民的生存痕迹。作为一名犹太裔作家,费伯非常清楚"少数人"的感受,渴望看到异族之间的深度融合;她曾将美国比作"国家中的犹太人",认为真正的美国精神是极强的适应性和融合性。[②]这是费伯作为历史小说家非常值得肯定的一面,她避免将小说当成单纯的歌功颂德、塑造宏伟景象的场所。但与此同时,我们不能否认,费伯小说的批判追求,往往让位于中产阶级历史小说强调故事性的需求,其批判是点到为止的。例如,印第安人与白人之间的问题虽然得到了一定程度的揭示,但当萨布拉的儿子最终娶了一名印第安女孩为妻时,严肃的历史问题似乎又在个人情感中得到了化解。

总体来说,费伯的历史小说创作以及它在大众市场上受到的追捧是美国女性文学史上一个值得关注的现象,它既代表了个体作家对美国历史和时代精神的解读,也因为它与女性的特殊关系而成为被解读的对象,为读者理解美国历史,特别是与女性相关的历史提供了文献资料。费伯的中产阶级女性历史小说具有一些鲜明的特点。在她的创作中,"强大的女主人公"形成了一个突出的人物群体,不论是《如此大》中的塞琳娜,还是《演艺船》中的玛格诺莉娅,或是《锡马龙》中的萨布拉,都不再是历史小说中的陪衬角色,她们占据了舞台的中心,表现出女性在一个国家历史形成中的作用。费伯的创作主要发生在1920年之后,而1920年在美国妇女的政治地位史上具有重要意义,那一年美国女性获得了选举权,历经几十年的斗争终于取得了阶段性成果。即使社会整体意识的改变仍"道阻且长",但女性在历史中的"在场"成了迫切需要被表达的内容。作为一名犹太裔女作家,费伯的女性历史小说关注美国历史上民族和种族的融合,并将此视为美国未来发展的必然方向。有批评家指出,费伯实际上意识到"种族融合不单纯是南北战争之后的必然状况,不论是得到拥护,还是引起一些人神伤,种族融合都是美国国家历史的一部分"。⑧

费伯在当时大众文学市场引起的关注是特定历史语境下的现象,对美国中产阶级来说,费伯笔下的人物精神保留了"维多利亚主义"的传统,其吃苦耐劳、自力更生、追求社会进步等精神都符合当时美国社会的主流价值观。虽然费伯与海明威(Ernest Hemingway,1899—1961)、菲茨杰拉德(F. Scott Fitzgerald,1896—1940)、斯泰因(Gertrude Stein,1874—1946)等人是同时代的作家,但从文学特性上来看,他们吸引的是不同的群体和社会阶层。在表现对象和主题思想方面,费伯的中产阶级女性历史小说确实在特定时代拥有一定的社会价值,但是从文学艺术的角度客观评价,费伯的创作缺乏美学深度,语言文字缺少雕琢,过分迎合中产阶级的审美趣味,过分强调小说的故事性,这也是为什么她虽曾名噪一时,却很难在文学批评中占据一席之地的原因。

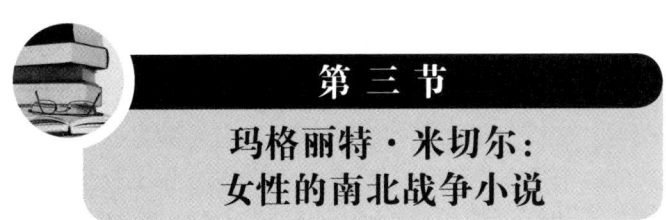

第 三 节
玛格丽特·米切尔:
女性的南北战争小说

美国女性文学史上,不乏因一本书成名并留名的作家。哈里耶特·比彻·斯托(Harriet Beecher Stowe,1811—1896)的《汤姆叔叔的小屋》

（*Uncle Tom's Cabin*，1852）和玛格丽特·米切尔（Margaret Mitchell，1900—1949）的《飘》（*Gone with the Wind*，1936）是两个最常被读者提起的例子。巧合的是，这两本出版时间相差几十年的小说都与南北战争有着深刻的联系。斯托的《汤姆叔叔的小屋》揭示了奴隶制的不公和将人商品化的罪恶，在某种程度上激化了蓄奴与废奴两种主张之间的冲突，间接推动了南北战争的发展，成为美国"抗议文学"传统中的一部分。应该说，《汤姆叔叔的小屋》是一本参与了历史进程的小说。米切尔的《飘》则从后人视角展现南北战争和战后重建时期南方人，尤其是南方女性的生活和社会变化。根据小说改编的同名电影于 1939 年上映，其宏大的场景和史诗般的制作让这部小说更为长久地留存在了读者的视野当中。

生平传略与创作成就

玛格丽特·米切尔于 1900 年出生于一个富裕的南方家庭。她的一生深深植根于佐治亚州的亚特兰大。米切尔的父亲是一名律师，而她的母亲不仅是一名律师，还是一位女性运动的积极推动者。米切尔的祖上来自苏格兰，于 18 世纪移民并定居于美国南部。她的祖父曾在南北战争中参加南方的邦联军（Confederate States Army），这对她产生了不小的影响，让她对南北战争以及南方人的处境和状况生发出浓厚的兴趣。米切尔的外祖母一支是从爱尔兰来到美国的移民，其家族拥有丰厚的物质财富。外祖母对孩子的开明教育，也让他们了解到爱尔兰人在这块土地上受到的歧视。这种对歧视和不公的反感，显然是米切尔创作的情感动力。

虽然与斯托夫人留名于世的情形有相似之处，但米切尔的创作产量远少于这位前辈。她从青少年时期起就对文学创作产生了浓厚的兴趣，十几岁时便写出了颇有趣味的中短篇故事。其中的一部作品叫作《失落的列森岛》（*Lost Laysen*，创作于 1916 年），讲述一个发生在南太平洋小岛上的多角爱情故事。小说女主人公性格强硬、魅力十足，已可见米切尔笔下人物的端倪。这篇少年之作被米切尔送给当时的男朋友，直到他去世仍不为人所知。书稿在 1994 年被人发现，于 1996 年出版。[①]据说，米切尔还写过一本长达 400 页的长篇小说《四巨头》（*The Big Four*），但手稿佚失，后人无缘得见。除此之外，米切尔还曾以专栏作者的身份，为亚特兰大当地的杂志撰稿，写过不少小故事和评论文章。米切尔性格孤僻，在她去世后，其个人手稿和文件等大多按照遗嘱被彻底销毁。因此，读者对她的主要印象还是停留在《飘》这部小说上。

米切尔在世期间只出版过《飘》这一本小说，然而，它鲜明的人物形象和宏伟的历史气魄立刻征服了当时的美国读者。《飘》获得了 1936 年的美国国家图书奖和 1937 年的普利策奖。它在当时几乎无与伦比的风头与后来在美国文学研究界受到的冷落形成了尴尬的对比，批评家把它当作艺术上乏善可陈的通俗小说，甚至连内战文学研究者都没有给予它足够的重视。㉚此外，由于它不像《汤姆叔叔的小屋》那样真正参与了历史进程，也难于从外部研究的视角得到充分关注。尽管如此，我们仍不能忽视它在美国女性小说史中的地位。客观上来讲，它将女性作家的受欢迎程度提升到了一个新的层次。

《飘》：非战斗人员的战争小说

在众多美国内战小说中，米切尔的《飘》对南北战争所持的态度是比较独特的。它并没有把内战描绘为一场让人热血沸腾的较量。虽然战争是小说最主要的历史框架，但文本对战斗场面的描写十分稀薄。相较之下，战争对非战斗人员的影响成了书中最具冲击力的内容。这与占据意识形态主流的内战小说家的风格有很大差异。从历史学家和社会学家的角度来看，南北战争发生的原因与经济制度有着深刻联系。19 世纪中叶，北方的工业化如火如荼地展开，而南方仍保留着种植园式的生产方式。北方资本主义亟需通过解放黑奴来增加生产力的流动性。两种经济方式的巨大差异导致了尖锐的矛盾，南部诸州试图脱离联邦，战争由此爆发。曾有学者分析北方和南方的内战小说家对这场战争所做的不同表现，指出"正统的观点认为这是一场解放黑奴、维护联邦统一的伟大战争；同情南方，欣赏南方传统农业经济及子虚乌有的田园牧歌式生活方式，反对北方资本主义侵入者则认为内战是北方工业资本主义对南方的侵略、压迫与掠夺"。㉛

米切尔显然并不属于北方作家的传统，但是她也没有在小说中赞同南方作家的激烈立场。实际上，在小说一开篇，她就借斯嘉丽的出场表达了一种非战观点：虽然萨姆特堡战役的消息传来，但斯嘉丽对此并不关心，因为"战争是男人的事，与淑女无关"。㉜可以说，尽管《飘》几乎成了美国内战文学中最负盛名的作品，但它实际上并不像教科书那样凸显南北战争的意义和价值。这也就意味着，现在的读者更需要从文本产生的历史文化语境和作家的主要创作意图来理解小说的构造和成因。

必须指出的是,《飘》并不是一部创作于南北战争时期或战后重建时期的小说;它是一部历史小说,表现的是 20 世纪作家对一段历史的重构和理解。它的出现和市场狂热的接受态度与 20 世纪 30 年代的美国历史文化环境有关。由于 20 世纪前 30 年战争频仍,经济又经历了前所未有的萧条,"美国公众对历史小说和南方小说表现出强烈的兴趣",^⑬南北战争和战后重建这段时期与当时的社会环境具有一定程度的相似,人们希望借此获得信心和鼓舞。正如一些批评家指出,美国人民进入了"经济萧条和战争期,他们意识到一种文化危机,因而渴望找到令人满意的美国生活方式"。^⑭作为生活于这一时代的作家,米切尔感受到了读者的迫切愿望,实际上,她本人也正是时代的产物,但她对战争的理解并不像战争亲历者那般深切,因此难免对不熟悉的历史进行浪漫化的想象。

此外,在《飘》中,女性的成长和经历被前置,而南北战争实际上成为后置的历史背景。米切尔的传记作者就指出,《飘》应当被视作 20 世纪南方文化的独特产物,特别是其中对性别和女性气质的关注。^⑮也就是说,读者必须认识到,《飘》不仅是从女性的角度来写南北战争,而且是以 20 世纪女性的视角为出发点的,它带有鲜明的"新女性"时代特色。米切尔着墨的重点是女性如何在混乱纷杂的战争环境和历史背景下不断成长,她们的变化在战争外部环境的推动下得到了最为自然充分的表现。《飘》中虽然不乏各色男性人物,但他们经常身处战场,而小说的主要场景几乎都是后方的家园,这也就间接使女性成了小说真正的主人公。

《飘》:战争框架下的女性成长小说

从某种意义上说,与其将《飘》视作一部战争小说,不如说它是设定在战争框架下的女性成长小说。^⑯在小说人物的成长过程中,米切尔表现出对现代女性的理解,斯嘉丽生动鲜活的形象,以及她悖论式的魅力,都是值得在虚构文学史中留下印记的。斯嘉丽的遭遇不仅表现了一个女人跌宕起伏的一生,而且是与"南方"的死亡和重生联系在一起的。社会的动荡和变化改变了女性的性格和命运,小人物的生存与重大的历史事件发生了冲突,其中的妥协和挣扎让 20 世纪上半叶的美国读者产生了巨大的共鸣。

斯嘉丽的形象在美国女性文学史上十分突出,且具有很大的争议性。她具有许多传统女性人物身上罕见的极端特性,特别是她不符合人们对"南方淑女"(the Southern Ladyhood)的想象。米切尔对此有着清醒的认识，她曾在给友人的信中写道：“我的女主人公所做的一切都不是一个老派淑女应该做的。”⑰首先，她缺少南方淑女的矜持稳重。当发现自己喜欢的男人将与别的女人结婚时，出于自尊心受到的伤害和赌气性质的报复，她草率地嫁给了一个自己不爱的男人，其任性妄为由此可见一斑。其次，她对传统道德缺乏尊重。当南北战争的硝烟弥漫到后方，她发现生活与物质息息相关的时候，她甚至可以把自己当成商品推销出去，以换取商业启动的资金。再次，她缺少南方淑女对家人的温情。小说中斯嘉丽的母亲以及好友梅兰尼·汉密尔顿都是南方淑女的代表，她们对家人关怀备至，将家的责任摆在第一位。斯嘉丽的形象则与她们形成了鲜明的对照：她对几任丈夫都缺乏感情；为了达到目标，她可以毫不犹豫地抢走妹妹的未婚夫，甚至对女儿也不甚关心；她毫不在意地牺牲其他人的利益，甚至是生命。可以说，她几乎违背了南方淑女的所有行为准则。

斯嘉丽的弱点和缺点使她饱受读者的道德谴责，但同时也让她成为美国文学史上一个异常丰满的女性人物形象。人们意识到斯嘉丽的某些缺点在濒于破产的战后南方社会环境中转化成了一种近乎残酷和坚强的力量。斯嘉丽工于算计，自私自利，目的性极强，所有行动都具有非常实际的目标。曾有批评家指出，“斯嘉丽在读书时最擅长的科目就是数学；《飘》的女主角最重要的特点就是随时计算利弊得失”。⑱这让她时常做出令人咋舌的行为，比如在丈夫去世后不久，她就能愉快地参加社交舞会，因为她需要借此获得他人的青睐，博得一定的社会资本。然而，正是她工于算计的特点，让女性在战后破败的南方支撑起了重建的希望。

在这部女性成长小说中，米切尔借斯嘉丽的坚强、残酷和离经叛道，表达了她对“新女性”突破樊篱的设想，同时也间接地表达了对南方男性无所作为的批判。与传统南方淑女不同的是，斯嘉丽一直都渴望像男性那样拥有话语权。如果没有内战这样的时代动乱，她可能永远都不会有机会与男性平起平坐。她的经济规划能力、强大的信念和旺盛的生命力让她在战乱时期保护了其他的女性，而这些正是小说中的南方男性没能做到的。小说中几个重要的男性角色包括艾希礼·威尔克斯、白瑞德和斯嘉丽的父亲杰拉德·奥哈拉，他们虽然代表了南方男性的各种形态，但性格中都包含左右摇摆不定、优柔寡断的特点，甚至连自认恶棍、坏蛋的白瑞德也不能幸免。艾希礼作为南方庄园主的儿子，对战争的艰难和具有争议性的一面有着比较清楚的认识，但他的性格少谋寡断，因此他虽然参与战争，却表现得像一个漂泊者一般讷于行。在情感生活中，他优柔寡

断的性格得到了放大：他一方面从理智上选择了善解人意的典型南方淑女梅兰尼，另一方面又被斯嘉丽的激情和野性所吸引，他的缺少决断反而让更多的人受到伤害。白瑞德的玩世不恭是当时南方男性的另一种代表。他一开始并不把战争当回事，愤世嫉俗的态度让他在远离战争的同时也大发横财。但蹊跷的是，在南方将要溃败的时候，白瑞德又毅然参加了战斗。虽然这一行为主观上具有英雄色彩，但从客观上让受到他照顾的女性猝不及防。斯嘉丽的父亲杰拉德虽然温情脉脉，但他在庄园管理和个人生活上却是个靠不住的弱者。在妻子去世后，他发现没有妻子作为家庭真正的主心骨，自己并不知道如何维持一个种植园。在性别政治中，他扮演了虚荣但无力的一方，是米切尔眼中南方男性的一种代表。从这个角度来说，虽然《飘》的主线表现的是南北战争背景下南方女性的生活和成长，但它也间接地呈现出整个南方社会中两性的生存状态。

总体来说，《飘》的情节线索丰富，人物较为饱满，作为历史小说，为读者营造了一个可想象、可亲近的南北战争时期南方社会的形态，但是它也有不少明显的缺点。比如，作为南方的女儿，米切尔对北方人的处理有失偏颇。北方人在她笔下成了扁平的存在，他们所追求的事业并没有得到充分的表现，单纯成了南方独立与和平家园的破坏者。他们被描述成唯利是图、狡诈阴险之徒，煽动黑人和一些贫穷的下层白人造反。与此相应的是，米切尔对南方的种族问题和黑人受到的压迫没有充分的认识。批评家最常提到的一个对比，就是与《飘》同样于 1936 年出版的福克纳（William Faulkner，1897—1962）小说《押沙龙，押沙龙！》（*Absalom，Absalom!*）。两者都以南北战争为大背景，但福克纳借萨德本家族的悲剧和覆灭，透视了南方社会的诸多问题，尤其是对种族问题展现出锐利的眼光。但是，对黑奴问题和南方社会的诸多弊病，米切尔就显得避重就轻得多。在她的笔下，以杰拉德、斯嘉丽等人为主的南方种植园主似乎与黑人相处融洽，黑人女佣对她们的主人十分满意、忠心耿耿。然而，这些描绘即便适用于少数南方家庭，也无法掩盖南方社会整体建立在对黑人的剥削和不公之上的事实。米切尔对南北社会矛盾缺乏深入的理解和认识，对北方人的扁平化处理和对南方黑人问题的轻描淡写都成为她小说中最令人诟病的缺点。也正是这些缺点，让这部小说绕开了人性中最难处理的部分，缺乏对人性的深度揭示和思考，使其难以成为经典的严肃文学作品。

第四节

凯瑟琳·安·波特：
女性区域短篇小说

在 20 世纪，短篇小说这种艺术形式在美国得到了长足的发展。该领域中不仅出现了像舍伍德·安德森（Sherwood Anderson，1876—1941）和海明威（Ernest Hemingway，1899—1961）这样的大师，同时也培养了大批短篇小说的阅读者，创造了一个生机蓬勃的市场。在这个过程中，杂志起到了举足轻重的作用，如雨后春笋般出现的杂志每年发表大量的短篇小说，为新晋艺术家提供便捷的平台，与读者接触。然而，杂志数量的急剧攀升导致稿件需求量激增，滥竽充数之作不可避免地充斥市场。作家兼批评家罗伯特·潘·沃伦（Robert Penn Warren，1905—1989）就曾指出，"杂志确实提供了市场，但它也逐渐腐蚀了短篇小说"。[⑧] 由杂志经营和搭建起的短篇小说市场相对急躁，对作家的写作速度和成稿数量都造成了挑战。在这样的环境中，精雕细琢地打磨写作技巧，将短篇小说视作一门严肃艺术的作家就显得弥足珍贵，凯瑟琳·安·波特（Katherine Anne Porter，1890—1980）就是这样一位严肃对待短篇小说体裁的艺术家。

生平传略与创作成就

凯瑟琳·安·波特 1890 年出生于美国南部的得克萨斯州，原名凯丽·罗素·波特（Callie Russel Porter）。原本应该生活得无忧无虑的凯丽，却在两年后迎来了人生的第一个低谷——她的母亲于 1892 年去世了。无力照顾四个儿女的父亲将孩子们带到了祖母家抚养。这位祖母对年幼的凯丽产生了深远的影响，所以她最终使用祖母的名字"凯瑟琳·安·波特"作为自己的笔名。1906 年，年仅 16 岁的凯瑟琳与约翰·亨利·库恩兹（John Henry Koontz）结婚，并改信天主教，但库恩兹的暴力倾向让这桩婚姻没能持续多久，1915 年两人离婚。离婚后的凯瑟琳逐渐发现自己的兴趣和天分在于文学创作，于是她开始撰写一些批评文章，并

于 1918 年成为《洛基山新闻报》(*Rocky Mountain News*)的撰稿人。1920 年前后,凯瑟琳·安·波特深入到墨西哥当地进行考察和采访。她原本对墨西哥的左翼运动怀有强烈的好奇心和同情心,最终却因为运动领袖的行为失范而感到幻灭。这段经历对她的文学创作产生了很大的影响。

凯瑟琳·安·波特在长达 50 多年的创作生涯中,始终以一个艺术家的态度对待短篇小说体裁。她的产量不高,但作品意味隽永,具有高度的形式美,读后让人回味无穷。波特最早也是在杂志上发表作品,她的第一篇短篇小说《玛利亚·康塞普西翁》("Maria Concepcion", 1922)就发表在《世纪杂志》(*The Century Magazine*)上。令人惊讶的是,她的处女作就表现出以短小精悍的形式驾驭宏大题材的能力。她的 3 部短篇小说集《开花的犹大树》(*Flowering Judas*, 1930)、《灰色马,灰色的骑手》(*Pale Horse, Pale Rider*, 1939)和《斜塔及其他故事》(*The Leaning Tower and Other Stories*, 1944)奠定了她一流小说家的地位,并为她带来了崇高的声誉。[40] 1964 年,波特 3 个短篇故事集中出现过的 26 篇故事结集出版,这本《凯瑟琳·安·波特故事集》(*The Collected Stories of Katherine Anne Porter*)记录了她的艺术轨迹,其高超的艺术水平和文学深度让读者为之叹服。故事集荣膺 1966 年的美国国家图书奖和普利策奖。

波特的女性区域小说

波特的短篇小说具有女性区域小说的特点,它们不仅突出女性的内心世界和她们对外部世界的观察,而且在故事背景方面颇为考究,往往与波特的个人生活轨迹和游历有着深刻联系。曾有学者明确指出,"波特短篇小说的一个显著的特点是作为语境的地理位置特别清楚,体现了波特强烈的区域意识",并认为根据语境特点,波特的故事可以分为墨西哥类、南方类、新英格兰类和战争地理四类。[41] 的确,显著的区域特征和对区域内人物的敏锐观察及表现,是波特短篇小说的突出特点。

波特的区域短篇小说之所以具有强烈的冲击力,很重要的一个原因是她的虚构故事提炼了现实体验的深度,与她的成长经历和生活环境相结合,既给读者带来新鲜感,也让人在阅读后回味反思人性的普遍状况。波特人生中的某些重要经历曾反复以各种叙述形式出现在她的创作中,反映出她对现实世界和人与人关系的理解。其中最为突出的包括她对家人的理解、对婚姻生活的思考、对墨西哥经历的反思以及对南方生活的观察。

在波特的区域小说中,家庭是一个极为突出的存在,它通常以大家族的形式出现,或者以某一两个人物想象中的大家族出现。这是因为在波特生长的美国南方,家庭尤其是大家族的存在感和重要性比在北方更加强烈和明显,它们具有承载传统、美化现实的意义。而波特冷静乃至冷酷的观察,往往会撕去家族关系中想象的面纱,透露出人性赤裸的愚昧和残酷。其次,在波特的区域小说中,婚姻问题也是不容忽视的,这与她的人生经历有着丝缕相连的关系。波特在十六岁时曾与一位铁路职员私奔,婚后的生活却让她极为失望。在波特经历了家庭暴力和丈夫酗酒之后,这段婚姻以失败告终。后来她又有过几次婚姻经历,但都不尽如人意。在波特的区域短篇小说中,对婚姻和爱情的怀疑与失望及地域特色结合起来,揭示了一定区域内人的虚伪,让故事既拥有具体可依的文化背景,也具有对普遍人性的质疑和拷问。遗弃与背叛是其小说中反复出现的主题,这也源于她对婚姻生活的敏感和深层的信任危机。另外,波特特殊的墨西哥经历也成为她小说创作的重要素材。她曾在墨西哥工作和生活多年,其间与墨西哥左翼政治运动领袖相熟,对墨西哥革命有着切身的体会和思考。她的作品既表现出对这个热情国度的兴趣,又充满对其中革命领袖个体的怀疑以及对革命理想受到个人庸俗私欲挟持的讽刺。区域环境与个人体验的融合让波特的小说产生了直击人心的力量。

"米兰达"系列故事：女性的目光

在波特的女性区域短篇小说中,一个引人注目的现象就是"米兰达"这个角色的反复出现。"米兰达"似乎成了波特的代言人,她来自美国南方。有趣的是,她既可能以小孩子的形象出现,也可能是一个青年女性。"米兰达"系列故事并不以时间顺序来呈现一个女人的一生,而是以一种内在的精神联系统筹南方女性米兰达的成长经历。这个人物获得了一种注视、观察的视角,对波特来说,它与女性在这个世界中的存在状态是相符的。"米兰达"这个人物的名称历来是批评家争论的焦点之一。一个比较常见的说法是"米兰达"借用了莎士比亚名剧《暴风雨》(*The Tempest*,1611)中女主人公的名字。在莎剧中米兰达生长在孤岛上,为人善良,富有同情心,对人世间的罪恶缺少防范心理。这样的形象也符合波特对"米兰达"的设想。在她的笔下,米兰达通常天真无邪,不设防地相信他人,但同时她也天资聪颖,能够将自己的疑惑暗自保留,从而为后来的人生感悟留下足够的空间。在阅读的过程中,读者通过米兰达的眼光理解世态人

情,能够获得一种深层次的心灵感悟和体验,这种写作手法与乔伊斯(James Joyce,1882—1941)的《都柏林人》(*Dubliners*,1914)有相近之处。还有一个比较常见的说法,认为"米兰达"这个名称源于西班牙语中"注视的人"一义,因为她"通过注视获得知识,也通过注视改变了男性主宰的世界"。[42]确实,在"米兰达"系列故事中,全知全能的上帝视角很少出现,取而代之的是米兰达既单纯又智慧的观察目光。

"米兰达"系列故事在波特的短篇小说群中熠熠生辉,其中包括不少名篇。最广为流传的有《偷窃》("Theft",1929)、《坟》("The Grave",1935)、《老人》("Old Mortality",1937)和《灰色马,灰色的骑手》("Pale Horse,Pale Rider",1939)等。若论对南方生活和南方社群最鞭辟入里的展现,应以《老人》最为出众,它受到了批评家的一致赞誉,还曾被克林斯·布鲁克斯(Cleanth Brooks,1906—1994)和沃伦收入新批评派的经典选集《理解小说》(*Understanding Fiction*,1943)中,为广大美国学生和普通读者所熟知。在后来的几版《理解小说》中,波特还有《中午酒》("Noon Wine",1937)等作品被选入,进一步提升了她作为重要短篇小说家的知名度。

《老人》: 南方美人的传奇故事

《老人》这个故事时间跨度大,在两万词的空间内呈现了近三十年的人生事件,几乎具有了一部小说的容量。从表面上看,《老人》讲述了一位传奇式的南方美人的故事。这位美人是米兰达的姑妈,芳名艾米,"认识她的人个个都认为她长得非常美丽和妩媚"。[43]米兰达和玛丽亚从小就听家族里的人讲起艾米姑妈。在他们的描述中,艾米姑妈是美人的典范,性格也十分张扬,充满了神秘感和吸引力。她是一众男性的追求目标,几乎将追求者玩弄于股掌之间,男人们为了她甚至不惜去决斗。她原本对当时追求她的加布里埃尔姑父不屑一顾,却在他被家族剥夺继承权之后,答应与他结婚,婚后不久便神秘地死去,加布里埃尔姑父对她则数十年不能忘怀。所有这些信息都是通过他人的讲述而进入两个小姑娘的记忆中的,因此对她们来说,艾米姑妈"是一个幽灵,一个往昔的悲伤而美丽的故事"。[44]到这里为止的内容占据了小说的大部分篇幅,是小说的第一部分,标题为"1885—1902"。这部分的构成展现了波特高超的小说技巧,她将一个南方淑女的传奇投射进两个孩子的记忆中,通过拼贴和闪回让读者体验了从一无所知到接触、了解一个传奇的第一手感受,而这种感受实际上超越了"美人艾米"的故事本身,成为这篇小说真正的题旨——南方记忆的实质、家族神话的重塑和个人观察视角的欺骗性。

小说的第二部分"1904"实际上正是利用少女米兰达的视角颠覆了南方记忆、家族神话和具有欺骗性的观察与重构。在这个部分中,父亲带着已经长成少女的米兰达和玛丽亚去看赛马。在赛马场上,她们第一次见到了家族浪漫传闻中的加布里埃尔姑父,然而他的实际形象完全颠覆了姑娘们的想象——与米兰达家族中对他的塑造大相径庭,"他是个衣着寒酸的胖子,有一双充血的蓝眼睛,神情悲伤和沮丧的眼睛,发出响亮而忧郁的笑声,像在呻吟似的"。⑤自此,少女米兰达开始怀疑大人们说的话,隐约发现成人为了维护一个美好的传说,不约而同地讲述着谎言。加布里埃尔姑父对艾米姑妈的狂热追求,让家族成员们选择将他这个原本不起眼的小男人美化成一个高大英勇且痴情的骑士。在这个部分中,波特不露痕迹地展现出孩童"所见即所得"的单纯,以及南方传说中惯性的夸张。她并不去挑战原本的故事,只是借着孩童视角与少女视角的差异,暗示南方生活中浪漫但虚伪的假象。

小说的第三部分"1912"又进一步形成了一层反转和讽刺,加深了这篇女性区域短篇小说的题旨。在这一年,青年女性米兰达回乡参加加布里埃尔姑父的葬礼,在火车上遇到了伊娃表姐。这位老表姐由于相貌丑陋,没有机会像艾米姑妈那样成为家族美谈;她甚至连结婚的机会都没有,后来投身激进的女权事业。在伊娃表姐口中,"美人艾米"的故事有了另外一个版本:她并没有传说中那么美,只是相貌说得过去而已;她生活作风不规矩,后来急于和加布里埃尔结婚是为了逃避丑闻;她的去世也并不是因为略带浪漫色彩的"肺病"吐血而死,而是自杀。这一切讲述都颠覆了米兰达从小积累的回忆。然而,值得注意的是,波特在此处要呈现的并不是廉价的翻转游戏,那只会让读者觉得滑稽荒谬而已。此时的米兰达产生了对南方传奇和家族神话的顿悟。她发现每个人都在按照自己的理解添油加醋地追忆往事,所谓的"定论"往往带有各种主观的、有利于自己的色彩。她下定决心将通过自己的认知来获取心目中的真相。

波特通过《老人》中极具南方色彩的故事展现出了区域社会的风貌,同时也深入发掘了女性成长过程中内心世界的变化。

《灰色马,灰色的骑手》:战争环境与女性意识

除了这类展现南方家族和社会风貌的短篇小说,波特的"米兰达"系列故事中也有涉及时局、战事的部分,她的名篇《灰色马,灰色的骑手》就

是这样一例融合战争环境与女性意识的作品。小说中的米兰达是一位在报社工作的戏剧评论员。她与士兵亚当结识,在战争阴云密布的生活中,两人惺惺相惜,但也无法从无望和残酷的现实中解脱出来。这篇小说最具有先锋意识的部分,是米兰达在病中和梦中的意识流动。波特以1918—1919年曾造成全世界十亿人感染的"大流感"(the 1918 Influenza Pandemic)为背景,同时与第一次世界大战的整体社会状况相交织,让米兰达的梦呓成为表达女性意识的出口。小说标题中"灰色的骑手"实际上指的是"死神",在这里波特借用了《圣经》典故,表达出对生与死的参悟和对战争的厌倦。当米兰达罹患流感,昏迷之际,亚当不辞辛苦地照料她,帮助她与死神搏斗。经过一个多月的病情反复和梦魇般的挣扎,米兰达终于从死亡线上回归,却得知亚当在战争结束之际死于流感。这种命运的捉弄让人倍感惋惜。波特对战争的表现极具女性作家的特点,她绕开了激烈的战斗场面,展现的是大后方的非战斗人员,特别是女性,所承受的战争创伤和压力。

墨西哥故事:异域的政治幻想

墨西哥故事是波特女性区域小说中最具异域特色和政治意识的部分。在海外的工作和生活经历让波特深入观察了墨西哥革命后的社会政治环境,并对当地的风土人情作出了细腻的艺术表现。其中,最脍炙人口的作品包括《玛丽亚·康塞普西翁》《烈士》("The Martyr",1923)、《开花的犹大树》("The Flowering Judas",1930)和《庄园》("Hacienda",1934)等。

《玛丽亚·康塞普西翁》以一个复仇杀戮的故事展现了墨西哥印第安乡村的原始文化。这是一篇风格浓郁的短篇小说,但它的深度比不上后来的《烈士》和《开花的犹大树》,特别是《开花的犹大树》对某些打着革命旗号、满足一己私欲的革命领袖形象进行了无情的颠覆,其艺术水平和批判意识都上升到了更为理性、自觉的高度。在这篇小说中,女主人公劳拉的内心世界反映了波特对浮夸表象的冷静观察。她深深地怀疑那些粉饰出场的墨西哥革命领袖,她与布拉焦尼的接触渐次向读者展现了一个貌似高尚的领导者形象。小说的语言看似平静、波澜不惊,实则将讽刺深埋其中。这个令人反感的虚伪领袖布拉焦尼"爱他自己爱得一往情深,体贴入微",⑯对革命同志却只抱有表面上的真诚。他将革命事业经营成一种商品,并利用这种商品换取地位和人们的崇拜。他曾经告诉劳拉,"他钱倒不多,可是权很大,而这种权使他能毫无过错地占有许多东西",⑰一个腐败的革命者形象跃然纸上。他参加革命的目的与劳拉的社会理想大相径庭,这让劳拉越发清醒地意识到自己的孤独。布拉焦尼对自己的形象营造具有极强的欺骗性,他"费尽心机当一个优秀的革命家和专业的人类爱好者","他永远不会为干这一行送命的","他有的是阴毒的念头、机灵的才干、邪恶的手段、敏锐的机智、冷酷的心肠,坚决做到有利可图地爱这个世界"。⑱

波特通过女主人公劳拉的视角和感受,展现了一个女性对一个原本陌生的区域以及区域中人物的接近、熟悉和幻灭。"背叛"依旧是波特笔下墨西哥故事的重要主题,布拉焦尼这样的所谓革命者背叛了事业的初衷,在革命过程中滑向了虚伪的深渊,背叛了自己的同志和妻子,只是为了满足自己庸俗的欲望。小说的标题"开花的犹大树"将犹大出卖耶稣基督的宗教典故蕴含其中,点明了这层背叛的意味。可以说,波特的墨西哥故事将一个异域环境与作者的政治观点紧密结合了起来,让人们警惕幻象的温床,带着审慎和批判的目光看待被歌唱出来的"理想"。

《愚人船》:狭小区域空间内的政治寓言

波特唯一的一部长篇小说作品是《愚人船》(*Ship of Fools*,1962),虽然小说的全部情节都发生在从墨西哥开往德国的船上,人物来自多个国家,但读者还是可以从某种程度上将这部作品视作区域小说。航船上的人们表现出国籍和阶级的特征,航行具有深刻的寓言意义。航船这样一个狭小的区域空间与人物丰富混杂的背景相融合,逼仄的区域空间就具有了广泛的象征意义。"愚人船"原本是西方文艺传统中的一个寓言意象,据说起源于柏拉图,描述的是一艘载着精神错乱、记忆失常乘客的船,在城镇之间漫无目的地流浪。德国诗人塞巴斯蒂安·布朗特(Sebastian Brant,1457—1521)曾以此题材创作诗歌,讽刺文艺复兴时期的社会百态。波特在题词中写到,自己曾于1932年阅读这部著作,并开始构思长篇小说。她"采用了这艘从这个世界上正在驶向永恒的船,这个简单而几乎具有普遍性的形象,作为自己的作品中的形象"。⑲

小说《愚人船》的背景是1931年8月22日。一艘客船从墨西哥出发,在大西洋上航行,驶往德国。这样的设定将游客放置于固定的空间内,他们必须在一趟旅行中与自己平时不曾结交的人共处。实际上,这与西方传统的朝圣文学一脉相承,波特借此呈现了一个丰富的人物画廊。航船分为统舱和头等舱:统舱中塞满了被遣返的工人,由于古巴的蔗糖市场崩溃,他们无工可做,只能被遣送回西班牙;头等舱中的乘客以德国人居多,

此外还有瑞士人、古巴人、墨西哥人、瑞典人、西班牙人和美国人,他们属于社会的中产阶级,但却不乏伪善势利的一面。小说不以某些人物为中心,也不着重讲述故事,而是通过人物之间的交流呈现世事人情。波特将时间背景设定为 20 世纪 30 年代,愚人船上人与人之间微妙的关系以及不同国籍、种族和阶级之间所隐约存在的紧张氛围,无不预示着纳粹德国的上升、世界经济政治环境的恶化以及随时可能被引爆的第二次世界大战。在这部长篇小说中,波特依然表现出深刻的洞察力和入木三分的人物刻画功底。小说在当时为她赢得了大批读者,故事也被拍成了电影,但是总体来说没有她的短篇小说艺术成就高。有批评家认为,波特不擅长驾驭长篇小说,因此故事显得阴郁沉闷。

统而观之,波特的女性区域短篇小说具有凝练的艺术美,它们将具体的人生经历和情感意识抽象化,又根据作者想要表现的特定区域文化背景,将抽象的思想具体化。波特对南方生活、墨西哥经历和女性的情感与婚姻意识进行了深入的探究。对她来说,一个纯真的意识进入另一个完全陌生的环境,带着某种智慧的眼光去发现并顿悟,是极具哲学意义和美学深度的。波特笔下的女孩和女性往往都具有这样的特点。在这方面,波特坦承曾受到亨利·詹姆斯(Henry James,1843—1916)的影响,并指出"詹姆斯笔下的儿童是所有小说中塑造得最好的形象",他们展现了"成年人世界中的陌生人"这样一种身份。⑩应该说,这种视角是波特小说中最重要的特色之一,作为旁观者、注视者的女性为人们认识世界打开了一个新的窗口。此外,波特总是在一定的区域框架下讲述普遍性的故事,正如深受她影响的南方女性小说家尤多拉·韦尔蒂(Eudora Welty,1909—2001)所说,"她笔下所有的故事都是关于爱与恨……与死亡的道德故事","拒绝、背叛、抛弃和盗窃"这些永恒的主题都隐藏在那些看似狭窄的文字空间内。⑪

第 五 节
赛珍珠:异乡女作家的"中国小说"

赛珍珠(Pearl S. Buck,1892—1973)是中国读者非常熟悉的一位美国女性小说家,她在中国享有如此知名度的一个重要原因自然是其文学创作与中国的关系。在赛珍珠的笔下,中国的风土人情不再是欧洲或者美洲中心主义者脑海中想象出来的异域风情,而是实实在在地发轫于作家对这块土地和此地人民的观察。赛珍珠一生创作了大量小说和评论,但是她最重要的题材从来没有离开过"中国",虽然她在中国受到的评价毁誉参半——有同时代的作家把她视作"民族的友人",⑳也有人认为她的创作没有触及中国的核心——但不可否认的是,赛珍珠的小说为西方世界了解中国、对中国产生兴趣起到了很大的推动作用。

生平传略与创作成就

赛珍珠对中国文化和风土人情的细致考察与她的生活、成长经历密不可分。赛珍珠原名帕尔·康福特·塞登斯特里克(Pearl Comfort Sydenstricker),出生于美国西弗吉尼亚州的一个基督教长老会传教士家庭。她自幼随传教士父母来到中国镇江,并在这里度过了自己的童年。1900年,赛珍珠八岁的时候,由于中国北方发生义和团运动,出于安全考虑,赛珍珠回到了美国的故乡。但在十岁左右,她又返回镇江,受教于一位前清秀才孔先生,后又就读于崇实女子中学。1910年,赛珍珠十八岁时,曾随父母一起休假游历欧洲,并短暂寄宿于瑞士附近的一所法语中学,随后她返回美国,进入弗吉尼亚州林奇堡市伦道夫-梅康女子学院攻读心理学。大学毕业之后,赛珍珠曾在母校教授过一段时间的心理学,但不久就又返回中国,并于1917年与当时在中国的美国农业经济学家卜凯(John Lossing Buck)结婚。婚后两人迁居至安徽宿州,赛珍珠任教于宿州的教会学校,宿州的风物在她后来的小说《大地》(The Good Earth,1931)中就有所表现。1921—1933年间,赛珍珠主要居住在南京,并于金陵大学任教。1927年,因南京局势动荡,赛珍珠离开南京,途经上海避居日本。待局势稳定之后,赛珍珠回到南京,开始全心投入文学创作。

赛珍珠一生创作颇丰,共出版了四十多本长篇小说,此外还出版了大量短篇小说和评论集。她曾是美国艺术暨文学学会仅有的两名女性成员之一,还担任过美国作家协会的主席。赛珍珠第一部广为人知的长篇小说是出版于1930年的《东风·西风》(East Wind, West Wind),这本小说代表了她未来的创作方向,即关于东西方文化交融的思考,也开启了她与第二任丈夫理查德·沃尔什(Richard Walsh)的合作关系。沃尔什作为编辑,接受并出版了这本小说,两人在后来的合作中迸发出爱情的火花,

并最终结为夫妇。直至沃尔什去世之前,两人之间的关系都因为文学创作和共同的事业而十分和睦。赛珍珠在金陵大学的寓所中完成的"中国小说"《大地》,为她开启了全新的文学天地。这本出版于1931年的小说在美国畅销一时,引起了众多西方读者对中国的兴趣,其电影改编也广受好评。小说于次年获得了普利策文学奖,并被翻译成了三十多种文字。在《大地》之后,赛珍珠继续以中国农民王龙一家及其后裔为主要人物,创作了《儿子们》(*Sons*,1932)和《分家》(*A House Divided*,1935)两部作品,这三部作品共同组成了"大地"三部曲,最终以"土屋"(*The House of Earth*,1935)为名结集出版。

除了"大地"三部曲之外,赛珍珠为传教士父母所写的传记也在当时受到读者的关注,带领着他们走进了西方人所不熟悉的东方世界。这两本传记均出版于1936年,其中《异乡客》(*The Exile*)以赛珍珠的母亲卡罗琳·塞登斯特里克(Caroline Sydenstricker)为传主。在这本传记中,女性的内心被前置,卡罗琳作为一个跟随丈夫到异乡传教的女性,其主要工作几乎就是照顾家人,没有太多空间留给自己的精神生活,"她总是忙于烘焙、洗涤、清洁和监督女仆,几乎没有时间去想上帝,她必须将之留给她的丈夫"。㉝一个原本怀揣着宗教理想和传教热情的女性在来到异乡之后,发现真实的生活并不如她所想。在经历了无数的痛苦以及孩子的早亡之后,她在意志异常坚定的丈夫面前是无力的,仍旧没有选择自己人生道路的权利。可以说,陪伴丈夫一同传教的生活从最初纯洁的理想,慢慢在残酷的现实面前变为了女性被动的"流放"。同年出版的另外一本传记回忆录《战斗天使》(*Fighting Angel*)是关于赛珍珠的父亲赛兆祥(Absalom Sydenstricker)的。这本书的副标题"一幅灵魂的画像"可谓一语破的,点明了赛兆祥一生的主题:坚定不移地在中国传教,并将自己的灵魂奉献于宗教事业。书中有这样一个细节:年逾七十的赛兆祥在女儿的敦促下开始撰写自己一生的回忆录,然而当他写完之后,整个回忆录只有二十五页,"他把自己认为的一生中所有重要的事情都凝结进了这二十五页纸里……这是他灵魂的故事,他矢志不渝的灵魂的故事"。㉞而相较之下,当他向妻子列出他们生过的孩子时,竟然忘记了五岁夭折的小儿子,恰恰这个小儿子是妻子最宠爱的孩子——可见对传教士赛兆祥来说,家庭生活或者说世俗生活与其宗教追求比起来,是多么的微不足道。在这样的环境中长大的赛珍珠对父亲并不是没有怨言的。在这本传记中,赛珍珠站在女性的立场对作为丈夫和父亲的赛兆祥多有批评,同时她也从一个在中国长大的美国女性的视角,对以赛兆祥为代表的西方传教士的活动提出了质疑,认为这样的传教活动从某种程度上看正是西方帝国主义的一种形式。

1938 年,赛珍珠因其"对中国农民生活丰富而真实的史诗般的描述以及她的传记杰作"获得了诺贝尔文学奖。⑤她也是诺贝尔文学奖历史上第一位获此殊荣的英语女作家。赛珍珠对东西方文化之间的交流抱有巨大的热情,在此后很长一段时间中,她笔耕不辍,写下了大量与中国相关的小说。除了"大地"三部曲之外,赛珍珠其他著名的中国主题小说还包括《母亲》(*Mother*,1934)、《龙种》(*Dragon Seed*,1942)、《群芳亭》(*Pavilion of Women*,1946)和《帝王女人》(*Imperial Woman*,1956)等。出于对中国古典文学和文化的热爱,赛珍珠曾撰文向西方读者介绍《三国演义》《水浒传》和《红楼梦》等中国古典小说,并将《水浒传》翻译成了英文。可以说,赛珍珠的文学创作、文学观念与中国背景、中国主题和中国文化有着深刻的渊源。

《东风·西风》:西风东渐

赛珍珠的长篇小说处女作《东风·西风》从传统中国社会最关注的婚姻家庭问题入手,表现 20 世纪初新旧文化交叉更迭之下的东西方思想冲突。《东风·西风》使用了第一人称独白的书信方式,女主人公"桂兰"向一位久居中国的外国朋友讲述自己和家人的故事。这种写法将女主人公的内心世界呈现在读者面前,也让读者看到了"西风东渐"情形之下,传统中国婚姻和家庭生活所发生的变化,以及身在其中的人如何主动或被动地成长。

桂兰生活在传统的中国大户人家,从小在封建礼教思想的浸淫下长大,"三从四德"在她看来是女性唯一可能的生活方式。然而,按照传统媒妁婚嫁形式进入丈夫家庭的桂兰却发现,丈夫是一个留学美国十二年后归来的新派人士,他的很多想法对桂兰来说实在是过于新鲜,对她造成了很大冲击。比如,桂兰同丈夫之间订的是中国旧式娃娃亲,按照旧习俗,依父母之命、媒妁之言结婚的新婚夫妇很可能到了结婚那天才第一次相见,桂兰与丈夫也不例外,而丈夫在见到她的第一晚时就告诉她:

> 你是第一次见到我,而我也是第一次见到你。我们都是被迫结
> 婚的。以前,我们对这桩婚事无能为力。可现在我们两个在这儿,我

们可以按照自己的愿望创造生活。就我本人来说,我愿按照新方式生活。我将平等地待你。我不会强迫你做任何事情。你不是我的附属品,不是我的奴隶。你要是愿意,我们可以做朋友。⑤⑥

然而,丈夫的开明在桂兰看来却是在给她出难题。她从母亲那里学到的为妻之道,是对丈夫和夫家言听计从——作为妻子和媳妇,她不需要有自己独立的人格,她最大的任务就是为婆家生儿育女延续香火。母亲曾经教育她,"女人在男人面前应该像花一样悄然无声",⑤⑦可是当她按照这样的要求展现自己时,"他的目光从不在我身上停留"。⑤⑧赛珍珠在这样一对人物身上,表现出了20世纪初中西文化,尤其是传统文化与受到西方文化影响的新式思想之间的冲突。

桂兰身上逐渐发生的变化,也反映出在"西风东渐"的影响下,中国传统女性所经历的成长阵痛。丈夫不喜欢桂兰的打扮,告诉她自己喜欢"自然美",其中一个最具有代表性的例子就是丈夫劝说桂兰拆掉裹脚布。他说"我想让你放脚,小脚一点儿也不美,也不再时髦了。不知你同意不?"⑤⑨"裹脚"这种行为具有强烈的文化承载意味,它代表了父权制对女性自由的禁锢以及通过"定义美"的方式来强行改变和约束女性身体的暴力。几乎每个被裹脚的女性都承受过巨大的身心创伤,但是正如桂兰母亲所告诉她的,由于自己未来的丈夫会喜欢小巧玲珑的脚,所以女性必须要忍受身体和心灵的痛楚来重塑自己的身体。丈夫提出"放脚"的想法令桂兰感到无比惊愕和灰心,因为自己引以为傲的资本居然丝毫不为他所欣赏。她曾经感到安全可靠的旧式审美和旧式价值观,都在新派丈夫的观念冲击下动摇了,她需要放弃过去,重新学习。

面对新文化的冲击,桂兰的困惑也是许多成长于旧式教育下的中国女性的困惑。当桂兰把丈夫关于"平等"和"放脚"的观念告诉母亲时,她母亲也疑惑不解:"他是什么意思?你怎么能与丈夫平等呢?"⑥⑩而桂兰最终做出的放脚选择,其实仍未脱离取悦男人的思想窠臼——因为她和母亲在讨论后一致认为,如果丈夫实在喜欢,那她们也就只好"按他的意志办了"。⑥①所以桂兰虽在表面上向"现代女性"转化,但从本质上来说,她放脚的行为还是在维护男尊女卑的封建秩序。事实上,在"习得"现代化的过程中,以桂兰为代表的中国传统女性,是在多重话语的教育下"遭遇"了一场解放,"废弃缠足是西方传教士和中国男性启蒙家们给披枷带锁的中国妇女带来的解放的'福音',……但是从另一方面看,它又是通过男性的声音传达出来的",他们将"缠足女性的身体赋予了民族自救的政治内涵,从振兴中国经济、军事、文化出发呼吁放足"。⑩《东风·西风》中的桂兰丈夫显然也受到这一思潮的影响,他作为西医,从病理学的角度对桂兰做的一次次科学普及工作,本质上是用一套新的话语和审美模式来代替旧的思想与审美模式。

如果说《东风·西风》的上篇运用第一人称女主人公的视角,关注传统中国女性在"西风东渐"中感受到的冲击,那么这部小说的下篇,则聚焦于跨国婚姻所象征的东西方融合。下篇的主要情节围绕着桂兰哥哥的婚姻展开。在国外的哥哥爱上了一位美国姑娘玛丽,他不顾父母在国内为他订下的婚约,坚决同玛丽结婚。在这样一桩跨国婚姻中,东西方迥异的文化观念再次相遇,并产生了激烈冲突,因为对传统中国男性来说,孝道是不可违背的,儿子必须要服从父母的意志,其婚姻在很大程度上是对家庭必尽的一种义务,但是留学在外的桂兰哥哥却希望将婚姻建立在"爱"的基础之上。为此,他甚至不惜与家庭断绝关系,将自己的名字从族谱中去掉,这在传统中国家庭看来是大逆不道的。最终在小说的结尾,玛丽生下了混血孩子,这个孩子当然象征着东西方的融合,只不过这样的解决方案还是显得有些机械和稚嫩。无怪乎有学者指出,"《东风·西风》中的异族通婚,虽然在作者那里,是希望借此来表达她所怀有的中西文化融合的理想,而在我们看来,这尚谈不上是真正意义上的中美文化融合,充其量不过是一种文化向另一种文化的'投奔'······还是以西方文化为本位的理想"。⑪总体而言,《东风·西风》开启了赛珍珠文学事业的大方向,她意识到了自己作为一个生活在中国并深入了解此地文化的外国作家所拥有的创作资源,开始踏上展现中国状况、关注中国女性的创作之路,并继续走下去。

"大地"三部曲:赛珍珠眼中的土地与中国

赛珍珠的"大地"三部曲包括《大地》《儿子们》和《分家》三部长篇小说,它们围绕中国农民王龙及其第二、三代子孙的经历和困境,深入描写了传统中国农民与土地之间不可割裂的关系,并通过王龙儿子和孙辈的境遇,展现出清王朝覆灭之后中国社会的混乱景象,以及中国人在寻求新出路时的艰难抉择。虽然后来有不少中国作家,如鲁迅等,对赛珍珠的创作能否真实反映中国状况抱有怀疑,但站在跨文化传播的立场上看,赛珍珠确实通过"大地"三部曲向西方读者传达出了不同于以往刻板印象或是

神秘色彩的声音,刻画出了一批有血有肉的中国人形象。

　　"大地"三部曲的第一部《大地》以中国农民王龙的一生为主线,展现了旧中国北方农村的万象,将中国农民对土地的眷恋呈现给西方读者,也在小说结尾处理下了伏笔——旧世界即将崩溃、新秩序仍未建立的隐患,并将儿子们的问题留待三部曲中的第二部集中展现。在小说开篇处,农民王龙一贫如洗,母亲已经故去。他每天早上都要起来烧火、烧水、伺候父亲,但是这一切都在他结婚之后发生改变,他的妻子开始承担这些家务活,并连续不断地为他生养孩子。由于王家贫寒,王龙只能娶地主家的女佣为妻,而这个女佣就是这本小说的女主人公阿兰。阿兰这个人物表现出中国旧社会农村家庭中女性的传统功能。她无休无止地劳动,连续不断地生孩子,甚至在生完孩子之后很快就下地干活。在赛珍珠看来,中国农村妇女吃苦耐劳、意志坚强,是土地和家庭最重要的守护者。

　　但是,依靠土地和种植过活的传统农民,在天灾面前是异常脆弱的。赛珍珠在中国的经历也让她看到了作为传统农业大国,中国的耕种方式依然很落后,大量农村人口依然靠薄田为生,望天吃饭。因此,当王龙一家遭遇旱灾的时候,他们只能被迫离开土地,来到城市靠出卖劳动力和乞讨生活。不过,这本小说中具有戏剧性的情节,是王龙和阿兰在一家大户遭人打劫之时被动卷入其中,不仅王龙捡到了一些财宝,阿兰也凭着自己在地主家做过女佣的经验,找到了大户人家藏起来的金银珠宝。这笔飞来横财让他们一家顺利返乡并购置田产,过上了地主的生活。然而富裕之后的王龙并没有给妻子阿兰公平的待遇,而是嫌弃她人老珠黄,不再正眼看她,之后便娶了一位妓院歌女做小妾。郁郁寡欢的阿兰最终因病身亡。赛珍珠在中国农村看到了许多如"阿兰"一般被丈夫、家庭消耗殆尽的妇女。通过塑造这样一个令人同情的女性形象,赛珍珠用白描的笔法向西方读者展现了中国农村妇女受到的压抑。正如有学者指出的那样,"也许当时赛珍珠还没有女权主义的意识,但小说中的阿兰及其他一些女性形象,无疑为今天的读者提供了妇女受多重压迫的实例,从而为女权主义提供了有力的历史注脚"。[54]

　　《大地》结尾处王龙和三个儿子的纠纷,体现出传统与新社会现实之间的割裂。当年迈的王龙把家业交给儿子打理的时候,反复告诫他们不能变卖土地,王龙身上表现出的是中国传统农民对土地的依恋。也许农民对土地的理解只是出于自发的本能,但其背后却展现出传统农业经济的逻辑。围绕在土地周围的生活是自给自足的,但清末民初,新世界、新思想、新局面的出现让传统农业经济不得不面对新的挑战,儿子们背着王龙早已开始商量变卖土地的事,他们对土地的蔑视也正是源于新经济所造成的价值生产方式的变化。这部分内容在三部曲的第二部《儿子们》中得到了更充分的表现。

《儿子们》聚焦于王龙的子辈,他们各自不同的选择和命运发展走向,反映出清末民初中国社会的动荡,以及与土地分离之后农村人口的分流。王龙的三个儿子选择了三条不同的道路。大儿子王农虽继承家业,却丢失了农民勤劳的本色,沾染上地主家庭的习气,不事劳作,对土地没有情感,沉湎于吃喝玩乐。他虽有田产,却不在田地附近居住,而是搬进了镇上,以方便享受,最终他的下场只能是变卖土地,家道中落。二儿子王文是新式商人形象的代表。他不仅放高利贷,做投机生意,还挑选合适的时机收购老大王农的田地。实际上,到了第三部《分家》中,三弟王虎的儿子在国外读书的钱也是父亲从叔叔那里借来的。在王文身上,人们可以看到曾经处于士农工商几大阶层底端的商人,开始在乱世中寻找到越来越多的机会,他的发家之路也说明传统中国的农业经济在新的环境下呈现出颓势。三儿子王虎选择的道路是特定历史时期和政治时期的产物。王虎骁勇善战,蔑视父亲的权威,看不起两个哥哥,认为他们一个腐败无能,另一个投机倒把,都不值得效仿。他只身前往军队寻求发展,却在弱肉强食的环境里走向了暴力,最终成为一个地方军阀。在这样的环境中,他的性格越发凶狠毒辣,最终连自己的亲生儿子也为了避开他而躲到王氏老宅生活。王虎出身农民家庭,最终走上军阀的道路,部分原因是"落后的生产方式导致国家衰微,外国势力入侵,使国家动荡不安,四分五裂,军阀得以横行"。⑤总之,"大地"三部曲的第二部情节跌宕起伏,这与赛珍珠希望表现的动荡不安的社会局势有着密切的关系。

三部曲的最后一部《分家》以王虎的儿子王源为主人公,展现了知识分子在社会动荡、思想变迁、国家前途不明等情况下的艰难选择。王源的性格与其父王虎颇不相像,王虎尚武蛮横,王源却回归到祖父王龙希望子孙们守护的土地之上。他不愿意按照父亲的安排继承军阀家业,于是离家出走,跑到美国习农。有学者指出,王源是赛珍珠"眼中的中国青年,生活在过去和未来之间,对孔子、蒋介石、革命一概失去希望"。⑥回国之后的王源一方面希望将自己的所学造福于民,另一方面却在无比混乱的中国现实面前倍感迷茫。他身上既包含中国传统知识分子温文尔雅的一面,也吸收了西方科学、民主的新思想,但面对军阀割据、革命此起彼伏的现

状,他又表现出了知识分子的软弱与犹豫。

赛珍珠在"大地"三部曲中,以一个中国传统农民的生活为出发点,结合中国当时的社会状况,描绘了其一家三代人在历史浪潮之下的沉浮。王家子孙的个体经历,与王朝覆灭之后各路势力混战、秩序不能建立、东西方思想涤荡冲突的现实紧密结合,使三部曲充满了恢宏沧桑的历史画面感。作为一个异乡女作家,赛珍珠对这段历史的描写也许有单方面想象的成分,而且她也没有给出一个有希望的解决方案,但她对中国农村家庭和社会生活的描写无疑影响了大批西方读者,也让他们开始对中国产生兴趣。⑰

《群芳亭》与《帝王女人》：为女性作传

在赛珍珠的大量作品中,有两部以单个女性角色为主人公的小说显得十分突出,一部是出版于 1946 年的《群芳亭》,另外一部就是以慈禧太后为主人公的《帝王女人》。虽然这两部小说都以女性为主要表现对象,但前者侧重于表现普通女性的顿悟,后者侧重于对一位在历史上具有重要地位的女性的生平进行艺术加工。

《群芳亭》中的吴太太是赛珍珠笔下最能够表现女性意识的人物。这个人物会令人想起凯特·肖班(Kate Chopin, 1850—1904)和夏洛特·珀金斯·吉尔曼(Charlotte Perkins Gilman, 1860—1935)小说中的女性人物,她们渴望摆脱曾经的家庭生活,将更多的精力放在自身的独立价值之上。吴太太出身名门,祖父是总督,父亲是李鸿章的随员,丈夫则是城里的首富。这样的家庭环境可以说羡煞旁人,但实际上,在中国传统的家庭婚姻秩序中,吴太太是丈夫的妻子,是孩子们的母亲,是公婆的媳妇,但唯独缺失自己的独立价值。聪明睿智的吴太太不满足于这样的生存状态,于是在完成了封建家庭生育孩子的使命之后,她主动与丈夫分房,为丈夫物色小妾,从而在封建"一夫一妻多妾制"的框架之内为自己争取到了精神独立的空间。除此之外,吴太太还与意大利来的安德鲁修士建立起超越民族、文化和性别的友谊,他们进行了深刻的思想交流,并将公平、仁爱的精神贯彻到自己的行动中去。在这个人物身上,赛珍珠同她的女性主义前辈一样,为受父权制禁锢的中国女性争取到了些许精神自由的空气,也寄托了赛珍珠关于女性独立自尊的理想。

《帝王女人》从某个角度来看,是赛珍珠为"慈禧"这样一个不平凡的女人所撰写的成长小说。它虽然以历史为框架,但却发挥了小说作为虚构文学的力量,放大了女性人物的内心,表达了很强的主观倾向。据赛珍珠的传记作者称,《帝王女人》的创作参考了英国作家濮兰德(J. O. Bland,1863—1945)和贝克豪斯(Edmund Backhouse,1873—1944)的《慈禧统治下的大清帝国》(*China under the Empress Dowager*)一书。^⑥赛珍珠在这部小说中采用了传统历史小说的写法,将个人的命运发展、性格形成放置在大历史背景之下,既观照 19 世纪后期风云诡谲的中国历史,又在跌宕的情节中塑造人物。虽然小说中关于慈禧个人感情方面有不少虚构成分,比如荣禄和慈禧的爱情关系乃至情感升华,但这样的安排使人物显得十分丰满,属于典型的以情节为主线的现实主义创作方式。

特别值得一提的是,这本以英语读者为主要对象的小说数次将慈禧与英国的维多利亚女王相对照,甚至虚构了慈禧对维多利亚女王的欣赏之情。书中的慈禧在听闻维多利亚女王去世的消息时,感到"一把剑刺进了她的帝王之心",^⑥一个在权力巅峰的女人对另外一个有相似处境的女人的同情与感念跃然纸上。诚然,慈禧太后与维多利亚女王作为东西方两个大帝国的统治者,有很多相似之处,不过这种臆测出来的情感可能在更大程度上表达的是作者对女性群体的寄望,带有很强的异质文化的成分。

总体而言,赛珍珠的文学创作与"中国"有着不可分割的关联,正如她在诺贝尔奖获奖演说《中国小说》("The Chinese Novel",1938)中所提到的那样,"塑造了我写作的是中国小说而不是美国小说。我最早关于故事的知识、关于如何讲故事和写故事的观念,是在中国学到的"。^⑦在美国女性小说史上,赛珍珠的小说具有重要的类型意义,它让人们看到了一个具有很强共情能力的作家,如何在异国他乡的文化土壤中,既尝试深刻地理解异域文化,又试图保持异乡人的眼光。

第六节
苔丝·斯莱辛格:左翼知识女性小说

在 20 世纪 20、30 年代,纽约聚集了大批左翼作家和批评家,左翼文学和文化运动如火如荼地展开。这些知识分子关注苏联革命,在政治上

同情托洛茨基,反对斯大林。他们中不少人来自无产阶级犹太人家庭,在纽约城市学院和哥伦比亚大学接受高等教育,相似的成长背景让他们在政治上产生了相近的倾向,形成了合力。在纽约,他们创办或掌握了一批刊物,在上面发表政治和文学见解,其批评方法注重意识形态分析,具有很深的马克思主义烙印。他们是"纽约文人集群"(the New York Intellectuals)的最初建立者。苔丝·斯莱辛格(Tess Slesinger,1905—1945)就生活和成长于这样的历史和文化背景之下。

生平传略与创作成就

苔丝·斯莱辛格1905年出生于一个犹太家庭。同很多左翼知识分子一样,她曾在哥伦比亚大学就读,并在那里吸收了左翼的政治观念。1928年她同左翼知识分子赫伯特·所罗(Herbert Solow)结婚,与其圈内朋友熟识。所罗很关注自己的犹太身份,经常混迹于艾略特·E.科恩(Elliott E. Cohen,1899—1959)的交际圈,并与之共同创办过《烛台》(the Menorah Journal)杂志。斯莱辛格身处圈内,但又保持了冷静独立的观察视角。她将所罗、科恩等人的生活、思想和行为当成素材,创作了她唯一的一部长篇小说《无所属者》(The Unpossessed,1934)。不过,这并不意味着斯莱辛格在文学创作上是毫无经验的新手,她曾在《名利场》(Vanity Fair)、《纽约客》(The New Yorker)和《故事杂志》(Story Magazine)上发表过相当数量的短篇小说,这些作品后以《时光:当下》(Time: The Present,1935)为标题结集出版。其小说技巧和风格明显受到伍尔夫(Virginia Woolf,1882—1941)和凯瑟琳·曼斯菲尔德(Katherine Mansfield,1888—1923)的影响,但她着眼的主题和素材则是左翼知识女性的生活、情感、挣扎、困惑以及她们眼中的左翼文化圈。

在完成了小说《无所属者》之后,斯莱辛格逐渐与纽约的知识分子疏远。1935年,她获得了报酬丰厚的好莱坞剧作家职位,搬迁至美国西海岸加利福尼亚州。在改编剧本时,她也充分展现出一名作家的敏感和才华。她将赛珍珠的原著《大地》(The Good Earth,1931)和贝蒂·史密斯(Betty Smith,1896—1972)的小说《布鲁克林有棵树》(A Tree Grows in Brooklyn,1943)改编成电影剧本,取得了巨大的成功。可惜天不假年,由于罹患癌症,斯莱辛格于1945年逝世,彼时未满40岁。

虽然在有生之年斯莱辛格只写出了一部长篇小说,但她对左翼知识分子文化圈和左翼知识女性生存困境的描绘和反映,都使这部小说在左翼文学史上占据了一个重要地位。普利策奖得主、作家莫瑞·坎普顿（Murray Kempton，1917—1997）肯定了《无所属者》的时代意义，认为它几乎是那个时代"唯一存留下来的关于这群知识分子的记录，这些人在30年代早期被共产党所吸引，后来又很快远去了"。[20]虽然从现实层面来看，左翼知识分子的发展走向有着相似之处，但每个人的出发点、做出的选择以及现实语境是有差别的。斯莱辛格的小说记录了左翼知识分子集群内女性知识分子的感悟和创伤，也透过她们的视线，观察了男性知识分子的无力和迷惘。

《无所属者》：影射小说与左翼知识分子文化圈

《无所属者》是一部典型的影射小说（romans à clef）。这种文学类型（英文译名是"novel with a key"）原本诞生于17世纪的法国，曾用于含沙射影地描绘贵族生活和圈子，后来又不断演化发展。总体来说，影射小说常常与名人文化、群体活动保持着千丝万缕的联系，因为一个相当规模的文人集群能够为影射小说提供创作和解读的"钥匙"。在斯莱辛格的这部小说中，柯恩和所罗所在的左翼知识分子圈就是小说的"钥匙"。在小说的题词中，斯莱辛格将这部作品献给"我同时代的人"，[22]明确抛出了时代背景和可供推测的历史原型。

小说的主要男性人物和他们的文化生活都影射了纽约文人集群中的一个微观团体——柯恩的左翼犹太知识分子圈。柯恩的形象被投射于布鲁诺·莱纳德教授身上，他是一名犹太裔英语教授，在大学里扮演着激进学生运动精神导师的角色。他看似拥有崇高的理想，与同为知识分子的友伴们一道，设想着要创办一本具有革新意义和革命价值的杂志。然而，布鲁诺身上最鲜明的特征就是"设想"在他的生命中占据了绝对主流，他永远停留于创作的构想阶段，处于作家的"瓶颈"状态，难以突破。为杂志筹款成为定格于他身上的永恒姿态，杂志何时能够面世则遥遥无期。斯莱辛格通过塑造这样一位革命姿态远胜于行动能力的左翼男性知识分子形象，表达出她对空想革命和仅具有波希米亚生活之形的学院派知识分子的失望情绪。

迈尔斯·福林德斯是小说中"杂志铁三角"的一员，影射的是斯莱辛格的第一任丈夫所罗。小说对迈尔斯这一形象的塑造透露出斯莱辛格之所以与所罗以及纽约左翼男性知识分子分道扬镳的原因所在。迈尔斯同杰弗里·布莱克、布鲁诺教授一起，畅想着将杂志梦付诸实现，这一文化

活动的现实对应物正是柯恩和所罗等人创办《烛台》杂志的行为。然而，在斯莱辛格看来，迈尔斯这样的知识分子虽然思想极度活跃，但他们在现实生活面前却无能为力，迈尔斯本人甚至为了收入不如妻子高这种"现实琐事"耿耿于怀，并将妻子当作假想敌，足见其行为并不如思想那般高尚，反而颇有些狭隘。

迈尔斯代表了在社会生活中郁郁不得志的知识分子，是他们阴暗和愤怒情绪的具象展现。他怀揣严肃的政治理想，自视甚高却又只会纸上谈兵。童年时的经历让他对人性和社会都抱持着悲观主义态度，其精神压抑状态如同阴云笼罩在整个家庭上空。他时常腹诽妻子平和乐观的生活态度，认为她浅薄无知，并在脑海中援引童年时从叔叔那里听来的评论来描绘这种乐观的态度："猪也很快乐。"[73] 这样一种简单粗暴的判断实际上说明，许多左翼男性知识分子并没有将被压迫的女性视为真正的战友，反而将自身遭受的挫折和失意发泄在女性身上，或者至少发泄于他们对女性的想象中。小说第二章以迈尔斯的视角展开，读者可以直接了解到他对女性的判断。他时常想到，终自己一生，女人们都在"愚蠢地给予他安慰，提供关爱，在他灵魂渴求上帝的时候却只能递出蜡烛"，因此他一生的任务就是"躲避她们，拒绝她们，鄙视她们盲从轻信的特质、她们的忠贞以及她们毫无理性可言的信念"。[74] 迈尔斯在现实生活中碰的壁和遭受的苦闷，被他转而加诸女性身上，试图借此重拾自己作为男性，特别是"思想动物"的优越感。

杰弗里作为与布鲁诺、迈尔斯关系最亲密的搭档，代表了左翼男性知识分子队伍中的投机者。在小说中，斯莱辛格通过他与女性的接触，刻画出他内心的软弱和迷茫。他既不像布鲁诺教授和迈尔斯那样对社会、阶级问题做出严肃的思考，也不像左翼知识分子圈内的大多数人一般对革命和未来寄予希望。虽然他偶尔也提及马克思，但只不过是为了在聚会中挑起话题而已。具有讽刺意味的是，他没有多少文学才华，却能够不受创作瓶颈的困扰，写出几本小说，甚至还被人当作美国的 D. H. 劳伦斯。在布鲁诺的小圈子中，杰弗里是在现实中活得最游刃有余的人。

杰弗里的投机心态还表现于他在左翼知识分子圈内的浪荡行为。实际上，斯莱辛格在这方面的刻画展现出左翼女性知识分子冷静、犀利的笔触，因为在描写杰弗里的偷情行为时，她影射了自己在纽约左翼文人圈内的一段经历。艾伦·沃尔德（Alan Wald，1946— ）在其有关美国左翼现象研究的重要著述《纽约文人集群》（*The New York Intellectuals*，

1987)中明确指出,人们曾误将批评家莱昂纳尔·特里林(Lionel Trilling,1905—1975)当作杰弗里的原型,这完全是谬误,杰弗里很明显指向麦克斯·伊斯特曼(Max Eastman,1883—1969),"斯莱辛格当时正与他有段婚外恋情"。[⑤]虽然历史上真实的伊斯特曼并不是杰弗里那种缺乏政治思考和革命实践的花花公子,但斯莱辛格截取和借鉴的是两人之间的情感经历,并以心理现实主义的手法将之艺术化。在一次家庭聚会中,杰弗里的思想伙伴迈尔斯正与杰弗里的妻子诺亚在客厅谈论马克思主义与宿命论——这是当时美国左翼文化圈内活动的常见场景。[⑥]但讽刺的是,在厨房调酒的杰弗里趁机向迈尔斯的妻子玛格丽特大献殷勤。处于婚姻困境中的玛格丽特虽然全然知晓杰弗里蹩脚的调情手段,但因为苦于与迈尔斯之间的隔阂,她对杰弗里的引诱表现得欲拒还迎。杰弗里本以为无法得手,忙不迭地向玛格丽特抛出"理论武器",问她是不是永远都无法抛去"资产阶级的观念",[⑦]在文内语境中,这些观念显然是指资产阶级保守的婚姻观、家庭观。他发起一波来势汹汹的情感攻势,做出一副志在必得的样子。然而当玛格丽特答应放弃这些观念时,杰弗里却立时张皇失措,无从应对,仿佛她的回答"打破了他不成文的规定",让他无法再继续扮演一个"永恒的引诱者",[⑧]因为"永恒引诱"的意义正在于永远无法得到。一旦"诱而不得"的规矩被破坏,杰弗里游戏人生的基调就变了味,他不得不直接面对残酷的现实和充满未知的未来。人生和信念的选择对于杰弗里这种左翼知识分子队伍中的投机者来说,无疑是过于沉重了。正如玛格丽特的心理活动所揭示的那样,杰弗里的深层目的是"引诱他自己",给自己一个破除资产阶级坚冰的理由,从而有一个正当的借口流连于左翼知识分子圈的各色场合。

《无所属者》:左翼男性知识分子的贫瘠与女性知识分子遭遇的双重压迫

在斯莱辛格笔下,不论是为杂志筹措款项的布鲁诺教授,还是终日阴郁沉思的迈尔斯,抑或是花花公子杰弗里,纽约社交圈中的左翼男性知识分子无一不面临着思想和现实多个层面的窘境,他们表面活跃的思维活动并没有真正意义上的产出。他们最严峻的问题就是脱离普通大众和现实生活,正如沃尔德所指出的那样,这群人的政治"只发生于客厅中和宴会上",他们与阶级斗争之间仅仅存在着一层"如寄生虫般"的依赖关系。[⑨]革命思想和社会理论给了他们聚在一起谈天说地的理由,他们异想天开

的革命理想难以结出果实,他们试图创办的杂志如镜中花一般虚无。这本从头至尾都未能降生的杂志象征着一个美好而无法企及的愿望,曾有学者这样评价:"很显然,这样的一本杂志永远也不会诞生,就算是它真的办成了,在布鲁诺和迈尔斯的领导之下,也必然是短命而不幸的。"⑩

实际上,在《无所属者》中,斯莱辛格正是以左翼知识女性玛格丽特去医院流产的特殊经历喻说了男性知识分子的贫瘠。这一经历是小说的核心事件,也可以说是整部作品形成的契机。它最早以短篇小说的形式发表于 1932 年的《故事杂志》中,篇名就叫作《福林德斯太太》("Missis Flinders"),后又被编入斯莱辛格的短篇小说集中。⑪由于这篇小说对当时美国左翼知识分子的流弊做出了辛辣的讽刺,加之斯莱辛格的取材实际上具有半自传性——小说人物的流产经历源于她自己的现实体验,这一具有话题意义的短篇小说甫一发表就引起了激烈的讨论。斯莱辛格受此启发,将福林德斯太太的故事发展成一部反映 20 世纪 30 年代美国左翼知识分子众生相的作品,即《无所属者》。如果在了解这一历史背景的情况下重读其中"福林德斯太太"一章,读者难免会为文中人物所隐忍的巨大痛苦而动容。

福林德斯太太的流产映射了美国左翼知识分子"理论至上""现实对策匮乏"的思想弊病,同时也间接表现出大萧条之后整个社会的动荡不安以及左翼知识分子面对未来时的迷惘。早在小说第一部分有关福林德斯夫妇的章节就已经透露出夫妻二人的分歧和差异,玛格丽特曾将迈尔斯比作一个"空空的贝壳",不仅心门紧锁,还"反复插上门栓"。⑫这是一个充满矛盾和讽刺意味的比喻,因为迈尔斯严防死守的姿态所保护的不过是他空洞的思想内核。如果说现实生活中的抉择必然受到思想的指导,那么小说结尾处玛格丽特的流产就是迈尔斯空虚思想所祭出的牺牲品。玛格丽特为了成全丈夫所谓的政治理想,为了保全他们的"经济自由",将一个仍在孕育中的胎儿扼杀了。她在离开医院时,对同病房的太太们羡慕有加;她的苦涩是普通家庭主妇所无法了解的,因为迈尔斯说他们是"知识分子",只有放弃孩子他们才能享有经济和思想的自由,才能不向资产阶级屈服和妥协。⑬孩子意味着"独立思想的终结",意味着生活中所有行为都变成了"赚钱的图谋"。⑭

特里林曾指出,对 20 世纪 20、30 年代的美国左翼知识分子来说,拒绝生育、拒绝被后代拖累是非常普遍的生活态度。⑮然而,当斯莱辛格将这种观念以一个具象而现实的故事呈现出来时,人们感受到巨大的冲击和荒诞意味,因为她笔下的人物不是出于个人愿望和真实的困难去结束一个尚未出生的生命,而是把这个重大的人生决定架设在空洞的制度评判和宏观的经济理念之上:

> 迈尔斯说,现在要小孩是一件极其糟糕的事……必须有俄国人那样的制度才能照顾婴儿和母亲;在现在这个时代,我们都说过,要孩子无异于自杀——意味着跟我们的计划、我们对彼此和这个世界的设想说再见——我们的勇气会消失殆尽,我们所有的希望都将寄托于让家里的三个人活下去,其中的一人将成为负担,造成二十年的花费。[66]

一个已经形成的生命就这样在一个乌托邦式的畅想中被扼杀了。斯莱辛格在短篇小说和长篇小说中反复使用这个故事,说明她作为一名女性和母亲,无法认同这种将"高尚"和"理想"凌驾于生命之上的想法。她用这个极具冲击力的故事表现出左翼女性知识分子与男性知识分子之间的分歧,这是史无前例的,正如特里林所说,"《无所属者》的出版是斯莱辛格对同时代左翼知识分子的审判"。[67]

福林德斯太太的流产和小说中的另外一条主线,即布鲁诺教授等三人创办杂志未果一事互相照应,预示着美国左翼知识分子运动的破产。著名马克思主义理论家、美国共产主义领袖乔治·诺瓦克(George Novack,1905—1992)在撰文回忆 20 世纪 30 年代的激进知识分子运动时写道:"当时大部分新加入的知识分子并不了解劳工运动和马克思主义思想,对国际共产主义运动的历史和争论也知之甚少。他们主要是有着社会良知的中产阶级,而这种良知被迅速转化为社会主义意识了。"[68]实际上,正是这种速成的思想训练方式让新晋的左翼知识分子缺乏应对现实挑战的准备和手段。大萧条带来的危机让他们手足无措,共产国际面临的问题让他们感到迷惑,待到 1939 年斯大林与希特勒签订《苏德互不侵犯条约》时,他们被彻底激怒并感到幻灭。后来左翼知识分子中的相当一部分人转向保守、右倾,甚至参与了麦卡锡主义。

斯莱辛格的小说虽然没有将美国左翼运动的未来图景展现出来,但她从性别政治、思想困惑和伦理困境等角度描绘出美国左翼知识分子的挣扎,从心理、微观的层面呈现了左翼女性知识分子的思考和疑虑。当然,这种关注微观场景和心理活动的写法与传统的、较为宏大的左翼文学

创作实践有着很大的差别。曾积极参与左翼运动的美国哲学家悉尼·胡克(Sidney Hook,1902—1989)在谈起斯莱辛格的作品时,不无嘲讽地说:"她对身边充斥的政治讨论其实并不了解……苔丝可以谈谈弗吉尼亚·伍尔夫、简·奥斯汀以及陀思妥耶夫斯基小说中的一些人物——但她不懂伊凡·卡拉马佐夫……苔丝抓住了赫伯特朋友圈中一些人的心理状态,但直到她去世的那一刻,她也完全不懂政治。"⑧胡克对斯莱辛格政治素养的评价从一个侧面反映出左翼男性知识分子与女性知识分子关注点的差异,他们对艺术和审美的功能性要求是不同的,都不能否定对方的存在价值。

斯莱辛格的左翼知识女性小说具有较高的艺术水准。从小说的章节安排中,读者就可以发现她的艺术特色——《无所属者》中每一章几乎都可以作为一个单独的短篇小说存在。曾有批评家指出,斯莱辛格的最高艺术成就正在于其短篇小说的风格和形式。⑩斯莱辛格极其注重小说语言的凝练和创新,她从现代主义作家的创作中学到很多技巧,通过借用意识流小说的手段,对自己的虚构文学创作进行了朦胧化、间接化和陌生化的审美处理,避免了左翼文学中常见的大而化之、非此即彼的宏大叙述。此外,如果将斯莱辛格的小说放置于文学史的长河之中来判断,人们便会发现它的启示意义和类型价值:它代表了美国文学史上一类人物——孱弱的知识分子、缺乏行动力的知识分子以及受挫的犹太知识分子——和作品的起点,⑩与后来的玛丽·麦卡锡(Mary McCarthy,1912—1989)和索尔·贝娄(Saul Bellow,1915—2005)的创作形成了一条连绵的线索。

总体而言,20世纪上半叶的美国女性小说创作呈现出丰富的样态。它从政治、艺术、市场和意识形态批评等角度全面突围,积极参与社会观念的变革。文学创作是否能够迅速跟上政治运动的潮流,仍是一个悬而未决的问题,但至少文艺作品创造了一个个具体而微的场景,让其中的人物具有了启发性和隐喻性功能,为读者理解时代,特别是时代中的女性视角、女性身份和女性抉择提供了智性空间。

---

① James R. Mellow, *Charmed Circle: Gertrude Stein & Company*. New York: Praeger Publishers, 1974, p.193.

② Gertrude Stein, *The Autobiography of Alice B. Toklas*. London：Penguin，2001，p.47.

③ Gertrude Stein, *Tender Buttons*. Mineola，New York：Dover，1997，p.34. 中文译文见斯泰因：《软纽扣》,蒲隆、王义国译,北京：作家出版社,1997年,第72页。

④ 申慧辉："现代主义的文学巨人,语言魅力的实验大师——西方文坛现代派女杰斯泰因",载斯泰因：《软纽扣》,蒲隆、王义国译,北京：作家出版社,1997年,第12页。

⑤ Richard Bridgman, "*Q.E.D.* and 'Melanctha'," in Marianne DeKeven, ed., *Three Lives and Q.E.D.: A Norton Critical Edition*. New York and London：Norton，2006，p.289.

⑥ James R. Mellow, *Charmed Circle: Gertrude Stein & Company*. New York：Praeger Publishers，1974，p.71.

⑦ Gertrude Stein, *The Making of Americans: Being a History of a Family's Progress*. Normal and London：Dalkey Archive Press，1995，p. XXXVi .

⑧ Gertrude Stein, *The Autobiography of Alice B. Toklas*. London：Penguin，2001，p.61.

⑨ Steven Meyer, "Introduction," in Gertrude Stein, *The Making of Americans: Being a History of a Family's Progress*. Normal and London：Dalkey Archive Press，1995，p. Xiv .

⑩ Lawrence Rainey, "Book Review：*The Making of Americans*," in *Modernism / Modernity*，Vol.4，No.2，1997，pp.222 - 224.

⑪ 露西·丹妮尔：《格特鲁德·斯坦因评传》,王虹、马竞松译,桂林：漓江出版社,2015年,第88—89页。

⑫ 申慧辉："现代主义的文学巨人,语言魅力的实验大师——西方文坛现代派女杰斯泰因",载斯泰因：《软纽扣》,蒲隆、王义国译,北京：作家出版社,1997年,第16页。

⑬ 露西·丹妮尔：《格特鲁德·斯坦因评传》,王虹、马竞松译,桂林：漓江出版社,2015年,第99页。

⑭ 同上,第90页。

⑮ Gertrude Stein, *The Autobiography of Alice B. Toklas*. London：Penguin，2001，p.272.

⑯ Ibid., p.9.

⑰ 露西·丹妮尔：《格特鲁德·斯坦因评传》,王虹、马竞松译,桂林：漓江出版社,2015年,第120页。

⑱ Gertrude Stein, *Selected Writings of Gertrude Stein*. New York：Random House，1972，p.78.

⑲ 露西·丹妮尔：《格特鲁德·斯坦因评传》,王虹、马竞松译,桂林：漓江出版社,2015年,第41—42页。

⑳ Virginia Woolf, *The Diary of Virginia Woolf*，Vol.5. London：Penguin，1985，p.188.

㉑ Gertrude Stein, *The Autobiography of Alice B. Toklas*. London：Penguin，2001，p.95.

㉒ J. E. Smyth, *Edna Ferber's Hollywood: American Fictions of Gender*，*Race and History*. Austin，TX：University of Texas Press，2010，p.36.

㉓ Edna Ferber, *Show Boat*. New York: Penguin, 1947, pp. 92 – 93.

㉔ 转引自 J. E. Smyth, *Edna Ferber's Hollywood: American Fictions of Gender, Race and History*. Austin, TX: University of Texas Press, 2010, p. 76.

㉕ 在电影史上,《锡马龙》又经常被译作《壮志千秋》。

㉖ J. E. Smyth, *Edna Ferber's Hollywood: American Fictions of Gender, Race and History*. Austin, TX: University of Texas Press, 2010, p. 116.

㉗ Edna Ferber, *A Peculiar Treasure*. New York: Literary Guild of America, 1939, p. 10.

㉘ J. E. Smyth, *Edna Ferber's Hollywood: American Fictions of Gender, Race and History*. Austin, TX: University of Texas Press, 2010, p. 37.

㉙ Margaret Mitchell, *Lost Laysen*. New York: Scribner, 1996.

㉚ 参见李公昭:《美国战争小说史论》,北京:北京大学出版社,2012 年,第 117—118 页。

㉛ 同上,第 75 页。

㉜ Margaret Mithcell, *Gone with the Wind*. New York: Macmillan, 1936, p. 8.

㉝ Elizabeth Fox-Genovese, "Scarlett O'Hara: The Southern Lady as New Woman," *American Quarterly*, Vol. 33, No. 4, 1981, p. 392.

㉞ 参见 Warren Susman, "The Thirties," in Stanley Coben and Lorman Ratner, eds., *The Development of an American Culture*. Englewood Cliffs, NJ: Prentice-Hall, 1970, pp. i – iv.

㉟ 参见 Darden Asbury Pyron, *Southern Daughter: The Life of Margaret Mitchell*. Oxford: Oxford University Press, 1991, p. 9.

㊱ 关于《飘》作为女性成长小说的论见可参见 Dawson Gailliard, "*Gone with the Wind* as Bildungsroman; or, Why Did Rhett Butler Really Leaves Scarlet O'Hara," *Georgia Review*, Vol. 28, No. 1, 1974, pp. 9 – 18.

㊲ 转引自 Drew Gilpin Faust, "Clutching the Chains That Bind: Margaret Mitchell and *Gone with the Wind*," *Southern Cultures*, Vol. 5, No. 1, 1999, p. 8.

㊳ Ibid.

㊴ Robert Penn Warren, "Irony with a Center," in Harold Bloom, ed., *Modern Critical Views: Katherine Anne Porter*. New York and Philadelphia: Chelsea, 1986, p. 7.

㊵ 《开花的犹大树》在 1935 年再版时加入了另外四篇故事。参见 Katherine Anne Porter, *Flowering Judas and Other Stories*. New York: Harcourt Brace, 1935.

㊶ 金莉等:《20 世纪美国女性小说研究》,北京:北京大学出版社,2010 年,第 74 页。

㊷ 同上,第 81 页。

㊸ 凯瑟琳·安·波特:《灰色马,灰色的骑手》,鹿金译,上海:上海译文出版社,1997 年,第 1 页。

㊹ 同上,第 2 页。

㊺ 同上,第 35 页。

㊻ 同上,第 256 页。

㊼ 同上,第 259 页。

㊽ 同上,第 265 页。

㊾ 凯瑟琳·安·波特:《愚人船》,鹿金译,上海:上海译文出版社,2000年,"题辞"部分。

㊿ Darlene Harbour Unrue, "Porter's Sources and Influences," in Clinton Machann and William Bedford Clark, eds., *Katherine Anne Porter and Texas: An Uneasy Relationship*. College Station:Texas A & M University Press, 1990, p.105.

51 Eudora Welty, "The Eye of the Story," in Harold Bloom, ed., *Modern Critical Views: Katherine Anne Porter*. New York and Philadelphia:Chelsea, 1986, p.45.

52 庄心在:"布克夫人及其作品",《矛盾月刊》,1933年第1期,第81—96页。

53 Pearl Buck, *The Exile*. London:Methuen & Co. Ltd, 1936, p.7.

54 Pearl Buck, *Fighting Angel*. London:Methuen & Co. Ltd, 1936, p.2.

55 https://www.nobelprize.org/prizes/literature/1938/summary. Accessed 4 March 2018.

56 赛珍珠:《东风·西风》,林三等译,桂林:漓江出版社,1998年,第405页。

57 同上,第390页。

58 同上,第391页。

59 同上,第414页。

60 同上,第421页。

61 同上,第422页。

62 徐清:"遭遇解放——论《东风·西风》(上篇)的女性叙事",《江苏大学学报》(社会科学版),2008年第4期,第58页。

63 姚君伟、张丹丽:"从《东风·西风》看赛珍珠的中西文化合璧观",《镇江师专学报》,1998年第2期,第38页。

64 王逢振:"关于赛珍珠和她的《大地》三部曲",载赛珍珠:《大地三部曲》,王逢振等译,桂林:漓江出版社,1998年,第38页。

65 同上,第39页。

66 杨金才:《新编美国文学史》(第三卷),上海:上海外语教育出版社,2002年,第304页。

67 例如斯诺和老布什对赛珍珠作品的兴趣,参见杨金才:《新编美国文学史》(第三卷),上海:上海外语教育出版社,2002年,第305页。

68 希拉里·斯波林:《赛珍珠在中国》,张秀旭、靳晓莲译,重庆:重庆出版社,2011年,第196页。

69 赛珍珠:《帝王女人》,王逢振、王予霞译,上海:东方出版中心,2010年,第357页。

70 https://www.nobelprize.org/prizes/literature/1938/buck/lecture/. Accessed 4 March 2018.

71 Murray Kempton, *Part of Our Time*. New York:Delta, 1955, p.122.

72 Tess Slesinger, *The Unpossessed*. New York:New York Review Books, 2002, p.3.

73 Ibid., p.21.

74 Ibid., p.15.

75 Alan Wald, *The New York Intellectuals: The Rise and Decline of the Anti-Stalinist Left from the 1930s to the 1980s*. Chapel Hill, NC:University of North Carolina Press, 1987, p.68.

76 Tess Slesinger, *The Unpossessed*. New York:New York Review Books, 2002,

p.60.

⑦ Ibid., p.61.

⑧ Ibid., pp.61 – 62.

⑨ Alan Wald, *The New York Intellectuals: The Rise and Decline of the Anti-Stalinist Left from the 1930s to the 1980s*. Chapel Hill, NC: University of North Carolina Press, 1987, p.71.

⑩ Nathan Oates, "Gaping at a Shoe: Intellectualism in American Literature," *The Missouri Review*, Vol.31, No.4, 2008, p.164.

⑪ 参见 Tess Slesinger, *On Being Told That Her Second Husband Has Taken His First Lover, and Other Stories*. Chicago: Ivan R. Dee, 1990, pp.231 – 252.

⑫ Tess Slesinger, *The Unpossessed*. New York: New York Review Books, 2002, p.50.

⑬ Ibid., p.296.

⑭ Ibid., p.300.

⑮ Lionel Trilling, "Afterword," in Tess Slesinger, *The Unpossessed*. New York: Avon, 1966, p.314.

⑯ Tess Slesinger, *The Unpossessed*. New York: New York Review Books, 2002, p.300.

⑰ Lionel Trilling, "Afterword," in Tess Slesinger, *The Unpossessed*. New York: Avon, 1966, p.313.

⑱ George Novack, "Radical Intellectuals in the 1930s," *International Socialist Review*, Vol. 29, No. 2, 1968, pp. 21 – 34. 参见 https://www.marxists.org archive/novack/works/1967/sep/x01.htm. Accessed 1 Aug. 2017.

⑲ 转引自 Alan Wald, *The New York Intellectuals: The Rise and Decline of the Anti-Stalinist Left from the 1930s to the 1980s*. Chapel Hill, NC: University of North Carolina Press, 1987, p.40.

⑳ Tess Slesinger, *On Being Told That Her Second Husband Has Taken His First Lover, and Other Stories*. Chicago: Ivan R. Dee, 1990, p. vi.

㉑ 参见 Alan Wald, *The New York Intellectuals: The Rise and Decline of the Anti-Stalinist Left from the 1930s to the 1980s*. Chapel Hill, NC: University of North Carolina Press, 1987, p.67.

第六章

20世纪美国非裔女性小说

　　1859年,哈丽雅特·威尔逊(Harriet Wilson,1825—1900)自费出版了小说《我们黑鬼》(*Our Nig*),这是美国第一部由黑人女性创作并出版的小说,[①]标志着美国非裔女性小说传统的开端。然而如批评家所注意到的,由于黑人女性的双重边缘身份,非裔女性文学在很大程度上一直被忽略,直到20世纪70年代在一批黑人女作家及批评家的努力下才真正得到学界重视,之后非裔女性小说蓬勃发展,成为美国文学史上一道亮丽的风景。[②] 1993年托尼·莫里森(Toni Morrison,1931—2019)摘得诺贝尔文学奖,成为第一位获此殊荣的黑人女性,将20世纪美国非裔女性小说的发展推向高峰。

　　20世纪这一百年中,美国非裔女性小说大抵经历了三个较为明显的发展阶段。20世纪20、30年代是美国黑人历史上著名的"哈莱姆文艺复兴"时期,黑人"文化意识觉醒",[③]文学艺术空前繁荣,涌现了一批出色的黑人女性小说家,其中最著名的有杰茜·福赛特(Jessie Fauset,1882—1961)、内拉·拉森(Nella Larsen,1891—1964)以及佐拉·尼尔·赫斯顿(Zora Neale Hurston,1891—1960)。但是这些女作家处于十分尴尬的境地,在强调建立"新黑人"种族身份的时代书写黑人女性的特殊经验往往会被认为不合时宜,甚至会被当作"对族群不忠",[④]即使后期被艾丽丝·沃克(Alice Walker,1944—　　)尊为"黑人女性文学之母"[⑤]的赫斯顿也难逃时代的碾压。在以"抗议文学"为主旋律的20世纪40、50年代,拉尔夫·艾里森(Ralph Ellison,1914—1994)、理查德·赖特(Richard Wright,1908—1960)、詹姆斯·鲍德温(James Baldwin,1924—1987)等黑人男性作家成为舞台主角,但多萝西·韦斯特(Dorothy

West，1907—1998)、安・佩特里(Ann Petry，1908—1997)、格温多林・布鲁克斯(Gwendolyn Brooks，1917—2000)等黑人女作家仍发出了响亮的声音。她们的小说从女性角度审视了第二次黑人大迁徙与都市化进程的冲突与矛盾，将女性的日常生活经验编织进种族与阶级的叙事中。20世纪后半叶美国政治文化风云激荡，各种运动如火如荼，为70、80年代非裔女性文学的傲然崛起提供了丰厚土壤。黑人民权运动、黑人权利运动、黑人艺术运动此起彼伏，黑人的身份与价值、历史与文化获得了更多关注。

与此同时，60年代初开始席卷美国的第二波女权主义运动使女性在教育、就业等方面获得更多的平等权利，女性在美国社会文化中的地位得到提高。然而，虽然外部的社会环境得到改善，黑人女性的特殊身份仍使其在两股潮流中处于边缘地位。黑人女权主义运动的发展回应了黑人女性的特殊呼求。在黑人女作家及批评家的共同推动下，黑人女性建构起了属于自己的话语体系。在20世纪的最后30年中，黑人女性文学，尤其是黑人女性小说取得了长足发展，莫里森、沃克、班巴拉(Toni Cade Bambara，1939—1995)、琼斯(Gayl Jones，1949—)、内勒(Gloria Naylor，1950—2016)等一批优秀黑人女作家登上文坛，促成了美国文学史上著名的黑人女性文学复兴。在一批当代经典小说作品涌现的同时，沃克、盖茨(Henry Louis Gates Jr.，1950—)等还致力于发掘早期黑人女性作家及作品，黑人女性文学传统的脉络由此逐渐显现。

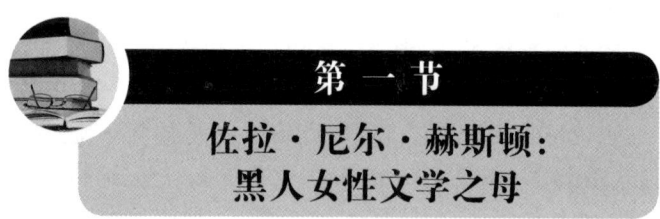

第一节

佐拉・尼尔・赫斯顿：
黑人女性文学之母

20世纪90年代起，每年1月佛罗里达州的伊顿维尔镇都会迎来一次年度盛典——佐拉・尼尔・赫斯顿(Zora Neale Hurston，1891—1960)人文艺术节，以此纪念这位从伊顿维尔走出来的卓越黑人女作家、民俗学家和人类学家。作为一名黑人女作家，赫斯顿一度因族裔与性别的双重边缘身份落入被人遗忘的角落，被尘封30余载。伊莱恩・肖瓦尔特(Elaine Showalter，1941—)在讨论"另外一个失落的一代"(the Other

Lost Generation)女性作家时,曾为赫斯顿多舛的命运扼腕叹息。⑥与同时代许多女作家一样,她遭遇压制、冷落,进而被人遗忘,成为"另外一个失落的一代""文学史中缺失的一页"。直到 20 世纪 70 年代初,在艾丽丝·沃克(Alice Walker,1944—　)"寻找佐拉"的努力下,⑦赫斯顿才以"黑人女性文学之母"的形象重新走入人们的视野,成为黑人女性文学史上的一座丰碑。

生平传略与创作成就

赫斯顿的主要创作生涯跨度 30 余载,经历了喧嚣的 20 年代、大萧条的 30 年代、战争阴云下的 40 年代。她著述颇丰,共有四部小说、一部自传、两本民俗学著作,以及短篇小说、剧本和各类文章共计 50 有余。从 1925 年进入巴纳德学院遇见人类学家弗朗兹·博厄斯(Franz Boas,1858—1942)起,赫斯顿在民俗学方面的天分与兴趣就被充分调动和挖掘。她多次前往南方采风,去加勒比海调研,并以此为基础写就民俗学著作《骡子与人》(*Mules and Men*,1935)、《告诉我的马》(*Tell My Horse*,1938),为美国黑人民俗学研究提供了宝贵的研究资料与视角。不过赫斯顿的卓越声誉主要源于她的小说,尤其是传世佳作《他们眼望上苍》(*Their Eyes Were Watching God*,1937),⑧该小说体现了超越时代的女性意识与审美追求,奠定了黑人女性文学传统的基石。

她的另外三部小说各有特色,但总体影响都较小。第一部长篇小说《约拿的葫芦蔓》(*Jonah's Gourd Vine*,1934)带有强烈的自传色彩,赫斯顿父母的身影在作品中若隐若现。第二部小说《摩西,山之人》(*Moses, Man of the Mountain*,1939)以圣经故事为原型,却又充满黑人民俗文化气息。1948 年赫斯顿发表最后一部小说《苏旺尼的六翼天使》(*Seraph on the Suwanee*),放下了她最为熟悉的黑人题材,转而书写南方白人生活的困苦与矛盾。

1948 年也是赫斯顿人生的转折点。该年 9 月赫斯顿被误控猥亵儿童,虽然事件很快被澄清,但一些媒体的恶意揣度与诽谤使她倍感受伤,也极大地影响了她的声誉。此事并非她生活与事业滑坡的决定性因素,但的确是一个象征性的转折点。此后赫斯顿虽然继续从事创作,但小说手稿被拒出版,生活也陷入拮据,直到 1960 年在福利院独自潦倒离世。最后的 12 年是赫斯顿人生与创作的低谷期。赫斯顿在自传《道路上的尘迹》(*Dust Tracks on the Road*,1942)中勾勒了她的率性人生,却无法预

测与诉说她晚年的凄凉。

赫斯顿事业的发展与哈莱姆文艺复兴运动息息相关。第一次世界大战前后,美国南方黑人第一次人口大迁徙带来了黑人文化艺术的繁荣,成就了美国文学史上著名的哈莱姆文艺复兴运动,而赫斯顿正是这一运动的中坚分子。从 1910—1930 年间,由于不满南方的种族隔离、种族歧视以及针对黑人的暴力威胁,逾百万的黑人从美国南方乡村迁徙到北方城市,希望寻求更好的生活与工作机会。他们主要汇集在纽约、芝加哥、底特律等大城市,形成黑人聚居区,其中以纽约的哈莱姆区最为典型。黑人聚居区存在诸多问题,但黑人文化与才智的汇聚也促进了非裔文化艺术的发展,孕育了一场历时十多年、以纽约哈莱姆为中心的黑人文艺复兴运动。在这场运动中,赫斯顿是振臂高呼、摇旗呐喊的勇士,是运动最重要的成员之一。1917 年赫斯顿从南方来到北方城市寻求新出路,先在巴尔的摩重拾学业,次年得以进入华盛顿哥伦比亚特区的霍华德大学,并在这所全美最著名的非裔大学结识了几位有影响力的作家与评论家,同时活跃于大学的文学社团。1921 年赫斯顿开始在校刊上发表诗作与短篇故事,[⑨]这标志着她文学生涯的开始。1925 年赫斯顿心怀文学梦只身前往纽约,正值纽约黑人文化艺术欣欣向荣,为赫斯顿开启文学之旅鼓起及时的东风,"几乎从到达的第一天起她就成为哈莱姆文艺复兴文学与社会运动的核心力量之一"。[⑩]赫斯顿结识了活跃于运动第一线的重要作家与批评家,其中包括兰斯顿·休斯(Langston Hughes,1902—1967)。同年,赫斯顿进入巴纳德学院,师从著名人类学家弗朗兹·博厄斯研究民俗学,并且在博厄斯的鼓励下开始"将民俗文化看作她文学创作风格的有机部分"。[⑪]她的短篇小说也喜获嘉奖。赫斯顿作为一个小说家逐渐走向成熟。但随着运动的深入,她与运动中其他成员的分歧日益彰显,再加上大萧条时期美国社会文化氛围突变,赫斯顿在艺术之路上愈行愈难,越走越孤独。她超越时代的艺术追求常常被利用或误解,招来众多读者与批评家,尤其是黑人批评家的责难。

赫斯顿的民俗美学观

除族裔与性别歧视带来的劣势外,赫斯顿异于时代主流的美学思想是令她文学创作逐渐陷入困境,甚至被长期打入"冷宫"的重要原因。从1925 年只身来到纽约加入方兴未艾的哈莱姆文艺复兴运动至 1948 年发表最后一部小说,赫斯顿见证了哈莱姆文艺复兴的繁荣与衰微,也目睹了

30 年代后期抗议文学的崛起。她独特的民俗美学和强烈的个体意识使她在两股不同的文学潮流中都显得有些格格不入,她的作品往往陷入争议或被边缘化。在 20、30 年代的黑人文化圈中,著名非裔民权运动家 W. E. B. 杜波依斯(W. E. B. Du Bois,1868—1963)与哈莱姆文艺复兴运动的领导者阿兰·洛克(Alain Locke,1885—1954)声名显赫,极具影响力,在一定程度上代表了圈内的主流话语,赫斯顿的美学思想相比之下是尖锐的不和谐声音。杜波依斯 1926 年 10 月在杂志《危机》(The Crisis)第 32 卷上发表《黑人艺术的标准》("Criteria of Negro Art")一文,提出"所有艺术都是宣传,而且永远都必须是",提倡黑人文艺应该以"积极的政治宣传"为标准,为黑人民众争取权利。⑫而洛克在他编纂的著名文集《新黑人》(The New Negro,1925)中倡导新一代的黑人文艺家应该努力创造"纯粹"的艺术,凸显艺术"美"的特质,并鼓励挖掘黑人民俗中的精华,以"高雅"的方式再现。虽然洛克强调为艺术而艺术,但实际上洛克的"纯"艺术有一个非常实用主义的前提,即他希望这些艺术作品可以证明黑人的艺术才能,提升黑人在白人心目中的形象,从而提高黑人的社会地位,改善种族关系。他认为,"想要大大改善种族关系,必须先让大众对黑人刮目相看,而黑人艺术家的影响在此十分关键,他们赢得的文化认同感可以促使大众重新认识黑人的价值"。⑬洛克的思想对哈莱姆文艺复兴的发展影响深刻。从根本上来说,他与杜波依斯的出发点是一致的:虽然洛克并不赞同杜波依斯政治化的艺术观,但他最终也是在强调黑人文学的社会政治功用,期待文学可以改变种族偏见、促进种族平等。正如一位批评家所言,"洛克编辑的《新黑人》只在口头宣传纯艺术,其实说到底,在美学上秉持的仍是类似政治宣传文学的艺术标准"。⑭在文学的标准与功用方面,赫斯顿心中有着自己的一把尺子。

　　总体来看,赫斯顿至少在两个方面无法认同主流声音——她既反感带着政治意图去创作,也难以认同洛克话语中透露的那种对黑人民俗文化居高临下的态度。赫斯顿认为,以"政治宣传"为动机进行创作会"减损作品的艺术效果",她表示对"种族问题""厌烦至极",希望创作一部真正的"小说而不是社会学论文"。⑮为了争取更多创作与言论自由,赫斯顿还与兰斯顿·休斯等年轻作家一起创办了新期刊《火!!》(Fire!!,1926)。由于经济以及人员不足等问题,《火!!》只刊发一期便夭折,但从赫斯顿创刊的努力以及刊物的风格中我们仍可看出她的美学思想。

　　此外,赫斯顿的民俗美学也异于洛克所依托的精英文化。洛克是赫

斯顿在霍华德大学就读时的老师,他曾非常欣赏赫斯顿的才华,极力支持她踏入文坛,在赫斯顿事业初期曾给予她许多建议与帮助,还在《新黑人》中选登了赫斯顿的短篇小说《斯蓬克》("Spunk",1925)。但赫斯顿的创作风格与洛克的理念并不一致,后期洛克对赫斯顿作品的批评也令赫斯顿事业发展雪上加霜。洛克认为,"黑人中拥有天赋的少数精英"应该代表失语的大众进行言说,他鼓励年轻作家将民俗文化"提升到艺术的高度"。[16]而赫斯顿发自内心抗拒其中隐含的阶级优越感,在她眼里民俗文化本身就是艺术珍品,无需刻意迎合主流的艺术标准。如批评家指出的那样,"赫斯顿想要保持黑人民俗文化的原汁原味,反对民俗艺术商品化过程中产生的削足适履现象。虽然实际上或许难以达到,但赫斯顿还是希望黑人民俗文化以其本真的面貌进入艺术殿堂,而无需迎合带有阶级偏见的都市美学标准"。[17]赫斯顿的美学思想在30年代,尤其是30年代后期抗议文学成为主流之后更加被边缘化。很多同时代的作家和批评家并不理解赫斯顿的美学思想,杜波依斯、洛克、拉尔夫·艾里森(Ralph Ellison,1914—1994)、理查德·赖特(Richard Wright,1908—1960)等黑人文艺界的重量级人物都曾批评赫斯顿迎合白人,将黑人生活模式化、简单化。[18]在这样的时代氛围中,赫斯顿仍然坚持自己的艺术标准,逆流而行,在作品中并不有意突出种族压迫主题,而是张扬黑人健康完好的心智与情感,彰显黑人民俗文化的精髓。

　　追根溯源,赫斯顿独特的美学思想源于她的家乡伊顿维尔。有学者研究指出,家乡宽松的种族环境培养了赫斯顿"重个体不重肤色的健康意识",[19]而伊顿维尔浓厚的南方黑人民俗文化也滋养了赫斯顿的民俗天赋,赋予她独特的美学视角。伊顿维尔对于赫斯顿来说意义非凡,她的自传《道路上的尘迹》(*Dust Tracks on a Road*,1942)的第一章"我的出生地"道出了故乡在她生命中的分量:"那些冰冷的岩石看似毫无生命,但逐渐铸成岩石的那些材质中其实充溢着过往的记忆。我就像那岩石,满怀过往的记忆,时间与地点决定了我的形态。所以如果你想要诠释我生活中的事件和生命的方向,你必须了解一下我从何时何地而来。"[20]剥开岁月的丝茧,不难发现赫斯顿的种族观与个体意识源于她在家乡的童年生活。赫斯顿在自传中强调,伊顿维尔是"一个纯黑人小镇","在美国最早实行有序的黑人自治"。[21]两三岁时他们举家搬迁于此,她在那里度过了无拘无束的童年,直到13岁时母亲去世才被迫离开故乡外出求学。据赫斯顿回忆,白人只是有时驾车经过小镇,她喜欢在前廊跟他们挥手打招呼,甚至偶尔乘他们的车同行一段路。对幼年的赫斯顿来说，"白人与黑人的区别仅在于白人只驾车经过而从不居住在此"，她根本没有意识到肤色带来的差别。㉒童年的感受一直跟随着赫斯顿，她在《身为有色人种的我感觉如何》（"How It Feels to Be Colored Me"，1928）中称，"作为有色人种并未觉得不幸"，"有时候我没有种族，我就是我自己"。㉓用学者克罗夫特（Robert Croft）的话来说，"在伊顿维尔，赫斯顿沉浸于非裔民俗文化中，同时又远离白人种族歧视的困扰，健康充盈的生活在她心中埋下自信无畏的种子，这种积极的心态成为她人生与创作的重要特点"。㉔确实，健全的心态与强烈的个体意识成为她创作的根基，解释了她为何在作品中偏爱彰显个体生命的深度与厚度，而抵触抗议文学的范式，不愿直接以种族冲突和压迫为主题。

另一方面，伊顿维尔浸润着南方黑人民俗文化，赫斯顿自小耳濡目染内化于心，这一切也成就了她的美学素养和对民俗文化的独特视角。赫斯顿的传记作者海明威（Robert E. Hemenway）认为，伊顿维尔是"从奴隶制时期流传至20世纪的口头传统的宝库"，㉕而赫斯顿小时候最喜欢在乔·克拉克杂货店的前廊上听大人吹牛、讲故事、唱歌。多年后写自传时回想起故乡当时的情景，赫斯顿仍觉得克拉克的前廊是"小镇的核心与活力所在"。㉖那些关于"鳄鱼兄弟、狗兄弟、兔子兄弟、老天爷和他的老婆"的故事充满想象力，㉗她都耳熟能详。而《他们眼望上苍》中的核心人物乔迪·斯塔克斯也正是以乔·克拉克为原型，书中也描写了相似的前廊聚会。在语言风格上故乡的影响也极为深刻："赫斯顿文字中鲜活的意象、悦耳的节奏大部分源于黑人口头文化中生动活泼的方言俗语。"㉘值得注意的是，赫斯顿不仅是黑人民俗文化的表现者与研究者，更是参与者与创造者。与哈莱姆时代的作家、批评家相比，赫斯顿对黑人民俗文化有着更为直观和深入的了解。哈莱姆文艺复兴运动中的许多活跃者出身于北方中产阶级家庭，受过良好教育，但对南方乡村民俗文化并没有直接接触，其中不少人对待民俗仍抱着居高临下的姿态，难以深入体会并呈现民俗文化的真正面貌与价值。从这点来看，赫斯顿独特的民俗美学视角确实难能可贵。

《他们眼望上苍》：超越时代的黑人女性主义小说

作为一名黑人女性作家，赫斯顿的声誉在她去世后的半个多世纪中经历了戏剧性的变化。曾经被遗忘的作品如今一版再版，而《他们眼望上苍》更是被奉为黑人女性文学、女性文学和美国文学的经典，进入了美国

大学生的必读书目。充满张力与叙述特色的作品也为批评家提供了丰富的解读空间,相关的论文与著作层出不穷,赫斯顿研究如今可谓硕果累累。在所有作品中,赫斯顿的诗歌、戏剧受到的关注较少。赫斯顿的诗作确实屈指可数。据研究者统计,赫斯顿生前只发表了五首诗,均发表于1921—1922 年在霍华德大学就读期间,其后人又在21 世纪初刊发她另外八首未曾发表过的诗作,其中至少有一半是写于1918—1919 年。虽然赫斯顿对诗歌保持着"长期的兴趣",但诗歌确实并非她的强项;除了早期的创作努力外,赫斯顿并未将写诗作为事业奋斗的目标。[29]不过赫斯顿诗歌中洋溢的热情、透出的沉思或闪烁着的幽默将"小说家"赫斯顿的形象衬托得更为丰满。赫斯顿其实也是一位多产的剧作家,共有约20 余个剧本。[30]赫斯顿不仅从事戏剧创作,也曾导演甚至亲自参与表演,她希望推出"真正的黑人戏剧",[31]真实地表现黑人的民俗文化与日常经验。近些年来学者对其剧作的兴趣有所升温,但与小说研究相比仍然人气不足。赫斯顿的小说吸引了批评家最多的关注,研究主要集中于她最著名的长篇《他们眼望上苍》,其中"女性主义""口头传统""叙事""身份""黑人民俗文化"等成为批评话语的关键词。赫斯顿的复兴离不开艾丽丝·沃克寻找黑人文学母系传统的努力,也得力于20 世纪70 年代黑人女权主义运动以及黑人女性文学发展的大背景。

《他们眼望上苍》之所以成为经典,主要是因为小说表现了超越时代的女性意识,对黑人女性的身份与困境给予了少有的关注,开创了黑人女性主义文学的传统。著名批评家盖茨称之为"大胆的女权主义小说,是非裔美国文学中首部具有明显女权主义思想的小说"。[32]在20 世纪70 年代黑人女权主义运动之前,黑人女性受到种族与性别歧视双重压迫的状况没有引起足够的重视,黑人女性寻求两性平等的自我意识尚不清晰,女性的身份与吁求在种族抗争中被淡化与压制。虽然早在1859 年就有黑人女性发表了第一部小说《我们黑鬼》(Our Nig),[33]但在非裔美国文学中明显表达女性主义思想的作品在20 世纪上半叶仍十分鲜见,以至于艾丽丝·沃克在70 年代试图寻找黑人女性文学传统时倍感挫折,直到她偶遇赫斯顿的作品才感觉找到了文学意义上的母亲。《他们眼望上苍》对沃克来说是"最为重要的一本书",[34]是黑人女性主义文学的渊源所在。小说以女主人公珍妮的三次婚恋为主线,揭示了黑人女性遭受种族与性别双重压迫的困境,表达了对平等和谐两性关系的期望,展示了黑人女性在困境中追求自我、实现个体价值的勇气。

　　珍妮懵懵懂懂走进第一次婚姻时只有 16 岁,外祖母巴望着苦心安排的婚姻能给珍妮带来依靠和保障,但对珍妮来说,和罗根结合就像被关进一间铁屋,生活暮气沉沉、令人窒息,锁住了珍妮的青春、热情和梦想。外祖母感受到了珍妮的压抑与低落,但除了向上帝祷告外她感觉别无办法。用外祖母的话来说,黑人妇女就像头“骡子”,⑩白人把重担撂给黑人男人们,而黑人男人们又把担子扔给黑人妇女。在那个时代,黑人女性在白人主导的父权制社会中往往处于最底层,对生活并没有多少自由选择的余地。新婚过后罗根很快对珍妮呼来喝去,言语中毫无尊重,珍妮梦想中“梨花”与“蜜蜂”那样甜蜜和谐的婚姻似乎可望而不可即。⑪但是珍妮并没有就此认命,屈从于“骡子”的身份。当她发现吵架或沟通都无法让罗根理解、尊重她时,她决心离开罗根,改变自己的生活,和乔·斯塔克斯一起在外面的世界重新开始。

　　从妥协结婚到反抗离开,珍妮从第一次失败的婚姻中学会了勇敢选择自己的人生。然而,乔并不是珍妮所期待的“蜜蜂”,他更多地把珍妮看作自己的私人藏品和炫耀资本。珍妮虽然衣食无忧,还成了黑人小镇的镇长夫人,但她只是丈夫生活中的“布娃娃”,美丽高贵,供人欣赏,但不可以发声。乔在自家门廊前与人谈天说地,却禁止珍妮说话。即使两人之间,乔也要求珍妮默从;每次珍妮发表观点乔总是予以反驳,直至珍妮默然。珍妮的忍耐并没有换来乔的醒悟,当乔再一次当众斥责嘲笑她时,珍妮愤而反击,几句话说得乔脸面全无,从此一蹶不振。在第二次婚姻中珍妮从一个沉默的客体成为掌握话语权的主体,经历了另一个成长过程,肯定了自我的存在与价值。在第三次婚姻中,守寡的珍妮又鼓起勇气突破偏见,挣脱传统观念的束缚,与年轻自己许多岁而又毫无家底的迪·凯克走到一起。虽然迪·凯克难以完全突破父权制中大男子主义思想的影响,但两人的爱情基本建立在自由、平等、尊重的基础上,可谓琴瑟和谐。赫斯顿借珍妮的第三段婚姻演绎了她对理想两性关系的理解,也展示了黑人女性对自由、平等、尊严以及自我价值的追求。

　　赫斯顿被尊为“黑人女性文学之母”不仅因为她超越时代的女性主义意识,也因为她对黑人语言的创造性运用。她将黑人民俗话语中的隐喻性与黑人文化传统中的言说性巧妙编织进文本,以语言形式突出了黑人女性的特殊身份与诉求。正如一位批评家所指出的那样,“语言,尤其是修辞性的语言……当自我遭遇悲剧、危机与压力时为之提供有力的支撑”。⑫赫斯顿放下更容易被同时代作家认可的“标准英语”,选择在当时颇

具争议的黑人民俗话语来进行创作，因为她意识到黑人口头语极具美学价值。⑧赫斯顿曾在文章《黑人表达的特点》中谈及黑人民俗话语在文化、文学、审美等方面的特点。㊴她十分重视黑人话语的隐喻性，认为"黑人对语言有三大贡献"，而居于第一位的便是"暗喻与明喻的使用"，"黑人以图像来演绎英语"。㊵在《他们眼望上苍》中赫斯顿便以一系列的隐喻生动呈现了女主人公珍妮的困境、憧憬和追求，典型的如"骡子""梨花""蜜蜂""地平线"。㊶"骡子"一语道破黑人女性遭受的种族与性别双重压迫，"梨花"和"蜜蜂"的美丽结合象征了珍妮对理想婚姻的憧憬，而"地平线"是广阔的世界，是未知的可能性，也是珍妮不断想要去发现的自我。

隐喻的手法在语言与文学作品中并不鲜见，但这一特点在黑人民俗话语中尤其突出，所用意象十分丰富生动。赫斯顿将其凝练后作为主要手法贯穿于作品之中，影响了艾丽丝·沃克（Alice Walker，1944—　）、托尼·莫里森（Toni Morrison，1931—2019）等一批黑人女作家。赫斯顿为后来者留下的另一笔财富是"言说性文本"（speakerly text）。批评家盖茨指出，《他们眼望上苍》属于"言说性文本"，即"通过修辞手段表现口头文学传统的文本"。㊷盖茨认为西方文学倾向于以文本为载体，非裔文学则侧重口头传统，而赫斯顿成功将两者结合，赋予文本"言说"的特性，㊸传承了非裔口头文学传统。㊹赫斯顿的这一策略不仅具有文化传承的意义，而且对于表现黑人女性自我意识的觉醒也十分关键。在《他们眼望上苍》中，珍妮对于自由言说的渴望最终得以实现，整部小说建立在她向好友讲述自身经历的框架之上，她以自己的话语定义了自我的身份与价值。可以说，赫斯顿继承和发扬了黑人充满隐喻性的口头文学传统，开创了"言说性文本"，为黑人女性言说自我开辟了道路。

赫斯顿在自传中讲述了幼年时见到的一系列预言未来的幻象，其中最后一个幻象展示了她人生最后的归宿："最后，我会来到一个大房子跟前。两个女人在那里等我。我看不见她们的脸，但是我知道她们一老一少，其中一个正在摆弄一些我从没见过的奇奇怪怪的花。当我来到她们身边的时候，我将抵达我心灵之旅的终点，但那不是生命的终点。直到那时我才会获得安宁、挚爱以及其他随之而来的一切。"㊺不管预言中的场景是否真的出现过，其中包含的姐妹情谊在今日已确乎实现，精神和艺术的纽带将赫斯顿与沃克等黑人女作家紧紧联结在一起。赫斯顿作为黑人女性文学之母，为后来者开辟了属于黑人女性自己的艺术花园。

第 二 节
安·佩特里:双重文化
视角下的北方叙事

　　安·佩特里(Ann Petry,1908—1997)因小说《大街》(*The Street*,1946)而闻名于世,她也常常因为这部成名作而被归入黑人"抗议文学"作家之列。诚然,在 20 世纪 40 年代的抗议文学浪潮中脱颖而出的佩特里在这部小说中淋漓尽致地展现了黑人在美国种族制度压迫下无处安生的悲惨境遇,在诸多方面确有抗议文学的特点,也表现出与自然主义千丝万缕的联系,但佩特里本人却不愿被简单地定义为抗议文学作家或自然主义作家,而是将自己创作的源头指向了黑人女性文学传统。在谈及自己的创作渊源时,佩特里明确表示:"作为一名黑人兼女性,我认为我是一个幸存者和赌徒,我的文字所承袭的传统要追溯到 1859 年,那一年在麻省波士顿市《我们黑鬼》得以出版,⁴⁶这是我们国家出版的第一部由黑人女性创作的小说。"⁴⁷佩特里的作品确实在暴露种族主义迫害的同时展示了黑人女性独特的视角,挖掘了黑人女性的心理与经验,对北方都市黑人母亲形象的刻画尤其入木三分,与赫斯顿的南方黑人叙事遥相呼应。从此意义来说,佩特里是当之无愧的黑人女性文学传统的继承人与开拓者。

生平传略与创作成就

　　与赫斯顿(Zora Neale Hurston,1891—1960)、沃克(Alice Walker,1944—　)等其他黑人女作家相比,佩特里的成长经历并不坎坷或传奇,但特殊的家庭背景和社会环境也孕育了她成为一名优秀作家的潜质。⁴⁸佩特里出身于中产阶级黑人家庭,家族中有多位成功女性,母亲是足病诊疗师,一位姨妈是药剂师,另一位是教育家。这样的家族传统培养了佩特里作为一名黑人女性自强不息、努力进取的精神。家庭聚会中叔伯们津津乐道的家族故事和趣闻轶事激发了她丰富的文学想象力,新英格兰小镇独特的社区环境催发了佩特里对人性和文化的思考,培养了她敏锐的洞察力和判断力。佩特里家族几代人都生活在新英格兰地区,佩特里的父

亲还拥有自己的药店。佩特里家经济独立,对地方生活与传统也非常熟悉,可以说某种程度上进入了当地白人生活圈,佩特里也因此得以近距离观察传统新英格兰小镇的风土人情、世态炎凉。但同时,作为小镇上为数极少的黑人家庭,他们仍受到歧视与排斥,始终无法真正融入主流社会,佩特里感觉自己是个"局外人"。[49]这样一种圈内"局外人"的身份使她能够深刻理解白人文化,同时又能敏锐洞察其集体潜意识中的盲目与偏见暴力。

如果说家乡康涅狄格州的老塞布鲁克镇孕育了佩特里的作家潜质,那么纽约则将她的潜质完全激发了出来——在往日记忆与新鲜经验的叠加冲撞中佩特里奋笔疾书,记录了一个不同于赫斯顿时代的哈莱姆。纽约的十年是佩特里创作生涯中非常关键的时期,[50]她不仅练就了创作的本领,更开阔了视野,亲历了黑人,尤其是黑人女性在都市生存的不易,获得了新鲜的经验和视角。在来到纽约之前,佩特里在语言文字方面功底已经比较扎实,她中学时就曾成功为广告公司设计广告语,但她大学时仍然承袭了家族的传统,选择了药物学专业,毕业后当了一名药剂师。成为小说家对她来说是一个梦想,而纽约助她梦想成真。1938 年佩特里离开家乡来到纽约,为实现作家梦她放弃药剂师的工作,改行当了一名新闻记者,相继为《阿姆斯特丹周报》和《人民之声》两家黑人报纸工作。[51]同时她又参加了哥伦比亚大学梅布尔·路易丝·罗宾逊(Mabel Louise Robinson)教授的创作研习班,得到老师的肯定与鼓励。对于新英格兰小镇上成长起来的佩特里来说,纽约哈莱姆区穷苦黑人们生存的艰难令她感到震撼,在哈莱姆工作、生活使她对种族歧视,尤其是黑人妇女所处的双重困境有了更深切的体会。在《人民之声》工作期间,她负责编辑妇女栏目,此外她还组织了黑人妇女联合会,为黑人妇女争取更多权益。她还在一家专收问题儿童的学校担任专业指导老师,也由此深入了解到更多哈莱姆区底层人民的生活。正如一些批评家所言,这些前所未有的经历最终化为佩特里创作的动力与素材。[52]1943 年她在著名的《危机》杂志发表短篇小说《星期六警报在午时长鸣》("On Saturday the Siren Sounds at Noon"),[53]引起文学界的注意,这标志着她文学生涯渐有起色,而小说《大街》的发表更是将她的文学事业推向一个高峰。

双重文化视角下的人文关怀

作为黑人女性作家,佩特里对种族、性别、文化的差异有着敏锐的洞察力,但同时她又关注人类整体的困苦与挣扎,表现出广博的人文关怀。有学者认为佩特里的作品具有"独特的双重视角":一重视角来自"作为中产阶级黑人家庭的孩子在一个几乎全是白人的新英格兰小社区中长大的经历",另一重来自"她在纽约黑人贫民区中生活、工作多年的经历"。^㉞佩特里的第一部小说《大街》体现了她的"黑人贫民区"视角,小说主要以纽约哈莱姆区的生活为素材,专注于表现大都市中黑人生存的艰难,尤其是种族主义与性别歧视双重压迫下黑人女性的窘迫处境。第二部小说《乡村之地》(Country Place,1947)则反映了她的"新英格兰小社区"视角,创作的故事也转而以康涅狄格州的老塞布鲁克镇为原型,题材从黑人都市生存困境转向传统新英格兰小镇的人性百态。麦肯泽认为佩特里的第三部小说《狭处》(The Narrows,1953)成功融合了两种"文化视角",艺术视野更为广阔。^㉟在最后这部小说中,佩特里以黑人小伙与白人少妇的感情纠葛为主线,透过双重视角来检视人性、种族偏见与种族矛盾。除三部小说以外,佩特里还创作了一些儿童文学作品及短篇小说,其中 13 个短篇收录于《缪丽儿小姐及其他故事》(Miss Muriel and Other Stories,1971),这些故事也同样体现了麦肯泽所称的"双重视角"。

　　和赫斯顿较为张扬的个性不同,佩特里为人十分低调,常常回避采访与舆论的关注,在文学生涯风生水起之时毅然决定离开纽约,离开给予她诸多灵感和素材的哈莱姆,回到家乡新英格兰的老塞布鲁克镇重拾平静的生活。虽然个性迥异,作品风格与内容也大相径庭,但是在创作的基本理念上,佩特里和赫斯顿却是一脉相承。尽管佩特里的作品表现了更多种族压迫的主题,但是作品的根基仍是复杂的"人性":白人也好,黑人也罢,皮囊之下的人性是作品的灵魂;他们不是模子里刻出来的干巴巴的形象,而是挣扎着、矛盾着、哭着笑着的"人"。佩特里的第一部小说《大街》突出了美国大城市中黑人母亲的生活与视角,第二部《乡村之地》转而剖析新英格兰传统白人社会内部的痼疾,第三部《狭处》通过跨种族的情感悲剧揭示了顽固的种族偏见对人与人关系的破坏以及最终人性、理性的苏醒。她的短篇小说集《缪丽儿小姐及其他故事》主要勾勒了 20 世纪 50、60 年代美国黑人生活的侧影,投射出时代的光影和黑人生活的伤痛。佩特里在创作中开辟了较为广阔的叙事空间,并未囿于当时波澜壮阔的抗议文学潮流,而是在表现种族矛盾的同时努力刻画复杂的人性。用佩特里的话来说,"黑人也是人,会爱会恨,也会哭泣和欢笑,像所有人一样拥有生存的本能,我希望我的文字能表现出这些"。^㊱在黑人抗议文学如日中

天的40年代,佩特里对人性的关注表现出她超越时代的艺术视野与
理念。

《大街》:北方都市母亲的灵魂曲

　　佩特里作品中独特的都市黑人母亲形象或许在更大程度上奠定了她
在黑人女性文学史上的地位。有批评家指出,佩特里是最早描写黑人母
亲如何在城市挣扎求生活的女作家之一。㊲《大街》中的女主人公洛蒂正是
这样一位在大都市中面临种族和性别双重压迫的黑人母亲。洛蒂年轻美
丽,原本有个颇为幸福的家庭,但为了维持一家生计不得不外出打工,在
一家富裕的白人家庭做女佣。她辛苦工作挣钱寄回家,期望早日家人团
聚,过上好一点的日子。但她的丈夫自觉无用,又不满妻子长期在外,最
终带别的女人住到家里。发现丈夫的背叛后,洛蒂带着儿子毅然离开,在
纽约哈莱姆区租下廉价的公寓,边辛勤工作边在夜校学习,希望通过自己
的努力多挣点钱,让儿子离开杂乱的环境,住到好一点的街区,以后有所
出息。但是再苦再累,她的收入也只能勉强维持两个人的温饱,从白人家
庭那里接受的美国梦永远只是个遥远的梦而已。身为单身黑人母亲,洛
蒂不仅在经济上面临窘迫的处境,还常常心惊肉跳地提防公寓楼管的性
骚扰。觊觎她美貌的公寓楼管在一次次遭到拒绝后仿佛丧失了心智,暴
力侵犯未遂后暗地里教唆洛蒂的儿子在各个大楼偷信,而洛蒂还蒙在鼓
里。为了早日搬出116街道,洛蒂接受了酒吧主管的邀请,希望在夜场唱
歌多挣些钱,却没想到他只是借此接近她,居心不良。孩子最终被捕,洛
蒂为筹钱请律师不得已求助于酒吧主管,却被告知唱歌只是训练,没有报
酬,并威逼她答应做自己大老板的情妇,还妄图先占有她,洛蒂自卫中失
控将之杀死。小说最后,洛蒂登上远去的火车逃离纽约,想象着儿子在劳
教所中的场景和他可能的未来。在种族主义和性别歧视的压迫下,佩特
里笔下的黑人母亲一步步陷入经济与生活的困境,逐渐失去家庭、儿子,
最终不得不亡命天涯。如果说赫斯顿吟诵出了南方黑人的喜怒哀乐,着
重表现了乡村黑人女性的困境与追求,那么佩特里则成功描绘了北方黑
人的遭遇与命运,尤其是刻画出了黑人女性文学史上独特的都市黑人母
亲的形象。

　　但佩特里笔下的黑人女性角色有别于自然主义或抗议文学中的被动
受害者,文本在揭露种族与性别歧视迫害机制的同时,也建构着女性的主
体能动性(agency),而对能动性的关注正是学者强调的黑人女性主义文

学的一个重要特征。⑱社会环境在佩特里的小说中如一双无形的大手左右着人物的性格与命运,她的作品也因此常常被贴上自然主义的标签,对种族主义的控诉也使她被列入抗议文学作家的行列。这样的分类有其合理之处,但往往会使读者和批评家低估其作品的复杂性与价值。正如有的学者注意到的,许多批评家"习惯性地将佩特里视作赖特的女性翻版、'赖特流派'文学美学的追随者",但事实上"这样的评判损毁了《大街》以及其后续作品的声誉"。⑲从女性角色的塑造来讲,她文中的黑人女性并非维度单一的扁平人物;她们虽然或多或少都是种族与性别歧视的受害者,但同时也拥有其他身份,可能是妻子、女儿、爱人、美国人等等,面临着她们特有的情感问题、时代困惑与人生追求。这些女性有血有肉、个性独特。佩特里一方面敏锐地觉察到黑人女性所受的双重压迫,并在作品中投入诸多笔墨生动再现她们的困境,但另一方面,她也十分关注女性人物的主体能动性,积极考察女性主体面临困境时所做选择的意义。《大街》中的女主人公洛蒂一次次面临生活的重要抉择,而她的选择彰显了黑人女性的坚毅、独立、对自我的坚持以及对梦想的追求:在家庭遭遇经济困境时主动承担重任,外出当保姆养家;发现丈夫背叛自己时,带着儿子毅然离开;在衣食堪忧的情况下,仍然坚持上夜校去努力改变自己的命运;在儿子被陷害入狱、生活崩塌之时,仍然抵制住威逼利诱,拒绝用美貌换取舒适安逸的生活,选择逃亡他乡。可以说,在自然主义与抗议文学的包裹之下,《大街》拥有的是一颗火热的女性主义之"心"。由于历史与时代的限制,小说的悲剧结局难以避免,但黑人母亲不折不挠的精神、努力选择自己生活道路的决心使她区别于赖特的悲剧人物。佩特里塑造了一个具有鲜明女性主义特色的人物,使黑人女性主义文学传统在自然主义和抗议文学的大潮中得以延续发展。

　　佩特里塑造的黑人女性形象也挑战了美国文化中关于黑人女性的固有成见,树立起黑人女性坚毅执着、内敛睿智的新形象,对后来的黑人女性作家影响深远。用批评家芭芭拉·克里斯汀的话来说,佩特里十分清楚人们强加于黑人女性之上的一些刻板形象,从而"决意塑造相反的女性角色"。⑳关于黑人女性,长久以来美国文化中流行着一种根深蒂固的偏见,黑人女性往往被白人或者黑人男性幻想成轻浮挑逗、放荡不羁的性感尤物,或腰圆膀粗、勤劳顺从的佣人大妈。佩特里打破了种族和性别歧视的有色眼镜,在小说中重塑了黑人女性的形象,细腻深刻的笔触直指黑人女性坚毅的性格、深沉睿智的灵魂。《大街》中洛蒂的美丽窈窕表面上应

和了当时大众对于黑人女性的性想象,但实际上作者意在揭开这一幻想的面纱,描摹黑人女性真实的面容。芭芭拉·克里斯汀也认为,"佩特里将艾奥勒·勒鲁瓦[31]的灵魂赋予洛蒂,以此对抗并反转底层黑人妇女都是荡妇的流行观念"。[32]确实,洛蒂虽然天生丽质,但她并不以此为改善生活的资本,而是依靠自己的双手和坚强的内心努力去创造光明的生活。有学者指出,佩特里并不因为固有的偏见而刻意回避黑人女性的性问题,[33]但性在她笔下并非被人围观消费的物品,而是由女性自己掌控的身体的一部分。不过总体来说,佩特里最多的笔墨用于描摹黑人女性的性格与内心。佩特里塑造的"灵魂型"黑人女性形象解构了关于黑人女性的种种神话,黑人女性不再是被人观看的物品,而是散发着独特气质与强大能量的女性。总体来说,佩特里对北方都市母亲入木三分的刻画使其在黑人女性文学史上具有永久的魅力。

佩特里与黑人女性文学传统

在黑人女性文学史上,佩特里的知名度虽然不如赫斯顿、沃克和莫里森(Toni Morrison,1931—2019),但在种族与性别歧视甚嚣尘上的 20 世纪 40、50 年代,能够创作出《大街》《狭处》这样具有女性主义特色的作品实属不易,对黑人女性文学传统的传承具有重要意义。佩特里不仅贡献了黑人母亲的独特形象,她对"姐妹情谊"的书写、对"社群"概念的建构、对多视角叙述手法的探索也都值得关注。

首先,佩特里进一步发展了赫斯顿作品中初见端倪的"姐妹情谊"概念,使之成为黑人女性主义文学传统中的重要元素。赫斯顿在小说《他们眼望上苍》和自传中都表露出一种对"姐妹情谊"的向往,前者在女主人公珍妮与好友菲比的精神共鸣中收尾,而后者提及的最后一个人生幻象也是与两个无名女人团聚。这样的姐妹情谊被佩特里作为更重要的元素写进她的作品。在《大街》中,洛蒂遭遇公寓楼管性侵威胁时,是同楼的黑人老妇出手相救,虽然两人并无交情。洛蒂起先对老妇甚至有些反感,但在疏远的表面之下有一股潜在的暗流将她们裹挟在一起,黑人女性的共同身份是连接她们的无形纽带。在《狭处》中,男主人公的母亲艾贝与闺蜜弗兰西斯的关系超过了一般的友谊,两人在逆境中相互扶持,精神上相互依赖与鼓励,携手面对种族、性别、阶级歧视,在生活的砥砺中共同成长。佩特里将赫斯顿以来的黑人女性主义精神传承了下去,而"姐妹情谊"这一元素在沃克与莫里森的作品中成为一个更加突出的主题。

　　"社群"(community)是佩特里在文本中探索的另一重要概念。有批评家认为,"社群"在黑人女性文学中是一个"模糊而矛盾的概念",但也是黑人女性作家们一个世纪以来倾力书写的一个主题。⑬"社群"由错综复杂的人际关系构成,在历史的演进中不断积淀共同的记忆与情感,在动态的过程中形成特殊的文化环境与传统习俗。或许是因为从小在白人为主的新英格兰小镇社群长大,而后又深入了解纽约哈莱姆黑人社群的生活,佩特里对白人社群与黑人社群都非常了解。也正是因为这样一种双重身份与视角,佩特里既能捕捉典型细节,生动再现族群的特点,又能保持超然,从远处审视、反省社群文化。佩特里的三部小说——《大街》《乡村之地》《狭处》,题名均是蕴含历史文化深意的地点名称:"大街"是哈莱姆贫穷黑人聚居的大街,"乡村之地"指的是以白人为主的新英格兰小镇,而"狭处"也称"小哈莱姆",是蒙茅斯小镇中一处逐渐形成的黑人聚居区。小说题名中的每个地点都指代了一个特殊的社群,可见"社群"这一概念在佩特里创作中的地位。

　　对于白人社群,佩特里的圈内"局外人"身份使她在分析时能鞭辟入里,揭开新英格兰传统小镇的温情面纱,暴露看似和谐的人际关系中深藏的虚伪、暴力、欺骗与偏见。在《乡村之地》中,白人老兵约翰尼二战后回到家乡——新英格兰小镇伦诺克斯,梦想着和妻子一家团聚,重新开始美好的生活,但家乡已非记忆里的家乡:妻子在他征战期间背叛了他,和镇上出名的风流人物、他岳母的前情人艾德传出风流韵事;岳母处心积虑地想要谋害她富有的婆婆,婆婆在黑人女仆的帮助下逃过一劫,最终更改遗嘱,将财产留给自己的厨子、女仆、园丁和约翰尼,而后又和艾德一起双双坠下楼梯意外死亡。约翰尼则决意离开小镇,奔赴自己的新生活。故事主要由白人药剂师道客叙述,跌宕起伏的情节时时暴露出人性的弱点和种族、性别歧视,哪怕是叙述者道客也难免在言语中流露出自己的偏见。整个小镇痼疾缠身,沉浸其中的人们却仍不自知。《大街》与《狭处》,尤其是后者则主要聚焦黑人社群,最能体现佩特里对黑人社群问题的思考。她笔下的黑人社群没有固定的模式,而是动态的、充满矛盾的存在。正如批评家所注意到的那样,1949 年佩特里撰写关于哈莱姆黑人区的文章时就已经表露心声,在图文并茂的文章中并置了哈莱姆的繁荣与贫穷、稳定与暴力,称哈莱姆具有千头万面,"充满了矛盾与对立",并不将黑人社群视作具有单一共同信仰的稳定的实体存在。⑭关于黑人社群的这一理念在《狭处》中得到充分演绎。《狭处》中的小哈莱姆本是多个少数族

裔混居的地带,随着黑人人口的不断涌入,渐渐成了黑人聚居区。黑人老妇艾贝见证了历史的变迁,对所在的黑人社群既爱又恨,因为在此她可以找到一种归属感,仿佛有一种与生俱来的纽带将她和其他族人维系在一起,但同时她又十分反感和警惕族群文化中的偏见与陋习——为了获得白人的尊重而在生活和道德上怀有近乎完美主义的要求,甚至过分刻意地与族人保持距离。在《狭处》中佩特里叩问了黑人社群文化的价值与弊病、过去与未来,探究了个体与社群之间,以及黑人社群与白人社群之间的张力与互动。总体来说,佩特里成功解构了关于白人社群和黑人社群的固有刻板印象,通过突出社群的历史性与矛盾性建构了更为开放和动态的社群概念,这对于历史上不断经受离散、背负着暴力野蛮等负面刻板印象的非裔族群具有特殊的意义,同时也为黑人女性文学传统增添了新内容。

佩特里的多视角叙述手法也影响了莫里森等一批黑人女作家。在《狭处》中,佩特里采用了多视角的第三人称叙述,以内聚焦的方式通过人物的有限视角展现人物复杂的内心,并使焦点在多个人物之间转换,从不同视角呈现故事的多个侧面。小说开篇即进入男主人公养母艾贝的意识,思绪在当下和过去之间跳跃。她触景生情,望着街边的河流回想起心爱的儿子林肯八岁时的场景:那一年丈夫突然中风去世,她一直懊悔自己的误判延误了丈夫的病情,因而生活在愧疚、自责和伤痛之中,以致丈夫去世后的三个月里她完全忘记去照顾儿子,让他流落酒吧,这也成了她难以释怀的心结。随着小说的推进,佩特里又将读者带入男主人公林克的意识,从他的视角回顾这一段往事给他留下的心理创伤。林克的意识在小说中占有核心地位,正如他的英文名字 Link(关联)所暗示的,他在小说中属于关联不同种族、性别、阶级甚至过去与现在的枢纽人物,以他为主要聚焦者可以多方位考察这一聚居区中错综复杂的关系。但小说的叙述不仅仅囿于这对母子的视角,艾贝的房客麦克姆也是聚焦者之一。佩特里通过视角转换搭建起多维的叙事空间,这让人联想到沃克的《紫色》(*The Color Purple*,1982)以及莫里森的《宠儿》(*Beloved*,1987),后两位黑人女作家均在作品中运用了多视角叙述的手法。

纵观佩特里的创作,不得不说她是黑人女性文学传统中不可或缺的一环。与赫斯顿相比,佩特里或许是幸运的。1997 年辞世前,佩特里已经目睹 70 年代黑人女性主义文学的崛起,她的小说《大街》也在 80 年代开始重新发行,在有生之年见证了自己引以为豪的黑人女性文学传统的延续与发展。在文学史上,佩特里不再是自然主义、抗议文学的"注脚",而是一位承前启后、极具独创性的黑人女性主义作家。

第 三 节
托尼·莫里森: 黑人文学史上的"摩西"

如果说赫斯顿是黑人女性文学之母,那么莫里森(Toni Morrison,1931—2019)则是带领黑人文学冲出藩篱重获新生的"摩西"。⑥她使黑人文学,尤其是黑人女性文学从边缘走向主流,成为美国文坛无法忽视的声音,使被抹去的黑人历史栩栩重现,促进了美国白人霸权文化格局的改变。莫里森是第一位摘得诺贝尔文学奖的美国非裔作家,也是第一位获此殊荣的黑人女性。瑞典文学院在 1993 年的授奖声明中称赞莫里森为"一流的文学艺术家",认为她的小说充满"诗意"与"远见卓识","生动展现了美国现实中至关重要的一面",努力"将语言从种族的桎梏中解放出来"。⑦其实作为黑人女性作家,莫里森努力打破的不仅是种族的桎梏,还有性别歧视的枷锁。自 20 世纪 70 年代起,莫里森与沃克等黑人女作家及批评家掀起了一波黑人女性文学大繁荣的浪潮,从理论批评与创作实践两个方面进一步推动了美国黑人女性文学的发展。

生平传略与创作成就

莫里森是一位多产的小说家,也是一位极具洞见的文学批评家兼编辑。从处女作《最蓝的眼睛》(*The Bluest Eye*,1970)到 2015 年新作《上帝救助孩子》(*God Help the Child*,2015),莫里森的 11 部小说贯穿了整个美国黑人史:《恩惠》(*A Mercy*,2008)追溯至 17 世纪奴隶制初期,《宠儿》(*Beloved*,1987)讲述了内战前后奴隶制的阴影,《爵士乐》(*Jazz*,1992)主要以 20 世纪 20 年代纽约哈莱姆为焦点,《秀拉》(*Sula*,1973)集中于一战之后至 40 年代,《最蓝的眼睛》故事发生在 20 世纪 40 年代前后,《所罗门之歌》(*Song of Solomon*,1977)跨越了哈莱姆文艺复兴与美国民权运动两个重要时期,《家园》(*Home*,2012)和《爱》(*Love*,2003)以种族隔离及其废除为背景,《天堂》(*Paradise*,1997)记录了 20 世纪 60、70 年代的

变化与危机，《柏油娃娃》（*Tar Baby*，1981）主要置于 20 世纪 70 年代后期，而新作《上帝救助孩子》发生在 21 世纪当代美国社会。莫里森描绘了美国黑人历史上无法忘却的一幕幕场景，她的小说仿佛一把把高擎的火炬，照亮了原本消失在黑暗混沌中的黑人历史。

　　四十多年的创作生涯中，莫里森探索了种族、性别、阶级、族群文化、历史、记忆、童年创伤等丰富的主题。莫里森希望通过文学的想象打破美国的种族性别歧视，改变人们对黑人充满偏见的刻板印象，展现黑人真实而丰富的历史文化，从而创造更公平美好的未来。创作之外，莫里森还以文学批评家的身份直接挑战主流话语，如著名的文论集《黑暗中的游戏：白人性与文学想象》（*Playing in the Dark: Whiteness and the Literary Imagination*，1992）。在文论集中莫里森直接参与文化文学对话，集中讨论了种族主义在文学中的体现以及对文学的影响。从事编辑工作时莫里森也心怀同样的信念。她参与编纂了具有里程碑意义的美国黑人史百科全书——《黑人之书》（*The Black Book*，1974），展现了美国黑人历史文化的厚度与多样性；同时，她也将一批重要的黑人作家带入人们视野，如托妮·凯德·班巴拉（Toni Cade Bambara，1939—1995）、亨利·杜马斯（Henry Dumas，1934—1968）、盖尔·琼斯（Gayl Jones，1949—　　）等。不管是作为作家、批评家还是编辑，莫里森始终高度关注种族与性别问题，努力为黑人、女性以及其他生活在边缘的人们争取更多话语权。对于黑人女性作家书写种族与性别，人们往往存有一种虚妄的偏见，似乎黑人与女性的标签意味着狭隘的视角与单调的主题，但莫里森强烈反驳了这一偏见，认为"黑人女性的身份并未限制她创作的想象力，相反，这样的身份使她视野更为开阔，帮助她以一种更宏伟的方式看待世界"。⑧与其说莫里森的身份限制了她的创作领域，不如说她毅然选择将笔触聚焦于对她来说最有意义的人物与故事。

　　家乡的童年生活是莫里森作品中绚烂的底色、文字背后吟唱的灵魂。如某些学者所言，"在她成长的世界里莫里森时时可以感受到一种地方归属感、团体归属感、使命感和身份认同感，这些生命体验将织入她的虚构世界，渗透在她的文字深处"。⑨莫里森原名克洛艾·安东尼·沃福德（Chloe Anthony Wofford），出生在美国中西部的一个工人阶级家庭，她的祖父母、外祖父母和父母辈都在著名的非裔大移民期间从种族主义泛滥的南方迁至北方，最终定居在俄亥俄州北部城市洛雷恩。虽然生活拮据，但祖父母与父母都重视教育，所以莫里森小学前就能读书识字，在学校一直成绩优秀,并且广泛阅读了国内外经典文学著作,为此后踏上文学之路埋下伏笔。

但更重要的影响或许来自那些看似不起眼的日常细节,也就是莫里森所说的"学校教育"之外的"生活教育"。[70]在家中,父母津津乐道的民间故事和鬼故事让莫里森从小熟悉了非裔文学的口头传统,父系和母系两大家族在南方的故事也激发了莫里森对种族历史的想象。父亲对白人的戒备与敌意,母亲对种族平等的坚持,都深深刻在莫里森脑海中。外祖母对超自然力量的深信不疑也影响了莫里森对世界的理解与诠释。据莫里森回忆,外祖母常常询问年幼的莫里森梦境中的内容,然后对照"解梦书"将梦中的情境转化为三个数字,再用这几个数字去赌彩票,一度还赢回一些钱来。[71]在莫里森看来,外祖母对超自然力量的笃信在黑人族群中具有代表性,体现了与美国主流文化不同的世界观。在这样的感知方式中,"世界充满活力","树可以生气或者受伤,鸟类的出现或消失也具有特殊意义"。[72]在莫里森看来,黑人看待宇宙的方式十分特别,因为他们一方面"十分务实,脚踏实地,甚至机敏精明",另一方面却"相信超自然与魔力",两种质感的世界如此完美结合,"令人着迷"。[73]莫里森在创作中努力捕捉、表现这样的宇宙观,"季节的循环,生死的轮回,自然的神力",[74]作品扑面而来的现实气息中萦绕着超自然的旋律。年少时走出小镇求学的莫里森或许没有清晰意识到内心述说的渴望,但家乡的点滴已经融入她的血液,最终将在她的文字中释放。

莫里森的文学创作也与20世纪后半叶美国风云激荡的政治文化有着千丝万缕的联系。50、60年代美国黑人民权运动风起云涌,黑人民众通过非暴力活动抗议种族隔离、努力争取平等的权利,创造了美国黑人历史上的里程碑时刻,但民权运动的局限也日益显现。民权运动后期黑人权力运动(Black Power Movement)又应运而生,呼吁黑人民众以更激越甚至暴力的方式抗击白人霸权,争取黑人的权力。这一运动因其激进的口号和暴力的倾向引起诸多争议,但可以肯定的是,黑人权力运动唤起了人们对于黑人身份与价值的思考,提升了美国社会对黑人历史文化的关注。

黑人权力运动还有一个重要分支,或被称为其"艺术与精神上的姐妹花"——黑人艺术运动。[75]该运动虽然延续仅十年,但其中包含的黑人美学思想以其独特的视角挑战了美国主流文学与美学。20世纪60年代初到80年代早期,另两波运动也在冲击着美国社会文化的传统结构——美国第二次女权主义运动和黑人女权主义运动在这二三十年中风生水起,不

断打破旧的模式与理念,掀起新的社会思潮。各种声音此起彼伏、喧哗不休,一系列社会思潮激流涌动。莫里森正是在这样一个特殊的时代开始文学创作,用文字拆解着一向被认为妥当的文本界限,建构起解读世界的新视角。作为大学教师、编辑和作家,莫里森穿梭于大学校园和文艺文化界,身处思想文化争锋的前沿阵地,浸淫于激荡的时代风潮中。据学者考证,^⑯莫里森与不少运动中的关键人物相识,如学生非暴力协调委员会领袖斯托克利·卡迈克尔(Stokely Carmichael)、马丁·路德·金的助理与朋友、民权运动活跃分子安德鲁·扬(Andrew Young),再如黑人艺术运动的发起者与核心成员阿米里·巴拉卡(Amiri Baraka)。虽然莫里森没有直接深入参与黑人民权运动、黑人权力运动和黑人艺术运动,但她能够清晰感受到时代脉搏的剧烈跳动,其创作深受时代精神影响。同时,莫里森也敏锐地嗅到一丝令人不悦的气息——在这一系列运动中黑人女性备受忽视。虽然莫里森本人并不喜欢"女权主义者"或其他封闭固定的名号,但她无疑以诗意的文字、淋漓的批评将"族裔"与"女性"推到万人瞩目的镁光灯之下。莫里森始终关切并反思运动背后的社会文化问题,用手中的笔捕捉着时代的脉搏与历史演进的轨迹。

历史三部曲：非传统历史叙事

"历史"是莫里森创作中无法忽略的一个关键词,尤其对于《宠儿》及后续小说来说,"历史"更是不可缺失的灵魂。莫里森对历史主题的处理兼具时代与族裔特色,既可见后现代主义的丝丝缕缕,又包含着非裔族群的特殊吁求。20世纪下半叶后现代主义来势汹涌,新历史主义冲击、更新着人们对历史曾有的认识,历史的重写成为文坛的热点之一,文学家们以澎湃的热情在作品中拆解着"大写"的历史与真理,历史真相似乎成为语言游戏背后飘忽不定的存在。对莫里森等非裔作家来说,这一潮流正如一把双刃剑,一边为边缘群体进入主流话语打开一个缺口,一边又将他们重现本族历史真相的道路变得愈加艰难。作为一名非裔女性作家,双重的边缘身份让莫里森体会到前所未有的危机感和紧迫感。她清醒地意识到,"在我们生活的这片土地上,过往总是被抹去……历史或缺席或被浪漫化。这种文化不鼓励多谈历史,更不要说直面并接受历史真相。相比三十年前,此时此刻历史记忆愈加濒危。"^⑰莫里森深知发掘历史真相的重要性,急迫地希望重新书写被美国主流社会与主流文化歪曲、压制甚至抹去的非裔历史。她曾在一篇散文中如此表达重塑黑人历史的迫切心情：

"我很害怕，我怕还没人来得及描摹出我们黑人的真实模样，这个世界就已经分崩离析了。"⑱不管是作为一名编辑、作家还是批评家，莫里森始终不忘挖掘非裔历史的重任。在兰登书屋担任编辑期间，莫里森协助出版了《黑人之书》，该书通过集结各种照片、信件、剪报、乐谱甚至拍卖奴隶的公告等看似日常的物什，以拼贴的非传统方式展现黑人历史与文化。莫里森还专门在《纽约时报》撰写书评《重新发掘历史》（"Rediscovering Black History"，1974），肯定此书独特的黑人视角，呼吁族人"从我们自己的集体意识出发"创造作品，展示醇厚多样的黑人生活，重现本族裔历史与文化。⑲

莫里森介入历史的方式不同于传统历史小说，具有个体化、边缘化、碎片化的特点，其中最具代表性的当属其历史三部曲——《宠儿》《爵士乐》和《天堂》。莫里森的小说横贯三百多年美国黑人史，前及奴隶制早期，后至 21 世纪当代美国社会。在三部曲中莫里森的笔墨更多流连于黑人社会生活变化的几个关键时期——南北战争奴隶制废除前后、大迁徙和哈莱姆文艺复兴时期以及民权运动与种族隔离废除前后。为颠覆白人主流话语对黑人历史的定义，莫里森有意将小说叙事个体化、边缘化、碎片化。她常常在创作中运用个体化的叙事策略挑战官方大叙事，希望通过观照个体生命体验书写更为真实丰满的族裔历史。她认为黑人"一直以来仅被看作百分比"，⑳她希望"将历史转化为个人的体验"。㉑正如评论家所言，莫里森"通过书写曾被主流文化压制、抹去或遗忘的个体生命来改变历史"。㉒《宠儿》正是一个典型，莫里森并未用宏大叙事诉说黑人被迫为奴及解放的历史，而是以一名奴隶母亲的遭遇为主线，通过其无奈杀女的创伤记忆揭开奴隶制的伤疤，释放被官方叙事封印的情感与精神世界，以此对抗官方叙事脸谱式的历史书写。

此外，莫里森的创作还具有边缘化的特征，小说的主角为生活在历史夹缝中的边缘人物，如《爵士乐》中挣扎于纽约哈莱姆黑人聚居区的黑人夫妇。故事中，丈夫乔与妻子维奥莱特离开南方农村到北方城市寻求新生活，最终却发现仍深陷种族歧视的泥潭。两人的故事是 20 世纪初黑人北迁大潮中千万个普通小人物命运的缩影。通过归还边缘群体和弱势者言说自我的权利，莫里森成功打破主流话语的垄断，赋予边缘小人物以主体地位，从而重新建构族群的声音与形象。

碎片化是莫里森消解官方历史话语霸权的另一叙事策略。小说打破单一的直线型叙述方式，故事情节因记忆的跳跃而断裂混杂，叙事时间并

非线性推进,而是随人物意识漂移转换,呈藤蔓式结构,而叙述者也秉承多元化的原则。《天堂》的碎片化叙事特征十分明显:全书分为九章,分别以小镇及八个女性名字为标题,通过不同人物的目光摄录 20 世纪 70 年代黑人小镇及女修道院生活片段,彰显了故事的多重叙事视角。小说叙事中又不断夹杂记忆的闪回,百年历史的记忆碎片与当代繁杂的影像彼此交叉叠印,形成一个动态、交互、多维的历史想象空间。可以说,"打破传统的叙事顺序与视角是莫里森颠覆'主人声音'最重要的手段之一"。㊿总体而言,莫里森非传统的个体化、边缘化、碎片化叙事策略凸显了历史叙事中的空白与不稳定,从黑人内部视角成功挑战官方主流话语,为重写黑人历史开拓了空间。

"明确的政治性与绝对的美"

莫里森的叙事策略体现了有些作家所倡导的文学作品必须具有政治性的艺术创作理念。在莫里森看来,政治性是文学作品不可或缺的属性。当今的不少批评家往往将作品的政治性视作艺术缺陷,但莫里森并不赞同;相反,她认为缺乏政治性才是创作的瑕疵,"最好的艺术作品必然具有政治性"。㊿莫里森毫不讳言自己创作的政治动因,她曾以一个生动的比喻形容自己及其他黑人作家所担负的责任:"如果我不得不居住在种族之屋中,那起码得重建这房屋,使其门窗通透、开阔明亮,而非铜墙铁壁如监狱一般,严丝密缝、窗户全无,呼天抢地也无人闻。又或者,我不得不更进一步完全重建这屋子……如何将种族之屋改造成不带种族歧视却又别具种族特色的家园……是我创作中不断冥思苦想的问题。"㊿

莫里森发现,在种族歧视的大环境下早期非裔美国文学患有一种空心病:在奴隶叙事中黑人的精神情感生活几乎是一片神秘的空白,在白人主流文化的压制下黑人作家们不得不略过奴隶制最残忍的细节,回避书写残酷环境下黑人真实的内心生活。莫里森力图打破沉默,用文字的镬头挖出深埋在历史瓦砾中的真相,将黑人内心的喜怒哀乐、创伤与坚韧重现日光之下,重塑过往,改变当下。莫里森强调,对当代黑人作家以及任何边缘化的人群来说,撕开遮盖群体生活真相的面纱至关重要,这是挑战并进入主流话语的重要途径。㊿书写黑人真实的内心世界是莫里森创作背后强劲的政治驱动力。当然,莫里森所指的政治性并不局限于种族问题的范畴,而是涵盖两性关系、阶级矛盾等社会文化领域不同形式的权力斗争,泛指改变现存社会关系沉疴的努力。其次,莫里森所强调的政治性,

214

也并非以牺牲文学之美为代价,她反对为政治的便利而将文学作品变成政治宣传册。她曾在散文中强调,艺术家应该使其作品"兼具明确的政治性与绝对的美"。⑧可见,莫里森所推崇的政治性与文学的审美性相辅相成,不可分割。

"文学考古学":解密事实背后的真相

莫里森挖掘历史真相、重现黑人心灵之旅的创作过程别具一格,她将其创作方法总结为"文学考古学"(Literary Archeology)。⑧正如考古学家从古代遗址散落的残砖片瓦中推想曾经辉煌的城邦与文明,莫里森仔细辨识着泛黄老照片中模糊的容颜,搜寻着记忆深处萦绕的影像、声音和气味,遥想昔日的泪水与欢笑。对她来说,这些"遗迹"以其独特的方式向世人"吐露某种真相",而作为小说家,她努力展开"想象"的翅膀,尝试解密被时光晕染的物什与记忆背后深锁的历史真相,用文字"重建遗迹所指向的那个世界"。⑧莫里森在叙述中尤为强调"真相"(truth)与"事实"(fact)的差别。事实能够提供一些基本的信息,但真相直指生活最核心最深层的意义,事实的简单堆砌有时反而会掩盖和扭曲真相。用莫里森的话来说,"事实可以无需人类智慧而存在,但真相不行",而她创作的目标正是"揭示人们内心生活的一种真相","填补奴隶叙事所留下的空白"。⑨

莫里森对真相的孜孜以求与另一位黑人女作家的态度遥相呼应。马娅·安杰卢(Maya Angelou,1928—2014)曾表示:"我得记住事实,然后用我的才能、艺术或者创造力去揭示关于这些事实的真相。我认为真相与事实两者之间有着天壤之别。事实给予我们数据——数字、地点、人物、时间,但事实可以掩盖真相。"⑨在种族主义与性别歧视的文化中,黑人女性的声音被双重压制,精神情感世界被忽视、遗忘,因此揭示事实背后的真相,展露黑人女性丰富的内心世界对黑人女性作家来说尤为重要。在莫里森的文学考古学中,要抵达真相的彼岸离不开"想象"的翅膀。她坦言:"记忆与回想无法让我完全触及人们未曾被书写过的内心世界,只有想象才能帮上我。"⑨《宠儿》的创作过程正是如此。小说基于真实的悲剧故事,主人公原型玛格丽格·佳娜是一位黑奴母亲,带孩子逃跑失败时亲手杀死了自己的女儿,因为不愿其继续像她一样为人奴役。莫里森深受触动,创作时深入研究史料,但对玛格丽特本人的经历,除却基本事实外,莫里森并不想一一考证细节,因为莫里森"对于依样记录她的生活经历并没有多大兴趣",而是希望"虚构她的生活",否则作品无法表达真正

的心声。⑬莫里森的"文学考古学"借助"想象"书写黑人的心灵史,挑战"大写"历史的权威,正如批评家所指出的那样,"对莫里森来说,历史是一个创造性的过程,人们通过想象寻求事实背后深层真相的同时也在不断修订历史"。⑭

跨越时空的呼应:莫里森与黑人女性文学传统

在和作家格罗丽亚·内勒(Gloria Naylor,1950—2016)的一次深谈中,莫里森如此肯定了黑人女性文学传统的存在:"很久以来,我一直没有接触到黑人女性文学。我开始从事创作的时候对赫斯顿基本一无所知,只看过她的一篇短篇小说……但这种无知之中的呼应与联系恰好证明了黑人女性文学传统的存在。"⑮莫里森的创作有其独特的风格,但与赫斯顿、佩特里在精神上又是一脉相承,尤其是在黑人女性角色的塑造方面更可见其对黑人女性文学传统的继承与发扬。

首先,莫里森极力打破主流文化中黑人女性的刻板形象。长期以来,在美国主流媒体与文学作品中黑人女性的形象常常被脸谱化,用莫里森的话来说,"奶妈"和"荡妇""这两个类别已成为描绘和表现黑人女性的定规"。⑯莫里森执笔反击,塑造了一系列性格饱满、形象立体、个性鲜明的黑人女性角色,如渴望得到一双蓝眼睛来改变悲苦命运的黑人小女孩皮科拉,特立独行、离经叛道的秀拉,杀死幼女免其遭受奴役的黑人女奴塞丝等,角色性格经历各异,具有多样性与复杂性,将赫斯顿与佩特里竭力凸显的黑人女性的"人性"充分张扬释放,进一步解构了美国主流文化中黑人女性扁平、刻板的形象。

莫里森的创作还包含了黑人女性文学传统的另一重要元素——"姐妹情谊"。"姐妹情谊"的概念经常出现在当代女性主义批评话语中,通常指女性之间"互帮互助、互怀依恋与忠诚的亲密关系",⑰不过黑人女性之间的姐妹情谊不同于女权主义运动中白人中产阶级妇女之间的姐妹情谊:它们虽然都指向女性之间的团结一致,但前者既有非洲历史文化渊源,受其姐妹情谊传统的影响,⑱又深植于美国奴隶制下种族与性别双重压迫的共同经历。因此"姐妹情谊"对黑人女性来说具有别样的意义,也是黑人女性文学中反复书写的主题,赫斯顿、佩特里、莫里森、沃克、内勒等人都曾在作品中不吝笔墨加以描绘。莫里森小说《天堂》中的女修道院是姐妹情谊的生动隐喻。修道院中的女性背负着各自的故事陆续来到,背景与遭遇的不同并未妨碍她们相互扶持依赖,将生活过得安逸自足,黑人姐妹们甚至还接收了一位白人女性,原本流落中的寄居之所几乎成了"天堂"般的乐园。当然,莫里森也未将姐妹情谊过分理想化,女人们茶余饭后也不乏龃龉矛盾,附近黑人小镇的男人们则对修道院猜疑敌视,最终持枪暴力行凶。可以说,对于姐妹情谊莫里森既寄予厚望,又看到其面临难以避免的矛盾分化、冲突挑战。总体而言,在不同的时空中,一些共通的历史、情感、记忆使莫里森与其他黑人女性作家隔空呼应,吟唱一曲曲高低相和的灵魂之歌,自觉或不自觉地成为黑人女性文学传统的继承者与弘扬者。

2015 年 4 月,84 岁高龄的莫里森出版了她的第 11 本小说——《上帝救助孩子》,距离处女作《最蓝的眼睛》面世已有 45 载。近半个世纪的岁月里莫里森笔耕不辍,从默默无闻的业余作家成为家喻户晓的诺贝尔文学奖获得者。世事变迁中莫里森未改初心——作为黑人女性作家,她始终心系女性,深度关切非裔族群的生存与发展,但同时又关注人类整体的命运与走向。莫里森的突出贡献不仅在于创作了大量优秀的文学作品,也在于她批评话语的建构以及挑战美国主流文化霸权的努力,为托妮·凯德·班巴拉、盖尔·琼斯等一批黑人作家进军美国主流文学开辟了道路,不愧为黑人文学史上的"摩西"。

第四节
艾丽丝·沃克:寻找母亲花园的勇士

艾丽丝·沃克(Alice Walker,1944——　)是美国黑人女性作家中的斗士,集革命精神与艺术创造力于一身,以天下为己任,视艺术为生命。她不仅是杰出的小说家、诗人、散文家,也是著名的社会运动人士,是艺术百花园中带刺的蔷薇。作为第一位获得普利策小说奖的美国黑人女作家,沃克率先将黑人女性文学推到主流媒体的镁光灯下,以绚丽的姿态宣告 20 世纪 70、80 年代新一批黑人女性作家的崛起,与莫里森等作家一起拉开了美国黑人女性文学复兴的帷幕。

生平传略与创作成就

独特的经历使沃克与写作结下不解之缘。沃克 1944 年出生于美国

佐治亚州贫穷的佃农家庭,从小在南方种族隔离的环境中长大,深切体会了黑人所遭受的歧视与不公。族群的生存困境在她幼小的心灵中埋下了反抗的种子,为她日后积极参与各种社会运动埋下伏笔,也为她的创作提供了灵感与素材。8 岁时的一场事故意外开启了沃克的创作潜力。在和哥哥们玩"牛仔与印第安人"游戏时,沃克的右眼被小气枪意外击伤,最后导致右眼失明,沃克也因此陷入孤独沮丧的苦境。然而,沉默孤单的小沃克更加敏锐地观察着周遭的世界,阅读、写作和大自然成为抚慰她心灵的伴侣。正如学者所指出的,生理的失明恰恰开启了心灵之眼,激发了沃克"深刻的内在洞察力",成为她"艺术创作的基础"。⑩沃克积累的创作力在大学时代一次痛苦的经历后迸发。1965 年的非洲之旅后,沃克发现自己意外怀孕,她决定放弃孩子,但堕胎在当时的美国仍属非法。沃克在抑郁中徘徊于自杀的边缘,最终通过大学同学的帮助找到医生进行了手术。身体与心理的创伤最终未能打倒沃克,向死而生的她迸发出强烈的创作欲望,写就第一本诗集《一度》(*Once*, 1968),从此正式踏上创作之路。

此外,美国 20 世纪 60、70 年代风起云涌的社会运动浪潮也为沃克提供了不竭的创作源泉。20 世纪 60 年代黑人民权运动如火如荼,在大学就读的沃克热切投身到运动之中,积极参加反种族隔离示威游行,并且参与了 1963 年华盛顿哥伦比亚特区的民权大游行,聆听了马丁·路德·金在林肯纪念堂前发表的著名演讲。毕业后沃克又前往密西西比,参与争取黑人选举权的运动。民权运动中的经历后来成为小说《梅丽迪安》(*Meridian*, 1976)的重要素材,也使种族问题成为沃克前期小说的焦点。

60、70 年代又恰逢女权主义运动蓬勃发展,沃克深受触动与启发,积极投身其中。在为黑人平等权利奔走之时,沃克意识到民权运动中的性别歧视问题——黑人女性在为族群命运斗争时却不得不忍受来自黑人男性的歧视与压迫。1974 年沃克受邀成为美国著名女权主义杂志《女士》(*Ms.*)的特约撰稿人,并与杂志创刊人之一,60、70 年代妇女解放运动代表人物格洛丽亚·斯泰纳姆(Gloria Steinem, 1934—)成为挚友。但是沃克也发现,主流的女权主义运动未能摆脱种族主义的樊笼,黑人女性的境遇与问题并未得到足够的重视。此后,沃克在杂文集《寻找我们母亲的花园》(*In Search of Our Mothers' Gardens*, 1983)中自创"妇女主义者"(womanist)⑩一词,以彰显黑人女性所面临的种族主义与性别歧视的"双重'痛苦'",⑪突出黑人女性的特殊身份与诉求。黑人女性的困境与出路是沃克在创作中不断书写的主题。从沃克的作品中可以发现,民权运动与女权主义运动的时代大背景在她的创作中留下了深刻的烙印,种族与女性成为她作品最集中探讨的话题。

沃克在近五十年的创作生涯中勤于笔耕,创作颇丰,且涉猎体裁广泛。从1968年出版第一本诗集《一度》至今,沃克已发表长篇小说七部,短篇小说集三册,诗集九卷,杂文集等十余本。其中最具影响力的当属小说《紫色》(*The Color Purple*,1982)和杂文集《寻找我们母亲的花园》。此外,沃克整理编辑的赫斯顿文集《开怀大笑时,我爱我自己:佐拉·尼尔·赫斯顿读本》(*I Love Myself When I Am Laughing: A Zora Neale Hurston Reader*,1979)也是赫斯顿研究者案头必备之书。梳理沃克的创作脉络时,学者倾向于将其划分为两个阶段:1968—1983年属于第一阶段,1984年至今为第二阶段。前后阶段创作思想可见较为明显的发展变化。[18]

第一阶段:突破种族主义与性别歧视的双重樊笼

在时代氛围与自身经历的影响之下,沃克在第一阶段倾力探索黑人族裔及黑人女性相关问题。在一次采访中,沃克明确表示:"我一心关注本族群的精神存活,精神上完整健康的存活。此外,我也全力探索黑人女性所遭受的压迫、所经历的疯狂错乱,倾力书写她们忠贞不渝的品质以及所取得的巨大胜利。"[19]小说《格兰奇·科普兰的第三次生命》(*The Third Life of Grange Copeland*,1970)、《梅丽迪安》《紫色》都集中体现了沃克这一时期的创作思想。

在小说《格兰奇·科普兰的第三次生命》中,沃克记录了黑人格兰奇曲折的精神成长之旅。主人公格兰奇是佐治亚州贫苦的佃农,饱受南方种族主义之苦,整日辛勤劳作却背负上无尽的债务。天性乐观的他被无望的生活吞噬,将生活的重压发泄在妻儿身上。在恶劣的社会环境中格兰奇精神萎靡、道德松懈,心理与人格发生扭曲,仿佛永远无法走出被害者的角色。在得知妻子的婚外情后格兰奇抛妻弃子离开南方,到北方寻求第二次生命,但他内心仍无法摆脱种族主义的阴影,对白人的仇恨使他无法真正获得内心的自由与安宁。格兰奇最终回到南方,在孙女露丝的感召下开始第三次生命,精神与心理获得重生,最终他为了露丝而甘愿牺牲自己的生命。他身体虽然消亡,但在精神上获得了永远的胜利。格兰奇的精神之旅象征了黑人族群精神上的"存活"。

沃克对种族主义环境下黑人族群精神存活(spiritual survival)问题的

深入探讨继承并拓展了美国非裔文学传统。在传统的奴隶叙事中,如哈丽雅特·雅各布斯(Harriet Jacobs,1813—1897)的《奴隶女孩生平记事》(*Incidents in the Life of a Slave Girl*,1861),创作的重心主要是揭露奴隶制的残酷并竭力展现黑人的人性,以此唤起白人社会的良心,推动社会变革。在精神层面,作品更多强调的是黑人与白人在人性上的共通之处——黑人也是有爱有恨、有悲有喜、拥有可贵品质的人。而在20世纪的抗议文学中,如赖特的小说《土生子》(*Native Son*,1940),作者更多书写了种族压迫带来的心理磨难与精神创伤,突出的是种族主义对人性的扭曲。沃克的创作继承了前辈对人性与精神的关注,但又拓展了这一传统,突出了黑人精神的独特性:黑人不仅拥有同等的人性,也不仅是种族主义的受害者,也是具有百折不挠精神品质的族群。她集中笔墨书写了黑人族群精神上的坚韧不拔,挖掘了人们在种族压迫的严酷环境中力求生存的勇气与智慧。

此外,沃克对黑人女性精神世界的特殊关注也拓展了非裔文学创作的空间。正如学者所观察到的,20世纪60年代以前,美国非裔小说中的主人公一般来说是男性。[⑱]虽然事实上赫斯顿、佩特里早在30、40年代就已创作出极具个性的女主角,但在抗议文学的浪潮中她们或被遗忘或被低估,隐没在男主人公的光环中。自60、70年代起,在女权主义运动的影响下黑人女性作为一个特殊群体得到更多关注,沃克与莫里森等作家创作了一批经典的黑人女性角色,成为非裔文学中一道亮丽的新风景。沃克在创作中探索了黑人女性如何在种族主义和性别歧视的双重压迫下孕育或固守强大的内心世界,成功塑造了西莉、索菲亚等典型角色。小说《紫色》中,西莉被继父强暴和恐吓,继而又遭遇丈夫家暴,渺无希望的生活中西莉虽然表现得逆来顺受,但她并没有放弃自己的内心,而是通过给上帝写信坚守心里一方净土,并在索菲亚、莎格的影响下逐渐独立自强。索菲亚强大的内心世界直接表现在她对黑人男权以及白人种族主义的积极反抗中,为了坚持婚姻平等她宁愿离开丈夫,为了黑人的尊严她怒打市长,被判入狱。虽然监狱中的苦难不断磨去她的棱角,但她始终不愿完全放弃一个黑人女性的尊严。

沃克小说中的黑人女性通过姐妹情谊相互扶持,或通过书写、歌唱、缝纫、冥想、与自然的交流等看似日常的方式坚守内心的自我,保持精神世界的宁静、平和与丰盈。总体而言,沃克对"精神存活"的书写、对黑人女性精神生活的关注在一定程度上继承了赫斯顿的传统,肯定了黑人在残酷种族主义环境中保持健康心智的可能,同时也展现了黑人女性强大的精神世界。

第二阶段:多元文化与生态之旅

1983 年沃克因《紫色》荣获普利策奖,声名大振,跻身美国黑人女性文学乃至美国文学重要作家的行列。此后,沃克步入创作的第二阶段。20世纪 80 年代中后期以来,黑人与女性仍是沃克持续关注的主题,但与前期相比,作品具有明显的跨种族、跨文化特征,创作主题与思想更为多元,既有对非洲、南美洲及印第安精神传统的探索,又有对欧洲历史文化的想象,体现出对人类乃至地球整体命运的关切与思索。同时沃克对女性自我精神之旅的探索也更为深入,作品蕴含丰富的"精神生态"(ecospirituality)思想。[16]总体来说,沃克后期创作焕发出新的精神风貌,小说《我宠灵的神殿》(*The Temple of My Familiar*,1989)、《拥有快乐的秘诀》(*Possessing the Secret of Joy*,1992)、《父亲的微笑之光》(*By the Light of My Father's Smile*,1998)、《现在是你敞开心扉之际》(*Now Is the Time to Open Your Heart*,2004)都生动展示了她创作的新视野。

沃克后期创作的小说带有明显的跨种族、跨文化特征,小说人物往往具有多族裔血统,小说场景于美洲、非洲、欧洲之间跳跃切换,展现出一幅多元文化的立体图景。长篇小说《我宠灵的神殿》充分体现了这一特点。作者从当代美国社会这一特定时空切入,以三对夫妇的情感与精神之旅为依托,用回忆与对话的形式讲述了主人公们探寻自我身份、寻找精神祖先的故事。故事在一个个叙述声音中展开,小说的时空也随之延展,时间从当代回溯至远古母系社会时期,地理空间也从美国扩展至拉丁美洲、非洲、欧洲,广袤浩瀚的时空与主人公们多元的文化身份相呼应。叙述故事的莉西是整部小说的核心人物,具有神奇的记忆力,能够记得自己一次次的轮回转世。莉西是位其貌不扬的黑人老妇,与爱人生活在当代美国的巴尔的摩,但在记忆的轮回中她也曾是白人、男人、奴隶主,甚至曾是一头非洲狮。通过莉西的回忆,读者仿佛乘坐时光机器回到过去,穿梭于人类文明发展的不同阶段,甚至踏入史前社会,见证母系文化的繁荣与消逝。莉西的轮回转世隐喻了当代人多元的族裔与文化身份。小说中的其他重要人物,如音乐家阿维达、阿维达的妻子卡洛塔等也都具有多重文化身份。阿维达的族裔身份十分复杂,他的母亲为非裔、苏格兰裔、美国土著黑脚族混血,父亲是墨西哥黑人,混有菲律宾以及中国血统。如此跨族裔

的身份在沃克前期的小说中是不曾见的,成为她创作的新景观。

沃克的新探索源于其多族裔身份意识的加强。沃克最突出的无疑是她的黑人身份,但事实上她身体中不仅流淌着来自非洲的血液,还混合着白人以及美国土著人的基因——她的曾外祖母带有切罗基族印第安人血统,而曾曾祖父是苏格兰裔的白人奴隶主。[⑯]沃克认为充分认识自己的混合族裔身份,尤其是这一身份所带来的深层心理影响至关重要。她在1986年的一篇散文中指出:"在我看来,接受真实而不是虚构的自我对我们的发展也至关重要。我们是北美混血儿。没错,我们是黑人,但我们也是'白人',也是红皮肤土著印第安人。如果你明明属于两个或者三个族裔但却只想以一种种族身份存在,我认为这将导致心理疾病……不管他人是否接纳我们,或者我们既定的自我意识是否抗拒这一身份,我们必须(尽可能地)成为完整的自我。"[⑰]沃克强调的混血身份不仅是生理角度血缘的混合,更是社会心理、文化层面的交错混杂。在她看来,在自己灵魂中搜寻不同族裔祖先留下的痕迹是莫大的乐趣,虽然一些不明所以的人会因此而攻击她,指责她背叛自己的黑人身份,但沃克并不以为然,她认为肯定多族裔血统是深入探索自我、忠于自我的过程。[⑱]沃克多族裔身份意识逐渐融合为更宽广的全球视野。

对人与自然关系的探索是沃克后期创作的另一面相。一次采访中当被问及创作思想有何新动向时,沃克表示自己"对自然以及探寻精神祖先"入迷,[⑲]可见"自然"是沃克后期创作的焦点之一。沃克笔下的"自然"雄浑神秘,富有情感与灵性,往往与人物的精神世界息息相通,生动体现了作者的"精神生态"思想。"精神生态"并非从人类中心主义的角度去看待自然、强调生态平衡对于人类生存的实用性,而是将自然视作"神圣的存在",认为其拥有生命、灵性和"超验的维度",与人类的精神世界交织互通,[⑳]正如沃克在1997年的一篇散文中所表达的,"在每天的生活中,我将地球敬奉为上帝……将自然尊为地球的灵魂"。[㉑]小说《现在是你敞开心扉之际》典型体现了作者的这一思想,它通过女主人公两次旅行揭示了人类与自然的精神交融。女主人公凯特是位多产的黑人女作家,经历多次婚姻。年近六十的她感受到了身体的微妙变化以及难以言表的精神困顿,仿佛身体中有一条"干涸的河流"。[㉒]迷茫中凯特决定离开爱人踏上科罗拉多河之旅。正如凯特所期盼的那样,这是一次荡涤身体与心灵的旅程。科罗拉多河湍急的水流颠簸着游船,凯特靠在船边抑制不住地呕吐。随着身体的每一次痉挛,心中压抑的情绪与无法道出的过往也一同倾倒而出。河水滔滔，胃液翻滚，记忆涌动，在大自然中凯特的身体与心灵仿佛经历了一次重生。为继续探寻自我，凯特又远赴南美亚马逊丛林。在土著萨满法师的指引下，凯特尝试了名为"祖母"的致幻药草。这种药草被当地人奉为神草，据传可以治疗精神创伤，让人破茧成蝶，获得心灵的再生。凯特在药力的作用下似乎真的感受到了来自祖辈的召唤，层叠的创伤记忆被一张张揭开，她最终获得了内心的安宁与精神的复苏。小说中的大自然并非传统意义上故事发生的背景，而是与主人公一样处于文字的中心，有时甚至是第一人称的叙述者，拥有灵性、情感以及神秘的力量，堪称人类的灵魂伴侣、精神力量的源泉。凯特崇敬喜爱大自然，她与树木、河流之间仿佛有隐形的磁场，不断交换着思想与能量。小说的"精神生态"思想最直接体现在主人公的英语名——Kate Talkingtree（凯特·言语的树）中。凯特从小对自然就有一种天生的亲近感，本能地相信"人类与植物有着亲缘关系"，[113] 儿时与树一聊就是数小时，而如今年过半百的她不仅喜欢在树下冥想，还把姓氏"内尔森"直接改成了"言语的树"。[114] 沃克将"精神生态"的思想化入主人公的名字中，以意象巧妙地彰显主旨。

沃克的"精神生态"思想在早期作品中初现端倪，[115] 在《我宠灵的神殿》《现在是你敞开心扉之际》等后期作品中充分演绎，这一创作轨迹与沃克在精神信仰层面的走向不无关系。沃克自幼在基督教氛围中长大，父母均是循道公会教徒，但是沃克并非忠实的信徒，相比之下她更认同非洲及美洲土著祖先流传下来的古朴"泛灵论"（animism）。[116] 沃克称自己为"异教徒"，她表示："我无法让自己的意识飘向宇宙去搜寻上帝的踪影，因为这位上帝从未注意到泥土、树叶或是牛蛙的存在，也未曾留意过我那温柔和顺、充满爱心的族群，看到他们纯真的心……去爱一个不爱你的上帝是致命的。"[117] 在沃克心中逐渐取而代之的是一种杂糅式的信仰，包含基督教、佛教、大地教（earth religion）等思想，[118] 其中对沃克影响至深的还是大地教中的泛灵论，这与沃克继承的非洲及美洲土著文化传统有关。沃克在1973年的一次采访中明确表达了泛灵论的思想倾向："当然我不相信在大自然之外有个上帝。世界本身就是上帝，人类是上帝，一片树叶或者一条蛇也是上帝。"[119] 然而，如学者所言，思想的形成并非一朝一夕，在信仰问题上沃克也曾历经矛盾与徘徊，[110] 或许这解释了为何"精神生态"思想在她后期作品中表现得更为显著。

总体来看，沃克第二阶段的创作一方面延续了前期作品对种族与女性的观照，另一方面又突破原有的框架与元素，体现出跨文化、跨族裔的

全球视野,纵横古今的历史感以及对人类及人类之外精神世界不懈探索的努力。如学者所言,沃克创作的新维度体现了"沃克自身的改变",也反映了"世界的变化对沃克个人及艺术生涯发展的影响",向读者展示了沃克对"新故事、新景象、新观点"的开放态度。⑪

建构黑人女性文学传统

作为黑人女性文学复兴中的先锋人物,沃克在黑人女性文学史上拥有无法替代的位置,她的贡献不仅在于创作了一系列经典之作,还在于她积极建构黑人女性文学传统的努力。有批评家指出,"20 世纪 70 年代以前,除了格温多林·布鲁克斯⑫又或玛格丽特·沃克⑫,在黑人文学界没有一位黑人女作家或女主角获得过应有的重视"。⑬在整个美国文坛,黑人女性文学更是处于边缘地位。面对如此局面,沃克清醒地认识到建构黑人女性文学传统的迫切需要,为此她全力挖掘被埋没的黑人女作家,开创相关课程,积极组建黑人女性文学团体,并竭力建构黑人女性文学批评话语。黑人女性文学在 20 世纪 70、80 年代傲然崛起并非沃克一人之力,但不可否认沃克是其中的灵魂人物。

沃克自 70 年代初就开始着力寻找黑人女性作家典范。在白人男性掌控主要话语权的文化中,沃克创作时遭遇的并非布鲁姆所称的"影响的焦虑"(anxiety of influence);⑮相反,她的不安更多来自黑人女性文学传统的缺失,来自"母亲"的不在场。沃克在散文《拯救属于你自己的生命:艺术家生活中典范的重要性》("Saving the Life That Is your Own: The Importance of Models in the Artist's Life", 1983)中感叹,"在文学以及生活中,典范的缺失对于艺术家来说是一种职业危险……对缺少典范的艺术家来说,更致命的是嘲弄、奚落"。⑯佐拉·尼尔·赫斯顿(Zora Neale Hurston, 1891—1960)是沃克从尘封的历史中发掘出的最为重要的黑人女作家,被其尊为"黑人女性文学之母"。从搜集创作素材时初遇赫斯顿作品,到几经周折寻找赫斯顿墓地,继而撰文纪念她并编写赫斯顿文集,沃克成功将这位心中的文学之母重新推入公众视野。如今赫斯顿成为黑人女性文学及美国文学的经典,沃克功不可没。沃克挖掘出赫斯顿的意义不仅在于挽救或说造就了一位经典作家,更在于这一过程所唤起的公众关注及批判意识——人们由此开始重新审视文学史中黑人女性作家的缺位现象。如批评家所言,"这是一个重要的开端,人们不得不思考与佐拉同命运的黑人'姐妹们'在哪里……"⑰这对于建构黑人女性文学传统具

美国女性小说史

有里程碑式的意义。

为了在种族与性别歧视的文化中发出黑人女性的声音,沃克还开设了美国第一门关于黑人女性作家的课程,[⑩]组建了名为"姐妹会"(the Sisterhood)的黑人女性作家团体,[⑫]并创词撰文积极构建适用于黑人女性文学的批评话语体系。"妇女主义"(womanism)是沃克批评话语中的关键词。1983年沃克在散文集《寻找我们母亲的花园》中提出了"妇女主义者"的概念,[⑬]以区分于主要代表中产阶级白人女性的"女权主义者"一词,突出有色人种女性,尤其是黑人女性的特殊境遇与心声。正如学者所指出的那样,沃克对"妇女主义"的界定"提供了有用的理论范式,有利于社会活动家及学者们研究非裔美国女性遭受的双重压迫问题并建构相关理论"。[⑬]

纵观其近五十载的艺术创作生涯,沃克始终追求作品"社会、道德、美学功用的统一",[⑬]写作于她既是美的体验,又是探寻道德生活的路径,更是促进社会变革的方式。沃克如荷戟的女勇士,既守卫着失而复得的"母亲的花园",又为后来者开辟出一条新的道路。

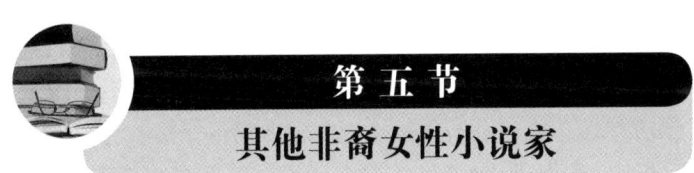

第五节
其他非裔女性小说家

盖尔·琼斯(Gayl Jones, 1949—)

在非裔女性文学史上,盖尔·琼斯是位谜一样的作家。她在生活中缄默内向,在文字中大胆锐利,一举成名却又希望像塞林格一样遁于世外,神秘的气质为她的作品增添了别样的魅力。马娅·安杰卢(Maya Angelou, 1928—2014)、约翰·厄普代克(John Updike, 1932—2009)等称其为"美国最出色的作家之一"。[⑬]莫里森对琼斯也赞叹有加,认为她"思考了他人无法想象的问题","改变了黑人女性小说的含义"。[⑭]

对于自己的生平细节,琼斯往往三缄其口,但从一些基本的信息中我们仍可捕捉到对琼斯创作产生重要影响的人生片段。琼斯走上文学创作之路有其天分的推动,但也离不开环境的熏陶。1949年琼斯出生于肯塔基州的莱克星顿城,外祖母与母亲都热爱写作,外祖母为教堂排演撰写剧

本,而母亲常在家务之余写故事。琼斯显然在耳濡目染中继承了母亲家族的文学基因。她坦言:"如果母亲在我成长过程中没有写故事念给我听,我很可能根本不会想到要写作。"⑬南方黑人口头文化传统在琼斯作品中留下了深刻的印记,她曾表示自己最早的故事素材来自"大人们的聊天",她"语言文字的根基是口头而不是书面的"。⑬求学路上,琼斯与文学创作结下了更深的缘分。她小学便开始创作故事,高中毕业时获得康涅狄格学院奖学金,专攻英文。1971 年大学毕业后至布朗大学继续学习创意写作,1973 年获硕士学位,1975 年获博士学位。在此期间琼斯成果丰厚,完成了两部小说手稿并创作了短篇小说、诗歌、戏剧等。在导师的帮助下琼斯将一部小说手稿寄给时任兰登书屋编辑的莫里森,莫里森看后非常震撼,于是小说《柯雷治多拉》(*Corregidora*, 1975)得以正式出版,获得批评界极大赞誉,奠定了琼斯在黑人女性文学史上的地位。次年,小说《伊娃的男人》(*Eva's Man*, 1976)出版,书中的性与暴力引起颇多争议。或许由于个人生活的坎坷,⑬琼斯时隔二十多年才出版第三部小说《疗伤》(*The Healing*, 1998),次年出版小说《蚊》(*Mosquito*, 1999)。除小说外,琼斯还创作了剧本《智利女人》(*Chile Woman*, 1974)、短篇小说集《白鼠》(*White Rat*, 1977)、诗集《女隐士》(*The Hermit-Woman*, 1983)等,另著有批评集《解放的声音:非裔美国文学的口头文化传统》(*Liberating Voices: Oral Tradition in African American Literature*, 1991)。

琼斯的第一部小说《柯雷治多拉》在多方面具有革新意义。首先,小说以"后记忆"(postmemory)叙事的方式来介入奴隶史,这在同时代的黑人女作家中属于首创。学者指出,"后记忆"是"创伤记忆"的一部分,指"父母或祖先的经历对子孙后代残余的影响",也可以说是"集体或文化创伤对当代身份建构的影响"。⑬虽然后代并没有直接经历创伤,但他们从父母讲述的故事中也获得了某种"萦绕心头"的记忆。在小说中琼斯以女主人公尔萨·柯雷治多拉的"后记忆"串联起家族中几代黑人女性的故事,通过记忆的挖掘、拼贴、传承,展现了一段几乎被人遗忘的奴隶史,同时也考察了过往与当下的缠绕共生。主人公尔萨是肯塔基州一间小酒吧的布鲁斯女歌手,她的曾外祖母是巴西一个种植园主的奴隶,被奴隶主老柯雷治多拉强暴后生下一女,女儿长大后又被亲生父亲奸污,生下尔萨的母亲。对尔萨来说,生养孩子、传宗接代是铭记历史、延续家族记忆的重要方式,被官方叙事抹去的罪恶真相将在家族一代代子女的口口相传中被铭记。令尔萨无法接受的是,被嫉妒和大男子主义冲昏头脑的丈夫在推搡中使她失去了腹中的孩子，也失去了再生育的能力。对她来说这不仅意味着母亲身份的丧失，更意味着记忆的永恒断裂。小说最后，尔萨在布鲁斯音乐的创作与演奏中找到了新的历史传承方式。从19世纪奴隶制时期的种植园到20世纪中期的肯塔基，记忆层层叠叠，尔萨仿佛不仅是尔萨，而是几代黑人女性的化身。琼斯以"后记忆"叙事的方式挖掘了被主流文化抹去的奴隶史，与莫里森的"历史考古学"有异曲同工之妙。

《伊娃的男人》生动诠释了琼斯早期小说中超越时代的美学思想。20世纪70年代初，琼斯在布朗大学创作《柯雷治多拉》与《伊娃的男人》时正值黑人艺术运动影响美国文坛。黑人艺术运动是黑人权力运动的"姐妹花"，[⑬]鼓励艺术家们努力探索黑人独特的艺术表现形式，挖掘黑人特有的经验，并形成自己的艺术评判标准，"黑即美"（Black Is Beautiful）成为艺术创作响亮的口号。[⑭]但是运动倡导者并非鼓励艺术家表现黑人生活的方方面面，而是希望展现黑人族群积极团结的面貌，塑造族群的正面形象。琼斯认同运动所倡导的部分理念，但她"不愿为了时代的政治吁求而牺牲艺术视野与远见"。[⑮]她笔下的人物无法以"正面""负面"来简单界定，主人公往往具有丰富的内心世界，充满矛盾和创伤记忆。琼斯在采访中表示，"政治宣言"式的创作不适合她，因为她"过于青睐性格充满矛盾的人物"，创作时除了人物自身的观点外，不愿将外在的判断带入文本。[⑯]琼斯身处时代大潮却逆流而上，在《伊娃的男人》中描写了一个半疯癫的黑人女性，聚焦性、暴力、同性恋等主题。小说以女主人公伊娃的内心独白开始，从自述中读者得知她杀死并阉割了情人戴维斯，此后一直被囚禁在精神病监狱。伊娃的一生在记忆的闪回中露出模糊的轮廓：从小到大伊娃不断遭到性骚扰和虐待，男人们或将她视作发泄性欲的工具，或把她看作私有财产，禁锢她的自由，欲望得不到满足时就对她施以暴力。戴维斯是压垮伊娃的最后一根稻草，杀死戴维斯象征着伊娃绝望中的反抗。琼斯还描绘了伊娃与狱友艾尔薇拉的同性恋关系，进一步深化了小说对黑人女性性问题的探索。在黑人美学流行的70年代，《伊娃的男人》表现出超越时代的艺术视野，但正因如此，作品极易被误读，招来众多非议。琼·乔丹（June Jordan，1936—2002）就指责琼斯关于黑人女性的描写具有"邪恶的误导性"。[⑰]琼斯表示，"对于非裔作家，尤其是非裔女性作家来说，'性'是一个十分难以处理的主题……因为只要你在作品中涉及性欲，人们就会觉得你在强化关于黑人性欲的刻板印象。所以你会像所谓的进步作家

那样竭力回避这一主题,还是选择勇往直前呢?"⑭显然,琼斯选择坚持自己的美学理念,在时代喧嚣中发出"另类"的声音。

琼斯 20 世纪 90 年代末发表的两部小说在内容与形式上呈现出新的特征,体现了作者的"第三世界美学观"(third-world aesthetics)。在 1994 年的一篇散文中,琼斯以"非裔小说"为第一人称叙述者,用拟人化的方式描述了非裔小说自身的特点,从主题、结构、风格、视角等多方面挑战了小说的传统概念。⑯琼斯认为,非裔小说属于第三世界小说,体现了"第三世界美学观",正处于"去殖民化进程中"。⑯"第三世界美学观"的核心是从主流文化的钳制中"获得解放",拥有"自我定义"的自由,从边缘走向中心,体现当代社会"多元文化"的趋势。⑰《疗伤》和《蚊》不同于琼斯的早期小说,体现了作者新的创作理念与方向。在内容上,后期小说更具"多元文化"特征。早期小说主要聚焦美国黑人经验,而后期作品将南美、非洲等其他地区的黑人生活也纳入考察范围,甚至还讨论了其他少数族裔的文化,表现了作者对少数族裔群体经验的关注。在形式上后期小说勇于突破陈规,进一步丰富了小说这一文类的含义。小说《蚊》尤为典型,全书洋洋洒洒 600 多页,结构松散,逻辑跳跃,不时穿插逸闻轶事,包含大量关于文化、哲学的讨论。对于习惯阅读传统小说的读者来说,《蚊》或许难以卒读,因为小说"不仅坚决抵制线性叙事,也极力规避优秀小说通常应有的特质"。⑱但正如批评家所言,"《蚊》以非传统的故事叙述技巧拓展了小说文类范式,制定了新规则,开辟了新领域"。⑲可以说,琼斯后期的小说展示了"自我定义"的能力,探索了非裔小说独特的美学空间。

在 20 世纪 70 和 80 年代成名的黑人女作家中,琼斯或许是引起最多争议的作家之一。她早期作品中呈现的性、暴力以及黑人男性的负面形象跨越了一批人心中的禁区,后期作品的非传统叙事模式也招来不少质疑,然而正是这种直言不讳的坦率、勇于开拓的精神使其以新鲜的文字挑战美国主流文化,开拓了种族、性别、历史叙事的新维度。

格罗丽亚·内勒(Gloria Naylor, 1950—2016)

格罗丽亚·内勒于 20 世纪 70 年代末步入文坛,是美国当代最为重要的非裔女作家之一。她的小说风格独特,既有浪漫主义的诗意,又有自然主义的冷峻,在创作传统上受欧洲文学影响,同时也吸纳了美国文学的精髓。⑮最为重要的是,内勒的作品具有鲜明的女性主义特色,她往往将黑人女性置于叙事的中心,继承并发展了赫斯顿以来的黑人女性文学传统,为70、80年代的黑人女性文学复兴再添一翼。

内勒走上文学创作之路并非偶然。1950年内勒出生于纽约市,父母在第二次黑人北迁大潮中移居此地。幼时的内勒腼腆内向,富有想象力和创造力,七岁时就表现出对写作的独特兴趣。在母亲和老师的鼓励下,内勒广泛阅读,很早就涉猎文学经典,为之后的创作积淀了底蕴。同时,内勒对本族文化的深刻理解也为她的创作提供了不竭的源泉。内勒父母原是密西西比的佃农,在女儿出生前数周举家搬迁到纽约市。虽然成长在纽约,但是父母身上的南方文化也流淌在内勒的血液中——在家里接触到的都是"南方食物、南方话语、南方的价值观、南方的行为准则",[13]"南方之根"与"北方视角"使内勒得以继承南北方"双重传统"。[14]1968年,内勒高中毕业后作为耶和华见证会传教士在南北方多地布道,所见所闻也开阔了视野,加深了她对黑人文化生活的感悟,尤其是使她进一步熟悉了南方黑人民俗文化。此外,内勒的成功也源于她在英语文学方面的素养及70年代黑人女性文学逐步崛起的大环境。1975年内勒放弃传教士生活回到纽约,她边工作边读书,1981年获得布鲁克林大学文学学士学位。在此期间,内勒不仅在课堂上研习经典作家作品,在上课与工作之余也大量阅读。内勒热爱文学且有写作天赋,但心里时感挫败,因为接触到的作家都是白人或者男性。当27岁的内勒初次读到莫里森《最蓝的眼睛》时,深受震撼与鼓舞,她意识到黑人女性可以用鲜活的语言奏出"一曲动人的歌"。[15]事实上,内勒很快便在文坛发出自己的声音,加入了沃克、莫里森等黑人女作家的阵营。

内勒一生主要创作了五部小说和一部具有虚构色彩的准回忆录,她的作品从不同叙事角度捕捉了黑人历史的重要片段。前四部小说常被归为"四部曲",[16]其中最为人熟知的是她的处女作《布鲁斯特街的女人们》(*The Women of Brewster Place*,1982)。内勒将之视作"写给美国黑人女性的一封情书",小说"赞扬了她们非凡的勇气与韧劲",[17]于出版次年斩获美国国家图书奖之小说首作奖。第二部小说《林顿山》(*Linden Hills*,1985)将目光转向黑人的富有阶层,展现了主人公在物质主义侵蚀下面临的精神与道德危机。《黛妈妈》(*Mama Day*,1988)虚构了一个世外桃源般的南方黑人小岛,揭示了铭记黑人历史、延续黑人文化传统的必要性。《贝利的咖啡馆》(*Bailey's Café*,1992)借鉴爵士乐演奏的方式展开叙事,通过咖啡馆主人及顾客的故事探讨了性与性别身份的问题。四部小说各有特色,在主题与人物方面又互有穿插,形成一个有机的整体。第五部小

说《布鲁斯特街的男人们》(*The Men of Brewster Place*,1998)再次以布鲁斯特街为背景,讲述了在社会夹缝中挣扎的黑人男性的故事,填补了第一部小说的"叙事空白",⑮也再一次为内勒赢得了美国国家图书奖。内勒的最后一部作品《1996》出版于 2005 年,类别介于小说与回忆录之间,以虚构的方式讲述了内勒受到政府监视的经历。总体来说,内勒在小说主题与形式上都勇于探索,进一步开拓了黑人女性文学的艺术空间。

内勒的小说融合了美国黑人文学与西方主流文学的传统,展现出独特的魅力。在莫里森看来,黑人文学并不能仅仅理解为"黑人创作的文学或者关于黑人的文学","也不是话语中带上点黑人口音,省略个'g'那么简单";据她观察,黑人文学的界定应该建立在其他一些文学特质上,如"口头叙事风格""读者参与""合唱""祖先在场",以及现实中带魔幻的小说叙事空间。⑰莫里森坦言,要创作出这样的黑人文学作品实属不易。⑱在内勒的文字中读者可以很快发现莫里森所提及的这些黑人文学特质,其中"口头叙事风格"最为明显。《黛妈妈》开篇就通过对比突显了黑人口头叙事传统:小说第一页是黛妈妈的家谱,第二页是黛妈妈的太奶奶 1819 年被卖到岛上时的奴隶买卖凭证,紧接着故事叙述者"我们"的声音出现,用黑人日常口语开始讲述小岛的传奇故事。书面语与口头语的并置彰显了黑人口头文学传统,一方面赋予黑人言说的权利,另一方面也将语言承载的黑人历史文化直观地呈现给读者。内勒的小说也不乏"祖先"的在场。在莫里森的概念中,这位"长者""仁慈博爱、善于启发、具有保护欲"。⑲在《布鲁斯特街的女人们》中,麦蒂便是母亲一般的存在,呵护其他在伤痛与绝望中挣扎的女性。《黛妈妈》中拥有治病消灾魔力的黛妈妈,或是极具传奇色彩的太奶奶萨菲拉,都是智慧的长者,代表了"祖先"的在场。如学者所指出的,这些"祖先"既是有血有肉的"具体人物",也代表了一种"无形的吁求",呼吁美国的黑人们不要成为"顽固的个人主义者",不应切断相互之间的纽带,不应忘却"那些曾为黑人社会及政治进步奋斗、祈祷、斗争甚至死去的人们"。⑳这些"祖先"的在场使历史过往、文化传统、生命轮回成为具象的存在,对于失去非洲家园的美国黑人来说具有重要的象征意义。内勒的小说不仅表现出黑人文学的众多特质,也可见西方主流文学传统的印记,这种影响最直接体现在小说对西方经典文学作品的指涉与改写中。正如学者所观察到的,内勒在《林顿山》中有意借用但丁(Dante Alighieri,1265—1321)《神曲·地狱篇》(*The Divine Comedy: Inferno*,1320)中地狱的布局,形成讽喻性的叙事结构,以此彰显中产阶级黑人所面临的道德危机。⑯林顿山有着类似但丁笔下的倒锥形地狱的分层布局,人们居住的位置与他们的道德水平相对应;虽然越往山下处所越高档,但人们为此付出的精神与道德代价也越大。此外,读者还可在内勒的其他作品中发现其与西方经典的互文,如《黛妈妈》与莎士比亚《暴风雨》(*The Tempest*,1611)的呼应,《贝利的咖啡馆》中隐含的圣经典故。当然,内勒并非在生硬地模仿西方主流文学的范式,而是以黑人文学传统为根基,融入其他的文学元素,在文本内形成一种张力,开启不同传统之间的对话。

书写黑人女性多彩的生命故事是内勒创作的核心。她曾明确表示,自己决心成为一名作家是为了发出女性,尤其是黑人女性的声音:"作为一名黑人女性,我的存在在美国文学中毫无体现,而作为一名普通的女性,我的观点也没有得到反映。"⑰内勒希望用文字呈现美国黑人女性多元化的经验:"我希望写的都是我自己!当然'我'不可能仅仅指'我'个人。'我'意味着黑人女性,各式各样的黑人女性,她们拥有不同的体征,不同的宗教、政治背景,甚至不同的性取向。"⑱在《布鲁斯特街的女人们》中,内勒塑造了七位身世各异的黑人女性,她们带着不同的故事陆续来到布鲁斯特街区,在充斥种族与性别歧视的恶劣环境中相互扶持,共同面对生活的艰难困苦。在《黛妈妈》中内勒将笔触转向南方黑人妇女,以南方小岛的历史串联起几代黑人女性的故事。《贝利的咖啡馆》则聚焦性与性别身份问题,黑人女性角色中有性虐待受害者,有妓女,还有双性恋的瘾君子。内勒赋予这些边缘角色言说的机会,打破了非贞女即荡妇的固有偏见。可以说,内勒在创作中始终不忘初心,在文字中释放了黑人女性被压抑的声音,"绘制了一幅美国黑人妇女的缩微画卷"。⑲

批评家盖茨认为20世纪的后30年是美国黑人女性文学复兴的时代,⑳而这30年也正是内勒从初涉文坛到创作成熟的时期。内勒不断从黑人女性文学传统中汲取养分,在莫里森等作家的鼓舞下努力开拓黑人女性话语新空间,成功创作出系列经典作品,成为这一传统不可或缺的一部分,与莫里森、沃克一起并称为美国黑人女性文学的"三圣"㉑。

纵观20世纪非裔女性小说发展的历史轨迹,我们可以发现,小说经历了从边缘走向中心、从沉默到发声的过程,作品中女性意识与多元文化观念逐步加强,艺术手法也日臻成熟。总体来说,几代黑人女作家在有意无意间赋予黑人女性小说一些共同的特质,在不同时代遥相呼应,形成黑人女性小说特有的传统。同时,她们在小说题材、语言、形式以及结构上

又都积极创新，丰富了小说这一体裁的内涵，成功建构了黑人，尤其是黑人女性丰富的心灵史。

---

① 根据学者考证，汉纳·克拉夫茨(Hannah Crafts，1830s? —?)的《女奴叙事》(*The Bondwoman's Narrative*)是美国黑人女性创作的第一部小说，但是作品一直到近150年后的2002年才被重新发现并出版。参见 Madhu Dubey，"'Even Some Fiction Might Be Useful'：African American Women Novelists," in Angelyn Mitchell and Danille K. Taylor，eds.，*The Cambridge Companion to African American Women's Literature*. Cambridge：Cambridge University Press，2009，p.150.

② Angelyn Mitchell and Danille K. Taylor. "Introduction," in Angelyn Mitchell and Danille K. Taylor，eds.，*The Cambridge Companion to African American Women's Literature*. Cambridge：Cambridge University Press，2009，p.2.

③ Cheryl A. Wall，"Women of the Harlem Renaissance," in Angelyn Mitchell and Danille K. Taylor，eds.，*The Cambridge Companion to African American Women's Literature*. Cambridge：Cambridge University Press，2009，p.32.

④ Ibid.，p.34.

⑤ Lovalerie King，"Zora Neale Hurston," in Timothy Parrish，ed.，*The Cambridge Companion to American Novelists*. New York：Cambridge University Press，2013，p.149.

⑥ Elaine Showalter，"The Other Lost Generation," in *Sister's Choice: Tradition and Change in American Women's Writing*. New York：Oxford University Press，1991，pp.104 - 126.

⑦ 艾丽丝·沃克1975年3月在 *Ms*.杂志上发表著名文章《寻找佐拉·尼尔·赫斯顿》("In Search of Zora Neale Hurston")，详细记叙了她前往佛罗里达追寻赫斯顿昔日足迹的故事。沃克的努力使赫斯顿重新受到世人关注。该文此后以《寻找佐拉》("Looking for Zora")为题，重版于沃克的文集《寻找我们母亲的花园》，见 Alice Walker，"Looking for Zora," in Alice Walker，*In Search of Our Mothers' Gardens: Womanist Prose*. San Diego：Harcourt，1983，pp.93 - 116.

⑧ 书名的另一种常见译法为《他们的眼睛望着上帝》，此处采用了王家湘的译法，见佐拉·尼尔·赫斯顿：《他们眼望上苍》，王家湘译，北京：北京十月文艺出版社，1998年。

⑨ 赫斯顿最早的作品发表于霍华德大学的文学期刊 *The Stylus*，具体见瓦莱丽·博伊德(Valerie Boyd)所著赫斯顿传记：Valerie Boyd，*Wrapped in Rainbows: The Life of Zora Neale Hurston*. New York：Scribner，2003，p.85.

⑩ Robert W. Croft，*A Zora Neale Hurston Companion*. Westport：Greenwood，2002，p.xxii.

⑪ Ibid.

⑫ W. E. B. Du Bois，"Criteria of Negro Art," in Henry Louis Gates Jr. and Gene

Andrew Jarrett, eds., *The New Negro: Readings on Race*, *Representation*, *and African American Culture*, *1892 - 1938*. Princeton: Princeton University Press, 2007, p.259.

⑬ Alain Locke, "The New Negro," in Alain Locke, ed., *The New Negro*. New York: Touchstone, 1997, p.15.

⑭ Robert E. Hemenway, *Zora Neale Hurston: A Literary Biography*. Urbana: University of Illinois Press, 1980, p.42.

⑮ Ibid.

⑯ Alain Locke, "Negro Youth Speaks," in Alain Locke, ed., *The New Negro*. New York: Touchstone, 1997, pp.47 - 48.

⑰ Miriam Jaffe-Foger, *Cross-Ethnic Mediums and the Autobiographical Gesture in Twentieth Century Literature*. diss., State University of New Jersey, 2008, Ann Arbor: UMI, 2009. 3349894, p.36.

⑱ Stephen Spencer, "Racial Politics and the Literary Reception of Hurston," in Mary Jo Bona and Irma Maini, eds., *Multiethnic Literature and Canon Debates*. Albany: State U of New York P, 2006, p.113.

⑲ 周铭研究指出赫斯顿"重个体不重肤色的健康意识"源于她的个人经历。参见金莉等:《20世纪美国女性小说研究》,北京:北京大学出版社,2010年,第85页。罗伯特·E. 海明威(Robert E. Hemenway)和罗伯特·W. 克罗夫特(Robert W. Croft)也均论及了伊顿维尔童年生活对赫斯顿性格以及创作的影响:Robert E. Hemenway, *Zora Neale Hurston: A Literary Biography*. Urbana: University of Illinois Press, 1980, p.11; Robert W. Croft, *A Zora Neale Hurston Companion*. Westport: Greenwood Press, 2002, p. xxii. 此外,谢里尔·A. 沃尔(Cheryl A. Wall)也指出赫斯顿内心的活力与精神来自养育她的故乡伊顿维尔:Cheryl Wall, "Zora Neale Hurston: Changing Her Own Words," in Harold Bloom, ed., *Zora Neale Hurston*. Philadelphia: Chelsea House Publishers, 2003, p.104.

⑳ Zora Neale Hurston, *Dust Tracks on a Road: An Autobiography*. New York: Harper Perennial, 1996, p.1.

㉑ Ibid.

㉒ Zora Neale Hurston, "How It Feels to Be Colored Me," in Alice Walker, ed., *I Love Myself When I Am Laughing ... and Then Again When I Am Looking Mean and Impressive: A Zora Neale Hurston Reader*. New York: The Feminist Press, 1979, p.152.

㉓ Ibid., pp.153 - 154.

㉔ Robert W. Croft, *A Zora Neale Hurston Companion*. Westport: Greenwood Press, 2002, p. XXⅱ.

㉕ Robert E. Hemenway, *Zora Neale Hurston: A Literary Biography*. Urbana: University of Illinois Press, 1980, p.12.

㉖ Zora Neale Hurston, *Dust Tracks on a Road: An Autobiography*. New York: Harper Perennial, 1996, p.45.

㉗ Zora Neale Hurston, *Mules and Men*. New York: Harper Perennial, 1990, p.3.

㉘ Paul John Eakin, *How Our Lives Become Stories: Making Selves*. Ithaca: Cornell

University Press，1999，p.78.

㉙ Phyllis McEwen，"Zora Neale Hurston and the Possibility of Poetry," in Deborah G. Plant，ed.，*The Inside Light: New Critical Essays on Zora Neale Hurston*. Santa Barbara：Praeger，2010，pp.93－100.

㉚ 参见赫斯顿的戏剧集：Jean Lee Cole and Charles Mitchell，eds. *Zora Neale Hurston: Collected Plays*. New Brunswick：Rutgers University Press，2008.

㉛ Zora Neale Hurston，"Characteristics of Negro Expression," in Angelyn Mitchell，ed.，*Within the Circle: An Anthology of African American Literary Criticism from the Harlem Renaissance to the Present*. Durham：Duke University Press，1994，p.93.

㉜ Henry Louis Gates Jr.，"Afterword," in Zora Neale Hurston，*Their Eyes Were Watching God*. New York：Harper Perennial，1998，p.197.

㉝ Harriet Wilson，*Our Nig*；or，*Sketches from the Life of a Free Black*. New York：Vintage，1983.

㉞ Alice Walker，"Foreword," in Robert E. Hemenway，*Zora Neale Hurston: A Literary Biography*. Urbana：University of Illinois Press，1980，p. Xⅲ .

㉟ Zora Neale Hurston，*Their Eyes Were Watching God*. New York：Harper Perennial，1998，p.14.

㊱ Ibid.，p.11.

㊲ Catherine Cucinella，"Introduction," in Catherine Cucinella，ed.，*Contemporary American Women Poets: An A-to-Z Guide*. Westport：Greenwood Press，2002，p. Xⅵ .

㊳ 赫斯顿去世前留下历史小说《希律王》(*Herod the Great*)的部分手稿。该手稿不同于赫斯顿大部分作品,以"标准英语"创作,海明威认为此举削弱了作品的魅力,见 Robert E. Hemenway，"Zora Neale Hurston and the Eatonville Anthropology," in Cary D. Wintz，ed.，*Remembering the Harlem Renaissance*. New York and London：Routledge，2013，p.316. 总体来说,赫斯顿一直重视黑人方言俗语的价值,将之视作独特的文学语言。正如批评家伊娃·伯奇(Eva Birch)所指出的那样,赫斯顿、兰斯顿·休斯等作家认为,在当时的文化氛围中"要发出真正属于自己的声音,必须有意识地使用仍被认为是'非文学话语'的黑人方言俗语,而不是仅仅向被公认为文学语言的标准英语看齐",见 Eva Birch，"Harlem and the First Black Renaissance," in Harold Bloom，ed.，*The Harlem Renaissance*. Broomall：Chelsea House，2004，pp.118－119.

㊴ Zora Neale Hurston，"Characteristics of Negro Expression," in Angelyn Mitchell，ed.，*Within the Circle: An Anthology of African American Literary Criticism from the Harlem Renaissance to the Present*. Durham：Duke University Press，1994，pp.79－94.

㊵ Ibid.，pp.79－81.

㊶ "地平线"的隐喻参见 Zora Neale Hurston，*Their Eyes Were Watching God*. New York：Harper Perennial，1998，p.1.

㊷ Henry Louis Gates Jr.，*The Signifying Monkey: A Theory of African-American Literary Criticism*. New York：Oxford University Press，1988，p.181.

㊸ 学者程锡麟分析了赫斯顿叙事中的自由间接话语、南方黑人方言土语及独特表达方式，这些策略对于创造“言说文本”十分重要。见程锡麟：《赫斯顿研究》，上海：上海外语教育出版社，2005 年，第 132—140 页。

㊹ Henry Louis Gates Jr., *The Signifying Monkey: A Theory of African-American Literary Criticism*. New York: Oxford University Press, 1988, p.215.

㊺ Zora Neale Hurston, *Dust Tracks on a Road: An Autobiography*. 1942. New York: Harper Perennial, 1996, p.42.

㊻ Harriet Wilson, *Our Nig*. Boston: Geo. C. Rand & Avery, 1859.

㊼ Ann Petry, "Ann Petry," in Adele Sarkissian, ed., *Contemporary Authors: Autobiography Series*, Vol.6. Detroit: Gale Research, 1988, p.253.

㊽ 佩特里家庭背景的相关记载参见 Michelle L. Taylor, "Ann Petry (1908 - 1997)," in Laurie Champion and Rhonda Austin, eds., *Contemporary American Women Fiction Writers: An A-to-Z Guide*. Westport: Greenwood Press, 2002, p. 300; Marlene D. Allen, "Ann Petry," in Emmanuel S. Nelson, ed., *Contemporary African American Novelists: A Bio-bibliographical Critical Sourcebook*. Westport: Greenwood Press, 1999, p.377.

㊾ Marilyn Mobley McKenzie, "Ann Petry," in Valerie Smith, ed., *African American Writers*, 2nd ed, Vol. 2. New York: Charles Scribner's Sons, 2001, p.616.

㊿ 佩特里在纽约的经历参见这两本书中相关部分：Bernard W. Bell, *Bearing Witness to African American Literature: Validating and Valorizing Its Authority, Authenticity, and Agency*. Detroit: Wayne State University Press, 2012, p. 187; Shanna Greene Benjamin, "Petry, Ann (1908 - 1997)," in Elizabeth Ann Beaulieu, ed., *Writing African American Women: An Encyclopedia of Literature by and about Women of Color, K-Z*, Vol.2. Westport: Greenwood Press, 2006, p.706.

(51) 《阿姆斯特丹周报》(*The New York Amsterdam News*)是美国最老的黑人报纸之一。《人民之声》(*People's Voice*)是一份左翼黑人报纸。

(52) 关于生活积累对于佩特里创作的重要影响，有批评家做了相关评述，见 Barbara Christian, *Black Women Novelists: The Development of a Tradition*, 1892 - 1976. Westport: Greenwood Press, 1980, p. 63; Marilyn Mobley McKenzie, "Ann Petry," in Valerie Smith, ed., *African American Writers*, 2nd ed, Vol. 2. New York: Charles Scribner's Sons, 2001, p.618.

(53) 1939 年 8 月佩特里以笔名“Arnold Petri”在《非裔美国人》(*Afro-American*)上发表第一篇短篇小说《小木屋俱乐部的玛丽》("Marie of the Cabin Club")。

(54) Marilyn Mobley McKenzie, "Ann Petry," in Valerie Smith, ed., *African American Writers*, 2nd ed, Vol. 2. New York: Charles Scribner's Sons, 2001, p.615.

(55) Ibid.

(56) Ann Petry, interview with James W. Ivey, "Ann Petry Talks about First Novel," in Hazel Arnett Ervin, ed., *Ann Petry: A Bio-bibliography*. New York: G. K. Hall, 1993, p.71.

(57) Barbara Christian, *Black Women Novelists: The Development of a Tradition*, 1892-1976. Westport: Greenwood Press, 1980, p.65.

(58) Maria D. Davidson and Scott Davidson. "Perspectives on Womanism, Black Feminism, and Africana Womanism," in Jeanette R. Davidson, ed., *African American Studies*. Edinburgh: Edinburgh University Press, 2010, pp.250-253.

(59) Keith Clark, "'From a Thousand Different Points of View': The Multiple Masculinities of Ann Petry's 'Miss Muriel'," in Hazel Arnett Ervin and Hillary Holladay, eds., *Ann Petry's Short Fiction: Critical Essays*. Westport, CT: Praeger Publishers, 2004, p.82.

(60) Barbara Christian, *Black Women Novelists: The Development of a Tradition*, 1892-1976. Westport: Greenwood Press, 1980, p.65.

(61) 艾奥勒·勒鲁瓦(Iola Leroy)是1892年出版的同名小说中的女主角,《艾奥勒·勒鲁瓦》(*Iola Leroy*)是黑人女性作家最早出版的小说之一。

(62) Barbara Christian, *Black Women Novelists: The Development of a Tradition*, 1892-1976. Westport: Greenwood Press, 1980, p.65.

(63) Nellie Y. McKay, "Introduction," in Ann Petry, *The Narrows*. New York: Kensington Publishing Corp, 2008, p.vii.

(64) F. Gregory Stewart, "Community," in Elizabeth Ann Beaulieu, ed., *Writing African American Women: An Encyclopedia of Literature by and about Women of Color: A-J*, Vol.1. Westport: Greenwood Press, 2006, pp.208-211.

(65) Cherene Sherrard-Johnson, "City Place /Country Place: Negotiating Class Geographies in Ann Petry's Writing," in Catherine Rottenberg, ed., *Black Harlem and the Jewish Lower East Side: Narratives Out of Time*. Albany, New York: State U of New York P, 2013, pp.67-68.

(66) Carolyn C. Denard, "Toni Morrison," in Elaine Showalter, Lea Baechler and A. Walton Litz, eds., *Modern American Women Writers*. New York: Charles Scribner's Sons, 1993, p.227.

(67) "Nobel Prize for Literature 1993 — Press Release," in *Nobelprize.org*. Nobel Media AB 2014. http://www.nobelprize.org/nobel_prizes/literature/laureates/1993/press.html. Accessed 20 Feb 2016.

(68) Carolyn C. Denard, "Toni Morrison," in Elaine Showalter, Lea Baechler and A. Walton Litz, eds., *Modern American Women Writers*. New York: Charles Scribner's Sons, 1993, p.225.

(69) Carmen Gillespie, *Critical Companion to Toni Morrison: A Literary Reference to Her Life and Work*. New York: Infobase Publishing, 2008, p.4.

(70) Michael Perry, "Toni Morrison," in Matthew C. Whitaker, ed., *Icons of Black America: Breaking Barriers and Crossing Boundaries*, Vol. 1. Santa Barbara, Denver and Oxford: Greenwood Icons, 2011, p.605.

(71) Toni Morrison, "Toni Morrison-Charles Ruas/1981," in Danille Taylor-Guthrie, ed., *Conversations with Toni Morrison*. Jackson: University Press of Mississippi, 1994, p.100.

(72) Ibid.

⑦③ Toni Morrison, "Rootedness: The Ancestor as Foundation," in Carolyn C. Denard, ed., *What Moves at the Margin: Selected Nonfiction*. Jackson: University Press of Mississippi, 2008, p.61.

⑦④ Toni Morrison, "Toni Morrison-Charles Ruas/1981," in Danille Taylor-Guthrie, ed., *Conversations with Toni Morrison*. Jackson: University Press of Mississippi, 1994, p.100.

⑦⑤ Larry Neal, "The Black Arts Movement," in Angelyn Mitchell, ed., *Within the Circle: An Anthology of African American Literary Criticism from the Harlem Renaissance to the Present*. Durham and London: Duke University Press, 1994, p.184.

⑦⑥ Ellyn Sanna, "Biography of Toni Morrison," in Harold Bloom, ed., *Toni Morrison*. Philadelphia: Chelsea House Publishers, 2002, p.11.

⑦⑦ Toni Morrison, interview with Paul Gilroy, "Living Memory: A Meeting with Toni Morrison," in Paul Gilroy, *Small Acts: Thoughts on the Politics of Black Cultures*. London: Serpent's Tail, 1993, p.179.

⑦⑧ Toni Morrison, "Behind the Making of *The Black Book*," in Carolyn C. Denard, ed., *What Moves at the Margin: Selected Nonfiction*. Jackson: University Press of Mississippi, 2008, p.38.

⑦⑨ Toni Morrison, "Rediscovering Black History," in Carolyn C. Denard, ed., *What Moves at the Margin: Selected Nonfiction*. Jackson: University Press of Mississippi, 2008, pp.39 – 55.

⑧⓪ Ibid., p.43.

⑧① Toni Morrison, "Toni Morrison: The Art of Fiction," in Carolyn C. Denard, ed., *Toni Morrison: Conversations*. Jackson: University Press of Mississippi, 2008, p.76.

⑧② Tessa Roynon, *The Cambridge Introduction to Toni Morrison*. New York: Cambridge University Press, 2013, p.13.

⑧③ Ibid., p.14.

⑧④ Toni Morrison, "Rootedness: The Ancestor as Foundation," in Carolyn C. Denard, ed., *What Moves at the Margin: Selected Nonfiction*. Jackson: University Press of Mississippi, 2008, p.64.

⑧⑤ Toni Morrison, "Home," in Wahneema Lubiano, ed., *The House That Race Built: Original Essays by Toni Morrison, Angela Y. Davis, Cornel West, and Others on Black Americans and Politics in America Today*. New York: Vintage Books, 1998, p.5.

⑧⑥ Toni Morrison, "The Site of Memory," in Carolyn C. Denard, ed., *What Moves at the Margin: Selected Nonfiction*. Jackson: University Press of Mississippi, 2008, pp.65 – 82.

⑧⑦ Toni Morrison, "Rootedness: The Ancestor as Foundation," in Carolyn C. Denard, ed., *What Moves at the Margin: Selected Nonfiction*. Jackson: University Press of Mississippi, 2008, p.64.

⑧⑧ Toni Morrison, "The Site of Memory," in Carolyn C. Denard, ed., *What Moves*

at the Margin: Selected Nonfiction. Jackson: University Press of Mississippi, 2008, p.71.

⑧⑨ Ibid.

⑨⓪ Ibid., p.72.

⑨① 转引自 Stephen Koch, *The Modern Library Writer's Workshop: A Guide to the Craft of Fiction*. New York: The Modern Library, 2003, p.138.

⑨② Toni Morrison, "The Site of Memory," in Carolyn C. Denard, ed., *What Moves at the Margin: Selected Nonfiction*. Jackson: University Press of Mississippi, 2008, p.71.

⑨③ Toni Morrison, "In the Realm of Responsibility: A Conversation with Toni Morrison," in Danille Taylor-Guthrie, ed., *Conversations with Toni Morrison*. Jackson: University Press of Mississippi, 1994, p.248.

⑨④ David E. Magill, "Approaches to Morrison's Work: Historical," in Elizabeth Ann Beaulieu, ed., *The Toni Morrison Encyclopedia*. Westport: Greenwood Press, 2003, p.23.

⑨⑤ Gloria Naylor and Toni Morrison. "Gloria Naylor and Toni Morrison/1985," in Maxine Lavon Montgomery, ed., *Conversations with Gloria Naylor*. Jackson: University Press of Mississippi, 2004, pp.34 – 35.

⑨⑥ Timothy Greenfield-Sanders and Elvis Mitchell, *The Black List*. New York: Atria Books, 2008, p.23.

⑨⑦ Bonnie Thornton Dill, "Race, Class and Gender: Prospects for an All-Inclusive Sisterhood," in Claire Goldberg Moses and Heidi Hartmann, eds., *U. S. Women in Struggle: A Feminist Studies Anthology*. Urbana and Chicago: University of Illinois Press, 1995, p.278.

⑨⑧ Katrina Bell McDonald, *Embracing Sisterhood: Class, Identity, and Contemporary Black Women*. New York: Rowman & Littlefield Publishers, 2007, p.35.

⑨⑨ Rudolph P. Byrd, "Introduction," in Rudolph P. Byrd, ed., *The World Has Changed: Conversations with Alice Walker*. New York: The New Press, 2010, p.5.

⑩⓪ 也有学者将 womanist 译为"女人主义者",参见唐红梅:《种族、性别与身份认同:美国黑人女作家艾丽丝·沃克、托尼·莫里森小说创作研究》,北京:民族出版社,2006 年,第 76 页。

⑩① Alice Walker, "One Child of One's Own: A Meaningful Digression within the Work(s)," in Janet Sternburg, ed., *The Writer on Her Work*, Rev. ed. New York: W. W. Norton & Company, 2000, p.135.

⑩② 鲁道夫·P. 伯德指出了沃克创作的两个阶段,见 Rudolph P. Byrd, "Introduction," in Rudolph P. Byrd, ed., *The World Has Changed: Conversations with Alice Walker*. New York: The New Press, 2010, pp.25 – 27. 另一位学者也认为 1984 年之后沃克的创作有新发展,并尤为强调了沃克后期创作中的"印第安意识",见 Karla Simcikova, *To Live Fully, Here and Now: The Healing Vision in the Works of Alice Walker*. Lanham: Lexington Books, 2007, pp.9 – 10.

⑩③ Alice Walker, "Interview with John O'Brien from *Interviews with Black Writers*

(1973)," in Rudolph P. Byrd, ed., *The World Has Changed: Conversations with Alice Walker*. New York: The New Press, 2010, p.40.

⑭ Bernard Bell, "Dual Tradition of African American Fiction: An Interpretation," in Kwame Appiah and Henry Louis Gates Jr., eds., *Africana: The Encyclopedia of the African and African American Experience*. New York: Oxford University Press, 2005, p.454.

⑩ Pamela A. Smith, "Green Lap, Brown Embrace, Blue Body: The Ecospirituality of Alice Walker," in *Cross Currents*, Vol.48, No.4, 1998/1999, pp.471–487.

⑯ 沃克曾在诗作中强调自己的混合族裔身份,见 Alice Walker, *Horses Make a Landscape Look More Beautiful*, 1st Harvest ed. San Diego, New York, London: Harcourt Brace & Company, 1986, p. viii. 学者伊夫林 • C. 怀特(Evelyn C. White)也曾在沃克传记中提及相关信息,见 Evelyn C. White, *Alice Walker: A Life*. New York: W. W. Norton & Company, 2004, p.17.

⑰ Alice Walker, *Living by the Word: Selected Writings, 1973–1987*. San Diego, New York, London: Harcourt Brace & Company, 1989, p.82.

⑱ Alice Walker, "'The Richness of the Very Ordinary Stuff': A Conversation with Jody Hoy (1994)," in Rudolph P. Byrd, ed., *The World Has Changed: Conversations with Alice Walker*. New York: The New Press, 2010, pp.132–133.

⑲ Ibid., p.129.

⑩ Layli Maparyan, *The Womanist Idea*. New York and London: Routledge, 2012, p.261.

⑪ Alice Walker, "The Only Reason You Want to Go to Heaven Is That You Have Been Driven Out of Your Mind," in Alice Walker, *Anything We Love Can Be Saved: A Writer's Activism*. New York: Ballantine Books, 1997, p.9.

⑫ Alice Walker, *Now Is the Time to Open Your Heart*. New York: Random House, 2004, p.42.

⑬ Ibid., p.69.

⑭ Ibid., p.3.

⑮ 有学者指出,沃克文学创作从一开始就体现出生态思想,参见王冬梅:"和谐共荣、充满爱的美丽新世界——艾丽斯 • 沃克《紫色》精神生态思想解读",载《2008 文学与环境武汉国际学术研讨会论文集》,武汉:华中师范大学出版社,2010 年,第 252—258 页。

⑯ Alice Walker, "Interview with John O'Brien from *Interviews with Black Writers* (1973)," in Rudolph P. Byrd, ed., *The World Has Changed: Conversations with Alice Walker*. New York: The New Press, 2010, p.41.

⑰ Alice Walker, "The Only Reason You Want to Go to Heaven Is That You Have Been Driven Out of Your Mind," in Alice Walker, *Anything We Love Can Be Saved: A Writer's Activism*. New York: Ballantine Books, 1997, pp.24–25.

⑱ 沃克曾在采访中提及自己的精神信仰,称自己受此三大宗教影响,见 Melanie L. Harris, "Womanist Spirituality: Legacies of Freedom," in Ibigbolade S. Aderibigbe and Carolyn M. Jones Medine, eds., *Contemporary Perspectives on Religions in Africa and the African Diaspora*. New York: Palgrave Macmillan,

2015，p.147.

⑪⑨ Alice Walker，"Interview with John O'Brien from *Interviews with Black Writers* (1973)," in Rudolph P. Byrd, ed., *The World Has Changed: Conversations with Alice Walker*. New York：The New Press，2010，p.52.

⑫⓪ 见 Heather Alumbaugh, "In Search of Alice Walker：An Overview," in Harold Bloom, ed., *Alice Walker*. Philadelphia：Chelsea House Publishers，2002，p.64.

⑫① 伯德在序言中提及了沃克第二阶段创作的多个特点，见 Rudolph P. Byrd, "Introduction," in Rudolph P.Byrd, ed., *The World Has Changed: Conversations with Alice Walker*. New York：The New Press，2010，pp.26 - 27.

⑫② Gwendolyn Brooks，1917 - 2000.

⑫③ Margaret Walker，1915 - 1998.

⑫④ Calvin C. Hernton, *The Sexual Mountain and Black Women Writers*. New York：Anchor Press，1987，p.40.

⑫⑤ Harold Bloom, *The Anxiety of Influence: A Theory of Poetry*. New York：Oxford University Press，1973.

⑫⑥ Alice Walker, "Saving the Life That Is Your Own：The Importance of Models in the Artist's Life," in Alice Walker, *In Search of Our Mothers' Gardens: Womanist Prose*. New York：Harvest，1983，p.4.

⑫⑦ Lorraine Elena Roses and Ruth Elizabeth Randolph, "Introduction," in Lorraine Elena Roses and Ruth Elizabeth Randolph, eds., *Harlem's Glory: Black Women Writing, 1900 - 1950*. Cambridge：Harvard University Press，1996，p.2.

⑫⑧ 沃克于 1973 年开设了美国第一门黑人女性作家课程，见 Rudolph P. Byrd, "Chronology," in Rudolph P. Byrd, ed., *The World Has Changed: Conversations with Alice Walker*. New York：The New Press，2010，p. Xⅲ.

⑫⑨ 20世纪 70 年代末沃克与友人组建了黑人女性作家团体"姐妹会"，见 Rudolph P. Byrd, "Introduction," in Rudolph P. Byrd, ed., *The World Has Changed: Conversations with Alice Walker*. New York：The New Press，2010，p.23.

⑬⓪ Alice Walker, *In Search of Our Mothers' Gardens: Womanist Prose*. New York：Harvest，1983，pp. Xⅰ - Xⅱ.

⑬① Rudolph P. Byrd, "Introduction," in Rudolph P. Byrd, ed., *The World Has Changed: Conversations with Alice Walker*. New York：The New Press，2010，p.30.

⑬② Thadious M. Davis, "Alice（Malsenior）Walker," in James E. Kibler, ed., *American Novelists Since World War II: Second Series*. Detroit：Gale Research Co.，1980，p.351.

⑬③ Michelle L. Taylor, "Gayl Jones（1949 - ）," in Laurie Champion and Rhonda Austin, eds., *Contemporary American Women Fiction Writers: An A-to-Z Guide*. Westport：Greenwood Press，2002，p.159.

⑬④ Toni Morrison, "Toni Morrison on a Book She Loves：Gayl Jones's *Corregidora*," in Carolyn C. Denard, ed., *What Moves at the Margin: Selected Nonfiction*. Jackson：University Press of Mississippi，2008，pp.109 - 110.

⑬⑤ Charles H. Rowell, "An Interview with Gayl Jones," in Casey Clabough, *Gayl*

Jones: The Language of Voice and Freedom in Her Writings. Jefferson, North Carolina, and London: McFarland & Company, 2008, p.179.

⑬⑯ Michael S. Harper, "Gayl Jones: An Interview," *Massachusetts Review*, Vol.18, No.4, 1977, p.692.

⑬⑰ 1982年琼斯丈夫因与同性恋支持者发生冲突并涉嫌持枪威胁而被起诉。在审判前琼斯与丈夫逃至巴黎，直至 1988 年才回到美国。1998 年琼斯丈夫与前来拘捕的警察发生对抗并自杀。参见 Michelle L. Taylor, "Gayl Jones (1949 -)," in Laurie Champion and Rhonda Austin, eds., *Contemporary American Women Fiction Writers: An A-to-Z Guide*. Westport: Greenwood Press, 2002, p.160.

⑬⑱ Maria Rice Bellamy, *Bridges to Memory: Postmemory in Contemporary Ethnic American Women's Fiction*. Charlottesville and London: University of Virginia Press, 2016, p.4.

⑬⑲ Larry Neal, "The Black Arts Movement," in Angelyn Mitchell, ed., *Within the Circle: An Anthology of African American Literary Criticism from the Harlem Renaissance to the Present*. Durham and London: Duke University Press, 1994, p.184.

⑭⓪ Amy Abugo Ongiri, *Spectacular Blackness: The Cultural Politics of the Black Power Movement and the Search for a Black Aesthetic*. Charlottesville and London: University of Virginia Press, 2010, p.29.

⑭① Maria Rice Bellamy, *Bridges to Memory: Postmemory in Contemporary Ethnic American Women's Fiction*. Charlottesville and London: University of Virginia Press, 2016, p.18.

⑭② Charles H. Rowell, "An Interview with Gayl Jones," in Casey Clabough, *Gayl Jones: The Language of Voice and Freedom in Her Writings*. Jefferson, North Carolina, and London: McFarland & Company, 2008, pp.167 - 168.

⑭③ June Jordan, "All about Eva," in *The New York Times Book Review*, 16 May 1976, pp.36 - 37.

⑭④ Charles H. Rowell, "An Interview with Gayl Jones," in Casey Clabough, *Gayl Jones: The Language of Voice and Freedom in Her Writings*. Jefferson, North Carolina, and London: McFarland & Company, 2008, p.171.

⑭⑤ Gayl Jones, "From *The Quest for Wholeness*: Re-Imagining the African-American Novel: An Essay on Third World Aesthetics," in *Callaloo*, Vol.17, No.2, 1994, pp.507 - 518.

⑭⑥ Ibid.

⑭⑦ Ibid.

⑭⑧ James A. Miller, "A Talker, a Tale-Teller, a Sojourner," in *Boston Globe*, 17 Jan. 1999, p.3.

⑭⑨ Casey Clabough, "Afrocentric Recolonizations: Gayl Jones's 1990s Fiction," in *Contemporary Literature*, Vol.46, No.2, 2005, p.261.

⑮⓪ Henry Louis Gates Jr., "Preface," in Henry Louis Gates Jr. and K. A. Appiah, eds., *Gloria Naylor: Critical Perspectives Past and Present*. New York: Amistad, 1993, p. X.

⑮ Virginia C. Fowler, *Gloria Naylor*. New York: Twayne Publishers, 1996, p.4.

⑯ Charles E. Wilson Jr., *Gloria Naylor: A Critical Companion*. Westport & London: Greenwood Press, 2001, p.2.

⑯ Gloria Naylor, "A Conversation: Gloria Naylor and Toni Morrison," in Danille Taylor-Guthrie, ed., *Conversations with Toni Morrison*. Jackson: University Press of Mississippi, 1994, p.189.

⑯ 内勒在采访中自己也采用了"四部曲"的说法,见 Donna Perry, "Gloria Naylor," in Maxine Lavon Montgomery, ed., *Conversations with Gloria Naylor*. Jackson: University Press of Mississippi, 2004, p.83.

⑯ 转引自 Carol Kort, *A to Z of American Women Writers*, Rev. ed. New York: Facts on File, 2007, p.217.

⑯ Pratibha Kelapure, "Gloria Naylor," in Yolanda Williams Page, ed., *Encyclopedia of African American Women Writers*, Vol.1. Westport and London: Greenwood Press, 2007, p.447.

⑯ Toni Morrison, "Rootedness: The Ancestor as Foundation," in Carolyn C. Denard, ed., *What Moves at the Margin: Selected Nonfiction*. Jackson: University Press of Mississippi, 2008, p.61.

⑯ Ibid.

⑯ Ibid., p.62.

⑯ La Vinia Delois Jennings, *Toni Morrison and the Idea of Africa*. New York: Cambridge University Press, 2008, p.82.

⑯ Catherine C. Ward, "Gloria Naylor's *Linden Hills*: A Modern *Inferno*," in *Contemporary Literature*, Vol.28, No.1, 1987, pp.67-81.

⑯ Gloria Naylor and Diane Osen. "Interview with Gloria Naylor," *National Book Foundation Archives*. http://www.nationalbook.org/authorsguide_gnaylor.html. Accessed 10 Dec. 2017.

⑯ Pearl Cleage, "Gloria Naylor," in Maxine Lavon Montgomery, ed., *Conversations with Gloria Naylor*. Jackson: University Press of Mississippi, 2004, p.66.

⑯ Ibid., p.65.

⑯ Henry Louis Gates Jr., *Life Upon These Shores: Looking at African American History, 1513-2008*. New York: Alfred A. Knopf, 2013, p.428.

⑯ "holy trinity",见 Shirley A. Stave, "Introduction," in Shirley A. Stave, ed., *Gloria Naylor: Strategy and Technique, Magic and Myth*. Newark: University of Delaware Press, 2001, p.9.

美
国
女
性
小
说
史

第七章

美国南方女性小说

　　美国南方女性小说具有历史、文化、社会的独特性，同时也具有普遍性。它与美国南方文学共同产生于美国南部这个独特的地方，但却增添了女性的视角和感受。美国南方文学与美国南方历史、文化和地理环境紧密地联系在一起。美国南方文学通常指的是在南方文化环境中成长的作家创作的关于南方的文学作品。对于美国南方文学的界定大致有两种观点，这两种观点都是以南方的区域划分为依据的。第一种认为美国南方包括三个地区：南部沿海以种植园经济为主的地区，这里居住的主要是贵族阶层；以红土地为特征的山麓地区，主要居民包括农夫和蓝领工人；集工业、采矿业和旅游业于一身的南方山区。另一种看法认为，美国南方是指沿海从墨西哥湾起以北，包括田纳西州、肯塔基州、北卡罗来纳州、弗吉尼亚州直到马里兰州的地区。[①] 由此可见，不论哪种分法，美国南方文学都具有强烈的地方色彩，与特定的区域环境有着密切关联。

　　从历史形成上来看，美国南方人群中有大量的苏格兰人，苏格兰族群及其文化特征对美国南方文化的形成产生了重大影响。1707 年《联合法案》的颁布将苏格兰正式并入英格兰；1746 年卡洛登战役之后，苏格兰传统的氏族社会和农业文化遭到全面摧毁，绝大部分苏格兰人离开苏格兰高地，其中一部分人来到了美国南方。苏格兰高地文化是以氏族（clan）为单位，每个氏族中的人绝对忠诚于首领。从盖尔诗歌中的"颂词准则"（the panegyric code）我们可以管窥苏格兰高地文化对氏族和首领的忠诚。所谓的"颂词准则"是"一整套广泛存在于盖尔文学所有题材和社会范畴中的惯例"。[②] 根据皮娅·科

伊拉(Pía Coira)对从早期到 18 世纪的苏格兰盖尔诗歌所做的系统研究，颂词准则被嵌入到文本中的首要目的是建构"语言的权威"。③通过赞美颂扬理想的统治者，盖尔诗歌将首领的统治合法化，从而维护了社会的统一性。美国南方文化的一个核心便是对家族、社区和区域的忠诚，再加上南方是农业社会，带有山水等自然屏障，偏隅一方，自给自足，这使得它形成了一个相对封闭，同时又十分稳定的文化系统。南北战争强行打破了这个封闭自足的系统，迫使其接受北方文化或者其他任何形式的改变，而这在南方文化中是最难做到的。经历过战争创伤的南方文化分裂成了以父辈为代表的旧南方和以年轻人为代表的新南方。这代表着传统南方文化的割裂和断层，同时也隐喻了新生和未来。然而，即使是新南方势力，也依然对传统的南方文化怀有某种爱恨交织的复杂情感。由此我们不难看出，独特的南方历史铸就了独特的南方文化，而这在很大程度上决定了关于南方的书写。

南方独特的历史、文化和地理环境，加上女性与自然和土地的天然联系，使南方女性书写突显出以下三个主题。

第一，在南方女性书写中，家庭是重要的主题之一。由于南方文化对家族、社区和区域表现出不同一般的忠诚，南方人对家庭怀有一种特殊的情感，而家往往又是一种隐喻，象征着一个更大的群体单位，那便是整个南方。首先，家庭与女性有着天然的联系。南方女性作家往往强调家庭对个体成长的重要性，家庭成员之间关系的破裂、扭曲、疏离等往往对个体产生非常不利的影响，促使个体走向孤独甚至毁灭。南北战争打破了传统南方所秉承的对家庭的敬畏与尊重，使得个体难以在纷乱的变化中找到安身立命之所，常常陷入困惑、困顿、焦虑、抑郁、孤独，甚至试图以暴力、毁灭来与他人建立变态扭曲的关联。维系南方人际关系的传统链条已然断裂，新的链条尚未或者很难形成，这在很大程度上导致新南方人在现代社会中难以找到自己的位置，从而陷入各式各样的变态状态。

第二，在南方女性书写中，地方是另一个重要主题。南方女性作家对于生于斯长于斯的这片土地有着深厚的情感。她们爱这片土地，用心去感受这片土地，用笔去书写这片土地，更用灵魂来评价这片土地。例如，艾伦·戈尔森·格拉斯哥(Ellen Gholson Glasgow，1873—1945)立足弗吉尼亚，伊丽莎白·马多克斯·罗伯茨(Elizabeth Madox Roberts，1881—1941)专注于肯塔基州，尤多拉·韦尔蒂(Eudora Welty，1909—2001)则是长期生活于密西西比河三角洲地带，卡森·麦卡勒斯(Carson

McCullers，1917—1967）和弗兰纳里·奥康纳（Flannery O'Connor，1925—1964)则关注南方的小镇。她们书写南方的特定地方，她们的人物来自有着鲜明特色的地方小镇，作品不仅传达出南方的声音，更刻画出人类社会在特定社会形态和时空中的普遍状态，因而具有普遍的价值。新与旧的冲突、父（母）与子（女）冲突、变化与不变的冲突、男性与女性的冲突、黑人与白人的冲突等等，这些问题一方面具有南方色彩，另一方面也能够反映出人类的普遍境遇。

第三，在南方女性书写中，种族冲突也是一个重要主题。要理解南方的种族问题，不妨参照苏格兰氏族社会中的等级。氏族社会中等级分明，血缘决定社会地位，而人们也将这种不平等视为理所当然。在南方女性作家的笔下，我们看到的一个现象是：黑人就是黑人。作为固化的社会结构的一部分，黑人对构成南方社会是不可或缺的，但是他们有其特定的位置。对于一个封闭的南方文化来说，改变是非常危险和令人难以接受的。这就是种族问题在南方女性笔下的事实，也是历史的事实。种族融合想让南方人放弃贵族与平民的划分，实现人人平等自由，这就像是让南方人放弃农业社会、拥抱工业社会一样，在一定时期内是很难实现的。接受了北方平等自由思想的新青年愿意张开双臂拥抱黑人，但是黑人却不一定敞开心胸拥抱白人。这是在特定历史时期和文化背景下形成的悖论。南方女性（包括白人女性）作家更愿意将种族问题当作一个历史事实来书写。此外，由于南方文化中有已经根深蒂固的等级划分，她们也不可能进入黑人的世界，探究黑人的内心与精神。因此整体来说，南方女性作家展现了种族问题的历史性和复杂性，却没有多少革命性和前瞻性。这是南方独特的文化背景造成的必然现象。

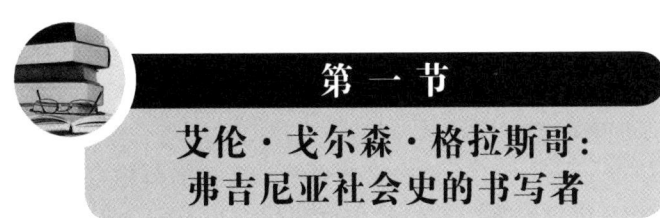

第 一 节
艾伦·戈尔森·格拉斯哥：
弗吉尼亚社会史的书写者

艾伦·戈尔森·格拉斯哥（Ellen Gholson Glasgow，1873—1945)被誉为美国南方文学史上的先驱，她在19、20世纪之交美国文学从维多利

亚传统向现代风格的过渡中起到了桥梁作用。她早期的作品带有明显的感伤文学色彩,且主要以男性为主人公。后来她逐渐将弗吉尼亚历史、文化与女性独特的经验结合起来,谱写出一部部史诗般的篇章。她的作品带有强烈的地方史诗特征,对弗吉尼亚历史和社会史有深入的理解,具有较高的社会文化价值。此外,她的作品从感伤文学逐步过渡到现代文学,尤其是对社会转型期女性争取独立的社会经验有深入的探讨。作为南方女性作家,格拉斯哥因女性和社会身份遭遇了诸多指责和误解,但她与当时文学界和评论界保持着较好的关系,加上作品本身的独特气质,其绝大多数作品在当时受到好评,她本人也获得了诸如普利策奖之类的荣誉。随着女性批评和文化批评的兴起,评论界越来越注意到格拉斯哥作品的独特文学和文化价值。

生平传略与创作成就

艾伦·戈尔森·格拉斯哥于 1873 年 4 月 22 日出生于弗吉尼亚州的里士满,在家中十个孩子中排行第九。她出身世家,父亲弗朗西斯·托马斯·格拉斯哥(Francis Thomas Glasgow)是弗吉尼亚最大钢铁厂的经理,此工厂曾为南北战争中的南方军队提供军火;母亲安·简·戈尔森(Anne Jane Gholson)是弗吉尼亚最古老家族的后裔。格拉斯哥年幼时健康状况不佳,在家接受家庭教育,因而她在家里的宅子和泽顿庄园度过了大部分时光。格拉斯哥的童年时光大部分是在阅读、讲故事、照顾小动物中度过,与当时同她一样出身的女孩并无二致。在自传《里面的女人》(*The Woman Within*, 1954)中,格拉斯哥称自己七岁时就有了强烈的创作欲望。

格拉斯哥一生未婚,但却有丰富的情感。她曾说:"我已经知道了什么是狂喜,知道了什么是痛苦,我爱过,也曾经被爱过。"④她曾两次订婚,但最终都未能走入婚姻,其未婚夫一位是主教牧师,另一位是浮夸的社交分子亨利·W. 安德森(Henry W. Anderson)。1918 年 7 月,格拉斯哥在与亨利相处一晚后曾试图自杀。此外,格拉斯哥还与一位叫杰拉尔德·B(Gerald B)的人有过一段无疾而终的爱情。格拉斯哥称自己对杰拉尔德一见钟情,但后者已结婚。在杰拉尔德死后,格拉斯哥相当痛苦,这对其创作也产生了极大的影响,她甚至试图从东方神秘主义中寻求慰藉和解脱。杰拉尔德的死还促使格拉斯哥投入哲学的怀抱,她阅读了新柏拉图主义者和斯多葛学派学者的著作,还阅读了康德、休谟、洛克、叔本华、弗

美国女性小说史

洛伊德和斯宾诺莎等人的著作,此外她还曾涉足佛教等宗教书籍。然而,格拉斯哥称,哲学并没有拯救自己,反而是高尔夫在帮助她承受生活的不幸方面起了很大作用。

格拉斯哥在南方文艺复兴中起到了引导和先驱的作用。她在思想和创作方面表现出突出的反传统意识,对美国南方文学,甚至是整个美国文学都产生了重要影响。1931 年 10 月 23—24 日,格拉斯哥在弗吉尼亚的夏洛茨维尔组织了一场名为"南方作家与公众"的研讨会。众多名人到场,包括福克纳(William Faulkner,1897—1962)、唐纳德·戴维森(Donald Davidson,1893—1968)、艾伦·泰特(Allen Tate,1899—1979)、舍伍德·安德森(Sherwood Anderson,1876—1941)等。格拉斯哥在开幕致辞中为南方文学缺乏同情而悲叹,还谈到了"南方作家""真理"等术语的界定,赢得了广泛赞誉。正如一些学者所言,"她是第一位真正的美国南方现代作家,她以自身关于地方的经验为小说想象开辟了全新领地"。⑤

《子孙》与《内行星的位相》: 早期作品,假借男性之名

格拉斯哥的第一部小说《子孙》(*The Descendant*)于 1897 年匿名出版,此时她还不到 24 岁。这部小说围绕一位来自弗吉尼亚的私生子迈克尔·阿克森恩展开,他来到纽约,成为社会运动家,并成功地编辑了一份名为《反对崇拜圣像者》(*The Iconoclast*)的社会主义出版物。迈克尔一开始与画家瑞秋·葛文有段恋情,后来又爱上了一位更为传统的女子。他谋害了杂志社的副主编,为此在监狱坐了八年牢,最后死在瑞秋的怀中。小说一出版就获得了好评,如"构思精巧""不同寻常""令人兴奋""苍劲有力"等。由于作者是匿名出版,很多评论者认为这本书是出自男作家之手。当人们得知作者其实是一位来自里士满的女性时,《哈伯的芭莎》(*Harper's Bazaar*)杂志将格拉斯哥比作乔治·艾略特(George Eliot,1819—1880)、美国南方女作家奥利弗·施赖纳(Olive Schreiner,1855—1920)和艾米莉·勃朗特(Emily Brontë,1818—1848)。⑥此后,评论家的观点发生了微妙的变化,开始对这位里士满女士如何能够写出这样一部充满阴郁和哲学色彩的小说充满了好奇。

格拉斯哥的第二部小说《内行星的位相》(*Phases of an Inferior Planet*,1898)并未受到如《子孙》般的赞誉。小说围绕着女主人公玛丽安娜·姆森展开,她来自南方,是一位很有才华的歌手。后来她来到纽约发

展,遇到了一位信奉不可知论的生物学家安东尼·阿尔卡塞弗,并与之结婚。为了一场歌唱巡回演出,玛丽安娜离开了安东尼,二人离婚。安东尼成了一名很有名的主教制牧师,但是私底下他并不信仰主教制。在玛丽安娜去世前,两人和好,而安东尼在试图自杀时因听到一场针对罢工所发表的号召而活了下来。对于这部小说,《日晷》(*Dial*)杂志称"题目太奇怪",意义指向不明确;布鲁克林的《每日观察》(*Daily Observer*)称小说的标题"不恰当",过于"书生气",不能表达确切的含义;不少评论还指出小说过于悲观,充满了绝望情绪,从头到尾都没有一丝欢乐可言;还有一些评论家嫌小说太长,情节耸人听闻,情感浅薄,等等;更有评论者建议作者不要过多涉足人性。[①]倘若评论者不知道该部作品出自女性之手,也许便不会如此吹毛求疵。

《人们的声音》《战场》《解脱》: 男性、家族与弗吉尼亚社会史

　　格拉斯哥的第三部作品《人们的声音》(*The Voice of the People*)出版于 1900 年,距离第二部作品出版正好两年半。格拉斯哥不再以纽约为小说的背景,而是选择了自己的家乡弗吉尼亚。正是从这一年开始,格拉斯哥陆续发表了一系列以弗吉尼亚社会史为核心的小说,包括《人们的声音》《战场》(*The Battle-Ground*,1902)、《解脱》(*The Deliverance*,1904),展示了一幅幅自内战开始一直到 19 世纪末的历史与社会画卷。《人们的声音》讲述了 1867—1877 年南方重建过程中出现的阶级冲突。在这部以弗吉尼亚的政治为核心的小说中,格拉斯哥描绘了南方下层农民阶层如何一步步获得更多的政治权利。小说以弗吉尼亚的威廉姆斯堡(在小说中为京士堡)为背景,记叙了一个农民的儿子尼古拉斯·伯尔如何奋力挣扎,依靠智力和雄心最终进入弗吉尼亚政府管理层的故事。贝赛特法官很欣赏伯尔的才干与抱负,也积极地支持和帮助他,但是一开始伯尔囿于自己的出身,做事畏首畏尾。后来,伯尔突破了自我,认为自己代表大众,无需畏惧有钱有势之人。他学习法律知识,帮助家人管理农场,最终成长为一名政府管理人员。然而,充满讽刺意味的是,这样一个对大众"有良心"之人最终却死于大众之手。在爱情方面,伯尔也做出了巨大的牺牲,与他早已私订终身的尤金妮亚最终离他而去。尤金妮亚出身贵族家庭,与伯尔相恋,但由于家境悬殊,两人关系并未公开。一位下层阶级女性被引诱玩弄,尤金妮亚误以为是伯尔所为,但巧合的是始作俑者恰恰是她自

己的哥哥。这次事件始终令伯尔难以释怀,但是格拉斯哥并非只是讲述爱情,而是展示了一幅宽广的南方社会图景。小说中的人物都代表了特定的社会阶层,他们之间的冲突反映出社会发生巨变时人们的躁动不安,以及理想主义在社会现实面前的不堪一击。在经历第二部作品的挫折后,《人们的声音》获得广泛的好评,为格拉斯哥重新赢得了声誉。来自《纽约时报》的评论者称,《人们的声音》是一部能够引起人们"极大兴趣"的作品,它"有时妙趣横生,有时暗淡阴沉","无论是对文学还是对人生,都做出了真正的贡献"。⑧但也有一些评论者对于格拉斯哥身为女性难以释怀,总想以此来否定其作品的价值。

《战场》作为格拉斯哥的第四部作品,发表于 1902 年。在这部作品中,格拉斯哥首次尝试创作历史罗曼司。故事围绕着弗吉尼亚的两个贵族家庭——莱特弗特和安姆布勒展开,讲述了莱特弗特上校的孙子丹·蒙乔与安姆布勒州长的女儿贝蒂·安姆布勒之间的爱情故事。贝蒂是个充满活力和能量的女孩,她坚强勇敢,敢于面对挫折与磨难,坚韧不拔,不轻易向命运屈服。这个人物形象可以说是格拉斯哥塑造的最光彩动人的人物形象之一。小说始于内战前秩序井然的南方种植园,终结于内战造成的千疮百孔。像所有的罗曼司一样,小说在爱情方面是完满的,贝蒂最终迎来了丹。评论界对这部小说的评价基本上是肯定的:有人指出这部小说是关于南北战争最优秀的小说之一;小说对战争的描写让一些评论者将其与《红色英勇勋章》(*The Red Badge of Courage*,1895)相提并论;也有一些评论者依然关注作品的男性气质书写,认为一个女性作家能够如此传神准确地描绘战争实在不可思议。⑨不可否认,从一开始创作,格拉斯哥就努力摆脱女性化书写,"充满男子气"可以说是格拉斯哥小说的重要特征之一。1902 年格拉斯哥还发表了唯一的一部诗集——《自由人与其他诗歌》(*The Freeman*,*and Other Poems*),遗憾的是它并未获得评论界的广泛关注,销量也很一般。

两年后,格拉斯哥的另一部小说《解脱》正式出版,再次获得广泛好评,并在该年度畅销书排行榜上排名第二。小说以 1878—1890 年间弗吉尼亚的烟草种植园为背景,讲述了弗莱彻和布莱克两大家族之间的爱恨情仇与悲欢离合。小说具有史诗般的气概,以大手笔描绘了南方重建期间弗吉尼亚农业文化中不断升级的阶级冲突、旧式贵族的衰落和新兴阶级的上升。布莱克家族代表的是南方旧式贵族,在南北战争前的两百年间一直都是富裕的地主,过着奢侈浪费的生活。他们想当然地以为,他们

的白人监工比尔·弗莱彻会正直诚实地处理好他们的经济事务,因此自己的富足可以一直持续下去,直到有一天他们发现家族的祖宅布莱克礼堂被拍卖。原来,比尔欺骗了布莱克一家,迫使其变卖老宅和土地,最终无家可归。克里斯托弗·布莱克发誓要毁掉比尔的孙子威尔·弗莱彻,以此对弗莱彻一家进行报复,但最后却发现自己爱上了比尔的外孙女玛丽亚·温德姆。两家人最终和解。在这个过程中,布莱克一家的经济状况日益窘迫,但克里斯托弗等人一直瞒着又瞎又瘫的老母亲布莱克夫人。布莱克夫人依然像往日富裕时一样过着贵族式的生活,维持着他们的贵族体面,这反映出南方贵族不肯接受现实的一面。即使世界已经发生了翻天覆地的变化,他们也一厢情愿地相信,一切都没有变,过去的荣耀都还在。克里斯托弗的报复尝试也反映出他不肯面对现实、死死抓住过去不放的心理。比尔·弗莱彻也并不光彩。他想要以金钱换取已经灰飞烟灭的社会地位,这也是一种不肯接受新社会现实的表现。重建中的南方正走上更加自由和民主的道路,与贵族相关的一切渴望都是不现实的。相比之下,玛丽亚代表着一种新生的力量,象征着不依靠出身和财富来定位自我的新一代南方人。玛丽亚用爱融化克里斯托弗心中的仇恨,反映出作者试图以爱使旧南方人从精神的泥沼中解脱出来的意图。这似乎也是标题《解脱》的含义所在。

评论界对这部作品基本上持肯定的态度,但部分批评者对布莱克夫人竟然对一切毫不知情感到怀疑。这种质疑在 30 多年后依然给作者带来了很大困扰,促使她在一篇文章中为布莱克夫人这个角色进行了辩护。她称这个人物形象具有一定的象征意义,代表的是"弗吉尼亚和整个南方社会,那里的人意识不到周遭发生的变化,热情信守着传统的诸多仪式"。[①]总的来说,《解脱》是一部触及道德、种族和社会问题的深刻作品。如先前的作品一样,它风格俊朗,苍劲有力,展示了一幅恢宏的社会画卷,具有深刻的文学和社会意义。

《人生的年轮》《古老法律》《一个平庸男人的传奇》: 低谷期创作

从整个创作图景来看,1906 年标志着格拉斯哥的创作步入了低谷期。从这一年到 1909 年,格拉斯哥发表的三部作品整体上并不被看好。《人生的年轮》(*The Wheel of Life*,1906)、《古老法律》(*The Ancient Law*,1908)、《一个平庸男人的传奇》(*The Romance of a Plain Man*,1909)这三部作品一改以往熟悉的主题和风格,转向了一个完全陌生的领域。一些评论家认为格拉斯哥的私生活阻碍了她的文学创作。在《里面的女人》中,格拉斯哥曾谈及这段无疾而终的感情。她爱上了一个已婚男人,这个男人 1906 年去世了。评论家猜测该事件导致格拉斯哥作品质量下降。无论如何,从评论的角度来看,这期间格拉斯哥的作品确实不怎么受欢迎。《人生的年轮》是部风俗小说,一出版就被拿来与伊迪丝・华顿(Edith Wharton,1862—1937)的《欢乐之家》(*The House of Mirth*,1905)进行比较。显然,华顿更胜一筹。

1908 年发表的《古老法律》依旧带有浓重的阴郁风格和哲学色彩,也普遍不被看好。小说讲述了一个叫丹尼尔・奥德威的男子被捕入狱,出狱后他改了名字过上新生活,但却因一件不是自己犯的罪而再次入狱。小说风格晦暗,似乎要表明受难可以赎罪的沉重话题。但是评论界并不喜欢如此沉重晦涩的作品,甚至有些评论指出奥德威这个角色塑造得毫不真实——他是被作者说出来的,而不是展示出来的。还有人指出作品充斥着矫揉造作的虚假情感、虚假哲学,这无疑是对作品的全面否定。

1909 年,格拉斯哥涉足的另一陌生领域是男性视角和心理。在《一个平庸男人的传奇》中,她以本・斯塔尔,也就是标题中的"平庸男人"作为叙述者,这在格拉斯哥的创作中是第一次,也是唯一一次。评论者对这种选择普遍持否定观点。芝加哥《晚报》(*Evening Post*)上的评论指出,叙述者"讲出来的话就像是一位南方女士用漂亮的方言在讲话一样",十分诡异;而波士顿《晚抄报》(*Evening Transcript*)也认为本・斯塔尔是用女性的想象创造出来的,作者根本辨不清男性是如何思考和行动的;很多杂志都对格拉斯哥塑造出来的这位不可信的角色提出了批评。[①]

《老教堂的磨坊主》《弗吉尼亚》《人生与加布里埃拉》等:初涉女性的心理世界

也许是受到这些评论的影响,格拉斯哥在接下来(1911—1923 年间)的几部作品中转而以女性为主人公,探索女性的心理世界。格拉斯哥的这一举动有着重要意义——她跨过了必须像男人一样写作的坎,开始关注到女性角色在其艺术创作中的重要性。这几部具有女性气质的作品分别为:《老教堂的磨坊主》(*The Miller of Old Church*,1911)、《弗吉尼亚》(*Virginia*,1913)、《人生与加布里埃拉》(*Life and Gabriella*,1916)、《建

设者》(*The Builders*，1919)、《在他的那个时代中的男人》(*One Man in His Time*，1922) 及短篇小说集《模糊的第三个及其他小说》(*The Shadowy Third and Other Stories*，1923)。

《老教堂的磨坊主》发表于 1911 年。小说情节复杂，讲述了没落的贵族盖和新兴的中产阶级雷弗科姆两家之间的故事。埃布尔·雷弗科姆是小说标题中的磨坊主，但是整部小说却有一大批女性角色：莫丽·梅里韦瑟，一个生气勃勃的私生女；安吉拉·盖，一个淑女；柯西亚·盖，一个有才华却长相丑陋的艺术家；等等。在这部小说中，格拉斯哥着力于对中产阶级社会地位上升这一社会现实的探讨，同时也关注了女性的地位问题，因此这部小说可以看作她转向女性问题的标志之作。虽然评论家的评价有好有坏，但是相对于上一阶段的作品来说，这部作品算是获得了较好的评价。

《弗吉尼亚》是格拉斯哥的第十部小说，也可以说是她到此时为止最好的一部作品。在这部作品中，格拉斯哥首次以女性作为小说标题所指的人物——弗吉尼亚·彭德尔顿·特雷德韦尔。与此同时，小说标题还可以指"弗吉尼亚"这个地方。故事发生在 1884—1912 年间，围绕一位南方年轻女性展开。女主人公弗吉尼亚嫁给了一个剧作家，生育后将所有精力都放在了孩子的养育上，整日的劳累使她成了家庭的殉道者。丈夫后来在纽约获得成功，爱上了一位女演员，抛弃了弗吉尼亚。40 多岁的她孤独凄凉。评论界对这部小说基本持肯定态度，称赞其真实地再现了南方女性的生活。有评论者将之与简·奥斯汀(Jane Austen，1775—1817)相比，认为这是弗吉尼亚最成熟的作品。考虑到当时的妇女解放运动，这部作品可谓正当时，无论对社会环境还是女性困境都做出了很好的展示和把握。

与弗吉尼亚不同，加布里埃拉——格拉斯哥 1916 年出版的《人生与加布里埃拉》中的女主人公——完全背离了维多利亚女性的传统，依靠自己的能力获得了经济独立，努力追求自己想要的幸福。加布里埃拉是一个穷苦寡妇的女儿，她爱上了一个有钱公子哥乔治·富勒，嫁给他后随其移居纽约。富勒并不是个好丈夫。加布里埃拉得知他在外有情人后，与他离了婚。为了养活两个孩子，加布里埃拉做起了裁缝，生意做得风生水起，后来干脆自己做了老板。而在爱情方面，她也找到了心仪之人。虽然这部小说与《弗吉尼亚》相比稍逊色，但是销量却很好，登上了畅销书排行榜。

在接下来的作品《建设者》中，格拉斯哥塑造了另一个生动的女性角色——安吉丽卡·布莱克本。她是一个十分奸诈又十分爱摆布他人的人。评论者普遍认为这个角色塑造得真实可信,称其为这部小说中最令人感兴趣的人物,并认为这反映出格拉斯哥对女性人物的理解越来越成熟。小说背景设置在一战期间,安吉丽卡的丈夫大卫是个政治家,满嘴都是自负的高论。从这个人物身上我们得以管窥格拉斯哥对战争和当时美国政治局势的理解。评论者除了对安吉丽卡这个角色感兴趣之外,也对格拉斯哥笔下的战争和政治很热心。当然,有的评论家则不以为然,认为格拉斯哥被试图为美国的政治问题寻求出路的先行目的带偏了,为了一项伟大的事业牺牲了小说本身。⑫

《不毛之地》与《浪漫的丑角》：女性与弗吉尼亚社会史

格拉斯哥 1925—1932 年间发表的作品被普遍认为是她最好的作品。1925 年,格拉斯哥出版了《不毛之地》(Barren Ground)。从 1926 年开始,她又接连出版了三部风俗小说:《浪漫的丑角》(The Romantic Comedians,1926)、《他们屈从于愚蠢》(They Stooped to Folly,1929)和《受庇护的人生》(The Sheltered Life,1932)。

《不毛之地》记录了一位来自弗吉尼亚的女性,在经历爱情失败后来到纽约寻求生活的意义,后来她又在父亲去世后回到家乡经营农场,照顾亲人和朋友,总体来说这是一个成长故事。多琳达·奥克利是一个贫穷农民的女儿,20 岁时到内森·裴德乐的商店工作,爱上了一个乡村医生的儿子詹森·格雷洛克。陷入爱河的她忘记了要帮助父亲重振农场。但是不幸的是,懦弱的詹森被迫娶了先前的未婚妻,已怀有身孕的多琳达心灰意冷,来到纽约找工作。在一次车祸中,她失去了孩子,自己也受了伤。法拉第博士救治了她,并雇她做了一名护士。一个年轻的医生向她求婚,但是她拒绝了,因为她想要寻找生活的真谛。父亲过世后,多琳达回到了农场。此时的农场已是一片不毛之地,破败不堪。多琳达运用自己在纽约学到的关于农业种植的新知识和新方法,逐渐将不毛之地转变为一片沃土,成功地建起了奶牛场。母亲去世后,为了给内森·裴德乐的孩子们一个家,她选择嫁给了他。内森死后,她又承担起了照顾詹森的责任。此时的詹森身无分文,因过度饮酒而患病,不久也去世了。

《浪漫的丑角》讲述了 65 岁的男主角加梅利尔·霍尼韦尔法官和 23 岁的柯蒂利亚之间的爱情故事,他们之间的故事可以看作旧南方与新南

方之间冲突的隐喻。霍尼韦尔法官在失去妻子后要做个坚定的幸福追求者。他温良谦恭、性格沉稳、沉默寡言，代表了旧南方绅士的诸多特质。但是在新南方人看来，他的骑士风范和谦逊有礼显得那么可笑。格拉斯哥在描绘这个人物形象时十分严肃，但总是以揶揄幽默的语气作结，给严肃而沉重的事件增添了不少讽刺意味。小说以霍尼韦尔法官枯萎的内心强烈地感到要重新绽放开篇，围绕着他重新寻找青春与爱情展开。读者对这种渴望枯木逢春的心情感同身受，但同时也隐隐地觉得，这一切也许终究不过如彩虹般转瞬即逝。尽管法官对自己充满信心，但在真正面对女性时却失去了自省自知。他变得越来越嫉妒，占有欲强，自命不凡。他指责未婚妻阿曼达·莱特富特经常与一个外表英俊的男子跳舞，称对方的祖先令人讨厌，并因此解除了婚约。其实他是对已经 58 岁的阿曼达不再感兴趣了。在他看来，阿曼达年轻的时候是漂亮的，但是到了这个年纪已是风烛残年，韶华不在，而他追求的是年轻的美。而且，他认为阿曼达这个年纪的女人已经把爱情放在了一边，不再适合恋爱了；自己虽然 65 岁，但对于追求人生的乐趣来说还早着呢，因为他自负地认为自己看起来比实际年龄至少年轻 20 岁。当遇到 23 岁的柯蒂利亚时，他相信自己遇到了真爱，重新找到了青春与爱情，于是便与之结了婚。霍尼韦尔法官生活在自己构建的一个想象的、自欺的世界中难以自拔，既无法看清自己，也无法看清周遭的世界变化。他要求柯蒂利亚不要做出任何改变，本质上是自己难以应对变化和变迁。通过这个典型的旧南方绅士形象，格拉斯哥展示了旧南方因循守旧、难以走向未来的状况。

《铁脉》与《我们这一辈子》：
后期作品，成熟的女性形象塑造

1935—1943 年是格拉斯哥创作的另一重要阶段。此时的她已经 60 多岁，出版了最后两部小说：《铁脉》（*Vein of Iron*，1935）和《我们这一辈子》（*In This Our Life*，1941）。其中《我们这一辈子》获得了 1942 年的普利策奖，并被改编为同名电影。1938 年，斯克里布纳之子出版社（Charles Scribner's Sons）还出版了一套相当不错的 12 卷本格拉斯哥小说集——《弗吉尼亚本》（*Virginia Edition*），格拉斯哥为之写了新的序言。1943 年，哈考特-布雷斯出版公司（Harcourt Brace & Company）将这 12 篇序言和《我们这一辈子》的序言合在一起，出版了《一项措施》（*A Certain Measure*）。这就是格拉斯哥生前所出版的全部作品，在长达半个世纪的时间里,她共出版了十九部小说、一部诗集、一部短篇小说集、一部评论集和两部合订本。

《铁脉》塑造了一个具有独立自主精神的坚强女性形象。埃达·芬卡斯尔深爱着青梅竹马拉尔夫·麦克布莱德,然而拉尔夫却因与珍妮特独处一晚而不得不与之结婚。为了逃避不幸的婚姻,拉尔夫远赴欧洲战场。临行前他找到埃达,爱情的火花再次迸发。可是拉尔夫走后,埃达面对的却是未婚先孕和独自抚养孩子等重重困难。埃达相信这一切都是暂时的,他们终将迎来美好的明天。但是当拉尔夫从战场回来,迎接埃达的并非美好的生活。经历战争的拉尔夫失去了对工作和生活的兴趣与热情,变得消极颓废。在经济大萧条期间,全家五口人仅靠埃达每周十四美元的收入过活,不过,凭着刚强坚毅的性格和吃苦耐劳的精神,埃达苦苦支撑着整个家庭。后来在埃达的坚持下,一家人回到家乡艾恩塞德镇,满怀希望地生活下去。在这部小说中,格拉斯哥塑造了一个不甘受命运摆布、勇于抗争的新女性形象。无论在怎样艰难的情况下,她都没有向生活低头,而是努力去做生活的强者。她珍视爱情,怀有理想,并不满足于物质富足,在面对困难时无怨言、不气馁,敢于争取美好的事物。

《我们这一辈子》以南方弗吉尼亚一个传统贵族家庭——廷布雷克一家的变迁与遭际为线索,讲述南方 20 世纪 20、30 年代的社会风貌。作为格拉斯哥最后一部作品,小说充满了悲剧色彩,流露出饱受病痛折磨的作者的悲观情绪,也反映出美国大萧条时期人们消极的精神状态。小说的中心人物阿萨·廷布雷克是一个中年父亲。他的女儿罗伊是格拉斯哥塑造的诸多年轻女强人中的一个。她心地善良,继承了南方的传统美德,尊重父辈,努力在变幻不定的社会中寻求生活的意义。妹妹斯坦利则缺乏修养,她勾引罗伊的丈夫,致使其自杀,而自己也与未婚夫解除婚约。她的行为破坏了两桩婚姻,直接酿成了多出悲剧。与早期小说相比,《我们这一辈子》充满了绝望和无奈。评论界意识到这很可能是作者的最后一部作品,给出的评价都很温和。

总的来说,格拉斯哥一生创作了大量的作品,无论是对弗吉尼亚,还是对整个美国的社会问题都有深刻的探索和剖析。她早期的作品具有男性作家的硬朗与气概,大气磅礴;后来塑造的女性人物也十分真实可敬,为美国文学史留下了令人难忘的人物形象。在艺术手法上,格拉斯哥尝试了多种方法,但总体偏向于现实主义。总体而言,她的作品侧重于描绘弗吉尼亚的社会和人物,可以说是一位难得的弗吉尼亚社会史书写者。

第二节

伊丽莎白·马多克斯·罗伯茨：
肯塔基历史的书写者

伊丽莎白·马多克斯·罗伯茨（Elizabeth Madox Roberts，1881—1941）作为与格拉斯哥同时代的作家，在许多方面与后者有共同之处。她们的作品都立足于南方的具体现实，关注地方的宏大历史与文化。此外，作为现实主义向现代主义转型的作家，她们的作品在艺术特色上既有传统现实主义的特征，又带有明显的现代主义色彩。同样，作为南方社会中的女性作家，她们以女性特有的敏锐捕捉到了南方社会的方方面面，使得她们的作品既有宏大的社会背景，又有细腻的人生体验。罗伯茨以肯塔基为创作背景，书写了肯塔基开拓者的历史，涉及的内容包括土地、自然与人性，她的作品无论是在思想上，还是在文化史研究方面都具有一定的价值。

生平传略与创作成就

伊丽莎白·马多克斯·罗伯茨出生于肯塔基州西部的博伊尔县，她一生的大部分时间都在附近的华盛顿县度过。她是家中第二个孩子，其父辛普森曾是军人，后转为工程师，母亲是一名教师。罗伯茨曾于1900年被肯塔基州立学院（即现在的肯塔基大学）录取并入学，但是一学期后由于健康问题被迫中断学业。之后的十年时间，罗伯茨与母亲一起在华盛顿县的斯普林菲尔德做小学教师。1910年后，她来到科罗拉多州，在这里发表了最早的诗作。在一位教授的推荐下，罗伯茨1917年进入芝加哥大学就读，主修文学和哲学，并最终完成了学业，拿到了学位。在读期间，罗伯茨参加了诗社，与诗人格林威·威斯考特（Glenway Wescott，1901—1987）、阿瑟·伊沃·温特斯（Arthur Yvor Winters，1900—1968）和珍妮特·李维斯（Janet Lewis，1899—1998）等人建立了深厚的友谊。1922年，罗伯茨发表了诗集《在树下》（*Under the Tree*）。完成学业后，罗伯茨回到肯塔基，并在那里度过了余生。

　　罗伯茨虽以诗歌进入文坛，但其影响较大的还是小说。1926 年，罗伯茨的第一部小说《人的时间》（*The Time of Man*）一经出版便获得极大的认可。英国小说家、评论家福特·马多克斯·福特（Ford Madox Ford，1873—1939）称赞这部作品是迄今为止美国产出的最好作品，而舍伍德·安德森（Sherwood Anderson，1876—1941）则给出版社致电，向作者致贺，称赞作品十分精彩。此外，这部作品还受到了罗伯特·潘·沃伦（Robert Penn Warren 1905—1989）等人的赞誉，在评论界也获得了认可。到 1939 年，《人的时间》已在英国出版，并被翻译成了德文、西班牙文和法文，可以说红极一时，广受赞誉。之后，罗伯茨相继发表了《大牧场》（*The Great Meadow*，1930）、《掩埋的宝藏》（*A Buried Treasure*，1931）、《他派去了一只乌鸦》（*He Sent Forth a Raven*，1935）、《黑色是我真心爱人头发的颜色》（*Black Is My True Love's Hair*，1938）、《牧场上的歌声》（*Song in the Meadow*，1940）等，都非常成功。

　　罗伯茨的小说主题大都涉及贫穷的南方乡村，罗伯茨本人的身份被贴上了"女性""南方人"的标签，这些元素使人易于将其列入地方主义作家之列，而在当时的社会和政治语境中，与地方，尤其是南方地区有关的事物似乎都是落后的、反进步的，在内战后倡导国家意识建构的时代背景下多少有些不合时宜。因此，到了 20 世纪 50 年代左右，读者和评论界几乎忘记了这位作家。截至 2002 年，罗伯茨的作品只有两部再版：《大牧场》于 1992 年再版，《人的时间》再版于 2000 年。即使是现代的评论家，也普遍将罗伯茨划入地方主义作家中的泛泛之辈，并没有给予她充分的关注。事实上，作为七部长篇、两部短篇和三部诗集的作者，罗伯茨并不仅仅是一名地方主义者，她的作品表达了很多宏大的主题，如仪式与人类存在、社会关系、人类与环境的关系、语言在人类社会经验中的作用，以及社会巨变对人精神状态的影响等。她以诗性的现实主义手笔描绘了人类在面对困境时的挣扎与抗争，刻画了人类在内心经验世界与外在行为世界之间寻求平衡的种种努力。罗伯茨的作品大都发表于 1925—1941 年之间，此时正值现代主义文学运动和南方文艺复兴之际。她以史诗般的语言记录了肯塔基自"邦尼路线"（Boone Trace）开辟⑬到南北战争，到第一次世界大战，再到大萧条时期的历史和演变，展示了社会发生巨大变化时家庭、个体所面临的复杂冲突与矛盾。在南北战争期间，肯塔基州处于十分微妙的位置，约一半人支持南方军队，另一半人则支持北方军队，甚至在一个家庭中也常见到几个兄弟投到对立的麾下，相互厮杀，可谓是兄

弟相残。罗伯茨的家中也出现了这样的局面,父亲与祖父站在了对立的政治立场上。家与国、父与子、过去与未来之间的冲突在罗伯茨的笔下一一呈现,为我们重新看待这一时期及困境中的人们提供了很好的视角:《大牧场》书写了"邦尼路线"与肯塔基之间的历史关系,《人的时间》记述了 20 世纪早期肯塔基州贫苦白人的生活,《他派去了一只乌鸦》和《不是外邦神所为》(*Not by Strange Gods*,1941)分别展示了大萧条和一战对肯塔基农村的深远影响。此外,罗伯茨的作品不仅有宏大的历史书写,还展示了多个层面的社会变迁,诠释了农村社会在南方重建过程中面临的无根、失心、困惑与挣扎,具有深刻的社会和文化蕴涵。

《人的时间》与《大牧场》:肯塔基开拓者家族史书写

《人的时间》讲述了一个出身于肯塔基开拓者家庭的穷困白人女孩艾伦·切瑟的成长故事。小说开始时艾伦十四岁,跟随作为佃农的父母在不同的农场劳作生活,独自面对各种诱惑与威胁,但难能可贵的是,艾伦具有很强的自我意识,对周遭的世界有着自己的认识和理解。小说并没有突出的故事情节,更多是围绕艾伦对世界的认知展开。小说从十四岁的艾伦写到了三十多岁的艾伦,展示了在时间长河中一个人的成长与变化。她的经历颇具代表性和典型性,可以说是那个时代众多女性的遭遇。作为佃农,她们并不拥有土地,从小跟随父母为不同的农场主劳动,婚后又随丈夫在不同的农场赚取微薄薪金。由于对地方文化和这一群体十分熟悉,罗伯茨在这部小说中生动地刻画了一位普通女性的成长与认知变化,读来生动感人。

虽然这本小说涉及佃农制度的不公正,但其主要目的并不是抗议这一不公的社会制度,而是强调人与土地之间关系的重要性。正是对土地的热爱,促使艾伦等人在艰苦的劳动环境下坚持与土地建立一种和谐、长久的关系,而不是一味地占有。农场主自负地以为自己对土地和佃农享有绝对的权利,但是罗伯茨抨击了这一错误的人与土地关系的模式,认为其不符合人与土地之间的良性发展。从这一点上,我们甚至可以说,小说传达出了深刻的生态思想,表达了人与自然和谐共存的愿景,同时其关于女性与土地关系的阐释也颇有当代生态女性主义的思想内涵。

与《大牧场》类似,《人的时间》具有强烈的历史意识和时代色彩。罗伯特·潘·沃伦在小说序言中称:"文本不是艾伦自己的言说,而是她的言说的映像。也就是说,语言是她意识的一种索引,并以此作为显露其性格与情感的首要手段。但这种语言同时也是她所在群体的语言,属于她的地方和阶层,带有历史的厚重和经验。"⑬小说运用诗意的语言,将周遭环境在女主人公内心意识的投射准确地传达出来,人物与环境达到了完美的统一,给读者提供了很强的阅读体验。也正是因为这种诗意的语言和书写,评论界普遍认为罗伯茨同情南方落后的农村文化,她因而被划入狭隘的地方主义作家之列。但就小说本身而言,其主题具有浓厚的历史意识,给读者提供了一种研究肯塔基农村文化的范本;其语言十分优美,给人以愉悦的审美体验。《人的时间》是"每月读书会"当年评选出的九部最佳小说之一,它与《大牧场》可以说是罗伯茨最成功的小说。

　　《大牧场》是一部关于肯塔基开拓者的历史小说。小说主人公迪奥妮出身高贵,这不仅表现在其名字上,更表现在她祖先的谱系上。她母亲是宾夕法尼亚卫理公会派教徒,父亲属弗吉尼亚上等阶层。正是这位女性与其他人一起,发现并创建了肯塔基。他们一行人从弗吉尼亚的阿尔伯马尔县出发,穿过崎岖的阿巴拉契亚山脉,到达哈罗德堡。在这里,他们试图开辟农场,但遭到印第安人的袭击。迪奥妮的头被战斧砍伤,而丈夫伯克的母亲则被印第安人剥了头皮。相较于他们在荒野中遭遇的困难来说,这似乎算不得什么。随着定居地的逐渐扩大,迪奥妮对周遭世界也有了全新的理解。她十分崇尚经验主义和主观唯心主义哲学家乔治·贝克莱(George Berkeley)的观念,认为世界存在于人的感知中,人的有序性赋予了世界秩序。她认为上帝在一片混沌之中创造出了井然有序的世界,而自己作为上帝的选民,理应在一片荒野之中创建秩序。然而,荒野本身也是上帝创造的,这里豺狼虎豹横行,毫无"法度"可言。荒野的无序和混乱是迪奥妮所不喜欢的,她试图将荒野改造成自己想象中的家园——一片有序的、可定居的、可耕作的、被人所拥有的土地。然而,在极端恶劣的环境下,开拓者理应秉承的"法度"并非现代意义上的律法,而是一切顺应生存需要的"法度"。当丈夫为母报仇去寻找印第安人一年多未归后,迪奥妮选择了改嫁,因为这是生存的迫切需要。但是三年后丈夫回来,迪奥妮果断地赶走了第二任丈夫,且丝毫不为此感到任何伦理道德上的愧疚与不安。开拓者的这种伦理观同样适用于他们对待印第安人的举动。迪奥妮的母亲认为肯塔基本就是印第安人的家园,他们开疆辟土的行为侵犯了印第安人的利益,是一定会被剥掉头皮的,但是其他人对此并不理会。他们渴望在血与战斧中、在烧杀抢掠中抢占土地、掠夺资源,认为肯塔基这么好的一片土地理应由最强大的人来占有。适者生存的法则在此

被演绎得淋漓尽致，其他一切的道德和法度都必须退居其次。罗伯茨对开拓者的肯定和赞颂反映出她对这种精神的肯定。在她看来，这正是肯塔基精神的内核。

《掩埋的宝藏》与《他派去了一只乌鸦》： 肯塔基的历史与土地书写

正如小说标题所示，《掩埋的宝藏》围绕着"宝藏"展开，它通过书写肯塔基人对这些宝藏的重新认识，展示了祖先和土地对肯塔基人生活的重要意义。费里·布莱尔和妻子安迪·布莱尔是肯塔基的普通农民。一天，费里在自己的土地中发现了一罐财宝，里面有金币和银币；他们试图告知其他人这个发现，同时还要防止盗贼偷走财宝。小说还有另外一条线索，那就是一个 17 岁的男孩本·谢泼德寻找自己祖先的故事。祖先与财宝形成了微妙的呼应。本最终发现，自己的祖先就是肯塔基的开拓者，而布莱尔一家最后也意识到，土地才是他们生存的源泉，也由此更加热爱土地。无论是找寻祖先，还是发现土地中的财宝，都展现了肯塔基文化中最重要的东西——土地。通过"找寻"的主题，作者在诙谐的故事中，将肯塔基农村文化书写得淋漓尽致，为我们展示了一幅朴实的乡间文化图景。

《他派去了一只乌鸦》主要讲述的是女性如何从创伤和暴力中恢复，重新找到自我和生活的意义。斯通纳·德雷克是一个偏执的农场老头，在两次失去妻子后他发誓再也不踏上"上帝的土地"。心怀愤恨的他从此未踏出居住的房子一步。他把房顶当作瞭望台，监视着农场的一切；他在屋子里指挥着屋内屋外的一切；他整日吹着号角，掌控全局，可以说是一个地道的独裁者。对于女儿玛莎，他甚至不允许其与男人正常交往。最后，终于有一个胆大的男人礼貌地登门求见，却被德雷克大声斥责，呵斥二人通奸。男人愤而离去，玛莎气得一病不起，精神错乱，一度失聪。好转过来的她听到的第一个声音竟然是刺耳的号角声和猪的尖叫声。后来玛莎学会了接受一切，决定终生独身。可以说，德雷克的独断专横毁了玛莎的一生。与玛莎形成对比的是小说的女主人公约瑟勒，也就是德雷克的孙女，她比姑姑玛莎要坚强一些，最终靠着自己的挣扎和努力摆脱了德雷克的控制。约瑟勒从小就享有更多的自由，她可以在听不到号角的地方溜达玩耍。与罗伯茨的大多数女主人公一样，约瑟勒也经历了巨大的创伤事件——她曾经被强暴，但是约瑟勒并没有被这件事摧毁，而是慢慢地恢复了过来。最后她幸福地结婚，有了孩子，过上了正常的生活，恢复

美国女性小说史

了内心的宁静。

小说的标题呼应了《圣经·创世记》中挪亚方舟的故事。在《创世记》中，雨停后，诺亚派出一只乌鸦前去查看是否有陆地。倘若乌鸦一去不回，就说明外面有陆地，倘若它回来了，便是没有找到陆地；但是这只乌鸦却来回地飞，于是诺亚不得已又派了一只鸽子前去，后者衔回橄榄枝。罗伯茨选择乌鸦而非鸽子，说明她试图强调乌鸦在连接人类与上帝时的失败。德雷克就是这样一个失败者。妻子死后，他发誓："要是琼死了，上帝保佑我吧，我再也不会脚踏这片土地。如果琼·德雷克死了，我永远不会……永远不会。"[15]此后，德雷克在前门建了一个走廊，可以看到自己的田，他在家中处理事务，再也没有踏出过家门一步。他将自己与上帝隔离了起来，也隔离了土地与家人。这个誓言反映出他不再相信上帝，变成了一个彻底的独裁者，也必然成为一个彻底的失败者。在小说结尾，老态龙钟的他独自坐在壁炉旁，已然忘记自己为何要发这样一个誓言。借助于这个圣经隐喻，罗伯茨在这部耗时五年才完成的著作中表达了对生命意义的思索。这种深邃的哲理性在当时被一部分批评家看作罗伯茨的败笔。[16]但是，这部小说反映了作家全新的尝试，其独特的艺术形式也得到了部分批评家的肯定。[17]

整体上来看，罗伯茨的小说大多数以家乡肯塔基为背景，以女性特有的感受、富有个性的语言书写了肯塔基的历史，展示了肯塔基的文化传统，描绘了肯塔基的风土人情，为读者展开了一幅幅极具地方特色的画卷。由于她的小说充满了人类学家的细致，也深刻地烙下了时代的印迹，因此对于大洋彼岸的中国读者来说，我们不仅可以将其视为优秀的文学作品，也可以将其作为有关肯塔基的历史文化读本来阅读。通过这位 20 世纪肯塔基女性作家的视角，读者可以进一步发掘肯塔基的历史和文化。

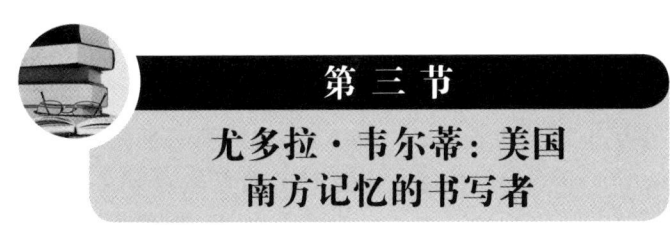

第 三 节

尤多拉·韦尔蒂：美国南方记忆的书写者

尤多拉·韦尔蒂（Eudora Welty，1909—2001）以细腻的笔触书写了

南方独特的文化记忆,刻画了形形色色的人物形象,在南方这个舞台上展现了一个丰富多彩的大世界。南方是韦尔蒂创作的源泉,赋予其作品丰富的内涵和想象。南方小镇生活是韦尔蒂创作的核心内容,她以尖锐的对话和机智的风格细致地再现了这种生活。她从南方文化中汲取了大量的意象、神话、传说等元素,其故事蕴含了丰富的意象,简单而意味深长。同时,韦尔蒂的作品还具有深刻的历史感,然而这种历史感不是通过宏大的场景来实现,而是用日常的琐碎和朴实平凡来展现。韦尔蒂塑造的小人物形象不仅具有独特的南方气息,同时也带有传统向现代转型冲突的烙印。正如她自己所说,"总的来说,我的小说反映了我开始涉猎文学创作的经济萧条时期一直到现在的一段生活","它们反映了在密西西比生活的人们的不安、惶惑、痛苦和颓唐"。⑱

生平传略与创作成就

韦尔蒂出生在美国南方密西西比河西部三角洲的杰克逊城。她的父母都当过教师,父亲后来担任一家保险公司的总裁。中产阶级家庭的富裕生活给韦尔蒂提供了良好的教育和成长环境。她母亲认为,家中的任何地方都应该布置成便于阅读的样式。1929 年,韦尔蒂获威斯康星大学学士学位,次年她听从父亲的建议,进入纽约哥伦比亚大学商学院学习广告设计,以在经济萧条期间维持生计。1931 年,她回到家乡,先后在地方电台、地方报纸专栏、工程进程管理署以及一家广告公司任职,拍摄了大量关于南方风土人情的照片。这些实地工作经历使她有机会观察和接触南方各州,了解密西西比河沿岸的风土人情,在令她开阔眼界的同时,培养了她善于观察人和事物的洞察力,并为她后来从事文学专业创作积累了素材。30 年代末期,韦尔蒂辞去工作,回到杰克逊城,定居在父亲留下的老屋里,专事写作。

自 1936 年在一本不知名的杂志《手稿》(*Manuscript*)上发表第一篇处女作《一个旅行推销员之死》("Death of a Traveling Salesman")起,韦尔蒂在美国文坛上奋斗了整整 65 个春秋,用她自谦的话来说:"我一直在自己的一小块土地上耕耘着。"⑲ 1941 年,她的第一部短篇小说集《绿窗帘》(*A Curtain of Green*)问世,业已成名的美国南方女作家凯瑟琳·安·波特(Katherine Anne Porter,1890—1980)为该故事集撰写了热情洋溢的序言。在此后的数十年内,韦尔蒂又先后推出了三部短篇小说集:《大网和其他故事》(*The Wide Net and Other Stories*,1943)、《金苹果》

（*The Golden Apples*，1949）和《英尼斯法伦号船上的新娘和其他故事》
（*The Bride of Innisfallen and Other Stories*，1955）。这四部短篇小说集
和另外两篇 60 年代发表的短篇《声音从何处来?》（"Where Is the Voice
Coming From?"，1963）及《示威者》（"The Demonstrators"，1966）合在
一起,构成《尤多拉·韦尔蒂短篇小说集》（*The Collected Stories of
Eudora Welty*，1980）。该小说集与著名黑人女作家艾丽丝·沃克（Alice
Walker，1944—　）的长篇小说《紫色》（*The Color Purple*）一起获得 1983
年度的美国国家图书奖。除短篇小说之外,韦尔蒂还创作了四部长篇小
说——《三角洲婚礼》（*Delta Wedding*，1946）、《庞德之心》（*The Ponder
Heart*，1953）、《失败的战争》（*Losing Battles*，1970）、《乐观者的女儿》
（*The Optimist's Daughter*，1972）,一部中篇小说《强盗新郎》（*The
Robber Bridegroom*，1942）以及儿童故事集、摄影图片集、小品与评论集、
传记性回忆录等。

　　韦尔蒂以她非凡的创作才华和艺术魅力享誉美国文坛,更赢得了全
世界读者的喜爱。韦尔蒂家乡密西西比州的人民更是以她的成就为傲,
自 1973 年起将每年的 5 月 2 日命名为"尤多拉·韦尔蒂日"。1998 年,美
国图书馆选编的"美国文学巨人作品"系列收入了韦尔蒂的作品。这套书
代表了美国文学的最高成就,韦尔蒂的入选打破了该丛书只选已故作家
作品的惯例,在美国文学界引起了轰动。韦尔蒂屡获各种奖项,包括
欧·亨利短篇小说奖、豪威尔斯金质奖、普利策奖、古根海姆奖、国家文学
金质奖、国家艺术金质奖、现代语言协会联邦奖等。1971 年,韦尔蒂被选
为美国文学艺术院院士。1991 年,美国国家图书基金会颁给她美国文学
杰出贡献奖。此外,她还是美国若干名校的荣誉教授和美国国会图书馆
的研究顾问。

《绿窗帘》《大网和其他故事》《金苹果》等:
早期短篇小说集

　　《绿窗帘》描绘了一幅南方人日常生活的图景,具有强烈的时代和地
方特色。其中的故事短小精悍,叙述简洁明快,在平实与幽默中娓娓道
来,记录了不同人群的日常生活,展示了当时的社会生态。"孤独"是这部
小说中人物的共性,他们普遍处于隔绝状态,人与人之间很难进行有效
沟通。

　　开篇故事《丽丽·朵和三女士》（"Lily Daw and the Three Ladies"）

中三位热心又好事的妇人与智障女丽丽之间就处于一种隔绝状态。三位妇女自认为关心丽丽的命运，觉得将丽丽送到离维克托里镇很远的一家疗养院是为她着想，于是，她们千方百计地诱使后者顺从她们的安排。可丽丽却有自己的安排，她决定嫁给一位刚认识不久的流浪艺人。一开始，三个家庭妇女极力反对，并成功地劝说丽丽带上行李坐上了离开的火车。但是当她们偶然在车站遇到那位艺人时，又认为对方到车站寻找丽丽是真爱的表露，于是她们又瞬间为他的浪漫行为所感动，临时改变送丽丽去疗养院的决定。具有讽刺意味的是，她们将行李箱落在了火车上，而丽丽之所以答应去疗养院，主要原因就是可以带行李箱。现在行李箱不见了，丽丽到底该如何做？对此作者并未给出答案。丽丽说要嫁给流浪艺人，以及流浪艺人在车站寻找丽丽，对于这两件事，双方的解读显然不在一个层面上，所以她们根本无法进行有效的沟通。

在《基拉——流离失所的印第安女孩》（"Keela, the Outcast Indian Maiden"）中，不对等的自说自话表现得更为明显。在凯恩·斯普林斯镇，史蒂夫正在向马克斯讲述自己早年的一段离奇经历。他曾是一个马戏团的售票员，而这个马戏团中有个节目叫印第安女孩生吞活鸡。他称自己一直都不知道这个当场拧断鸡脖子，扒皮吃生肉和内脏的印第安女孩原来并不是什么印第安人，而是一个叫利特尔·李·罗伊的小个子瘸腿黑人男子。这个黑人不知被人从哪里捉来，浑身涂满了红色，并用链子锁了起来。他被告知靠近他的人是要伤害他，于是他便拼命地大喊大叫。马戏团趁此忽悠观众，说任何靠近这个所谓的印第安女孩的人都会被生吃，以此博得观众的好奇。史蒂夫称自己当时叫卖得起劲，但并不知道其中实情，直到有一天来了一个家伙走向这个怪物，解开了他的锁链，并起诉马戏团。史蒂夫滔滔不绝地讲述着过去的故事，全然不顾马克斯一遍遍的提醒，当时他们正好走到了当年那位受害人的家门口。罗伊，也就是从前马戏团的印第安女孩基拉，也正全神贯注地听着史蒂夫对那一段往事的讲述，但他插不上嘴，也做不了任何事。对于过去，史蒂夫和罗伊并不能建立起沟通的桥梁。最后马克斯提出要给罗伊一些补偿，但史蒂夫依然无动于衷——完全活在过去的他无法与站在面前的罗伊建立任何关联。马克斯给了罗伊一些钱，故事到此也快结束了。值得注意的是，当罗伊的家人回来之后，一家人坐在一起，罗伊刚要跟他们讲自己以前在马戏团的疯狂经历时便被打断，他们不相信罗伊的话，对他的过去也丝毫不感兴趣。在这个故事中，韦尔蒂似乎要告诉人们，与过去的不正常关系导致人们无法在当下建立沟通与联系。

　　韦尔蒂的第二部短篇小说集《大网和其他故事》由八篇短篇小说组成,以密西西比州一个叫古纳奇兹遗迹的历史区域为背景,具有浓厚的地方传奇色彩。古纳奇兹遗迹是一条从密西西比州纳奇兹一直延伸到田纳西州纳什维尔地区的森林小道,长约710公里。纳奇兹族是文明程度较高的一个印第安部族,拥有自己独立的语言和文明,曾经居住在密西西比河下游,也就是现在的纳奇兹附近。1682年法国人拉萨尔宣称密西西比河流域归法国所有。纳奇兹人一直对法国人很友好,但是从18世纪开始却无端遭到法国人的攻击。1730年,法国军队和乔克托族印第安人联合向他们发动进攻,迫使他们离开村庄,逃往各地。有些人在路易斯安那被俘获,当作奴隶卖至西印度群岛,有些人投靠了奇克索族印第安人,其余的逃往南卡罗来纳。至此,纳奇兹人不再作为一个独立的部族存在。小说穿梭于历史和现实,展示了一幅密西西比州文化史。

　　第三部故事集《金苹果》的出版标志着韦尔蒂的小说创作渐入佳境、走向成熟。这部作品讲述了七个相互关联的约在四十年间发生的故事,它们虽独立成篇,但前后相关的人物、场景及主题思想将故事串成一个整体。七篇故事除了第六篇的场景选在旧金山之外,其他全部都在摩哥那这个南方小镇,涉及“畸零人”(freak)问题、种族问题、家庭问题、少年成长问题、地方史、实验小说等。作者以南方生活格调为基本特征,精心勾画了人物活动的地点和环境,用极富个性的语言,描绘出一幅幅美国南方小城镇生活的历史画卷。

　　第四部故事集《英尼斯法伦号上的新娘和其他故事》最大的特点是实验手法的使用。这部故事集由七篇故事组成,分别为《没有你的位置了,我的爱人》(“No Place for You，My Love”)、《燃烧》(“The Burning”)、标题故事《英尼斯法伦号上的新娘》《春天的女士们》(“Ladies in Spring”)、《喀耳刻》(“Circe”)、《亲属》(“Kin”)、《到那不勒斯去》(“Going to Naples”)。其中最具实验色彩的要数《燃烧》。故事讲述了两个老姐妹被北方军强奸,其中一个先吊死另一个,然后再试图自杀;一个男孩在楼上与房屋一起被火烧死。然而这些情节并非由叙述者直接叙述,而是借助于一位并不知道事情的原委又处于过度惊吓的女黑奴的视角和意识来呈现。这种讲述的方式使得习惯传统故事的读者很难一下子理出头绪。叙述虽支离破碎,但其所展现的骇人景象却似乎更加明晰。

《失败的战争》：传统与现代的较量

《失败的战争》发表于1930年,描绘了20世纪30年代密西西比河东北部一多山地区从农业社会转向工业社会的情景。小说以沃恩家族由强盛走向衰落的经历,反映了美国南方农业社会遭遇全面破产的严酷现实,勾勒出南方社会的历史发展轨迹。这是韦尔蒂首次尝试创作长篇小说,获得极大的好评。《纽约时报》称它为一部"美妙而有价值的小说",深深打动了人们。[20]有学者称"小说在令人愉悦的表面之下,巧妙地展示了关于生存的激烈挣扎"。[21]

小说开始的时间是20世纪30年代的一个夏天,沃恩家族的亲友们在祖屋团聚,为老外婆庆祝生日。亲友们在交谈中回忆起家族往事。他们首先记起第四代长孙杰克两年前被捕入狱的事。杰克的失败可以说是南方农村的悲剧。20世纪30年代的美国南方农村封闭落后,尽显衰败之势。杰克自幼生活在与世隔绝的老家,贫困不堪。为了让弟弟妹妹们上学,他甚至连小学都没毕业就开始做工,知识的匮乏影响了眼界的开阔。杰克在日常生活中无法接触到新鲜事物,因此也根本不可能了解、掌握现代社会的法律。他辨别是非的标准仅仅是宗法制农业社会的伦理道德。"如果一个男孩是在沃恩老外公家里长大的,知道喝酒、跳舞、玩牌是犯罪的话,你根本不需要告诉他偷窃是犯罪。"[22]在杰克的观念里,拿走抢了金戒指之人的保险柜完全是正义之举,不需辩解。"对我和大多数人来说,"柯蒂斯舅舅说,"杰克做了一位兄长和一个长子应该做的一切,而且所有密西西比的优秀男孩儿如果处于他的境地的话,也都会那样做。我真希望他们能把那案件撤下来向窗外扔出去。"[23]在整个沃恩家族看来,杰克的做法不仅无可厚非,甚至还应引以为荣。在法庭上,杰克为了保护妹妹的声誉,自称搬走保险柜是看别人不顺眼。他根本不知何为证据,也不知道如何用法律的武器来保护自己。亲友们为了杰克全都来到法庭吵吵闹闹,差点被赶出去。他们思想观念落后陈旧,无法理解和适应资产阶级凭借强大的经济实力所确立的新道德观念与法律标准——他们与新兴的文明社会格格不入。

随着杰克的归来,时间又转回到了现在。为了报复穆迪法官,杰克设置陷阱,而当穆迪法官的汽车开到时,杰克的妻子格洛丽亚突然冲到了车子前面,试图警示法官。为了避让,汽车冲上了山顶,被架在了一个广告牌的架子上,四个轮子悬在空中,车尾部被一棵老树顶住了。为了报答法官的救妻之恩,杰克试图帮助法官将车子弄下来却未能如愿,于是他邀请法官夫妇前往祖屋过夜。来到祖屋后,法官加入了沃恩家族史的讨论,时间再次回溯到杰克的母亲比尤拉大娘结婚的时代,之后又继续向前追溯到比尤拉的父母、沃恩老外婆的青年时代;然后小说再次回到现实中,杰克与格洛丽亚夫妻恩爱,之后小说再次上溯历史,逐步揭开格洛丽亚的身世之谜;等等。在不到一天的时间里,小说展现了沃恩家族近百年的历史。在众人的谈话中,小说还通过讲述老外公女儿女婿的死揭示了南方教派纷争带来的问题,通过德尔门玩弄女性揭示了金钱主导的社会中伦理观念的沦丧,还通过内森的出走展现了社会正义难以伸张的现实,等等。

沃恩家族创建了柏纳村,却难以抵挡新兴资产阶级势力的上升。沃恩老外公是柏纳村的开创者,他亲自伐树,建造教堂和祖屋,最终却落得被资产阶级暴发户气死的下场。老外公的女儿和女婿被宗法制农业社会的教派斗争迫害致死。深受传统观念影响的长外孙内森因无法承受内心的谴责而离家出走。杰克是沃恩家族第四代的代表,他遭到新兴资产阶级的阴谋陷害,在新婚之夜被捕入狱。祖孙几代人的不幸,共同讲述了沃恩家族沿袭传统思想和生活方式所付出的巨大代价。沃恩家族一步步走向衰落的状况,是美国南方农村社会走向衰落的真实写照,暗合了南北战争之后美国南方的社会发展态势。新兴资产阶级暴发户们掌握了先进的经商方法和耕作技术,逐渐取代传统的庄园经济,成为这片土地的新主人。沃恩家族与他们之间的几番较量,是当时美国南方严酷激烈的斗争的再现。

沃恩家族失败的深层原因是传统思想观念的束缚。植根于土地的南方人过着一种比较简单、固定、重复的生活,形成了共同的价值观念,并逐渐发展为较强的社区观念。有社会学家认为,“北方是个人的集合体,而南方则是社区的集合体”。㉔南方学者和新批评的核心人物之一克林斯·布鲁克斯(Cleanth Brooks, 1906—1994)称南方是“一个非常特殊的社区”,“我愿意把它称为社区——那不是一些随意凑合在一起的人群(仅仅是一堆人)或者由他们的职能联系在一起的人群——许多屠户,许多面包师,许多蜡烛台匠人;也就是说,不仅仅是一个社会,而是一个社区,是一群由共同的价值观念结合在一起的人”。㉕家族观念成为南方的“中心”,南方人的“生存条件造就了整个南方思想的结构”。㉖沃恩家族的失败是一场悲剧,是历史和观念造成的。与新兴资产阶级的生产、生活方式相比,农

业社会的生产方式落后,思想观念愚昧保守。沃恩家族沿袭传统,固守农业社会生活方式,在与新兴社会势力的交锋中,必然处处被动,失败的结局不言而喻。

《三角洲婚礼》:走向衰落的南方社会

　　一开始,评论界对《三角洲婚礼》并不怎么看好,特别是对其中情节的缺失颇有微词。但也有书评人肯定了小说对于人物性格的刻画,认为它深入了人物内心的原始动力,而且小说将家庭生活与不同人物的行为交织在一起,巧妙地将细节融合进整个故事的结构中。㉗小说的背景设置在1923年,经历了南北战争和一战的费尔柴尔德家族正在走向衰落。小说情节围绕着劳拉·麦克雷文拜访费尔柴尔德一家,以及费尔柴尔德家的女儿达布尼出嫁展开,展现了一幅密西西比河三角洲地区美好却注定会消逝的社会图景。小说涉及界限、改变、种族、性别等诸多社会问题,以优美的笔触表现了20世纪30年代美国南方的社会和政治历史。

　　小说创作于1945年,是二战的最后一年。韦尔蒂本打算写一篇题为《三角洲表兄弟们》("Delta Cousins")的短篇小说。当时韦尔蒂正在为自己的兄弟和好友担忧,她的兄弟们正驻扎在太平洋扫雷舰上,而好友约翰·鲁宾逊(John Robinson)则在美国空军海外部服役。小说是献给约翰·鲁宾逊的,因为大量相关的一手材料来源于这位好友的家庭。也许是为了填补战争前方与后方之间的巨大鸿沟,韦尔蒂曾将小说的几个章节寄给约翰。正是在这种战争氛围中,韦尔蒂意识到了战争将不同性别的人隔离开来,使之处于一个以性别为核心的流动系统之中。传统的女性角色因战争而改变,在一战中女性参与了救护工作,而在二战中女性则承担起提供军需品的责任。两次战争都极大地改变了男性与女性的传统角色,逐渐消弭了公众空间与私有空间的界限。在小说中,费尔柴尔德家族的男性丹尼斯死在了战争中,而乔治则受了重伤。即便如此,乔治仍然是整个家族的核心。然而仔细阅读小说我们不难发现,整部小说充满了女性的声音,几乎颠覆了男性主导的南方社会规制。她们购物、准备食物、打扫清洗、为女儿出嫁做准备,这些家庭活动随处可见。乔治也许是整个家庭的英雄,但事实上却是女人们主导了家庭的活力和小说的情节发展。这种母性社会书写几乎颠覆了南方男性主导的传统,真实地再现了经历巨变后的南方社会状况。借助于性别,韦尔蒂向读者展示了南方社会悄然变化的历史图景。

　　除了性别外,小说另一个重要的社会话题便是种族问题。在韦尔蒂的小说中,黑人总是处于仆人等从属地位,作者极少关注黑人的内心和精神状态。在《三角洲婚礼》中,黑人角色作为一种他者的文学隐喻,审视着白人的内心冲突,甚至将白人的内心斗争实体化,触发了他们的精神转变。小说中共出现四个人物的内心转变,分别为劳拉、罗比、谢利和达布尼,对应的黑人人物分别为斯塔德尼、遭到特洛伊强奸的宾奇、一群黑人和曼-森。劳拉在母亲去世后来到费尔柴尔德家,希望融入这个家庭,但是在黑人斯塔德尼的启发下她最终选择了离开。罗比离开了丈夫乔治,在回去的路上犹豫不决,但是在一个黑人女孩宾奇的启发下她回到家里。谢利不同意达布尼嫁给特洛伊,但是在特洛伊与一群黑人的群架中,谢利改变了主意,决定不再阻止这场婚姻。对于嫁给特洛伊,达布尼心中充满了各种不确定。家人一开始非常反对她嫁给这位地位差异较大的人,等到家人不再阻止之后,反倒是达布尼自己开始了怀疑——对于特洛伊以及婚后的生活,她并不是很确定;达布尼在路上碰到黑人曼-森,虽然后者是为了祝福她,却被达布尼误解,这一事件使达布尼不再犹豫嫁给特洛伊。可以说,黑人在韦尔蒂的小说中是作为白人内心挣扎的投射而存在的,与其说他们是活生生的人物,倒不如说他们是一种想象,是当时白人看待黑人的一种历史反映。小说同时还展现了变化与变革带给南方社会的深层影响。

《乐观者的女儿》：走出记忆

　　《乐观者的女儿》原名《唯一的孩子》(*The Only Child*),这本小说于1972 年获得了普利策奖。小说共分为四部分,第一部分讲述纺织品设计师劳雷尔·汉德与招摇显摆的继母费伊共同照顾因右眼视网膜剥离而动了手术的父亲迈凯尔瓦法官。在费伊的刺激下,老法官挣扎无望,最后撒手人寰。第二部分展现了父亲好友和费伊的家人参加法官葬礼时形形色色的反应。在第三部分,通过对父亲、母亲以及自己童年生活的回忆,劳雷尔重新打开了记忆的源头。第四部分,劳雷尔在梦里与已去世的丈夫再聚首,心灵得到了慰藉。紧接着,她在与费伊争夺母亲用过的和面板的过程中,再次感受到了美好的回忆所带来的鼓舞,决心抛弃自我封闭,以崭新的面貌迎接未来。小说展示了劳雷尔如何从记忆中走出,将记忆转化为生命的营养,而不是让它成为未来的负累,这是一个真正的乐观者的成长故事。

　　小说标题中的"乐观者"首先指向迈凯尔瓦法官,因为他多次自称是个乐观者。当考特兰医生称对手术"不敢百分之百打包票"时,法官回应道:"我是个乐观主义者。"㉘事实上,他一点儿也不乐观。法官没能挺过术后恢复,一方面是因为他对自己的病情不乐观,另一方面是因为他沉浸在与亡妻贝基的幸福生活中,在面对专横、冷漠、自私的费伊时受到了强烈的刺激。虽然作为法官,迈凯尔瓦做事果断,但他却无法面对变化。贝基生病期间,他总是刻意回避,不敢面对她即将离去的事实。如今,他只是眼睛出了点毛病,却没能挺过术后恢复,不免令人唏嘘。其中深层的原因值得探讨。法官娶费伊为妻,体现出他不服老、不肯接受年纪变大的心理。他渴望年轻的费伊为自己带来年轻的感觉,但却没有料到他们之间存在着巨大的鸿沟。费伊是个朝前看、只顾自己的女人,她对于法官沉湎于过去的诸多做法非常不认同。尤其是在就医期间,法官对亡妻的思念越来越强烈,对死亡越来越恐惧,而这些都是年轻的费伊所无法理解的。一开始,她并不认为这是多大的毛病,手术后也没把照顾病人放在心上,反而要求法官承担起做丈夫的义务。显然,此时的法官并不能像一个年轻的小伙子一样满足费伊的各种要求。两人之间的分歧逐渐加深,最终费伊疯狂发飙,而法官也经受不住这样激烈的情绪起伏而死去。费伊对过世的法官没有什么留恋,因为她永远都是活在现在而非过去的一个人。

　　费伊这个角色无论在情节、结构还是艺术上都非常重要。首先,她在很大程度上加速了法官的死亡。她并不是一个坏心肠的人,但却绝非贤妻良母。劳雷尔赶回来后第一次见到父亲,称他消瘦了很多,眼睛也失去了往日的光彩,可见他与费伊的婚姻生活并不怎么幸福。法官不肯接受变化,总是生活在回忆中,但是费伊的到来迫使他将亡妻的物品都收了起来,而他自己又难以从过去中走出来。其次,通过与费伊的相处,劳雷尔逐步从创伤的回忆中走了出来,开始面对现实,开启新的生活。费伊的存在就像是个催化剂,催生了人物的转变,只是法官死去了,劳雷尔复活了,不同人物的命运如此不同。与劳雷尔相比,费伊是个纯粹的乐观者,她只着眼于现在,从不被过去烦扰。她从复杂的生活环境中走出来,经历了复杂的人生变化,但这些都未对她造成任何牵扯和羁绊。

　　正如标题所示,小说的重点在于描绘女儿劳雷尔的变化与成长。她曾经有过幸福的家庭,父母恩爱,父亲德高望重,母亲温柔贤惠,把整个家庭打理得井井有条。可以说,劳雷尔的童年是十分幸福的。成年后,她找到了心爱的人,并与之结婚。就算在大萧条期间,父亲还是想尽办法弄来香槟酒和黑人乐队为劳雷尔庆祝婚礼,给了她一个美好的婚礼记忆。但是之后母亲去世、父亲再婚、丈夫去世,这一连串的打击让劳雷尔陷入过去的美好记忆中难以自拔,意志消沉。事实上,在小说的前半部分,读者发现这个女儿几乎没有发声,总是处于一种完全沉默和隐身的状态。这也许是她经历生活打击后的一种消极状态。父亲去世后,劳雷尔和费伊回到家中,正是在这个充满了回忆的空间,劳雷尔逐步挣脱阴影的束缚,像那只鸟儿一样,冲破藩篱,飞向未来。劳雷尔的转变可以说是在与费伊的对比和后者的刺激下发生的。在劳雷尔眼里,父母热爱生活、恩爱有加,是完美伴侣的形象。费伊刁蛮任性,是小镇传统观念的闯入者和破坏者,她的出现粉碎了劳雷尔对父母的想象。过去的"完美"与现实的"缺陷"形成了鲜明的对比,劳雷尔深陷矛盾与无助的泥潭而悲伤不已。

为解开困惑,她不得不重新审视过去所发生的一切。劳雷尔曾经认为自己和丈夫菲尔的婚姻短暂,后来认识到完美的婚姻也许正是因为它的短暂而显得更加完美。通过重新审视父母和自己的婚姻,劳雷尔接受了过去的不完美。她接受了费伊的继母角色,也接受了费伊的缺点,这些都预示着她与现实的和解。劳雷尔的改变预示着过去与现在、新人与旧人,甚至南方与北方、传统与现代的和解。

《强盗新郎》：逝去的南方传奇

发表于 1942 年的中篇小说《强盗新郎》以格林童话为原型,融入了密西西比河上关于迈克·芬克的传奇和其他南方传说,讲述了一则带有哥特色彩的南方童话故事。在格林童话中,年轻女子洛克哈特与情人小哈普订了婚。一天,女主人公到森林中暗中监视她的追求者,她被一只鸟和一位老妇人警告:"漂亮姑娘,回去吧!"但她没听劝告,继续前进,发现她的未婚夫把其他女孩碎尸并腌了,有个女孩戴着婚戒的手指被剁了下来,飞到了洛克哈特的怀里,她带着证据逃跑了。在婚礼上,她从紧身内衣里拿出了那个手指,揭露了新郎的暴行,罪恶的冷酷新郎最终被捕。

在韦尔蒂的笔下,"强盗新郎"被赋予了多层含义。要谈论新郎,首先要有新娘。小说中的新娘指的是农民克莱门特·默斯格罗夫的女儿罗莎蒙德。她是农夫唯一的女儿,年轻漂亮,而且作为唯一的财产继承人,她遭到继母萨洛米嫉妒。她在林中被杰米·洛克哈特劫持,在被胁迫的牧师的见证下成为后者的妻子。后来她又多次被不同的人劫持,这些人都

意图与之结婚。在第一个层面上,"强盗新郎"指的是杰米·洛克哈特,但此时的杰米并不以真面目示人。对克莱门特而言,杰米是救命恩人,是彬彬有礼的绅士,是勇者。克莱门特甚至允诺杰米,倘若他能将女儿从强盗手中解救出来,便将女儿许配给他。此时,克莱门特不知杰米是强盗,杰米也不知自己的新娘是克莱门特的女儿。罗莎蒙德只知丈夫是强盗,但却看不到丈夫的真面目,因为丈夫总是以浆果涂抹了脸庞。罗莎蒙德离开家后,继母萨洛米派苟特跟踪她,确保其不再回家。苟特跟到强盗所在的房屋后,听到一只乌鸦说,"回头吧,美人儿,回家去吧",便回去了。萨洛米得知后十分生气,拒绝付给苟特任何辛苦钱。苟特偷走了萨洛米家的猪等财物作为报酬,之后再次返回林中。这次他碰到了强盗小哈普,强盗先说他想要只母鸡,于是苟特将母鸡给了他;小哈普又说自己想要一只猪,于是苟特将猪给了他;接着小哈普说自己想要桃子,于是苟特又将桃子给了他;最后小哈普说想要新娘,于是苟特跑回家告诉自己的六个姐妹,于是其中一个跑来要做小哈普的新娘。此时,穿戴如绅士的杰米路过克莱门特家,后者请求他从强盗手中救出自己的女儿。于是杰米来到林地,碰到苟特的一个妹妹和小哈普。杰米打败了小哈普,将女子夺走送到克莱门特家,最终发现弄错了。而此时小哈普来到杰米的家中,声称要报复杰米,将其妻子杀死。至此,"强盗新郎"也指小哈普。他意图替代杰米的位置,成为林中大盗,并占有其妻子。事实上,杰米每次干完强盗行径后总是声称自己是小哈普,再加上脸上的伪装,他的真实身份一直不为人知。当小哈普和杰米最后都被印第安人劫走并侥幸逃脱后,两人就大盗身份和名誉问题进行了决斗,小哈普最终在决斗中丧命。

在第三层意义上,"强盗新郎"还可以指苟特。苟特在旁人看来智力存在缺陷,但这个人物无论在小说情节还是主题意义上都十分重要。在错误地救回苟特的妹妹后,杰米很快意识到妻子罗莎蒙德会遭遇危险,于是他赶回森林。此时,小哈普已来到杰米的家中,声称要杀掉杰米的妻子。但是罗莎蒙德并不在家中,而且杰米的同伙们也不想罗莎蒙德被杀,于是他们绑架了一位印第安女孩来做替身。小哈普杀死了这位女孩,由此引发印第安人的报复行为。归来后的罗莎蒙德目睹了这一杀人场景,这与格林童话中的情节较为相像,不同的是此时的强盗并非罗莎蒙德的丈夫杰米,而是小哈普,掉到罗莎蒙德怀里的手指上也没有戴什么戒指。正是由于这次谋杀事件,印第安人将所有相关人员都抓到了自己的营地,包括克莱门特、萨洛米、杰米、小哈普和罗莎蒙德,苟特得以幸免。印第安人将一行人抓去后,由于过于劳累,都昏昏睡去。此时苟特来到罗莎蒙德藏身的地方,与她进行了一番谈判。他答应可以放她走,但前提是她在丈夫死后要嫁给他。罗莎蒙德答应了这个条件并借此逃脱。苟特来到藏萨洛米的地方,但后者拒绝接受救援。苟特来到了藏杰米和小哈普的地方,小哈普答应将悬赏杰米人头的金子给苟特一半,以此换来苟特的救援。获救后的小哈普准备杀死杰米,却被苟特拦住。苟特认为,若此时杀死杰米并不划算。于是,小哈普与杰米谈判,逼迫后者诈死,并承认自己为强盗杰米。也就是说,小哈普将替代杰米,享受林中大盗的位置和名号,而杰米就此消失。杰米不同意,两人决斗,结果小哈普死于决斗。在整个过程中,苟特都起着非常重要的作用。他通晓一切,并推动了故事情节的发展。向来只贪恋钱财的他愿意放弃金钱而只要罗莎蒙德,这一行为反映出他暗地里希望拥有"强盗新郎"的身份。

　　杰米和罗莎蒙德都以为对方死去了,但是在迈克·芬克的帮助下,罗莎蒙德赶在丈夫坐船前往非洲之前找到了他,两人随后在新奥尔良定居。再度与父亲重逢的罗莎蒙德向后者讲述了自己的幸福生活。她说新奥尔良是"最非凡的城市","杰米不再当强盗了,而是新奥尔良的有名绅士之一,任何知道他的人都非常尊重他。他从前所有的野蛮行径都像皮肤一样被剥离了"。㉙他们现在住在一幢有"大理石和柏树"的漂亮房子里,拥有上百奴隶,经常与上流社会的贵妇和商贾一起云游。脱掉强盗的外衣,杰米成功地转化为一名商人,并跻身城市上流阶层。至此,"强盗新郎"不复存在。林中强盗的传奇与离奇争斗似乎已成为记忆,其身份从强盗转变为商人,其居所从森林走向城市,这在一定程度上隐喻了美国南方在工业资本的作用下必然融入商业社会的趋势。小说以杰米与罗莎蒙德幸福地在城市中生活结束,也暗示了这种趋势。

　　南方的土地和文化给了韦尔蒂小说的素材,引导了她想象力的发展方向,并激发了她的灵感。在《某时某地》(*One Time One Place*,1971)的序言中她写道:"地点是我思想的源泉。它教给我许多重要的东西。它给我掌舵,让我保持前进,因为地点是我要写的东西的规定者和限制者。它帮我定位、辨认和解释。地点本身会做很多事情,它拯救了我。"㉚

　　韦尔蒂的小说经常表现邻里"闲谈",她依此来书写事件,展示人物的性格。韦尔蒂小说中的对话,短则连续几大段,长则连续几页,这些闲谈对话不是用于消磨时间的浅薄话语,而是被赋予了多种功能,并直接发展为她特有的叙事模式——小镇闲聊。韦尔蒂曾指出,"有时我需要一句话

同时达到三种或者四五种目的——表现人物的意思,同时有时他自以为
是自己的意思,还要解释他掩饰的意思,传达出别人心目中他所指的意
思,以及大家的误解,等等。我想把所有这些考虑纳入他的一番话语中,
而且这番话还必须能够揭示出这个角色的本质,用高度凝练的方式呈现
出它全部的独特相貌",⑪这无疑反映出韦尔蒂成熟的写作技巧和精湛的
艺术构思。

第四节

卡森·麦卡勒斯:人类孤独的书写者

卡森·麦卡勒斯(Carson McCullers,1917—1967)的写作专注于表
现人类的孤独。她关注人与人之间的精神隔绝、青少年所遭遇的问题以
及边缘人物的生存困境。"畸零人"(freak)、"酷儿"(queer)等都是社会中
失去话语权的边缘人物,他/她们行为怪诞,难以与他人和社会沟通,在孤
独的世界中抑郁彷徨。作为在美国南方成长起来的女性作家,麦卡勒斯
对南方女性有着深入的剖析,但这些形象与南方主流文化所要求的南方
淑女形象相去甚远。麦卡勒斯是一位社会意识很强的作家,她的作品不
是简单的孤独寓言,而是通过对社会边缘人的描绘和关注,对当时南方的
主流文化进行挑战与颠覆,进而促使人们对大众普遍接受的社会文化价
值观重新进行思考。

生平传略与创作成就

1917 年,麦卡勒斯出生于佐治亚州哥伦布市。她 17 岁前往纽约哥伦
比亚大学学习,23 岁创作了《心是孤独的猎手》(*The Heart Is a Lonely
Hunter*,1940)一书,获得了不小的成功。麦卡勒斯一生备受病痛折磨,她
15 岁患上了风湿热,经历过三次中风,29 岁瘫痪,1967 年逝世于纽约州乃
役镇。尽管其人生短暂,且常年受到顽疾困扰,麦卡勒斯仍创作了数量可
观又令人印象深刻的作品,包括四部长篇小说、一部中篇小说、两个剧本、
二十篇短篇小说、一本儿童诗集,以及大量的散文和诗歌。《心是孤独的
猎手》在美国现代文库评出的"20 世纪百部最佳英文小说"中列第十七位。

紧随其后的两部长篇——《金色眼睛的映像》(*Reflections in a Golden Eye*，1941)和《婚礼的成员》(*The Member of the Wedding*，1946)——以及一个中篇《伤心咖啡馆之歌》(*The Ballad of the Sad Café*，1951)都被改编成了电影。作为剧本，《婚礼的成员》获得了巨大成功，并于1950年获得纽约戏剧评论家奖。1957年，另一部戏剧——《奇妙的平方根》(*The Square Root of Wonderful*)在百老汇首演。在生命的最后岁月里，麦卡勒斯创作了最后一部长篇小说《没有指针的钟》(*Clock without Hands*，1961)和一本儿童诗集《甜如泡菜净如猪》(*Sweet as a Pickle and Clean as a Pig*，1964)。去世后，麦卡勒斯的早期作品由她的妹妹整理结集，以《抵押出去的心》(*The Mortgaged Heart*，1972)为名出版，另外一部"未完成的自传"《启与魅》(*Illumination and Night Glare*)于1999年出版。

关于麦卡勒斯在美国文学史上的地位问题，评论家的态度并不统一。麦卡勒斯的传记作者在1987年写道："至于她是否算得上主要作家，评论家尚在争论这个问题。"[②]有些评论者认为，她"没有能力把握住传统的重负和地域的特征并从中获得一种福克纳和沃伦等南方作家特有的激情"，"没有捕捉到南方的地域感"而且"游离于当代意识形态冲突以外"，"忽视了历史和社会背景"以及"没有把作品置于恰当的背景中"，等等；同时他们倾向于把她的"失败"归因于她早年就脱离了那片赋予她创作灵感的土地。[③]甚至乔伊斯·卡罗尔·欧茨(Joyce Carol Oates，1938—　)也称，"麦卡勒斯也许因早慧而被年轻人所熟知，但是她作为作家的天分发展得并不均衡，作品也未能超越她所处的时间与地方"。[④]

另一方面，评论界又给予麦卡勒斯很高的评价。1947年，《奎克》(*Quick*)杂志评选麦卡勒斯为"美国战后最优秀的作家之一"。[⑤]美国作家戈尔·维达尔(Gore Vidal，1925—2012)称麦卡勒斯为"美国最优秀的女性作家"。[⑥]1951年，《纽约时报》称美国应以拥有麦卡勒斯这样的作家而感恩，而《时代周刊》则将麦卡勒斯称为美国当代最重要的作家之一。[⑦]到了21世纪，人们重新发现了麦卡勒斯作品的重要性。2001年，传记《卡森·麦卡勒斯的一生》(*Carson McCullers: A Life*)被翻译成英语出版，可以说是自《孤独的猎手》(*The Lonely Hunter*，1975)之后最为全面的麦卡勒斯传记。它收集了大量新的文献与史料，在很大程度上推动了21世纪的麦卡勒斯研究。

人与人之间的精神隔绝被认为是贯穿麦卡勒斯主要作品的基本主题。麦卡勒斯本人在1957年曾经写道："我想，我的中心主题是精神隔

绝。当然,我总是感到孤独。"⑧她在 1959 年发表的散文《开花的梦:写作札记》("The Flowering Dream:Notes on Writing")中再次提到,"精神隔绝是我大多数主题的基础。我的第一部作品与此相关,几乎全部都有关,此后的所有作品都以一种或另一种方式涉及它。爱,特别是一个无力偿还或承受的人的爱,是我选择去表现的怪诞人物的关键所在——那些人身上的生理残疾象征着他们无法爱或被爱的精神残缺,亦即他们的精神隔绝"。⑨有研究者从麦卡勒斯的个人经历出发,进一步证明了作者对痛苦和孤独的独特体验与南方社会僵化的社会习俗之间的关系:只有在一个社会习俗僵化到任何不合乎规范或者越轨的行为都会显得很突出的群体之中,才可能产生这样的独特感受。强烈的情绪化色彩使麦卡勒斯的作品根本"不容许做选择性评判",亦即不适宜做理性分析。⑩

对社会中"畸零人"和"酷儿"形象的关注也是麦卡勒斯作品的一大特色。在雷切尔·亚当斯(Rachel Adams)看来,麦卡勒斯对畸零人和酷儿的关注,表达出她对于在严苛的社会规定下痛苦生存的边缘人物的关怀。这些人物的生存困境有其特定的社会背景和历史语境,是在南方传统的藩篱下生长出来的怪胎。他们在传统的性别与种族观念中找不到自己的位置,发现自己总是偏离正常,游离于社会之外。⑪在雷切尔看来,两者的作用并不在于是否对应某种固定的身份,而是取决于它们对行为规范和社会等级划分的否定。"酷儿"宽泛地涉及有悖于异性恋规范的行为和欲望及其派生的同性恋状态,"畸零人"特指那些身体表面表现出明显的酷儿倾向的人;两者都为主流社会所排斥,它们的存在使位于主流社会秩序中的极端性、矛盾性和不和谐因素突显出来。同性恋作家萨拉·舒尔曼(Sarah Schulman,1958—   )于 2000 年发表《麦卡勒斯:经典之殿的牺牲品?》("McCullers:Canon Fodder?")一文,简要地回顾了评论界对麦卡勒斯的反应并指出其中的一个明显规律:主流评论家大都认为麦卡勒斯的作品诡异、怪诞甚至病态,而黑人作家理查德·赖特(Richard Wright,1908—1960)和南方剧作家田纳西·威廉斯(Tennessee Williams,1908—1983)却一致称道她的作品"健康、富有感染力并且很了不起"。⑫舒尔曼将这个奇特的现象归因于文本中潜在的同性恋色彩,包括"同性恋、压抑的同性恋、预期的同性恋或者不健全的异性恋","因为她[麦卡勒斯]没有找到自己所属的类别,所以她将自己的影子投射到形形色色、身份各异的一系列遭到惩罚、受到鄙视的人身上"。⑬无论评论界对这部戏剧如何评说,我们不能否认这种视角本身极大地丰富了"精神隔绝"的内涵。

对青少年问题的关注也是麦卡勒斯小说的重要主题之一。《心是孤独的猎手》中的密克·凯利，《婚礼的成员》中的弗兰西斯，《没有指针的钟》中一白一黑两名少年，《金色眼睛的映像》和《伤心咖啡馆之歌》中一些心智尚且停留在儿童状态的成年人，如士兵威廉斯、菲律宾男仆阿纳克莱托、爱密利亚小姐、李蒙表兄等，这些人物大多处于青春期，表现出对进入成人世界的抗拒和逆反，往往在性问题上表现出困惑、恐惧甚至逃避心理。他们的怪诞行为一方面与其身份认知的混乱有关，另一方面也与性别和社会认知的困惑有关。麦卡勒斯笔下的女性人物内心状况尤其值得深入挖掘。成人社会遵照的是男权社会的标准，对女性有诸多限制与压抑，而未成年女性本能地抵制进入成年社会，拒绝成为标准的成年女子。对于成年女子在身份和性别问题上要遵守的各种规制，这些少女们首先感到困惑，不愿意接受，然后表现出抵制和反抗，于是她们的行为就显得十分怪诞。有学者把麦卡勒斯、尤多拉·韦尔蒂（Eudora Welty，1909—2001）和弗兰纳里·奥康纳（Flannery O'Connor，1925—1964）一同置于南方妇女文化传统的背景下集中讨论，并指出南方妇女文学传统就是在不断挑战和质疑限定性的"女性特质"的过程中形成的。[40]麦卡勒斯对少女问题的关注在美国文学南方女性传统的形塑中起到不小的作用。

作为在美国南方成长起来的女性作家，麦卡勒斯在其作品中关注女性人物，但她着力描绘的女性角色有各种怪异之处，与南方主流文化所要求的南方淑女形象相去甚远。除了女性人物，麦卡勒斯在作品中对社会边缘人也给予了高度关注，她笔下的角色都是社会中失去话语权的边缘人物。麦卡勒斯是一位具有强烈社会干预意识的作家，她的作品不是简单的孤独寓言，而是通过对社会边缘人的描绘和关注，挑战和颠覆当时南方的主流文化，进而启发人们对文化价值观进行重新思考。

《心是孤独的猎手》：人类精神困境书写

麦卡勒斯的处女作《心是孤独的猎手》几乎包括了作者日后创作中的所有主题，一经出版便获得了很大成功。小说出版时，麦卡勒斯只有23岁，但却对20世纪30、40年代的美国南方人与南方社会有着深刻而独到的理解。小说以生活在南方小镇上的聋哑人约翰·辛格与其他四个主要人物——咖啡馆主人比夫·布兰农、工运分子杰克·布朗特、少女米克·凯利以及黑人医生梅迪·考普兰德之间的"卫星式"平行关系为主要线索展开，讲述了人与人之间的精神隔绝，展现了难以沟通的社会现实和精神

困境。这四个人物性格、身份迥异,但都有着不被人们理解的经历,因而感到彷徨和孤独,难以与他人沟通。四人将辛格视为精神上的依托,向其倾诉,发泄内心的郁闷,以寻求心灵慰藉。不料,当辛格得知他的聋哑朋友、贪婪自私的斯皮罗斯·安东尼帕罗斯去世后,一下子失去了全部精神寄托,自杀身亡,而其他人对生活的幻想也随之破灭,在迷惑不解中又陷入了孤独困顿。整个小说基调灰暗,使用了大量的象征和夸张手法,呈现出一副怪诞的景象。

麦卡勒斯在小说中"借用身体残疾或心理扭曲的人物形象来强调人类绝望的孤独困境"。⑤小说中的比夫就是一个抛弃了宗教和信仰的"怪物"。他是一个丧失了性能力的"残疾人",正因为如此,他对身体有缺陷的"怪物"抱有特殊的情感。婚姻生活的不和谐,妻子的强悍,尤其是缺失的性能力,给他造成了沉重的心理压力。"他就是喜欢怪人。他对病人和残疾人有一种特殊的亲和感。任何时候,只要有兔唇或结核病人走进店里,比夫都会请他喝啤酒。或者,如果顾客碰巧是个驼背或瘸子,那么比夫准会为他提供一杯免费的威士忌。有一个家伙,在一次锅炉爆炸中被炸掉了阴茎和左腿,每当他来到镇上,准会有一品脱免费啤酒等着他。"⑥比夫期望借助于这种方式,与这些怪人产生相互关联,以消除自己内心的孤独与压抑。

双性同体的观察者比夫是咖啡馆的男主人,他可以像女人那样熟练地使用缝纫机,细致地缝缝补补;在夜深人静的时候,他会悄悄地涂上"佛罗里达"香水,定期使用柠檬油洗发水;他想象米克和贝贝是他的孩子而对她们特别关注;他对妻子爱丽丝疏远冷漠,当爱丽丝起床梳洗打扮去看店后,比夫会灵巧地将她睡过的被单翻个面,头脚倒过来才睡下;当爱丽丝去世后他不仅很少想起她,反而感到放松自在。

杰克·布朗特是咖啡馆里的另一个怪人。他总是在说话,但是没有人听得懂。小说里这样写道:"没有一个人明白他究竟在说啥。说——说——说。话语像瀑布一样从他的喉咙里喷涌而出。事实上,他的口音一直在变,他使用的词汇也在变。有时候,他说起话来像个傻瓜,有时候又像个教授。他会使用很长的单词,然后又把语法弄错。说不清他属于何种民族,也搞不清他来自哪个地区。他总是在变。"⑰但是布朗特却将哑巴辛格视为镇子上唯一听得懂他意思的人,他不理睬店里的任何人,除了哑巴。他看着哑巴冷漠而温和的眼睛,认为对方的"整个身体似乎都在倾听",于是异常兴奋。他对哑巴说:"我一直在心里对你说话,因为我知道你懂得我想要表达的意思。"⑱然而哑巴不可能听得懂他说的话。他虽然很有耐心地听布朗特说了一个多小时,但从他起身离开的神态来看,他对布朗特和他所说的东西并不感兴趣,"哑巴朝时钟的方向点了点头,用他那种秘而不宣的方式笑了笑,从桌旁站起身来。像往常一样,他的双手依旧揣在口袋里。他快速地走了出去"。⑲

事实上,哑巴辛格也是个极度孤独的人,也曾经向一个听不懂他说的话,或者完全没听进去他说的话的人整日"滔滔不绝"。那个人也是个哑巴,他的名字叫斯皮罗斯·安东尼帕罗斯。安东尼帕罗斯人生的乐趣就是吃、睡,除了表达这些意愿和祈祷之外,他并不说任何话。辛格在珠宝店做银器雕刻工,安东尼帕罗斯在表哥的水果店做帮工,两人一起上班,一起吃饭,住在一起。辛格将安东尼帕罗斯当作唯一的朋友,他们虽独来独往,却"一点儿也不孤独"。⑳辛格将自己想要表达的和经历的一切都用手语表达给安东尼帕罗斯,但后者似乎完全不在乎,表情淡漠。安东尼帕罗斯生了一场病,辛格竭尽全力对其照顾有加,但是安东尼帕罗斯病好后却变了,脾气暴躁,并制造各种麻烦。比如,在饭馆他会顺走几块糖、一瓶胡椒粉等,在大庭广众下对着恒丰银行大楼的墙壁撒尿,在路上遇到不顺眼的人就会冲撞那些人,用胳膊肘和肚子推挤他们;他还拖走商店的落地灯不付钱,试图拿走展示柜的电动火车等。对此,辛格虽然十分焦虑,但是却帮助安东尼帕罗斯奔走于法院和监狱之间,不惜花掉自己所有的钱。后来安东尼帕罗斯的表哥害怕自己会惹上麻烦,将安东尼帕罗斯送到了精神病院。对此辛格强烈反对,却无济于事。之后,辛格经历了一段时间的狂躁,无法入睡,身体焦躁不安。后来,他发现了比夫的这家咖啡馆,便一日三餐在这里吃,并借此打发难熬的黑夜。所以说,辛格并不是布朗特等人的倾诉对象,他自己就陷在孤独的泥沼中难以自拔。

米克是个男孩气的女孩,喜欢穿男孩子的衬衫、短裤、球鞋,喜欢跟着哥哥比尔四处玩耍。对于姐姐们谈论的化妆打扮、电影明星,她不仅毫无兴趣,反而嗤之以鼻。她小时候还经常画一些怪异暴力的图画,有被暴风雨摧残的海鸥、飞机失事、布劳德大街上的火灾、整个小镇的暴力斗殴等。可以说,米克是个性别错位的人,而这种错位直接影响了她的成长,造成了困惑和孤独。黑人医生考普兰德因一心拯救黑人同胞的抱负难以实现而抑郁古怪,跟家人隔阂很深,关系疏远。这些人难以在社会中找到合适的位置,越来越被边缘化,因而显得行为古怪。

《心是孤独的猎手》创作于大萧条末期、二战爆发之际,麦卡勒斯在小

说中"描画了一个颠倒的、噩梦般的世界——一个第二次世界大战中的世界——上帝使这个世界充满了支离破碎的人类和毫无乐趣的古怪的人们……他们形成了一个被社会遗弃的群体"。[51] 在小说发表后还不到一个月,麦卡勒斯本人就公然宣称这部作品是"一个针对法西斯主义的讽刺寓言"。[52] 但是绝大多数评论者都将这部作品解读为人类孤独的寓言,[53] 而忽视了作品中的社会意义。有学者通过分析《心是孤独的猎手》的结构指出,小说展现了美国南方大萧条末期、二战爆发前夕的社会矛盾,以及在这样的社会语境中人们的精神困顿。[54] 小说分为三个部分。第一部分借助于辛格与安东尼帕罗斯的关系呈现了小说发生的背景、主题、人物和风格。这一部分同时还表现了辛格与其他四名人物之间的关系,展示了他们各自的社会生活层面。这一部分就像是编织了一张网,而第二部分则是将其填充。第二部分共十五章,其中五章围绕米克展开,三章分配给了考普兰德,两章关注布朗特,两章关注比夫,剩下的三章为总结。这一部分描绘了 1938 年 7 月—1939 年 7 月整整一年中发生的事。作者借助四个人物,向读者展示了折磨人物的社会罪恶:布朗特与经济剥削,考普兰德与种族歧视,米克与青少年问题。第三部分围绕每个人物对辛格之死的反应展开,指出他们既无法解决个人问题,也对社会问题无能为力。这部分包括四章,每一章分别对应考普兰德、布朗特、米克和比夫,时间上分别聚焦于 1939 年 8 月 21 日这一天的早上、下午、晚上和深夜四个时段。夏天即将过去,社会矛盾在不断升级和激化,一个更为动荡不安的时刻即将来临,而人物在这样的社会下虽有片刻的觉醒,却又陷入死一般的沉寂中去。从这种结构上我们不难看出麦卡勒斯对当时社会状况的隐喻,但是她的着眼点依然在于人。她所诠释的孤独与其说是历史性的,不如说是精神性的。这种孤独是人类在任何时代都会遭遇的精神困境,只是在特定的历史时期表现更为诡异罢了。

《金色眼睛的映像》: 南方社会的孤寂与腐朽

《金色眼睛的映像》以军营为背景,讲述了发生在"两名军官、一名士兵、两个女人、一名菲律宾男仆以及一匹马"之间错综复杂的情感纠葛。潘德腾上尉和利奥诺拉、兰顿少校和艾莉森是两对夫妇,同时也是经常聚会的邻居和朋友。兰顿少校和利奥诺拉其实另有私情,这令艾莉森饱受精神折磨,以至于身体每况愈下,终于不治而亡。潘德腾上尉是同性恋,妻子利奥诺拉情欲旺盛,与多名男子有染,对此潘德腾并不妒忌,而是恋慕她的情人。他先是痴迷于兰顿少校,后又对二等兵威廉姆斯暗生情愫,而威廉姆斯暗恋的对象是利奥诺拉,他夜夜潜入后者的房间进行偷窥,终有一天被潘德腾上尉发现,丧命于潘德腾的枪口之下。

同性恋议题在 20 世纪早期尚属伦理禁忌,因而小说一经出版便遭受多方质疑。有人打电话恐吓麦卡勒斯,声称她在《心是孤独的猎手》中是"黑人的情人",在《金色眼睛的映像》里则是"同性恋者"。⑤而在麦卡勒斯家乡的本宁堡军事基地,乔治·米歇尔将军和乔治·巴顿将军当时正担任指挥官。这两位赫赫有名的美国军事将领都对麦卡勒斯笔下的军队生活不敢苟同:前者直言不讳,指出整个军营将因她这本书名誉扫地;后者的妻子取消订阅载有《金色眼睛的映像》的《哈伯的芭莎》杂志,以此表示抗议。⑥

在同性恋故事的表象之下,小说探讨了更多深层次的问题。首先,小说通过展示二等兵、菲佣等下层人物,甚至动物身上所蕴藏的活力,表现了南方社会的死寂与腐朽。小说一开始就点明了南方社会的乏味与死寂。"和平时期的哨所是一个乏味的地方。不是没有事情发生,但是它们一而再再而三地发生,十分雷同。军事基地本身的总体规划让它显得更加单调——巨大的混凝土营房,一排排整齐的军官之家,每一间都和另一间一模一样,体育馆,教堂,高尔夫球场及游泳池——一切都根据刻板的模式所设计",⑦而在这种环境中有一些异类,他们智力低下,处于文明社会的下层,却充满了生命的活力。二等兵威廉姆斯就是这样一个人,他"是一个沉默的年轻士兵,在军营里既没有敌人,也没有朋友。他晒黑的圆脸带着标志性的、戒备的无辜表情。他丰满的嘴唇红润,褐色的刘海铺在额头上。他的眼睛是琥珀和褐色的奇妙混合,有一种通常在动物眼睛里才有的无声眼神。一眼看去,二等兵威廉姆斯的姿态有点笨重和笨拙。然而这是一种错觉;他动起来时的敏捷和沉默如同野兽或是贼。士兵们经常被他吓一跳,因为他们原本以为是独自一人,却蓦然发现他不知从哪里冒了出来,已经悄然地站在身边。他的手很小,骨节灵巧,却非常强壮"。⑧威廉姆斯的身体里蕴藏着一种野性的力量,纯粹而可怕。这也许可以解释为何在初次碰面时潘德腾上尉就感到十分不舒服。潘德腾上尉在工作上十分严苛、固执,不带任何感情色彩,但在婚姻中是个性无能,在生活上是个十足的"胆小鬼",极力压抑自己的性冲动,放纵妻子的浪荡行为。

与二等兵威廉姆斯相比,潘德腾上尉是个缺乏活力的人。"他和存在

的三个基本元素之间的关系多少有些奇特——这三个元素是：生命本身、性与死亡。在性方面，上尉保持了男性与女性特质的微妙平衡，他拥有两种性别的敏感，却缺少两种性别的活力。"⑤抛开伦理层面，潘德腾上尉的妻子利奥诺拉也是一个充满活力的人。她的身上带有一种野性的、不受束缚的力量。从作者对她的描写中，我们不难发现这一点。"她光洁甜美的脸像玫瑰一般红润"，她经常光着脚走来走去，兴之所至就跳起狂热的舞蹈来；不仅如此，她在家中几乎赤身裸体，"金黄的炉火前她的身体美丽异常。肩膀很平，锁骨的线条衬得清晰完美；饱满的乳房间能看见纤细的蓝色血管"，"尽管她静静地站立，她的身体仍像是在微微颤动，给人一种假象——抚摸她美妙的肉体就能感觉到体内鲜血缓慢的流淌"。⑥利奥诺拉的活力四射让潘德腾上尉十分恼火，但也无可奈何。在保守刻板、极度压抑自我的潘德腾看来，利奥诺拉的行为违背了伦理道德规范，十分丢人，"像个妓女"；⑥但对于二等兵威廉姆斯来说，正是这种野性深深地吸引着自己。他夜夜在上尉房子外等待，然后潜入欣赏利奥诺拉，直至最后被上尉发现。令人唏嘘的是，潘德腾上尉竟然爱上了二等兵威廉姆斯。事实上，他是被后者的生命力所深深吸引。在森林中，上尉看到赤身裸体的威廉姆斯靠在一颗橡树上，"他细长的身体在黄昏的阳光下闪闪发亮。他用一种木然的事不关己的眼神瞅着上尉，似乎在瞪着他过去从未见过的某种昆虫"，对此，上尉"惊得四肢瘫软，动弹不得"。⑥他看到二等兵的光脚，"它相当纤细，有着精致的线条和结构，脚背高高隆起，蓝色的血管清晰可见"，惊讶不已的上尉被年轻士兵"完美无缺的身体的线条"深深吸引，内心升起一股强烈的恨意，"如爱一样强烈的恨"。⑥这种爱恨交织的复杂情感反映出，潘德腾上尉一方面被士兵身上的生命活力深深吸引，另一方面又因自身无法拥有这样的力量而憎恨对方。

潘德腾上尉难以自抑，在爱恨交织的复杂感情中一步步走向威廉姆斯。由于在哨所军官与士兵接触的可能性较小，上尉渴望与士兵建立某种联系的愿望一再受到抑制。他尽可能频繁地去马厩，因为那里是唯一可以与士兵接触的地方，但又不能让人生疑。当上尉事先知道肯定会遇到士兵时，"就会感到头晕目眩，心跳加速"；而在其他时间，上尉满脑子都是士兵的面容："沉默的眼睛，往往是湿润的肉感的厚嘴唇，孩子气的僮仆式的刘海。"上尉很少听到士兵说话，"但他那模糊拖沓的南方口音不停地在他的后脑勺蜿蜒流淌，宛如一曲扰人心神的歌儿"。⑥对士兵的渴望让上尉开始感到孤独，"他坐在昏暗的车里，他盯着灯火通明的拥挤的房间，他听见屋内的叫喊声和响亮的说话声,无神的眼睛里涌上了泪水。苦涩的孤独感噬咬着他的心"。⑥从这里我们不难看出,正是对士兵的渴望,引起了上尉对自我的重新认知。那个因劳累而早衰的身心,因追求名利而困顿的心灵,逐渐开始清醒。单是想到"二等兵韦尔登·潘德腾"几个字,上尉就"感到浑身轻松,心满意足。不再梦想荣誉与官阶,现在的他,想象自己是一名普通士兵时体验到了某种难以形容的快感",那时候的他,也许就像今天的威廉姆斯一样,"身体那么年轻,那么无拘无束,就算是普通士兵最廉价的制服也掩盖不了它的优美,他的头发浓密而有光泽,圆圆的眼睛没有因为读书和劳累熬出黑眼圈"。⑥与其说二等兵的身体吸引了上尉,不如说是二等兵身体所散发出的生命活力吸引了上尉。从普通士兵到上尉,潘德腾一路上经历了泯灭人性的苦痛与压抑,其性能力的丧失更像是一种上层社会腐朽的象征,是其脱离自然本性的必然后果。

在兰顿少校和艾莉森的家中,也存在着这种上等文明社会与下等野蛮社会之间的冲突。兰顿少校和艾莉森的孩子夭折了,这导致两人感情破裂。兰顿少校与邻居利奥诺拉成为情人,艾莉森十分痛苦,她甚至割掉自己的乳头。丈夫的肆意背叛使她痛不欲生,整个军营主流价值观的扭曲和堕落令她深感绝望。她是个饱读诗书的女人,拥有法国的艺术气息和清晰的判断能力,却总是让周围的"上流人物"退避三舍。比如潘德腾对艾莉森就不胜其烦:"上尉潘德腾给兰顿太太倒水时,避开了她的眼睛。他讨厌她到极点,简直受不了多看她一眼。"⑥高级军官们对艾莉森不以为然,还在于她和"次等群体"过从甚密,这在他们的眼中显得"有失体统"。首先,她对动物有着超乎寻常的热情和关爱:"她从狗的嘴里拿起鸟儿,却脸色大变。鸟还活着,他[兰顿少校]无所谓地打碎它的脑袋,把它交还给她。她握着这羽毛竖着的温暖的小身子,它在坠落时有些败坏了,他[兰顿少校]又凝视那没有生命的呆滞的小黑眼睛。她突然失声痛哭……"⑧其次,艾莉森拥有种族平等的理念和胸怀,这一点尤其体现在她与小菲佣安纳克莱托的相处模式中。她引导安纳克莱托一步步走向自尊和自强,给予他全部鼓励和信任,演绎出一种崭新的主仆关系。再次,艾莉森对阶级差异视而不见:威恩切克中尉时运不济、穷困潦倒,根本不入上层军官及其太太们的法眼,但艾莉森却频频帮助他,也常常与他一起欣赏书籍和音乐。这些都导致了艾莉森难以在这样的上流社会中生存下去。此外,艾莉森的悲剧还有另外一层原因——她虽怀有高贵的思想,却缺乏生命的活力,虽对一切腐朽了然于心,却难以走出男性社会的桎梏。她变得神

经质,身体也出现各种病态,但这不仅没能引来怜悯,反而徒增他人的厌恶。依附于丈夫的她痛苦地发现一旦离婚,自己将难以生存下去。孩子的死亡、艾莉森的病态,暗示出南方上层社会内部的腐朽。

与之相对的是菲佣安纳克莱托。与利奥诺拉和二等兵威廉姆斯一样,安纳克莱托在文明人看来也是一个头脑简单的人,甚至被兰顿少校称作"白痴",然而他的身体充满了生命的活力,"小胖脸是奶白色的,他的黑眼睛闪闪发亮"。[69]他总是精神饱满,步态轻盈而优雅,语调轻柔而愉快,与病态的艾莉森形成了鲜明的对比。此外,他还热爱音乐,乐观积极,喜欢跳舞。"一年前他爱上了俄罗斯芭蕾,从此不可自拔。他不会放过每一个特技、每一个姿势。在灰色地毯上他倦怠地舞动、减速,直到穿着便鞋的双脚完全定住,他的手指触碰交织,以一种冥想的姿态站立。突然间他轻快地旋转起来,开始了一段激烈的小独舞。从他容光焕发的脸上可以明显看出:他以为自己站在巨大的舞台上,是令人目眩的场面里最引人注目的那个人。"[70]与利奥诺拉热爱跳舞一样,安纳克莱托表现出不受社会各种条框所限制的生命的活力。借助人物之间的强烈对比,麦卡勒斯不仅表达了对人类永恒主题——孤独的诠释,同时也表现出对充满活力的生命的礼赞。

《婚礼的成员》: 成长中的孤独

《婚礼的成员》描述了一个极为敏感的小女孩的非常故事。表面上看,这个故事讲述的是一个女孩在等待哥哥婚礼到来时的迷乱、惶惑与茫然。女孩渴望成为他们的一员,但是这种纯粹的渴望最终破灭了,女孩的世界也发生了翻天覆地的变化。婚礼成了一种象征,一种摆脱孤独、融入那个世界的美好期盼,但这种期盼最终化成了泡影。麦卡勒斯在写作同名剧本的时候,阐明了对《婚礼的成员》的看法:"每个人都想成为某个事物的一员……弗兰淇想归属于这个世界,通过婚礼的途径……归属的愿望困扰着每个孩子。不仅仅是孩子。我认为这是一个最根本的问题:'我是谁? 我是干什么的? 或者,我属于哪里? 我能够属于哪里?'只是童年或青春期是一个危机的时期,因此这类问题更加令人困惑、更加迫切。"[71]这本耗费作家整整五年时间完成的小说远没有《心是孤独的猎手》复杂,甚至显得单薄,但它同样完美地表现出了可怕的孤独。

小说由三个部分组成。"一切从弗兰淇十二岁时那个绿色、疯狂的夏天说起。这个夏天,弗兰淇已经离群很久。她不属于任何一个团体,在这个世上无所依附。弗兰淇成了一个孤魂野鬼,惶惶然在门与门之间游荡"。⑫一开始,孤独就如夏天的绿色一样,到处弥漫,"世界如同死去一般,一切停滞不动。到最后,这个夏季就像是一个绿色的讨厌的梦,或是玻璃下一座死寂而荒谬的丛林。"⑬在这个夏天,弗兰淇开始为自己是弗兰淇感到厌恶和腻味。"她恨自己,她成了一个闲人,一个终日泡在厨房的废物点心:又邋遢又贪心,心地又坏,情绪又差。"⑭无所事事的她到处闲逛,做了很多坏事,但一切都不能让她有归属感。突如其来的婚礼让弗兰淇错误地以为可以借此通往世界。在这一部分中,弗兰淇的生活空间主要在家中,更确切地说是在厨房——一个停滞的空间中。到了第二部分,弗兰淇开始走出这片空间,来到镇上,向人们诉说即将来临的婚礼和她的计划,但是人们对此并不以为然。她来到小镇的中心——主街,看到了白色的银行大厦,占地有四条街区之多的砖墙一样的商店,宽阔的马路,不紧不慢行驶的汽车,以及远处窗户众多的棉纺厂,一切都呈现出整洁与规矩的景象,显示出某种看不见的力量在强有力地控制。弗兰淇感受到的是一种机械、冰冷、腐朽的气息,而不是像她那样雀跃、充满希望的心情。一个猥琐的士兵将弗兰淇带到宾馆,企图与之发生性关系。弗兰淇奋力反抗,士兵未能得逞。在婚礼上,弗兰淇根本没有机会与新郎、新娘说话,与之一起出走的计划也全部泡汤。小说的第三部分较短,讲述了遭遇士兵事件和婚礼事件的弗兰淇决定独自离家出走,但是她根本无法在外面的世界生存,垃圾桶的臭味都让她难以忍受,后来她被警察带回了家。

弗兰淇的孤独源自她与周遭世界的隔离,这主要体现在三个方面。首先,她的家庭并不能给予她足够的关爱。母爱的缺失导致弗兰淇在思想与行为上缺少引导人和归属感。她虽然整日待在家中,但是从麦卡勒斯对周遭环境的描写来看,这并不是一个温暖的家庭。厨娘贝丽尼斯在生活中确实给了弗兰淇很多母亲式的关怀和意见,然而她生活的年代和她们之间的种族差异使她无法跟上时代变换的步伐,无力或无暇充分顾及一个小女孩内心世界的变化与骚动以及她对生活的积极探寻。对于弗兰淇的渴望,贝丽尼斯并不理解,也无法支持。她不断向弗兰淇灌输南方淑女的思想,希望弗兰淇能够成为一个被主流社会接纳的正常女孩。这与弗兰淇的个性相悖,无法引导她走上自我与社会之间和谐相处的道路。弗兰淇的父亲是一位珠宝商,沉默寡言,无暇给予弗兰淇更多的关爱。这个几乎缺位的父亲有一天"突如其来"地说:"这个还想跟老爸爸睡的、老大不小的十二岁长腿笨瓜是谁呀?"⑮这话浇灭了弗兰淇渴望亲近父亲的

幻想。对于弗兰淇的心理变化和成长中的困惑不安,父亲并不知晓,甚至对弗兰淇蓄意做的诸多坏事,他也是毫无知觉,直至弗兰淇离家出走,他才报警,并出去寻找。可以说,弗兰淇的家庭不能让她有丝毫的归属感和安宁,而她一直试图要做的,便是离开这个家,离开这个镇子,离开自己所熟悉的一切,随便到哪里都比待在这里强。

其次,弗兰淇作为女性,无法融入女性社会,亦难以融入男性社会,最后连她所幻想的"我们"的社会也将其抛弃。弗兰淇是个男孩子气十足的女孩,也幻想着自己能够成为男孩。"这个夏天她长得这么高,简直成了一个大怪物。她的双肩很窄,两腿太长,穿着一条蓝色运动短裤,一件BVD 汗衫,赤着脚。她的头发剪得像男孩子,剪了没多久,短得还未两边分开。"⑯她担心照这样的速度,她会高大得不像个女人,成为怪物。而且,比她略大的女孩又把她排斥在俱乐部之外,不愿意和她往来。而对于男性世界,弗兰淇更是难以融入。小说一开始,烦闷的弗兰淇邀请小男孩约翰·亨利到家里吃饭并过夜。虽然在紧挨着亨利的身体躺下时,弗兰淇有那么片刻感到温暖,但亨利对于弗兰淇的困惑和渴望一无所知,他关注的东西也是弗兰淇无法理解的。两个人虽然为了摆脱孤独而呆呆地在一起,却更凸显了各自的孤独。最后弗兰淇几乎是将亨利赶出了家门。而哥哥所代表的男性世界,弗兰淇更是无法进入。弗兰淇对新娘并不妒忌,相反很喜欢她,渴望与二人建立和谐的"我们"世界。于是,她把希望寄托在哥哥和他的新娘身上。在此,麦卡勒斯通过弗兰淇之口,构筑了一种全新的关系模式——"我的我们"。

但是弗兰淇对两性世界并不理解,她将做爱看作抽筋,她试图在二人世界中找到自己位置的努力也终将是徒劳。"婚礼像她能力之外的一场梦,或者像一出并非由她安排的演出,里面没有她的角色。"⑰她的哥哥抛下她,和新娘绝尘而去,徒留她在原地大哭。此外,一直渴望军人生活的弗兰淇试图在一名士兵身上找到希望,却发现对方眼中看到的只有自己作为女性的身体。这位男性彻底打碎了弗兰淇渴望进入男性世界、成为一名男人的幻想,无论是对未成年男性还是成年男性,弗兰淇的看法都是盲目的、理想化的。这一切都注定了她跨越性别的努力终将失败。无论是男性社会还是女性社会,都是她无法改变的,而她注定如她自己所言,孤苦伶仃。

最后,弗兰淇的孤独还体现在整个世界与她的隔离。在她看来,自己的孤独与烦闷来源于将其围于其中的家庭和小镇,于是她十分强烈地渴望离开小镇，拥抱外面的世界。她留心战争的消息，想着外面的世界，并整理好箱子，准备上路，可她并不知道自己将去往何处。"弗兰淇气疯了，觉得自己孤苦伶仃，四处碰壁。战争和世界这两样事物，都太过动荡、太过浩大，都是那么让人想不明白。长时间地思索世界的事让她暗暗心惊。她不是怕德国人或者炸弹或者日本人，她害怕，是因为战争拒绝她的参与，因为世界似乎不知何故将她抛在了一边。"⑦婚礼似乎是解救弗兰淇的唯一途径。她坚信婚礼后可以和哥哥、新娘住在一起，去冬山、去阿拉斯加，从而永远地离开小镇。她渴望冒险和独立，但又惧怕孤独，害怕被人排挤。而"我的我们"令她体味到安全感。在想象中，这场婚礼不光使她与哥哥、新娘，更与整个世界之间建立起某种神奇的联系，"我们将与他们相遇，所有人……我们加入的俱乐部有那么多，多得都分不清。我们将会是整个世界的成员"。⑦不难发现，弗兰淇对世界充满了不切实际的幻想，这导致她单纯地、一厢情愿地想要投入其中，但是世界绝非她想象的模样，对她并不总是友好，她渴望在世界中寻找归属感的努力也终将是失败的。由于对战争充满了美好的幻想，弗兰淇理所当然地将路上搭讪的士兵看作理想的荣誉化身，渴望从他那里获得通往世界的入口。然而，这位因休假三天在街上闲逛并物色性对象的猥琐士兵不仅不是弗兰淇的救赎，反而彻底打碎了弗兰淇与世界建立关联的企图，将只留下一副空壳的弗兰淇丢回到原来拘限她的狭小空间中去了。

《伤心咖啡馆之歌》：永恒的孤独

《伤心咖啡馆之歌》由同名中篇小说和其他六篇短篇小说组成，讲述了一个沉闷的南方小镇上三个人物之间的纠葛：爱密利亚小姐、罪犯马文·马西和驼背李蒙三人之间产生了诡异荒诞的爱情。故事揭示了一个与爱情一样永恒的主题——孤独。

小说开篇呈现出一副死气沉沉的小镇景象。"小镇本身是很沉闷的；镇子上没有多少东西，只有一家棉纺厂、一些工人住的两间一幢的房子、几株桃树、一座有两扇彩色玻璃窗的教堂，还有一条几百码长、不成模样的大街。"⑧在镇中心有一座全镇最大的建筑物，这里曾经是一座咖啡馆，由爱密利亚小姐和一个声称是她表哥的人——李蒙共同经营。那时，全镇的人都会在这里逗留至深夜，如今所有的窗户都被钉上了木板，而爱密利亚在经历了惨痛的爱情后将自己禁闭在二楼的一个房间，过着与世隔绝的孤独生活。

原来这一切皆因驼背李蒙的出现。爱密利亚小姐继承了一笔财产，加上她的辛苦经营，她成了镇上最有钱的女人。她生性孤僻，整日待在工地，从不把异性的爱放在心上。她虽然在工作和经营上是一把好手，精明能干，但却不善与人交往。在她看来，"人的唯一用途就是从他们身上榨取出钱来"，[30]直到有一天，一个自称是其表哥的驼子来到了这里。"那是个陌生人，陌生人在这样的时辰徒步走进镇子，这可不是件寻常的事。再说，那人是个驼子，顶多不过四英尺高，穿着一件只盖到膝头的破旧褴褛的外衣。他那双细细的罗圈腿似乎都难以支撑住他的大鸡胸和肩膀后面那只大驼峰。他脑袋也特别大，上面是一双深陷的蓝眼睛和一张薄薄的小嘴。他的脸既松软又显得很粗鲁——此刻，他那张苍白的脸由于扑满了尘土变得黄蜡蜡的，眼底下有浅紫色的阴影。"[31]这个驼子在众人看来是最不可能被爱密利亚看上的。事实上，大家都以为爱密利亚允许驼子进她的家门是图财，也就是李蒙手上提的行李箱。众人对此议论纷纷，甚至有人声称爱密利亚小姐为了谋财而杀害了李蒙。于是八个人自愿来到爱密利亚的家，为李蒙伸张正义。但是李蒙非但没被杀害，反而活得神气活现，"大有本店大老板的傲慢神气"。[32]他在这里受到了爱密利亚小姐的热情款待，身上起了很大变化："首先，他干净得无可挑剔。他还穿着那件小外套，可是刷得一干二净，补得很精致。外衣里穿了爱密利亚小姐的一件红黑格子的新衬衣。他没穿寻常的长裤，而是穿了一条很合身的长及膝盖的马裤。那皮包骨似的脚上穿了一件黑长袜。他那双靴子很特别，样子很怪，刚上过蜡，擦得锃亮，鞋带一直系到脚踝。他在脖子上围了一条酸橙绿的羊毛围巾，几乎遮住他那对又大又白的耳朵，围巾的穗条几乎拖到地上。"[33]事实上，李蒙确实成了店里的实际主人。他先天就具有与他人和外界建立直接和重大联系的能力，很快就使店里呈现一种自由自在的愉快气氛。正是李蒙的这个能力，加速了咖啡馆的建立。而在这个过程中，爱密利亚小姐一发不可收拾地爱上了他。但也正是李蒙，在很大程度上导致了爱密利亚的悲剧。爱密利亚曾经与马文·马西有过十天的婚姻。马文是个残忍邪恶的家伙，但是在爱上爱密利亚之后却变得好心肠。在爱密利亚拒绝了他之后，他曾试图放弃一切来赢得爱密利亚的倾心，却没能成功。伤心的他犯了重罪，最后被投到监狱中。出狱后，马文来到小镇，决心毁了爱密利亚的一生。令人诡异的是，李蒙十分欣赏马文，并与后者一起摧毁了爱密利亚。他们合伙捣毁了咖啡馆，抢走了所有的钱财，到沼泽地将酿酒厂砸了个稀巴烂，还做了一份爱密利亚最爱吃的小香肠玉米渣粥,在里面放了毒药,然后一同消失了。

经历了这一切的爱密利亚失去了生命的活力,被彻底摧毁了。她的头发白了,乱蓬蓬的,身上发达的肌肉也开始萎缩,身体消瘦得可怕。当人们提起李蒙时,她发誓一定要把他的五脏六腑都挖出来,但是她的声音已经失去了早先的活力,"断断续续,有气无力,凄凄惨惨,有如教堂里一架漏了气的管风琴"。⑩她虽然恨李蒙,但却整整三年坐在前门台阶上等待李蒙归来。到了第四年,她便请人将所有的窗门钉上了板,从那时起就一直待在紧闭的房间里。窗门的钉死暗示着爱密利亚的心死。一切就像是做了一个梦,一个渴望与他人建立永久关联的梦,如今梦已碎,人已散,只留下做梦的人独自哀叹。

在某种程度上我们甚至可以说,麦卡勒斯的人物都梦想着建立一个情感的乌托邦,一个与他人建立关联的永恒空间,但都遭到失败。最后,死的死,走的走,长大的长大,做梦的人都不存在了,活着的人独自孤独地活着,再也没有梦。这种孤独困扰着麦卡勒斯笔下的青少年,使他们既无法回到过去,也难以走向未来。这种生存困境既是青少年成长中遭遇的问题,也是社会危机的一种精神反映。麦卡勒斯的小说刻画出了困在当下的南方社会,它既难以回到过去,也摸不清未来的方向,只能被孤立隔绝。

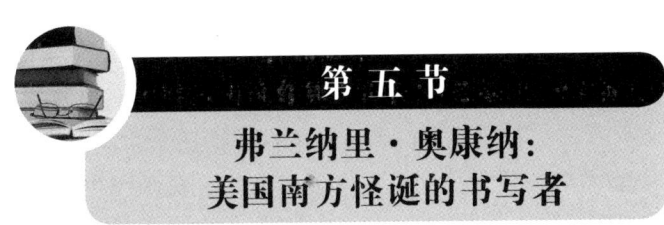

第五节
弗兰纳里·奥康纳:
美国南方怪诞的书写者

弗兰纳里·奥康纳(Flannery O'Connor, 1925—1964)被认为是继福克纳以来美国南方最杰出的作家。作为一位虔诚的天主教徒,她许多作品都渗透着浓郁的宗教气息。她的小说充满了宗教的想象和象征,人物出现在异常怪诞的环境中,并由环境牢牢控制。在她看来,人一旦背离了宗教信仰就会出现反常行为和变态心理,只有靠暴力或死亡与原先的世俗道德价值观念痛苦决裂后,才能获得救赎。她的生活经历和信仰在一定程度上决定了她作品的重要主题是信仰的失落、赎罪和寻求精神的家园。

生平传略与创作成就

1925 年 3 月 25 日,奥康纳生于佐治亚州萨凡纳市,父母为天主教徒。她 1945 年毕业于佐治亚女子州立大学,而后进入艾奥瓦大学写作班,其间发表首篇短篇小说《天竺葵》("The Geranium",1946)。奥康纳擅画漫画,曾在高中和大学的校报等多处发表作品。1950 年,奥康纳被诊断患有红斑狼疮,这在当时属绝症。疾病严重地摧残了她的身体,她不得不靠药物治疗维持生命。她与母亲在安达卢西亚农场度过余生。奥康纳的大部分作品都是在患病后完成的。在短暂的三十九年生命里,她出版了两部长篇小说——《智血》(*Wise Blood*,1952)和《暴力夺取》(*The Violent Bear It Away*,1960)和三十一篇短篇小说,收入《好人难寻及其他故事》(*A Good Man Is Hard to Find and Other Stories*,1955)、《上升的一切必将汇合》(*Everything That Rises Must Converge*,1965)以及《弗兰纳里·奥康纳短篇小说全集》(*Flannery O'Connor: The Complete Stories*,1971)中。1972 年,《弗兰纳里·奥康纳短篇小说全集》荣获美国国家图书奖。除小说创作外,奥康纳还撰写了不少散文和论文,后被收入《神秘与习俗》(*Mystery and Manners*,1969)一书。

《智血》:战争、宗教与救赎

《智血》是奥康纳的第一部小说,又译作《慧血》。小说由十四章构成,其中部分章节来自先前已经发表的短篇,如《削土豆的人》("The Peeler")、《火车》("The Train")等。无论在结构还是主题上,小说都展示了作者对宗教救赎的极大关注。主人公黑兹尔·莫茨出生于一个乡村牧师家庭,后参加了第二次世界大战。他目睹了种种罪行,信仰瓦解,不再相信基督,也对灵魂救赎没有信心。从战场回来后,他发现家乡已不存在,传统的文化价值与信仰都已烟消云散。于是他创立"没有基督的宗教",四处宣扬无神论和虚无主义,竭尽所能地鼓动人们放弃对基督的信仰:"我说的是,世上有各种各样的真理,你有你的,别人也有他们各自的。可是在所有这些真理后面,真正的真理却只有一个,那就是:世界上根本就没有所谓的真理……真理背后无真理,这便是我和我这个教派的主张!你诞生的地方已经一去不复返;你心中向往的地方实际上并不存在;而你现在所待的地方也不是什么乐土,除非你能离它而去。那么,哪里才是能够安身立命的所在呢? 我说,根本就没有那样的地方!"[⑧]他煽动人们信仰

"没有基督的基督圣教"来获得救赎、拯救自己。正因为不相信罪、赎罪和基督的存在,他为所欲为,玩弄女性,甚至杀人放火,抓住任何机会亵渎神灵,以证明基督根本不存在。他的行为和教义吸引的都是一些怪异的"信徒":一位依靠"智血",即本能直觉行事的白痴青年,从博物馆偷出一个侏儒人体标本作为"新基督"送给黑兹尔;一位冒牌牧师,自称为了宗教自毁双目,以此骗取钱财;一位在性爱中寻求精神解脱的少女等。然而,他却在这种证明基督不存在的事件中逐渐发现基督无处不在。当他那辆残败的移动教堂——汽车最终摔得七零八落时,他所谓的传教生涯也告一段落。巡警的一番话颇有深意:"没有了车的人,也就不需要什么驾照了。"⑩表面上看,这句话是指没有驾照的黑兹尔现在不再需要驾照了,因为车已报废。而结合小说的宗教语境我们可以推断出,黑兹尔试图借助汽车来宣教的企图注定是失败的。首先,这辆汽车,也就是他依赖的工具,是如此不济。其次,他没有驾照,也就是没有宣教的从业资格。因此,他所鼓吹的新教派言论从根本上来说是站不住脚的。意识到这一点的黑兹尔"看着这一切,呆呆站在那里足有几分钟"。⑱然而,他获得了宗教的启示,对上帝有了全新的认识,"在他面前,仿佛是一片开阔的林中空地,一直延伸到遥远的天边,放眼望去,穿过灰蒙蒙的辽阔天空,层层深入,直至那遥不可及的无垠天空。这一切似乎都呈现在他的脸上"。⑲森林和天空是奥康纳小说中人物获得宗教新生时常见的意象,暗示黑兹尔在汽车"死亡"后获得全新的自我和宗教认知。他回到住处后决定弄瞎自己的双眼,也反映出他认识到自己先前对宗教真理的盲目无知,对自我有了全新的认识。

《暴力夺取》:上帝、爱与暴力

《暴力夺取》是奥康纳耗费其人生最美好的七年时间倾心打造的第二部也是最后一部长篇小说。标题"暴力夺取"来源于《圣经·马太福音》:"从施洗约翰的日子开始,天堂就一直遭受暴力,且唯有暴力能将暴力夺取。"对此,一个比较普遍的解读是,上帝和天堂经常遭受暴力的侵袭,但是唯有那些怀着对上帝的爱所施行的暴力才能将暴力驱逐。小说以老梅森·塔沃特的死开始。在死之前,他要求曾外甥弗朗西斯·塔沃特按照基督徒的葬礼埋葬自己,这样他就可以在最后的审判日复活。弗朗西斯在挖坟墓的时候忽然听到了一个"声音",告诉他忘记老梅森。他听从了这个声音的要求,并且把自己灌醉了。酒醒后,他一把火将还存有老梅森

尸体的房子烧了,然后搭乘一位推销员的车子来到城里,找到了舅舅瑞伯。先前,弗朗西斯就是被老梅森从瑞伯这里掳走的,原因是老梅森认为弗朗西斯是先知,要在亚拉巴马州的荒林里将其当作先知接班人抚养。而在瑞伯小时候,老梅森也曾试图掳走他。感同身受的瑞伯决定祛除老梅森对弗朗西斯的影响,将其教育成一个正常的现代孩子。在老梅森身边时,弗朗西斯竭力抵制他所实施的宗教洗礼,而在舅舅瑞伯身边时,他又竭力抵制其试图将他教育成一个正常的现代孩子的努力。瑞伯于是决定带他回到乡村,希望能在其长大的地方找到治疗方法。瑞伯有一个先天智障的儿子毕肖普,老梅森曾要求弗朗西斯对其施行洗礼,以挽救其灵魂。在三人回到弗朗西斯成长的地方后,瑞伯的希望落了空。弗朗西斯再次听到了那个"声音",告诉他不要听从老梅森的话对毕肖普施行洗礼,而是要淹死他。有天晚上,弗朗西斯带着毕肖普乘船来到湖心,在淹死毕肖普的同时对其施以洗礼,一并完成了两个使命。瑞伯意识到这一切后晕倒了,不是因为儿子的死,而是因为自己对儿子的死毫无感觉。此后弗朗西斯逃到了森林中,找到了被他一把火烧为平地的农舍。原来,老梅森的尸体并没有被大火烧成灰烬,而是被一个黑人救了出来,按照基督徒的方式安葬了。此时,弗朗西斯意识到老梅森的两个愿望都得到了实现,于是不再逃避自己将成为先知的预言。

通过将宗教象征和圣经隐喻的写作手法结合起来,奥康纳描绘了一幅 20 世纪 50 年代美国南方基督教基要主义生活的骇人画面,并嘲笑了现代世俗思想的盲目自信。与此同时,该书还探讨了诸如宗教饥渴、灵魂挣扎、理性与信仰等深刻主题。像奥康纳其他小说一样,该书也充满了宗教主题和阴暗的想象,成为美国南方哥特文学的经典作品。

《天竺葵》: 南方社会的宗教隐喻

《天竺葵》(*The Geranium*, 1946)为《弗兰纳里·奥康纳短篇小说全集》(三卷本)第一本,将奥康纳早期的八篇作品首次结集成册。最早的《天竺葵》《理发师》("The Barber")、《野猫》("Wildcat")、《庄稼》("The Crop")、《火鸡》("The Turkey")尽显其丰富的想象力、惊人的生命力和极具穿透力的创作天赋,《火车》《公园之心》("The Heart of the Park")勾勒出其长篇代表作《智血》的雏形。

《天竺葵》讲述了年迈的南方白人老达德利与一株天竺葵的神秘关联。老达德利来自南方小镇蔻阿县,在妻子去世后在一处寄宿楼上与几个老女孩、黑人雷比等人住在一起。他白天与雷比一起下河捕鱼,或去森林打猎,晚上听老女孩们发发牢骚。几个子女中只有女儿还想着尽子女的义务。她说服老达德利来到纽约与其一起住在狭小局促的公寓中。老达德利对现代城市生活非常不适应。在他看来,城市是复杂的,又是单调乏味的,"这一分钟纽约是时髦的、拥挤的,下一分钟却是肮脏的、死寂的。他女儿住的地方都不能称之为家。她住在一栋大楼里——在一排一模一样的大楼中间,全都是乌红色或灰色的大楼,尖嘴猴腮的人们探出窗外,望向别人家的窗子,那些长得和他们一样的人也回望过去"。⑩城市的拥挤和缺乏生机与南方乡下的自然与活力在老达德利眼中形成了强烈的对比。他被城市搞得晕头转向、头昏脑涨。他坐在窗前就能看到"那条河——凝重的、发红的河,奋力流过岩石,蜿蜒而去"。⑪他想起了热爱河流胜过河中鱼的雷比,想到他们一起度过的悠闲时光。可现在,他住的这间公寓,窗户外十五英尺就是另一家人的窗子。在那家人的窗台上,每天早晨十点,一株天竺葵会被搬出来,到了下午五点半,又会被搬回去。他想起了家乡的天竺葵。他觉得家乡的天竺葵"才是千真万确的天竺葵","才不是这种淡粉色的玩意儿呢,上面还系着绿色的纸蝴蝶结"。⑫老达德利处在城市与乡村的夹缝中,脱离了养育他成长的家乡,又难以适应现代的城市生活。将一腔怀乡之情寄托在一株带有人造意味的天竺葵身上,老达德利的梦想最终是要破灭的。那株天竺葵最后从六楼跌落,摔得粉碎,而对面的男人则指责老达德利窥探自己家中隐私。

小说中除了这种明显的城市与乡村、北方工业文明与南方农业文明之间的冲突外,还存在着复杂的种族对立。这种对立与冲突不是简单的白人与黑人之间的冲突,而是加上了北方与南方的元素,呈现出更为复杂的一面。在老达德利看来,南方黑人是南方文化和秩序固有的、不可分割的一部分。白人和黑人共同建构了南方社会,但却是以一种不平等的方式,且这种方式不可更改。北方现代社会信奉民主、自由,以黑人邻居为代表的黑人在社会上享有一定的自主权,这是白人无法干涉也不好干涉的。但是习惯于白人、黑人阶层不平等的老达德利不但难以接受北方黑人,对后者提供的帮助更是极为厌恶。对于雷比和黑人邻居,老达德利的看法明显是不一样的,这反映出他复杂的种族观念。

《好人难寻及其他故事》: 南方社会的怪诞隐喻

《好人难寻》由同名短篇《好人难寻》("A Good Man Is Hard to

Find")和其他十一篇短篇组成,关注的主要是一些怪人、不循常理之人、被社会所抛弃或自暴自弃的人等边缘人物,探讨他们的内心挣扎,展现了一幅幅怪诞的心灵画面。

《好运》("A Stroke of Good Fortune")最初以《楼梯上的女人》("The Woman on the Stairs")为名发表在 1949 年 8 月的《明天》(*Tomorrow*)杂志上,后易名为《好运》发表在 1953 年春季号的《谢南多厄》(*Shenandoah*)杂志上。1955 年,奥康纳对其进行了修改,之后收进短篇小说集《好人难寻》中。小说讲述一个名叫露比·希尔的女人拒绝承认自己怀孕的故事。露比出生于乡下,嫁给了比尔·希尔——一个卖"奇迹产品"的佛罗里达人,然后住进了城里。她三十四岁,而她母亲这个年纪时已经被整整八个孩子拖垮了,"像一只起了褶子的又老又黄的苹果,泛着馊味",她的头发已经花白,才三十几岁就已老态龙钟。在露比看来,"母亲是被一个个孩子搞垮的——整整八个。两个一出生就死了,一个一岁的时候死的,一个被割草机压死了。每生一个孩子,母亲就更加憔悴"。^㊿正是出于对孩子的极度恐惧,露比坚决不要孩子,与丈夫结婚以来一直采取"安全措施"。母亲的早衰,兄弟姐妹的过早夭折,加上家庭的贫困,给露比的心理造成了很大的阴影,以至于她觉得自己嫁到城里就是脱离了那个"猪圈"。她对孩子们的顽皮和不求上进也极为不满。邻居们孩子的尖叫尤其让她难以忍受;自己最小的弟弟从欧洲战场回来后一直无所事事,这也令她非常失望。她认为,如果母亲知道自己千辛万苦养大的小儿子竟然是废物一个,一定非常生气。至此我们不难理解为何露比否认自己怀孕的事实。小说以露比外出购物回来爬楼梯为事件核心,以露比的视角和心理活动为中心,回忆了她的家庭和经历,同时展开了她在爬楼过程中与邻居们的交谈。从这些回忆和交谈中我们不难发现,除了露比以外的所有人都已知晓露比怀孕了,但唯有露比不知道,或者不相信自己已经怀孕。小说细致地描绘了露比的身体变化和心理活动,刻画出一个孕妇艰难地爬楼梯时身体的各种不适,而她却由此生出各种猜测,怀疑自己得了癌症等等。标题"好运"来自会看手相的祖利达太太。她告诉露比"会病很久",但是"会给你带来一次好运"。^㊿祖利达太太口中的"好运"应该是指孩子,但是孩子是否是"好运",这对露比而言是复杂的。小说中有大量有关死亡和疾病的表达,意蕴深刻。

《好人难寻》讲述的是一家人在旅途中遭遇监狱逃犯后被一一杀害的故事。在信仰、道德和法律失效的地方,暴力登场,成为悲剧的缔造者和主宰者。首先,小说展示了一幅信仰失落的画面。无论是杀人者还是被杀者,都表现出信仰的极度缺失。他们或生活在自我的世界,或对一切麻木无知,都不能算作虔诚的有信仰者。一家人中的爸爸好像行尸走肉般活着,对于自我和周遭的世界都没有任何感觉与情感,更难以对变化和危险做出任何积极的反应。除了按部就班的行动之外,他就只有偶尔的抱怨了。妈妈更是如此,一丁点血肉都没有。她似乎已经被哺育孩子弄得筋疲力尽,没有抱怨,甚至在面对死亡时都没有太大的情感反应。两个孩子更是无法无天,谈不上任何敬畏与信仰。老太太在面对不和谐分子(Misfit)时,试图以信仰救赎后者,表面看来似乎她是有信仰之人。她在游说爸爸时,与路过的小店的老板攀谈时,不时表现出人心不古的忧虑,但从本质上来看,她并非坚定的信仰者,而是在利益相关时才拿出信仰救命救急。不和谐分子显然看透了她,对她和她的所谓信仰嗤之以鼻。其次,道德也无法指导人们的生活、救赎人心。孩子们对老太太毫无尊敬之心,男士对女士也毫无关爱之意,一切似乎都乱了套,生活在其中的人要么像这对父母一般麻木,要么像这对孩子一样跋扈。再者,法律也失去了效力。不和谐分子称,自己被抓进监狱是因为警察认为他弑父,但是自己根本没有杀死父亲,父亲是得流感而死,埋葬在霍普威尔山浸礼会教堂。而不和谐分子最终脱离了法律的监控,逃之夭夭。可以说,一家人是在一片信仰和道德力量缺失、法律力量失效的地方丢掉了自己的性命。无论是一家人,还是不和谐分子及其同伙,都无法借助这些力量实现救赎。

《流离失所的人》("The Displaced Person")讲述的是一个从欧洲逃难来到美国南方农场的波兰雇工的故事。他在经历了南方农场主和现有雇工的斗争后被杀害。这篇故事是奥康纳篇幅最长的故事。小说中的麦克英特尔太太是已故法官的妻子,从法官那里继承了一个中等规模的农场。麦克英特尔太太雇用了白人夫妇肖特利以及一些黑人。由于肤色的差异,白人夫妇肖特利在农场中事实上承担起了第二主人的角色。肖特利先生借助性别的优势,有时甚至成了农场的唯一权威。但是这对夫妇并不勤于工作,而是对上(麦克英特尔太太)趋炎附势、诌媚奉承,对下(黑人)极尽挤兑打击之能事。农场的工作效率因而极其低下。但无论如何,这三者之间形成了较为稳固的社会和经济关系。波兰难民古扎克的到来打破了这一稳定关系。首先,他能够熟练操作各种机器,做事勤快高效,与肖特利夫妇和黑人形成了鲜明的对比,迫使肖特利夫妇离开。其次,他不懂得农场的固有生态和文化环境,先是向农场主揭发一个黑人偷火鸡,

然后又提议将东欧难民营中的表妹接来嫁给这个偷盗的黑人。古扎克的行为搅乱了一直以来封闭保守、慵懒低效的农场内部生活,在种族问题上又彻底激怒了南方白人。他告发黑人,甚至提议将白人嫁给黑人,这触犯了南方社会,尤其是南方白人社会的底线。

肖特利夫妇在古扎克初来农场时便对其怀有很深的敌意,称其为"肮脏的动物"和"带菌的昆虫",是从魔鬼那里来的。这一方面与"主人心态"有关,在面对外来人时会产生排斥的心理,另一方面也与当时的意识形态斗争和媒体刻意歪曲有一定关系。民族优越感和大国心理优势很容易被肖特利之类的人利用,成为谋害他人的正当理由。肖特利太太死后,肖特利先生返回农场对古扎克实施报复。他质问麦克英特尔太太,"'一个为祖国打过仗,流过血,丢了命的人受到的关照还比不上他的敌人。我问你:这到底对不对?'每当他问到这种问题,他看着她的脸就能知道自己的话产生了效果"。⑤肖特利先生所说的"敌人"指的就是古扎克先生。尽管麦克英特尔太太反复强调,古扎克先生是波兰人,并不是肖特利先生在战场上遇到的德国人,但肖特利先生却坚称这两种人没什么不同。他不断塑造全新的自我形象:一个勇敢的美国老兵战后回到家乡,发现自己的家园被战场上的敌人占据。他自封为高尚的美国勇士,他的道德责任是保护家园,尤其是祖国的妇女。通过利用麦克英特尔太太的民族心理,肖特利先生成功地将其转化为极端爱国主义,并利用这种所谓的正当理由制造了一场农场事故,将古扎克杀害。民族问题和种族问题在这篇小说中都有深刻的体现。

《上升的一切必将汇合》: 南方、冲突与宗教救赎

《上升的一切必将汇合》由同名短篇《上升的一切必将汇合》和《格林利夫》("Greenleaf")、《看见树林》("A View of the Woods")、《持久的寒意》("The Enduring Chill")、《家的宽慰》("The Comforts of Home")、《瘸腿的先进去》("The Lame Shall Enter First")、《天启》("Revelation")、《派克的背》("Parker's Back")和《审判日》("Judgement Day")组成,具有浓厚的宗教意味,同时它还涉及了广泛的社会问题,如种族、青年成长、战争的深远影响等。

与书名相同的短篇《上升的一切必将汇合》("Everything That Rises Must Converge")几乎涵盖了奥康纳在这部集子中要表达的大部分主题,如以母子/父女冲突为代表的旧南方与新南方的冲突、南方复杂的种族问

题等。以父辈角色为代表的旧南方坚守着过去社会的道德和法则,有着很深的家族和种族观念,对于根深蒂固的社会准则坚定不移,与南方新社会格格不入,是守旧的一方,但他们大都勤恳持家,有很强的自我意识,于困境中不失优雅与尊严。更重要的是,他们虽然看不惯代表新南方的一代人,却极尽保护之能。以子辈为代表的新南方一代接受了新的教育,总是满脑子新思想、新观念,尤其在种族问题上怀有平等与民主的理念。他们不仅不理解父辈的固守,还总是以想方设法惹对方生气为乐;他们对于过去和传统,大有一种摧毁一切的大无畏气概。然而,这些新生代大都对南方复杂的社会缺乏了解,空有所谓的民主自由理念,在面对现实时也只能以反抗父母为乐,没什么真正的社会行动力。这些浅薄的"知识分子"在经济上不能独立,成年后还继续依靠父母的辛苦劳动过活,反映出新南方社会可悲可笑的一面。在结构上,这些小说一般都以某个或某些人物的死亡结束,且在死亡之时会出现有宗教意蕴的转变与启示。在奥康纳看来,罪恶不仅仅是杀人放火,还体现在傲慢与无知上。对超越人类自身的力量与真理的无知与藐视,在很多篇小说人物身上都被展现得淋漓尽致。他们以为自己已经掌握了绝对真理,或者认为自己就是绝对真理,结果造成了自我或他人的悲剧。在死亡之际,对于宗教的全新发现改变了他们,使之获得了某种短暂却永恒的光辉。

《上升的一切必将汇合》讲述的是一位寡妇与儿子在一同乘坐公交车时发生的种族观念冲突,是对20世纪中叶南方实行种族融合后的一种反思。朱利安大学毕业后无法自食其力,与母亲一起生活。他母亲出身大家族,父亲是个家业兴旺的地主,祖父曾是州长,拥有种植园,还有两百来个奴隶。虽然父亲过早去世,家道衰落,但是母亲一直以高贵自居,艰苦奋斗,一个人将儿子按照大家族后代的教育标准抚养成人,并希望其能够如大家族的子嗣一样体面地活下去。她一直坚持着自己十岁时的社会准则和道德规范,保持着淑女的风范,对待任何人都彬彬有礼。她认为黑人低人一等,但自己应当爱护和同情他们。儿子大学毕业后无所事事,她并没有觉得有什么问题。如果家中还有一个种植园和两百个奴隶,这当然没有任何问题,可是世道变了。母亲无法接受这样的现实,难以在新社会找到自己的位置。她非常爱过去给她当保姆的老黑人,对黑人也非常尊重,愿意为他们做任何事,但是她的这种爱是高高在上的,是怜悯式的,在新南方社会是不合时宜的。在乘坐公交车去减肥课的路上,她和其他白人一样,极为反对黑人与白人一样乘坐公交车。当一个"可爱的"黑人小

孩坐到自己旁边时,她对他非常怜爱,在同一站下车时坚持要给对方五分钱。这些举止引起了黑人母亲的极大反感,并上升为激烈的冲突。虽然朱利安极力阻拦,母亲还是找到了一分钱硬币,硬要给小男孩。被激怒的孩子母亲挥舞着拳头朝母亲打过来,并且嘶吼道:"他不要下等人的钱!"⑨这一举动彻底摧毁了母亲,最终使其倒在人行道上不省人事。在母亲看来,黑人要上升通道可以,"不过总应该在篱笆那头他们自己的一边吧"。⑨然而,正如小说标题所暗示的,上升的一切必将汇合在一起,这似乎不是个人所能阻挡的。

这部短篇小说集的首篇《格林利夫》具有浓厚的宗教意蕴。梅太太在丈夫死后带着两个儿子前往乡下的农场,雇用了格林利夫一家做帮工,以此维持生计。她勤恳持家,养活了两个儿子:一个成了商人,是她看不上的那种专门向黑人卖保险的生意;另一个儿子成了知识分子,在一所二流的大学做教师。两个人都对母亲及农场不以为意,年纪虽然不轻了却都不结婚成家,这令梅太太非常恼火。在梅太太看来,格林利夫一家地位低下,粗俗不堪,但是由于两个儿子对农场的事情不闻不问,她又只得依靠格林利夫先生。在一次查看田地时,梅太太碰巧遇到了正在树林里做信仰康复(faith healing)的格林利夫太太。梅太太听到"一种喉咙深处的声音,在痛苦地呻吟,'耶稣啊,耶稣!',停顿了一秒后,那呻吟又来了,带着十万火急的语气,'耶稣,耶稣啊!'"对于梅太太而言,这声音"如此刺耳,以至于她感觉好像某种猛烈的、不受约束的力量破土而出,正冲她而来"。⑱起初她以为有人受伤了,当看到格林利夫太太垂着脑袋,手脚着地,趴在路边时,梅太太非常诧异。只见格林利夫太太的脸"混着灰土和眼泪;她那两只紫豌豆色的小眼睛,边缘发红、肿胀;不过,她的表情却和斗牛犬一样沉着镇定。双手和膝盖支撑着她的身体,她摇来晃去,呻吟着说:'耶稣啊,耶稣。'"⑲对此,梅太太吓得退缩了回去,第一句话问的是:"你什么毛病?"在梅太太看来,"耶稣"这个词是应该留在教堂里的。她认为自己是个好基督徒,对宗教怀有崇高的敬意,但是她并不相信宗教里有什么是真的,对格林利夫太太的祈祷非常不理解。当格林利夫太太回答说自己在做康复,完成以前不能和人说话时,梅太太从地上拾起了先前用来敲击地面驱赶蛇的棍棒,似乎要打什么,却又似乎还没打定主意。接下来格林利夫太太的行为让梅太太感到暴怒,只听她嘶叫道:"啊,耶稣,刺向我的心脏!"然后在泥地上平平地躺下,"她的胳膊、腿伸展开来,仿佛正在努力将大地包容于她的怀抱之中"。⑳梅太太看到这一幕,"像是被个小孩侮辱了,感觉暴怒却无法可施"。在她看来,格林利夫太太的行为是有辱耶稣的,她说:"耶稣,……会因你而蒙羞。他会告诉你立刻从地上爬起来,回去给你的孩子们洗衣服!"⑩然后她转身尽可能快地走掉了。在梅太太看来,格林利夫太太家里乱七八糟,小孩子都脏兮兮的,可她却不管不顾,趴在泥地里做什么祷告。然而,耐人寻味的是,梅太太最后被一头公牛的角刺中了心脏。评论界普遍认为,这头公牛象征着上帝,实施了最后的审判。奥康纳这样描述梅太太被刺中心脏时的情景:

> 她一动不动,并非由于恐惧,而是处在令人僵住的难以置信里。她盯着这头凶猛的黑牛向她奔跑而来,似乎不再对距离有感觉,似乎不能立刻明白它的意图。她的表情还没来得及改变,公牛已经把它的脑袋埋在了她的膝下,如同一个狂野的、痛苦的恋人。它的一只角下沉,直到刺入她的心脏,另一只角则环绕她身侧,以一种坚不可摧的力量夹住了她。她继续凝视前方,然而她眼前的全部景象都变了——林木线是这世界一个黑暗的伤口,而这个世界除了天空一无所有——她流露出的表情好似一个突然恢复了视力却发现光无法忍受的人。⑩

同样是在林木线,格林利夫太太祈祷耶稣刺向自己的心脏,而梅太太按响了汽车的喇叭,吸引公牛刺向她自己的心脏——她似乎在等待着这一刻获得完全的救赎。当格林利夫跑过来枪击了公牛后,梅太太没有听到枪响,却感觉到了公牛巨大的身躯沉下去的震动。她跟着公牛的脑袋,被往前拉去,"似乎正俯身凑到这畜生的耳畔,轻声地诉说自己最终的发现"。⑩这最终的发现,正是对上帝的全新理解。

《看见树林》作为收录在《上升的一切必将汇合》里的第三篇短篇小说,最初发表在1957年秋季号的《党派评论》上,讲述的是信仰、救赎等精神诉求与物质主义和现代社会发展之间的冲突。主人公弗拉克·福钦("福钦"系"fortune"之音译,有"财富、运气"之义)年近八十,拥有一些土地。因为发展的需要,他不断将土地卖掉。他渴望现代化的生活,在他看来,"能让一块草地阻碍发展的都是傻瓜"。⑩他虽然年纪大,但却拥抱发展与变化,"发展一直以来都是他的同盟。他不是那种老家伙,要与改良一决雌雄,反对新生事物,讨厌每样变化"。⑩福钦先生甚至梦想着借助这种发展,使这个小镇成为"福钦"镇。但在家庭方面,他甚至都不记得自己女

儿的排行。其中一个女儿嫁给了一个他认为是白痴的、叫皮茨的人,还生了七个孩子。玛丽·福钦·皮茨是福钦先生的外孙女、皮茨最小的孩子,与福钦先生在各个方面都极为相像,深得他的喜爱。像福钦先生一样,玛丽十分热衷于进步和发展,痴迷于物质和机器。福钦先生对这种相像非常满意,虽然皮茨一家非常渴望得到他的土地和财产,但是他却立下遗嘱,将一切都留给玛丽,并且指定律师为遗嘱执行人。

遗憾的是,虽然玛丽在各个方面都与祖父志趣一致,但唯独在卖掉房子前面的一块草坪时发生了激烈的冲突。福钦先生想卖掉那块地,因为有开发商要在那里建加油站,这样他们一出前门就可以加油了。但是这块地对玛丽却有着深层的意义。虽然它只是"一地杂草",但却是玩耍的地方。更重要的是,从这里可以看到路那头的树林。这片树林与《格林利夫》中格林利夫太太祈祷时的树林一样,具有宗教色彩。对玛丽而言,这片树林是一种精神的所在,可以从中获得灵魂的救赎。而福钦先生不仅看不到这一点,而且误认为玛丽之所以要留住那块地,是为了让她父亲在那儿放牛。他将玛丽的反对看作对自己的背叛,是皮茨一家对自己的反抗。事实上,玛丽已经成了福钦和皮茨争斗的牺牲品。福钦先生借助玛丽打压和羞辱皮茨一家,而皮茨则借助玛丽反抗福钦,并将不满情绪全部发泄在玛丽身上。皮茨曾经多次抽打玛丽,而最后福钦先生与玛丽在卖地争执白热化时,也选择了抽打玛丽的方式,并最终将其打死。福钦先生也当场死于心脏病,但是他是谋杀者,即有罪之人,而玛丽则是被残害的人,即获得救赎的人。

小说多次提及那片树林。在福钦先生心脏病发作即将死亡之际,我们看到了树林的穿行和移动。在《天主教小说家和他/她们的读者》("Catholic Novelists and Their Readers",1963)一文中,奥康纳指出,基督教作家"就像是基督触碰过的盲人,他/她们开始看见,看见人们就像是会行走的树林"。[⑩]先前福钦先生并未"看见"树林的神秘之处,但是在死亡之际,"他像被心脏拖着穿行于树林之中,正和难看的松树一起竭尽全力奔向湖畔"。[⑯]正如梅太太的心脏被公牛刺穿一样,福钦先生的心脏膨胀到了可以穿行于树林。这些具有神启的描述指向的是宗教意义的精神救赎。福钦先生希冀在湖畔"会有一个小小的缺口,他可以从那里逃走,将树林抛在身后。他已经能看见它就在不远的地方了,那个小小的缺口,在那里水中倒映着白色的天空"。[⑱]然而,福钦先生并没有获得救赎。他虽然看见了树林中的"缺口",即自我救赎之地,但它却被湖水淹没。"在他朝它跑去的时候,它渐渐开阔直到整个湖忽然在他面前敞开,微小的波纹层层叠叠,湖水庄重地朝他的脚下涌来。"[109]正要被湖水淹没的福钦先生第一反应竟然是自己不会游泳,也没买船等物质的、实用的、现代的东西,而不是赎罪。他必然被抛弃。"他看见他两边瘦瘦的树木密实起来,变成了黑压压的一层层诡异卷宗,它们行军般横穿过水面,走向远方。"[110]最具讽刺意味的是,生前最推崇机器的福钦先生在死亡之际,旁边一台黄色的推土机并不能施救,而是"和他一样固守原处,狼吞虎咽地吃着泥土"。[111]福钦先生没有获得精神的救赎,而是与现代化的机器融为一体。

《持久的寒意》讲述的是一个毫无艺术天分和想象力却自命不凡,无知却总爱挑战传统、反抗一切的艺术男青年,在患病后回到家乡与母亲同住,最终有所感悟的故事。小说以艺术家患病归乡为题材,与作者奥康纳的切身经历有很多相像之处。小说中刻画的阿斯伯里这个与母亲一起生活的人物形象恐怕是这类题材中最糟糕的一个了。他对母亲毫无敬意,以挑战母亲、惹其伤心生气为乐事。他甚至给母亲写了诀别信,信中满纸怨恨,诘问她为何剪灭自己的希望。他极为不负责任,将自己一事无成怪罪到母亲身上,充满了怨恨和乖戾之气,毫无感恩和虔诚之心。他患了病不去医治,却执拗地认为自己就要死了,就像个伟大而悲怆的艺术家一样。其实,他既无任何艺术天分,也没什么大毛病。在母亲的坚持下,布劳克医生对其进行医学化验,诊断出他患的是波状热。这种病就像是奶牛得了邦氏病一样,会不断发热,不断反复,却死不了。联想到前一年夏天阿斯伯里在奶牛场工作的经历,我们不难发现,这种病完全是他咎由自取。

那时他正在创作一部黑人戏剧,对黑人被压迫的命运怀有深深的所谓"同情",决定与自家农场里的两个黑人兰德尔和摩根相处一段时间。在他看来,这些黑人为母亲工作了很多年,"早就丧失了自己全部主动性","每回他们跟他说话,都像正在和一个站在他左边或者右边某个看不见的人说话"。[112]在同他们肩并肩工作两天后,阿斯伯里决定尝试更为大胆的方法,以与他们"建立友好关系"。[113]于是他自己抽了一支烟,并且递给两位黑人每人一支,他们都抽了,结果导致第二天两罐牛奶被乳制品厂退回来,因为里面有烟草味。然而阿斯伯里并不以为意,反而觉得"这是一个情感相通的时刻,这是黑人与白人之间的隔阂化为乌有的时刻"。[114]

这种一厢情愿的看似艺术家的做法在接下来变得更为离谱。第二天下午,正当他和兰德尔在奶房把新鲜牛奶往罐子里倒时,他突然"灵感突

发",捡起一个黑人喝光的果冻瓶子,给自己倒了瓶温热的牛奶,一口气喝了个精光。在阿斯伯里看来,这种行为是与黑人建立联盟,以共同反抗其母亲——他所谓的白人权威——的壮举。但是,兰德尔和摩根都拒绝喝这种牛奶。他们唯一的理由是阿斯伯里的母亲不让他们喝,这让阿斯伯里非常光火,厉声说"一天少两三杯牛奶不至于伤害我妈妈,要是我们想自由地活,就得自由地思考!"⑯阿斯伯里称"我们",并且高喊"自由"和"独立思考"的口号,目的是要唤醒黑人被奴役的灵魂。但是殊不知,黑人们自有黑人的生存智慧,而对此阿斯伯里一无所知。摩根狡猾地说,"我都没看到你自己喝一点",引得已经反胃的阿斯伯里又喝了半杯。即便如此,摩根还是不喝,并把递给他的半杯放在了地上;他并不是不喜欢牛奶,而是"一滴也不喝这些"。⑰正是这些未经消毒的牛奶害阿斯伯里得了折磨人的波状病。他对黑人及其文化是无知的,对所谓的黑人解放运动是无知的,对南方社会是无知的,对于自己更是无知的。他的无知与他拼了命要成就的事业,以及他夸张的行为形成了鲜明的对比,具有很强的讽刺意味。

此外,小说还彰显了"无知"的知识和艺术在宗教真理面前的浅薄。阿斯伯里的朋友戈茨信奉佛教,曾邀请阿斯伯里参加一个关于吠檀多,也就是印度六派哲学中最有势力的一派的讲座。在戈茨看来,人们应当从容不迫地面对死亡:"尽管菩萨引领无数的圣灵走入涅槃,然而现实生活之中既没有观世音菩萨来引领你,也没有任何生物会接受引领。"⑰对此,阿斯伯里并不感兴趣。他觉得没有人理解他将要死亡,而死亡是他一个人的悲剧,"死亡的意义远非包围他们的聒噪人群所能理解"。⑱他试图理解死亡对自己的重大意义,理解所有抽象的概念和伟大的信念。在他认为自己马上就要死去时,他再三要求母亲请来一位耶稣会士,因为在这次吠檀多讲座上他认识了一位耶稣会士,并且坚定地认为只有耶稣会士的智慧才能理解自己,其他人都是白痴,"连个能说话的聪明人都没有"。⑲

耶稣会士终于来了,但是这位芬恩神父身材庞大,满脸通红,行为举止笨拙粗鲁,有一副"激昂而又毫无智力可言的嗓音"。⑳虽然看到这么一位与自己想象完全不符的耶稣会士让阿斯伯里有些不舒服,但他还是试图从他身上找到聪明的痕迹和伟大的意义。令他极为失望的是,神父叫他祷告,叫他丢掉那些无知自大的念头,清理灵魂中的垃圾,虔诚地祈祷,并迎接圣灵的到来。阿斯伯里是个无神论者,认为上帝是人类创造出来的符号。神父质问他:"当你的灵魂装满了垃圾的时候,圣灵怎么能填充你的灵魂？……不到你看清楚自己的那天,圣灵是不会来的！懒惰、无知、自负的年轻人！"⑫除此之外,阿斯伯里还要母亲请来两位黑人,试图在死前经历一些"有意义的体验"。⑫但是两位黑人并没有对阿斯伯里曾经试图解放他们而感激不尽,也没有给这位即将死去的、自命不凡的人物带来任何特殊的精神体验。相反,在他们看来,阿斯伯里看起来很好,只要吃点松节油,加点糖就好了。

这其中也体现了黑人文化的智慧,只是满心希冀所谓"伟大思想"的阿斯伯里看不到这一层。最后他绝望地发现,自己竟然不会死。奥康纳在小说的最后再次提到了"林木线""天空"等她常用的具有宗教意蕴的意象,指向了阿斯伯里在经历这一切后可能出现的对宗教真理的新体悟。也在此处,小说点明了标题"持久的寒意"的深层蕴含。在奥康纳看来,阿斯伯里在此之前的人生由于缺乏宗教的滋养而充满了持久的寒意,但是经历这次事件后,他的心底突然"感到了一股寒意泛起",但是这股寒意与先前的并不一样,"它如此轻微,仿佛一阵暖洋洋的涟漪穿越了海洋冰冷冷的更深处"。⑫而到最后,作者指出,"圣灵并非以火而是以冰来颂扬的,它绵绵不绝、永无止息地,即将降临"。⑭这句话指出了宗教带给阿斯伯里的精神转变。

奥康纳的小说充满了浓厚的宗教隐喻和蕴含。宗教对于奥康纳而言不仅是一种认知世界的方式,也是一种重要的精神支撑。她塑造了一系列内心挣扎绝望的人物,资本社会的碾压、传统信念的抽离、社会的动荡不安以及内心的狂妄与黑暗,撕碎了他们的内心。他们在支离破碎的南方社会以各种荒谬怪诞的方式寻求精神的救赎,谱写了一曲南方怪诞之歌。在奥康纳看来,这种精神的失范与堕落来源于宗教信仰的失落。从宗教的视角,奥康纳为我们展开了一幅不一样的南方社会图景。

南方独特的历史与文化孕育了南方女性小说家。艾伦·戈尔森·格拉斯哥笔下的弗吉尼亚,伊丽莎白·马多克斯·罗伯茨笔下的肯塔基,尤多拉·韦尔蒂笔下的密西西比河三角洲地带,卡森·麦卡勒斯和弗兰纳里·奥康纳小说的背景也几乎都是南方小镇。不仅她们出生在南方,人生的大部分时光在南方度过,她们笔下的人物也都与南方密切相关。她们的创作体现出了强烈的南方性。何谓南方性？简单来说,就是具有南方的典型特性;具体而言,指的是南方女性小说家的创作深刻地烙下了南方历史和文化的印记,体现于人物的一言一行,甚至思想倾向性与举止的

相似性,它们共同塑造了南方精神的实质内核。

　　前述五位女作家各具特色,分别展现了南方性的不同方面。艾伦·戈尔森·格拉斯哥侧重于以史诗般的叙事塑造弗吉尼亚宏大的社会史,展示人物在这种历史境遇下的矛盾、困顿、挣扎与追寻。在这些人物中,格拉斯哥成功地塑造了不肯屈服于命运、勇敢不懈地追求自由与美好生活的女性形象。这些女性形象所遭遇的性别困惑和家庭、社会危机,她们所进行的各种抗争,在今天读来依然十分感人。可以说,无论是在艺术手法还是在主题内容上,格拉斯哥都成功地塑造了刚强自立的南方女性形象。

　　伊丽莎白·马多克斯·罗伯茨立足肯塔基,侧重历史记忆书写。在她的小说中常常出现对祖先的追索,对肯塔基开拓者遗迹的找寻,充满了历史书写的意义。借助对过去的追问,罗伯茨向读者展现了肯塔基的文化根基所在,对于形塑地方文化认同感起到了积极的作用。在 20 世纪30、40 年代,经历了南北战争和一战后的南方失去了大量的男性劳动力,再加上北方工业资本文化对南方的全方位影响,传统文化渐逝,南方作为独立、独特文化的实体,其存在受到极大威胁。罗伯茨选择在历史中找到南方文化的基石——开拓者精神,这也许能引领迷失的年轻人找到自我,在改变了的世界中寻找自己的位置。

　　尤多拉·韦尔蒂、卡森·麦卡勒斯和弗兰纳里·奥康纳并不局限于某一特定的区域,她们笔下的南方小镇更具象征性和普遍性。地方与人物的关联无处不在,这是读者能够时刻感受到的。但同时,无论是韦尔蒂,还是麦卡勒斯,抑或是奥康纳,都试图展示南方文化环境下的人性以及一种更具普遍意义的精神面貌和本质。她们尤其关注那些处于边缘地位的人物——那些身体有残疾、精神有迷失的人,那些身患疾病的人,那些郁郁寡欢的独行者,那些有特殊癖好和倾向性的人,等等。这些人游离于主流社会和文化之外,但是打开他们的内心仔细看,我们发现他们也有常人的喜怒哀乐,有常人的渴望与追求。他们为何要压抑内心的渴望?韦尔蒂在南方小镇的闲谈中,麦卡勒斯在深夜开着的咖啡馆中,奥康纳在荒野与上帝的注视中,为我们剖析了这种压抑的文化来源。南方文化主导内核的丧失,异质文化的长驱直入,是造成南方人精神偏离的最重要原因。母(父)与子(女)、男性与女性、黑人与白人、丈夫与妻子等等曾经有所维系的东西,如今分崩离析、烟消云散。传统的社会秩序无处找寻,传统的伦理关系被摧毁,传统的种族关系被打破,人们应该如何应对?韦尔蒂、麦卡勒斯和奥康纳以文学的形式向我们展示了不同的应对方式,让人们体悟南方社会和南方人的焦虑和迷惘。从她们的创作中,读者可以发现,一个文化若失去长久以来赖以存在的根基,且不论这种文化的优劣高下,都必然会对生命的存在产生深远且沉痛的影响。

① 李美华:"二十世纪美国南方女作家的小说创作主题",《译林》,2004 年第 1 期,第 193 页。

② M. Pía Coira, *By Poetic Authority: The Rhetoric of Panegyric in Gaelic Poetry of Scotland to c. 1700*. Edinburgh: Dunedin Academic Press, 2012, p. Xi .

③ Ibid., p.317.

④ Cheryl B. Torsney, "Glasgow, Ellen 1873－1945," in Elaine Showalter, Lea Baechler and A. Walton Litz, eds., *Modern American Women Writers*. New York: Simon and Schuster, 1993, p.171.

⑤ Ibid., p.178.

⑥ Clarence Wellford, "The Author of *The Descendant*," *Harper's Bazaar* 30 (5 June 1897): 458. See Pamela R. Matthews, *Ellen Glasgow and a Woman's Traditions*. Virginia: University of Virginia Press, 1994.

⑦ 见 Dorothy M. Scura, *Ellen Glasgow: The Contemporary Reviews*. Cambridge: Cambridge University Press, 2009.

⑧ Dorothy M. Scura, *Ellen Glasgow: The Contemporary Reviews*. Cambridge: Cambridge University Press, 2009, p. XiX .

⑨ Dorothy M. Scura, "Introduction", in Dorothy M. Scura, ed., *Ellen Glasgow: The Contemporary Reviews*. Cambridge: Cambridge University Press, 1992, p. XX .

⑩ Ellen Glasgow, *A Certain Measure*. New York: Harcourt, Brace, 1943, p.27.

⑪ Dorothy M. Scura, "Introduction", in Dorothy M. Scura, ed., *Ellen Glasgow: The Contemporary Reviews*. Cambridge: Cambridge University Press, 1992, p. XXiV .

⑫ Ibid., p. XXVii .

⑬ 邦尼路线又称"那条小路",是由探险者丹尼尔·邦尼和他的 30 位"樵夫"于 1771 年 3 月和 4 月开辟出来的路线。这条路线自北卡罗来纳始,穿越坎伯兰山口,到达肯塔基的邦尼自治区。穿过这条路,人们就可以直接抵达肯塔基州的心脏。它对于肯塔基州的建立和西部开发具有深远的历史意义。

⑭ Robert Penn Warren, "Elizabeth Madox Roberts: Life Is From Within," in Elizabeth Madox Roberts, *The Time of Man*. Lexington: University of Kentucky Press, preface, p. XXiV .

⑮ Elizabeth Madox Roberts, *He Sent Forth a Raven*. New York: The Viking Press, 1935, p.13.

⑯ Herschel Brickell, "*He Sent Forth a Raven* by Elizabeth Madox Roberts," *North American Review* 240.1 (1935): 177 - 180.

⑰ Jill Parrot, "Form in Elizabeth Madox Roberts's *He Sent Forth a Raven*: A Burkian Perspective," *The Explicator*, 73: 2 (2015): 120 - 123.

⑱ 朱世达:"在自己的土地上耕耘",《读书》,1981 年第 7 期,第 110 页。

⑲ 同上。

⑳ James Boatwright, "'I Call This a Reunion to Remember, All!'," *New York Times Books*, April 12, 1970.

㉑ Larry J. Reynolds, "Enlightening Darkness: Theme and Structure in Eudora Welty's 'Losing Battles'," *The Journal of Narrative Technique* 8. 2 (1978): 133 - 140.

㉒ Eudora Welty, *Losing Battle*. New York: Vintage Book, 1978, p.49.

㉓ Ibid., p.48.

㉔ Clement Eaton, *The Mind of the Old South*. Baton Rouge: Louisiana State University Press, 1964, p.241.

㉕ Cleanth Brooks, "Thematic Problems in Southern Literature," in Louis D. Rubin Jr. and C. Hugh Holman, eds., *Southern Literary Study: Problems and Possibilities*. Chapel Hill: University of North Carolina Press, 1975, p.201.

㉖ W. J. Cash, *The Mind of the South*. New York: Vintage Books, 1941, pp.31 - 32.

㉗ Charles Poore, "A Fine Novel of the Deep South," *The New York Times Books*, April 14, 1946.

㉘ 尤多拉·韦尔蒂:《乐观者的女儿》,杨向荣译,南京:译林出版社,2013 年,第 10 页。

㉙ Eudora Welty, *Eudora Welty: Complete Novels*. New York: The Library of America, 1998, p.88.

㉚ Eudora Welty, *One Time One Place*. New York: Vintage Books, 1971, p.3.

㉛ Eudora Welty, *The Eye of the Story*. New York: Vintage Books, 1979, p.22.

㉜ Virginia Spencer Carr, "Carson McCullers," in Joseph M. Flora and Robert Bain, eds., *Fifty Southern Writers after 1900: A Bio-bibliographical Source-book*. Westport: Greenwood, 1987, p.301.

㉝ Lisa Logan, *Introduction: Critical Essays on Carson McCullers*, Beverly Lyon Clark and Melvin Friedman, eds. New York: Hall, 1996, pp.8 - 9.

㉞ John G. Rodwan Jr., "Carson McCullers and Her Crowd," *Open Letters Monthly: An Arts and Literature Review*. 2010. https://www.openlettersmonthly.com/carson-mccullers-and-her-crowd/. Accessed 20 Feb. 2017.

㉟ Virginia Spencer Carr, *The Lonely Hunter: A Biography of Carson McCullers*. Athens: University of Georgia Press, 1975, Reprinted 2003, p.294.

㊱ John G. Rodwan Jr., "Carson McCullers and Her Crowd," *Open Letters Monthly: An Arts and Literature Review*. 2010. https://www.openlettersmonthly.com/carson-mccullers-and-her-crowd/. Accessed 20 Feb. 2017.

㊲ 转引自 Josyane Savigneau, *Carson McCullers: A Life*. Joan E. Howard, trans. New York: Houghton Mifflin, 2001, pp.207 - 208.

美
国
女
性
小
说
史

㊳ Virginia Spencer Carr, "Carson McCullers," in Joseph M. Flora and Robert Bain, eds., *Fifty Southern Writers after 1900: A Bio-bibliographical Source-book*. Westport: Greenwood, 1987, p.305.

㊴ Carson McCullers, "The Flowering Dream: Notes on Writing," in Margarita G. Smith, ed., *The Mortgaged Heart*. New York: Penguin, 1975, p.280.

㊵ Louis D. Rubin, "Carson McCullers: The Aesthetic of Pain," *The Virginia Quarterly Review* 53. 2 (1977): 265.

㊶ Rachel Adams, "A Mixture of Delicious and Freak: The Queer Fiction of Carson McCullers," *American Literature* 71. 3 (1999): 551 – 583.

㊷ Sarah Schulman, "McCullers: Canon Fodder?" *The Nation* 6 (2000): 39 – 41.

㊸ Ibid.

㊹ Louise Westling, *Sacred Groves and Ravaged Gardens: The Fiction of Eudora Welty, Carson McCullers, and Flannery O'Connor*. Athens: University of Georgia Press, 2008.

㊺ Cleanth Brooks, R. W. B. Lewis and Robert Penn Warren. *American Literature: The Makers and the Making*. New York: St. Martin's Press, 1973, p.2544.

㊻ 卡森·麦卡勒斯:《心是孤独的猎手》,秦传安译,北京:人民文学出版社,2017 年,第 21 页。

㊼ 同上,第 16 页。

㊽ 同上,第 22 页。

㊾ 同上,第 24 页。

㊿ 同上,第 6 页。

51 弗吉尼亚·斯潘塞·卡尔:《孤独的猎手:卡森·麦卡勒斯传》,冯晓明译,上海:上海三联书店,2006 年,第 201 页。

52 转引自 I. M. Paterson, "Turns with a Bookworm," *New York Herald Tribune Books* 6 (1940), p.11.

53 如 Oliver Evans, *The Ballad of Carson McCullers*. New York: Coward-McCann, 1966, p. 214; Ihab Hassan, *Radical Innocence: Studies in the Contemporary American Novel*. Princeton: Princeton University Press, 1961, pp. 205 – 229; Irving Malin, *New American Gothic*. Carbondale: South Illinois University Press, 1962, pp.19 – 26.

54 Joseph R. Millichap, "The Realistic Structure of 'The Heart Is a Lonely Hunter'," *Twentieth Century Literature*, 17.1 (1971): 11 – 17.

55 弗吉尼亚·斯潘塞·卡尔:《孤独的猎手:卡森·麦卡勒斯传》,冯晓明译,上海:上海三联书店,2006 年,第 144 页。

56 同上,第 99 页。

57 卡森·麦卡勒斯:《金色眼睛的映像》,陈黎译,上海:上海三联书店,2012 年,第 1 页。

58 同上,第 2—3 页。

59 同上,第 11 页。

60 同上,第 15 页。

61 同上,第 14 页。

62 同上,第 82 页。

63 同上,第 83 页。

64 同上,第 109 页。

65 同上,第 109 页。

66 同上,第 129 页。

67 同上,第 34 页。

68 同上,第 37 页。

69 同上,第 41 页。

70 同上,第 47 页。

71 转引自弗吉尼亚·斯潘塞·卡尔:《孤独的猎手:卡森·麦卡勒斯传》,冯晓明译,上海:上海三联书店,2006 年,第 343 页。

72 卡森·麦卡勒斯:《婚礼的成员》,周玉君译,上海:上海三联书店,2013 年,第 3 页。

73 同上,第 4 页。

74 同上,第 29 页

75 同上,第 24—25 页。

76 同上,第 5 页。

77 同上,第 196 页。

78 同上,第 31 页。

79 同上,第 120 页。

80 卡森·麦卡勒斯:《伤心咖啡馆之歌》,李文俊译,北京:人民文学出版社,2016 年,第 3 页。

81 同上,第 5 页。

82 同上,第 7 页。

83 同上,第 19 页。

84 同上,第 18—19 页。

85 同上,第 72 页。

86 弗兰纳里·奥康纳:《智血》,蔡亦默译,北京:新星出版社,2010 年,第 151—152页。

87 同上,第 192 页。

88 同上,第 192 页。

89 同上,第 192 页。

90 弗兰纳里·奥康纳:《天竺葵》,陈笑黎译,北京:人民文学出版社,2016 年,第 5—6 页。

91 同上,第 3 页。

92 同上,第 1 页。

93 弗兰纳里·奥康纳:《好人难寻》,周嘉宁译,北京:人民文学出版社,2015 年,第 3 页。

94 同上,第 2—3 页。

95 同上,第 257—258 页。

96 弗兰纳里·奥康纳:《上升的一切必将汇合》,张小意译,北京:人民文学出版社,2016 年,第 147 页。

97 同上,第 133 页。

⑱ 同上,第 8 页。
⑲ 同上,第 8 页。
⑳ 同上,第 9 页。
㉑ 同上。
㉒ 同上,第 32 页。
㉓ 同上,第 32 页。
㉔ 同上,第 34 页。
㉕ 同上,第 36 页。
⑩⑥ Flannery O'Connor,"Catholic Novelists and Their Readers," in Flannery O'Connor, *Mystery and Manners: Occasional Prose*. Macmillan, 1969, p.184.
⑩⑦ 弗兰纳里·奥康纳:《上升的一切必将汇合》,张小意译,北京:人民文学出版社,2016 年,第 60 页。
⑩⑧ 同上,第 60 页。
⑩⑨ 同上,第 60—61 页。
⑪⑩ 同上,第 61 页。
⑪⑪ 同上,第 61 页。
⑫ 同上,第 77 页。
⑬ 同上,第 77 页。
⑭ 同上,第 78 页。
⑮ 同上,第 79 页。
⑯ 同上。
⑰ 同上,第 66 页。
⑱ 同上,第 67 页。
⑲ 同上,第 87 页。
⑳ 同上,第 86 页。
㉑ 同上,第 90 页。
㉒ 同上,第 95 页。
㉓ 同上,第 97 页。
㉔ 同上,第 98 页。

第八章

20世纪下半叶美国女性小说

　　在全球范围内,20世纪下半叶依然是个多事之秋。在政治领域,美苏冷战、越战、民权运动、黑人运动、女权运动此起彼伏。在文学领域,文化反叛运动、垮掉派、黑山派、自由派、纽约派等异彩纷呈。在文学批评领域,40、50年代达到鼎盛的新批评、芝加哥学派等促使文学批评成为一门独立学科的思想出现。之后,结构主义、解构主义、马克思主义文学批评、读者反应批评、女性主义批评、新历史主义批评、后殖民主义批评等思想又极大地丰富了文学批评和理论,影响了文学创作。在这种政治、文化和社会语境下,小说创作呈现出多元化特征,犹太小说、女性小说、黑人小说、族裔小说、通俗小说等都有了极大的发展。小说的形式也发生了巨大的变化,各种实验层出不穷。经历过这一系列纷繁复杂的变化后,作家们似乎对如火如荼的实验感到疲惫,评论家甚至宣称"小说已死"。

　　然而,由于此时占主导地位的依然是男性作家,女性小说家的创作似乎并未受到这种力量太大的冲击与左右。从整体上来看,20世纪下半叶的美国女性小说家关注社会现实与女性自身,尤其是族裔女性、女同性恋、南方女性以及经济欠发达地区的女性,她们的创作手法以现实主义为主,也借鉴现代主义和后现代主义的多种实验和技巧,表达出对社会问题的关切和深刻的人文关怀。

　　这一时期女性小说的创作主要有两个特点。第一,关注女性体验与社会的勾连。这一时期的女性小说不仅关注个体体验,更关注女性与宏大社会力量之间的复杂关系,作品因而具有深刻的社会性和政治性,体现出女性对社会的积极参与,

也展示了她们独特的反观社会的视角。第二,关注女性中处于边缘的群体。首先,这种对边缘女性群体的书写体现出较为明显的地域性。经济欠发达地区、政治动荡地区和文化上处于边缘的地区受到了关注。其次,这种书写较为关注少数族裔女性群体:非裔、拉美裔(包括墨西哥、古巴、多米尼加裔等)、本土裔(印第安人)、犹太人、亚裔(包括日裔、华裔等)等。这些群体中的女性因种族、性别和文化的诸多差异而面临主流社会难以注意到的问题。对她们生存状态的关注体现出这一时期女性作家对边缘群体的重视。在艺术手法上,这一时期的女性小说创作大致有两个特点:第一,她们进行了多种题材上的创新,如将自传、历史、新闻、文学批评的写作手法运用到小说创作中去,显示出与后现代主义各种思潮的同步;第二,整体而言,她们的创作依然偏向现实主义写作。

第 一 节

玛丽·麦卡锡:孤独的反叛者

玛丽·麦卡锡(Mary McCarthy,1912—1989)的生活和经历对其小说创作产生了深远的影响。作为反传统女性,麦卡锡倡导女性的自由和独立,积极介入社会和政治生活。这种反叛的姿态使她与当时的各种流派和人士虽保持着一定的社会关系,但并不囿于其中,而总是以反叛者的姿态出现。这种姿态也体现在其小说创作中。她敢于涉足传统小说之外的领域,剖析人性,针砭时弊,表现出强烈的批判精神。正是因为这种反叛姿态,麦卡锡本人遭受了不少批评和非议,而她的小说也因大胆揭露阴暗面而一度遭禁。特立独行的人注定是孤独的,麦卡锡也不例外。然而她的大胆为美国文学增添了别样的风采,迫使人们去思考两性关系以及人与社会的关系等问题。

生平传略与创作成就

玛丽·麦卡锡出生于西雅图,父母在她六岁时双双死于流感,之后麦卡锡和三个兄弟由富有但却冷漠的亲戚抚养成人。《追忆天主教少女时光》(*Memories of a Catholic Girlhood*,1957)记录了她不怎么幸福的童年时代和青少年生活。1933 年,麦卡锡毕业于瓦萨学院,之后前往纽约,为《新共和》(*The New Republic*)、《党派评论》(*Partisan Review*)等多家杂志撰写书评和戏剧评论。麦卡锡的小说创作常常以自己的生活经历为基础,她笔下的女性人物思想上自由独立,文化上有较高的素养,两性交往上敢于突破传统的束缚。

　　传记《危险写作:玛丽·麦卡锡和她的世界》(*Writing Dangerously: Mary McCarthy and Her World*,1992)由麦卡锡的好友兼瓦萨校友卡罗尔·布莱特曼(Carol Brightman)执笔。在这部作品中,布莱特曼对麦卡锡的个人生活及她的社会关系的关注远大于对其文学作品本身的关注,探讨了麦卡锡对政治事件和社会重大问题的态度。对于麦卡锡而言,永久的、无条件的忠实于大部分人、群体或意识形态是不可能的。无论是对天主教、斯大林主义,还是对托洛茨基主义、弗洛伊德等,麦卡锡最终都一一拒斥,而她曾是这诸多信仰虔诚的信徒。她反叛的姿态是如此高昂,以致因政见不合而与不少前同事、朋友等结怨。而她在个人生活问题上也令人瞩目。她有过四次婚姻,丈夫都是圈内知名人士:演员、剧作家哈拉尔德·约翰斯鲁德(Harald Johnsrud),著名作家、评论家埃德蒙·威尔逊(Edmund Wilson)、《纽约客》记者鲍登·布罗德沃特(Bowden Broadwater)和职业外交家詹姆斯·R. 韦斯特(James R. West)。此外,麦卡锡与汉娜·阿伦特(Hannah Arendt)的友情也引起人们的关注。这些社会关系对麦卡锡的观念产生了诸多影响,如她对共产主义、麦卡锡主义、托洛茨基主义等社会思潮以及对水门事件、越南战争等事件的观点。然而,我们不应忽略其作品的艺术性和文学性。她的作品不仅表现出对社会问题的关切,更体现出对人类生存困境的观照。麦卡锡的小说创作大致可分为三类:关注女性知识分子生存状态与困境的女性小说、关注社会与政治的政治小说以及关注更为宏大的社会问题的欧洲小说。

《她的圈子》与《她们》:女性小说,对 30、40 年代女性知识分子的大胆刻画

　　从第一部小说《她的圈子》(*The Company She Keeps*,1942)开始,麦卡锡着力探讨年轻知识女性的生存困境。在这部带有强烈自传色彩的小说中,作者大胆刻画了女主人公玛格丽特·萨金特的波希米亚式生活。她的生活展现了 20 世纪 30 年代纽约知识分子典型的生活侧面:一所女子学院的年轻学生、一段失败的婚姻、混乱的性关系、托洛茨基主义等等。

在社会与内心之间,玛格丽特以自己的方式寻求身份认同,诠释独特的人生。小说由六个小故事巧妙地组成,不仅细腻地展示了玛格丽特复杂的心理变化,也反映出当时社会的政治文化态势,在出版之际引起了不小的震动。

然而麦卡锡最出名的作品当属《她们》(*The Group*,1963)。这部小说延续了《她的圈子》的主题与写作风格,但是更为大胆,锋芒毕露。小说的社会背景依然是 20 世纪 30 年代,八个平时要好的女学生即将从瓦萨学院毕业。这群人正是教授们和上层社会家庭的女儿们,她们拥有经济上的独立,并且幻想着依靠经济独立获取更大的自由。她们浪漫,对社会充满不切实际的幻想,对人生充满了希望,相信科学和技术正在创造更加美好的生活,也认为自己能够凭借所学知识和天赋为社会做出贡献。然而,无论是经济能力还是知识能力,她们似乎都难以从根本上改变女性命运。到小说结尾时,凯——这个在小说开头走进婚姻殿堂的女子——坠楼身亡,其他七个女子也不同程度地经历幻灭与妥协。小说以凯的婚礼开始,以其葬礼结束,刻画了八个女子的精神"变形"。

小说一经发表就引得人们竞相阅读,但却无人敢承认其重要性。小说一度因对性、避孕和哺乳的大胆描述"有害公众道德"而被禁。诺曼·梅勒(Norman Mailer,1923—2007)虽然自己在作品中绝不避讳与性有关的描写,但却指责《她们》为"一个小妇人的小说",充斥着"介于 Ma Griffe(香水)和避孕套橡胶味之间的一种公共气味"。[①]小说出版之后,麦卡锡不断遭到读者写信抱怨、谴责甚至咒骂。直到 1989 年麦卡锡去世的那年,她在一次采访中还谈到了这部小说对她的深远影响,称它毁了自己的一生。极具讽刺意味的是,作为女性知识分子,麦卡锡遭遇了她笔下人物类似的命运。20 世纪 30 年代人物经历的人生激情与幻灭,在 60、70 年代的作者身上似乎得到了重演。也许《她们》并不是麦卡锡最好的作品,但却是她最出名的作品。这种讽刺意味似乎恰好说明了女性知识分子的生存困境。

《她们》以艺术的形式展示了这种困境的多样化。凯——一个从西部来的单纯女孩——幼稚地以为可以凭借自己的温柔贤惠,帮助搞戏剧的丈夫哈拉尔德成就一番事业。可是哈拉尔德不仅没有才华,更缺乏基本的道德素养,最终将凯逼到了疯狂的边缘。他不仅事业无成,还喜欢拈花惹草,常常喝得酩酊大醉,对妻子拳脚相加,甚至故意把她送进精神病院。适逢二战爆发,绝望的凯在一次空袭警报拉响时坠楼身亡。来自波士顿的多蒂在凯的婚宴上结识了画家狄克并与他一夜风流,却发现自己真正爱上了这个人,但狄克无情地抛弃了她。身心受到极大创伤的多蒂被家人带到外地休养,在那里她结识了一个有钱的鳏夫。多蒂虽然爱着狄克,却因担心自己嫁不出去而嫁给了这个鳏夫。莉比在班上最有才华,读书时已能编辑刊物,曾立志做一个优秀的出版人,但却在应聘时受到歧视,最终也没被录用。她后来认识了一个滑雪运动员,但后者却欲强行与之发生性关系。由于竭力反抗,莉比虽然在身体上没有遭受严重伤害,却在心理上受到了极大打击,最后她与一个历史小说家结了婚。波莉性格内向,沉默寡言,因父亲破产而申请奖学金就读,毕业后在医院做化验员。在莉比家的一次晚会上,她与有家室的勒罗依认识并同居,后者虽多次承诺离婚但却最终回到了自己的家庭。父亲的到来对伤心绝望的波莉算是个安慰,然而经济的压力迫使她一次次到医院卖血。在第四次卖血时,年轻医生吉姆阻止了她,并爱上了她,最后向她求婚,还决定让她父亲与他们同住。普利斯成绩优异,但毕业后嫁给一个儿科实习大夫,整日为家庭琐事和育儿操心,一腔政治热情毫无用处。玛丽来自纽约富商家,读书不求上进,但因父亲有钱,不乏追求者,后来结婚,生了一对孪生子。海伦娜在母亲的教育和自身的努力下成长为非常优秀的女性,但却只能在私立幼儿园做老师。来自芝加哥的莱基富有漂亮,但也骄傲势利,性格反复无常。她毕业后到法国去学美术史,战争爆发后巴黎沦陷,她只好回国。七个女孩子去机场欢迎她,却没想到她带回一位法国男爵夫人,大家这才发现她原来是一个女同性恋者。《她们》以细腻的笔触描写了20世纪30年代美国知识女性的婚姻、家庭、爱情及两性关系,展示了她们的精神状态和女性意识,表现出麦卡锡对女性命运的关注与关怀。

麦卡锡不仅对女性知识分子给予极大关注,实际上她对整个知识分子群体都投入了极大的热情。这些小说都以知识分子为主人公,借助他们来管窥当时的社会、政治和文化,可以大致归为一类。在1952年出版的《学术林》(The Groves of Academe)中,麦卡锡通过一位大学教授被解聘的事件,尖锐地讽刺了美国小学院里的知识分子和20世纪50年代的政治迫害。曾获《地平线》(Horizon)文学奖的《绿洲》(The Oasis,1949)也探讨了知识分子介入政治理想构建的问题。一批左翼知识分子基于平等博爱的原则,跑到偏僻山区去进行乌托邦社会实验。乌托邦成员分为理想派和现实派,双方因理念不合经常发生冲突。几个陌生人闯到山区的草地采摘草莓,乌托邦成员凯蒂认为闯入者侵犯了乌托邦的利益,请求

他们离开。一名年轻成员持枪前去驱赶他们。这一事件引发了一场争吵,充分暴露出人性的弱点。故事结尾时,凯蒂意识到乌托邦终将失败,而有人已开始离开乌托邦。

麦卡锡的女性小说和知识分子小说在先锋前卫的书写中表达了对20世纪30、40年代女性知识分子的关注。她们一方面渴望独立自由,另一方面却深深困于现实。知识给了她们期许,但她们却在现实中遭遇了沉重的打击。

《国家的面具:水门事件》:政治小说,60、70 年代政治事件的独到追踪者

麦卡锡的第二类小说可以称作报告文学或政治小说,主要包括麦卡锡对当时政治事件的报道与剖析。这类作品包括《越南》(*Vietnam*,1967)、《河内》(*Hanoi*,1968)、《17 度》(*The Seventeenth Degree*,1974)和《国家的面具:水门事件》(*The Mask of State: Watergate Portraits*,1974)等。这些作品对事件进行了深度发掘与报道,针砭时弊。然而,它们并非仅仅就政治事件进行评论,还涉及叙事和媒体在政治事件中的作用,对文学介入社会和政治有深刻的理解。麦卡锡是最早反对越南战争的人之一。她不顾种种危险与困难来到越南,目睹并细致记录下越战的种种情形:参战的人们、战争造成的破坏、腐败与种种愚蠢。《越南》《河内》《17 度》就是此行的结晶。

在《国家的面具:水门事件》中,麦卡锡不仅报道了尼克松政府的欺骗与傲慢,也指出了文学叙事和媒体在其中扮演的重要角色。《政治话语:以水门事件为例》(*Political Discourse: A Case Study of the Watergate Affair*)一书指出,要深入了解水门事件就要从对该事件的报道入手,其中麦卡锡的《国家的面具:水门事件》就是三本主要参考书之一。②之所以如此,部分是因为此书并不仅仅是一部事件报道,更是一次文学力量的演绎。在这部新闻报道与小说难分彼此的作品中,小说元素大大增强了新闻报道的说服力与可信度。麦卡锡在《国家的面具:水门事件》中对尼克松政府官员进行了尖锐辛辣的讽刺,有学者称他们"就像是麦卡锡小说中的那群'恶棍'一样,自我放纵、傲慢自大、专制独裁",认为麦卡锡对总统顾问约翰·埃利希曼(John Ehrlichman)的精妙刻画跟麦卡锡在自传中所描写的迈尔斯叔叔一样,"他所有的面部特征和行为举止都是如此歪歪扭扭。两只胳膊松松垮垮地耷拉着;左手上戴着一只巨大的图章样式的

戒指,就像是戴着一个指节铜套,左右挥动着"。③而麦卡锡在自传中指责叔叔迈尔斯一家虐待自己,将他描绘成一个类似猿一样笨拙、野蛮、独裁的人。

可以说,麦卡锡的政治小说以艺术的形式再现了历史中的某一特定时刻,对人性的剖析具有深远的意义。这些小说不仅具有时代性,更具有普遍的意义。战争和政治腐败的阴霾依然笼罩着当下的人们,只是以不同的形式而已。麦卡锡以独特的艺术手法和叙事手段揭示出了历史事件所暗含的普遍性,因而具有超越新闻报道的价值。

《美国之鸟》与《食人者与传教士》: 欧洲小说,未来社会的构想者

麦卡锡的第三类小说可以称作欧洲小说,包括后期两部作品:《美国之鸟》(*Birds of America*,1971)和《食人者与传教士》(*Cannibals and Missionaries*,1979)。《美国之鸟》前半部分讲述了 19 岁的彼得·李维随单亲母亲回到马萨诸塞州的一个沿海村庄洛基港,他回忆了自己 15 岁在此地与各种鸟儿做伴的幸福时光。而今,他昔日喜爱的猫头鹰和鸬鹚已消失不见,一条公路通到了村里,家庭主妇们也开始依赖罐头与速冻食品。人与自然和谐共处的场景已成往事。小说的背景是 20 世纪 60 年代,此时民权运动和越战如火如荼。然而,除了对民权运动寄予些许希望外,彼得反对任何形式的所谓"进步",想要世界上的一切都按从前的方式被感知、被理解。小说的后半部分叙述了彼得大学时留学法国和意大利的遭遇。在这里,彼得是一个尴尬的局外人,尽管他能说一口流利的法语,但是却对法国资产阶级文化嗤之以鼻,也十分厌恶那些无知的美国人。与车水马龙、灯红酒绿的城市生活相比,彼得更喜欢亲近大自然。自然意味着发现、感知与思考,也意味着孤独和与社会的格格不入。《美国之鸟》并没有严格意义上的情节,它更像是一部哲理小说,诠释了成长中的困惑。彼得一直在践行康德的绝对律令原则:"这样行动:你意志的准则始终能够同时用作普遍立法的原则。"④然而,现实似乎给出了多样的答案。民主与精英主义、大众文化与个人自由、人性与自然之间的冲突在这部小说中得到了很好的展示。

《食人者与传教士》书名取自三个食人者与三个传教士如何乘坐一条只能载客两人的小船安全渡河的民间传说。故事情节围绕恐怖分子将一架飞往伊朗的法航飞机劫持到荷兰的事件展开,涉及国际政治题材,对恐

怖分子和人质作了生动描绘。由参议员吉姆·凯里和荷兰议会代表亨克·凡弗利特·德杨为首组成的调查委员会是恐怖分子的头号目标。以杰伦为首的国际恐怖分子组织在劫持飞机后将其带到荷兰围垦的一处废弃农场,然后发布了一段人质影像,向荷兰政府提出赎回人质的条件:首先,直升机及机组人员的赎金为一百万美金,其中一半归恐怖分子所有,另一半将用以救济苏里南穷困人员;其次,若要调查委员会成员被安全释放,荷兰须退出北大西洋公约组织(NATO),终止与以色列的国家关系,并释放"阶级-战争囚犯"。富人们首先被释放,这是因为曾是艺术家的杰伦想出了一个办法——让有钱的俘虏用收藏的艺术品作为他们的赎金,来为其犯下的资本主义罪行赎罪。但是由于荷兰政府拒绝退出北大西洋公约组织,这帮知识分子组成的调查委员会和劫持者在荒无人烟的农场不知何去何从。

与标题所暗示的不同,小说更多倾注了作者对艺术的思考。杰伦曾经是个艺术家,但是由于厌倦了"为艺术而艺术",他转而投向了激进行动。然而,"他所抵制的美学理论变成了他所拥抱的政治理论"。⑤从整个小说来看,杰伦自始至终都将恐怖主义看作为艺术而艺术的政治对应物,劫机行动在他看来更像是"绝对美"的一种具象化,是一件艺术品。当"资产阶级生活的原材料,以及他们的首创精神,一跃而出,在一个革命性设计中协同合作时",杰伦是相当满足的。他将恐怖行为等同于艺术品,并以此来对抗资本的侵袭。然而,极具讽刺意味的是,约翰内斯·维米尔(Johannes Vermeer,1632—1675)的著名画作《女孩》将作为艺术品的恐怖行为彻底击溃,将其"伪纯粹性"充分暴露出来。杰伦不可救药地爱上它,并与之一起为纯粹之艺术殉葬。杰伦最后选择与《女孩》一起自杀这个情节为很多评论家诟病。有读者认为,作为训练有素的恐怖分子,杰伦不可思议地提前暴露出弱点,如此迅速地向被俘虏者妥协,是违背常理的。然而,如果从麦卡锡的创作动机来看,从其对艺术的诠释来看,杰伦的死又是必然的、合乎常理的。

与杰伦的多愁善感迥异的是被劫持者的麻木不仁。在整本小说中,这群知识分子对艺术品和劫机本身都无动于衷。他们不会为艺术品感动,更遑论深深爱上它。他们所做的只是对艺术的道德价值发表又长又臭的演说与探讨。例如,这群人里的弗兰克指出,非洲人很可能不会欣赏维米尔,从而将艺术之美相对化;苏菲和亨克发展出了一种理论,用以分析维米尔画作与相片的相似性;如此种种,不一而是。他们还试图为劫机事件发明各种版本的理论阐述，将各种名目的意义强加给后者。他们甚至对自己的命运都漠不关心，即便是在面临巨大考验的关口，都没有丝毫的恐慌和畏惧。他们争论不休，吵个不停，却除了等待拿不出任何可行的策略。麦卡锡站在远处，看着这群教授像困兽一样争辩，似乎比这群人更冷漠。将知识分子置于这样一个与世隔绝的荒漠，麦卡锡除了揭露当前学术圈的种种腐败之外，还直指人性本身，表现出了对生命的关怀、对艺术的关注。

自传：事实的虚构者

除了《追忆天主教少女时光》之外，麦卡锡的自传还包括《我如何长大》(*How I Grew*，1987)，以及在她过世后出版的《知识分子回忆录》(*Intellectual Memoirs*，1992)。这些作品在一定程度上反映出作者的思想倾向，可以作为批评研究的重要佐证。在她的传记作品中，事实与虚构不再清晰，她甚至承认自己撒了谎，但又总是在承认之前试图构建一个看似真实的形象。虽然自传创作免不了会有虚构成分，使自传产生弹性空间和不确定性，但是直到20世纪60年代，人们才不再仅仅将自传理解为作家生活的事实版本，而是将其看作事实与虚构、艺术技巧与想象力的结合体，以之作为对作家创作思想进行批评研究的重要来源之一。在作者有意无意的、不真实的自我书写背后，隐藏着的是作者复杂的策略和动机。对这些策略与动机的考察，将有益于研究作家的创作思想和路径。较之真实的历史，麦卡锡更关注创造一种历史的感觉。为了达到这个目的，她模糊了真实与虚构、事实与想象之间的界限。从这个意义上来说，麦卡锡的自传更应该被当作一种虚构作品来阅读。

然而，作为女性作家，麦卡锡与其说采取虚构与想象的策略塑造了一种看似对抗社会、男性甚至政府的姿态，不如说利用这种策略来平衡内心诉求与外在社会压力。帕特里夏·迈耶·斯帕克斯 (Patricia Meyer Spacks，1929—　)在《女性的想象》(*The Female Imagination*，1975)一书中将"想象"定义为一种既可"深入现实的内在意义"又可"创造现实的替代品"的力量。⑥在斯帕克斯看来，这种平衡内在与外在的能力，在麦卡锡的创作中体现得尤为明显。在麦卡锡的作品中，社会现实同心理与文学现实之间存在一种平衡与相互交织的关系。与一些女性作家过多关注内心世界不同，麦卡锡总是试图寻找内在与外在现实的平衡点，这不仅体现在她的小说创作中，还体现在她的自传和评论文章中。在斯帕克斯看

来,"玛丽·麦卡锡所达到的内心期许与外在现实之间的融合取决于她的艺术掌控力"。[7]麦卡锡在面对复杂现实时表现得十分冷静,她关注内心却不深陷其中,积极投身社会却不为社会力量所牵制,这些能力使她能够在作品中创造秩序与平衡,兼顾理性与自由。

文学评论:麦卡锡的小说观

在文学评论方面,麦卡锡倡导现实主义写作,主张小说应积极介入现实生活。她视狄更斯(Charles Dickens,1812—1870)和托尔斯泰(Leo Tolstoy,1828—1910)为文学导师,认为"作家首先必须是一个倾听者和观察者,像一个听话的学生一样关注现实"。[8]她在早期、中期和后期创作中都坚持现实主义小说的创作原则。然而,她同时也表达出对现实主义小说衰落的深深忧虑,从收录在论文集《与此相反》(*On the Contrary*,1961)中的《小说中的事实》("The Fact in Fiction",1960)和《小说中的人物》("Characters in Fiction",1961)两篇评论文章中,我们可以看出,麦卡锡捕捉到了现实主义文学逐步走向后现代主义的趋势,探究了其根源。在她看来,小说家大多聚集在院校,接触的社会现实较之于过去相当有限,"所见都是作家,不知道其他任何人",[9]难以书写更加广阔的社会现实图景,因而不得不转向细致和琐碎;同时,随着学术机构和团体的创立,小说创作逐渐专业化、精细化和官僚化。正如她在《小说中的事实》中指出的那样,"如今,就像是装配线上的工人每天操作一个单一的动作好几百次,或者是医生每天都检查人们身体上的一个器官一样,作家已经专业化了"。[10]她甚至尖锐地指出:

> 现代作家的与世隔离是一个社会事实,不仅仅是作家本身的错误。他不得不成为"书呆子",这让他与社会脱节,因为事实上,唯一读书的人就剩下作家、他们的妻子、女朋友、文学教师,以及希望成为作家的学生。作家与生意人或者工人"没有任何相通之处",而这几乎是全部事实;他们之间没有相通的世界可供分享。那些不读书的生意人与写作的作家一样,都已经专业化了。[11]

正是这种在文学系以外捕捉现实的能力的缺失,促使麦卡锡不断思考小说创作的未来。1962 年,弗拉基米尔·纳博科夫(Vladimir Nabokov,1899—1977)的《微暗的火》(*Pale Fire*)发表,麦卡锡对它做了高度评价,称这部小说拥有"至臻的美，完美的对称性，妙不可言，奇特新颖，且具有道德的真实"，"是这个世纪最伟大的艺术作品之一"。⑫这种高度评价似乎与麦卡锡对现实主义的坚持相抵触，实则不然。她对现实和文学创作的敏锐观察使她精准地把握到了时代的脉搏。麦卡锡将这样的现实称作"非现实"（irreality），以区别于传统现实主义中的现实，指出了现实主义创作已然失去创作的现实和社会土壤，正转向一种全新的创作模式。

在评论方面，麦卡锡还撰写了《墙上的书写》（"The Writing on the Wall"，1970）、《观念与小说》（"Ideas and the Novel"，1980）以及其他未收录成书的评论。麦卡锡在《观念与小说》中对现代观念小说，或者说以亨利·詹姆斯（Henry James，1843—1916）为代表的"纯"小说进行了批判，探讨了小说与观念、政治、电影等之间的复杂关系，指出观念并非小说独有，小说也不应以观念而独居象牙塔之内。

麦卡锡所处的社会时代和她特殊的人生经历造就了她的犀利和尖锐，甚至是激进。知识分子群体的自负和自欺欺人、女性群体的生存困境、社会的疯癫与虚伪等等，在麦卡锡的笔下都呈现出异质的艺术魅力。如同一朵开在沙漠的美丽之花，麦卡锡捕捉到了时代的精神本质，也展示了自我怒放的历程，其自传与小说难以分割、写实与虚构杂糅的风格在美国女性文学史上也是独特的。麦卡锡的核心观念是文学创作应坚守道德价值、承担社会责任。正如理查德·格雷（Richard Gray）所言，"玛丽·麦卡锡所有作品的核心在于对道德与社会责任的关注"，⑬正是出于道德和社会责任感，麦卡锡积极介入政治与社会生活，将小说创作与政治、社会和文化紧密地糅合了在一起。

第二节
辛西娅·奥齐克：犹太困境的书写者

作为犹太人、女性和作家，辛西娅·奥齐克（Cynthia Ozick，1928—　）以女性独特的视角书写了犹太人的身份和生存困境，探讨了性别和种族问题背后的文化生成机制，其作品具有深刻的人文关怀和文化蕴含。奥齐克将女性经验与犹太经历相结合，为女性争取自由和声音。在犹太性

问题上，奥齐克与索尔·贝娄（Saul Bellow，1915—2005）、菲利普·罗斯（Philip Roth，1933—2018）等作家不同，她乐于被称为犹太作家，敢于捍卫犹太文学和文化传统。她提倡一种饱含犹太价值观的"礼拜式文学"，坚持犹太身份，尊重犹太历史，继承犹太传统思想，有力地阐释了犹太精神。在她看来，只有立足自身文化传统，才能为世界创造出更具有普遍意义的文学作品。

生平传略与创作成就

辛西娅·奥齐克出生于纽约市，她最著名的短篇小说集有《异教徒拉比和其他短篇小说》（*The Pagan Rabbi*，*and Other Stories*，1971）和《大披巾》（*The Shawl*，1989），长篇小说有《信任》（*Trust*，1966）、《食人者星系》（*The Cannibal Galaxy*，1983）、《斯德哥尔摩的弥赛亚》（*The Messiah of Stockholm*，1987）、《帕特梅瑟档案》（*The Puttermesser Papers*，1997）、《微光闪烁世界的继承者》（*Heir to the Glimmering World*，2004）和《外人》（*Foreign Bodies*，2010）。此外，奥齐克还创作了大量的散文和评论文章，收入《整个世界都想要犹太人死去》（*All the World Wants the Jews Dead*，1974）、《艺术与狂热》（*Art and Ardor*，1983）、《隐喻与记忆》（*Metaphor & Memory*，1989）、《亨利·詹姆斯所知道的以及对作家的其他评论》（*What Henry James Knew and Other Essays on Writers*，1993）、《名誉和荒唐：随笔》（*Fame & Folly: Essays*，1996）、《争论与困惑》（*Quarrel & Quandary*，2000）、《脑袋里的喧闹：随笔》（*The Din in the Head: Essays*，2006）等文集中。其中，《争论与困惑》获得 2001 年美国国家图书评论界奖，而《名誉和荒唐：随笔》入围 1996 年普利策奖。奥齐克还在《评论》（*Commentary*）、《文学评论》（*The Literary Review*）、《新纪元》（*Epoch*）等杂志上发表了不少诗作。她唯一的一部戏剧《蓝光》（*Blue Light*）改编自其最著名的短篇小说《大披巾》。

长期以来，犹太文学的主角是男性作家，女作家辛西娅·奥齐克的出现"不仅改变了男性作家一统天下的局面，也开辟了新的发展方向"。[14] 她的文学创作特点是"将犹太文学传统……和后现代派的艺术技巧相结合"，[15] 不仅使犹太文学焕发出青春、产生了新的艺术魅力，也丰富了现当代文学。值得注意的是，奥齐克的文学创作始于对亨利·詹姆斯的崇拜。1950 年她在俄亥俄大学完成硕士论文《亨利·詹姆斯后期小说的寓言》（*Parable in the Later Novels of Henry James*）。詹姆斯的艺术和道德思想影响了她的一生，这可以从她试图创作一部名为《仁慈、同情、和平与爱》的哲理小说看出，而处女作《信任》似乎也可以看作这部小说的延续。这部晦涩难懂的小说讲述的是一个没有姓名的女主人公寻找生父的故事。奥齐克说，这是一部野心勃勃的小说，"包含所有一切——整个世界"，但同时她也承认，"我有意忽略了一个元素……[因为]我非常害怕它。这就是叙述者的'情感'问题"，她指出：

> 从对其他人的书籍所做的评论中，我所读到的一切都使我害怕：我不得不十万分小心，不得不将任何情感价值从我的叙事者身上剥离。我害怕给人以创作了一部"女性的"小说的口实。没什么比女性的视角更加坐实了这种控诉。没人认真对待女性小说。最重要的是，对于那些无法掩盖的污名，那些情感与感情，我处于极度恐惧中。所以我所彻底地、完全地省略掉的，是我的叙事者的任何"情感"，对此我非常清楚。我剥去了关于她的一切，甚至是名字……我的这位机器-叙事者仅仅是为着效率的目的，为着灵活性、技巧与精致的目的，但绝不是为了一个"女性"。我从她身上剥离了"女性"特质。而我这样做是出于害怕，出于感同身受的、报复性的和严厉批评的想象力。[16]

在犹太人、女性和作家三个身份中，奥齐克感受到了深深的焦虑。除《信任》外，奥齐克再也没有把盎格鲁-撒克逊裔白人新教徒（White Anglo-Saxon Protestant，WASP）作为自己小说的主人公或者重要人物，而是将女性经验与犹太经历相结合，为女性争取自由和声音。在《艺术与狂热》这部评论著作中，奥齐克收录了她发表于妇女运动发轫时期的两篇文章，并为之作了一个简短的序。与妇女运动寻求女性与男性差异不同，奥齐克从男性与女性的相同点出发，探讨男女为何会在诸多方面表现出一致的社会文化根源。她指出，造成女性不受重视的原因很多，但是这不是男性/女性单方面的行为，而是整个社会系统和机构共同将之内化的结果。从寻求犹太人/美国人、男性/女性的身份，到探讨其背后的文化生成机制，奥齐克的小说给我们提供了一种思考人类命运、反思和改变社会运行机制的视角与方式。

可以说，奥齐克并没有局限于对女性命运的关注和对女性身份的探求，其作品的另外一个重要元素是犹太性。作为犹太人，奥齐克不仅敢于坦陈自己的犹太性，还积极发现和书写犹太性。对自己的犹太身份，她直

言不讳:"让别人争做凑巧生为犹太人的小说家吧,我,首先是犹太人,然后才能开始写作"。[17]在《走向新的意第绪》("Toward a New Yiddish")一文中,奥齐克称,"我的阅读变得越来越急迫,尽管阅读面越来越窄,我不再看很多'文学作品'了。我看书的主要目的不是发现怎样做一个犹太人——我自己的每日生活经历已经告诉我了——而是发现怎样像一个犹太人一样思考"。[18]另一方面,奥齐克坚决抵制针对犹太作家的不合理责难和控诉,声称"这个世界都是建立在犹太文学传统——《圣经》基础之上的,世界应该重新吸收犹太传统。作为一个犹太人就意味着不能狭隘";身处于一个"信仰衰退,团体瓦解,种族纽带弱化"的时代,奥齐克更相信作家应该具有伦理功能:"我坚信,小说固然可以是逃避历史和道德重负的轻浮呻吟,它仍然能成为某个群体(犹太民族)的公共祈祷室,并且最终迎来救赎。"[19]她在1970年发表的一篇名为《美国:走向亚夫涅》("America:Toward Yavneh")的文章中对一些美国犹太作家忽略犹太特性、趋向与美国主流融合的做法进行了抨击:"我们的声音听起来很遥远。但如果我们选择了全人类而非犹太人……我们的声音就完全听不到了。"[20]她认为,当代美国犹太人应当以英语为载体创造一切,"一种我们需要的,能够创造我们未来的,承载我们主要思想的语言。倘若以这种新语言我们得以在异域文化中为我们这一代人创造出一种亚夫涅,我们也就可以从美国流散经历中创造出一些有价值的东西"。[21]奥齐克的文学创作似乎验证了她的宣言,着力书写犹太人的流散经历,探讨犹太性及犹太民族的历史、当下和未来。乔国强指出,奥齐克的犹太性"主要体现在对犹太身份的坚持、对犹太历史的尊重以及对犹太传统思想(如契约论)的坚持上"。[22]也就是说,对于犹太文化的衰落,奥齐克指向的并非外在因素,而是犹太人的内在因素。在奥齐克看来,似乎只有从犹太历史和文化传统着眼,自己的作品才能成为真正伟大的作品。她曾指出:

为何在我们的诸多流散经历中没有产生一位犹太的但丁,或者是犹太的莎士比亚,犹太的托尔斯泰,犹太的叶芝? 为何我们没有他们那样的伟大洞察力? 这种洞察力和智力构思的并非很宏大的东西。但丁用都市日常口语创造了文学,莎士比亚对着一个很小的岛国人民说话,托尔斯泰思考了俄国上层社会,叶芝引起了局限于都柏林的复兴。他们所针对的都不是整个人类的原则;如果用那个奥名昭著的字眼来说,他们每一个都是种族的。文学并非产生于成为世界公民的需要,而是受到种族的驱动。[23]

相对于犹太的流散经历书写,奥齐克更倾向于深入发掘犹太历史,以此来传承犹太性。无论在短篇小说还是长篇小说中,奥齐克都致力于塑造这样一群犹太主人公:他们的野心和志向促使他们面对历史、现在和将来,进而展示出犹太历史的重要性、道德价值和美学价值。奥齐克这样写道,"成为一个犹太人意味着要遵守契约",[24]这不仅意味着对信仰的忠诚,更意味着对历史和传统的忠诚。奥齐克自称为第三代犹太人,在新旧世界游刃有余的一代人,但是这种游刃有余却也折射出一些问题,尤其是在传承犹太文化传统方面,这也是奥齐克最为忧虑的地方。对她而言,遵守契约意味着致力于犹太身份的建构,积极参与其中,学习它,观察它,讨论它,书写它,战胜它,但又尊重它。在奥齐克看来,隐喻是建构犹太身份的重要途径。她在《隐喻与记忆》一书中论述了隐喻如何作用于记忆,延续文化特质。在她看来,隐喻"掌管阐释,但其阐释的却是记忆","伟大的小说之所以能够将经验转化为思想,是因为隐喻将记忆转化为一种延续性法则"。[25]这里奥齐克所说的"延续性"指的不仅是对文学严肃性的延续,更指向人生的严肃性。正是借助于隐喻,奥齐克试图在过去中想象现在,连接过去与现在,延续犹太民族文化。

此外,奥齐克总是通过展现异教与犹太教文化之间的冲突,来书写犹太文化身份的困惑与确立。正如维克托·斯特兰德伯格(Victor Strandberg)在其著作《希腊思想/犹太灵魂:辛西娅·奥齐克冲突的艺术》(*Greek Mind/Jewish Soul: The Conflicted Art of Cynthia Ozick*, 1994)中所呈现的,无论是奥齐克本人,还是其作品,都体现了希腊精神与犹太灵魂之间的激烈冲突。乔国强认为,奥齐克在作品中总是体现"希腊精神(异教)与犹太教文化之间的矛盾冲突",[26]但却冲破这种"矛盾",最终走向犹太民族文化的精神归宿。

作为"执拗地为犹太人特性大声疾呼的代言人",[27]奥齐克的这种写作立场与她的童年经历和教育背景是分不开的。在写给维克托·斯特兰德伯格的信中,奥齐克这样写道,

我的同学有爱尔兰人、德国人、瑞典人、(有些)还是意大利人,而且几乎很平均地分为天主教徒和新教徒(不,我猜信天主教的多一些)。

> 我是唯一的一个犹太孩子……那儿有两个天主教堂；我被它们吓坏了。在我上学的路上，我不得不经过其中的一个；因此，我经常双膝颤抖地从它们所在的马路对面快速跑过。㉘

而且，主流文化对犹太文化毁灭性的漠视加重了奥齐克的隔离感。她这样写道：

> 新来的那个女孩简·琼斯转进来时，我见到了人生中的第一个盎格鲁-撒克逊裔的白人新教徒（WASP）——她来自一个叫作"中西部"的神秘地方。那时是二年级，我能回忆起当时我们之间的开场对话的细节。简·琼斯以一个常规问题开启了对话："辛西娅，你是干什么的？"（这个问题通常指的是你的宗教信仰）我："我是犹太人。""我知道，但是你是新教徒还是天主教徒？"我："我是犹太人。"简·琼斯有些恼怒……"嗯，我知道你是犹太人，你已经说过了。但是你是新教徒还是天主教徒？"我："我是犹太人。"简·琼斯（此刻真的生气了）："好的，好的，你是犹太人。但是你是新教徒还是天主教徒啊？ 你必须是其中一个吧！"㉙

不仅如此，老师们对奥齐克优异的学业成绩的漠视也加深了她早年的痛苦，而这种痛苦与疏离感反映在其作品中，一方面是对西方／基督教文明的讽刺，另一方面是对犹太文化与传统的亲近。与此同时，奥齐克还阅读了大量西方经典文学作品，"这种教育加强了她与古代异教神灵们长达一生的调情"。㉚在她的学生时代，她曾经这样说道："至少对我来说，世界被分成了阿诺德所预见的希腊精神与希伯来主义。当我一遍遍地阅读希伯来文献资料时，我会想象它与希腊文献的区别；反之亦然。"㉛正是由于对两种文化的反思与对比，奥齐克创作的文学作品才更有深度。

《信任》：初试牛刀，一部女性成长小说

长篇小说《信任》由于晦涩难懂，被人认为是模仿他人或自传色彩过于浓厚，其实不然。有评论家认为，《信任》是一部真正的小说，完全独立，充满着丰富的、富有创新精神的想象。㉜这部花费了七年完成的小说可谓鸿篇巨制，可以被看作女性成长小说的典范。遗憾的是，它在学术界并未得到足够的关注。

　　《信任》讲述的是一个没有名字的女性叙述者寻找生父的故事。寻父具有强烈的象征意味，暗示叙述者的身份找寻之旅。最终，叙述者的信仰和力量与所寻找的父亲形象结合在了一起，完成了找寻之旅和自我身份认同。小说由四部分组成，分别以四个地名命名。"第一部分：美国"着眼于当下的美国纽约。叙述者正与母亲准备去欧洲毕业旅行，却收到了浪荡子生父要求她前往顿尼克里斯的信息，这个地方曾经是外祖父建造的海洋博物馆，现在已废弃。"第二部分：欧洲"回忆了叙述者在十岁时初见生父的场景，那时他来到巴黎，向母亲敲诈一笔钱。"第三部分：布莱顿"描绘了母亲年轻时的浪荡生活，以及在海边城市生下叙述者的故事。"第四部分：顿尼克里斯"重拾第一部分搁置的线索，继续讲述了叙述者与生父见面的场景。叙述者最终回归拥有自由精神和及时享乐的生父，表明叙述者身份找寻的完成。这部史诗性的著作表露出奥齐克初入文坛时的雄心壮志，但人物塑造上欠可信度，情节发展上也因时间跨度过大而稍嫌拖沓。然而，作为处女作，这部作品为奥齐克之后的创作打下了坚实的基础。

《异教徒拉比和其他短篇小说》：步入正题

　　《异教徒拉比和其他短篇小说》作为短篇小说的典范，充分体现了奥齐克的创作思想。这部集子共收录七个短篇，分别为《异教徒拉比》（"The Pagan Rabbi"）、《妒忌，或，意第绪在美国》（"Envy；or，Yiddish in America"）、《小提箱》（"The Suitcase"）、《码头巫婆》（"The Dock-Witch"）、《医生的妻子》（"The Doctor's Wife"）、《蝴蝶与交通灯》（"The Butterfly and the Traffic Light"）及《男子气概》（"Virility"），其中前两篇受到更多关注。《异教徒拉比》讲述了艾萨克·科恩菲尔德拉比自杀身亡的故事。故事的叙述者是一位脱离了犹太教文化的犹太人，他没有按照父辈意愿成为一个虔诚的犹太学者，而是退出犹太学院，并娶了一个异教女子为妻。他的父亲因此失声，直至去世时也没能说出话来。从小说提及的状况来看，叙述者并不幸福，他与妻子离了婚，工作也不是很如意。在科恩菲尔德拉比自杀身亡后，叙述者从其妻子西恩戴尔处看到死者留下的日记和信件，获知了事情的原委。科恩菲尔德原本是一位十分出色的犹太拉比，但由于受异教诱惑，放弃了对上帝的信仰和对经书的研读，转而爱上了自然和林中精灵，并在一次与精灵的狂欢中失去了灵魂，最终用祈祷时使用的围巾把自己吊死在纽约公园的一棵树上。

科恩菲尔德的出轨不仅是肉体上的,也是精神上的,反映出了他在自然与沉重的犹太民族传统之间的抉择,象征着整个犹太民族的文化抉择。小说的题词这样写道:

> 雅各布拉比说,"如果有边走边学习的人停下来评价说'那棵树多么可爱!'或'那片休耕地多么漂亮!'——《圣经》认为这样的人伤害了自己。"

> ——引自《父辈的道德》③

科恩菲尔德就是这样一个边走边学习,并停下来评价那棵树、那片休耕地的人。他违背了"父辈的道德",最终失去灵魂,"伤害了自己"。在奥齐克看来,希腊哲学主张崇拜偶像,投身自然和精神自由,而犹太教则要求心无旁骛地信奉犹太人唯一的神和研读犹太经书。在犹太传统观点看来,经书第一,人的身体其次。正如西恩戴尔所言,"他们[异教徒]看待身体比我们重。我们的书是神圣的,而对他们而言,身体是神圣的"。③ 身份是自由、自然和感官享受的象征,而经书是传统、历史和文化的象征。走向自然的科恩菲尔德荒废了经书研读,丢弃了犹太传统文化,也就丢了灵魂。奥齐克花了大量笔墨对科恩菲尔德丢失灵魂的过程进行描写,"一个满身灰尘的老人步履蹒跚","一本大得吓人的书,像石头一样沉重",压在丢失灵魂的科恩菲尔德身上,使其不堪重负。在奥齐克看来,唯有坚守犹太传统,犹太民族方有未来。作为一个民族寓言,"异教徒拉比"充分表明了奥齐克坚定的犹太立场。

《大披巾》:骇人的大屠杀书写

《大披巾》包括《大披巾》和《罗莎》("Rosa")两个短篇故事,是奥齐克最出名的"大屠杀"题材作品。《大披巾》刊登在1980年5月26日的《纽约客》上,以极简的笔触描绘了一幅发生在二战期间奥斯威辛集中营的骇人事件。主人公罗莎、她15个月的女儿玛格达和14岁的侄女斯特拉被抓到集中营。玛格达藏在披巾里,虽然没有奶吃,却很乖,但是斯特拉拿走了披巾,一直不作声的玛格达哭了起来,被纳粹士兵发现,将她扔到了电网上。罗莎眼看着女儿被抛向空中,却只能站在原地不动,用披巾塞进自己嘴里,不敢去救。相比于两千字的《大披巾》,刊登在1983年3月21日《纽约客》上的《罗莎》篇幅更长一些,它将镜头对准幸存者罗莎,展示了她虽然在肉体意义上幸存下来,却遭受巨大精神创伤的情景。30年过去了,罗莎如行尸走肉般生活在佛罗里达州,幻想着女儿已经成为一位知名的哲学教授。斯特拉则生活在纽约,独身一人。罗莎一直写信给斯特拉,依然对这位"死亡天使"耿耿于怀。她视披巾为圣物,试图从偶像崇拜中汲取生活的全部意义,但这一切却都是徒劳。在这个令人心碎的故事里,奥齐克以细腻、沉重的笔触真切地描写了受害者的惨痛遭遇,展示了"大屠杀"事件给幸存者留下的难以愈合的心理创伤。无论是二战中的奥斯威辛集中营,还是战后的迈阿密,都让罗莎感觉身在地狱。正如《大披巾》开篇所说,"冷,冷,地狱般的冷",犹太身份的丢失不仅来自外部暴力,更来自犹太内部的冷血。斯特拉拿走玛格达的披巾,原因也是因为"冷"。从这个意义上来说,无论是大屠杀书写,还是后大屠杀书写,奥齐克似乎更加关注的是人性。

《食人者星系》:犹太幸存者的生存困境

《食人者星系》讲述了一位大屠杀幸存者约瑟夫·布里尔企图靠培养天才学生来改变自己平庸人生但却以失败告终的故事。犹太教育、大屠杀、犹太历史与传统等问题都在这部小说中有所涉及。二战中,出生于犹太家庭的布里尔东躲西藏地幸存了下来,而他的家人全部遇难。在女修道院的地窖里,布里尔结识了埃德蒙·弗莱哥。在后者的帮助下,布里尔在美国西部创建了埃德蒙·弗莱哥小学并担任校长,致力于实施将欧洲科学与犹太宗教相结合的"双重课程"。他爱好天文,曾立志做一流科学家,但却成了一所二流学校的校长,过着平庸的生活。比拉·李尔特的出现给了布里尔一线希望。李尔特的母亲海斯特是一位有名的学者,且有着强烈的性格魅力。"虎"母无"犬"女。布里尔企图造就天才的梦想似乎马上就要实现了。然而比拉在各方面都表现平平,丝毫没有天才的迹象,这迫使布里尔最终放弃了她。完成学业的比拉随母亲到巴黎生活,似乎从此在布里尔的生活和教育事业中消失了。然而,在布里尔看来平庸的比拉却成了欧洲的著名画家。她在一次电视采访中娓娓而谈,却对学校教育只字不提,更别说布里尔引以为豪的"双重教育"了。这让布里尔很是懊恼。与此相比,放弃比拉之后的布里尔开始结婚生子,而儿子在学业上却出奇地优秀。然而,儿子成年后却与天才相去甚远,过着非常平庸的生活。这真是对布里尔及其教育理念的极大讽刺。小说结束时,布里尔从校长位置上退下来,他的教学理念被认为已经过时,继任校长把校名改

成了"湖边小学",美式教育完全替代了布里尔的教育理念,美国文化也压倒性地战胜了犹太传统文化。

教育问题与犹太历史和文化糅合在一起,突显了背负沉重历史的犹太幸存者的职业焦虑,也尖锐地指出了犹太教育与延续犹太性的矛盾和不适应。有学者这样评论道:"《食人者星系》充满思想与哲理,以优美的文字和严谨的结构讲述了一位教师试图在历史上发现自己的位置,在职业中寻求意义的故事。"⑱的确,对于经历了大屠杀且流亡他国的布里尔而言,如何阐释过去、定位现在不是件容易的事。

《帕特梅瑟档案》:找寻犹太历史延续性

《帕特梅瑟档案》并非传统意义上的小说,而是由已经发表过的、以露丝·帕特梅瑟为主人公的五个短篇组成,讲述了其自 34 岁起数十年的离奇人生经历,充满了奇幻色彩。犹太人露丝第一次出现在 1981 年的《升空:五篇小说》时是一个博学多才的律师,尤其崇拜乔治·艾略特。此时露丝 34 岁,刚刚辞去律师的工作,因为在这个岗位上她难以充分发挥自己的才干,经常被整日无精打采的同事搞得心烦。在第二个故事中,46 岁的露丝用泥土造了一个犹太传说中的假人。16 世纪时,布拉格的一个拉比为了拯救犹太人免遭屠杀就造过类似的假人。这个假人帮助露丝竞选上了纽约市市长,但也造成了非常多的麻烦。在第三个故事中,露丝穿越到了乔治·艾略特及其丈夫乔治·刘易斯的文学世界中,结交了一个很有才华的画家鲁珀特。他们一起阅读艾略特,度过了许多美好时光。但是到最后,鲁伯特竟然在刘易斯死后与艾略特结了婚,并在二人蜜月期间,令人费解地从他们下榻的威尼斯宾馆的窗户神秘离开。第四个故事发生在俄国的改革时期,露丝随父亲从俄国移民到了美国,见到了表妹利迪娅。利迪娅是个拜金女,一切都唯钱是从,她与露丝产生了很多冲突。最后一个故事来到了天堂,在这里一切与先前都不一样。露丝嫁给了一个青梅竹马的男子,并育有一个儿子。天堂里的一切似乎也是转瞬即逝。小说穿梭于虚构与现实之间,探讨了犹太女性的生存困境,展示了犹太历史、文化和宗教在当代的深远影响。小说的游戏式叙事彰显了犹太女性在脱离犹太传统和摩西法典,经历大屠杀和种族同化之后难以定位自我的历史困境。在叙事中,叙述者不断与读者进行商榷,不时对作者的权威进行挑战,在打破了传统线性传记式叙述的同时,突显了犹太身份难以延续的危机感。

《斯德哥尔摩的弥赛亚》：维护犹太传统的困境

《斯德哥尔摩的弥赛亚》是一部相当成功的小说，也广受评论界好评。小说题献给当代美国另一位著名的犹太小说家菲利普·罗斯。其中最明显的缘由是，罗斯首次将波兰最著名的三大作家之一布鲁诺·舒尔茨（Bruno Schulz，1892—1942）的遗作介绍给美国大众，㊱而在二战中被杀的布鲁诺·舒尔茨在奥齐克这部小说中也至关重要㊲——因二战而成为难民的拉尔斯被瑞士夫妇抚养长大，坚定地认为自己就是布鲁诺·舒尔茨的儿子。拉尔斯生活和事业都不尽如人意，他结了两次婚，虽然是一名编辑，但却就职于瑞典一家不知名的报社，没有什么可圈可点的成就。然而就是这份执念让拉尔斯不遗余力地寻找"父亲"以及他的遗作《弥赛亚》（The Messiah）。这位波兰犹太作家死后引起不小反响，形成了所谓"舒尔茨派生文学"的现象。㊳

罗斯的《布拉格的飨宴》（The Prague Orgy，1985）、大卫·格罗斯曼（David Grossman，1954— ）的《从下面看：爱》（See Under: Love，1986）以及奥齐克的《斯德哥尔摩的弥赛亚》都基于舒尔茨的传记资料，但做了不同程度的文学想象，或直接引用舒尔茨的作品原文，或影射其遗失手稿《弥赛亚》，或诠释其死亡的诸般场景。三位后大屠杀时代的犹太作家不约而同地表现出了对"已逝文学父亲"这个主题的关注，㊴似乎很难以简单的巧合来解释。对父亲的找寻具有强烈的象征意味，它指向的不仅仅是父子关系的断裂与修复，具体到犹太文化和大屠杀而言，这其中更多暗含着对犹太人美国化的忧虑，对抛弃犹太身份的批评，以及对回归犹太传统的呼吁。

小说还涉及一个重要论题，那就是抄袭与伪造。这关系到当代美国犹太人以何种方式回归传统。拉尔斯的寻父之旅受到了书商埃克隆德夫妇的帮助，后者意外地得到了《弥赛亚》的手稿。丈夫埃克隆德声称比对了《弥赛亚》的字迹，认为手稿为真；而拉尔斯对此却有较大疑虑，于是将手稿付之一炬。小说到最后也没有明确指出手稿是否为真迹，令"伪造"与否更加扑朔迷离。奥齐克似乎想借此探讨第三代犹太后裔与祖辈之间的复杂关系，以及如何维护犹太传统。

《微光闪烁世界的继承者》：犹太人的流散书写

《微光闪烁世界的继承者》的叙述者是罗丝·梅多斯，一个十八岁的女孩。她两三岁时母亲因病去世，在她大学没念完时，虚荣的赌鬼父亲在

一次事故中丧生。罗丝本来寄宿在一个远房表兄家中，但因后者结识了一个信奉共产主义的激进女子尼涅尔（Ninel，"Lenin"反过来的拼写），罗丝只得到犹太流亡者米特威瑟教授家中做杂活。小说的背景设置在1935年，是美国经济大萧条和二战之间。米特威瑟教授原本是一位威望很高的德国教授，致力于犹太教的一个分支，即卡拉派的研究。他的妻子是一位科学家，流亡美国之前曾是1933年诺贝尔物理学奖得主埃尔温·薛定谔（Erwin Schrödinger）的同事，且与后者交往甚密，甚至其第一个孩子也被暗指是这位诺贝尔奖得主的。然而，逃亡、流散和经济窘困摧毁了米特威瑟教授妻子的精神，他们夫妻有五个孩子，最小的尚在襁褓之中。罗丝的工作之一便是照顾这个婴儿。这个家中有着大量的书籍，有淘气的孩子、精神崩溃的母亲和难以找到合适工作的父亲，在这里，罗丝的报酬是没有保障的。罗丝热爱文学，读过不少小说，对父亲及其为人处事有自己的思考，然而作为一个生活在社会底层的小教员的女儿，罗丝不太可能理解正在欧洲发生和酝酿着的诸多大事件。但是，奥齐克正是以这样一个并非无知也非全知的视角，向读者展示了一个女孩如何在成长的过程中诠释自我和世界，而且传达出这样一种理念——诠释是必要的，但同时也是一种危险。在关于这部小说的访谈中，奥齐克这样谈到，

> 是什么使人成其为人？首先是语言，其次是想象的诠释——人类的思想不能离了它。就像所有仅按字面意思去诠释的人一样，卡拉派拒绝想象和诠释，他们也因此从历史的主流中消失。"熊孩"系列童书的作者将太多难以消除的虚构矫饰如此沉重地加诸他的儿子身上，以至于后者永远无法从这个虚构的男孩形象中解脱出来。无论诠释是过多还是过少，枯萎都将紧随其后。[40]

这个背负着沉重虚构形象负担的便是詹姆斯·厄拜尔，他被父亲塑造成一个生活在帽子中的可爱小熊仔，不得不以商品的形式展示给镜头与公众。商业成功使詹姆斯继承了巨额财富，但他喜怒无常、挥金如土。正因如此，他似乎鬼使神差地支持着米特威瑟教授一家。为了那些藏书，米特威瑟教授将整个家庭全权交给了詹姆斯掌管。失去童年的詹姆斯在米特威瑟家对五个孩子开启了全新试验模式。

小说除了这两条明显的故事线之外，还有第三条较为隐晦的脉络。罗斯对其远房表兄伯特兰的暗恋与简·奥斯汀（Jane Austen，1775—

1817)的《曼斯菲尔德庄园》（*Mansfield Park*，1814）有平行之处，她与阴郁而傲慢的雇主米特威瑟教授之间的关系又让人联想起夏洛蒂·勃朗特（Charlotte Brontë，1816—1855）的《简·爱》（*Jane Eyre*，1847），同时，米特威瑟的妻子所遭遇的迫害也恰与阁楼上的疯女人相对应。罗丝曾将简·奥斯汀的小说读给米特威瑟夫人听，表面上是教后者英语，实质上是试图以金钱来解决诸多复杂的人际关系。对于简·奥斯汀的主人公而言，金钱是一种解脱的方式，帮助她们走向爱情与婚姻，但是对于奥齐克而言却绝非如此——金钱指向的是更加黑暗的道德不确定性。这里要表达的一方面是罗丝所代表的 19 世纪小说典范，即走向圆满的结局，另一方面是充满着破坏性和自我毁灭的詹姆斯。两股力量相互撕扯，现实与童话的元素相互交织，试图在大萧条和战争阴云之下寻求某种短暂的平衡与安宁。正如小说结尾所昭示的那样，死亡笼罩与圆满结局，喜剧与悲剧，难分彼此。

《外人》：作为外人的犹太人

《外人》以亨利·詹姆斯的《大使》为情节线索，讲述了1952 年发生在一位美国犹太女性身上的故事。使者贝亚·奈廷格尔是一位48 岁的高中离异女教师，在兄长的半哄骗半威吓之下，去巴黎寻找侄子朱利安，后者因不堪父亲重压而选择到巴黎来逃避学业。1952 年的巴黎与发表于1903 年的《大使》中的巴黎相比已大不同。城堡已然褪去荣耀与光辉，只剩下沉重与疲惫。作为被欧洲大陆遗弃的犹太人后裔，重回巴黎的贝亚依然无法融入其中。而在纽约，她也是个外人，独自蜗居在一间小公寓里。侄子朱利安虽然被寄予厚望，但是却沉迷于虚无主义，毫无野心，逃到巴黎一家咖啡店当服务生。他与一个名叫莉莉的犹太女人结了婚，后者年纪较大，在二战中失去了丈夫和孩子。从莉莉那里，朱利安似乎想寻找父亲背弃的犹太文化和传统，而从朱利安那里，莉莉似乎能窥见一丝希望。然而，在旁人看来，他们都是外人。朱利安的父亲是一个成功的商人，来到美国的他娶了一位贵族小姐，放弃了自己的犹太传统，一心想要在美国出人头地。然而，无论对犹太人还是对美国人而言，他都是个局外人。小说表现的这些犹太人都无一例外地无法融入周遭环境，反映出大屠杀后犹太人的生存困境。

总体而言，奥齐克的创作立足于犹太传统，尤其是《旧约》和《十诫》。她从犹太历史、传统和文化中汲取智慧，书写犹太人受苦受难的经验和现

代生存困境。其次,她的小说虽然在创作主题上与同时代的后现代作家有很大的不同,但是在艺术手法上却同他们有诸多不谋而合之处。她的小说引入了魔幻色彩,极大地丰富了犹太写作的主题与表现力。

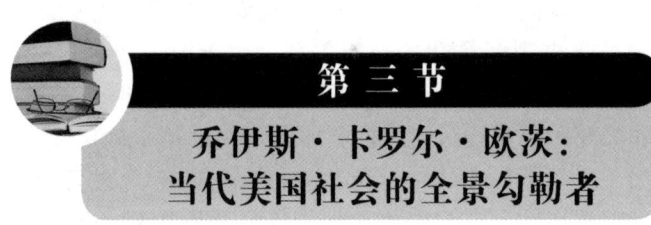

第 三 节
乔伊斯·卡罗尔·欧茨:
当代美国社会的全景勾勒者

乔伊斯·卡罗尔·欧茨(Joyce Carol Oates,1938—)是一位非常多产的作家。在这些复杂多变的作品中,欧茨勾勒了 20 世纪 60、70 年代至今的美国社会,可谓是当代美国社会的全景勾勒者。她作品中的人物总是处在困惑、矛盾和冲突中,倾向于在暴力中寻求解决一切问题的答案,却往往最终走向自我毁灭。这反映出个体与社会环境的不协调,而这种不协调是深深扎根于美国文化当中的。欧茨虽然产量颇丰,但并不意味着她的创作是低质量的重复。相反,她在不同阶段创作出具有不同艺术特色的作品,这些作品都与当时的时代精神和社会环境紧密相关。

生平传略与创作成就

欧茨是美国当代文坛十分重要且多产的女作家。从 20 世纪 60 年代末至今,欧茨共创作了 47 部长篇小说、29 部小说集和 12 部评论集,另有诗集、传记、戏剧集等 20 多部。她兼具诗人、小说家、剧作家、评论家、编辑和大学教授等多重身份,尤其关注社会现实和底层小人物的生存状况。她以史诗般的笔触勾勒出了美国自 20 世纪 30 年代以来的社会众生相。她的小说往往以 30 年代的经济大萧条、第二次世界大战、50 年代的冷战和麦卡锡主义、60 年代肯尼迪总统遇刺事件、各种民权运动和青年反战运动等社会重大事件为背景,描绘底层人物在各种社会力量面前的焦虑、无助、绝望,甚至是暴力发泄。但同时,她的作品也洋溢着丰盈的生命活力和激情,反映出作者深切的人文和伦理关怀。在艺术特色方面,欧茨的各种语言和艺术手法实验都包裹着一层现实主义的外衣,因而可读性较强。与后现实主义试验者不同,欧茨认为"艺术,尤其是散文小说,是直接与文化社会相联系的"。[41]

20世纪60年代是欧茨创作的第一个重要阶段。从短篇小说集《北门边》(*By the North Gate*,1963)、长篇小说《颤栗地落下》(*With Shuddering Fall*,1964)开始,欧茨陆续出版了《世俗欢乐的花园》(*A Garden of Earthly Delights*,1967)、《奢靡的人们》(*Expensive People*,1968)、《他们》(*Them*,1969)等长篇小说,并获得了广泛认可。在这一时期,欧茨深受现实主义作家的影响,描绘了个体在家庭和社会中的挣扎,展示了一幅充满暴力、绝望但也不乏温情与爱的社会图景。欧茨以所见所闻和亲身经历为基础,对美国30年代到60年代的社会变迁做了较为广泛的描绘,真实地塑造了一批在物质文明高度发达的社会中迷茫甚至失去自我的人物,揭示了社会的丑陋和人内心的罪恶。此外,欧茨还将现实主义描写与意识流技巧相结合,创作了一大批"心理现实主义"佳作。

20世纪70年代可以看作欧茨创作的第二个阶段。这个阶段除了《奇境》(*Wonderland*,1971)外,欧茨还出版了长篇小说《任你摆布》(*Do with Me What You Will*,1973)、《刺客们》(*The Assassins*,1975)、《查尔德伍德》(*Childwold*,1976)、《晨之子》(*Son of the Morning*,1978)和《不神圣的爱情》(*Unholy Loves*,1979)等。另外,她还创造了大量的中篇小说、短篇小说,斩获了不少大奖,其中包括美国最具权威的欧·亨利短篇小说奖和最佳美国短篇小说奖。相较于60年代,这一时期的创作更为突出实验与技巧,如《刺客们》以婴儿的视角描述自己在母胎中的感觉;《查尔德伍德》将诗体与叙述糅合,想象与真实难分彼此;《晨之子》中的多种叙述声音与《圣经》中关于上帝的叙述声音相似,使作品具有神秘而复杂的含义。

20世纪80年代是欧茨创作的第三个阶段。欧茨认为80年代现实主义与超现实主义已不分彼此,对于一个富有想象力的作家而言,这无疑是个好时代:"今天的大多数作家已从讲故事的束缚中解放出来:现在我们已能在艺术中采用荒诞的幻想、超现实主义甚至一些神秘的和只有童话里才有的东西。"[42]这一时期,欧茨"以魔幻现实主义和恐怖怪诞的哥特式手法,通过家族历史和传奇故事,借古喻今,揭示现代文明对人的精神生活带来的危害"。[43]其中"哥特传说"系列具有一定的代表性,包含作品《贝尔福勒世家》(*Bellefleur*,1980)、《布鲁德斯摩传奇》(*A Bloodsmoor Romance*,1982)、《温特瑟恩的神秘故事》(*Mysteries of Winterthurn*,1984),以及之后出版的《我心赤裸》(*My Heart Laid Bare*,1998)和《被诅咒的》(*The Accursed*,2013)。

《贝尔福勒世家》利用时空交叉、象征、神秘、魔幻等手法,描绘了贝尔福勒六代人近两百年的历史,对美国现代社会做出了深度刻画。《布鲁德斯摩传奇》以黑色幽默和怪诞的手法讲述了发生在19世纪下半叶布鲁德斯摩山谷中五姐妹的传奇故事,观照了女性的命运与困境。《温特瑟恩的神秘故事》模拟侦探小说的形式,深入探究了人性的深渊。此外,《光明天使》(*Angel of Light*,1981)探讨了疯狂与盲目造成的悲剧;《至点》(*Solstice*,1985)通过女性主义话语重塑了女性形象;《玛丽亚的一生》(*Marya: A Life*,1986)以欧茨的个人生活经历为素材,从女性的视角对女性经历进行了探索和研究;《美国爱好》(*American Appetites*,1989)探讨了男子汉气质与失败感、社会暴力之间的复杂关系;《你必须记住这一点》(*You Must Remember This*,1987)展示了悲剧与救世力量的不断角逐。

进入20世纪90年代,欧茨的创作进入一个新的阶段。此时,她继续关注婚姻和子女关系对个体心理与发展的探讨,考察救赎的可能性想象,如《我们是穆尔维尼一家》(*We Were the Mulvaneys*,1996)通过描绘玛丽安遭到强奸后一家人的生活变故,表达了人物可以改变自己命运的信念。《人疯了》(*Man Crazy*,1997)则探讨了一个因失去家庭之爱而试图寻找爱,不料误入歧途,伤痕累累,最终从这一切中成长的故事。《我活着为什么》(*What I Lived For*,1994)展示了主人公考奇内心的混乱、道德与精神的贫乏。小说还涉及这一时期欧茨关注的另一现象——种族问题。《因为它味苦,因为它是我的心》(*Because It Is Bitter, and Because It Is My Heart*,1990)讲述的就是一对跨种族青年恋人之间的故事。此外,欧茨越来越多地以史实为素材,探讨社会及社会力量对个体身心的影响。中篇《漆黑的水》(*Black Water*,1992)以1969年爱德华·肯尼迪(Edward Kennedy)带年轻女子玛丽·乔·科佩奇尼(Mary Jo Kopechne)驱车出事故,导致该女死亡的事件为原型,描写了女主人公凯莉深夜驱车坠河后在车子下沉之际掠过脑海的断续回忆,勾勒了20世纪晚期美国社会的一些现实问题,再现了人的欲望与恐惧。《僵尸》(*Zombie*,1995)以连环杀手杰弗里·达默(Jeffrey Dahmer)的事件为蓝本,刻画了冷漠畸形的连环杀手昆丁·P的内心独白,展示了在种族和性别歧视、极端个人主义、社会暴力事件频发的社会环境中个体扭曲的心理现实。

21世纪以来,欧茨笔耕不辍,硕果累累,几乎每年都有新作出现。暴力问题、家庭问题、种族问题、女性问题等都在欧茨的新世纪作品中得到讨论。此外，环境问题与性别、种族之间的复杂关系也得到了关注。（新）现实主义小说、侦探小说、犯罪小说、恐怖小说等也依然可以与这一时期的创作挂钩。更为重要的是，欧茨还为青少年创作了大量作品，在其长篇小说中也对儿童及其身心健康给予了相当程度的关注。《浮生如梦：玛丽莲·梦露文学写真》（*Blonde*，2000）揭示了男权社会对女性的摧残，同时谴责了滋生欲望、阴谋和暴力的美国文化。中篇《强奸：一个爱情故事》（*Rape: A Love Story*，2003）审视了一对母女在处理强奸后果时母女间令人恐惧的混乱关系。《大瀑布》（*The Falls*，2004）以尼亚加拉大瀑布地区所遭受的环境破坏隐喻德克一家的衰败。《妈妈走了》（*Missing Mom*，2005）围绕母亲遇害后，女儿尼基重拾生活信念、重建亲情网络的故事展开，揭示了分离、失望、误解、背叛与伤害对人生的价值。《我的妹妹，我的爱》（*My Sister，My Love*，2008）以 1996 年备受全美关注的悬案——拉姆齐案（the Jon Benét Ramsey murder）为基础，㊹潜入哥哥斯凯勒那备受折磨的灵魂深处来讲述故事，探究谜底，展现了由欲望、名誉和罪恶控制的成人世界对孩子身心的戕害，表达了作者深刻的人文关怀。自传《消失的风景》（*The Lost Landscape*，2015）回忆了欧茨的童年生活与经历。《黑桃 K：一个悬疑故事》（*Jack of Spades: A Tale of Suspense*，2015）是惊悚小说的典范。《祭品》（*The Sacrifice*，2015）以 1987 年轰动一时的黑人女孩塔瓦那·布劳利（Tawana Brawley）强奸案为基础，㊺探讨了性暴力、种族主义、媒体等对无辜生命的侵害，剖析了种族偏见和热衷耸动事件的人性与社会根源。

"奇境四部曲"系列：底层女性的挣扎

"奇境四部曲"系列是欧茨较为著名的系列小说之一。该系列小说的第一部《世俗欢乐的花园》不仅刻画了社会底层女性的挣扎，更指向了社会各个阶层之间巨大的鸿沟，以及物欲对精神健康的腐蚀。该小说入围当年的美国国家图书奖。小说女主人公克拉拉·沃波尔年轻漂亮，但是作为一位移民农民的女儿，出生在路边阴水沟似乎成了她一生挣扎、企图找到人生意义的隐喻。在她的一生中，有四位男性起着至关重要的作用。为了摆脱酗酒成性的父亲，克拉拉与劳里私奔，试图在这个完全靠不住的男人身上找到安全与安慰。在经历无数次打击后，克拉拉的世界观发生了翻天覆地的变化。为了得到经济上的安全感，怀有身孕的她可以不惜

任何代价。里维尔提供给克拉拉想要的一切,但是此时的克拉拉已经蜕变成了金钱和物欲的牺牲品。她甚至打着为儿子斯旺着想的旗号去欺骗这个可怜的孩子。最终,作为克拉拉悲剧的延续,斯旺精神崩溃,枪杀继父后自戕。

"奇境四部曲"的第二部《奢靡的人们》延续了对美国社会阶层和年轻人内心世界进行剖析的主题,将目光指向了 20 世纪 60 年代美国富裕阶层的黑暗和隐秘。理查德·埃弗里特是一个来自美国郊区上层社会的男孩。他体形肥胖,孤僻内向,其父是个夸夸其谈的教授,母亲生活奢靡放纵,两人都对孩子不管不问。作为小说的叙述者,理查德冷静地叙述了七年前自己开枪打死母亲的疯狂故事,展示了 60 年代后期美国郊区人与人之间隔离、疏远甚至异化的社会画面。小说同时还充满了神秘、哥特甚至是恐怖色彩,披露了人们内心的绝望与疯狂。

《他们》发表于 1969 年,是"奇境四部曲"中的第三部,于次年获得美国国家图书奖。小说讲述了从 1937 年到 1967 年底特律大暴动为止温德尔一家"一个独特的美国冒险者家庭的历史"。⑩十六岁的洛雷塔坠入情网,将情人伯尼带回家中,然而第二天一早伯尼就被哥哥布洛克开枪打死了,而后者早就不见了踪影。惊慌失措的洛雷塔跑出去求救,但是警察霍华德·温德尔也不是什么好人,在确认洛雷塔家中没有任何值钱的东西可以攫取之后,占有了她的身体。之后,他们结了婚,陆续生下儿女。霍华德婚后依然陋习不改,终因敲诈妓女而丢了工作,他们本不宽裕的生活陷入了窘迫。于是脾气暴躁的霍华德经常酗酒,实施家暴。暴力、冷漠和压抑充斥着整个家庭。二战爆发后,霍华德去欧洲参战,再也没有回来。洛雷塔又嫁给了在汽车修理厂工作的弗朗,然而两人又总是争吵。所有人似乎都被宿命纠缠着,没有一丝喘息的余地。

在贫困、暴力和压抑的环境中,洛雷塔虽有模糊的自我意识,但是终究妥协于巨大的社会压力。小说一开始,洛雷塔生活在一个 20 世纪 30 年代经济危机笼罩下的糟糕环境中,可是这并未改变她对美好生活的期待,只是这种期待是不切实际的幻想,是依附于男性的存在。在暴力与贫困中,她变得浅薄冷漠,并将其转移到女儿莫琳身上。然而,洛雷塔并未完全放弃生活,她告诉莫琳:

我并不总是这德性的;我一摆脱掉那个骚老婆子,就要回去工作……那我就甩开你们这些人,甩开你们这些自作聪明的嘴巴,甩开你们要吃的东西。耶稣啊,这一切我都腻歪死了!我想做一个电影里的人,我想知道自己正在干的事情,我不愿意让别人一会儿这样,一会儿那样支使着……我想有我自己的地方,有自己的房子。我要做个电影里面的人。我要把自己穿戴打扮起来,走在大街上,心里明白将要有什么重大的事情发生。[47]

此时的洛雷塔依然期盼着能像十六岁那晚一样,梳妆打扮后走上大街,期待着有什么重大事件的发生来改变死气沉沉、居无定所的生活。即便到了最后,孤身一人的她在大暴乱中因房子被烧而来到临时安置点时,也没有陷入绝望。当看到朱尔斯在电视中说出"火以燃烧以尽其责"的话后她"痛哭不已"。似乎,她一生都在向往革命,幻想着改变这一切,但却徒劳地活了这么久。小说这样写道:"洛雷塔站了起来。她哭着,不失体面地哭着。她知道别人都在看着她,在瞅着她呢。她干吗要哭呢?哭有什么用呢?天哪,这是徒劳的呀,她想着。我干吗要为他哭呢?"[48]可以说,洛雷塔的一生诠释了在物质贫困和暴力下走向精神荒芜而无力行动的悲剧。

女儿莫琳的一生也是一个悲剧,一个对家庭和社会暴力抗争失败后走向自我逃避的悲剧。莫琳的形象来自欧茨夜校班上的一名走读生。对于莫琳和温德尔一家的遭际,欧茨一开始感觉"这一定是虚构,不可能完全是真实的!"后来却觉得"只有这样的小说才是真实的"。[49]小说以莫琳的自白和回忆为基础,展示了这位女性与家庭和社会强大力量之间的抗争。虽然如今莫琳成了一位家庭主妇,似乎坚定地要与"他们"划清界限,但是对过去的回忆是有益于创伤的愈合的。这也是欧茨创作这部小说的初衷之一。莫琳性格内向,郁郁寡欢,颇有艺术气质,但是在既定女性角色和父权法则的控制下,莫琳不得不守在家里,每天为烦琐的家务忙碌,她感到"往日的那些幻想都已成泡影,如今她甚至都鼓不起勇气去想象那曾一度使她引为自豪的、当一名教书先生的情景。她永远也不会成为教师的";但是"她需要自由,需要坐在由朱尔斯驾驶着的她父亲的汽车里头。他们两人在天幕下都得到了解放,正驱车离开这个城市向着北方奔驰"。[50]

面对继父的暧昧与性威胁,以及母亲对此的默许,莫琳最终以身试险,以身体换取金钱,企图以金钱换取自由,但却最终失去了自我。欧茨一直在不断探索女儿角色,实际上,欧茨的女性人物都可以被描述为对女儿角色再审视的另一次尝试,因为每一个女性都生而具备且无法改变这个身份——女儿。就像吉尔伯特(Sandra M. Gilbert,1936—　)指

出的那样，女儿一直以来都依照亲属体系被定义，她们"不得不被父亲使唤——作为他的财富，他的土地，他的声音"。⁵¹ 内莉·弗曼（Nelly Furman）也认为，女儿一生下来就处于这样一种社会和语言系统中，"她立刻成了欲望对象和交换对象，一方面以她自己作为一个人的价值出现，另一方面仅仅是男人之间关系的符号"。⁵²在这样的环境中，莫琳渴望掌控命运，她希望通过金钱改变自己的命运。她错误地以为可以掌控自己的身体，并以此作为换取自由的筹码。得知莫琳上街卖身后，一向对莫琳不满的继父突然爆发，对她一顿毒打——她的身体并不属于她自己。经历这次毒打之后，莫琳连寄居在其体内的自我也脱壳而去，她"身上的一切此时都向外倾倒了出来，流到了另外一个身躯，那个逃往他处的自由身躯里……'她'就像势不可挡的洪水，要冲决堤岸，自由奔泻。她是多么希望潜入那个身躯，获得自由，并为争取这自由而痛苦地、惶恐地高声呼喊"。⁵³此时，被夺去身体的莫琳也被夺去了自我与灵魂。康复后的莫琳彻底变了个样儿，她不再耽于幻想，而是主动出击，步步为营"拿下"了一个已婚且有三个孩子的男人，并诱使他与自己结婚。在小说的结尾处，朱尔斯去看她，她已怀有身孕，且拒绝与"他们"有任何往来。"我再也不能从头到尾经历一遍了，朱尔斯，我算完了。我要忘掉每一件事，每一个人。我快要生宝宝了。我已经跟过去不一样了"，然而朱尔斯的一句话却点出了小说的主旨："可是，我的好妹妹，你自己难道不是他们之中的一员吗？"⁵⁴

朱尔斯可以说是沉闷中的一抹亮色。小说中暗示他可能是伯尼的孩子，具有浪漫主义气质，充满热血与激情，最终走了社会革命的前列。欧茨极力褒扬朱尔斯的顽强生命力，把他比喻为"人行道的裂缝里冒出来的，长到三四英尺高的杂草。这些草要拼命往上长，没有人残害它，没有人留意它，也没有人喜欢它。他又像空地上的杂草，在瓦砾之中，在瓦砾的挤压下生长了起来，尽管这些杂草没有意识，却永恒地生长不息"。⁵⁵这种力量会在瞬间爆发并在某一时刻被激发出来，从而成为改变现实的总动力。"火"的意象是理解朱尔斯力量的关键。早在五岁时，一次飞机事故所引起的熊熊大火及其强大的破坏力就吸引了幼小的朱尔斯。长大后的朱尔斯有次偶然读到费诺巴·巴佛——"我是带着爱来掠夺你们的"，"我的目标是改造整个社会。火仅仅是燃烧而已……火以燃烧以尽其责。人人要各尽其能"。⁵⁶正是对火之燃烧赋予如此革命性的意义，朱尔斯才最终在底特律大暴乱中清醒过来，重获新生。受了心爱之人娜旦的一枪之后,朱尔斯的身心受到了重创,活着跟死了没什么区别。暴乱之时,人们疯狂地到商店抢东西,一片混乱与狼藉,只有他"不慌不忙","抽着烟,注视着"狂热的人们和熊熊燃烧的烈火;"他被这情景吸引住了,让一切都燃烧起来吧! 干吗不烧呢? 这城市在烈火中将得到永生,而他,朱尔斯,将坐在烈火之中取暖。烈火将沿着他的动脉,在他焦灼的眼睛后面跳舞。"⑤如果说烈火赋予了人们短暂的自由的话,警察和警棍则以暴力的形式将自由扼杀。看到这样的情景,本来已经"处在睡眠状态","处在一种意乱情迷的睡眠之中"的朱尔斯开始奔跑,跟着人和车子拼命地跑。他"自由自在地游荡,他陶醉在自由之中了。自由……这就是他在大气中领略到的东西。那些被焚烧过、没有了房顶的大楼,在突然爆发的、绝望的自由中,坚定地仰视着天空"。⑧此时,大火成了获得自由的必经之路,这对于朱尔斯获得精神上的自由具有至关重要的作用。

"奇境四部曲"的最后一部《奇境》被评论界认为是欧茨创作的转折点。欧茨 1971 年以前的作品主要采用传统的现实主义和自然主义的手法,反映中下层人民的生活状况。1971 年之后,她"更加注重形式上的创新,较多地吸收了内心独白和'意识流'手法、象征主义、黑色幽默、怪诞、戏仿等现代派技巧,并大量地运用了弗洛伊德和荣格的精神分析理论,有时甚至大胆地跨越了严肃文学和通俗文学之间的界限,艺术技巧的多样性使其后期作品带上了浓重的实验色彩"。⑤欧茨自己也坦陈,《奇境》是她创作的转折点,她"想要达到一个更有表现力的精神世界,不仅是把一些梦魇般的问题戏剧化,而且是想法尽可能超越它们"。⑥

《狐火:一个少女帮的自白》: 边缘女性群体的社会复仇之路

《狐火:一个少女帮的自白》(*Foxfire: Confessions of a Girl Gang*)发表于 1993 年,以马迪·沃茨的回忆和记录的形式叙述了 20 世纪 50 年代纽约州北部一个少女帮派从创立到解散的历史。狐火帮诞生于 1953 年 1 月 1 日,由五个十几岁的少女歃血结盟而成,最初以"忠诚、诚信和热爱"为信条,旨在向男权社会复仇,拯救那些被踩躏、受伤害、无法以正当法律途径获取公正待遇的女性们。出身于贫困的下层阶级、未成年、经济不独立、女性、父爱缺失等将她们推向了男权社会的边缘,也迫使她们采取"以暴制暴"的方式去伸张社会正义,救助和她们一样的"社会弃儿"。然而,随着帮派阵容的扩大和节节胜利,狐火帮已经从最初"教训"那些"色鬼"

"伪君子"演变成了以色诱换取经济利益,最终为了更大的经济利益而不惜铤而走险进行绑架勒索的帮派。帮派内部对此的争执已经造成了分裂,而枪支意外走火则彻底将帮派推向了解散和灭亡。

一次颇具"业余"特性的绑架失败后,当地一家报纸出现了题为《凯洛格绑架案是共产主义分子的阴谋》和《本地少女勾结国际红色恐怖分子》的文章。对此,叙述者马迪这样说道:"长腿如果知道这些,她一定会笑死的。"[61]结合当时美国的社会背景,我们不难发现,美国政府的保守主义政策、与苏联间的冷战和麦卡锡主义的阴影笼罩在社会的各个领域,甚至可笑地将狐火帮与共产主义联系在一起。不过,凯洛格对工会的极端做法及其对工人阶级的仇视似乎也容易让人将这起绑架案与所谓的"反叛"和"革命"联系在一起。狐火帮就其反叛性而言,确实带有强烈的革命精神:她们在劳埃德·巴亭金尔的车上涂上了巨大而绚烂的红色字母——"我是黑人嘴唇巴亭金尔是个肮脏的老东西玩弄少女!!! 教授数学搔弄乳头我是巴亭金尔我吃女阴",[62]来羞辱这个以补课为由对丽塔进行性骚扰的47 岁数学老师;她们对企图性侵犯马迪的温陂叔叔拳打脚踢,狠狠地教训了这个利益至上、道德败坏的商人;她们色诱并教训那些企图占她们便宜的猥琐之徒;她们难以忍受那些将一个女侏儒像狗一样拴着并对其进行轮番性虐待的所谓的"哥哥"们;诸如此类,不胜枚举。她们勇敢地站起来为那些失语的女性发声,替她们发泄心头之恨。这种行为本身极具破坏性和革命性。作为一个"无视法律之帮",[63]它企图动摇这个建立在各种机构、法律和习俗之上的男权社会。

然而,它不屈服于任何权威、拒绝与任何形式的机构结盟的姿态似乎暗示着其理想主义、个人崇拜和独裁专断的危险。它内部的管理制度和体系也不能有效地避免这种危险。这最终导致"长腿"在绑架案一事上独断专行,马迪因不支持绑架而被"流放",其他人则是盲目追随。而从走火开枪打伤凯洛格的 V. V. 身上,我们似乎也看到了极端狂热分子的影子。"长腿"萨托夫斯基是狐火帮的司令,也是其精神领袖,包括叙述者马迪在内的所有成员都以得到"长腿"的肯定和青睐为无上荣耀。她是"我们当中唯一一个对自己特殊的能力充满自信的人物,是的,其他人也认识到她比我们有特权,有资格,连她说话也比我们更气粗,更轻率。因此,你不可以嫉妒她的,就是不可以。就如同将她在过去所做的一切用彩色印片法投放到一个巨大的电影屏幕上,将其放大,不会像很多人做的那样会褪色,然后渐渐消逝"。[64]"长腿"会经常送钱送礼物给那些需要帮助的人,比如她父亲的前女友、她的街坊邻居等。但是对于钱财的来源,姑娘们虽然有疑惑,但是谁也不敢亲自去问。一如"狐火"的寓意,她们高喊着"燃烧吧,燃烧吧",追随"长腿"勇敢地投入全部身心,因为她们效忠狐火帮的心全部献给了"长腿"。"长腿"成了帮派本身,且没有人能够制约她的行为。当"长腿"决定放弃绑架计划,打电话报警以期救活凯洛格,并要求全部成员十分钟内解散时,这个帮派瓦解的速度惊人。可以说,狐火帮是一个有着理想愿望,试图以暴力形式实现社会公正,最终却因其自身固有的缺陷而不可避免地走向毁灭的组织。"长腿"以其勇气、魄力和坚毅召集了少女们,给了她们一个可以依靠的组织,但也正是她将这个组织引向毁灭。虽然"长腿"留给少女们勇敢对抗不公正的精神,但是狐火帮的毁灭也暗示出这种乌托邦性质组织的不可行性。

小说触及美国20世纪50、60年代的诸多社会问题,突出地表现为女性与男性、无产阶级与有产阶级之间的冲突与对抗。可以说,借助于书写狐火帮的兴衰历史,欧茨向人们展示了一个管窥整个社会现象的视角,体现出强烈的人文关怀。这不仅体现在作者对"长腿"这样的主要人物的刻画上,还体现在她对小人物的关注上。像其他作品一样,《狐火》捕捉到了人物内心的细微变化,展示出她们在面对强大社会力量时的心理变化与成长历程。这使得这部满纸脏话、充斥暴力的作品有别于一般的通俗小说,获得了深刻的社会蕴含。

此外,小说的艺术形式也值得关注。从结构上来看,小说由五部分和尾声组成,五部分基本按照时间顺序,也即马迪所记录的笔记的先后顺序展开,尾声则回到当下,近五十年后。小说一开始这样写道:"千万千万不要说出去,马迪——猴子。她们曾经警告我,如果你告诉任何人,就得死。可如今时隔多年后,我要说出来了,还会有谁来阻止我呢?"⑮而在尾声的开头,叙述者对此做了回应:"千万不要说出去,马迪——猴子,如果你告诉外人,你就会死路一条。但是,现在,我已经叙述了我知道的一切,或者说差不多一切。"⑯作为狐火帮的正式记录员、狐火帮五位创立者之一、条例的制定者,马迪以这样的身份来叙述,给叙述增添了不少可靠性。但是她的叙述真的那么可靠吗?记忆、书写和历史之间的纠缠不清似乎并不能给出一个肯定的答复。首先,即便是马迪的那本破旧的活页笔记本也未能真实地记录当时的事件。对于那个叫"V. V."或"实施者"的女孩,也就是那个想要杀掉被绑架者,在"长腿"的阻拦之下走火开枪的女孩,马迪一直"拒绝写出她的名字"。⑰这是作为书写者的马迪对她的判刑,对她因

无视"长腿"命令而直接导致狐火毁灭的行为的审判。这种感情判断左右着马迪对事件的记录。其次,马迪的叙述并非完全按照记录展开,而是在对所有事件进行判断的基础上,对记录进行重新修整和补充。其中,记忆起着不可小觑的作用。对于先前自己不信、很可能未做记录的事情,她却一直记得,并按照记忆重新组织那么多的条目和日期。她记得"长腿"做的一个梦,并以"长腿"的一番关于灵魂的话语作为结尾,由此不难看出,马迪在一定程度上是在重新思考狐火帮,重新建构"长腿"这个人物,思考其意义和价值,而这就是创造历史的过程。

《中年》与《掘墓人的女儿》:新世纪小说创作

在欧茨的新世纪小说中,《中年》(*Middle-Age: A Romance*)值得人们特别关注。这部小说发表于 2001 年"9·11"恐怖事件发生之后的几个星期,它对当代美国社会做了一个全景式描绘。种族歧视、青少年犯罪、单亲家庭、独身、离异、同性恋、婚外情、嬉皮士等诸多方面都有涉及。透过亚当·贝伦特这个具有神秘色彩的人物在离纽约市只有半个小时车程的哈德逊-蓝山村的死亡,小说展示了在富裕和谐的中年生活表象背后所隐藏的精神与伦理危机,探讨了战争、死亡、孤独等阴影下人类认识自我之径。

小说以亚当·贝伦特的死亡开篇,以奥古丝塔·卡特勒回归家庭结束,围绕着爱慕亚当的四个女性的自我发现展开:遭遇艺术创作困境的玛丽娜·特洛伊重新走向创作;离异母亲阿比盖尔在失去儿子后痛定思痛,最终为了一个亚裔美国女孩而重新组建家庭;遭遇丈夫背叛、子女离去的卡米尔·霍夫曼将全部身心投入到了保护动物的活动中,并最终找到自我;从不被丈夫正眼看待的奥古丝塔·卡特勒离家出走,经历了种种危险与磨难,在寻求亚当身份的过程中发现了真正的自我,最终回归家庭。亚当在盐山村的身份是艺术家、雕塑家、夜校美术班的老师。他衣着朴素,开着过时的二手车,因常年劳动指甲缝里都是泥土,但他却用化名为各种机构募捐无数。他死亡的那天是美国的国庆日 7 月 4 日,这天他放弃与朋友聚会而去参加一群陌生人举办的野餐募捐活动,途中因救落水儿童心脏病发而亡。不同于夜校里那些"不遗余力、不知羞耻地讨好那些富有的结了婚的'女学生'"的教员,亚当"从不勾引她们。他对学生非常友善,一视同仁,没有亲疏远近之分"。⑧盐山村那些富人虽住在装饰如"玻璃陈列柜"的奢华豪宅中,却只能以寻求"风流韵事"来消解孤独、麻木和死气沉沉的中年生活。亚当与他们不同,他生活在一个超然与崇高的世界中;

对他而言,物质能满足最基本需求即可,钱财当用在最需要的人身上,任何形式的奢靡浪费都无益于身心健康。

《卫报》(*The Guardian*)称,亚当代表了"一种全新的美国神性(a new American deity),教导人们自我实现(self-fulfillment)是通向灵魂纯净的真正道路"。⑳亚当·贝伦特原名弗朗西斯·泽维尔·布雷迪,1947年出生于蒙大拿州博加姆一个穷苦家庭。父亲在他很小的时候便抛弃了他、妈妈和妹妹,一家三口的生活全靠妈妈打短工维持。弗朗西斯生性善良、助人为乐,却和一帮同样在贫困中长大的"坏孩子"混在一起,抽烟喝酒,夜不归宿。十二岁那年,小弗朗西斯深夜喝醉酒之后回家,把没有熄灭的烟蒂扔在沙发下面引发大火,将他们居住的移动平房化为灰烬。弗朗西斯虽然死里逃生,但是却眼看着妈妈和妹妹葬身火海。之后,弗朗西斯成了法院监护的孤儿,后又被送往寄养家庭。十四岁时,他与专以欺负小孩为乐的酒鬼养父发生争执,抢起十字镐差点把养父打死,结果被送进蒙大拿感化院。在赫勒钠监狱时,他又被打瞎了右眼。这些经历看起来与欧茨先前作品中人物的经历很相似,都是人物受制于环境最终走向暴力。但是弗朗西斯不同,他经过深刻的反思,变得嗜书如命,十八岁走出监狱后便成了图书馆的常客。他一边在明尼苏达州一家储木场开车,一边刻苦自修。哲学、艺术、文学、政治都是他潜心研究的领域。1969年,他终于拿到明尼苏达大学商学院"夜大"文凭,改名为"亚当·贝伦特",开始了新的人生。可以说,读书重塑了亚当的人格,而这又改变了他的一生。凭着独特的人格魅力,亚当深得一位房地产开发商的赏识,在底特律大展宏图,短短几年就成了拥有千万资产的富翁和小有名气的雕塑艺术家。1973年,亚当到纽约发展,几年后来到盐山村这个美国上流社会聚集的地方。从贫穷到富裕,从小混混到受人尊敬,亚当的成功靠的是读书而获得的纯净灵魂。成功后的亚当并没有像盐山村的其他成功人士一样醉生梦死,将人生献给数不尽的聚会和"风流韵事",而是努力保持自我和灵魂。

小说以"一段浪漫史"作为副标题,似乎暗示浑身散发着男性魅力的亚当的"艳遇",但是事实果真如此吗?作为亚当的不动产执行人和爱慕者之一,玛丽娜在整理亚当遗物时发现了许多女性送给亚当的礼物、热情奔放的情书、各种明信片和美女照片。这令玛丽娜十分痛苦,认为亚当与这么多女人之间表演的是"一出肉欲横流的喜剧"。㉑亚当是否真的如玛丽娜所想象的那样风流成性,真的如盐山村百无聊赖的富婆一样,"把整个'圈子'里的男人都'爱'一遍,再回到最初'爱'过的那个男人身边"?㉒小说

表面上是带着这个问题探讨亚当与四个女性之间的关系,实质上是在剖析所谓的"风流韵事"是否能够解决中年危机。小说中的人物都处在中年,有的夫妻关系冷淡,就像是住在洞穴中的鼹鼠,相互视而不见;有的害怕进入一段关系;离异的中年人也无法与子女处理好关系。他们日日聚会,却夜夜孤单。于是他们渴望抓住爱情这个救命稻草,却发现那只是荷尔蒙的发泄,过后一切都回归死寂。欧茨似乎在暗示,欲望的发泄并非寻找自我的途径。相反,它还可能引向毁灭。

《掘墓人的女儿》(*The Gravedigger's Daughter*,2007)讲述了一个德国犹太裔女孩丽贝卡随父母逃难到美国后艰难成长的故事。小说结构颇具特色,由极不对称的一、二、三部和"跋"组成。第一部共 335 页,是篇幅最长的一部分,以心理写实的方式叙述了丽贝卡自 1959 年 9 月到 10 月经历的事件,中间穿插了大量回忆,让读者获知 23 岁以前的丽贝卡的人生轨迹。第二、三部分加起来共 214 页,在讲述儿子的音乐教育的同时,还补充了关于丽贝卡身世的各种信息。然而,直到读到"跋",读者才突然明白,原来整部小说都是罹患癌症的晚年丽贝卡对人生的回忆。这个由丽贝卡和失散多年的表姐二人的 29 封书信构成的"跋"在结构和主题思想上都具有重要意义。相对于被仇恨吞噬、被消费主义掌控的弗莱妲而言,丽贝卡通过不懈努力完成了自我身份的确立,并在这个过程中历练出了坚强、勇敢、宽容的品性,从而散发出人性的光辉。

小说第一部分主要讲述了丽贝卡因忍受不了丈夫施暴,带儿子仓皇出逃的故事。此时 23 岁的丽贝卡在尼亚加拉纤维管厂做工以贴补家用,丈夫提格诺是一家啤酒酿造厂的销售员,儿子还不满 3 岁。在一次下班回家的路上,丽贝卡遭人跟踪,那人追上来后问她是不是"黑兹尔·琼斯",丽贝卡说"不是"。那人还不相信,递上来一张名片。从名片上看,此人名叫拜伦·亨德里克斯,在奥瑞斯卡尼行医。他说父亲死前留下遗产,要转交给黑兹尔。丽贝卡心想他一定认错了人,本就十分警觉害怕的她掉头跑开了。提格诺所在的酿酒厂生意不好,竞争激烈,加上他性格暴戾,树敌不少。提格诺变得不修边幅,脾气也更加暴躁,甚至对丽贝卡拳脚相加,有一次差点把儿子打死,这促使丽贝卡带着儿子离开。嵌套在这些叙事之中的是丽贝卡大量的回忆:不幸的童年和少女时光、父母的惨死、寄人篱下的生活、各种打工经历、恋爱及性爱所带来的快乐、嫁为人妻的喜悦、初为人母的幸福等等。从对这些回忆的叙述中,我们看到了一个虽然经受各种磨难但依然倔强成长、努力寻找自我的女性。

　　丽贝卡的父母——雅各布·施瓦特和安娜·施瓦特——在德国受过良好的教育,爱好音乐、哲学,过着体面的中产阶级生活。1936 年,为了逃避纳粹迫害,雅各布携怀有身孕的妻子和两个年幼的儿子,逃离德国来到应许之地美国。船还没到岸,在污秽不堪的船舱里,丽贝卡就出生了。这似乎也暗示着丽贝卡尴尬的身份和艰难的人生。到岸后,施瓦特一家人来到了纽约州北部的小镇米尔本。迫于生计,雅各布在小镇墓地里干起了掘墓人的活计,并负责看管墓地,一家人就挤在墓地破旧的石屋中艰难度日。为了融入新的环境、获得新的身份,雅各布禁止家人说德语。然而,犹太人的身份使得他们根本无法融入。嘲弄、辱骂及各种隔离将施瓦特一家人逼到了社会的边缘。墓地及其地理环境似乎暗示了施瓦特一家人必然的没落和走投无路。从宗教意义上来看,雅各布及其家人处于尴尬的两难境地。一方面,他们信仰的是新教的一个分支,这个分支在美国鲜有信徒。而另一方面,他们因犹太身份而被理所当然地认为是犹太教的信徒,进而理所当然地被当作基督的罪人而遭到惩罚和侮辱。这种困境使他们难以从宗教上获得任何精神救赎。

　　在这样的环境下,丽贝卡并不信仰上帝。上学期间,受洛特小姐的感化,丽贝卡曾一度相信上帝。父母惨死后,收养她的洛特小姐常带她去教堂做礼拜。此时的丽贝卡虽然强迫自己相信上帝和耶稣的存在,但是教堂的沉闷气氛,加上青春期的叛逆和父亲的影响,使丽贝卡对基督教产生了深刻的怀疑。在丽贝卡后来的成长过程中,宗教几乎消失殆尽,根本无法起到救赎的作用。

　　雅各布也未能从哲学中为自己的生存困境找到任何合理的解释与出路。正如他自己所言,"哲学向来是晚生之物,当它诞生的时候,一切都已晚了。人类的知性产生得太晚。到人类凭着自身的悟性得以理解发生着的一切时,这种悟性实际已经被野蛮残暴的人所利用,因而成为历史的一部分。就像被敲碎了的脊椎骨,一节一节地往下掉"。㉒就像他在德国所受的良好教育和工作经历无法为他提供任何帮助一样,在喜爱的哲学中,雅各布也无法寻求到任何慰藉。此外,雅各布在丧失阳具之后也面临着男性身份的危机。1984 年万圣节前夜,一帮人又像往年一样来到墓地破坏,他们不仅砸坏墓碑,还到处涂写"卐"字。大儿子赫舍尔忍无可忍,对这些人大打出手,还在一个家伙的脑袋上刻下了"卐"字,结果遭到通缉,只好离家逃走。此时的雅各布就像纠缠在丽贝卡脑海中的那个"煮烂了的西红柿"一样,已了无生气。脾气古怪的他开始拿小儿子奥古斯撒气,常

羞辱虐待他,导致奥古斯特也离家出走。绝望的雅各布买了猎枪,计划向这个社会复仇。在遭到辛姆科兄弟羞辱后,雅各布开枪打死了辛姆科,然后回到石屋将妻子打死;在想要杀死十三岁的丽贝卡的最后一瞬间他放弃了,将猎枪对准自己的脑袋,开枪自杀了。他脑浆崩裂,温热的鲜血洒满丽贝卡一身,这场景时时纠缠着丽贝卡,使她难以摆脱。

　　小说开篇就是雅各布说的一句话:"在动物的世界里,弱者的命总是长不了的。"⑬这句带有悲观主义和进化论色彩的话影响了丽贝卡的一生。从积极的层面看,它促使内向阴郁的丽贝卡勇于挣脱各种枷锁,在困境和危险中倔强地寻求生机,坚强地生活下去。父母惨死后,丽贝卡被洛特小姐收养,得以继续学业。但是,失去庇佑的女性和处于边缘的犹太人双重身份将丽贝卡推向了更加危险的境地。一次,由于无法忍受同学一再的欺辱,丽贝卡愤而反击,结果一群同学蜂拥而上对她进行了一顿毒打。卷入斗殴的学生全部被开除。由于不甘寄人篱下,未满十六岁的丽贝卡选择了离开。为自食其力,丽贝卡当过女招待、售货员、旅馆服务员。未及成年,丽贝卡就在失去家庭和学校的微弱保护后,陷入了危机环伺的环境中。在一次清扫客房时,丽贝卡险遭房客强奸,幸亏提格诺及时赶到,痛打了房客一顿。充满感激之情的丽贝卡开始与提格诺交往,并迅速与之发生了性关系、结婚、生子。对这一切,尤其是对提格诺,丽贝卡感到满足,因而十分幸福。然而,当东躲西藏十多年后的丽贝卡打电话确认提格诺的信息时才意识到,原来在她眼中英雄般的提格诺早已背有命案,他的求婚看起来更像是一个圈套。短暂的幸福之后,提格诺开始对丽贝卡施暴。虽然丽贝卡十分担心自己会像那位企图带着孩子离开反而被丈夫投进河中淹死的女人一样被提格诺追杀,但她依然选择了离开。正如她自己所说,她讨厌女性身上的阴柔气质。经历了种种不幸后的丽贝卡学会了像男人一样对待男人,学会了靠自己生存下去。

　　逃跑后的丽贝卡将自己的名字改为"黑兹尔·琼斯",儿子奈利改名"扎克·扎卡赖亚斯",后者寓意"受恩惠的",这象征着丽贝卡身份的转变。此时,她已经从爱情和婚姻的幻想中走向了现实,并极力摆脱过去的阴影,开始迈向新生活。重要的是,黑兹尔意识到音乐对身份塑造的重要性,在发现儿子的音乐禀赋后,她竭尽全力对其进行培养。事实也证明,音乐成就了扎克,赋予了他全新的美国身份,也帮助她实现了"黑兹尔"的身份转化。在嫁给切特后,黑兹尔改随丈夫的姓,将德国、犹太、墓地等过往尽数抛诸脑后。然而,在读了弗莱妲的传记后,过去的阴影又卷土重来,拉扯着黑兹尔的纯正美国身份。她开始不懈地寻找弗莱妲,并与之通信。正是在这些回忆与书写中,黑兹尔重新发现了丽贝卡,找回了真正的自我。

《爱伦·坡遗作,或名灯塔》与《迪金森仿真人》: 短篇小说创作,光怪陆离的狂想

在短篇小说中,欧茨与她喜爱的文学大师,如卡夫卡、乔伊斯、梭罗、福楼拜、亨利·詹姆斯、契诃夫,进入了"文学婚姻"的殿堂,"重新想象"了他们的经典作品。《狂野之夜》(*Wild Nights!: Stories about the Last Days of Poe, Dickinson, Twain, James and Hemingway*, 2008)以神奇之笔将读者带到了马克·吐温、亨利·詹姆斯和海明威的"最后时日",书写了爱伦·坡、迪金森的死后遭遇,在颠覆这些美国文豪的传统形象的同时,引发了对人性的深层思考。按照欧茨的后记,《爱伦·坡遗作,或名灯塔》("Poe Posthumous; or The Light-House")的灵感源自题为《灯塔》的一份单页手稿,是 1849 年 10 月 7 日爱伦·坡于巴尔的摩过世后,在其文件中发现的。小说展示了爱伦·坡自离世之日来到一处位于南太平洋南纬 33°西经 11°、距离岩石遍布的智利西海岸和北瓦尔帕莱索大约两百英里的地方后所记下的日记。一开始,爱伦·坡几乎每天都写日记,记录下自己初来此处的欢喜。慢慢地,日记开始变短,间隔时间也越来越长,到最后完全没了日期。爱伦·坡本人也从最初的喜悦到烦闷,到最终为了生存演变为四肢行走的"猎人",生食各种海洋生物;在战胜独角兽后,他抱得美人归,两"人"最后生"儿"育"女",过着幸福的生活。只是,美人海拉是一只雌性独角兽。爱伦·坡像一位慈祥的父亲一样将自己的独角兽幼崽捧在手心里,并欢喜地发现,他们与其他独角兽不同,尾巴看起来不那么显眼,口鼻也不怎么向前突出。爱伦·坡坚定地相信他们一定会长出"日耳曼式"的鼻子,保留自己的贵胄血统。爱伦·坡与温柔的海拉一起,在海边岩洞里建立了自己的王国,并且会永远繁衍生息下去。正如日记所言,"我们将作为一个果敢勇猛、魅力无限的崭新物种的先祖而流芳百世"。⑳恍惚间,爱伦·坡似乎开启了一扇全新的进化之门,光怪陆离却也充满生机。

与爱伦·坡的新物种相比,第二篇《迪金森仿真人》("EDickinson-Repliluxe")让人瞠目的程度绝不亚于前者。在这篇小说中,迪金森被作为限量版仿真人售卖,优惠 20% 的大促销打动了克里姆一家。于是,谜一

样的生人走进了这个家庭。克里姆是税务律师,妻子是家庭主妇,他们没有子女,虽物质富足,但精神却空洞贫乏,日子过得了无生气。迪金森仿真人外形酷似活人,在家务上是把好手,但没有生理功能,不吃不喝。她是按照原型特点定制的,具备诗人迪金森的特质,总是躲躲藏藏不愿见人,时不时地会从围裙口袋里掏出小纸片在上面涂写几个字。迪金森的到来打破了克里姆一家死寂的生活。克太太完全被迪金森的气质迷住,想和她做朋友,甚至再次拾起笔,重续几十年前的写作尝试。深陷孤独的克里姆也被迪金森吸引住了,尤其是那陌生神秘的少女身形。然而与妻子不同,他并不把迪金森看作平等的同伴,而只当她是花钱买来的物品,可以被随意处置。然而孤独的他是如此渴望交流,于是在一天深夜,他鬼使神差地轻轻推开了迪金森的房门,试图接近迪金森,但这种交流夹杂着更多的欲望和愤怒。迪金森的恳求加剧了克里姆想要获得至高无上权力的欲望,于是他开始疯狂地撕扯诗人的睡衣,但最终却懊恼地发现眼前的并不是有血有肉的诗人,而只是一个不具备生理功能的仿真人。小说以"如此孤独"开篇,以"如此孤独"结束。只是,这最后的孤独全部都留给了克里姆一个人。经历强奸未遂事件后,迪金森恳求克里姆太太给予她"自由",两人最终一起逃遁,不知所终。她们留下的字条上写着"欢乐的幽灵汇集如潮,挥动着翅膀,向我们致敬——"。[65]愤怒的克里姆虽然想把它揉成一团摔在地上,但却呆呆地站在那里,把那张纸紧紧地握在胸前。如果说克里姆先前嫉妒妻子与迪金森的交好而愤怒的话,此时的他已无力妒忌,只有无边的孤独将其淹没。克里姆想要主宰女性、滥施"主人"淫威,恐怕是他难以走出孤独的最主要原因之一。《狂野之夜》的其余三篇分别记录了马克•吐温、海明威和亨利•詹姆斯另类的"最后时光"。马克•吐温与一位十六岁少女的爱情"游戏"、海明威与死亡诱惑的周旋、詹姆斯与象牙塔外真实"现实"的亲密接触等,无一不透露出作者对人性的真切关怀。

早在 1972 年,欧茨就在采访中称自己"有巴尔扎克式的野心,想把整个世界都放进一部书里"。[66]她的文学创作的确可算得上是"野心勃勃"了。她展示了一幅宏大的美国社会图景,以及在这样的社会中人们复杂而微妙的心理变化。有评论者将欧茨的创作称作"心理现实主义",也有人称它为"新现实主义"。事实上,我们很难将欧茨如此多的作品归入一个范畴或类别。由于她的作品与社会现实密切相关,将其作品放置在当时及整个美国历史和文化背景下也许不失为一种更可取的解读策略。

第四节
其他女性小说家

　　20 世纪下半叶的女性小说创作可谓精彩纷呈,涌现了一大批优秀的女性作家,她们不仅关注自我,还关注作为群体的女性发展,更关注整个社会的弱势人群和边缘群体。她们出身和教育背景迥异,但都表现出了强烈的社会关怀和人文关怀。哈丽雅特·辛普森·阿诺(Harriette Simpson Arnow,1908—1986)从肯塔基山区写作出发,表达了对边缘群体生存状况的关注。多萝西·艾莉森(Dorothy Allison,1949—)关注女同性恋、受虐待迫害的边缘群体,以及种族、性和阶级在这些群体中的微妙差异,将一幅幅不堪与屈辱的社会图景转变为充满张力的艺术书写,诠释了底层女性的生命价值与意义。同时,她的作品还充满了对爱、宽恕及文学救赎功能的宣扬,表现出底层边缘群体渴求生存的强烈愿望。梅·萨顿(May Sarton,1912—1995)关注女性作家群体在挣扎中调解人生与艺术追求的张力,并试图将激情与痛苦转化为诗歌。安妮·泰勒(Anne Tyler,1941—)擅长日常生活和家庭关系的细腻表达,塑造了栩栩如生、有血有肉的普通人,展示了人物在家庭责任与自由之间的挣扎。有新闻记者和编辑经历的琼·迪迪翁(Joan Didion,1934—)则在创作中以新闻写作特有的技巧表现了对现实的关切。这些女性小说家分别从自己的经历出发,展现出对社会现实和人类命运的关怀。

哈丽雅特·辛普森·阿诺

　　哈丽雅特·辛普森·阿诺(Harriette Simpson Arnow,1908—1986)出生于肯塔基州韦恩县的蒙蒂塞洛。她在普瓦斯基县长大,后来前往美国东部阿巴拉契亚的偏远地区任教。1934—1939 年间,她工作、生活在俄亥俄州的辛辛那提,并在那里结识了后来的丈夫哈罗德·B. 阿诺(Harold B. Arnow),一个犹太移民后裔。之后,他们短暂生活在普瓦斯基县,1944 年移居到底特律。1950 年,他们来到安阿伯市,此地不仅是密西根大学的所在地,更是 20 世纪 60、70 年代各种政治激进运动,如民权运动、反越南

战争运动及学生运动的基地。

哈丽雅特的创作生涯开始于 1935 年在《绅士》(*Esquire*)杂志上以"H. L. 辛普森"为笔名发表的两篇短篇。她的第一部小说《山路》(*Mountain Path*,1936)以教师经历为背景,加入了具有轰动效应的阿巴拉契亚俗套,如非法酿酒、宿怨世仇等。1949 年,哈丽雅特出版了另一部小说《猎人的号角》(*Hunter's Horn*)。这部小说被认为是哈丽雅特最著名、最重要的作品之一,讲述了阿巴拉契亚南部山区人的生活。它不仅成了畅销书,也获得了评论界的广泛好评。《纽约时报》评论员赫歇尔·布里克尔认为,哈丽雅特写这部小说就像是鸟儿在唱歌那样毫不费劲儿,"温暖、美、悲伤和生活之痛也从未在其字里行间消失"。⑰如威廉·福克纳(William Faulkner,1897—1962)笔下的密西西比、弗兰纳里·奥康纳(Flannery O'Connor,1925—1964)笔下的佐治亚、薇拉·凯瑟(Willa Cather,1873—1947)笔下的内布拉斯加一样,哈丽雅特的肯塔基也充满了现实的力量和地方色彩。独具特色的风景与人物在她的笔下似乎都沾染了一丝神秘的气息,与自然融为一体,相得益彰,给人以深刻而隽永的审美体验。

1954 年,哈丽雅特另一著名小说《玩偶制造者》(*The Dollmaker*)出版,欧茨称之为"美国最不装腔作势的杰作"。⑱这部作品依然选材于肯塔基,讲述了二战后一个贫穷的肯塔基家庭迫于经济压力搬到底特律的故事。小说不仅反映出作者的人生经历,也展示了阿巴拉契亚山区居民因渴望更好的生活移民到工业发达的北部地区的社会现实。小说以一位女性人物格蒂·内沃思的视角和人生遭际为中心,展示了战后美国经济繁荣背后底层小人物的悲惨生活状况,探讨了女性在这种恶劣的社会和文化环境下的生存困境。对于将这部作品归为女权主义小说,哈丽雅特不以为然,她更倾向于视其为一部探讨女性个体在严酷且多变的世界中挣扎的小说。在 1976 年的一次采访中,哈丽雅特从个人主义的视角对这种单一化归类进行了反驳。她认为女权主义有抹消个体性的倾向,即过于强调作为群体存在的女性而忽视作为个体存在的女性。以此为出发点,她赞同女性争取自身权利,但这并不等同于她就是女权主义者。

哈丽雅特后期还创作了两部小说,分别为《割草工的女儿》(*The Weedkiller's Daughter*,1970)和《肯塔基小径》(*The Kentucky Trace*,1974)。此外,她还出版了两部历史研究作品——《坎伯兰的早期发展》(*Seedtime on the Cumberland*,1960)和《坎伯兰的繁荣期》(*Flowering of the Cumberland*，1963)，以及一部回忆录《老伯恩赛德》(*Old Burnside*，1977)。哈丽雅特的小说虽然颇受读者喜欢，但似乎并未引起评论界的广泛关注，后者仅仅将其视作地方写作的一个小支流。究其原因，大致有两个。首先，二战后美国经济表面一片繁荣，作为战胜国，其主流话语并不欢迎底层叙述。正如琳达·瓦格纳-马丁(Linda Wagner-Martin)在《美国文学史》(*A History of American Literature*，2013)中所指出的，"由于美国文化正着力使全世界的观察者信服，赢得战争和经济繁荣意味着达到了全面的幸福，关于穷人的小说，以及穷人的消遣娱乐都因此而极力避免"。[70]另外，评论者似乎普遍持有一种偏见，即地方的就是非普遍的，因而哈丽雅特对肯塔基山区及边缘民众的写作并不入主流。然而，无论从主题还是从艺术手法上来看，哈丽雅特的小说创作都应引起更多关注，尤其是在当今全球化和生态危机的语境下。

多萝西·艾莉森

多萝西·艾莉森(Dorothy Allison，1949——   )出生于美国南卡罗来纳州，在艰难的环境中成长为具有一定影响力的作家、评论家和诗人。多萝西的母亲生她时只有15岁，多萝西5岁开始长年遭受继父性虐待，身体和精神上遭受的摧残，以及与这段痛苦经历相关的记忆一直困扰和折磨着成年后离家的多萝西。正如她在短篇小说集《垃圾》(*Trash*，1988)的前言中所说，"出生在这样一个极度贫困的环境中被这个社会认为是可耻的、卑劣的，并且有些诡异地罪有应得。这个事实一直以来如此深入地支配着我，以至于我耗费一生试图征服它、否定它"。[8]20世纪70年代，受美国优秀学生奖学金资助，多萝西进入佛罗里达长老教会学院，即埃克德学院，攻读人类学。其间她加入一个女性主义团体，深受女性主义思想的影响，并由此开始对自我的重新审视和文学创作。她的作品带有强烈的自传色彩，以南卡罗来纳州的所谓"白人垃圾"为对象，探讨了家庭关系、阶级冲突、性虐待、虐童、同性恋等问题，具有强烈的现实意义。同时，她长期为多家杂志供稿，为遭受虐待的女性和儿童发声。她还积极参与为女性争取权益的各种团体与组织，创办基金支持不知名的出版社和不受重视的作家的创作与发展。可以说，饱受贫困、疾病、歧视和虐待折磨的多萝西将其所承受的暴力转化成为弱者发声的动力，以充满力量和张力的艺术书写，关怀那些处于弱势的群体。

多萝西并非事业一开始就选择了文学创作。大学毕业后她做过服务

员、女仆、保姆、兼职教师等职业,还在儿童保育中心、强奸救助中心、社会保障事务管理局等机构工作过。这些工作经历进一步加深了多萝西对性虐待、虐童的认识,促使有同样经历的她最终以笔为武器,为被侮辱和损害的人群争取权利和活下去的理由。严肃文学创作标志着多萝西由消极逃避转向积极面对,将个体遭遇与社会问题相联结,在更为宽广和深刻的层面探讨底层女性和儿童的生存之道。诗集《那些恨我的女人》(*The Women Who Hate Me*)发表于1983年,是多萝西针对1982年巴纳德会议所讨论的性话题的回应,也是女权主义内部斗争的直接表现,反映出她对女同性恋生存困境的关注。这部作品为多萝西赢得了女同性恋群体的广泛支持。短篇小说集《垃圾》开启了多萝西对南方白人被歧视为"垃圾"这一社会现象的关注。作为一个社会群体,南方白人被贴上了"经济贫困""道德低下""愚蠢至极"的标签。他们,尤其是她们,将这种标签内化为一种耻辱,从根本上否定了自我存在的价值。借助于书写这一群体,多萝西逐渐揭开了被深重的耻辱感包裹的伤疤,并通过不断的叙述,实现了创伤的治愈。正如她自己所言,"20、25年前,当我第一次发表小说的时候,我是另外一个人,不仅年轻,也比我现在所承认的更加女孩子气。我从写作中成长了起来。我与我的家庭和解。我原谅了我自己,以及那些我一直以来深爱着却深深鄙视的人。这种谅解很大程度上是通过写作小说来完成的。在这个过程中,我与童年所遭受的暴力达成了和解,也正因为童年的暴力,我找到了讲述它的方式,这种方式不再令我及我深爱的人感到羞耻"。[⑤]可以说,多萝西在这个被贬称为"垃圾"的群体中找到了自我立足的历史和价值。

1992年出版的长篇小说《来自卡罗来纳的私生女》(*Bastard Out of Carolina*)被认为是多萝西的代表作。这部作品进入当年美国国家图书奖的决选名单,奠定了多萝西作为严肃作家的地位,也为她赢得了社会声誉。小说以多萝西的亲身经历为基础,以细腻的笔触刻画了一个来自卡罗来纳的私生女露丝,她遭受性侵、虐待,但最终从一个压抑的、自我谴责的女性转变为愤怒的、寻求自我的女性。不仅如此,这部小说还深切关注整个伯特赖特家族女性的命运,将个体与家族、南方甚至整个社会联结在一起,展示更为普遍、深刻的社会问题。露丝是一个私生女,由于母亲安妮遭遇车祸,生产时昏迷不醒,她的出生证明上赫然写上了"非婚生子"的字样。15岁的母亲虽卖力工作,却仍无法改变贫穷和被人歧视的命运。从露丝周岁开始,母亲每年都要去一趟法院,设法使露丝获得合法身份,但都以失败告终。每去一趟,刻在她及女儿身上的耻辱就会被公众重新审视、嘲弄和侮辱。后来,安妮嫁给了格伦——一个顶着中产阶级光环的失败者、败家子。格伦执意与"臭名昭著"的伯特赖特家族女子结婚,似乎就是要让父亲丢尽脸面,让弟兄们震惊。安妮试图通过嫁给格伦获得社会认可的努力注定是徒劳的。婚后的格伦不仅找不到工作,养不起家,还通过虐待养女露丝寻求心理安慰。当安妮最终亲眼看到格伦对女儿施暴时,她选择了格伦,背叛了女儿。在丈夫与女儿之间,安妮复杂的心理得到了充分的展现。她一次次离开,却又一次次投向了格伦的怀抱,最终抛弃了女儿,完全消失了。露丝的最终获救一方面得益于她自我意识的觉醒,另一方面得益于家族的介入。多萝西似在表明,在走向创伤治愈的途中,自我觉醒和家族力量是同样重要的。

在小说的最后,作者写道:"雷琳走向我,我让她触碰我的肩膀,我的头斜靠在她身上,将自己托付给她的双臂,她的爱。我正成为我将要成为的那个人,那个像她,像妈妈的人,一个伯特赖特女人。我们十指相扣,看着夜幕逐渐降临。"⑳此时,觉醒后的露丝在伯特赖特家族女性身份中找到了自我安身之处,在历史与未来之间找到了某种平衡点,完成了创伤的治愈和身份的找寻。这部小说无论在主题创作还是艺术成就上都是十分成功的。它对性骚扰、性虐待和虐童等敏感话题的直白描绘也许让一些读者感到不适,这也是一些政府机构禁止此书及其改编电影上映的重要原因,但这同时也引起了公众对这些话题的关注。同时,小说对爱、理解和温情的追寻是十分可贵的。事实上,小说并非着意于这些敏感话题的露骨白描,而是指向其深层的心理、文化和社会原因,更加重视文学对底层人群的救赎功能。无论是对露丝、多萝西,还是对其他"伯特赖特女性",讲故事都成了一种"生存策略"。㉑

此外,多萝西还出版了评论集《皮肤:谈一谈性、阶级和文学》(*Skin: Talking about Sex*, *Class & Literature*, 1994)和回忆录《我确信的两三件事》(*Two or Three Things I Know for Sure*, 1995)。前者探讨了女同性恋群体、女权主义者、性施虐和受虐狂等群体内部的阶级与种族分裂,以及文学的超越和救赎功能。后者可以看作回忆录版本的《来自卡罗来纳的私生女》,展示了吉布森家族女性和男性之间的纠葛以及暴力与爱之间的交织。

多萝西的第二部长篇小说《穴居者》(*Cavedweller*, 1998)从母女关系的重建中强调了爱与宽恕的救赎力量。多年前,饱受丈夫虐待的迪丽雅

抛弃了两个女儿,跟随英俊潇洒却不可靠的摇滚歌手兰德尔逃到了加利福尼亚。兰德尔在车祸中死去后,迪丽雅带着女儿茜茜开启了长达几千里路的返乡与寻根之旅。面对所有人的质疑和否定,迪丽雅用爱和宽恕融化了仇恨,最终将失散多年的女儿们联结在一起。总体而言,多萝西的作品关注女同性恋、受虐待迫害的边缘群体等,以及种族、性和阶级在这些群体中的微妙差异。同时,她的作品还充满了对爱、宽恕及文学的救赎功能的宣扬,表现出底层边缘群体渴求生存的强烈愿望。

梅·萨顿

梅·萨顿(May Sarton,1912—1995),原名埃莉诺·玛丽·萨顿(Eleanore Marie Sarton),是美国诗人、小说家和日记作家。萨顿出生在比利时的温德尔杰姆,父亲为历史学家,母亲为艺术家。1914年德国入侵比利时后,萨顿一家迁往英国伊普斯威奇她外祖的住处。一年后,一家人移民到了马萨诸塞州的波士顿,父亲执教于哈佛大学。萨顿在坎布里奇上学,于1929年毕业于剑桥林奇与拉丁学校,后学习戏剧,并开始作诗。1937年,她出版了第一部诗集《相遇在四月》(*Encounter in April*)。1945年,在新墨西哥州的圣达非,萨顿遇到了朱迪思·马特拉克,与之开始了长达十三年的交往。1958年,萨顿与朱迪思分手,并搬往新罕布什尔的纳尔逊。《蜂房中的蜜》(*Honey in the Hive*,1988)讲述的就是两人之间的关系。在回忆录《在七十岁》(*At Seventy*,1984)中,萨顿回忆了朱迪思对自己人生的重大影响。之后,萨顿搬到了缅因州的约克,经历了中风,最终死于乳腺癌。

萨顿的作品充满了女性书写,表达了对女性平等的期望。她一生既没获得普利策奖,也与国家图书奖无缘,却默默地为女性争取平等而写作,"显示出一个真正的女权主义作家最诚挚的信念"。[⑧]她的第九部作品《史蒂文斯夫人听见美人鱼在歌唱》(*Mrs*. *Stevens Hears the Mermaids Singing*)就是这类作品的典范。小说讲述了一位七十岁的诗人兼作家希拉里·史蒂文斯因其新诗发行而接受一位想要成为诗人的年轻男性马尔斯采访的故事。通过希拉里对自己的人生、恋爱和文学创作的反思,小说展示了萨顿对围绕女性,尤其是女性作家的诸多问题的思考。男性与男性、男性与女性、女性与女性等多种性别关系都得到了探讨,女性的创造力与生殖能力之间的冲突、女性的精神健康问题、浮躁的文学世界、作家与市场之间的关系等诸多问题也都有涉及。萨顿似乎要在女性作家的挣扎中调解人生与艺术追求的张力，并试图将激情与痛苦转化为诗歌。

安妮·泰勒

安妮·泰勒（Anne Tyler，1941—　），美国小说家和评论家，擅长日常生活和家庭关系的细腻表达，自 1964 年发表第一部小说《假如黎明曾经降临》（*If Morning Ever Comes*）以来，硕果累累，赢得了读者和评论界的广泛好评。其中，《摩根的离去》（*Morgan's Passing*，1980）获得珍妮特·海丁格·卡夫卡美国女作家小说奖，并获得美国国家书评人协会奖和美国国家图书奖的提名。《思家饭店的晚餐》（*Dinner at the Homesick Restaurant*，1982）获得普利策奖提名和福克纳文学奖。《预产期》（*Breathing Lessons*，1988）获得普利策奖。此外，她还创作了大量的短篇小说，获得过欧·亨利短篇小说奖。早在杜克大学一年级时，泰勒的写作课老师、美国作家雷诺兹·普赖斯（Reynolds Price，1933—2011）就对泰勒的写作才华赞叹不已，称她的一篇短篇小说为"从教三十年来所收到的最精巧、成就最高的短篇小说"。⑤他在 1983 年的一次采访中对泰勒给予了充分的肯定，认为"安妮·泰勒在十六岁时就和现在一样是一位优秀的作家。她是目前世界上最优秀的小说家之一"。⑥此外，泰勒的小说还受到其他知名作家，如约翰·厄普代克（John Updike，1932—2009）、盖尔·戈德温（Gail Godwin，1937—　）和乔伊斯·卡罗尔·欧茨（Joyce Carol Oates，1938—　）的称赞，可以说是 20 世纪下半叶至今不可忽略的作家。

泰勒小说的一个普遍主题是对家庭关系和人物复杂性的刻画。《摩根的离去》刻画了一个古怪的中年人摩根先生。在看似美满家庭生活的背后，隐藏着各种危机——摩擦、疏远、怨恨等。摩根被一对表演木偶戏的年轻夫妇吸引，开始跟踪二人，并最终与其中的妻子艾米丽一起消失不见。摩根的衣橱里装满了各种行头：牧师的、赌徒的、拓荒者的。他每日更换行装在街头游荡，似乎在寻找自我身份。直到最后替代艾米丽丈夫里昂的身份，摩根似乎才得到满足。而在摩根离开家庭的这段时间，似乎所有的家庭成员都对他的离去视而不见。这种疏远、冷漠甚至扭曲的家庭关系在这部小说中得到了极好的展示。《思家饭店的晚餐》刻画了一个古怪的女性和她的家庭。佩儿·塔尔是一个被抛弃的妻子和母亲，她在生活的重压下变得歇斯底里，对孩子们任意打骂，缺少温情与慈爱。但是三个孩子对母亲的反应是不同的。长子科迪认为母亲更爱弟弟埃兹拉，

他因此怨恨母亲,对父亲贝克的抛弃一直难以释怀,对弟弟也是各种伤害。他抢走了弟弟的女朋友露丝,致使后者一直难以走出阴影,郁郁寡欢。埃兹拉性格温和内向,一直守护照顾年老的母亲,并试图修补家庭关系。妹妹珍妮成绩最优秀,考上了大学。在大学里,她匆匆开始了一段不幸的婚姻,并最终在第三段婚姻中找到了安稳。在母亲的葬礼上父亲贝克出现了,一家人得以在一家叫作"思家"的餐馆吃饭。但是科迪对父亲的怨恨导致父亲中途离去,三个兄弟姐妹最后找回父亲,吃完了这顿饭。在泰勒的小说中,家庭似乎具有某种磁性,不论成员之间发生怎样的摩擦和矛盾,都吸引着他们回归。在《预产期》中,玛吉也具有这种将家庭成员凝聚在一起的能力。只是,她总是试图改变他人。小说记叙了玛吉与丈夫艾拉去参加葬礼然后回到家中这一天所发生的事情。小说还考察了玛吉如何与儿子及其女友和解。玛吉与艾拉结婚二十八年,育有一子杰西和一女黛西。玛吉是一个热心过头的人,总是操心别人的事儿。她偶然间发现儿子的女友菲奥纳正要堕胎,就说服她生下孩子,而且自告奋勇地承担起"奶奶"的职责。艾拉拘谨内向,且有点宿命与悲观,与玛吉的过分操心形成鲜明对比。儿子杰西不愿意上学,一心只想当个摇滚明星。对此玛吉乐观地认为杰西有这方面的才华,而艾拉却持相反观点。果不其然,杰西摇滚梦破灭,回来做了个自行车推销员。小说展示了家庭责任与个人自由、理想与现实琐碎之间的张力。

　　泰勒一直笔耕不辍,截至目前已发表小说二十部。泰勒的小说创作很难从整体上进行归类。虽然她受尤多拉·韦尔蒂(Eudora Welty,1909—2001)等南方作家影响很深,加上她的成长环境和小说的家庭主题,有些评论家将其归类为南方作家。然而,她的作品却没有南方作家作品中的暴力与哥特风格。从整体上来看,泰勒的小说创作有以下几个特征。首先,她的小说主要关注家庭与婚姻关系,特别是传统的家庭与婚姻关系,而非同性恋、婚外恋等关系。而且,她笔下的家庭总是具有某种向心力,拉近疏远的亲人,弥合创伤。其次,她的小说更关注人物的刻画。泰勒曾坦言,她出于对人物的好奇与喜爱创造了小说。的确,在泰勒的小说中,相比于其他小说要素而言,人物占据了更大的比重。她塑造了栩栩如生、有血有肉的普通家庭中的人。第三,她的小说展示了家庭人物在责任与自由之间的张力。当个人发展与家庭责任相冲突时,家庭成员的选择是泰勒最为关心的。他们或离家追求自我,或让理想妥协,但泰勒似乎不断地证明,家庭是人的最终归宿。

琼·迪迪翁

　　琼·迪迪翁(Joan Didion，1934—　　)是小说家、新闻记者和编剧。她1934年生于加利福尼亚州萨克里门蒂市，1956年毕业于加州大学伯克利分校，之后在《时尚》杂志担任助理编辑达7年之久，为她之后的创作奠定了基础。她的主要作品有长篇小说《大河奔流》(*Run River*，1963)、《祈祷书》(*A Book of Common Prayer*，1977)、《顺其自然》(*Play It as It Lays*，1970)、《民主》(*Democracy*，1984)，还有非虚构作品《向伯利恒跋涉前行》(*Slouching towards Bethlehem*，1968)、《白色影集》(*The White Album*，1979)、《萨尔瓦多》(*Salvador*，1983)、《迈阿密》(*Miami*，1987)、《亨利之后》(*After Henry*，1992)、《政治小说》(*Political Fictions*，2001)、《我出生的地方》(*Where I Was From*，2003)。2006年，《我们讲自己的故事，为了活下去：非虚构作品集》(*We Tell Ourselves Stories in Order to Live: Collected Nonfiction*，2006)收录了迪迪翁1968—2003年间的这7部非小说。此外，《固定观念》(*Fixed Ideas*，2003)对处于国家危机中的美国社会进行了审慎的考察。迪迪翁创作了两部回忆录，分别为《充满奇想的一年》(*The Year of Magical Thinking*，2005)和《蓝色的夜晚》(*Blue Nights*，2011)。前者是为了纪念丈夫约翰·格雷戈里·邓恩(John Gregory Dunne)而作，获得了当年的非虚构类美国国家图书奖，并获美国国家书评人奖和普利策奖的传记/自传类提名。该作品还被改编成了戏剧，赢得了不少赞誉。2005年，时年39岁的女儿昆塔纳(Quintana)去世，迪迪翁为她创作的回忆录《蓝色的夜晚》充满了虚无主义和绝望情绪。

　　有评论家指出，琼·迪迪翁"远离家庭琐事，这使她比简·奥斯汀(Jane Austen，1775—1817)、薇拉·凯瑟(Willa Cather，1873—1947)、安妮·泰勒(Anne Tyler，1941—　　)和托尼·莫里森(Toni Morrison，1931—2019)更加深入公众领域"。①对毒品文化的关注是迪迪翁小说创作的一大特点。她以敏锐的视角，通过自己的亲身见闻揭示了毒品文化的实质，反映了后现代社会人们的孤独、空虚和颓废，以及生活的杂乱无序和精神的分崩离析。她的小说和非虚构作品如实地揭露毒品如何将青年一代引向堕落，使许多成年人走向自我毁灭，造成家庭解体、道德沉沦和社会混乱，这是其他小说家较少触及的一个社会热点问题。《顺其自然》的女主人公玛丽亚成了吸毒者，其生活杂乱无章，精神错乱不堪。她的性伴侣BZ是个瘾君子，因吸毒过量死在她怀里，她也从此进了精神病院。

《民主》中的主人公伊内兹的女儿杰茜不幸染上毒瘾,好端端的家庭就此瓦解。《向伯利恒跋涉前行》对毒品如何腐蚀青少年作了令人触目惊心的报道。迪迪翁发现,这些人生活在虚无当中,感到生活毫无意义,以吸毒来逃避现实。此外,迪迪翁的作品对政治社会图景进行了展示。《白色影集》刻画了 20 世纪 60 年代晚期到 70 年代早期美国激进的政治运动和精神荒原。《萨尔瓦多》描绘了一幅美国内战时期的社会和政治图景。《迈阿密》揭露了迈阿密这个城市在冷战、猪湾入侵事件和水门事件等一系列重大事件中所发挥的不为人知的作用。《亨利之后》对里根政府、帕蒂·赫斯特绑架事件及纽约中央公园女性慢跑者受袭案进行了报道。

此外,迪迪翁还刻画了在这种社会政治环境下女性的生存困境与挣扎。《大河奔流》通过展示越战笼罩下女主人公莉莉的恋爱、婚姻、婚外关系,传达出她的精神空虚与生存困境。《普通祈祷书》里的夏洛特在男人眼里只是个性伴侣,毫无社会地位。《顺其自然》中的玛丽亚被混乱的生活逼成了神经质的女人,毫无幸福可言。《民主》里的伊内兹成了丈夫政治野心的牺牲品。对家庭中问题孩子的关注透露出迪迪翁对女性身份和未来的想象性建构。令人失望的青少年,如莉莉的儿子和女儿、夏洛特的女儿马琳和格雷斯的独生子杰拉多、伊内兹的双胞胎孩子和埃利娜的女儿等等,几乎成了毫无希望的下一代。对他们的刻画不仅折射出诸多社会问题,也透露出在家庭领域中母亲角色的失败与绝望,是作者对女性身份与命运的深层次思考。

“后现代”是迪迪翁研究的重要关键词。首先,她的作品反映了后现代社会人们的孤独、空虚和颓废,生活的杂乱无序和精神的空虚异化。毒品文化、灾难事件、资本与消费等控制着人们的生活,左右着人们的精神,迫使他们走向虚无绝望,消极遁世。其次,她的作品采用了很多后现代艺术手法来表达这些主题,如碎片、拼贴、读者参与、蒙太奇、空白等。迪迪翁创作的另一个关键词是文学新闻主义,或新新闻主义。受海明威(Ernest Hemingway, 1899—1961)作品的影响,迪迪翁的文学新闻主义具有以下三个特点:一、采用新闻写作的技巧与手法,常用短句,语言简洁,让文字自己说话;二、更多以旅行或海外游历的形式将空间动态化;三、糅合生活经历、历史资料、神话传说、传记和历史。

20 世纪下半叶的美国女性小说创作受到社会现实和各种话语的影响,呈现出多元化的局面。从整体上来看,这些女性小说家关注社会现实与女性自身,尤其是族裔女性、女同性恋、南方女性以及经济欠发达地区的女性;她们的创作手法以现实主义为主,也借鉴现代主义和后现代主义的多种实验和技巧,表达出对社会问题的关切和深刻的人文关怀。她们的创作主要表现出两个特征。第一,从女性独特的体验出发来关注人类命运,作品因而具有深刻的社会性和政治性,体现出女性对社会的积极参与,也展示了她们独特的反观社会的视角。第二,从女性独特的视角来关注女性群体中的边缘群体。同处于社会劣势的女性更容易关注到女性群体内部在地区和种族层面处于边缘地位的群体,如经济欠发达地区、政治动荡地区和文化边缘地区,抑或非裔、拉美裔(包括墨西哥、古巴、多米尼加裔等)、本土裔(印第安人)、犹太人、亚裔(包括日裔、华裔等)等其他族裔群体。对她们生存状态的关注体现出这些女作家的现实主义写作倾向,但她们也进行了多种题材上的创新,如将自传、历史、新闻、文学批评的写作手法运用到小说创作中去,显示出与后现代主义思潮的同步。

---

① Norman Mailer. "The Mary McCarthy Case," *New York Review of Books*, October 17, 1963. https://www.nybooks.com/articles/1963/10/17/the-mary-mccarthy-case/. Accessed 27 Feb. 2018.

② Lewis H. LaRue, *Political Discourse: A Case Study of the Watergate Affair*. Athens & London: University of Georgia Press, 2010, p.162.

③ Wendy Mar, "Mary McCarthy," in Elaine Showalter, Lea Baechler and A. Walton Litz, eds., *Modern American Women Writers*. New York: Simon and Schuster, 1993, p.169.

④ 康德:《实践理性批判》,韩水法译,北京:商务印书馆,2000年,第30页。

⑤ Eve Stwertka and Margo Viscusi, *Twenty-Four Ways of Looking at Mary McCarthy: The Writer and Her Work*. London: St. Martin's Griffin, 1996, p.39.

⑥ Patricia Meyer Spacks, *The Female Imagination*. New York: Knopf, 1975, p.6.

⑦ Ibid, p.181.

⑧ Mary McCarthy, "Settling the Colonel's Hash," *On the Contrary: Articles in Belief, 1946 - 1961*. New York: The Curtis Publishing Company, 1960, p.241.

⑨ Mary McCarthy, "The Fact in Fiction," *On the Contrary: Articles in Belief, 1946 - 1961*. New York: The Curtis Publishing Company, 1960, p.268.

⑩ Ibid.

⑪ Ibid., p.269.

⑫ Mary McCarthy, "A Bolt from the Blue," in Mary McCarthy, *The Writing on the Wall and Other Literary Essays*. New York: Harcourt, 1970, pp.15 - 34.

⑬ Richard Gray, *A Brief History of American Literature*. Chichester: Wiley-

Blackwell，2010，p.222.

⑭ 王守仁：《新编美国文学史》（第四卷），上海：上海外语教育出版社，2000 年，第 267 页。

⑮ 杨仁敬：《20 世纪美国文学史》，青岛：青岛出版社，2000 年，第 512 页。

⑯ 转引自 Victor H. Strandberg, *Greek Mind / Jewish Soul: The Conflicted Art of Cynthia Ozick*. Wisconsin：University of Wisconsin Press，1994，pp.13 - 14.

⑰ Cynthia Ozick，"Literature as Idol：Harold Bloom," in Cynthia Ozick, *Art & Ardor*. New York：Knopf，1983，p.188.

⑱ Cynthia Ozick，"Toward a New Yiddish," in Cynthia Ozick, *Art & Ardor*. New York：Knopf，1983，p.157.

⑲ Cynthia Ozick，"Literature as Idol：Harold Bloom," in Cynthia Ozick, *Art & Ardor*. New York：Knopf，1983，p.178.

⑳ Ibid.

㉑ Cynthia Ozick，"America：Toward Yavneh," *Judaism* 19 (1970)：264 - 282.

㉒ 乔国强：《美国犹太文学》，北京：商务印书馆，2008 年，第 250 页。

㉓ Victor H. Strandberg, *Greek Mind / Jewish Soul: The Conflicted Art of Cynthia Ozick*. Wisconsin：University of Wisconsin Press，1994，p.19.

㉔ Cynthia Ozick，"Ethnic Joke," in Cynthia Ozick, *Art & Ardor*. New York：Knopf，1983，p.171.

㉕ Cynthia Ozick, *Metaphor & Memory*. New York：Vintage International，1989，p.283.

㉖ 乔国强：《美国犹太文学》，北京：商务印书馆，2008 年，第 246 页。

㉗ 徐崇亮："论美国犹太'大屠杀后意识'小说"，《当代外国文学》，1996 年第 3 期，第 120 页。

㉘ 转引自乔国强：《美国犹太文学》，北京：商务印书馆，2008 年，第 247—248 页。

㉙ 转引自 Victor H. Strandberg, *Greek Mind / Jewish Soul: The Conflicted Art of Cynthia Ozick*. Wisconsin：University of Wisconsin Press，1994，p.6.

㉚ Ibid.，p.9.

㉛ Ibid.

㉜ "Cynthia Ozick's *Trust* is that extraordinary literary entity, a first novel that is a genuine novel, wholly self-contained and produced by a rich, creative imagination, not an imitation of someone else's work or thinly disguised autobiography." See David L. Stevenson, "Daughter's Reprieve," review of *Trust*, *The New York Times Book Review*, 17 July 1966. https://www.nytimes.com/1966/07/17/archives/daughters-reprieve.html. Accessed 27 Feb. 2018.

㉝ Cynthia Ozick，"The Papan Rabbi," in Cynthia Ozick, *The Pagan Rabbi and Other Stories*. New York：Penguin Books，1991，p.3.

㉞ Ibid.，p.12.

㉟ "Complete Review of *The Cannibal Galaxy*," http://www.complete-review.com/reviews/ozickc/galaxy.htm. Accessed 27 Feb. 2018.

㊱ 马林认为，正是罗斯挽救了舒尔茨的思想，罗斯在某种程度上就是犹太传统的弥赛亚。见 Irving Malin, "The Messiah of Stockholm," *Hollins Critic* 24 (1987)：17.

㊲ "Each of these works incorporates a fictionalized character or lost literary father based on the actual Schulz. We are able to recognize that character by significant details, such as appropriated passages from his stories, references to the lost manuscript of his novel, *The Messiah*, and above all, the bizarre circumstances of his death." See Bruno Arich-Gerz, "Bruno Schulz's Literary Adoptees. Jewishness and Literary Father-Child Relationships in Cynthia Ozick's and David Grossmann's Fiction," *European Judaism* 42. 1 (2009): 76 - 89.

㊳ David A. Goldfarb, "A Living Schulz: 'Noc Wielkiego Sezonu' ('The Night of the Great Season')," *Prooftexts* 14. 1 (1994): 26.

㊴ Bruno Arich-Gerz, "Bruno Schulz's Literary Adoptees. Jewishness and Literary Father-Child Relationships in Cynthia Ozick's and David Grossmann's Fiction," *European Judaism* 42. 1 (2009): 76.

㊵ "Heir to the Glimmering World," http://www.houghtonmifflinbooks.com/readers_guides/ozick_heir.shtml. Accessed 3 Mar. 2018.

㊶ 彼得・B. 海:《美国文学掠影》,胡江萍译,上海: 华东师范大学出版社,1992 年,第 177 页。

㊷ 宋兆霖,"译者序",载乔伊斯・卡罗尔・奥茨:《奇境》,宋兆霖等译,南京: 译林出版社,1999 年,第 5 页。

㊸ 同上。

㊹ 乔恩・贝内特・帕特里夏・拉姆齐(Jon Benét Patricia Ramsey, 1990—1996),年仅 6 岁的选美小皇后,于 1996 年圣诞前夕在家失踪,后被发现遭人勒死于自家地下室。

㊺ 塔瓦那・布劳利,来自纽约州的 15 岁黑人女孩,失踪后在乱草堆中被发现。她被捆着装在黑色塑料袋中,显然受到了虐待和性侵,胸部被涂上了 3K 字样,腹部被涂上了"黑鬼"(nigger)字样,头发沾满粪便。她声称被 4 位白人警察轮番虐待。这一事件激化了美国黑人与白人长期以来存在的种族冲突。但经过几个月的调查,陪审团认为布劳利撒了谎,整个事件是一场骗局。

㊻ 乔伊斯・卡罗尔・奥茨:《直言不讳: 观点和评论》,徐颖果译,武汉: 长江文艺出版社,2006 年,第 295 页。

㊼ 乔伊斯・卡罗尔・奥茨:《他们》,李长兰等译,南京: 译林出版社,1998 年,第 124 页。

㊽ 同上,第 571 页。

㊾ 同上,序,第 12 页。

㊿ 同上,第 212—213 页。

(51) Sandra M. Gilbert, "Life's Empty Pack: Notes toward a Literary Daughteronomy," in Lynda E. Boose and Betty S. Flowers, eds., *Daughters and Fathers*. Baltimore: Johns Hopkins University Press, 1989, p.265. See also Brenda Daly, *Lavish Self-Divisions: The Novels of Joyce Carol Oates*. Jackson: University Press of Mississippi, 1996, p. xii.

(52) Nelly Furman, "The Politics of Language: Beyond the Gender Principle?" in Gayle Greene and Coppelia Kahn, eds., *Making a Difference: Feminist Literary Criticism*. New York: Methuen, 1985. 59 - 79, p.61.

(53) 乔伊斯·卡罗尔·奥茨:《他们》,李长兰等译,南京:译林出版社,1998 年,第 245 页。
(54) 同上,第 575 页。
(55) 同上,第 541 页。
(56) 同上,第 109 页。
(57) 同上,第 553 页。
(58) 同上,第 557 页。
(59) 林斌:"超越'孤立艺术家的神话'——从《奇境》和《婚姻与不忠》浅析欧茨创作过渡期的艺术观",《当代外国文学》,2003 年第 1 期,第 147—148 页。
(60) 宋兆霖,"译者序",载乔伊斯·卡罗尔·奥茨:《奇境》,宋兆霖等译,南京:译林出版社,1999 年,第 4 页。
(61) 乔伊斯·卡罗尔·奥茨:《狐火:一个少女帮的自白》,闻礼华等译,武汉:长江文艺出版社,2006 年,第 240 页。
(62) 同上,第 22 页。
(63) 同上,第 3 页。
(64) 同上,第 4 页。
(65) 同上,第 3 页。
(66) 同上,第 239 页。
(67) 同上,第 6 页。
(68) 乔伊斯·卡罗尔·奥茨:《中年:浪漫之旅》,李尧译,北京:人民文学出版社,2004 年,第 88 页。
(69) "Wild Oates," *The Guardian*. http://www.theguardian.com/books/2001/oct/27/fiction.reviews1. Accessed 25 Feb. 2018.
(70) 乔伊斯·卡罗尔·欧茨:《中年:浪漫之旅》,李尧译,北京:人民文学出版社,2004 年,第 80 页。
(71) 同上,第 93 页。
(72) 乔伊斯·卡罗尔·欧茨:《掘墓人的女儿》,汪洪章等译,北京:人民文学出版社,2012 年,第 90 页。
(73) 同上,第 118 页。
(74) 乔伊斯·卡罗尔·欧茨:《狂野之夜!》,樊维娜译,北京:人民文学出版社,2011 年,第 32 页。
(75) 同上,第 67 页。
(76) Walter Clemons, "Joyce Carol Oates: Love and Violence," in Lee Milazzo, ed., *Conversations with Joyce Carol Oates*. Jackson & London: University Press of Mississippi, 1989, pp.32 - 41, p.39.
(77) Quoted from Sandral L. Ballard, "Reviewed Work: *Hunter's Horn* by Harriette Simpson Arnow," *Appalachian Journal*, vol.14, no.3, 1987, p.271.
(78) Joyce Carol Oates, "On Harriette Arnow's 'The Dollmaker',", in Danny L. Miller, Sharon Hatfield and Gurney Norman, eds., *An American Vein: Critical Readings in Appalachian Literature*. Athens: Ohio University Press, 2005, pp.59 - 65.
(79) Linda Wagner-Martin, *A History of American Literature*. West Sussex: Wiley-

Blackwell，2013，p.35.

⑧⓪ Dorothy Allison，"Introduction: Stubborn Girls and Mean Stories," in Dorothy Allison，*Trash*. New York: Penguin Books，2018，p. Ⅶ.

⑧① Ibid.

⑧② Dorothy Allison，*Bastard Out of Carolina*. New York: A Plum Book，1993，p.309.

⑧③ Champagne Rosaria，"Passionate Experience," *The Women's Review of Books* 13. 3 (1995): 14.

⑧④ Linda Wagner-Martin，*A History of American Literature*. West Sussex: Wiley-Blackwell，2013，p.78.

⑧⑤ Quoted from Patricia R. Willrich，"Watching through Windows: A Perspective on Anne Tyler," *The Virginia Quarterly Review*. 1992. http://www.vqronline.org/essay/watching-through-windows-perspective-anne-tyler. Accessed 5 Mar. 2018.

⑧⑥ Ibid.

⑧⑦ Janis P. Stout，*Through the Window，Out the Door: Women's Narratives of Departure，from Austin and Cather to Tyler，Morrison，and Didion*. Tuscaloosa: University of Alabama Press，1998，p.190.

第九章

当代美国华裔女性小说

　　华裔文学是美国文学的重要分支。它起始于19世纪,并在20世纪后半叶取得了令人瞩目的成就,成为美国文学一个重要的分支。出现这样繁荣的局面与华裔女性作家的贡献密不可分。以汤亭亭(Maxine Hong Kingston,1940—)、谭恩美(Amy Tan,1952—)为代表的女性作家群几乎占据当前美国华裔文学的半壁江山,她们的创作已被美国的主流文学圈认可,不仅相关研究比比皆是,而且不少作品早已进入美国大学的文学课堂。

　　美国华裔文学史是由在美国生活的华裔移民及其后代写就的。据史料记载,最初的一批华人是在19世纪早期踏上美国土地的。随着1848年"淘金热"的兴起,大量华人带着发财致富的梦想漂洋过海来到这里充当苦役。他们大多居住在西海岸一带,生活异常艰辛。早期华裔文学便产生于这一时期,有不少作者本身就是劳工,他们大部分用汉语写作,以记录自己的生活为主。由于原始资料缺乏以及语言的问题,目前对19世纪华裔文学的研究尚处于萌芽状态。

　　早在20世纪初,女性作家便在华裔文学史中占有一席之地。女作者水仙花(Edith Maude Eaton,1865—1914)是第一位用英语写作的华裔作家。她主要写随笔和短篇小说,短篇小说集《春香夫人》(*Mrs. Spring Fragrance*,1910)是其生前唯一出版的小说作品。她的创作致力于描写早期华裔移民的生存处境,涉及种族歧视、华人社区的逆向偏见以及文化冲突等话题。在生前,水仙花已拥有广泛的读者群,而对她的研究直到20世纪80年代才开始。她的作品在当时具有一定的超前性,不少关注焦点迄今依然是当今华裔文坛的热点问题。

　　20世纪60、70年代,民权运动与妇女解放运动给美国社会带来了巨大变革,同时也促进了华裔女性文学的发展。觉醒的妇女不仅心系自己的族群,同时也开始发出作为主体的女性之声。像汤亭亭这批女作家普遍都是在这个大背景下成长起来的,她们对身份问题的思考有着与前辈不同的立场。首先,这批作家身为第二代移民接受了完整的美式教育,且都已跻身社会主流。因此,她们在观察事物时会本能地带有西方人的视角。另一方面,她们也能理性对待自己与西方人的差异,并且有着探究本族文化的强烈兴趣。无论是汤亭亭还是谭恩美,读者都可以从两人的作品中发现大量中国元素,这样的尝试或许是因为中国是她们身份探寻之旅的起点,也或许是出于迎合当时西方出现的东方热。但不可否认,中国元素与西方语境的结合有助于中西文化的对话与融合。在《女勇士》(*The Woman Warrior: Memoirs of Girlhood among Ghosts*,1976)、《中国佬》(*China Men*,1980)和《孙行者:他的伪书》(*Tripmaster Monkey: His Fake Book*,1989)三本小说中,汤亭亭对中国古典作品进行了不同程度的改写,可以说是间接地把中国文学介绍给了西方读者。谭恩美笔下的中国虽没有摆脱西方人固有观念里的刻板印象,但她塑造的中国妇女形象饱满,个性生动,无疑为西方读者打开了一扇了解中国女性的窗口。

　　汤亭亭、谭恩美、任璧莲等人的早期作品多以家庭为焦点,探讨两代移民的文化冲突和身份问题,这很大程度上是由于华人根深蒂固的家庭观念禁锢了作家的视野。进入21世纪以来,全球化日益加剧,不同族裔间的交往也愈加频繁,家园的概念不再限于一家一国,而是包括了整个寰宇。从三位作家近期的作品看,单纯聚焦华裔的创作模式正向着具有多重焦点的混裔书写转变。汤亭亭把世界和平的主题设为近几年创作的关注重点,说明她的关切正从族裔转向普遍价值的传播。新锐作家任璧莲则把关注的目光从家庭转向社区,她笔下的社区风貌具有浓厚的国际色彩,各种族裔背景的家庭聚集在一起,既有冲突,也有融合,犹如一个全球化时代的世界缩影。

　　在最近十年间,新一代华裔女作家已然崛起,她们的创作无论题材还是技巧都展现出相当的多样性。应当指出,族裔与身份问题已不再是现今华裔文学的核心价值所在。就女性作家而言,她们怀有足够自信,创作时无需依附某个身份标签,而是完全凭借个人兴趣,文学在她们手里真正成了表达自我的手段。当然,商业的影响也不容忽视。不少作家出于销量考虑,会在作品中加入通俗元素以吸引读者眼球,而中国热的持续升温也推动中国元素成为商业卖点。总之，美国华裔女性文学，甚至华裔文坛都在经历着前所未有的分化，这一趋势可以说完全印证了价值多元化时代中事物发展的规律。

第 一 节

汤亭亭：开辟中西文化的中间地带

汤亭亭（Maxine Hong Kingston，1940—　　）堪称美国华裔文学界最具影响力的女作家。她的华裔前辈们在美国文坛一直处于默默无闻的状态，他们的作品很少像汤亭亭的作品那样成为一种文学现象，甚至成为一种社会现象，从而被西方人关注、讨论和研究。作为作家，汤亭亭取得了辉煌成就。她的作品不仅赢得了评论界的广泛认可，而且在美国也多次进入畅销书榜单。她的文学成就当然与其个人天赋和身世分不开，但同时也和美国华裔在文化身份上的觉醒，以及美国社会对待少数族裔的态度转变有着密切关系。所以，对汤亭亭创作的评价必须要放在作家自身文化背景和当时的历史语境中看才更具有价值。

生平传略与创作成就

汤亭亭出生于加利福尼亚州斯托克顿的一个第一代华裔家庭里，母亲是医生，父亲在洗衣店打杂，经营过赌馆。汤亭亭从小便在写作上显露出天赋。她就读于加州大学伯克利分校，取得了英语专业学士学位。她长年定居夏威夷，在那儿教书，并从事创作，所以夏威夷作为故事场景经常在她的作品里出现。从1981年至今，汤亭亭一直任教于加州大学伯克利分校，是该校的终身教授。她的主要作品有：《女勇士》《中国佬》《夏威夷的一个夏天》（*Hawai'i One Summer*，1987）、《孙行者：他的伪书》《当个诗人》（*To Be the Poet*，2002）、《第五和平书》（*The Fifth Book of Peace*，2003）、《战争的老兵，和平的老兵》（*Veterans of War*，*Veterans of Peace*，2006）、《我热爱生命有宽广的余地》（*I Love a Broad Margin to My Life*，2011）。

汤亭亭创作的最大特点在于开辟出中西文化的中间地带。她最常用

的招数是对中国经典的文学形象进行改造,以使它们服务于笔下的人物塑造。在《女勇士》中,花木兰的故事被颠覆,西方的女权思想被注入中国女英雄的形象中。中西文化在她笔下似乎发展出了一个公共地带,这个公共地带就是华裔的身份领地。尽管汤与中国文化之间隔膜不小,但中国元素却在其作品中释放出巨大张力,几乎承载了作品所要传递的最重要的主题信息。正如新花木兰的塑造背后是女性独立的理想,《孙行者:他的伪书》里孙悟空的叛逆形象从某种意义上说代表了 20 世纪 60 年代美国嬉皮士文化的精髓,而《中国佬》里对唐敖故事的重写无疑是以华裔男性的共性特征为依据的。这些例子表明华裔身份属性脱胎于中国文化,并在西方文化的长期滋养下发生变异,拥有了一种独立的文化身份。以此为基础,在汤亭亭的创作中,中西方文学经典还常以互文方式开展对话,探索出两种文化融合的可能性。进入暮年之后,汤亭亭已完全突破华裔和女性的题材局限,她在反战的呐喊声中,把对人类普遍命运的关切当作了自己写作的终极使命。

《女勇士》:华裔女性的精神传记

《女勇士》(*The Woman Warrior: Memoirs of Girlhood among Ghosts*, 1976)是汤亭亭的代表作,获得过美国国家书评人协会奖,其影响并不仅限于文学领域,美国大学很多专业把此书列入课程必读书目。它集回忆录、小说、民间传说于一体,描绘了一个美国华裔女孩的童年生活以及她对中国的印象。整部作品分为五部分,分别讲述金斯敦(汤亭亭)死去的姑姑、女勇士花木兰、母亲、姨妈和金斯敦自己的故事。作者在呈现这些故事时运用各种视角,加入了不少虚构的成分,而每个故事又无一不涉及作者亲身经历,这种虚实相间的写法引发了许多有关于作品体裁的争议。

作品第一章名为"无名女人",主人公是金斯敦的姑姑。她刚结完婚,丈夫就动身去了美国。后来她生下别人的孩子,全村人来到家里打砸,她自觉前景惨淡,抱着孩子投井自杀。母亲给金斯敦讲这个故事目的是要她引以为戒,但金斯敦却十分同情这位无名姑姑,对她的境遇作了各种猜测和想象。第二章"白虎"是民间故事"花木兰"的改编。花木兰在白虎山上拜师习武,后来成为战场上奋勇杀敌的女武士,而身为现代女性的"我"却无力抗击上司的种族歧视。故事最后,作者立志要成为当代花木兰,用笔作为武器同那些种族主义者作斗争。第三章"医巫"记载母亲英兰的故事。母亲是位具有传奇色彩的女性,早年在外学医培养了她的独立意识。毕业后在村里行医时,母亲遭遇了不少骇人听闻的灵异事件,她非但不害怕,还帮助村民捉妖降魔。来美国后,母亲津津乐道于那些鬼怪记忆,女儿起先很抵触,但后来却逐渐认同了母亲。第四章"西宫"是关于金斯敦的姨妈月兰。月兰在英兰的安排下来美国寻找抛弃她的丈夫。尽管她见到了丈夫,但丈夫冷漠地拒绝了她,这让月兰走向精神崩溃,最后死在了疯人院。最后一章"胡笳十八拍"回到作者自己的经历,刻画了一个处处受母亲压制、满载挫败感的黯淡童年。另外几则平行故事也都是从侧面反映了金斯敦的早年生活。小说以蔡琰的故事收尾,暗示了作为华裔作家的使命。

《女勇士》的出版引起了评论界,特别是华裔读者群的巨大争议。评论者的批评主要集中在作品对中国文化的误传和对美国华裔的不实刻画上。华裔评论家陈耀光认为,汤亭亭的中国书写"产生于白人文化对香格里拉的漫画式幻想"。①而本杰明·童的批评更为尖厉,他认为汤亭亭"对汉语中名称的误译是有意的,目的是迎合白人读者以增加书的销量"。②当然,也有相反观点认为汤通过重构中国故事,成功展现了美国华裔独有的文化二重性。正如作者自己所言,"我出生在加州的斯托克顿,我是美国女人。我也是华裔美国女人"。③应当指出,《女勇士》中的中国传奇只是保留了原故事的情节框架,其背后的主旨内涵已发生根本性变化。不少故事本来就是汤亭亭道听途说来的,而她又进行了二度创作,故事被改得面目全非也就不足为奇了。以花木兰故事为例,汤笔下的这位女勇士与乐府诗中的人物形象相去甚远。在原故事中,花木兰的塑造完全遵照中国传统的伦理纲常。她替父从军,保家卫国,体现的是忠孝两全的大义。而汤笔下的花木兰从一名忠义之士转变为复仇者,她的征战对象不是外敌,而是蹂躏乡里的权贵。在个性上,汤的花木兰奔放不羁,具有强烈的自我意识,她在爱情和婚姻问题上表现出的自主性是传统东方女性不具备的。显然,汤对花木兰故事的改写是基于西方女权思想的视角,其人物的精神特质已完全脱离中国文化的根基。如果从叙事角度考察,花木兰的传奇与"我"的境遇两段情节穿插在同一章节里,形成鲜明对比,反映了作者心中理想与现实的差距。现实中的"我"处处受到歧视,却无力反抗,唯一能做的只是借助幻想来寻求心理安慰,从中释放压抑的自我。对身处美国的"我"而言,遥远模糊的中国无疑是一个绝佳的可供幻想的场所,文化上的间离效应让任何离奇虚构都不再显得荒谬。应当指出,汤的出身注定

了中国文化对她的影响，而作为地道的美国人，这种影响必然夹杂着西方视角，以致不可避免地被歪曲和误读。正如有学者指出的那样，对花木兰故事的重构是"对'我'这个华裔小姑娘精神世界的真实反映"，而并非"作者在有意采取后现代主义的戏仿和拼贴手法对传统中国文化进行反讽"。④

除了对中国故事进行重写，《女勇士》另一瞩目之处是作者从不同侧面和各种语境探索了女性沉默的主题。众所周知，女性沉默者形象往往与男权或种族压迫有着密切联系，《女勇士》中沉默的各种表征揭示出华裔女性从肉体到精神受到了广泛的限制和摧残。在"无名的女人"一章中，沉默表现为集体失忆。在家人眼里，姑姑的通奸是家族史上的污点，她死后无人提及，更没有人去了解其中隐情。家人选择沉默或故意遗忘是出于社会舆论的压力，村民针对姑姑的暴力行为揭示出中国旧时封建礼教制度完全剥夺了女性作为个体存在的权利，公众可以肆无忌惮地对她们的隐私进行道德审判，而她及其家人没有申辩权。

至于大洋彼岸的美国华裔女性，尽管她们逃脱了严酷的封建礼教，但依然很难发出自己的声音。由于语言是文化和社会身份的象征，她们的沉默更多缘于文化差异和被边缘化的处境。金斯敦刚进学校时不同任何人讲话，她的沉默最初是自我保护的本能，但不说英语意味着拒绝同化，拒绝融入社会常态，所以父母剪舌头的举动是一种强制同化，目的是让金斯敦"应对语言标准化带来的社会压力"。⑤可悲的是，强制开口反而加剧了金斯敦的内心创伤，使她变得更为沉默。沉默是因为害怕受到歧视，却进一步加剧了歧视，这样的恶性循环是每个美国华裔都需要克服的困境。如果说古代的女勇士是替父从军的花木兰，那么在作者眼里，当代的女勇士就是那些敢于冲破自卑和偏见，发出自己不同声音的女性，而这也是她成为一个作家的理想所在。

《中国佬》：华裔男性的精神传记

1980年出版的小说集《中国佬》（China Men）可以视为《女勇士》的后续之作，主要讲述作者家族男性的奋斗故事，从曾祖父到弟弟共横跨了四代人。楔子部分的故事改编自著名的中国古典小说《镜花缘》，记述了唐敖来到金山女儿国被俘，当地人要把他的嘴巴缝起来，最后给他穿了耳洞，扮成妇女造型。故事发生地金山实际就是旧金山，女儿国自然也就指美国，而唐敖的形象汇聚了作者笔下几代男性人物的共同特征，其故事隐喻了华裔男性在美遭受的阉割般的侮辱。小说集第一篇讲述的是汤父亲的故事。父亲不远万里来到美国,以开洗衣店为生,也做过赌场看管。由于英语不流利,他经常遭白人欺负,于是想方设法使自己美国化,结果还是只徘徊于社会边缘。接下来的章节呈现的是曾祖父来到夏威夷拓荒的故事。他如同囚犯一样每日劳作,最让他无法忍受的命令是干活时不能说话,于是他只能对地上的大洞诉说。祖父是美国铁路的一名建设者,从事危险的山体爆破工作,但华人劳工用血汗建成了铁路,换来的却是驱逐和屠杀。父辈的不公待遇继续在下一代身上重演。汤的弟弟在越南战场上出生入死,非但没得到军方认可,而且还经常受到猜疑。可以说,汤笔下的这四个主人公浓缩了美国华人的苦难和屈辱,集中揭露了美国社会从制度到个体对华人的排斥和歧视。

《中国佬》的叙述模式在西方文学中相当罕见。这本书既可以被视为短篇故事集,又具有中国古典小说章回体的结构特征,即每个故事既具有相对独立的情节,联系起来又构成一条完整的叙事序列。在《中国佬》的叙事架构中,六个主体故事就是一部家族史,完整呈现了这个华裔家庭在美国的奋斗历程;其余十二个故事穿插在这六个主体故事间,都为二手转述或对文学经典的戏仿,情节上与原创的主体故事并无关联,但它们形成了一个象征界,以隐喻的方式从主题上支撑或点缀着主体故事。这样的结构用作者自己的话来形容,就如"一个六层蛋糕……十二段传说轶闻就是蛋糕中间的糖霜,六个主体故事就是蛋糕本身"。⑥从布局看,每段主体叙述都由相应的穿插叙述支撑,形成了聚焦于某个主题的故事单元。主体叙述侧重反映现实,穿插叙述通过与各种历史文本互文的手法,为作品赋予了历史纵深感,同时实现了文本层面上中西方文化的对话。

从主体叙述与穿插叙述的主题对应来看,楔子中唐敖的故事虽然辐射整部作品,但被阉割的男性形象在第一章的父亲身上展示得最为充分。曾祖父的故事力图表现沉默主题,对应的是《论必死》("On Mortality")和《再论必死》("On Mortality Again")两则故事。前者改写自《太平广记》里的传奇故事,主人公杜子春被要求在假定的虚幻环境中保持沉默,最后以失败告终。这则故事力图说明,表达是人性的基本需要,无法被抑制。《再论必死》是一则波利尼西亚的传说,情节滑稽,寓意也揭示了沉默的不可能。两则故事通过同一主题在不同文化背景下产生了类比,反映出人性的普遍特质,由此也控诉了美国白人对华工的精神戕害。支撑祖父故事的附加材料是作者收集的美国法律中涉及华人的条文,这些条文有失法律的公平性;作者以正式的公文文体写出这些材料,显示了美国社会排

华活动的制度化。之后,作者又以报纸和日记的摘录形式还原了一起华工遭驱逐的真实案例,为先前的排华法案做出了现实的注解。虚构、公文和档案三者相互印证,让这个叙述单元具备了体系性。《绿沼泽地里的野人》("The Wild Man of the Green Swamp")和《鲁滨逊历险记》("The Adventures of Lo Bun Sun")两则故事是中西合璧的结晶,作者戏仿笛福名作《鲁滨逊漂流记》(*Robinson Crusoe*,1719),塑造出了中国的鲁滨逊,借以打破华人男子在西方人眼里孱弱无能的形象。弟弟的故事由《离骚》的故事作引导,也有着特殊的内涵。两者都以回家为主题,探索流散者对故乡复杂而矛盾的心态,而作者借屈原的故事也达到了致敬母文化的目的。从某种意义看,《中国佬》是一个典型的元叙事文本,穿插部分更像是作者从旁观者视角,站在跨文化的高度对主体故事所做的评论。

当然,《中国佬》并非单纯的私人家族史,从西方的文学传统看,它还具备史诗品格。作品中的那些华裔男性犹如特洛伊的英雄埃涅阿斯,他们都是被迫离开故土,飘零异乡,并且在新的土地上建立家园。神秘的超自然元素制造出亦真亦幻的环境,现实感的剥离、古今的时空跨越进一步给人物注入传奇色彩。他们身上的坚韧品格、心里的家园情怀、逆境中的求生意志以及对自由的追求,都超越了文化和种族,能引发全人类的共鸣。应当指出,汤笔下的男主角形象有别于传统西方史诗中的英雄——他们没有健硕的体魄、豪迈的男子气概、伟大的功业,甚至还有些许女性化的倾向,但他们卓绝的品格体现在面对压迫的不屈性格和对亲情纽带的维系上。正如有学者指出的那样,"中国式英雄所具有的力量在于他们拥有一套变通的法则,总是能适应或者反抗所处的困境"。[⑦]中西不同英雄观背后所包含的正是两者在文化上的巨大差异。对于华裔男性而言,干妇女的活、承担起家庭职责并不是一件多么耻辱的事。在中国文化观念里,阴与阳、雄性与雌性的界限本来就不像在西方那样分明,能够在美国活下来、繁衍子嗣、维护好家庭对他们而言已是壮举。家庭关系中男性的角色错位一定程度促进了家庭内部的两性平等。华裔妇女学会了自力更生,甚至开始养家糊口,她们独立刚毅的形象在汤的上一部作品《女勇士》中得到了充分展示。值得注意的是,华裔妇女走上独立道路不是出于女性意识的觉醒,而是"当男性无法履行传统职能时,一种维护家庭神圣纽带的方式"。[⑧]从这点看,华裔男性的退让和华裔女性的进取有着同一个出发点,中国文化中家庭至上的观念为两性间二元对立的削弱做出了独特贡献,也赋予了以男性为主导的西方史诗传统新的内涵。

《孙行者：他的伪书》：互文中的全球化创作模式

1989 年，汤亭亭出版了《孙行者：他的伪书》，这是她第一部纯粹意义上的小说。小说以万花筒般的视角记叙了一个名叫惠特曼·阿新（Wittman Ah Sing）的华裔男青年的各种奇遇。惠特曼是加州大学伯克利分校文学专业的毕业生，他自视甚高，但只是在一家百货公司做着玩具售货员的工作。现实与理想的差距、身份认同的困惑让他无比压抑，以至于天天想自杀。小说开头，阿新与华裔女演员南希·李是一对恋人，但阿新没有在南希那里找到任何归属和认同。为了结束恋情，他有一天假扮成孙悟空，以一种粗鲁的方式把南希吓跑了。在工作上，阿新态度消极，他把展示的玩偶摆放成性交姿势，惹恼顾客，丢掉了工作。大学好友兰斯举办的聚会是小说的标志性事件。聚会上，阿新结识了后来成为他妻子的塔莎，俩人志同道合。在家赋闲的阿新专心于戏剧创作，他的"史诗巨著"最后在社区剧场上演，整台戏几百个角色，连续上演了三个晚上。在最后一晚的演出后，阿新向观众倾吐了他作为一名华裔的心声。

艺术手法上，《孙行者：他的伪书》是一部有着浓郁后现代风格的作品，作者对于各种语境的杂糅是这种风格最典型的体现。小说主人公的名字就至少包含了三种语境：第一种是美国文化的语境，因为 Wittman 很容易让读者联系起美国著名诗人沃尔特·惠特曼（Walt Whitman，1819—1892），代表了阿新身上美国文化的基因；第二种是粤语文化的语境，因为"阿"是广东一带流传的称谓，暗示了他的血脉根源；第三种是小说语境，Wittman 字面意思为"智慧的人"，是作者对这位青年才俊的公允评价。由于作者把小说背景设置在 20 世纪 60 年代，当时由"垮掉一代"所引领的各种社会运动创造出了大量的新语汇，作者敏锐地对此进行了捕捉，并把它们纳入小说，与唐人街的中式英语混合在了一起。这种融合是全球化时代到来的产物，是国别文学走向国际化的标志。正如汤自己所言，"伟大的美国小说之梦已成为过去，我们需要创作全球小说"。⑨

文本中大量出现的互文、戏仿、拼贴构成了小说后现代性的另一个重要特征，这也是由中西语境的杂糅衍生出的更高阶段。作者在作品中引用了许多中西文学的经典之作，其中提及最多的自然是《西游记》，这部古典名著对主人公华裔身份的建构起到了重要作用。阿新的父母让他从小穿着戏服扮演猴子，以至于他拿自己同美猴王相提并论。通过这一中国

文化的经典形象,他性格的不同侧面和丰富创造力得到了生动展示。另一方面,阿新毕竟更多受到西方文化的影响,所以汤亭亭也引用了许多西方文学名著,例如乔伊斯(James Joyce,1882—1941)的《尤利西斯》(*Ulysses*,1921)。阿新与《尤利西斯》里的斯蒂芬有着类似境遇,两人都是郁郁不得志、与社会格格不入的年轻人。他们的困境是身份问题和时代问题叠加产生的。汤采用意识流手法刻画了阿新迷惘的内心世界,与20世纪初乔伊斯笔下的青年艺术家构成了清晰的对应关系。阿新身上更具有"垮掉一代"的精神气质,所以汤也在文本中对凯鲁亚克(Jack Kerouac,1922—1969)的《在路上》(*On the Road*,1957)进行了改写。从主题看,无论是《西游记》《尤利西斯》还是《在路上》,讲的都是和流浪有关的故事,而且都是人物为探索自身存在的意义而主动选择了流浪。对于美国华裔而言,流浪似乎是永恒主题,即使没有身体迁移,他们的灵魂也无时无刻不在流离失所中。因此,《孙行者:他的伪书》与以上三部小说可归为同一类作品。流浪者阿新游离于各种群体间——白人、华人、嬉皮士、艺术世界、世俗世界,但最终,他探寻到的既不是白人文化也不是华人文化,而是有着自己身份归属的独立生存空间。他写的戏就代表着这个空间的外化形式。这部戏角色众多,每个角色都构成了他存在的一部分,每个角色的塑造都是一次寻找自我的过程。正如乔伊斯在《尤利西斯》中这样写道:"每一个生命,都是许多日子组成的,一日又一日。我们通过自身往前走,一路遇到强盗、鬼魂、巨人、老人、年轻人、媳妇、寡妇、慈爱兄弟,但永远都会遇到的是我们自己。"⑩由此观之,文本中拼贴和互文的运用,其意义不是单纯的后现代写作技巧的展示,而是为了探索主人公多元身份构成的必要尝试,并以此为基础,打破文学的国别限制,建立起全球化创作的范式。

《当个诗人》与《第五和平书》:
超越族裔写作的转型

经历了十多年小说创作的空白期,汤亭亭于新世纪初出版了一本别样的新作《当个诗人》。这本书的一部分内容是她2000年在哈佛大学所做讲座的讲稿,外加一些诗歌结集而成。整部作品倾吐了她对诗的向往,以及渴望从小说家转型为诗人的心路轨迹。从此意义上讲,这又是一部带着浓郁个人印迹的作品。它秉承汤亭亭一贯的写作风格,通过使用拼贴技巧,使不同样式的文本得以展开对话。除上述内容,书中还穿插了作者亲笔绘制的插画和手写的便笺等材料,形式上显得很松散。书中收录的那些诗歌也写得相当随意,似乎是灵感触发后的即兴之作,以日期为题的排列方式使得该书犹如日记式的随想记录。应当指出,这本书的构思与汤亭亭晚年修炼禅宗不无关系。许多诗歌呈现出空灵幽远的意象,透着淡淡禅意。当然,这并不意味着作者已然超脱尘世,她通过禅修所企及的是超越物欲后的博爱精神,所以对父母的怀念、对周围人的爱依然是她不少诗作的关注焦点。

1991年,一场山林大火烧毁了汤位于奥克兰的家,正在创作中的《第四和平书》的草稿也毁于一旦。这次灾难是对她精神的一次重创,以至于她很长时间都无法进行创作,所以《第五和平书》的完成可以看成汤痛定思痛后的涅槃重生。作品以反思个人灾难为起点,逐渐扩展至对家国天下的关怀,以及对世界和平的呼唤。全书分为“火”“纸”“水”和“土”四章,对应中国文化中构成世界的五行中的四行,而独缺用来制作武器的“金”。这似乎也说明了作品的反战主题。四个章节在情节上没有关联性,体裁上也各不相同:“火”一章对应作者关于奥克兰大火的回忆,采用的是日记体的形式;“纸”一章讲述了《第四和平书》书稿遭劫,是散文的笔触;第三章“水”是作者对烧毁书稿内容的重写,讲述了惠特曼·阿新为逃避越战征兵,放弃财产,举家迁往夏威夷的情节,所以是标准的小说;第四章“土”是一次离开书本的现实行动,作者组织越战老兵,让他们用文字倾吐战场体验,并以此帮助他们治愈战争创伤——此章显然具有纪实色彩。

从某种意义上说,《第五和平书》既是汤亭亭的重生之作,也是她一生创作的总结。在一次访谈里,她本人曾谈及这部作品与前作的关系:“现在,作为老年人,我意识到原先探讨的思想、塑造的人物应该有进一步的发展;我想改正原先创作中的失误,也想让我塑造的人物改掉他们的错误与毛病。所以,我将《第五和平书》视为一位愿意承担责任的老年作家的作品。”[①]写作手法上,汤的这部老年之作延续了《女勇士》中多种体裁的集合。人物塑造方面,《孙行者:他的伪书》主人公惠特曼·阿新的故事得到了续写,读者见证了他的成长和蜕变。同样,在《女勇士》中作者描绘自己小时候为开口说话而挣扎,到了这部作品中,进入老年的作者以禅修的方式让自己的内心恢复了平静。从打破沉默到复归沉默,从女勇士到和平主义者,她完成了自我的否定和超越。作品看似毫无关系的四个章节事实上紧密围绕禅修中宁静致远的理念,通过个体灵修来隐喻世界和平的宏大主题。这样的写法完全突破了过往人们对华裔文学的印象,使得汤

超越了种族或女性视角的局限,写出了一个人文主义者对于人类普遍命运的关切。

综上所述,汤亭亭的早年创作以探索华裔的身份认同为主,而晚年无论在创作还是在实践中,她都积极投身于反战与和平宣传。汤对华裔群体的塑造包括了女性与男性,既有来美淘金的早期移民,又有家里几代定居美国的年轻华裔。这样宽泛的涉及面显然是其他华裔作家所不曾有的。尽管汤的作品数量不算多,但每一部都力求突破,从《女勇士》到《孙行者:他的伪书》,不仅有主题的纵深发展,也有叙事风格从传统到后现代的嬗变。更值得关注的是,晚年的汤亭亭完全具备了一个世界级作家所应拥有的视野和能力,笔者已不能用华裔作家来简单定义其作者身份了。她关注历史与现实,以全人类的苦难和福祉作为自己的创作焦点,对艺术手法的创造也处于时代前沿。但遗憾的是,汤晚年的作品却未得到评论界应有的关注。似乎一个华裔作家一旦超越了自己的种族身份就不再值得关注了,这不得不说是整个华裔作家群的尴尬。

第二节
谭恩美:母女关系与身份传承

谭恩美(Amy Tan,1952—)是继汤亭亭之后第二位具有大众知名度和国际声誉的华裔女作家。谭恩美步入文坛时,正是中国实行改革开放政策后不久,世界尤其是西方国家渴望了解这个封闭多年的神秘国度。谭恩美的小说谈不上有多少艺术创新,但她以西方人的视角来讲述中国的故事,对她个人而言是一种文化寻根,但客观上确实迎合了当时西方社会的心理需求。在这种需求的持续影响下,改编自她小说《喜福会》(*The Joy Luck Club*,1989)的电影也大获成功。西方人对谭恩美现象的关注已经超越了文学本身,在她笔下所呈现的中西文化的碰撞和对话是西方世界在面对一个逐渐开放的中国时必然要思考的问题。

生平传略与创作成就

谭恩美生于美国加利福尼亚州奥克兰,父母都是来自中国的第一代移民。她曾短暂学习医学,后转至英语与语言学专业,并最终获得博士学位。谭是位大器晚成的作家,37 岁才出版处女作《喜福会》。这部小说一炮而红,她由此迅速跻身美国一流作家行列。《喜福会》似乎为谭打开了创作灵感,短短十五年间,她接连写了《灶神之妻》(*The Kitchen God's Wife*,1991)、《百种神秘感觉》(*The Hundred Secret Senses*,1995)、《接骨师之女》(*The Bonesetter's Daughter*,2001)、《拯救溺水鱼》(*Saving Fish from Drowning*,2005)四部小说,几乎每部都取得了商业和艺术的双丰收。

谭恩美的创作得益于她独特的成长经历和双重文化身份,《喜福会》《接骨师之女》等小说都是以她自己家族的历史为原型创作的。谭的外祖母、母亲,包括她本人都经历过不少灾祸和苦难,这些创伤经验被她写入小说,用以表现不同时代妇女抗击命运的努力。谭恩美擅长写母女间的感情纠葛。她从小生长于美国,在文化上是地道的美国人,这必然导致她与信奉中国式严格管教的母亲产生冲突。而作为女儿,她又常常自责自己的忤逆深深伤害了母亲。这样的两难选择几乎存在于她笔下的每对母女之间。哈罗德·布鲁姆(Harold Bloom,1930—2019)曾指出,《喜福会》里母亲口中的两种女儿(顺从的和我行我素的)"意味着中国和美国这两个不同的世界"。[12]因此,谭所描绘的母女纠葛超越了一般家长里短的范畴,折射出中西两种文化的碰撞和第二代华裔移民的身份困境。谭恩美的成功,除了归功于她精湛的叙事技艺,另一个重要因素是她把女性题材放置于多元的文化背景下表现,恰好同当时美国社会的关注热点不谋而合。

《喜福会》与《灶神之妻》: 母亲故事里的中国情结

《喜福会》可以说是谭恩美多年积累的爆发,也是她迄今为止最畅销、最为人熟知的一部小说。它一经出版就大获好评,连续八个月荣登《纽约时报》畅销书排行榜,并被改编成电影广为传播。小说以深情的笔触描绘了无法割断的母女亲情,同时也客观地描绘了两代人因不同文化背景而引发的冲突。小说由四对母女的故事构成,吴夙愿和吴精美的故事是其中主线。1949 年,母亲吴夙愿从中国逃亡到美国,在旧金山的"第一华人浸信会"里遇见了小说中另外三位母亲。她们相约定期聚在一起打麻将,吴夙愿给这个麻将团体取名为"喜福会"。小说一共分为四部分,其中首尾两部分聚焦于母亲的故事,二、三部分记述女儿们的童年和成年后经

历。母亲部分的中国故事写得曲折离奇,情节充斥着苦难与艰辛：有的母亲在兵荒马乱的逃难途中丢下自己双胞胎女儿；有的施巧计逃脱了包办婚姻；有的为了报复背叛自己的丈夫选择堕胎；还有的跟随做了别人姨太太的母亲,过着寄人篱下的生活。女儿的故事里女儿们虽然不再身处母辈那样的险恶环境,但作为第二代移民,她们的生活从不缺少各种激烈的冲突。其中大部分冲突是母女之间因文化差异引起的,而另一些则是夫妻之间因男女不平等导致的。总之,她们的人生道路也不一帆风顺。谭恩美为小说设计了一个相对圆满的结局,两代人最终实现和解,并增进了彼此了解,尤其是吴精美还替过世的母亲完成凤愿,在故乡中国见到了失散几十年的同母异父的双胞胎姐姐。

《喜福会》能引起西方读者的兴趣,其中的中国元素是一个重要原因。谭恩美不仅塑造了一批具有传奇色彩的东方女性,而且还把中国国粹之一的麻将同小说的叙事结构结合在一起。作者把小说分为四部分,每一部分又包含四个独立故事,每个故事由一位小说人物担任叙述者。这就好比麻将规则中,每位叙述者在她的故事里坐庄,一个部分四位叙述者轮流坐庄,恰好是一圈麻将。第一部分四位叙述者的出场顺序按照麻将东南西北轮流坐庄的顺序确定。从她们的故乡所在地推断,第一个出场的吴凤愿来自上海,所以代表东边,以此类推。吴精美过世后,谁做东通过掷骰重新决定,得到的出牌顺序同时也安排了小说第二部分叙述者的出场顺序。第四部分的出场顺序又与第二部分构成对称关系。一头一尾讲述的都是吴凤愿的故事,从东方出发回到东方,既获得了叙事结构上的圆满性,又能暗喻母亲渴望落叶归根的家园情结。

作者把麻将规则引入小说叙事结构,一个原因是以麻将来象征中国文化,另一个原因是用麻将来暗示小说各个故事间相互关联的设计。吴凤愿曾这样给女儿描述中国麻将："中国人打麻将,用的是脑子,里面有很多机巧,一定要看清别人出的牌,然后记住。"[13]打麻将讲究知己知彼,全局观十分重要,而《喜福会》的叙事结构也显然具有类似的特点。十六个故事并非线型叙述,而是互为补充,形成了"母女之间的隐性对话"。[14]只有对照阅读母亲与女儿的故事,才能真正走入母亲的世界,理解她们对待儿女的方式,并把握她们丰满、立体的形象。从叙述时间看,母亲的故事代表过去,女儿的故事代表现在。女儿不想回到过去,所以母女关系紧张,但过去与现在如同玩家手上的牌,是一个无法割裂的整体。只有当女儿们真正了解自己的家庭历史,她们才能真正有自信面对未来。正如有学者指出的那样，"麻将成了人际间、文化间的一个绝好隐喻，它使人类在知己知彼的共同努力中，在两者的差异中，看到共性，寻求理解、融合，从而走向成熟"。⑮从某种意义上说，十六个故事结构上的互补不仅增进了母女间的彼此了解，更促成了中西文化的碰撞与交融。

《喜福会》的核心是母女关系，而母女关系的核心是中西方文化巨大差异背景下两代人的沟通问题。首先是双方的语言障碍。女儿们嘲笑母亲英语说得不地道，而母亲抱怨女儿不理解中国人含蓄的表达方式，这种无法克服的语言障碍必然会在两代人交流时引起误解。其次是对环境的不同态度。母亲们是地道的中国人，难以融入当地文化，因此不可避免地被社会边缘化，而作为第二代移民的女儿们早已全盘西化，除了长相，与本土美国人并无二致。或许正是"出于这种被边缘化的感觉，母亲千方百计地要让女儿替自己出人头地"。⑯吴夙愿与吴精美、林多和韦弗利这两对母女的矛盾可以说多半是上述原因导致的。

应当指出，文化隔膜是客观存在的，女儿对母亲认同感的增加，除了靠亲情，还需要她们对女性主体意识有着共同追求。当婚姻遭遇危机时，女儿们意识到了同化过程中自我的式微。从个人经历看，四位母亲无疑都具有自主意识，她们远涉重洋来到美国，本身就是因为不想屈服于命运的安排，而苦难也恰好磨炼了她们独立的品格。当面对男权压迫时，女儿们需要重温家族历史以更好地了解自我，并从母亲的中国经验中获得勇气与智慧。正如婴婴所言："我必须告诉她我过去的一切，这是唯一能深入她骨髓、拯救她的方式。"⑰不可否认，是来自中国的性格基因和本土的美国文化共同构成了女儿们完整的身份属性，抛弃其中任何一部分都会导致自我迷失与身份感模糊。追求自我是一种深入人性的本能，具有超越文化和种族差异的普遍性，所以不同文化间即使差异再大，只要加强彼此交流，也都可以走向包容。

当然，谭恩美跨文化写作的尝试有着较大的局限性。她无法也不可能摆脱西方人固有的臆断与偏见。作者笔下的中国落后、愚昧，远离现代文明，被各种巫术和迷信所充斥。具有悖论意味的是小说最后，吴精美的中国之行似乎有助于确证她的双重文化身份。但从踏上中国土地的那一刻起，主人公没有表现出任何想去了解或融入的主观意愿。这片土地在她眼里更多的是具有东方主义情调的遥远而神秘的存在，显得如此光怪陆离，以至于她在想起自己的华人血统时会感到惶恐不已："我发现自己变成了狼人，身上变异的 DNA 突然发动，瞬间把自己复制成了传说中的

中国人,有了母亲身上那些曾让我难堪的举止。"⑱事与愿违,这次旅行非但没有拉近,反而扩大了主人公与故土的距离。不仅原有的身份困惑荡然无存,而且在优越感的驱使下,这个落后国度及其人民都沦为了他者。正如有学者指出的那样:"只有回到中国,美国女儿们才放心地认同自己的美国身份,才更理直气壮地俨然以知情人身份在美国主流殿堂之上讲述她们编织的中国故事。"⑲

本来由一个华裔来向西方读者讲述中国故事似乎是顺理成章的事,但华裔身份无法掩盖谭恩美缺乏切身中国体验的事实。她对中国的了解主要依赖二手转述,其中有不少误传和附会,但西方读者乐于接纳这样的中国故事,因为它完全符合他们的期待视域。中国故事更像是作者与读者之间的一次默契的共谋,《喜福会》在进入西方主流文学圈的同时,也为西方错误的中国印象做了背书。至于双重文化身份,谭恩美并没有在小说中予以实质性的探索。

继《喜福会》引起轰动,谭恩美的第二部小说《灶神之妻》也同样是一部畅销之作。在出版后第一个月,它便荣登《纽约时报》的畅销书排行榜,并持续保持了38周。《灶神之妻》的情节依然围绕华裔家庭母女两代人展开,重点刻画了作为东方女性的母亲特有的坚韧形象。小说的起始部分由女儿珍珠担当叙述,交代了母亲维莉打来电话,要她一家赶往旧金山参加她表亲宝宝的订婚仪式。珍珠不太愿意参加,原因是她已嫁给美国人,对以前的家庭关系没有多少归属感。但没过几天,母亲又打来电话,通知她去参加另一个亲戚的葬礼。于是,珍珠带着丈夫和孩子回到自己以前的家里。在那儿,珍珠遇见海伦阿姨,也就是宝宝的母亲。海伦自称得了脑瘤,将不久于人世,她希望珍珠不再向母亲隐瞒自己患有多发性硬化症的病情,同时也希望维莉能向女儿披露自己的过去。此刻,叙述者由女儿转为母亲,小说进入到核心故事的叙述。在来美国之前,维莉的人生充满了不幸。她出生在富裕家庭,但身为二姨太的母亲和情人私奔,父亲一怒之下把她扔给叔叔寄养。维莉的第一次婚姻简直就是梦魇,丈夫的百般凌辱让她忍无可忍,唯有提出离婚,但结果她还是遭到丈夫奸污。维莉的坎坷经历让女儿体会到母亲的不易和伟大。小说最后,海伦阿姨透露她正筹划一次中国之行,并且要和维莉母女一起去。

中国元素依然是《灶神之妻》受到西方读者欢迎的重要原因之一。谭恩美自己就表示"有关中国的东西如今很时髦",⑳所以她充分利用这点来包装她的小说。小说标题与一项中国民俗有关,中国人过小年的时候有祭灶神的传统。灶神的来历有很多说法,有一种说灶神原名张单,在人世时是个抛妻弃家的薄情郎,休妻后他穷困潦倒,羞愧自尽,后因和玉皇大帝是本家而被封神。这个版本与小说情节相照应,灶神之妻暗指维莉,而张单的形象指向了维莉的原配翁福。灶神之妻代表了中国旧时封建妇女的典型形象,传统妇道要求她们在婚姻里服从丈夫、忍辱负重。具有讽刺意味的是,当了负心汉的灶神如今受人祭拜,而一直默默付出的妻子却早被人遗忘。以此为题,作者意在从女性主义的角度来批判以父权为主导的中国传统文化,她甚至借维莉之口表达了对孔子的抗议:"我不理解为什么人们尊孔子为智者。他教人压迫人,而妇女又被压在最底层。"[21]小说最后,维莉买了一尊女神像当作灶神之妻供奉在家,并取名"莫愁"。此举背后蕴涵丰富的象征意味,是主人公女性意识彻底觉醒的信号。首先,供奉灶神之妻意味着她不再甘当沉默者,而要追求与男性同等的地位;其次"莫愁"这个名字也表达了女性在摆脱对男性依附后的自信。不同于西方女性主义者的张扬,维莉通过向内心寻求力量来获得精神的自由,这是东方文化推崇的人生境界,而她由内向外所表现出的宽容和博爱也是基督教教义中理想人格的体现。

　　除中国元素的成功植入,小说另一个可圈可点之处是其广阔的历史视角。母亲的讲述大部分以 20 世纪 30、40 年代为背景,小说在展开人物命运的同时,也多次记述了当时开战的中日战争,涉及诸如日军侵华、南京大屠杀、国共联合抗日等事件。对南京大屠杀这段在西方不为人熟知的历史,作者尤其给予了简短却颇为煽情的描绘:"老年妇女、已婚妇女、小女孩一次次挨个强奸,强奸完了就开膛破肚,戴戒指的手一律剁掉。小男孩全遭射杀,没留一个后种。被强奸的有上万人,被砍死的也有两三万,数字已不再是数字,人也不再是人。"[22]作者在小说中提及这些史实,其目的显然不是单纯为故事提供一个时代背景,而是隐藏着更深远的含义。在《南京的浩劫》一书里,已故华裔女作家张纯如曾把对大屠杀的遗忘称为历史的"二次浩劫"。[23]应当指出,南京大屠杀的历史纠葛与母亲的中国故事有着某种主题上的对应关系,两者都属于不堪回首的创伤性记忆,并正在逐渐走向边缘、被人淡忘,而作者在小说中予以重现,力图纠正人们的错误观念。值得一提的是,历史叙事被巧妙融入女性主义的叙事框架中,成就了小说主题的统一性。在作者笔下,翁福与日本侵略者的形象之间有着太多可比性,当小说控诉日军罪行的同时,其矛头也指向了中国的父权统治。有不少评论者认为《灶神之妻》能复制《喜福会》的成功,原因

是两者在许多方面都有雷同。然平心而论,《喜福会》的主要特色是其异域文化书写所产生的猎奇效果,而在《灶神之妻》中,中国元素已进入作品的叙事内核,成为其女性主义视角的载体与源泉。

《百种神秘感觉》与《接骨师之女》: 中国故事里的身份传承

谭恩美的创作轨迹大致遵循稳中求变的规律,她的第三部小说《百种神秘感觉》依然延续了有关中美文化差异与认同的小说主题,但在人物设置上,姐妹关系取代了母女关系,而情节安排上,悲剧取代了大团圆的结局。来自中国的李邝和从小在美国长大的奥莉维亚是一对同父异母的姐妹,姐姐第一次来美国同妹妹相见时已经十八岁了,而奥莉维亚才六岁。李邝的粗鄙举止让奥莉维亚感到无比憎恶,而更让后者无法忍受的是李邝自称能看到"阴间"的鬼魂,所以经常给她讲各种鬼故事。尽管妹妹不待见自己,李邝却处处关心妹妹。为了挽救妹妹的婚姻,她陪同奥莉维亚及其丈夫西蒙一行去了中国。在那里,奥莉维亚与西蒙重归旧好,而李邝却为找西蒙在长鸣的山洞里失踪了。小说最后,奥莉维亚决定把自己的姓改换为李邝的中国姓"李",以此寄托对姐姐的无尽思念。

探索差异中的认同是谭恩美创作的一贯兴趣所在。同前两部作品类似,《百种神秘感觉》的人物设置继续呈现出对立统一的局面,而且这一次,两位人物的文化差异性被表现得更加突出。由于李邝来自中国偏远的农村,所以她和生活在旧金山的奥莉维亚之间的冲突不仅仅是中西文化上的,更源于乡土与城市生活方式的巨大不同。由于长期和自然为伴,李邝生性纯朴,乐观豁达,处处散发着自然人性;而奥莉维亚是在西方工业文明下成长起来的,人性中早已失去天然、原始的成分。西方文明的主要特征是科学理性主义,所以在奥莉维亚眼里,李邝对超自然现象的迷恋是骇人听闻的。至于李邝被认为患有"僵直性精神分裂症",乃是一种典型的将异己者他者化的表现。但是,人是感情动物,理性主义解决不了奥莉维亚的身份和感情危机,而李邝的非理性讲述却是一把能打开她心锁的钥匙。与其说李邝拥有什么超自然的特异功能,倒不如说她是用无私的爱拯救了妹妹的困境。她的以德报怨既体现了"中国传统伦理维度上对于家庭观念和血脉亲情的重视",②也反映出主人公在大自然哺育下超越小我的高贵品性。对奥莉维亚而言,从冲突到认同是她抛却文明伪装、回归人性本真的过程。从这点来讲,《百种神秘感觉》对美国女儿的塑造还是因袭了作者前两部小说的思路，而超现实元素与中国故事的结合却无疑是谭恩美创作道路上一次前所未有的创新。

《接骨师之女》是谭恩美时隔六年后创作的第四部小说。由于经历了母亲亡故，作者在这部回归之作中又写起了她最擅长的母女题材。小说由两个核心故事构成，分别记录了美国女儿的现实与中国母亲的过去，这样的情节模式显然是谭恩美读者所熟知的。在第一部分里，女儿露丝·杨过着不算如意的生活，事业和感情都没有起色。母亲茹灵患有老年痴呆症，为防止记忆丢失，她记录下自己的中国往事。露丝读到母亲的手稿，终于揭开了这段鲜为人知的历史。在小说第二部分，母亲回顾了家史和乱世的遭遇，刻画了绝望自杀的生母宝姨和惨死在日军枪口下的丈夫。读完母亲的故事，露丝终于谅解了母亲的古怪行为，母女的紧张关系也最终得以和解。

《接骨师之女》是谭恩美所有小说中最具自传色彩的一部。小说中宝姨的原型是谭恩美本人的外婆，而作者的母亲也像茹灵一样患有阿尔茨海默病。作者曾这样评价虚构与现实的对应关系："这个故事的核心来自我外婆，它的声音属于我母亲。"⑤尽管母女关系对读者而言是老旧题材，但小说写了三代人，表现了家族性格基因的传承，这些内容都不失为对前作的突破。当谈及写作初衷时，作者想为母系家族立传的意图表露得更为明显："我想写记忆的遗失，写对于故人的回忆，写想记住而最终忘却的东西，写关于忘却的种种发现。"⑥身处美国的中国母亲本来就少有机会分享自己故事。随着她们的老去，那些隐秘的个人精神史也将失传，所以记忆的保存自然成了《接骨师之女》要传递的核心主题。这种保存既靠讲述的显性方式得以落实，又通过隐性的家庭文化熏陶而深入骨髓。正如露丝的性格中既有宝姨的隐忍，又有茹灵的坚韧，可以说她是母亲与外婆的结合体："在露丝的想象中，外婆就是个小女孩，而母亲也很年轻，她们铸造了她的生命，隐藏在她的骨髓中。"⑦对于露丝，母亲的中文手稿就像宝姨收藏的龙骨，人们不能理解上面刻着的文字，但它们却记载着民族起源，所以保存母亲记忆不仅是延续血脉的方式，也是主人公了解自我、探寻自身文化身份的开始。

《拯救溺水鱼》：题材与风格的突破

《拯救溺水鱼》是谭恩美创作道路上的一次突变，小说无论在题材还是风格上都彻底告别了以往的模式。小说讲述了一队美国游客从丽江出

发,沿滇缅公路赴缅甸旅行所遭遇的各种奇闻趣事。小说叙述者陈璧璧是他们的导游,但在出发前神秘亡故,所以叙述者事实上是个鬼魂,她拥有全知视角,像一名隐形成员一路相随,并时常参与其中。由于不谙当地文化,这伙人一路上没少惹麻烦。进入缅甸后,他们遭当地南夷人绑架,南夷人误把一名成员当作救世主。有意思的是,队员们还真要帮助南夷人摆脱穷困处境,而西方媒体的介入最终导致这次误打误撞的拯救行动以悲剧收场。

《拯救溺水鱼》的主基调是诙谐幽默的,一反作者擅长的抒情风格。近似荒诞的情节和灵异叙述带来的虚实混淆,制造出一个充满游戏意味的后现代文本。在内容上,走出母女题材的谭恩美把关注投向了宏观的文化多样性话题,以反讽手法批判了西方人的文化中心主义思维。在小说里,美国游客屡屡成为麻烦制造者,这并非出于主观故意,而是把自己的好恶当作普世价值观强加于他人的结果——看似施以援手,实际酿成更大祸害。美国游客的救世主情结反映了他们强烈的文化优越感,而标题"拯救溺水鱼"无疑是对这一现象最为生动的讽刺。正如有学者指出的那样,"这部作品是谭恩美自身对华裔文学创作及美国主流文学的一次深思,作品更多反映了后现代社会里的文化误解和冲突"。⑧

《拯救溺水鱼》的求变精神没有让谭恩美在这条路上走得更远,在新作《惊奇山谷》(*The Valley of Amazement*,2013)里,她又再度回归母女题材。小说展现了母女两代人的故事,由母亲露西娅和女儿维奥莱特共同担当叙述,背景从 20 世纪的中国辗转至 19 世纪的美国。母女两人都有着曲折的人生经历。未婚先孕的母亲随男友来到中国,却惨遭抛弃。迫于生计,母亲经营一家妓院,后与青帮发生纠葛,被迫离开上海,失去了同女儿的联系。维奥莱特的命运更为多舛,她当过妓女,结了三次婚,其中第二次还被骗做了三姨太,总之受尽凌辱。小说通过母女的创伤记忆探索了女性意识、双重文化中的身份追寻等主题,这些迹象表明谭的新作似乎又回归到了《喜福会》的创作旧路上。

到目前为止,要对谭恩美的创作下任何定论还为时尚早,但至少可以归纳出一些特点和规律。首先,谭是讲故事的高手,她的小说大多具有荡气回肠的情节,加上平实的语言风格,因此能受到普通读者的如潮好评。作者从母女的情感纠葛出发,追寻母辈足迹,揭开了第一代华裔女性移民同苦难搏斗的不屈历程,以及她们隐秘而丰富的内心世界。由于这些人群既是女性,又属于少数族裔,构建她们的故事赋予了小说离散文学和女性主义书写的双重属性,这同近年来西方文坛关注的焦点十分吻合。而谭从母女冲突出发,在结尾处突出亲情的叙述模式,是让文化冲突消解于对人性基本价值趋向的认同,赢得了不同文化背景读者群的共鸣。当然,谭恩美的中国书写受自身的文化背景所限,难免有失真的成分。但随着全球化日益深入,她越来越能以开放的视野和包容的立场来讲述她的中国故事。

第三节
任璧莲:从华裔到混裔的转向

任璧莲(Gish Jen,1955—)是出生在美国的第二代华裔移民,也是继汤亭亭、谭恩美之后年轻一代华裔女作家中最具代表性的一个。比起汤亭亭等老一辈作家,这批新生代作家更有身份上的自信,对身上混杂的文化属性也较为坦然。以任璧莲为例,她的作品并不以老移民身世和中国元素为主要聚焦。虽然族裔依然是其创作绕不开的主题,但她关注的重心更多为美国少数族裔之间的文化融合。这一新的聚焦体现出华裔文学在美国文化走向越来越多元的趋势下某种新的变化。

生平传略与创作成就

任璧莲的父母都受过良好教育,所以对子女的文化学习非常重视。任璧莲的三位兄长都毕业于常春藤名校,成为商界精英。而她在高中期间就开始写诗,读完哈佛大学后便想方设法投身文学事业,加入了艾奥瓦作家工作坊。经过一番曲折,她终于在三十多岁时发表第一部长篇小说《典型的美国佬》(*Typical Americans*,1991),并受到了业内好评。之后,她的创作一发不可收拾,几乎每隔几年就有新作问世。迄今为止,她一共写了四部小说,除《典型的美国佬》,其他三部分别是《莫娜在希望之乡》(*Mona in the Promised Land*,1996)、《爱妻》(*The Love Wife*,2004)、《世界与小镇》(*World and Town*,2010)。此外,她还创作有一部短篇小说集《谁是爱尔兰人》(*Who's Irish*,1999)、一部她在哈佛大学的演讲集《虎之写作:艺术、文化与互依自我》(*Tiger Writing: Art,Culture,and*

the Interdependent Self，2013)。

　　与其他杰出的华裔女性作家相比,任璧莲不具备汤亭亭的思想深度,也没有谭恩美的情感煽动力,其创作基本围绕族裔、身份认同等华裔文学中司空见惯的主题。应当指出,在表面老套的题材背后,任塑造了一批与以往华裔形象有着迥然不同身份模式的人物。在不少华裔文学中,人物的身份归属很大程度由出生地决定,并逐渐固化为自我意识的一部分。对比之下,任所塑造的人物体现出一种身份的流动性。他们不固守已有的身份属性,而是把个体的自我构建和发展放在首位,从不同族裔的文化观念里汲取养分,不断地发现、修正和完善自我。《典型的美国佬》里的男主人公为了实现他的抱负,就经历了对美国文化从排斥到认同的反转过程。而在后三部长篇小说中,作者的视野更是从华裔人群转至混裔人群。《莫娜在希望之乡》中莫娜的身上混杂着华人、犹太人和美国人三种身份意识,而且伴随人物成长,这三种身份意识不断转换,以适应不同时期主体建构的需要。《爱妻》和《世界与小镇》分别展现了混裔家庭与混裔社区的生活,反映了全球化语境下美国社会高度混杂、不同族裔深度融合的局面。

《典型的美国佬》：一个华裔家庭的美国梦

　　任璧莲的首部小说《典型的美国佬》讲述了一个华裔家庭的曲折奋斗史,也是一个典型的美国梦故事。小说始于 20 世纪 40 年代后期的中国,为了逃离国内的动荡环境,主人公拉尔夫·张与妹妹瑟里莎相依为命来到美国闯荡。拉尔夫后来同他妹妹的一个好朋友、华裔女孩海伦结婚,三人住在了一起。作为第一代移民,他们三人积极进取,在各自领域均取得不俗成就:拉尔夫获得博士学位,瑟里莎成为一名大夫,而海伦也把家庭经营得井井有条,还诞下了两个女儿。一开始,他们试图恪守中国传统,不愿被周围环境同化而成为"典型的美国佬"。然而,对金钱的贪婪让拉尔夫摒弃了自己做人的原则。他结识华裔商人葛罗夫·丁,并在其引诱下放弃大学教职,经营起了一家外卖店。为了获取更高的经营利润,他偷逃税款。在生活方面,他也开始全盘美国化。正当拉尔夫把外卖店扩大改造成一家堂吃的餐厅时,餐厅墙面发现有裂缝,原来他盘下的是一幢危房,而让他受骗上当的正是葛罗夫。雪上加霜的是拉尔夫还发现葛罗夫与海伦有染,他遭遇了事业和家庭的双重打击。由于和妻子的矛盾闹得不可开交,陷入疯狂的拉尔夫在一次意外车祸中撞伤了前来调解的瑟里莎，导致后者昏迷不醒。在巨大的悲伤中，拉尔夫开始反省自己的过去。为了给妹妹治病，他卖掉房子，搬入了公寓。最后，妹妹奇迹般地苏醒过来，给这个破碎的家庭带来了重建的希望。

在这部小说里，作者描绘了第一代移民从抗拒同化到全盘美国化的过程，并对这一转变所导致的得失予以反思。小说标题意味深长，"典型的美国佬"本来是主人公一家用在美国人身上的贬语，但主人公自己最后却沦为他所排斥的人。不同于汤亭亭和谭恩美笔下的底层人群，任璧莲这部小说所关注的第一代移民原本在中国都处于社会精英阶层，他们来到美国自然不只是为了糊口，而是希望同样能跻身社会上层。比起纯粹为了讨生活而来的移民，他们面临两大基本困境。其一是现实与理想的落差：当拉尔夫从中国来到美国，经历了从骄子到贱民的身份转变，从天堂跌落低谷再试图向上攀爬需要强大的意志力和心理承受力。其二是他们在中国受过完整系统的传统文化教育，对美国人行为举止的鄙夷体现出一种文化优越感，这显然同他们融入美国主流社会的目标是相背离的。

在当时的环境下，美国社会的主流价值观几乎可以同消费主义画上等号，整个社会都被物欲横流的漩涡所吞噬，人心道德淹没在了拜金主义的浪潮里。正如拉尔夫一针见血指出的那样："在这个国家里，你有钱就能做任何事情。没钱就什么也不是，你是中国佬。"㉓刚来美国时，拉尔夫曾因缺钱而过着尊严扫地的生活，所以即便拥有美满的家庭、骄人的学历和体面的工作，他依然没有觉得自己重拾了尊严和安全感。妻子海伦沉湎于物质享受，更难抵制对金钱的贪欲。当拉尔夫一家人开始追逐财富时，实际上也是主动选择了美国化，而美国化又是他们迈向堕落的第一步。葛罗夫作为引诱者，其扮演的角色同撒旦十分相似，同时他也是成功美国化的代表人物。在小说中，葛罗夫已完全被金钱所腐蚀，为满足一己私欲，他可以无视任何道德底线。可见作者对美国化和美国梦的批判是尖锐而深刻的。美国梦所提倡的通过个人努力发财致富的信条本身没错，但它过于突出个人力量，强调物质意义的成功，而忽略了人对自我限度的认识，以及自身道德修养的完善。这些方面的缺失都会让梦想偏离正确轨道。就如同发生在拉尔夫身上的那样，积极进取的精神在贪欲作用下降格为急功近利。随着个人野心的不断膨胀，美国梦非但没有成就这个本性不坏的年轻人，反而把他推向灾难的边缘。

耐人寻味的是，最后挽救拉尔夫的不是美国人所推崇的开拓精神，而是财富离他远去时对中国传统家庭伦理观的回归。在中国人的思想深

处,家庭是个人立身之本,家庭美满与否影响到个人乃至国家的发展。一个妻离子散的人即便拥有巨额财富也被认为是失败的。拉尔夫与海伦最后重修旧好就缘于他们对家庭的重视。夫妇俩认为自己无比幸福,甚至还同情孤身一人的葛罗夫。显然,这是中国人的家庭观念起了作用,它帮助拉尔夫完成自我救赎,使他避免继续滑向欲望的深渊。必须指出的是,拉尔夫只是依靠中国文化中的某些信念走出了人生困境,但这并不意味着在身份认同上,他有逆美国化的倾向。只是较之过去,他成为一个更为完善的人。正如有学者所指出的那样:"他身上不会有更多的中国性,也不会有更少的美国性,他就是一个典型的美国人:虽一直经历并仍要经历着身份困惑,但不会再盲目地接受和模仿主流社会中的一切观念和思想,也不会再轻易地摒弃自身文化价值中的精华。"㉚辩证地看,中美文化具有很强的互补性,它们一方面是华裔移民身份焦虑的原因,但另一方面也给他们的人生创造出更多的可能性。

《莫娜在希望之乡》:流动的身份

任璧莲的第二部小说《莫娜在希望之乡》在情节上是第一部小说的延续,主要展示了拉尔夫子女们的生活。不同于《典型的美国佬》的压抑氛围,这部小说的主基调是轻松幽默的。依靠父辈打下的基础,第二代移民过上了丰衣足食的生活。在身份问题上,他们也比自己的父母要自信许多。拉尔夫的女儿莫娜在种族观念上十分开放和包容。她从父母那里继承了中国人的生活方式,但面对同学们的偏见,她并不以为意,因为她认为自己就是纯粹的美国人。她结交不同种族背景的朋友,并以犹太教作为自己的信仰。最后,她嫁给犹太男青年塞思,等于以婚姻的形式在现实中固化了自己的身份认同。不同于莫娜多元化的身份意识,姐姐凯莉在潜意识里更向往中国式的生活,她学习汉语,在饮食和穿着上都向中国人靠拢。最后,她嫁的丈夫也是个华裔。这些都说明中国元素令她有一种天然的亲近感,但这也并不意味着她对美国文化的认同有丝毫削弱。

小说标题里的"希望之乡"(the promised land)一词具有深远的象征意义。它语出《圣经》,指迦南这片上帝赐予犹太人、供这个流浪民族世代生活的家园。显然,在作者心目中,美国如同现代世界中的希望之乡,以其包容的胸襟接纳来自不同族裔的流散人群。无论华裔、犹太裔、日裔、非裔都可以在这个国度安居乐业。标题所蕴含的美好意愿不仅暗示出作品的喜剧性质,也折射了作为小说背景的 20 世纪 60 年代美国多元文化主义思潮所结出的现实果实。于是,在新的历史语境中,作者创造了一种充满流动性的身份塑造过程。

莫娜在家里受中国文化熏陶,在学校受美式教育,又因从小生活在犹太社区而深受犹太教的影响。这种身份的流动性首先得益于社会给予个人的多元化选择。在美国这个种族大熔炉里,美国的国民性也是不断流动着的,它由外来文化不断加入融合而成。当然,文化多元主义必然导致人们自由意识的增加,以出生地决定一个人的身份归属显然有悖于自由选择的原则。尽管中国文化对莫娜来说是与生俱来的,但犹太教的信仰却是她自主的选择,是其个人意志的体现。种族融合具体到每个个体就意味着要打破出生地决定论,加强不同文化间的流动、融合,否则难以真正落到实处。而当莫娜加入犹太教后,她身上的中国属性非但没有消失,反而变得明晰起来:"尽管现在她已成为犹太人,但她比任何时候都感到自己同样也是中国人。"③因为在犹太社区里,莫娜显得如此与众不同,这会让她审视自己,更好地发现隐藏于自我深处的中国性。

此外,一篇研究此小说的文章发现华裔与犹太裔移民之间存在着不少共同之处。②在美国,华裔被称为"新犹太人",原因就是他们同犹太裔一样精明能干,凭借才智和勤奋迅速从社会底层蹿升至上层。值得注意的是,除了这些共同品质,犹太文化吸引莫娜的另一个重要原因是,它很好弥补了中国文化里的某些缺陷。对追求自由的莫娜来说,中国文化中的顺从是她要扬弃的,而犹太教里的追问精神却符合莫娜对身份探索的需要。总之,小说里新一代华裔青年的形象与以往华裔作家笔下的人物有了很大不同,他们已完全走出了自己的族裔生活圈,能在与主流社会的同/异化的博弈中找到平衡点,并最终在多元化的身份归属中创造出新的自我。

《爱妻》与《世界与小镇》:混裔小说中的文化融合新视野

任璧莲的第三部小说《爱妻》探讨的依旧是家庭关系。小说由五个不同声音的叙述构成,五位叙述者来自同一个混裔家庭,他们的讲述引出了三代人的恩怨纠葛与错综复杂的情感矛盾。小说男主人公卡内基·王是一个美国华裔男青年,在新科技领域工作,前途无量。他娶了思想开放的白人女子珍妮为妻,俩人婚后生有一子,还领养了两个亚裔女孩。卡内基的母亲王妈是一个异常强势的女人。她白手起家,生意做得很成功,但思

想保守，就因为要儿子娶华人媳妇而不认可这门婚事。王妈使用各种手段威逼利诱，企图拆散这对夫妻，即使在患上老年痴呆后也未曾放弃努力。临死前，王妈把远房亲戚兰从中国召来美国照顾孩子，其真实目的是要让兰取代珍妮，成为家里的女主人。生活在同一屋檐下的这三人关系十分别扭。兰贤惠能干，孩子们都喜欢和她在一起，这让珍妮倍感威胁，她毅然放弃工作，回家捍卫女主人的地位，但没有成功，兰最终取代了她。小说最后，作者揭开了兰的身世，原来她才是王妈的亲生女儿，而卡内基是王妈收养的。

小说中，不同文化背景的人物被设置在同一个家庭里，真正把东西方文化的冲突与融合推向深处。兰与珍妮分别是中西两种文化的典型代表，而卡内基以及两个养女温迪和丽兹则是两种文化的混合品。珍妮开明外向，兰保守内敛；前者以交流文化的心态来接纳后者成为自己家庭的一员，而后者将此视为西方人的虚伪。兰饮食起居上的俭朴作风在珍妮眼里是中国式的禁欲主义，而珍妮对田园生活的向往在兰看来也是不可理喻的。很多时候，所谓文化融合就是让两种文化共存的同时，始终在两者间保持一定安全距离，这实质上是一种伪融合的状态。而在《爱妻》里，东西方观念在同一屋檐下不得不发生接触，甚至纠葛，真正创造出融合的前提。而兰与珍妮俩人看似水火不容，但不可否认她们之间在相互影响。在对待孩子的问题上，兰扮演着慈母的角色，采取无为而治的策略，顺应他们的需要；而珍妮俨然是一个管教者，她以命令的方式，处处规范孩子行为。有学者发现，两人角色在珍妮辞职后发生了戏剧性对调。[③] 她们都在无意识中把对方设想为理想的自我，当兰开始渴望成为女强人，珍妮却开始淡泊名利。这种变化从微观层面看是两人对环境的适应与妥协，而如果从宏观看，则意味着两种文化的融合——不是一种被另一种同化，而是两种文化互相扬弃的产物。这种融合打破了文化本质主义的思维定式，揭示出个体在身份构成上的复杂与多变。

这一点在小说其他人物身上表现得更为明显。长着一张中国人面孔的卡内基是地道的美国人，后来受到兰的影响，开始重拾自己华裔的身份。而最后，他发现自己并非王妈所生，身份归属陷入困惑之中，但这并不影响他再度做出选择的自由。养女丽兹的身份构成更为含混，父亲是华裔，母亲是白人，她只知道自己是亚裔。个体自我身份的识别最初来自父母，而丽兹从她父母那里获得的只能是错位的身份认同，她成了名副其实的无根之人。而无根也意味着无拘无束，相较其他人，丽兹更容易把自己代入不同种族身份的体验里。如果说《莫娜在希望之乡》打破了种族间身份归属的壁垒,那么《爱妻》真正体现了种族间的融合,标志着全球化语境中华裔文学创作的新风向。

　　同前三部小说相比,任璧莲的第四部小说《世界与小镇》在风格和创作主题上发生了一定的改变。如果说青壮年是前三部小说的关注所在,那么这部作品描绘的是一个老者的晚年世界。因此,作者的笔调少了一些轻快幽默,多了几许沉郁凝重。小说主人公华裔女性海蒂已步入残年,她孤身一人定居在异乡的小镇上,丈夫、好友相继离世,唯一的儿子在中国香港工作,只有三只爱犬相伴左右。一个柬埔寨裔家庭因躲避国内战乱来到美国,他们的到来给海蒂平静的生活带来了几分波澜。于是,海蒂试图帮助这个支离破碎的家庭,特别是经常给予大女儿苏菲精神与物质上的慰藉。与初恋对象卡特再续前缘是小说另一处重要情节,它让海蒂回忆起过去的时光,而时代已然发生巨变。作者还讲述了匈牙利移民艾费雷特夫妇的故事,妻子基妮原本是海蒂的好友,但她狂热的宗教信仰是海蒂所不能接受的。基妮不仅把苏菲引上了歧途,而且亲手酿成了丈夫的悲剧。在小说最后部分,作者再次把关注焦点投向海蒂。出于迷信,海蒂的侄女催促她将母亲的骨灰运回中国安葬,海蒂不堪其扰,只能应允,从此落下了内心的创伤。

　　小说以主人公海蒂为轴心划分为五章,其中一、三、五章以海蒂为视角叙述,二、四章穿插苏菲家和艾费雷特家的故事。这样的安排得以让错综复杂的人物关系有条不紊地展开,每个人物也可以代表各自族裔发出声音。从某种意义上讲,海蒂所居住的江河镇就是现代美国的缩影,其中有展示各种族裔文化的杂糅,反映宗教极端主义对人思想的渗透,也反映现代商业社会里的人心不古,反映"9·11"事件对美国人的心理冲击。可见,小镇虽小,却包罗万象,作者以小见大的写法十分符合标题"世界与小镇"的内涵。当然,小说不只写了国家和族裔,更多涉及了一个老者在异乡的心境。面对死亡和孤独,海蒂逐渐尝试与外界和解,并以包容和开放的态度化解各种纷扰。在此心境潜移默化的影响下,东方智慧与西方观念在海蒂身上实现了完美共存,这种共存反过来提升了主人公的抗压能力,加强了她自我发现与自我反思的力度。

　　除长篇创作,任璧莲还写过一部短篇小说集《谁是爱尔兰人》,其中的同名小说讲述了一个华裔母亲与她女儿的混合裔家庭故事。主人公的女儿纳塔丽是第二代美国移民,与一个名叫约翰的爱尔兰人组成了家庭。

一辈子勤劳的主人公看不惯爱尔兰人家庭懒散的生活作风,在教育外孙女苏菲的问题上,也和小夫妻俩有很大分歧。老母亲主张中国式的严格管教,她认为苏菲的粗野就是娜塔丽纵容的结果,可女儿更接受西式民主教育。有一次苏菲撒野,老母亲对其进行了严厉惩罚,让小夫妇俩非常不满。最后,主人公不得不搬离住所,与约翰母亲贝斯生活在一起。

这篇小说表面上写了中西家庭教育观的分歧,透过这种分歧也的确折射出家庭内部身份归属的差异性,但凌驾于身份之上的是人性的普遍原则,所以差异之中也有融合与流变。主人公对华人价值观的恪守体现在其为人处事的方方面面,例如她对爱尔兰人的不满就是因为她以中国人的眼光去审视其他民族的习性,并视其为缺陷而进行放大:"我常想,爱尔兰人像中国人一样,都是在铁路上努力工作。但现在我知道为什么中国人打败了爱尔兰人了。当然,不是所有的爱尔兰人都像希家人一样,当然不是。我女儿跟我说,我不该说爱尔兰人这、爱尔兰人那的。"㉞在这个混合裔的家庭里,纳塔丽的处境较为尴尬。一方面,她更认同西方的教育理念,所以经常与老母亲发生争执。但另一方面,她本人也是在母亲中式教育氛围下成长起来的。她的成就不可否认与其母的严格管教有着密切联系,而且客观上,她确实也需要老母亲照料家务。应当指出,文化冲突不可避免,但双方对情理的尊重不能因为文化差异而被搁置,这也是小说试图向读者传递的信息。纳塔丽要求母亲为自己无私付出,却又不准她干涉自己家事,这显然在任何文化里都算自私行为;或者说,母亲在纳塔丽眼里只是劳动力而已,就连主人公也自称保姆。为女儿辛勤付出大半辈子的母亲到头来被她扫地出门,纳塔丽一家的冷漠显然不能以文化隔阂为借口掩盖。这点连约翰母亲贝斯也深以为然,她称主人公为她那儿的常住居民,对其遭遇表示同情。小说最后,两位老母反倒因为孤独而抱团取暖,贝斯甚至封主人公为"荣誉爱尔兰人"。种族差别毕竟抵不过人性需求,共同的困境既让主人公原有的认同感发生迁移,也让她跳出族裔视角,完成了自我的回归。

综上所述,任璧莲的创作代表了华裔作家对身份、族裔及文化融合问题的最新思考,是全球化时代文化多元主义大行其道、不同族裔寻求融合的真实反映。在作者笔下,各族裔的美国人都开始学着开放处世,包容待人,平等交流。值得注意的是,她的一些作品有意淡化个体的族裔标签,旨在塑造出具有多元身份认同、蕴涵多种文化基因的人物形象。在某种程度上,她开创了颇具时代特征的混裔身份书写。如果说汤亭亭和谭恩美的创作更多地偏重于美国华裔所背负的历史遗产，那么任璧莲则聚焦于他们的未来和希望。

第四节
其他华裔女性作家

从 20 世纪初到今天，美国华裔文坛几乎就是女性作家的领地，其中涌现出一大批才华横溢的作家。众多女性作家虽然在影响力上无法和上述三位同日而语，但她们的创作也是各具特色、精彩纷呈：她们或以编造曲折的情节见长，或坚守着唐人街文化的小圈子，或勇于开拓族裔题材之外的创作可能性。以下将着重介绍几位不同年代的佼佼者。

邝丽莎：商业文学的成功典范

小说家邝丽莎（Lisa See，1955—   ）出生于巴黎，在洛杉矶的唐人街长大。她的曾祖父是华裔。尽管邝丽莎长相上和华人相去甚远，但华裔文化对她影响很大，她一直声称自己是个华裔作家。邝丽莎已出版的作品有：家族自传《百年金山》（*On Gold Mountain: The One-Hundred-Year Odyssey of My Chinese-American Family*，1995），小说《花网》（*Flower Net*，1997）、《内部》（*The Interior*，1999）、《龙骨》（*Dragon Bones*，2003）、《雪花与密扇》（*Snow Flower and the Secret Fan*，2005）、《恋爱中的牡丹》（*Peony in Love*，2007）、《上海女孩》（*Shanghai Girls*，2009）、《愉悦之梦》（*Dreams of Joy*，2011）、《中国娃娃》（*China Dolls*，2014）等。

《花网》《内部》《龙骨》三部作品都属于一个系列的侦探小说，描写了20 世纪 90 年代后期的中国社会。《花网》围绕着两起命案的侦破进行，由于是跨国案件，案件的侦破由中国女侦探刘胡兰和美国律师大卫协作完成。与悬念丛生的办案过程交织在一起的，是作者对两位主人公的跨国恋情、中美两国的关系以及对"文革"往事的描绘。《内部》写的依然是刘胡兰与大卫的办案故事，不同的是小说场景从北京转到了中国农村。这是一桩女工离奇死亡的案件，为了查明真相，刘胡兰决定潜入工厂当卧底，碰巧的是大卫的客户又即将收购这家工厂。此案把两位主人公置于

对立阵营中,他们必须在良知、职业道德及私人感情间做出抉择。在这样的困境下,冲突当然在所难免,而冲突背后所折射的却是中西方观念的巨大差异。在《龙骨》中,作者将谋杀与考古两个流行元素放到一起,再加上作者在案件背后所铺设的政治与宗教玄机,确保了小说销售大获成功。

小说《雪花与密扇》把作者带回到 19 世纪末的封建中国,讲述了两个女孩之间的命运纠葛。在湖南乡村,一个名为百合的女孩与她的女伴雪花结为"老同"。这里的"老同"据说是湖南乡里对某种亲密的姐妹情谊的指称,不能与西方的女同性恋画等号,这种关系的建立是女性对在封建婚姻中丧失主体性的反抗。她们通过在扇子上留言的形式互通信息,为了不被男人发现而使用了"女书"的书写形式。这样的交流体现了一种排他性,也是女性作为沉默者的无声示威。在兵荒马乱的年代,两人历经坎坷依然维持着珍贵的友谊,后来却因双方社会地位的倒置产生了误解。作者为故事精心营造了一种浓郁的东方氛围,细致描写了诸如裹足那样具有封建色彩的种种风俗,这些内容对西方读者来说无疑具有巨大吸引力,满足了他们对东方的猎奇心理,这是小说获得成功的重要原因。在人物塑造上,封建礼教统治下的妇女被注入了西方女性主义的色彩,具备主体意识,寻求感情的付出与回报,甚至闺蜜之谊也成了打破父权垄断的武器。

《上海女孩》的完成可以看作邝丽莎创作上的一次转型,她第一次把笔触伸向了华裔的移民群体。小说情节与谭恩美的《喜福会》有些许相似,都是讲述抗日战争期间中国家庭逃难到美国生活的艰辛历程,只不过作者的关注对象成了姐妹关系。姐姐珍珠与妹妹梅原本是上海滩上的富家女,但父亲因赌博输光家产,只能把女儿嫁到美国还赌债。日本侵略者的到来让母女三人踏上了逃亡的生涯,途中母亲亡故,姐妹俩相依为命从中国来到了美国。抵达美国后,姐妹踏上了不同的人生之旅,但她们都需要学会融入新环境,可以说是两人的相互扶持让她们克服种种险阻,共同前行。

女性间的互助与关爱是贯穿小说的主题,它也出现在《恋爱中的牡丹》和《雪花与密扇》两部作品中,而《上海女孩》以全方位的视角对此进行了表现。珍珠与梅虽然在个性上截然相反,对事物的看法也存有许多分歧,但她们始终求同存异,把姐妹情谊看得高于一切。事实上,两个闺阁中成长起来的女孩能面对人生如此重大的转折,经受住各种磨难的考验,并在战火纷飞和陌生环境中生存下来,靠的就是对彼此深沉的情感。因为她们知道不仅要为自己活，更要为对方活，这样的信念让她们变得无比坚韧。如果说珍珠与梅的情谊是建立在血缘关系之上，那么她们收到的来自其他女性的关爱则是更为广阔的姐妹情谊。许多萍水相逢的陌生人给予了她们无私的援助，这种援助应当是出于施予者对自己弱势地位的认同所产生的同理心，它既是女性意识的一种外在表现形式，又是她们用来抵御男权压迫的有效手段。

总体来说，邝丽莎的创作偏向于通俗视角，她的侦探小说以悬念与离奇的情节取胜。其他作品里也融入了不少具有猎奇性质的东方元素，这些都成为她小说的卖点。应当指出，邝丽莎不是一个以创新见长的作家，在华裔与女性两大题材的表现上没有涌现出多少新视角，挖掘也不够深入。当然，她对女性人物的塑造，尤其对不同时期中国妇女形象的把握，确实有不少可圈可点之处。

伍慧明：唐人街生活百态的书写者

伍慧明（Fae Myenne Ng，1956—　　）出生在旧金山的一个华裔移民家庭，父母都是普通劳动者。她的年少时光基本都在唐人街度过，后考入哥伦比亚大学，获美术专业硕士学位，目前任教于加州大学伯克利分校。她的主要作品有《骨》（*Bone*，1993）和《望岩》（*Steer toward Rock*，2008）。

处女作《骨》让伍慧明一举成名，也是她十年磨一剑的心血之作。小说讲述了一个居住于旧金山唐人街的华裔家庭故事，其中许多素材取自作者本人经历，具有一定自传色彩。小说主要刻画了家里的三个姐妹。老大莱拉是小说叙述者，也是家里的精神支柱。她虽从小生长于美国，却能在精神上认同作为土生土长中国人的父母。二女儿安娜是故事中的悲剧角色，由于性格刚烈，当她与男友的恋情遭到家里反对时选择了跳楼自尽，她的死给家人带来心灵的重创。三女儿尼娜与家里关系最为疏离，为逃避安娜死后家里压抑的氛围，她去了遥远的纽约。

作者以"骨"为书名，暗示出弥漫于小说的无尽幽怨。它既可指代未被带回故乡安葬的祖父尸骨，也可指放置于家里的安娜骨灰。而在中国文化中，尸骨得不到妥善安葬会引发对后人的诅咒，所以父亲自然把女儿的死同这件事联系到了一起。小说里每一个人似乎都被某种历史记忆所困扰，他们试图挣脱上一代施加的影响。父亲利昂一直生活在"契约儿子"这个身份的阴影下，他甚至没有兑现祖父的承诺，这使他一直忐忑不安。女儿安娜自杀的导火索就是上一代人的恩怨，死显然是绝对意义上

的逃离。而小说最后,女主人公莱拉搬出唐人街,远离记忆之地也可视为一种同过去划清界限的做法。应当指出,人物把自身历史视为负担,主要缘于他们的身份焦虑——华裔身份等同于边缘化,是苦难的代名词。但正视身份、反思过去是摆脱困扰的唯一出路,而唯有莱拉真正做到这些,所以她最终获得了内心的自由。

《望岩》是伍慧明的第二本小说,这一次作者选择站在男性视角来反映华裔生活。小说主人公及叙述者杰克·司徒也是通过做"契约儿子"获得美国身份的,但为了爱情,他主动向移民局坦白自己的虚假身份。这样做并未赢得爱人乔伊斯的心,反而丢掉了美国公民的身份,而且还遭到契约父亲的报复,失掉左臂。最后,在女儿帮助下,他才重获公民身份,一切付出总算有了回报。小说中,杰克与他契约父亲金·司徒一正一邪的形象对比给读者留下了深刻印象。金·司徒是唐人街里常见的一类人,他们身处社会边缘,依赖丛林法则为自己谋利,逐渐养成了仗势欺人的习性。而杰克显然是作者心目中理想的华裔形象,他既具有中国人特有的家庭责任感,又敢于捍卫个人的幸福自由。

总体来说,伍慧明以唐人街生活作为她创作的主要素材,小说人物与白人社会互动相对较少,所以并没有很多关于中西文化融合方面的探索。但伍慧明的创作深刻反映了华裔两代移民对于自身处境的困惑与醒悟,写出了故土文化对于他们心理的微妙影响。

张岚:文化冲突下的中国情结

张岚(Lan Samantha Chang,1965—)是近二十年来美国华裔文坛涌现出的新锐女性作家里的杰出代表。她出生于威斯康星州阿普莱顿,父母都是 20 世纪 40 年代末从中国来美国的移民。大学期间,她涉猎广泛,进入三所美国名校不同的专业修读。目前,她是艾奥瓦大学的教授,兼任艾奥瓦作家工作坊的主任,这也是第一位担任此职的华裔。她的作品主要有小说集《饥饿》(*Hunger*,1998)和长篇小说《继承》(*Inheritance*,2004)、《难忘》(*All Is Forgotten*,*Nothing Is Lost*,2010)。

《饥饿》讲述了一个华裔家庭的悲欢离合。小说男女主人公分别来自中国大陆与台湾,他们处于社会底层,想通过个人奋斗来实现美国梦。男主人公天是一位小提琴家,他认为音乐事业可以帮助他跻身美国主流社会,却在现实中处处碰壁。悲哀的是天把事业上的打击转嫁到家人头上,妻子和两个女儿都受到他不同程度的精神折磨,整个家庭处于分崩离析的状态。小说的叙事十分有特色,打破了时空局限。作为叙事者,女主人公敏在死后依然以幽灵身份继续故事的讲述。在现实叙述与幽灵叙述的两种模式中,生与死的状态相互交织,呈现出动与静、流变与永恒、当下与记忆两种不同存在场的更替,解构了传统意义的时空观。小说反映出第一代华裔移民怀揣美国梦却难以实现,遭遇歧视而被主流社会排斥的尴尬现实,也揭示了华裔女性所面临的来自种族和男权的双重压迫。她们既要在外为生计打拼,又要在家忍受丈夫或父亲的发泄。对这些不为人知的惊人事实,作者以高超艺术手法予以了重点关注。幽灵叙述的形式让女主人公得以转化为纯粹精神,这显然是对女性作为主体存在的肯定与强调。

小说《继承》是一部饱含中国情怀的作品,跨越四代人的故事大部分场景都设置在中国,其情节主要围绕一对姐妹的恩怨展开。姐妹俩从小失去母亲,一直相依为命,但后来妹妹依南做了破坏姐姐家庭的第三者。于是,两人分道扬镳,姐姐如男带着女儿去了美国,而依南和丈夫李昂一直生活在中国。背叛与原谅是小说人物始终无法解开的心结,而作者也意在从中国文化的大前提下探索这两个主题,如男具有中国女性典型的隐忍和内敛性格,她的个性给小说的人物塑造增加了不少张力。应当指出,《继承》并没有太多涉及族裔、身份等华裔文学中常见的主题,作者也没有把中国摆在他者的立场上去展示,而中国文化的影响却处处体现在人物的精神气质中。

客观地说,张岚还只是美国文坛的一颗新星,其创作风格尚未完全形成。从目前仅有的几部作品看,她比前辈们在文化上具有更多的自信。华裔身份对她而言不再是困惑与焦虑,而是其创作的财富与源泉。张岚十分注重在小说中营造诗意氛围,并且使其同中国文化的灵性特点结合在一起,形成了一种全新的书写风格。

何舜廉:超越族裔界限

何舜廉(Sarah Shun-lien Bynum,1972—)是生于美国的年轻华裔作家,曾在布朗大学与艾奥瓦大学的作家工作坊学习过,目前任职于奥蒂斯艺术设计学院,教授文学和写作。到目前为止,她共写了两部小说,分别是《睡梦中的玛德莲》(*Madeleine is Sleeping*,2004)和《汉佩尔女士编年史》(*Ms. Hempel Chronicles*,2008)。凭借《沉睡中的玛德莲》一书,何一举成名,成为不少奖项的热门人选,例如入围美国国家图书奖,以及斩

获詹妮特·海迪纳戈·卡夫卡小说奖。

《沉睡中的玛德莲》取材于两则童话故事,分别为格林童话中的《睡美人》和贝梅尔曼斯(Ludwig Bemelmans, 1898—1962)的《玛德莲和吉卜赛人》(*Madeline and the Gypsies*, 1939)。大量童话元素的引入使小说充满了奇幻色彩,其故事情节也在亦真亦幻的叙事架构中展开。小说女主人公玛德莲是个法国乡下姑娘。她做了个很长的梦,梦见跟随吉卜赛人的马戏团到处流浪,经历了一系列光怪陆离的事情。在作者的精心布局下,梦境与现实的相互指涉赋予了读者庄周梦蝶般的阅读体验。更为巧妙的是,作者通过标题与段落的组合,设计出类似互联网中超文本的叙事链条。在这个奇特文本中,读者可以完全不按页码顺序来阅读,而是像浏览网站那样按个人兴趣检索标题,并阅读其附带的文字片段。它所提供的多样化阅读体验是传统文本模式不曾有的,而碎片化、开放性、鼓励读者参与叙事等特征确立了小说的后现代属性。值得注意的是,在童话题材的掩盖下,作品似乎避开了对华裔身份的刻意关注,但事实上,由于童话本身所具有的隐喻功能,主人公到处流浪的辛酸经历也算是对华裔处境的某种影射。

综上所述,美国华裔女性文学经历了边缘、繁荣到多元发展的三个阶段。从边缘到繁荣的漫长历程中,华裔女性的自我意识逐渐觉醒,她们投身创作,为自己争取话语权,努力打破沉默者的历史形象。汤亭亭让西方人真正了解了华裔的文化根源与精神追求,谭恩美通过对母女关系的探索突出了女性在华裔家庭所起的中流砥柱作用。应当指出,华裔女性作家能在美国文坛占有一席之地,很大程度上得益于她们作为第二代移民所特有的身份与文化二重性,或者说她们的创作源泉至少一半来自父辈们留下的精神财富。而随着时间的推移,当第三、四代移民在文化构成上已与西方人毫无二致时,那时的华裔文学必将迎来一场危机。所幸的是,目前多元化趋势似乎为其未来的发展指明出路,从华裔到混裔的转变消解了原有的封闭体系,体现出无比自由的流动性,也为未来的发展开启了无限的可能。

---

① Sau-ling Cynthia Wong, "Necessity and Extravagance in Maxine Hong Kingston's

The Woman Warrior：Art and the Ethnic Experience，" *MELUS*，Vol.5，No.1，1988，pp.3–26.

② Ibid.，p.4.

③ Maxine Hong Kingston，"Cultural Mis-reading by American Reviewers，" in Guy Amirthanayagam，ed.，*Asian and Western Writers in Dialogue: New Cultural Identities*. Hong Kong：The Macmillan Press，1982，p.58.

④ 杨春:"《女勇士》:从花木兰的'报仇'到蔡琰的歌唱",《外国文学研究》,2004 年第 3 期,第 74—79 页.

⑤ Jeehyun Lim，"Cutting the Tongue：Language and the Body in Kingston's *The Woman Warrior*，" *MELUS*，Vol.31，No.3，2006，pp.49–65.

⑥ 杨春:"论《中国佬》对中国古典小说结构的戏仿",《外国文学》,2007 年第 6 期,第 56—64 页.

⑦ L. Ching Sledge，"Maxine Kingston's *China Men*：The Family Historian as Epic Poet，" *MELUS*，Vol.7，No.4，1980，pp.3–22.

⑧ Ibid.，p.10.

⑨ 郭亚娟:"汤亭亭'全球化文学创作'的构想与试验——评长篇小说《引路人孙行者:他的即兴曲》",《复旦外国语言文学论丛》,2009 年第 1 期,第 9—14 页.

⑩ 詹姆斯·乔伊斯:《尤利西斯》,金隄译,北京:人民文学出版社,2012 年,第 334 页.

⑪ 方红:"和平·沉默·叙述技巧——《第五和平书》创作谈",《当代外国文学》,2008 年第 1 期,第 168—170 页.

⑫ Harold Bloom，*Amy Tan*. New York：Infobase Publishing，2009，p.2.

⑬ Amy Tan，*The Joy Luck Club*. New York：Penguin Books，2006，p.33.

⑭ Lan Dong，*Reading Amy Tan*. New York：Greenwood Press，2009，p.13.

⑮ 张瑞华:"解读谭恩美《喜福会》中的中国麻将",《外国文学评论》,2001 年第 1 期,第 95—100 页.

⑯ Robert C. Evans，*Critical Insights: The Joy Luck Club*. Ipswich：Salem Press，2009，p.62.

⑰ Amy Tan，*The Joy Luck Club*. New York：Penguin Books，2006，p.242.

⑱ Ibid.，p.267.

⑲ 潘军武:"中国故事创造的融合假象——《喜福会》的重新解读",《广东外语外贸大学学报》,2005 年第 2 期,第 35—37 页.

⑳ Helen Yglesias，"The Second Time Around，" *The Women's Review of Books*，Vol.8，No.12，1991，p.1.

㉑ Amy Tan，*The Kitchen God's Wife*. New York：G. P. Putnam's Sons，1991，p.123.

㉒ Ibid.，p.295.

㉓ Iris Chang，*The Rape of Nanking: The Forgotten Holocaust of World War II*. New York：Penguin，2004，p.199.

㉔ 黄惠:"冲突与回归:生态批评视角下的《百种神秘感觉》",《外国文学研究》,2009 年第 3 期,第 58—65 页.

㉕ Bella Adams，*Amy Tan*. London：Palgrave Macmillan，2005，p.126.

㉖ Ibid.

㉗ Ibid., p.127.

㉘ 张琼:"谁在诉说,谁在倾听:谭恩美《拯救溺水鱼》的叙事意义",《当代外国文学》,2008 年第 2 期,第 149—154 页。

㉙ Gish Jen, *Typical American*. Boston: Houghton Mifflin, 1991, p.199.

㉚ 李鲜红:"可能性与限度:对美国梦的反思——评《典型的美国佬》",《暨南学报》,2013 年第 1 期,第 76—83 页。

㉛ Gish Jen, *Mona in the Promised Land*. New York: Knopf, 1996, p.66.

㉜ Begona Simal Gonzalez, "The (Re) Birth of Mona Changowitz: Rituals and Ceremonies of Cultural Conversion and Self-Making in *Mona in the Promised Land*," *MELUS*, Vol.26, No.2, 2001, pp.225 - 242.

㉝ Chen Fujen and Yu Sulin, "The Parallax Gap in Gish Jen's *The Love Wife*: The Imaginary Relationship between First-World and Third-World Women," *Critique*, Vol.51, 2010, pp.394 - 415.

㉞ 吉什·任:"谁是爱尔兰人?",郭剑英译,《外国文学》,2002 年第 4 期,第 26—31 页。

第十章

美国女性小说艺术、理论与批评

　　以历史的眼光来看,美国女性小说的起点是模糊且值得商榷的,因为首先美国文学史是否应该以美利坚合众国的建立为起点本身亦是没有定论的。在美利坚合众国成立之前的殖民地文学是否应该成为美国文学的一部分?再往前的原住民叙事又应当被给予何种地位?这些问题一时间都难以获得一个界限分明、斩钉截铁的答复。不过,这并不意味着探讨美国女性小说创作这两百多年来的历史就失去了合法性。美国女性文学的外延纵然是模糊的,但两百多年来,其内核是相对清晰、可以描述的,正是由于一批又一批女性主义文学批评家的努力,美国女性小说的传统被逐渐建构出来,曾经被湮没的文本被重新发掘,并被编织进思想与文化之网中。

　　美国女性的社会、家庭、族裔身份及其智性活动的艰难处境,塑造了美国女性小说的总体文化特征。它们首先发出的政治文化诉求就是争取更多的空间。大批美国女性小说展现了女性逼仄的生存空间,探讨了女性在家庭中的角色地位,追索了"母性"的性质和意义,让一个原本被视作理所应当的身份得到了更丰富的表达,其背后的权力运作方式得到了深刻的挖掘。作为两性当中较为弱势和边缘化的一方,女性小说家天然与少数族裔、弱势群体结成同盟,将少数族裔问题、性别问题、混血以及族裔通婚等文化议题纳入小说创作的视野之中。作为见证美国历史的重要力量,美国女性小说家又积极参与了对历史的塑造和描绘,同时在纸面上再现了东北部新英格兰地区、中西部地区以及南方地区的地域色彩。本章第一节将探讨美国女性小说的文化特征问题。

受到性别同盟意识的驱使,在政治诉求的推动下,加之美国本土文化市场的影响,美国女性小说艺术形成了一些较为突出的特征。强烈的精神自传性使之显现出近乎赤裸的挚诚,并让许多文本具备了女性成长小说的特点。现实主义风格的突出地位符合此时女性小说家的迫切追求。文学杂志的巨大市场为短篇小说艺术的发展和成熟创造了物质条件。而一些边缘性的叙事体裁亦在女性小说中得到了发扬光大,甚至改革和颠覆了这些体裁本身的艺术属性。本章第二节关注美国女性小说的艺术成就。

在一批批美国女性主义文学理论家和批评家的努力下,美国女性小说的理论、批评视野得以扩展,传统得以建立,文本经典化的努力结出了果实。本章第三节将梳理和分析美国女性小说的理论建构和批评实践。值得注意的是,这些原本诞生于学术机构之内的理论思想和批评观念,因其特有的颠覆性,是可以像许多哲学、政治和文化理论一样,成为生产性的力量,从而被社会实践所借鉴。不过,一个值得思考的问题是,在女性主义文学文本实践和批评的努力下,多元主义和政治正确终于在学术界和思想界站稳了脚跟,但是它们的"过于强盛"是否本身也会遮蔽一些更加紧迫的社会和政治问题,这是值得批评家不断去追索的,它们如何能够将性别思考方面的成就转而引导和加强其他维度的理论和批评,也值得更进一步挖掘。

第 一 节
美国女性小说的文化特征

作为美国文学中不可或缺的一部分,美国女性小说经历了由隐性走向显性、由家庭生活闲暇的业余爱好走向专业和经典的过程。美国女性小说历史地位的变化离不开读者的理解接受、市场的运作以及批评家在一定程度上的塑造。然而,如果将美国女性小说与男作家的创作并置,就能够发现许多独有的文化特征,它们与女性的身份、审美视角和政治触觉等息息相关,同时也与美国历史、政治和社会文化的发展休戚与共。

美利坚合众国在时间维度上的纵深以及它在地域空间维度上的延

展,为女性作家提供了丰富的书写题材。她们身处的国度体量巨大,包含了无数看似矛盾却又安然并置的元素:它的历史相对较短但变化发展极为迅猛;它的本土传统不像老欧洲那么悠久,但伴随各国移民而来的多种传统扭结在一起,形成了既具冲突性又枝蔓出特殊相容性的"新"传统;它一方面引领着世界科技、军事和工业的发展,另一方面又保有传统农业社会的缓慢和淳朴;它在纷繁多变的世界政坛中扮演着制霸和协调的角色,但同时也时刻面对着来自国内的质疑和反对之声;它辽阔的版图容纳了差异巨大的南北、东西地理和文化类型,具有极强的区域文化特征;它的社会价值观强调个体独立和个人主义,但构成其社会的小社区和小家庭又相当保守和传统,根深蒂固的家庭堡垒意识掌控了中产阶级并规约着大部分的女性;它的政治斗争和意识形态争辩极为激烈,这些倾向表现在以南北战争、冷战、朝鲜战争、越南战争等重大历史事件为标识的政治时期中,也体现为知识分子对联邦命运、国家政治军事政策、社会言论氛围等议题的深度参与;它所经历的多次移民浪潮带来了人口结构的多样化,多族裔的并存和交叉成为其难以避免的社会状态。所有这些因素构成了美国社会貌似简单明晰、实则话语内容丰富的文化样貌。在此间进行文学创作的美国女性小说家,不管她们是否在文本中重视自己的女性身份,在具体的文学实践中她们无疑为自身的美国经历和生存体验增加了一重女性滤镜,其创作也在女性视角的统摄下,展现出了多义但有机的文化特征。

在美国文学中,女性小说曾经是一个边缘的类别,其地位的提升与女作家在作品中所探讨的独有的、有别于男作家且值得社会关注的话题相关。在总体趋于保守的美国社会中,女性的成长、独立意识的增强以及她们在狭小社会空间中的挣扎,一直是美国女性小说最为关注的主题,它们形成了一条显性的线索,串联起了美国女性文学的传统。一批女作家以严肃且不乏悲情色彩的小说批判了父权社会对女性生存空间的挤压,最为读者熟悉的作品包括夏洛特·珀金斯·吉尔曼(Charlotte Perkins Gilman,1860—1935)的短篇小说《黄色墙纸》("The Yellow Wall-Paper",1892)、凯特·肖班(Kate Chopin,1850—1904)的中篇小说《觉醒》(*The Awakening*,1899)以及西尔维亚·普拉斯(Sylvia Plath,1932—1963)的长篇小说《钟形罩》(*The Bell Jar*,1963)等。在这一系列小说中,女作家以半自传体的方式,剖析和展示女性不为人知的内心世界。在男权主义盛行的传统美国社会中,女性的身体和精神受到了严格

的规训,长期处于病态,精神抑郁反而成了女性生命的常态:《黄色墙纸》中的女主人公产后抑郁;《觉醒》的女主人公感到自己被丈夫当成私有财产那样去欣赏,心中苦闷;《钟形罩》中的女主人公长期受到精神问题的困扰,呓语、梦魇和死亡成了其生活中难以逃离的主题。在这类女性小说家的创作中,限制性的逼仄的空间意象反复出现:黄色墙纸上的花纹成了囚禁女性的围栏,医院里用于放置夭折婴儿的钟形罩隐约象征着男权社会的囚笼。值得注意的是,在这类批判女性狭小生存空间的小说作品中,女性与现实社会的关系往往通过医患关系表达出来:《黄色墙纸》中产后抑郁的女人被身为医生的丈夫剥夺写作的权利,她想象世界的能力与男权社会的要求相抵牾,因此必须接受休息疗法(rest therapy);《觉醒》中的医生是"不被理解"的妻子与"拒绝理解"的丈夫之间的无效沟通者;《钟形罩》中的男医生完全沉浸于自己那符合社会规约的美满家庭之中,以俯视的态度对待女主人公,其电击疗法(shock therapy)无疑隐喻着男权社会的傲慢与不屑。从一定程度上说,"不同的医患关系模式揭示了不同历史时期女性在男权文化下的生存状态,医患关系模式的演变体现了女性意识和女性文学的发展轨迹"。[①]而在这一系列作品中,小说家为女性人物所创造的结局通常走不出"疯癫"和"自杀"这两种方式,[②]她们所面临的困境是发人深省的,它意味着虽然女性平权斗争的号角自 19 世纪下半叶就开始吹响,但女性争取社会空间的努力依然道阻且长。

美国女性小说的另外一个文化特征,就是对家庭叙事的关注,尤其是对"母亲"身份的探讨。这并不是说男性作家缺少对"父亲"身份的探究,然而,在美国社会的客观环境中,男性社会身份的选择明显多于女性。从殖民地时期到美利坚合众国的成立,再到美国历史波澜壮阔的起起伏伏,男性所扮演的社会角色从殖民者、法官、医生,到士兵、匠人、政客等等,其经历和感受得到了多个角度的书写,"父亲"的角色虽然在诸如厄普代克(John Updike,1932—2009)等人的创作中也得到了集中讨论,[③]但与女作家对"母亲"角色的浓墨重彩相比,显得单薄了许多。

虽然许多女作家受到维多利亚社会道德传统的影响,极力渲染母爱的伟大,但也有相当一批作家直面女性经历的痛苦,阐发自己对"母性"、家庭以及社会环境的困惑与疑虑。比较突出的例子包括安·佩特里(Ann Petry,1908—1997)、蒂莉·奥尔森(Tillie Olsen,1912—2007)和普拉斯等人的创作。犹太裔作家奥尔森的名篇《我站在这里熨烫》("I Stand Here Ironing",1957),其标题就是对女性独自面对家庭重负的生动喻指。小说从一位带着五个孩子的再婚母亲的视角切入，让读者在文字中深刻地体会到工人阶级母亲在窘迫生活中的无助和绝望，男性的缺席让她们的人生和主体价值几乎全部让位于迫在眉睫的生计，才华和自我被埋没得几无影踪。若辅以奥尔森的非虚构类作品《沉默》（*Silences*，1978）观之，人们将更加清楚地发现女性被残酷生活所剥夺的才华以及她们的不甘。非裔女作家笔下的女性在家庭生活中承受着更多的压迫，她们不仅要面对种族和阶级的歧视，还时常受到性别歧视、性的骚扰与暴力。佩特里在《大街》（*The Street*，1946）中就塑造了这样一个走投无路的黑人母亲形象。对这些黑人妇女来说，生活的选择少之又少，她们在社会上难以谋求生计，在家庭中遭受丈夫的无视和欺骗，"大街上满是与丈夫分居而又没钱离婚的女人"。④总体来说，这些女作家的创作涵盖了少女时期的性意识萌发，深入挖掘了女性为人妻、人母时所经历的一系列诸如生产、流产、绝经等女性特有的生命体验，揭示出家庭生活中她们可能面对的暴力和重担。她们告诉世人，女性在家庭中真实的生存状态远远不像"房屋里的天使"（angel in the house）所面对的那般单纯。值得注意的是，这一文学现象出现在各个族裔女性作家的创作中，具有跨族裔的文化意义，是属于女性特有的文学表现领域。

为了应对外部世界的多重压迫，美国女性小说家不仅深入剖析女性的内心，还极力尝试在文学作品中为女性的社会交往寻求出路，一个明显的特征就是她们非常注重探究"女性友谊"。实际上，早在 19 世纪末、20 世纪初，以伊迪丝·华顿（Edith Wharton，1862—1937）为首的女作家就在关注"新女性"（the New Women）运动的同时，在作品中刻画女性之间的情谊，试图为女性建立一个提供精神和情感支持的共同体。在她的笔下，友谊不再只是传承自柏拉图、亚里士多德、西塞罗和蒙田等人的男性特权，女性之间缔结的友谊成了她们共同面对自身弱势公共地位的武器，激发女性建构一种新型的人际关系。有学者指出，华顿这样的作家"将蕴含于友谊中的社会平等的乌托邦精神作为理解新女性运动的要旨"，指出女性作家"以友谊话语为媒介，探索性别身份、婚姻改革、女性气质"等问题。⑤表现"女性友谊"的书写方式不仅存在于华顿这种上层社会白人女作家的笔下，少数族裔的作家也以千钧的笔力描绘了底层女性之间的坚韧纽带。例如，著名黑人女作家艾丽丝·沃克（Alice Walker，1944—　）在《紫色》（*The Color Purple*，1982）中再现了黑人内部混乱的世界，在这里女性被极大地物化，乱伦关系几乎成了一种常态，黑人女性的主体性得不

到重视,她们的身体成了被盘剥和消费的对象。然而,就在这几乎无尽的不幸中,女性缔结了地下的友谊和爱,可以说,"在男权处于支配地位的世界中,姐妹情谊是广大黑人女性谋生存、求发展的精神与物质的双重保证,它将分散的个体凝聚成集体力量,形成巨大的推动力"。⑥实际上,在美国女性文学史上,沃克对另一位出色的黑人女作家佐拉·尼尔·赫斯顿(Zora Neale Hurston,1891—1960)的挖掘,使这位文学前辈得以重见天日,其小说《她们眼望上苍》(*Their Eyes Were Watching God*,1937)再度进入公众视野。有评论家认为沃克几乎凭一己之力将赫斯顿从寂寂无闻中拯救了出来,⑦这样的努力毫无疑问是在现实层面再现了黑人女性之间的友谊以及精神上的默契。

美国多族裔的社会构成与女性长期的边缘化身份,对女作家的创作产生了深远的影响,她们擅于从女性的视角剖析种族、性别和阶级上的压迫及其成因,擅长在文本中处理多重社会身份之间的冲突和压力,展现弱势群体的生存困境和诉求。在美国女性小说中,华裔、非裔、犹太裔乃至原住民女作家都从各自的角度,将族裔问题和女性身份并置,她们的发声传达出长期处于从属地位的群体的呼声,也反映出作家的道德追求。以华裔作家为例,从笔名为"水仙花"的伊迪丝·伊顿(Edith Eaton,1865—1914)起,华裔女作家就开始关注在美华人的生活困境和他们融入当地社会的艰难。"水仙花"所处的历史时期,大批华人借着淘金热和东西部铁路的修建进入了美国领土;他们付出了辛勤的劳动,却没能获得恰当的社会身份,沦为了隐形的,乃至遭受排华暴力的阶层。华人男性尚且如此,华人女性的生存就更加艰难。在短篇小说集《春香夫人》(*Mrs. Spring Fragrance*,1910)中,"水仙花"致力于为华人正名。例如,其中一篇非常典型的作品《一个与华人结婚的白人妇女的故事》("The Story of One White Woman Who Married a Chinese")就着力塑造了一个善良、忠诚且高尚的华人男性"刘康喜"的形象,与之前流行于美国的"黄祸"文学及其华人形象塑造形成了鲜明的对比,也是美国文学史上第一次有人将健康的华裔美国文学摆上人们的案头。有学者指出,"水仙花冲破万马齐喑般的死寂和有系统的种族压迫,创造了她的自我——创造了她自己的声音——这是20世纪初美国文学史的胜利之一"。⑧在"水仙花"的突破之后,美国华裔女性文学不断出现新的声音,如今汤亭亭(Maxine Hong Kingston,1940—　)、谭恩美(Amy Tan,1952—　)、任璧莲(Gish Jen,1955—　)等人都在美国文坛占据了重要的地位。她们汲取传统中国文化的养分,同时融合美国文学的艺术风格,将华裔在美国的生存和发展融入宏大的美国移民故事中去,创造出具有独特杂糅气质的文学作品。随着移民第一、二、三代渐渐走入历史,新涌现的华裔女性小说家开始开辟新的主题和视角,探究族裔和性别问题。例如,伍绮诗(Celeste Ng,1980—)在 2014 年的处女作《无声告白》(*Everything I Never Told You*)中,不再走华裔文学的旧套路,即勉强拼凑一个"镜花水月"的东方想象,而是探讨美国社会表面和谐的背后——错位的期待、尴尬的身份识别和悄无声息的种族难题。

作为多族裔社会的组成部分,非裔女作家的文学表现形成了对抗种族压迫和性别边缘化的有力武器。强大的创作动力和社会批判的深度,使美国非裔女作家的创作本身就构建出了一个传统。前文提到的佩特里、沃克和赫斯顿,再加上托尼·莫里森(Toni Morrison,1931—2019)等人,都在小说中探究了黑人妇女的身份困境和精神斗争史。莫里森的小说《最蓝的眼睛》(*The Bluest Eye*,1970)可以说是对"非白人他者"审美最严厉的批评。小说中黑人女孩自出生以来就受到白人霸权审美模式的规训,在白人强势文化的挤压下,她无法欣赏自身的特质。实际上,莫里森通过塑造一个渴望拥有"蓝眼睛"的黑人女孩的形象,揭示了黑人,尤其是黑人女性如何在文化和社会的系统清洗下,将种族主义思想内化和固化。非裔女作家对族裔和性别地位的双重批判,在整个美国社会中具有独特的价值。

值得一提的是,美国的白人女性小说家也关注族裔问题,她们的透视视角也许难以突破白人的偏见,但也具有生动的文化史意义。格特鲁德·斯泰因(Gertrude Stein,1874—1946)、埃德纳·费伯(Edna Ferber,1885—1968)等人的创作经常从白人的视角观察少数族裔的生存状态。她们虽然难以深入黑人、印第安人的内心,但忠实地记录了美国历史上持有进步种族观念人群的思想,特别是斯泰因的创作,如中篇小说《梅兰克莎》("Melanctha",1909),几乎不带任何煽情的色彩,语言简单平静,不管斯泰因本人的政治观点是否受到后人诟病,她笔下的黑人少女深刻地展现出在孤独中游荡的"少数族裔"的形象。赛珍珠(Pearl Buck,1892—1973)的创作是美国白人女作家对国境之外"非白人"的观察,她对中国农民和农村的描述,为美国人了解这个异域社会打开了一扇窗。不论窗外的风景是否足够真实、客观,赛珍珠的创作体现出美国人的开拓精神。出身于传教士家庭的赛珍珠记录下了她在当时语境中所理解的中国,她的

写作既不是发自中国文化的内部,也没有采用西洋观光客的视角,而是具有齐美尔(George Simmel,1858—1918)所提出的"异乡客"的社会学意义。作为一个在中国成长和长期生活的美国女作家,赛珍珠对这片异域的土地既"没有忘却来去的自由,亦不抱消融距离的奢望",⑨因此她的创作形成了一个具有文化特殊性的个案,是美国白人女作家笔下少有的对异文化的浓边工笔描绘。

由于女性在美国社会和政治生活中长期处于边缘地位,"族裔通婚"(miscegenation)就成了象征"交界"和"融合"的典型文化现象,也是美国女性小说家笔下一个突出的母题。著名的"反异族通婚法"(anti-miscegenation law)在美国历史上具有重要的地位,从 17 世纪末起,北美十三个殖民地就遵从这样的法律,而这一以种族隔离为宗旨的法律,直到 1967 年才被废止。女性作家对这一主题的关切始于对社会边缘人的同情。埃德纳·费伯这样具有大众文化号召力的女作家曾多次将"族裔通婚"的话题纳入作品的考量范围,由于她在美国电影史上的重要地位,其描写让大众不得不通过大银幕去正视美国文化中令人尴尬的不公和冷酷。与费伯同属 20 世纪上半叶的多族裔混血女作家内拉·拉森(Nella Larsen,1891—1964)也在 20 世纪 20 年代就创作出了深入考察族裔混杂语境下女性生存困境的作品。在《越界》(Passing,1929)中,混血女性试图通过隐藏族裔身份,求取平静富足的生活,然而内心深处对自己种族的背叛让她们感到不安和焦躁。曾有学者指出,"在美国 1 400 万依稀可辨的黑人中,几乎每一个黑人都知道至少一个黑人冒充白人的故事"。⑩这部小说第一次将"白黑混血儿"(mulatto)置于显著地位,他们在社会中假扮白人的行为也借这部经典小说得到了更多人的关注,"假充白人"(passing for white)的文化选择通过拉森的创作成为文学史上的一个特定概念。总体来说,对"族裔通婚"主题的关注是美国女性小说所特有的文化情怀。

美国女性小说家对族裔问题、性别问题的关注,不仅源于对自身的身份和处境的思考,也表达出她们参与历史和政治进程的强烈愿望。不难发现,虽然她们的创作在历史上没能得到与男性小说同等的重视,但她们还是以自己的方式和视角关注着美国历史上的重大事件。从脱离殖民地建国到拓荒运动、南北战争,再到大萧条时期的经济困顿,乃至 20 世纪上半叶的左右翼政治对抗,美国女性小说以绵密而细致的笔触,记录下了女性对社会、政治问题的观察和思考。

从某种程度上说,美国历史上的重大事件定义了这个国家在世人眼中的形象,女性小说家也绕不开这些话题,她们在历史描写中加入了女性成分,丰富了"美国人"的含义。"拓荒""西进"这些最能展现美国精神的历史时刻进入了美国女性小说家的视阈,帮助人们理解"什么是美国人"。例如,薇拉·凯瑟(Willa Cather,1873—1947)以西部特色小说为契机,让更多人看到了移民拓荒者在美国中西部大草原上所面临的挑战,他们既要适应人与自然的关系,也要调整新旧文化更迭下人与人之间的关系。有学者指出,凯瑟的"内布拉斯加系列"小说"积极参与了美国民族身份的构建",她描写西部"不仅限于表现特定区域的特征,而意在表达整个美国的起源和在此过程中奠定的浪漫主义精神"。[①]这种以女性人物的意识、精神和感受通向整体民族精神的写法,对许多女性的创作产生了启发。乔伊斯·卡罗尔·欧茨(Joyce Carol Oates,1938—　)笔下城市的大萧条就是一例:各个阶层女性的精神困境以及城市中男男女女所浸淫其中的暴力,反映出美国社会真实的心理状况。在宏观经济生活发生变化的过程中,城市萧条是美国历史中的一页,乡村农场的衰落也代表了另一个重要的历史维度。以安妮·普鲁(Annie Proulx,1935—　)为代表的美国女性小说家,通过女性细腻的视角,记录了家园落败的过程。在《明信片》(*Postcards*,1992)中,她将小农场的起起落落与三十年间社会经济结构的变化相连,"折射了新的工业时代逐渐摧毁乡村栖居地和村民传统生存模式的历史"。[②]可以说,美国女性小说家的历史写作融入了浓烈的诗意,她们在关注宏大历史景致的同时,也通过性别的视角定义美国精神以及美国各个阶层所面临的社会问题。

如果从市场接受和反应状况来看,美国女性小说家的多部力作证明了女性在处理历史事件时卓越的情节构思能力以及对受众情绪的把控能力。她们将大历史巧妙地融入小说背景之中,通过塑造深入人心的人物形象,构思令人难以忘怀的情节走向,抓住读者的情绪,制造轰动一时的效应,甚至使著作成为常年畅销书。就中国的读者市场而言,不少人最初接触美国文学都是始于《汤姆叔叔的小屋》(*Uncle Tom's Cabin*,1852)、《小妇人》(*Little Women*,1868)和《飘》(*Gone with the Wind*,1936)等作品。它们在一定程度上通过"情节剧"(melodrama)的方式抓住了读者的注意力,让人们开始熟悉作品描绘的年代和社会状况。不过,需要指出的是,这类畅销作品在突出跌宕的情节和澎湃的情绪同时,也面临着意识形态和价值观的考验。以哈里耶特·比彻·斯托(Harriet Beecher Stowe,1811—1896)的《汤姆叔叔的小屋》为例,作品极强的感染力使其

甫一出版就赢得广泛的关注。但若回顾当时的历史语境,人们会发现,书市上的盛况并不为斯托这样的废奴派一方所把控。事实上,历史上曾有一批南方女作家创作了大量的"反汤姆小说"(anti-Tom novels),如玛丽·伊斯特曼(Mary Eastman,1818—1887)的《菲利斯婶婶的小屋,又或南方生活纪实》(*Aunt Phillis's Cabin;or,Southern Life As It Is*,1852)就是从种植园主的角度维护甚至美化南方奴隶制。伊斯特曼认为奴隶主给奴隶带来了稳定的生活,使他们免于像北方的黑人那样漂泊,并试图将奴隶主和奴隶塑造成相互关爱和相互尊重的群体。当然,经过历史浪潮的荡涤之后,革命史观保留了下来,伊斯特曼的小说进入了故纸堆,斯托夫人的创作则成为美国女性小说的一个重要里程碑。但我们不能否认的是,在文学与历史的交互作用中,对话和抗议形成了美国女性小说在处理政治议题和时代观念时的一种传统。

对时代问题提出抗议的传统在美国左翼知识女性的小说中得到了最为充分的体现,实际上这也代表了女性在参与政治运动和思想争锋时所抱持的独立和清醒的态度,是女性小说家在处理历史时的一种文化倾向。20世纪上半叶轰轰烈烈的左翼文化运动在女作家的笔下多了几分发人深省的冷静。她们在左翼阵营拥抱理想主义和浪漫化政治事业的时候,对其文化阵营内的男权意识提出了挑战,并对某些浅薄且虚假的政治伪装表达了质疑。苔丝·斯莱辛格(Tess Slesinger,1905—1945)和玛丽·麦卡锡(Mary McCarthy,1912—1989)的创作是这方面的代表,她们都关怀女性内心的成长,以冷峻而犀利的笔触描绘着女性眼中的政治阵营分化、意识形态斗争以及公共生活理想表面之下的尴尬。斯莱辛格在《无所属者》(*The Unpossessed*,1934)中塑造了一群夸夸其谈却又欠缺行动力的左翼男性知识分子,讽刺他们的政治"只发生于客厅中和宴会上",而他们与阶级斗争之间仅存在着一层"如寄生虫般"的依赖关系。[13]斯莱辛格的同时代人麦卡锡也深入体验了20世纪30年代的左翼文化运动,不过她最优秀的创作是以回顾的方式审视那个年代:她于1963年出版的小说《她们》(*The Group*)呈现了一群曾受到时代眷顾的精英女性,她们是1933年瓦萨学院毕业的优秀女性;然而,在小说叙事终止的1940年,她们再度聚首,这群走在时代尖端的女性发现她们依旧被经济、生育、歧视和经济不独立等问题困扰着。诺曼·梅勒(Norman Mailer,1923—2007)曾认为麦卡锡的《她们》有明显的缺陷,因为在他的观念中,"塑造群体形象的集体小说应该反映时代的重大社会事件",[14]而麦卡锡的人物则是内转的。

然而,这一特色反而彰显了美国左翼女性小说创作冷静且自省的底色。麦卡锡非常清楚自己在小说中所要表达的政治诉求,她曾在《纽约时报》撰文说,"只有依靠公共问题、政治、宗教,比如自由贸易、君权、女性、改革等问题激发的思想和争论,经典小说才能成长且变得强大"。[⑤]显然,女性小说家切入历史、时代和政治问题的视角以及她们对此的关切,与男作家是有区别的。她们一方面无情地讽刺资本逻辑,另一方面也审慎地看待自己的政治同盟,剖析她们并不彻底的政治改革以及浮于纸上的理想追求。此外,如前文曾提及的,对女性边缘身份的关注让她们在一片高歌猛进的理想号角声中,始终为女性在其间被牺牲掉的主体地位而抗争。

美国女性小说家不仅积极地描写历史、参与历史,她们也非常敏感地记录着空间。若以文化特征为参照对美国的区域空间进行分割,最突出的几个区域就是东北部的新英格兰地区、南方诸州以及中西部地区。不同区域所浸淫的人文、社会环境不尽相同。新英格兰地区作为清教徒最早的落脚地,发展出了独特的宗教氛围和文化,虽然其清教社会逐渐世俗化,但清教伦理和资本主义精神实际上深刻地影响了北方的社会结构及城市和乡镇的分布与变化。南方社会则被历史上的种植园体制和蓄奴制度打上了烙印,南部诸州的地理自然环境也成就了一个丰硕富饶的农业社会。有学者指出,安居于南方的殖民者"主要出于经济原因,寻求在英国得不到的机会,他们在南方发现并创建了一个伊甸园,这就是最早出现的有别于新英格兰的城市和工商业意识的南方意识"。[⑥]而中西部受到拓荒运动的影响,边疆意识一直深深地植根于其文学中,前文提到的薇拉·凯瑟是这方面的翘楚。当然必须廓清的是,对空间进行表现和利用并不是女性小说家的专利,实际上,男性作家展现地方色彩的作品非常丰富,但是女性作家笔下的区域空间具有很强的性别特色,与男性作家的取材形成了互补的关系。

女性小说家在表现东北部新英格兰地区的城市时,常常通过女性所面对的区域社会框架、社会对女性的规约、婚姻市场对女性的束缚、城市人际关系的虚伪、城市女性的时尚隐语等方面来呈现,既突出地域特色,也反映出美国东北部清教徒移民的观念变化轨迹。比如,作为最著名的"老纽约"女作家,华顿就以丰富而细腻的文本层次记录了纽约上层社会女性的沉浮。《欢乐之家》(*The House of Mirth*,1905)、《国家风俗》(*The Custom of the Country*,1913)和《纯真年代》(*The Age of Innocence*,1920)等作品都以"老纽约"为事件和情节展开的空间——它们展现纽约

的城市空间、家庭空间和社交空间,通过女性生活中的细枝末节勾勒出一个宏大的等级社会。这些女性所特有的行为构成了表现地域空间特色的滤镜,为女性小说家的创作增添了新的维度和意义。又如,有学者就发现华顿笔下女性的"时装隐语"巧妙地呈现着"老纽约"的价值观念和社会习俗,这里的女性衣着华丽却习惯把"从巴黎订制回来的服装压上两季再穿",因为她们既想区别于辛苦劳作的普通平民,又希望继承新英格兰传统的清教伦理,这种矛盾的观念"制约……显著的消费欲望"。[17]这种写法是女性小说家所独有的,她们回避了宏大叙事的手段,但同时又试图在细节中开辟建构宏观社会空间和历史场景的"曲径"。

南方的地理空间在女性小说家笔下也传达出这个社会所特有的文化意识。有学者曾指出,美国南方虽然以地理位置为标识,但它更是一个心理上的区域空间,它意味着传统意识、贵族意识和骑士意识。[18]可以说,南方出身的女性小说家在创作上几乎都无法脱离对南部传统和家园的顾念;不论她们对南方的风俗和文化是持批判还是怀旧态度,她们往往都通过小说中的女性视角,呈现出一个个光怪陆离的南方小社会。她们对畸人、怪异、怪诞流露出惊人的兴趣,其笔端的暴力,特别是对心理暴力的呈现可谓蔚为大观,想象力在暴力的挤压下几乎喷薄而出。这一特征可以从凯瑟琳·安·波特(Katherine Anne Porter,1890—1980)、弗兰纳瑞·奥康纳(Flannery O'Connor,1925—1964)、尤多拉·韦尔蒂(Eudora Welty,1909—2001)、卡森·麦卡勒斯(Carson McCullers,1917—1967)的创作中找到明显的共性和继承关系。美国南方森严的等级制度只给女性留下了幽闭的社会空间,"南方淑女"的活动空间局限在男性公共空间之外,心理空间的狭小不仅影响了女性小说家对人物的表现,也激发了她们创造性地塑造空间的能力,使空间成为权力的象征。有学者在论及南方女性小说家笔下的空间时,运用了"阈限空间"的概念,认为它反映了南方社会边缘人群的普遍生存状态,是恐惧的来源之一。[19]总体来说,美国女性小说在记录和呈现时间与空间方面表现出强烈的性别特质,女性的感悟和视角成功地融入了话语体系之中,创造出了别具一格的小说文化样貌。

简言之,美国女性小说从很大程度上承载了美国女性对人生、权利、社会、政治、历史以及地域空间等方面的文化追求和想象。在探讨和争取生存空间的过程中,她们再现了男女关系、母亲角色、家庭负担和个人理想与追求之间的冲突,为女性长久以来不为人知的困难处境发声。由于女性在性别世界中长期处于客体的地位,这种被边缘化的感受让她们对族裔问题,尤其是少数族裔和族裔通婚者产生了同理心。美国女性小说家对族裔议题投入的关注是其小说中突出的文化现象,其书写是对女性在文化符号系统中压抑处境的抗争。通过女权人士的斗争和女性主义运动的不断发展,女性问题的政治性得到了越来越多的关注。女性小说家积极参与历史书写与空间描绘,丰富了虚构文学的政治路径,为打破男性的话语同盟做出了不可磨灭的贡献。

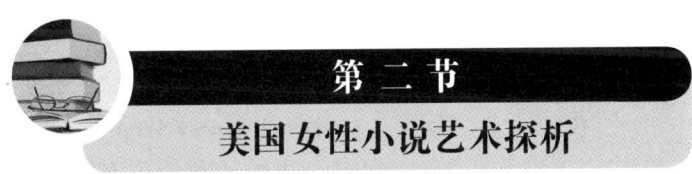

第二节
美国女性小说艺术探析

在两个多世纪的历程中,美国女性小说在艺术风格和审美观念上发展出了一套自己的体系。这与其成长和发展的环境相关,也与女性在这块土地上的诉求相通。美国女性小说的艺术追求与女性在美国地位的变化相辅相成,与社会的物质环境发展息息相关,与女性所探寻的话语突围方式紧密相连。尽管个体意义上的作家研究试图最大限度地展现文学艺术样貌的多元可能,但文学史对作家艺术风格的整体把握和分析也具有宏观上的必要性。总体来说,美国女性小说艺术具有以下几方面的突出特征:首先,自传性在小说创作中得到了充分的发展和延续,文本在很大程度上以"女性成长小说"的艺术面貌出现;其次,现实主义艺术风格占据了主导地位;其三,短篇小说艺术体裁得到了极大的关注;其四,诸如哥特式小说、科幻小说、侦探小说等原本较为边缘的创作方式成为女性小说艺术的突破口,得以发展和壮大。

纵观美国两百多年的历史,在相当长的一段时间内,女性在家庭生活中处于男性附属品的位置,在社会生活中缺少表达观点的渠道,其内心的渴望转而诉诸笔端,因而梳理美国女性小说时,读者不难发现"自传因素"是美国女性小说的一个突出的艺术特点。若对比美国男性作家和女性作家的小说创作,就能够发现女性小说的自传性程度更高,特别是在现代主义和后现代作品中,男性作家的创作开始大面积尝试主体存在的隐匿,"非个人化"理论在他们的创作中占据了主导地位。1919 年,艾略特(T. S.

Eliot，1888—1965）在《传统与个人才能》（"Tradition and Individual Talent"）一文中提出"非个人化"的诗学理念，倡导文学创作中个人主体意识的弱化。实际上，美国文学史上另外一位重要的男性"导师"庞德（Ezra Pound，1885—1972）也抱持着相似的观念，他曾对希尔达·杜利特尔（Hilda Doolittle，1886—1961）宣称，"只有客观和非个人化的内容才是严肃小说的合适题材"。[20]然而，在具体的创作实践中，女性作家的小说仍然以"个人化"和"自传性"为主要的艺术导向，她们依然热衷于将个人经历和体验改头换面地编织进文本之中，似乎罗兰·巴特（Roland Barthes，1915—1990）的"作者已死"理论在概括女作家的创作时并不那么奏效。

在小说中发扬"自传性"的艺术主张与女性小说家创作的出发点和她们对待女性传统的态度分不开。著名批评家艾伦·摩尔斯（Ellen Moers，1928—1978）在《文学女性：伟大的作家》（*Literary Women: The Great Writers*，1976）一书中举出大量文学实例，指出女性小说家们由于受到父权社会的蔽障，与男性作家相比，她们对阅读其他女作家自传性小说的兴趣显得高涨许多，因为其中的自传性启发她们寻求到建立女性传统的可能性。[21]在带有浓厚自传性意味的创作中，女性小说家们发现了一种隐秘地交换人生境遇和感悟的方式，似乎对她们来说，建立姐妹情谊远比突破"影响的焦虑"更为紧迫。

这种建立在自传性艺术风格上的文学传承关系在美国女性小说家的创作中俯拾皆是，此处仅以蒂莉·奥尔森（Tillie Olsen，1912—2007）和丽贝卡·哈丁·戴维斯（Rebecca Harding Davis，1831—1910）的两部作品为例，说明自传性小说艺术在美国女性小说家创作意识中的重要地位。戴维斯在其无产阶级小说《铁磨坊生活》（*Life in the Iron Mills*，1861）中以忧伤、写实的手法描绘了工厂中穷困的工人。小说中移民工人的生活环境及其劳动、生存处境很大程度上反映了戴维斯自己的窘迫状况。奥尔森被这种自然主义写法深深打动，极为痴迷地搜寻戴维斯的所有创作，并在1972年重新将这篇重要的中篇小说引介给读者。她为戴维斯撰写了篇幅很长的后记，题名为"传记解读"（"A Biographical Interpretation"），其间可见由切身感受出发的自传性写作对女性小说家的重要意义。[22]奥尔森在自己的小说《我站在这里熨烫》（"I Stand Here Ironing"，1957）中致敬了戴维斯的艺术创作方式，并在《沉默》（*Silences*，1978）一书中引用了另一位女作家尼托扎克·尚吉（Ntozake Shange，1948—2018）的话，为女性创作中的自传性辩护："当女性开始写作的时候，我们写的一定是自传……

自传的特性如此之强烈,以至于其他形式的现实显得黯然失色了。"㉓作家的自我辩护实际上是对其创作心理的最深刻揭示。戴维斯和奥尔森的例子虽只是美国女性小说史上短暂的一瞬,但它并非孤例。这揭示了自传性小说艺术作为美国女性小说家创作策略和底色的真实原因:这种将自己的人生内化于作品中的写法以最强力的自我剖析和检视,寻求着后来者的关注;作为男权社会中的弱势群体,女性小说家需要这样的自我解剖,以唤醒后来者的同理心以及建构女性传统的意识。

如果将浪漫主义和现实主义作为艺术风格的标识,应该说,不论是同大西洋彼岸的英国女性小说相比,还是与在同一片土地上"生发"出来的美国男性小说相比,美国女性小说都更加体现出现实主义的艺术风格。虽然她们的文本中不乏浪漫、惊悚甚至感伤的因素,但其整体色调和追求仍然呈现出现实主义的基色,并且将这些浪漫的色彩包容于现实主义的艺术框架之下。若将现实主义与现代主义先锋派作为艺术风格的维度,那么美国女性小说的主要艺术倾向也仍然是现实主义的。诚然,美国女性小说家中也有像格特鲁德·斯泰因(Gertrude Stein,1874—1946)、朱纳·巴恩斯(Djuna Barnes,1892—1982)这样的先锋派人物,但在整体艺术景观中,这种创作手段上的革新并没有形成一个连续的传统,采用先锋派艺术手法的女作家未能形成一个广布的星群。

在美国女性小说的创作传统中,现实主义美学一直占据重要的地位。著名批评家莉塔·菲尔斯基(Rita Felski,1956—　　)曾指出,在女性主义批评中,如果视"现实主义"为一种过时、保守的形式,将产生适得其反的效果。㉔由于女性在政治领域的弱势地位,女性写作和政治运动保有天然的联系,因此其艺术追求与美学形式也难以从政治诉求中剥离出来。从19世纪末"新女性"的出现开始,女性小说家就致力于寻找描绘女性现实、表达女性政治诉求的方式和手段。她们的现实主义手法是富有弹力且十分灵活的,与男性作家的现实主义表达有着深刻的差异。她们关注女性的生存困境,需要找到最适合呈现这些困境的艺术路径,因此,只要符合其诉求,一切手段都可以被融入对女性现实的刻画之中。

曾有研究美国文学现实主义的学者指出了一个充满悖论的艺术现象:为了探究女性的真实情况,美国女性小说"结合了现实主义和其他的文类",而这些文类对豪威尔斯(William Dean Howells,1837—1920)和吐温(Mark Twain,1835—1910)这样的作家来说无疑是"一点都不现实的",它们包括和容纳了"哥特、法国意象主义、闹剧和家庭感伤主义"。㉕这

种情况可以在《黄色墙纸》("The Yellow Wall-Paper"，1892)和《觉醒》(*The Awakening*，1899)等名篇中发现。例如,有学者就将吉尔曼的艺术风格称作"哥特现实主义",认为她将被压抑女性的混乱内心和 19 世纪美国女性的真实生活状态糅合在了对现实的哥特式描绘中。⑳小说中女主人公被"囚禁"的房间无疑借用了哥特小说中"闹鬼的房子"这一环境设置;也就是说,吉尔曼在遇到女性难以言述的现实困境时,选择了与"现实主义"风格背道而驰,甚至被现实主义小说家大力批评的哥特式风格,这两种艺术风格的悖论式结合恰恰反映出女性所面临的困境是传统文学创作中罕见的,是男性作家绝少涉足的。流行于 17、18 世纪的哥特式小说,不像此时的美国女性小说那般具有真实可感的政治诉求;它们更多是对神秘事物的兴趣,而其对神秘事物的解释也抱持着不可知论的态度,主要是为了满足感官刺激。从这种意义上说,吉尔曼式的美国女性小说可谓革新了哥特小说的样态,赋予了它严肃的目的论意义,使之成为一种表现现实异态的犀利方式。

此外,美国女性小说也以现实主义的艺术手法参与了对国家经济和社会变化的探讨,捕捉了族群和阶层的特性,反映了美国人民,尤其是女性的关切。如果说亨利·詹姆斯(Henry James，1843—1916)代表了美国男性作家对新英格兰地区现实的极致描摹,如果说德莱塞(Theodore Dreiser，1871—1945)和吐温等男性作家对美国经济的起落进行了扎实的表现,那么美国女性小说家也透过性别的独特视角,以现实主义的艺术手法,展现了一个真实的、不断变化的国度。薇拉·凯瑟(Willa Cather，1873—1947)、埃德纳·费伯(Edna Ferber，1885—1968)、玛丽·奥斯汀(Mary Austin，1868—1934)等女性作家以现实主义的笔法展现了广阔社会运动时期的女性状况。在西进运动中,女性拓荒者既抱有与男性同样的坚韧不拔的拓荒精神,又拥有一些独特的品质,比如她们对共同生存空间和谐发展的渴求和建构,又如她们对拓荒男性所弘扬的个人英雄主义的放弃。著名女性主义研究学者尼娜·贝姆(Nina Baym，1936—2018)在《美国西部女性作家：1833—1927》(*Women Writers of the American West: 1833‐1927*，2011)中指出,女性作家的西部写作史是一个仍未得到足够发掘的领域。依照她的研究,至少有 343 位女性参与了对西部的书写,其现实主义的风格勾勒出当时美国女性对西部拓荒时期的印象。⑰同样,对美国城市生活的现实主义表现也不仅仅属于男性作家,以伊迪丝·华顿(Edith Wharton，1862—1937)为首的女性作家与詹姆斯等文坛巨擘形成了照映。华顿对新英格兰地区富贵人家商业逻辑和资本模式的描写发扬了现实主义细致入微的艺术导向,将这一地区美国中上层阶级的万象图景展现了出来。言而总之,在美国女性写作宏观诉求的影响下,现实主义艺术风格在女作家的创作中占据了重要地位,成为她们自觉的艺术取向,为展现新兴国度的性别现实、经济现实和民族现实做出了积极的贡献。

在美国女性小说的艺术传统中,短篇小说的文体艺术占据非常突出的位置。曾有学者指出,"短篇小说是美国人的发明,甚至可以说是在美利坚合众国土地上所生发出的最重要的文学体裁"。[⑧]如果从美国文学的整体发展脉络来看,短篇小说艺术当然不是女性文学的独创。华盛顿·欧文、坡、霍桑、麦尔维尔、吐温、海明威、福克纳等人都在这个领域做出过令人瞩目的成就。但是,以吉尔曼、华顿、肖班、凯瑟琳·安·波特、尤多拉·维尔蒂、弗兰纳瑞·奥康纳为代表的美国女性小说家也形成了一个女性自有的艺术传统,极大地丰富了这个体裁的多样性。实际上,短篇小说体裁为女作家提供了便利的文学渠道,因为在19世纪乃至20世纪上半叶,美国社会中的理想女性形象还是与维多利亚时期的英国社会相似,要求女性承担主要的家庭责任。在这样的环境当中,女性创作的时间有限,而短篇小说能够灵活地满足她们的需求。此外,从19世纪中叶起,美国文学市场上一个重要的生力军就是杂志和刊物。以1857年创刊的《大西洋月刊》(*The Atlantic Monthly*)为例,它每期发表三篇短篇小说,连续多年,积累下了一批优秀的短篇小说作品。其他比较知名的刊登短篇小说的杂志还有《纽约客》(*The New Yorker*)、《哈泼斯杂志》(*Harper's Magazine*)、《银河》(*The Galaxy*)等,它们提供了高效的发表渠道和不菲的稿费,从经济和文化资源方面为女性作家提供了一个较为稳定的支持。

美国女性小说家的短篇小说艺术一方面吸收了男作家在构思方面的优点,另一方面也从语言和情感上回应了女性关切。总体而言,凯瑟琳·安·波特和尤多拉·维尔蒂的短篇小说在艺术上最为成熟,吉尔曼和肖班的女性主义关切在她们的书写中得到了延续,但更为重要的是,她们的作品显得更加从容,将现实主义和抒情风格很好地结合了起来。她们的短篇小说从篇幅上看,有时接近中篇,因此在行文中能够更加合理地安排情节;从结构设置上来看,其创作也吸取了契诃夫、乔伊斯、舍伍德·安德森等作家的优点。例如,波特和维尔蒂的短篇小说中都有这样的设置:同样的人物和背景出现在好几篇短篇小说之中,形成了一个周而复始的短

篇小说成套故事（short story cycle）。这种做法显然受到了安德森和福克纳等作家的影响。

　　美国女性小说家在短篇小说艺术上的另外一个特征是融合了强烈的地域风格，且把对地方色彩的描写化成了女性话语的一部分。丽亚·格拉瑟（Leah Glasser）在研究女性短篇小说中的"风景"时这样写道："19 世纪末期到 20 世纪初期的一些重要美国女性作家转而描写风景，生动地刻画了美国的沙漠、岛屿、村庄、平原和森林，以此来表达她们作为女性的身份内涵。"㉘她们将外部的自然风景内化成了女性生存空间的一部分。与梭罗笔下的《瓦尔登湖》不同，女性短篇小说对风景和自然的使用具有更加明确的社会空间意识，它们把风景化为地域生活内圈的一部分，将风景作为女性表达的一种象征性手段。这种艺术表现方式在萨拉·奥恩·朱厄特和西莉娅·萨克斯特（Celia Thaxter，1835—1894）等作家的作品中得到了集中体现。

　　美国女性小说艺术的一个突出贡献是它对"边缘"艺术题材和形式的创新，哥特式小说、侦探小说、科幻小说等都在其中得到了本土的、具有女性特质的发挥。以哥特式小说为例，南北战争之后，美国文坛涌现了大批女性小说家创作的"神秘"故事，这种曾被认为不登大雅之堂的叙事艺术在美国女性小说家的笔下得到了一次复兴，其创作者包括斯托夫人、伊迪丝·华顿、吉尔曼、朱厄特、路易莎·梅·奥尔科特、弗兰纳瑞·奥康纳、雪莉·杰克逊（Shirley Jackson，1916—1965）等颇具文名的小说家。特别是 19 世纪末至 20 世纪初，这类创作达到了一个高峰。有研究者指出，之所以会出现这样一个现象，是因为超自然故事为这些女性提供了一种有力的武器和自由的渠道，"让她们探讨诸如不如意的婚姻、内化于文化本身的强制生育以及对母性的要求等话题"。㉙看似肤浅的鬼故事和超自然故事为女性创造了一个隐晦批判父权社会暴力的空间，在特定的文化时期帮助女性述说一些不便于直白表达的渴望和焦虑。例如，艾伦·格拉斯哥在小说《过去》（"The Past"，1920）中，从第二任妻子的秘书的视角再现了家中挥之不去的前妻鬼影，她就像是"过去"沉重地压在"今日"之上；当鬼坐下来与全家人同席进餐时，丈夫以为别人都看不见她，而这只是他的自欺欺人罢了。这一隐喻无疑指向整个父权社会所构建和想象的完美女性，其挥之不去的存在感正如在家庭中来去自由的鬼影。故事的整体框架让人不禁想起英国畅销小说家达夫妮·杜穆里埃（Daphne du Maurier，1907—1990）的《蝴蝶梦》（*Rebecca*，1938），后者比前者几乎晚二十年出版,两者对哥特小说题材的运用及其目的论意义都有着巨大的差别。

　　总之,在美国文学独立、发展和成熟的过程中,美国女性小说艺术日臻丰富。它既与男性作家的艺术追求交相辉映,又形成了一些独有的特性,其起点离不开女性创作的原始追求。在述说性别压抑和困境的过程中,叙事方式的艺术化使女性小说家们的作品得到了严肃的对待。在研究美国女性小说的时候也需要注意,不能将其艺术与男性作家的创作两极化、对立化。尽管女性主义批评家曾论及英语作为一门语言本身就具有父权制长期遗留其中的痕迹,甚至倡导从语言本身进行颠覆,但要完全生产出一种属于女性的话语机制似乎在很大程度上仍只是一种理论可能性的探讨。而当下对美国女性小说艺术的探究,仍需要先完成一项艰巨的、描述性的工程。

第三节

美国女性小说理论与批评概述

　　美国女性小说理论和批评的发展与女性主义运动在 20 世纪 60 年代的突进有着密切的联系。与 19 世纪末到 20 世纪初的第一波女性主义浪潮(first-wave feminism)不同,20 世纪 60 年代开始发端于美国的第二波女性主义浪潮(second-wave feminism)有着更为明确的理论诉求。若简要地回顾第一波女性主义浪潮的肇始,人们可以发现,在英国作家玛丽·沃斯通克拉夫特(Mary Wollstonecraft,1759—1797)的政论檄文《女权辩护:关于政治和道德问题的批评》(*A Vindication of the Rights of Woman: With Strictures on Political and Moral Subjects*,1792)的引领和影响下,西方女性逐渐意识到争取女性权利的迫切性和改变社会权力结构的可能性。因此,第一波女性主义浪潮的主要诉求是争取女性平等的选举权(suffrage)、财产权和教育权等权利,这一时期的政治斗争表现方式更为实体化。此时,欧洲不少国家爆发了女性争取选举权的斗争,美国境内也成立了妇女选举权协会(American Women Suffrage Association),而美国的第一波女性主义斗争也以 1920 年宪法第九修正案的通过获得

了实质性的成功。

第二波女性主义浪潮扩大了政治诉求,许多理论家、批评家和学者开始将文学理论和文学批评视作女性主义运动施展拳脚的舞台。在20世纪60年代末至70年代的女性主义理论与批评中,文学开始占据显著的地位。然而,美国女性小说理论与批评的出现经历了一个吊诡的过程,它是以"沉默"和"隐匿"的状态被提上议事日程的。1969年,凯特·米利特(Kate Millett,1934—2017)在著作《性政治》(*Sexual Politics*)中花了大量篇幅谈论文学中的女性问题,但值得注意的是,她主要谈论的小说家无一例外都是男性。《性政治》中的第三部分"文学观照"(Literary Reflection)单辟章节研究劳伦斯(D. H. Lawrence,1885—1930)、亨利·米勒(Henry Miller,1891—1980)和诺曼·梅勒(Norman Mailer,1923—2007)。米利特称这些作家是父权主义思想的典型代表,并对他们的创作进行了细致的解剖。㉛据此,这本书也被视为"第一本女性主义文学批评的学术著作"。㉜另一部具有相近思路的文学批评著作是朱迪斯·费特里(Judith Fetterley,1938—　)的《反抗的读者》(*The Resisting Reader*,1978)。她主要从女性阅读者的角度批判了美国文学的男性化视角。她分析了19、20世纪经典的美国文学作品,指出"美国文学是男性的文学","在这样的小说中,女性读者只得被迫参与一种自身显然被排除在外的经验",因此对女性主义批评家来说,"首要的任务……是成为一个反抗的读者,……驱除深深根植于我们体内的男性思维"。㉝将"女性"从男性作家的创作中切割出去是早期美国女性小说理论和批评的一个重要任务,是一种"清场"行为。对父权主义意识的批判是美国女性小说批评"破旧"的第一步。

美国女性小说理论和批评的第二步即为"立新",以肖瓦尔特(Elaine Showalter,1941—　)为代表的研究者开始建构女性主义的新诗学。她们将关注点从对男作家的批判转移到发现和描述女性自己的文学传统,营筑一个女作家和读者的文学共同体。实际上,根据肖瓦尔特的考察,帕特里夏·迈耶·斯帕克斯(Patricia Meyer Spacks,1929—　)是学术界最早注意到女性主义文学批评应从男性中心转向女性中心的批评家,在其1975年的著作《女性想象》(*Female Imagination*)中就指出女性主义理论家太过执着于批判男性的写作,而对女性自己的书写关注不够。㉞肖瓦尔特在肯定米利特等前人努力的基础上,提出了"女性批评学"(gynocriticism)的概念,试图建立一套以女性为中心的文学批评话语。在20世纪70年代末到 80 年代初,她连续发表了三篇重要的学术文章:《评论文章:文学批评》("Review Essay:Literary Criticism",1975)、《迈向女性主义诗学》("Towards a Feminist Poetics",1979)和《荒野中的女性主义批评》("Feminist Criticism in the Wilderness",1981),吹响了"女性批评学"的理论号角。在文章中,她指出女性主义批评家"不应该让男性中心的模式继续成为女性主义批评的基本原则",女性主义批评不需要"寻求白人男性父亲的首肯",它需要独立。⑤

在"独立"原则的指引下,肖瓦尔特和一批女性主义文学研究者开始构建女性文学史的应用研究,美国女性小说传统的构建和描绘就是其中重要的实践之一。肖瓦尔特最著名的论著《她们自己的文学:从勃朗特到莱辛的英国女性小说家》(*A Literature of Their Own: British Women Novelists from Brontë to Lessing*,1977)聚焦于英国女性小说家的传承脉络。在此书大获成功、引起学界关注之后,她又推出了美国女性文学方面的研究专著《姐妹们的选择:美国女性作家作品中的传统与变迁》(*Sister's Choice: Tradition and Change in American Women's Writing*,1991)。实际上,女性主义研究者对美国女性小说传统的关注一直持续到现在,即便是肖瓦尔特自己也在 2009 年又推出了倡导和发掘女性写作体系的论著《她的同性陪审团:从安妮·布雷兹里特至安妮·普鲁的美国女性作家》(*A Jury of Her Peers: American Women Writers from Anne Bradstreet to Annie Proulx*)。在《她们自己的文学》出版之后,这一类构建女性文学史的应用研究表现出强大的向心力,优秀的作品层出不穷,形成了美国女性小说批评的主流,也反映出美国女性小说理论和批评的经验主义特征。

美国女性小说理论和批评中蕴含的一项重要思想财富是女性写作的"继承愿望",这个观点既体现在吉尔伯特(Sandra Gilbert,1936—　)和古芭(Susan Gubar,1944—　)的"作者身份焦虑论"(anxiety of authorship)中,也体现于肖瓦尔特的"百衲被"(quilting)比喻中。虽然吉尔伯特和古芭在《阁楼上的疯女人》(*The Madwoman in the Attic*,1979)中主要探讨了 19 世纪大西洋两岸英美两国女性作家的创作,且涉及的领域不限于小说,但两位批评家对女性书写和创作焦虑的分析,深刻地影响了美国女性小说理论和批评,也启发了后来的研究者。根据批评家布鲁姆(Harold Bloom,1930—2019)在《影响的焦虑》(*The Anxiety of Influence*,1973)一书中的观点,作家与文学前辈之间存在竞争关系,后人对前人抱有一种

"恨未能先生一步"的嫉妒。他援引弗洛伊德的"俄狄浦斯情结",将后人的不安和焦虑解读为"弑父"并取而代之的欲望。㊿吉尔伯特和古芭借鉴了布鲁姆的焦虑论,但指出女性书写与男性写作在焦虑的根源上有着本质的差别:男性渴望摆脱文学之父的影响和控制,开辟自己的创作空间,而女作家却苦于无法在父权社会中获得想象和创作的合法性。她们在男性文学前辈的身上难以找到共鸣,同时对男性读者能否真正理解自己产生担忧,这让她们在潜意识中充满了孤独感。因此女性小说家的创作常常隐含了她们对文学前辈的渴望,期望能够有一种女性的传统成为其家园,解决女性作家的身份焦虑。

肖瓦尔特使用传统美国家庭妇女"缝制百衲被"的集体活动来比喻女作家的继承意识。在《缝补与写作》("Piecing and Writing",1986)一文中,她将美国女性作家的短篇小说创作比作缝补被子,并指出这种将碎布片缝制成精致百衲被的做法"为我们解读、理解美国女性写作的形式、意义和叙事传统提供了语境"。㊿百衲被的制作是一个互相依靠、互相信赖的集体作业过程,它的完成建立在前人留下的布片和针脚的基础之上;它消除了中心,弥合了等级的差异,是女性之间传递情感的绝佳渠道。

在女性主义批评家和女性作家的共同努力之下,美国女性小说的文本传统和阅读方式得以建立,理论家和批评家开始反思并向域外寻求理论支持。法国女性主义学者所使用的糅合了精神分析和马克思主义的批评方法逐渐被译介并吸收入美国女性小说的批评方法谱系中。以西苏(Hélène Cixous,1937—　)、伊里加蕾(Luce Irigaray,1930—　)和克里斯蒂娃(Julia Kristeva,1941—　)为代表的法国女性主义流派更加侧重理论加持。她们将弗洛伊德、拉康、阿尔都塞等人的思想引入,用来剖析和理解女性的身份及其书写特点。这样的做法,对以肖瓦尔特为代表的美国本土女性主义文学批评家来说,显得有些难以理解,因为在她们的视阈中,弗洛伊德、马克思等人的思想意味着一个完备的男性话语体系,与她们所探求的"女性话语方式"是截然不同,甚至难以相容的。实际上,美国和法国的女性主义批评代表了两种不同的关注女性问题的路径:美国本土的方式从历史学和社会科学的角度出发,探究女性身份、写作权利和女性传统问题,而法国女性主义对文学的切入更依赖哲学、语言学和精神分析对文本和话语的解剖。

不过站在今天来看,两者的交流和互通是完全可能的。在肖瓦尔特等人进行理论和批评尝试的同时,也有美国女性主义学者注意到了精神分析、马克思主义和后结构主义对女性主义思想的价值。正如学者雅各布斯（Mary Jacobus）在《女性写作和关于女性的写作》（*Women Writing and Writing about Women*，1979）一书中所指出的那样，女性主义对已有理论批评的"殖民"是完全行得通的，它们的思想财富是可以被女性主义所共享的。⑧于此认识之上，美国学界从 20 世纪 70 年代末开始对法国女性主义著述展开了译介，这个过程深刻地影响了美国女性小说的批评和理论建设；可以说，欧洲特别是法国女性主义理论成了美国女性小说批评中不可分割的一部分，而这一借鉴也丰富了美国女性小说批评与其他哲学社会科学之间的互动。

美国女性小说理论和批评的发展虽然没有明确的纲领和方针，但是通常学界认为它的进程形成了四个自然的阶段。第一阶段是对文学中女性形象的批评，第二阶段着力构建女性写作的传统，第三阶段引介欧洲大陆女性主义中后结构主义与精神分析的批评方法，第四阶段专注于性别批判。应该说，在当下的文学批评语境中，女性主义已经从单一性别研究走向了对女作家笔下男女两种性别的同等关注。因为批评家们注意到，如果仅仅注重构建传统、树立经典，就会不可避免地走入一个悖论怪圈，即女性主义原本是以打破父权话语统治为目的而建立起来的新传统，却无意中又将一些文本和思想立为了新的中心，而将另一些文本和思想推向了边缘。这种反思让女性主义自然而然地与多元主义结成了同盟，也让美国女性小说理论和批评产生了很多分支，如黑人女性主义、酷儿女性主义、马克思主义女性主义等等，它们共同的特点是关注差异，共同的认知是将"身份"视作由社会环境、历史因素、阶级差异、种族境遇等力量共同塑造出来的、具有流动性和多样性的文化结果。⑨因而，当下的美国女性小说批评也从早年以父权文化为靶子的战斗状态，走向了对性别身份及其价值的理解和建构，其趋向越发多元。

美国女性小说的创作受到多族裔社会状况的影响，其文学批评和理论也同样加入了对族裔问题的思考。来自不同族裔社群的作家创作出丰富的文本，而来自不同族裔的学者也开始为白人女性文学"主流"之外的创作发出呼声，代表了美国社会中非裔、亚裔、阿拉伯裔、拉丁裔和本土印第安人等不同族群的需求。以黑人女性小说批评为例，少数族裔的女性文学批评不仅显而易见地增加了"种族"视角，也因受到了经济、社会状况和历史发展因素的影响，丰富了批评的维度，其阶级批评意识和文化批评意识得到了强化。芭芭拉·史密斯（Barbara Smith，1946— ）于 1977

年发表了一篇重要的文章《迈向黑人女性主义批评》（"Toward a Black Feminist Criticism"），勾画出了黑人女性主义批评的图景框架和未来发展方向。她认为黑人女性主义必定是极具政治意识的，它必须注意到黑人女性作家的创作中所扭结的浓重的性政治、种族政治和阶级政治因素。⑩史密斯在文章中肯定了美国黑人艺术运动（the Black Arts Movement）的革命意识和历史价值，但是她也毫不留情地指出其强烈的男性中心意识。史密斯认为黑人女性主义文学批评不仅需要解剖来自白人的种族歧视，其中包括白人女性主义批评中的种族歧视，还需要面对白人和黑人男性的性别歧视。在文章中，她第一次加入了黑人女性同性恋的批评视角，使黑人女性主义文学批评从一开始就迈上了文化包容和多元主义的道路。而相比之下，黑人男性文学批评要到 20 世纪 90 年代才开始真正引入酷儿理论和思想。

应该说，黑人女性主义文学批评所代表的开放、包容的姿态，深刻地影响了美国女性小说理论和批评的面貌。首先，它很大程度上改变了美国白人女性主义批评家的观念，其对种族主义的控诉让这些批评家意识到自己的思维盲区。正如金莉所指出的那样，"女权主义文学批评起源于学院派的主流白人女权评论家，她们从性别的视角抨击了文学批评中的男权政治，对于提高社会的性别意识、改善女性的生存环境起到了不可估量的作用。但随着运动的深入，女权主义文学批评阵营内部出现了越来越多不同声音"。⑪黑人女性主义文学批评的出现成为一个必然的发展方向。其次，黑人女性主义文学批评为美国女性小说批评乃至整个美国文学批评带来了巨大的活力，它打开了文学批评跨文化互动的通路，与白人、亚裔、拉丁裔乃至本土印第安人的批评话语展开了充分的互动，为多元主义批评创造了范例。在它的激励之下，美国少数族裔女性的文学批评和理论建设产生了可观的成果。

此外，深刻包含于黑人女性主义文学批评中的思想方法为美国女性小说的批评和理论建设催生出了多个亚体系，它们就像分裂出的细胞，都带有"女性"这个核心信息，但都致力于消解边缘，将边缘的群体和思想以前置的方式展现出来。同时，它们的合力呈现出一种寻求理解、尊重和合作的状态。这种思想轨迹早在艾丽丝·沃克（Alice Walker，1944—　）提出"妇女主义"（womanism）时就有所体现。在《寻找我们母亲的花园》（*In Search of Our Mother's Gardens*，1983）中，沃克用"妇女主义者"代指"黑人女性主义者或者是有色人种的女性主义者"，她们欣赏且热爱女人的文化,致力于保护所有人(不论男女)的生存和完整。㊷这种包容的态度推动美国女性主义小说批评向追求平等、尊重个体的方向前进。

美国女性小说理论和批评在此基础上又引入了后殖民主义的思想,整合了第三世界女性视角所能带来的思想财富。斯皮瓦克(Gayatri Chakravorty Spivak,1942—)在《帝国主义与性别差异》("Imperialism and Sexual Difference",1986)一文中指出了西方中心主义观念下,西方女性主义,尤其是美国女性主义批评对第三世界的忽视。她首先肯定了女性主义思想所具有的颠覆性是可以改变整个学科框架的,然后指出女性主义的批评触角不能仅仅局限于两性之间,而应该把它的政治颠覆性拓展至种族、历史和文化问题。㊸斯皮瓦克的《三个女人的文本以及帝国主义批判》("Three Women's Texts and a Critique of Imperialism",1985)就质疑了传统女性主义对中产阶级女性自治和个人主义的过度美化。在她看来,这种自由、自治的美景是建立在对底层阶级剥削之上的,它以牺牲殖民地以及第三世界女性的利益为代价。㊹这一观点打开了美国女性小说批评的思路,斯皮瓦克的分析方法也对美国的马克思主义女性主义批评深有启发。实际上,鉴于女性主义小说批评以关注"边缘"和"不平等"问题为始发点,它的许多分支都延续了这个思路,只是侧重点各不相同。这种综合的批评方式是美国女性小说批评的一大特色。

美国女性小说批评在经历了破旧立新、理论消化等阶段之后,多元化、去中心化的指导思想成了其最主要的精神财富。消解中心意味着精英文学与大众文学终于可以共同进入批评家的视野。20 世纪 90 年代之后,越来越多的大众文学以及文学市场现象成为美国女性小说批评的研究对象。女性主义者开始因地制宜地使用文学批评手段来研究通俗小说和电影,研究女性形象如何被建立、流通和消费。文化研究和电影研究广泛地参与美国女性小说理论和批评的建构之中。在这个过程中,英国文化批评研究对美国女性小说学界的研究方法产生了重要的推动作用。20 世纪 60 年代,英国伯明翰大学成立了"当代文化研究中心"(Centre for Contemporary Culture Studies),以马克思主义批评为主要手段,研究大众文化中的市场和消费。伯明翰学派的研究方法为女性主义批评带来了重要启示,以劳拉·穆尔维(Laura Mulvey,1941—)为首的电影研究者将这种批评方法运用于好莱坞传统电影的分析,提出了诸如"窥视"(voyeurism)等观点,对女性主义深具启发意义。自此之后,电影批评所催生的类型批评方法被广泛应用于文学研究,特别是应用于美国女性小

说批评。可以说，大众文化的理论和批评方法反哺了美国女性小说批评和理论的建设。

由于美国女性小说创作不仅产生了经典化的严肃文学作品，也有大量追逐市场的通俗作品，如言情小说，因此对大众市场的研究就显得十分必要且有很强的现实意义。虽然在学院派主导的文学史研究中很少将大众化的通俗文学作品纳入以"经典"为导向的文学史之中，但是对文学现象以及文学出版、流通、消费机制的研究却宽泛得多。在这类批评著作中，以贾尼丝·莱德威（Janice Radway，1949—　）为代表的一批学者，运用文化批评的方法，研究了通俗小说的生产、接受以及机制建立，对文学文化现象的批评产生了重要的影响。在《阅读言情小说：女性、父权和通俗文学》（*Reading the Romance: Women, Patriarchy, and Popular Literature*，1984）一书中，莱德威指出，"言情小说是一个介入性的、高度复杂的物质和社会过程的最终产物，它涉及作家、文学代理人、出版官员、编辑以及成百上千参与制造、分销和销售书籍的人"。⑥通过对言情小说读者的调查，莱德威发现在通俗文学中现代女性的价值取向和形象悄然发生着改变，她们所欣赏和消费的女性人物，不再是"灰姑娘"型的男性性欲与审美的消费品，而是趋向于独立、自主、高智商、高情商，继而能够在现代社会中游刃有余地生存的女性形象。如果按照思想传播的速度来划分，言情小说这种通俗读物占据的是社会文化产品的末端，它不会像学术研究以及社会运动宣言那般走在时代之前，因此其变化很大程度上反映了主流社会的思想变化，也反映出"女性主义"思想的一种通俗消费模式。

在文化批评研究的影响下，20世纪末至今的美国女性小说批评和理论研究对象逐渐放大，不仅研究的小说类型得到了丰富，比如从经典作品拓展到了前文提及的言情小说，而且还将科幻小说、超自然主义小说、哥特小说、乌托邦小说等不同的类型纳入范畴。这种趋势不断丰富着女性小说批评的现实意义，增强了它的活性，也提升了它的现实观照程度。

总体而言，美国女性小说批评和理论研究与美国女性文学本身的创作是相辅相伴的。它源于一种追求平等的革命性需求，成形于一种对性别归属感的找寻，丰富于女性传统的建立过程之中，并在不断的反思和辩论中增强了对话性和开放性。正如一些学者所指出的那样，美国女性小说批评和理论建构是一个动态的过程，它经历了一系列的变革："从社会文化批评到审美和文学文本批评"，"从反抗传统文学中的性别歧视到建

美
国
女
性
小
说
史

构自己的文学传统和理论体系","从寻求平等到强调差异","从以白人中产阶级女性为主导的运动到不同族裔、不同阶级、不同性取向的女性的全面参与"。⑲从这个角度来说,美国女性小说批评及理论建设不仅仅是文学批评,更是社会研究和政治批评;它深度参与和建构了美国社会现有的价值体系和意识形态,为社会思想的对话和互动提供了一股重要力量。

———————————

① 桂婷:"女性文学中的医患关系分析——以《黄色墙纸》《觉醒》《钟形罩》为例",《海外英语》,2011 年第 10 期,第 259 页。

② 参见刘凤山:"疯癫,反抗的疯癫——解码吉尔曼和普拉斯的疯癫叙事者形象",《外国文学评论》,2007 年第 4 期,第 92—100 页。

③ 参见黄淑芳:"《兔子富了》中的父子竞争",《英美文学研究论丛》,2016 年第 24 辑,第 251—261 页。

④ Ann Petry, *The Street*. New York：Houghton, 1946, p.250.

⑤ 程心:"伊迪斯·华顿、新女性和世纪之交的友谊话语",《英美文学研究论丛》,2011 年第 15 辑,第 416 页。

⑥ 吕红兰:"'紫色姐妹花'——解读《紫色》中的姐妹情谊",《名作欣赏》,2011 年第 30 期,第 43 页。

⑦ 参见 Darryl Dickson-Carr, *The Columbia Guide to Contemporary African American Fiction*. New York：Columbia University Press, 2005.

⑧ 转引自石平萍:"'我是中国人'——美国华裔文学先驱水仙花",《外国文学》,2007 年第 5 期,第 86 页。

⑨ 贺晓星、仲鑫:"异乡人的写作——对赛珍珠作品的一种社会学解释",《南京大学学报》(哲学人文社会科学版),2003 年第 1 期,第 129 页。

⑩ 转引自焦小婷:"越界的困惑——内拉·拉森《越界》中的反讽意蕴阐释",《西安外国语大学学报》,2012 年第 4 期,第 106 页。

⑪ 周铭:《走向人文空间诗学——薇拉·凯瑟主要小说研究》,北京:中国人民大学出版社,2009 年,第 43 页。

⑫ 杨丽:《安妮·普鲁生态思想研究》,上海:复旦大学出版社,2012 年,第 2 页。

⑬ Alan Wald, *The New York Intellectuals: The Rise and Decline of the Anti-Stalinist Left from the 1930s to the 1980s*. Chapel Hill, NC：University of North Carolina Press, 1987, p.71.

⑭ 转引自张劲松:"左翼政治与经典建构下的玛丽·麦卡锡创作研究",《重庆大学学报》(社会科学版),2015 年第 3 期,第 177 页。

⑮ 转引自玛丽·麦卡锡:《她们》,重庆:重庆出版社,2016 年,第 4 页。

⑯ 陈永国:《美国南方文化》,长春:吉林大学出版社,1996 年,第 3—4 页。

⑰ 孙薇:"伊迪丝·华顿与时尚——服饰书写下的老纽约文化",《英美文学研究论丛》,2011 年第 14 辑,第 311—324 页。

⑱ 金莉等:《20 世纪美国女性小说研究》,北京:北京大学出版社,2010 年,第 124 页。

⑲ 田颖:"恐惧之源——《心是孤独的猎手》的'阈限空间'阐释",《国外文学》,2015 年第 2 期,第 103—112 页。

⑳ Sashi Nair, *Secrecy and Sapphic Modernism: Writing Romans à Clef between the Wars*. New York: Palgrave, 2001, p.25.

㉑ Ellen Moers, *Literary Women: The Great Writers*. New York: Anchor, 1977, p.64.

㉒ Tillie Olsen, "A Biographical Interpretation," in Rebecca Harding Davis, *Life in the Iron Mills or The Korl Woman*. Old Westbury: The Feminist Press, 1972.

㉓ Tillie Olsen, *Silences*. New York: Delta, 1978, p.242.

㉔ Rita Felski, *Beyong Feminist Aesthetics: Feminist Literature and Social Change*. London: Hutchinson Radius, 1989, p.80.

㉕ Phillip J. Barrish, *The Cambridge Introduction to American Literary Realism*. Cambridge and New York: Cambridge University Press, 2011, p.137.

㉖ Ibid.

㉗ Nina Baym, *Women Writers of the American West*, *1833 - 1927*. Urbana, IL: University of Illinois Press, 2011, p.1.

㉘ Alfred Bendixen, "The Emergence and Development of the American Short Story," in Alfred Bendixen and James Negal, eds., *A Companion to American Short Story*. Oxford: Wiley-Blackwell, 2010, p.3.

㉙ Leah B. Glasser, "Landscape as Haven in American Women's Short Stories," in Alfred Bendixen and James Negal, eds., *A Companion to American Short Story*. Oxford: Wiley-Blackwell, 2010, p.391.

㉚ Jeffrey Andrew Weinstock, "The American Ghost Story," in Alfred Bendixen and James Negal, eds., *A Companion to American Short Story*. Oxford: Wiley-Blackwell, 2010, p.418.

㉛ Kate Millett, *Sexual Politics*. Urbana and Chicago: University of Illinois Press, 2000, pp.235 - 335.

㉜ P. T. Clough, "The Hybrid Criticism of Patriarchy: Rereading Kate Millett's *Sexual Politics*," *The Sociological Quarterly*, Vol.35, No.3, 1994, p.473.

㉝ Judith Fetterley, *The Resisting Reader: A Feminist Approach to American Fiction*. Bloomington and London: Indiana University Press, 1978, pp. Xii, XX, XXii.

㉞ Elaine Showalter, "Feminist Criticism in the Wilderness," *Critical Inquiry*, Vol.8, No.2, 1981, p.185.

㉟ Ibid., p.183.

㊱ 参见 Harold Bloom, *The Anxiety of Influence*. New York: Oxford University Press, 1997.

㊲ Elaine Showalter, "Piecing and Writing," in Nancy Miller, ed., *Poetics of Gender*. New York: Columbia University Press, 1986, p.227.

㊳ 参见 Mary Jacobus, *Women Writing and Writing about Women*. London and Sydney: Croom Helm Ltd, 1979.

㊴ 参见 Teresa de Lauretis, *Feminist Studies / Critical Studies*. Bloomington: Indiana University Press, 1986.

㊵ Barbara Smith，"Toward a Black Feminist Criticism," in Winston Napier, ed., *African American Literary Theory: A Reader*. New York and London：New York University Press，1977，pp.132 - 146.

㊶ 金莉："当代美国女权主义文学批评的多维视野"，《外国文学》，2014 年第 2 期，第 98 页。

㊷ Alice Walker，*In Search of Our Mothers' Gardens: Womanist Prose*. New York：Harcourt Inc，1983，p. Xi .

㊸ Gayatri Chakravorty Spivak， "Imperialism and sexual difference," *Oxford Literary Review*，Vol.8，No.1，1986，pp.225 - 244.

㊹ Gayatri Chakravorty Spivak， "Three Women's Texts and a Critique of Imperialism," *Critical Inquiry*，Vol.12，No.1，1985，pp.243 - 261.

㊺ Janice Radway，*Reading the Romance*. Chapel Hill，NC：The University of North Carolina Press，1984，p.12.

㊻ 金莉："当代美国女权主义文学批评的多维视野"，《外国文学》，2014 年第 2 期，第 105 页。

附录一

美国女性小说大事年表

年　份	重　要　事　件	重要女性小说
1492 年	哥伦布抵达美洲。	
1517 年	马丁·路德发起新教改革。	
1524 年	意大利探险家乔瓦尼·达韦拉扎诺进入纽约港和哈得孙河。	
1607 年	第一批英国殖民者来到北美，建立了第一个永久性英属殖民地詹姆斯镇。	
1620 年	"五月花"号带着 102 名殖民者与清教徒抵达普利茅斯湾。	
1621 年	威廉·布拉德福德成为普利茅斯殖民地总督。	
1624 年	约翰·史密斯：《弗吉尼亚通史》	
1625 年	查理一世成为英格兰国王。	
1629 年	查理一世解散议会，对清教徒采取更为严酷的镇压政策，导致清教徒进一步移民美洲。	
1630 年	威廉·布拉德福德：《普利茅斯开发史》	
1642 年	长达七年的英国内战爆发。	
1649 年	查理一世被送上断头台，奥利弗·克伦威尔成为护国公。	

年 份	重 要 事 件	重要女性小说
1650 年		安妮·布拉德斯特里:《最近在北美出现的第十位缪斯》
1682 年		玛丽·罗兰森:《玛丽·罗兰森夫人遭绑架和被归还的故事》
1688 年	英国光荣革命	
1692 年	萨勒姆审巫案	
1714 年	乔治一世继承英国王位。	
1727 年	乔治二世继承英国王位。	
1730 年代—1740 年代	大觉醒运动	
1760 年	乔治三世继承英国王位。	
1763 年	乔治三世签署《1763 年皇家宣言》,规定殖民者不许越过阿巴拉契亚山脉沿线的分界线。	
1765 年	英国议会通过北美殖民地的印花税法案,即直接纳税法案。法案进一步激化了英国与北美殖民地的矛盾并加剧了抗税运动,最终在 1766 年撤销。	
1768 年	英国出兵占领波士顿。	
1770 年	3 月 5 日发生波士顿惨案,英国士兵杀害 5 名平民。这一事件激发了英国北美殖民地的叛乱,并最终导致美国独立战争。	
1773 年	12 月 16 日发生波士顿倾茶事件。	
1774 年	9 月 5 日北美殖民地在费城召开了殖民地联合会议,史称"第一届大陆会议",是殖民地形成自己政权的里程碑。	
1775 年	第二届大陆会议	

（续表）

年　份	重　要　事　件	重要女性小说
1775—1781 年	美国独立战争	
1776 年	7 月 4 日《独立宣言》签署。	
1777 年	大陆会议通过《邦联条例》，这是北美殖民地筹建十三个新州统一政府的第一个正式文件。	
1781 年	《邦联条例》正式生效。	
1783 年	英国和美国在巴黎签署和平条约《巴黎条约》，英国承认美国独立。	
1787 年	美国制宪会议制定和通过《美利坚合众国宪法》，1789 年 3 月 4 日该宪法生效。	
1789 年	乔治·华盛顿当选为第一任美国总统。法国大革命爆发。	
1790 年	1790 年、1795 年、1802 年颁布了三部《归化法案》，要求新移民居住满一定期限后方能归化为美国公民。	
1791 年	《人权法案》，即美国宪法第一至第十条修正案正式生效。	苏珊娜·哈斯威尔·罗森：《夏洛特·坦普尔》
1796 年	约翰·亚当斯当选美国第二任总统。	
1800 年	托马斯·杰斐逊当选美国第三任总统。	
1803 年	法国以 6 000 万法郎的价格将路易斯安那州出售给美国。	
1808 年	詹姆斯·麦迪逊当选美国第四任总统。	
1812 年	6 月 18 日美国正式向英国宣战，这是美国独立后第一次对外战争。	
1816 年	詹姆斯·门罗当选美国第五任总统。	
1821 年	墨西哥从西班牙独立。	
1822 年		凯瑟琳·玛丽亚·塞奇威克：《一个新英格兰故事》

年　份	重　要　事　件	重要女性小说
1824 年	约翰·昆西·亚当斯当选美国第六任总统。	莉迪亚·玛丽亚·蔡尔德：《霍波莫克》 凯瑟琳·玛丽亚·塞奇威克：《莱德伍德》
1827 年		萨拉·约瑟法·黑尔：《诺斯伍德》 凯瑟琳·玛丽亚·塞奇威克：《霍普·莱斯利》
1828 年	安德鲁·杰克逊当选美国第七任总统。	苏珊娜·哈斯威尔·罗森：《夏洛特的女儿，或三个孤儿》
1830 年	总统安德鲁·杰克逊 1830 年签署了《印第安人搬迁法》，授予联邦政府权力，将印第安人从密西西比河以东迁移至密西西比河以西的"印第安领地"。	凯瑟琳·玛丽亚·塞奇威克：《克拉伦斯》
1834 年		哈里耶特·比彻·斯托：《伊莎贝尔和她的妹妹凯特》
1835 年		凯瑟琳·玛丽亚·塞奇威克：《林伍德一家》
1836 年	得克萨斯宣布从墨西哥独立。	
1838 年		安·索菲娅·斯蒂芬斯：《玛丽·德温特》
1839 年		安·索菲娅·斯蒂芬斯：《玛莉丝卡——白人狩猎者的印第安妻子》
1843 年		安·索菲娅·斯蒂芬斯：《纽约的上流社会》 哈里耶特·比彻·斯托：《五月花》
1844 年		安·索菲娅·斯蒂芬斯：《爱丽丝·科普利：一个玛丽皇后时代的传说》
1846 年	5 月美国向墨西哥宣战，美墨战争爆发。	安·索菲娅·斯蒂芬斯：《钻石项链和其他故事》

（续表）

年　份	重　要　事　件	重要女性小说
1849 年		E. D. E. N. 索思沃思：《报应》
1850 年	美国国会就有关奴隶制问题于 1850 年 9 月通过 5 个法案，史称《1850 年妥协案》。这是为解决蓄奴问题和防止联邦解体而采取的一系列权宜措施。	凯罗琳·李·亨兹：《琳达》 E. D. E. N. 索思沃思：《被遗弃的妻子》 苏珊·沃纳：《宽宽的大世界》
1852 年		哈里耶特·比彻·斯托：《汤姆叔叔的小屋》 凯罗琳·李·亨兹：《艾欧莲》 苏珊·沃纳：《李奇》 玛丽·伊斯特曼：《菲利斯婶婶的小屋，又或南方生活纪实》 E. D. E. N. 索思沃思：《克利夫顿的诅咒》
1853 年		萨拉·约瑟法·黑尔：《利比里亚》
1854 年	美国共和党成立。	凯罗琳·李·亨兹：《种植园主的北方新娘》 安·索菲娅·斯蒂芬斯：《时尚与饥荒》
1855 年		凯罗琳·李·亨兹：《罗伯特·格拉汉姆》 安·索菲娅·斯蒂芬斯：《古宅》 奥古丝塔·埃文斯·威尔逊：《艾内丝：圣方济会阿拉摩的故事》
1856 年		哈里耶特·比彻·斯托：《德雷德：阴暗的大沼泽地的故事》
1857 年		凯瑟琳·玛丽亚·塞奇威克：《结婚还是单身？》
1859 年		哈里耶特·比彻·斯托：《教长的求爱》 E. D. E. N. 索思沃思：《隐蔽的手》 奥古丝塔·埃文斯·威尔逊：《朴菈》 哈丽雅特·威尔逊：《我们黑鬼》

（续表）

年　份	重　要　事　件	重要女性小说
1860 年	亚伯拉罕·林肯当选美国第十六任总统。	安·索菲娅·斯蒂芬斯：《玛莉丝卡——白人狩猎者的印第安妻子》（单行本）
1861 年		丽贝卡·哈丁·戴维斯：《铁磨坊生活》
1861—1865 年	美国内战，即南北战争	
1862 年	9 月 22 日林肯颁布《解放黑奴宣言》，表明林肯政府已从限制奴隶制转变为完全废除奴隶制。	哈里耶特·比彻·斯托：《奥尔岛上的明珠》 伊丽莎白·斯托达德：《莫格森一家》
1863 年		安·索菲娅·斯蒂芬斯：《被拒绝的妻子》
1864 年		奥古丝塔·埃文斯·威尔逊：《玛卡瑞亚》
1865 年		伊丽莎白·斯托达德：《两个男人》
1866 年	国会通过《1866 年民权法案》。	奥古丝塔·埃文斯·威尔逊：《圣埃尔默》
1867 年	国会通过《重建法令》。	伊丽莎白·斯托达德：《泰珀之家》
1868 年		路易莎·梅·奥尔科特：《小妇人》 莎拉·奥恩·朱厄特：《詹尼·盖络的情人们》
1869 年		莎拉·奥恩·朱厄特：《布鲁斯先生》 路易莎·梅·奥尔科特：《好妻子》 哈里耶特·比彻·斯托：《古镇上的人们》 奥古丝塔·埃文斯·威尔逊：《凡世提》
1870 年	《美利坚合众国宪法第十五修正案》2 月 3 日通过，禁止联邦或州政府根据公民的种族、肤色或以前曾是奴隶而限制其选举权。	

（续表）

年　份	重　要　事　件	重要女性小说
1871 年		路易莎·梅·奥尔科特:《小男人》 安·索菲娅·斯蒂芬斯:《一个高尚的女人》
1875 年	国会通过《1875 年民权法案》,禁止任何人或机构在公共场合歧视黑人,但未禁止在公共学校中的种族隔离。	奥古丝塔·埃文斯·威尔逊:《因范利斯》
1877 年	托马斯·爱迪生发明留声机。	莎拉·奥恩·朱厄特:《深港》
1878 年		哈里耶特·比彻·斯托:《波格纽克人》
1882 年	国会通过《排华法案》,这是美国历史上唯一针对某一族裔的移民排斥法案,直至 1943 年才废止。	
1884 年		莎拉·奥恩·朱厄特:《乡村医生》
1886 年		路易莎·梅·奥尔科特:《乔的男孩》 莎拉·奥恩·朱厄特:《白鹭及其他故事集》
1887 年		奥古丝塔·埃文斯·威尔逊:《台比留的慈悲》
1890 年	苏珊·B. 安东尼创立了全美妇女选举权协会(NAWSA)。	凯特·肖班:《过失》
1891 年	美国颁布《国际版权法案》,开始对外国作品提供版权保护。	
1892 年		夏洛特·珀金斯·吉尔曼:《黄色墙纸》
1894 年		凯特·肖班:《一小时的故事》 凯特·肖班:《牛轭湖人》
1896 年		莎拉·奥恩·朱厄特:《尖尖的枞树之乡》
1897 年		艾伦·格拉斯哥:《子孙》 凯特·肖班:《阿卡迪之夜》

年　份	重　要　事　件	重要女性小说
1898 年	美西战争	凯特·肖班：《职业和声音》
1899 年		伊迪丝·华顿：《高尚的嗜好》 凯特·肖班：《觉醒》
1900 年	弗洛伊德出版《梦的解析》。 普朗克的理论发现宣告量子论诞生 　和新物理学革命开始。 嘉莉·查普曼·卡特成为全美妇女 　选举权协会主席。	艾伦·格拉斯哥：《人们的声音》 伊迪丝·华顿：《试金石》
1901 年	鲍登学院授予莎拉·奥恩·朱厄特 　荣誉文学博士学位。朱厄特是第 　一位获此荣誉的女性。	伊迪丝·华顿：《重要时刻》
1902 年	嘉莉·查普曼·卡特组建国际妇女 　选举权联盟。 玛莎·华盛顿成为第一位被印上邮 　票的美国女性。	艾伦·格拉斯哥：《战场》 伊迪丝·华顿：《抉择谷》 奥古丝塔·埃文斯·威尔逊： 　《带斑点的鸟》
1903 年	美国妇女工会联盟成立。 玛吉·沃克被任命为里士满圣卢克 　银行行长，成为第一位领导银行 　的黑人女性。	
1904 年	全国童工委员会成立，旨在推动美 　国禁止童工的立法工作。	
1905 年	弗洛伦斯·瑞纳·萨宾成为约翰· 　霍普金斯医学院的首位女教授。	伊迪丝·华顿：《欢乐之家》 薇拉·凯瑟：《精灵花园》
1907 年		伊迪丝·华顿：《树果》 奥古丝塔·埃文斯·威尔逊： 　《戴维塔》
1909 年		苏珊·格拉斯佩尔：《被征服者 　的荣耀》 格特鲁德·斯泰因：《三个女 　人》
1910 年	全美有色人种进步协会成立。 第一次妇女选举权游行在纽约市 　举行。	夏洛特·珀金斯·吉尔曼：《戴 　安莎的作为》 水仙花：《春香夫人》

（续表）

年 份	重 要 事 件	重要女性小说
1911 年	加州妇女赢得了完全投票权。 弗吉尼亚·吉尔德斯利夫成为巴纳德学院院长。	伊迪丝·华顿:《伊坦·弗洛美》 夏洛特·珀金斯·吉尔曼:《移山》
1912 年	俄勒冈州、堪萨斯州和亚利桑那州给予妇女投票权。 美国女童子军成立。	薇拉·凯瑟:《亚历山大的桥》
1913 年	阿拉斯加地区给予妇女投票权。	艾伦·格拉斯哥:《弗吉尼亚》 伊迪丝·华顿:《国家风俗》 薇拉·凯瑟:《啊,拓荒者!》
1914 年	第一次世界大战爆发,美国总统威尔逊宣布美国中立。 蒙大拿和内华达州给予妇女投票权。 全国妇女俱乐部联合会正式认可争取选举权运动。 玛格丽特·安德森创建《小评论》。	格特鲁德·斯泰因:《软纽扣》
1915 年	嘉莉·查普曼·卡特成为美国全国妇女选举权协会主席。	苏珊·格拉斯佩尔:《忠贞》 夏洛特·珀金斯·吉尔曼:《她乡》 薇拉·凯瑟:《云雀之歌》
1916 年	美国第一家节育诊所由玛格丽特·桑格和埃塞尔·伯恩建立。	夏洛特·珀金斯·吉尔曼:《与她同游我乡》
1914—1920 年	约 50 万非裔美国人从南方迁往北方定居,史称"美国黑人第一次大迁徙运动"。	
1917 年	第一次世界大战陷入僵局,美国加入战争,改变了战争的事态。 俄国十月革命。 纽约州成为第一个完全赋予妇女选举权的东部州。	苏珊·格拉斯佩尔:《她的同性陪审团》 伊迪丝·华顿:《夏》
1918 年	第一次世界大战以签署停战协议告终。 美国政府报告称 140 万妇女战时在军工行业工作。	伊迪丝·华顿:《马恩河》 薇拉·凯瑟:《我的安东妮娅》

年 份	重 要 事 件	重要女性小说
1919 年	巴黎和会召开,美、英、法三国最高领导人主导了和会的进行。和会上签订了处置德国的《凡尔赛和约》,同时还分别同奥、匈、土等国签订了一系列和约。它们构成了凡尔赛体系,确立了一战后由美、英、法等主要战胜国主导的国际政治格局。 丈夫伍德罗·威尔逊中风后,伊迪斯·博林·威尔逊担任美国代理总统。	
1920 年	美国宪法第十九修正案将妇女有权投票参与政治写入宪法,标志着女权运动的一次突破性成功,是美国女权运动的一大里程碑。	伊迪丝·华顿:《纯真年代》 安斯阿·伊捷斯卡:《饥饿的心》
1921 年	国会通过了《谢波德-唐纳法案》,该法案旨在改善婴儿、儿童、母亲和孕妇的医疗保健状况。 伊迪丝·华顿因其小说《纯真年代》获得普利策奖。	苏珊·格拉斯佩尔:《继承者》
1922 年	丽贝卡·拉蒂默·费尔顿成为首位当选美国参议员的女性,但仅任职一天。	凯瑟琳·安·波特:《玛利亚·康塞普西翁》 薇拉·凯瑟:《我们中间的一个》
1923 年	薇拉·凯瑟因《我们中间的一个》获得普利策奖。 埃德娜·圣文森特·米莱成为第一位获得普利策诗歌奖的女性。	伊迪丝·华顿:《一个儿子在前线》 薇拉·凯瑟:《一个迷途的女人》
1924 年	哈里·弗格森成为美国第一位女州长(得克萨斯州)。 聋哑人海伦·凯勒成为美国盲人基金会的主要顾问。 玛格丽特·威尔逊因《能干的麦克劳林》获得普利策奖。	埃德娜·费伯:《如此大》 伊迪丝·华顿:《老纽约》
1925 年	致力于展示妇女成就的第一届世界妇女博览会在芝加哥举行。 弗洛伦斯·萨宾成为美国国家科学院第一位女性成员。 埃德娜·费伯因《如此大》获得普利策奖。	艾伦·格拉斯哥:《不毛之地》 佐拉·尼尔·赫斯顿:《斯蓬克》 薇拉·凯瑟:《教授的房子》 格特鲁德·斯泰因:《美国人的形成》 安斯阿·伊捷斯卡:《养家的人》

（续表）

年　份	重　要　事　件	重要女性小说
1926 年	玛格丽特·德兰入选美国国家艺术和文学研究会。 维奥莱特·安德森成为第一位在美国最高法院进行辩护的黑人妇女。	埃德纳·费伯:《演艺船》 伊丽莎白·马多克斯·罗伯茨:《人的时间》 薇拉·凯瑟:《我的死敌》
1927 年	米妮·白金汉-哈珀成为第一位在美国立法机构任职的黑人女性。	薇拉·凯瑟:《死神来迎大主教》
1928 年		朱纳·巴恩斯:《赖德》 内拉·拉森:《流沙》
1929 年	纽约证券交易所崩盘。 拉德克利夫·霍尔的女同性恋小说《孤寂深渊》的美国出版商因猥亵罪受到审判,同年晚些时候上诉法院推翻了判决。	苏珊·格拉斯佩尔:《逃亡者的回归》 内拉·拉森:《越界》
1929—1933 年	大萧条,发源于美国,后来波及整个资本主义世界。	
1930 年	持续性高温和滥垦乱伐造成大面积土壤风化,形成严重的沙尘暴,干旱时间长达近十年。 南方妇女防止私刑协会成立。	凯瑟琳·安·波特:《开花的犹大树》 伊丽莎白·马多克斯·罗伯茨:《大牧场》 赛珍珠:《东风·西风》 埃德纳·费伯:《锡马龙》
1931 年	玛格丽特·艾尔巴尼斯因其小说《优雅的岁月》获得普利策奖。	薇拉·凯瑟:《岩石上的影子》 赛珍珠:《大地》
1932 年	富兰克林·罗斯福当选美国第三十二任总统。 海蒂·怀亚特·卡拉威成为第一位当选美国参议员且做满任期的女性。 赛珍珠因其小说《大地》获得普利策奖。	赛珍珠:《儿子》
1933 年	以救济、改革和复兴为主要内容的"罗斯福新政"开始推行。"新政"加强政府对经济领域的干预,实行赤字财政,大力发展公共事业来刺激经济。 露丝·布兰·欧文成为第一位女性外交官。	格特鲁德·斯泰因:《艾丽丝自传》

年　份	重　要　事　件	重要女性小说
1934 年	卡罗琳·米勒因其小说《怀中的羔羊》获得普利策奖。	佐拉·尼尔·赫斯顿:《约拿的葫芦蔓》 苔丝·斯莱辛格:《无所属者》 赛珍珠:《母亲》
1935 年	全国黑人妇女理事会在纽约市成立。	苔丝·斯莱辛格:《时光:当下》 赛珍珠:《分家》 艾伦·格拉斯哥:《铁脉》 伊丽莎白·马多克斯·罗伯茨:《他派去了一只乌鸦》
1936 年	富兰克林·罗斯福再次当选美国总统。 赛珍珠入选美国国家艺术和文学研究会。	玛格丽特·米切尔:《飘》 朱纳·巴恩斯:《夜林》 凯·博伊尔:《一个男人之死》 赛珍珠:《流亡者》 赛珍珠:《搏斗的天使》 阿娜伊斯·宁:《乱伦之家》
1937 年	医生传播节育信息在美国合法化。 玛格丽特·米切尔因其小说《飘》获得普利策奖。	凯瑟琳·安·波特:《老人》 佐拉·尼尔·赫斯顿:《他们眼望上苍》
1938 年	女性家庭杂志的一项民意调查发现,79 % 的美国女性赞成使用避孕药。 赛珍珠成为第一位获得诺贝尔文学奖的女性。	伊丽莎白·马多克斯·罗伯茨:《黑色是我真心爱人头发的颜色》 凯·博伊尔:《周一晚上》 赛珍珠:《这颗骄傲的心》
1939 年	希特勒的军队入侵波兰,英、法对德宣战,第二次世界大战爆发。 海蒂·麦克丹尼尔获得奥斯卡最佳女配角,这是非裔美国女演员第一次获得奥斯卡奖。	凯瑟琳·安·波特:《灰色马,灰色的骑手》 佐拉·尼尔·赫斯顿:《摩西,山之人》 赛珍珠:《中国小说》 苏珊·格拉斯佩尔:《清晨临近》
1940 年	富兰克林·罗斯福第三次当选美国总统。	卡森·麦卡勒斯:《心是孤独的猎手》
1941 年	12 月 7 日,日本海军偷袭珍珠港,最终将美国卷入第二次世界大战。 妇女获许加入武装部队,担任护士以外的角色。	埃德纳·费伯:《风尘双侠》 卡森·麦卡勒斯:《金色眼睛的映像》 尤多拉·韦尔蒂:《绿窗帘》 格特鲁德·斯泰因:《艾达》 艾伦·格拉斯哥:《我们这一辈子》

（续表）

年 份	重 要 事 件	重要女性小说
1942 年	历史学家玛丽·里特·比尔德和档案学家玛格丽特·斯托尔斯·格里森在史密斯学院建立了全美第一个女性手稿收藏库。 艾伦·格拉斯哥因小说《我们这一辈子》获得普利策奖。	玛丽·麦卡锡：《她的圈子》 尤多拉·韦尔蒂：《强盗新郎》 赛珍珠：《龙种》
1943 年	全美种族平等大会成立。	尤多拉·韦尔蒂：《大网和其他故事》 贝蒂·史密斯：《布鲁克林有棵树》
1944 年	诺曼底登陆，第二次世界大战接近尾声。	凯瑟琳·安·波特：《斜塔及其他故事》 赛珍珠：《龙鱼》 简·斯塔福德：《波士顿冒险》
1945 年	8 月，美国向日本广岛和长崎投放原子弹。 10 月 24 日，《联合国宪章》在美国旧金山签订生效，标志着联合国正式成立。 埃莉诺·罗斯福成为杜鲁门总统任命的美国驻联合国代表团成员。	赛珍珠：《婚姻肖像》 格特鲁德·斯泰因：《我所见的战争》
1946 年	国际妇女争取和平与自由联盟的共同创始人和长期领导人艾米丽·格林·鲍尔奇被授予诺贝尔和平奖。 埃莉诺·罗斯福被任命为联合国人权委员会主席。	卡森·麦卡勒斯：《婚礼的成员》 安·佩特里：《大街》 尤多拉·韦尔蒂：《三角洲婚礼》 赛珍珠：《群芳庭》
1947 年		安·佩特里：《乡村之地》 赛珍珠：《远与近》
1948 年	哈里·杜鲁门签署了妇女武装（服役）一体化法案，给予妇女在军队中谋求发展的机会。 玛格丽特·蔡斯·史密斯成为第一位当选为国会两院议员的女性。	佐拉·尼尔·赫斯顿：《苏旺尼的六翼天使》 赛珍珠：《牡丹》 雪莉·杰克逊：《摸彩》
1949 年	北大西洋公约组织成立，这是二战后西方阵营军事上实现战略同盟的标志，也是马歇尔计划在军事领域的延伸和发展。	玛丽·麦卡锡：《绿洲》 尤多拉·韦尔蒂：《金苹果》

（续表）

年　份	重　要　事　件	重要女性小说
1950 年	法国女性主义者波伏娃出版《第二性》。 尤金妮·摩尔·安德森成为美国首位女大使。 参议员约瑟夫·麦卡锡作为调查常设小组委员会负责人，煽动对共产主义的恐惧。 朝鲜战争开始。 美国人口普查局承认女性婚后有权继续使用婚前姓氏。	格特鲁德·斯泰因：《证讫》 赛珍珠：《从未长大的孩子》 玛丽·麦卡锡：《投以冷漠的目光》
1951 年		卡森·麦卡勒斯：《伤心咖啡馆之歌》
1952 年	德怀特·艾森豪威尔当选第三十四任美国总统。 尤多拉·韦尔蒂入选美国国家艺术和文学研究会。	弗兰纳里·奥康纳：《智血》 埃德纳·费伯：《巨人》 玛丽·麦卡锡：《学术林》
1953 年	朱利叶斯和埃塞尔·罗森伯格因间谍罪被判死刑。 阿尔弗雷德·金赛的《人类女性的性行为》出版。 美国版《第二性》出版。	安·佩特里：《海峡》 尤多拉·韦尔蒂：《庞德之心》
1954 年	艾伦·A. 彼得斯以优异的成绩毕业于耶鲁法学院，但没有律师事务所愿意聘用她。她留校任教，后来成为耶鲁第一位女性终身教授。	艾伦·格拉斯哥：《内在的女人》 雪莉·杰克逊：《鸟巢》
1955 年	12 月 1 日，非裔美国妇女罗莎·帕克斯在蒙哥马利的一辆公共汽车上就座时，拒绝了司机要她让座给白人的要求，随后被捕。这一事件引发了蒙哥马利市长达 381 天的黑人抵制公交车运动，组织者是当时仍名不见经传的浸礼教牧师马丁·路德·金。帕克斯从此被尊为美国"民权运动之母"。	弗兰纳里·奥康纳：《好人难寻及其他故事》 尤多拉·韦尔蒂：《英尼斯法伦号船上的新娘和其他故事》
1955—1975 年	越南战争。	

（续表）

年 份	重 要 事 件	重要女性小说
1956 年	艾森豪威尔再次当选美国总统。	赛珍珠:《帝王女人》 佐拉·尼尔·赫斯顿:《希律王》
1957 年	国会通过了《1957 年民权法案》。	蒂莉·奥尔森:《我站在这里熨烫》 玛丽·麦卡锡:《追忆天主教少女时光》
1958 年	无痛分娩教育协会开设拉梅兹课程。	卡森·麦卡勒斯:《奇妙的平方根》
1959 年	阿拉斯加和夏威夷成为美国的第四十九州和第五十州。	雪莉·杰克逊:《邪屋》
1960 年	约翰·F.肯尼迪当选美国第三十五任总统。	弗兰纳里·奥康纳:《暴力夺取》 蒂莉·奥尔森:《告诉我一个谜语》
1961 年	柏林墙建起,成为德国分裂的象征,也是冷战的重要标志性建筑。 肯尼迪总统成立了总统妇女地位委员会。 哈泼·李因小说《杀死一只知更鸟》获得普利策奖。	卡森·麦卡勒斯:《没有指针的钟》
1962 年	古巴导弹危机,也是美苏冷战时期最严重的正面对抗事件	凯瑟琳·安·波特:《愚人船》 雪莉·杰克逊:《我们一直住在城堡里》
1963 年	4 月,种族隔离最严重的亚拉巴马州伯明翰市爆发黑人抗议示威斗争。 8 月,华盛顿市爆发美国史上规模最大的民权示威游行。马丁·路德·金发表演讲《我有一个梦想》。肯尼迪总统遇刺身亡。 贝蒂·弗里丹的《女性的奥秘》一书出版。 伊丽莎白·哈德威克创立了《纽约书评》。 凯瑟琳·格雷厄姆成为《华盛顿邮报》总裁。	琼·迪迪翁:《大河奔流》 玛丽·麦卡锡:《她们》 西尔维亚·普拉斯:《钟形罩》 苏珊·桑塔格:《恩主》

美国女性小说史

年　份	重　要　事　件	重要女性小说
1964 年	国会通过《公民权利法案》。 马丁·路德·金获得诺贝尔和平奖。	凯瑟琳·安·波特：《凯瑟琳·安·波特故事集》 安妮·泰勒：《假如黎明曾经降临》 卡森·麦卡勒斯：《甜如泡菜净如猪》
1965 年	国会通过《移民改革法案》，结束了充满种族歧视观念的移民政策。 国会通过《投票权法案》，清除了阻止非裔美国人参与投票的种种限制。	弗兰纳里·奥康纳：《上升的一切必将汇合》 梅·萨顿：《斯蒂文斯夫人听见美人鱼在歌唱》
1966 年	美国大举向越南增兵。 凯瑟琳·安·波特因《凯瑟琳·安·波特故事集》获得普利策奖和美国国家图书奖。	辛西娅·奥齐克：《信任》 凯·博伊尔：《在一起做天才》 厄休拉·勒奎因：《流放星球》
1967 年		玛丽·麦卡锡：《越南》 乔伊斯·卡罗尔·欧茨：《世俗欢乐的花园》 苏珊·桑塔格：《死亡之匣》
1968 年	妇女平等行动联盟成立。 4 月 4 日，马丁·路德·金遇刺。	玛丽·麦卡锡：《河内》 雪莉·杰克逊：《和我一起来》 厄休拉·勒奎因：《地海魔法师》
1969 年	尼克松总统成立了妇女权利和责任工作组，招募和培训妇女担任政府高级职位。 加州成为第一个通过"无过错"离婚法的州，允许夫妻双方协议离婚。	乔伊斯·卡罗尔·欧茨：《他们》 厄休拉·勒奎因：《黑暗的左手》 简·斯塔福德：《简·斯塔福德故事集》
1970 年	美国最高法院规定，制造商必须向装配线上的女性实行同工同酬。 纽约市成为第一个通过禁止公共场所性别歧视法案的主要城市。 伍德斯多克音乐节 凯特·米利特的《性政治》出版。 乔伊斯·卡罗尔·欧茨因小说《他们》获得美国国家图书奖。	琼·迪迪翁：《顺其自然》 托尼·莫里森：《最蓝的眼睛》 尤多拉·韦尔蒂：《失败的战争》 艾丽丝·沃克：《格兰奇·科普兰的第三次生命》 乔伊斯·卡罗尔·欧茨：《爱之轮》

（续表）

年　份	重　要　事　件	重要女性小说
1971 年	美国全国妇女堕胎联盟成立。	辛西娅·奥齐克：《异教徒拉比和其他短篇小说》 弗兰纳里·奥康纳：《弗兰纳里·奥康纳短篇小说全集》 玛丽·麦卡锡：《美国之鸟》 乔伊斯·卡罗尔·欧茨：《奇境》 安·佩特里：《缪丽儿小姐及其他故事》
1972 年	尼克松再次当选美国总统。 全国波多黎各妇女大会成立。 国会通过《高等教育法》，禁止基于性别的教育歧视。 弗兰纳里·奥康纳因《弗兰纳里·奥康纳故事全集》获得美国国家图书奖。 尼克松总统访华，中美关系开始走向正常化。 联合国大会宣布 1975 年为"国际妇女年"。	卡森·麦卡勒斯：《抵押出去的心》 尤多拉·韦尔蒂：《乐观者的女儿》 厄休拉·勒奎因：《最远的海岸》 乔伊斯·卡罗尔·欧茨：《婚姻与不忠》
1973 年	全国黑人女权组织成立。 奥普拉·温弗瑞成为纳什维尔第一位女性主播和第一位黑人电视新闻主播。 尤多拉·韦尔蒂因小说《乐观者的女儿》获得普利策奖。	托尼·莫里森：《秀拉》 艾丽丝·沃克：《爱与烦恼：黑人女性故事》
1974 年	国会禁止基于性别的住房歧视和对妇女的信贷歧视。 墨西哥裔美国妇女协会成立。 女同性恋历史档案馆于纽约成立。 美国精神病学协会将同性恋从精神疾病列表中删除。	玛丽·麦卡锡：《国家的面具：水门事件》
1975 年	女性主义刊物《符号》开始出版。 联合国国际妇女年会议在墨西哥城举行。 埃伦·摩尔斯的《文学女性：伟大的作家》出版。 帕特里夏·迈耶·斯帕克斯的《女性想象》出版。	盖尔·琼斯：《柯雷治多拉》 乔伊斯·卡罗尔·欧茨：《刺杀者》

（续表）

年　份	重　要　事　件	重要女性小说
1976 年	最高法院维护妇女在怀孕最后三个月获得失业福利的权利。 军事院校开始招收女性。 内布拉斯加州颁布了第一部婚内强奸法，规定丈夫强奸妻子是非法的。 女性首次有资格获得罗德奖学金。	盖尔·琼斯：《伊娃的男人》 汤亭亭：《女勇士》 艾丽丝·沃克：《梅丽迪安》 安·比蒂：《冬日的寒冷景象》
1977 年	全国妇女研究协会成立。 托尼·莫里森凭借小说《所罗门之歌》获得美国国家书评人协会奖。	琼·迪迪翁：《祈祷书》 托尼·莫里森：《所罗门之歌》 盖尔·琼斯：《白鼠》 安妮·泰勒：《世俗财产》
1978 年	七所姐妹学院——巴纳德、布林莫尔、霍尔约克山、拉德克里夫、史密斯、瓦萨、韦尔斯利学院——都由女性校长领导。 美国最高法院规定，在退休福利方面，女性应与男性享有同等待遇。 玛丽·克拉克成为第一位被任命为美国陆军少将的女性。 尼娜·贝姆的《女性小说指南：1820—1870》出版。	安·比蒂：《秘密与惊喜》
1979 年	美利坚合众国与中华人民共和国正式建交。 苏联出兵阿富汗，导致长达 10 年的阿富汗战争。 吉尔伯特与古芭的《阁楼上的疯女人》出版。	玛丽·麦卡锡：《食人者与传教士》 琼·迪迪翁：《白色相册》
1980 年	罗纳德·里根当选美国第四十任总统，开启了里根时代。 尤多拉·韦尔蒂获得国家文学奖章。	乔伊斯·卡罗尔·欧茨：《贝尔福勒世家》 安妮·泰勒：《摩根的离去》 汤亭亭：《中国佬》 尤多拉·韦尔蒂：《尤多拉·韦尔蒂短篇小说集》
1981 年	美国第三世界妇女全国联盟成立。 桑德拉·戴·奥康纳成为首位被任命为美国最高法院大法官的女性。	托尼·莫里森：《柏油娃娃》 艾丽丝·沃克：《你不能让一个好女人失望》
1982 年		格罗丽亚·内勒：《布鲁斯特街的女人们》 安妮·泰勒：《思家饭店的晚餐》 艾丽丝·沃克：《紫色》 安·比蒂：《燃烧的房子》

年　份	重　要　事　件	重要女性小说
1983 年	芭芭拉·麦克林托克获得诺贝尔生理学或医学奖。 玛莎·莱恩·柯林斯当选肯塔基州州长,成为美国首位女州长。 格罗丽亚·内勒凭借《布鲁斯特街的女人们》获得美国国家图书奖。 艾丽丝·沃克凭借《紫色》获得普利策奖和美国国家图书奖。	辛西娅·奥齐克:《食人族星系》 厄休拉·勒奎因:《苍鹭之眼》
1984 年	里根对苏联等社会主义国家采取强硬立场,并提出了"星球大战"计划。 路易斯·厄德里克凭借《爱药》获得美国国家书评人协会奖。	琼·迪迪翁:《民主》 路易斯·厄德里克:《爱药》
1985 年	由吉尔伯特和古芭编辑的《诺顿女性文学选集》出版。	格罗丽亚·内勒:《林顿山》 安·比蒂:《永远爱》 安妮·泰勒:《偶然的游客》
1986 年	美国历史上最大的女权游行在华盛顿特区举行。 霍滕斯·卡莉舍成为国际笔会美国分部的主席。	安·比蒂:《你会找到我的地方及其他故事》 路易斯·厄德里克:《甜菜皇后》 乔伊斯·卡罗尔·欧茨:《乌鸦之翼》
1987 年	国家妇女艺术博物馆在华盛顿特区开放。	辛西娅·奥齐克:《斯德哥尔摩的弥赛亚》 托尼·莫里森:《宠儿》 汤亭亭:《穿过黑幕》
1988 年	乔治·布什(老布什)当选美国第四十一任总统。 托尼·莫里森凭借《宠儿》获得普利策奖。	格罗丽亚·内勒:《黛妈妈》 安妮·泰勒:《预产期》 艾丽丝·沃克:《死亡见鬼去》 路易斯·厄德里克:《轨道》
1989 年	11 月,民主德国政府宣布允许公民申请访问联邦德国以及西柏林,柏林墙被迫开放,次年 6 月民主德国政府正式决定拆除柏林墙。 温迪-瓦瑟斯坦因《海蒂编年史》获得普利策奖。	谭恩美:《喜福会》 汤亭亭:《孙行者:他的伪书》 艾丽丝·沃克:《我宠灵的神殿》 辛西娅·奥齐克:《大披巾》

年 份	重 要 事 件	重要女性小说
1990 年	伊拉克入侵科威特。 《儿童早期教育法案》和《儿童保育和发展固定拨款法案》通过。 玛格丽特·R.巴尼特被任命为休斯敦大学校长，成为第一位以白人为主的大学的黑人女性校长。	牙买加·琴凯德：《露西》
1991 年	1月，以美国为首的多国部队轰炸巴格达，海湾战争爆发。 苏联解体。 在"汽车工人诉约翰逊控制公司"一案中，美国最高法院一致认为，雇主不能以性别为由禁止女性从事特定工作。	任璧莲：《典型的美国佬》 谭恩美：《灶神之妻》 路易斯·厄德里克：《哥伦布王冠》
1992 年	比尔·克林顿当选美国第四十二任总统。 洛杉矶暴动。	托尼·莫里森：《爵士乐》 格罗丽亚·内勒：《贝利的咖啡馆》 安妮·普鲁：《明信片》 艾丽丝·沃克：《拥有快乐的秘诀》 苏珊·桑塔格：《火山情人》
1993 年	玛丽·贝瑞成为第一位担任美国民权委员会主席的黑人女性。 诺贝尔文学奖授予托尼·莫里森，她是第一位获得该奖项的黑人女性。 安妮·普鲁凭借《船讯》获得美国国家图书奖。	乔伊斯·卡罗尔·欧茨：《狐火：一个少女帮的自白》 伍慧明：《骨》 安妮·普鲁：《船讯》
1993—1994 年	国会通过了《教育性别平等法案》，对教师进行性别平等培训，促进女孩的数学和科学学习。	路易斯·厄德里克：《宾果宫殿》 艾丽丝·沃克：《艾丽丝·沃克故事集》
1995 年	联合国第四次世界妇女大会在北京召开。	谭恩美：《百种神秘感觉》 安·比蒂：《另外一个你》
1996 年	克林顿成功连任。 最高法院裁定，弗吉尼亚军校必须招收女性才能继续获得公共资助。 马德琳·奥尔布赖特被克林顿总统任命为他第二届政府的国务卿，这使她成为美国首位担任内阁高级职务的女性。	任璧莲：《莫娜在希望之乡》 琼·迪迪翁：《他最不想要的东西》

（续表）

年　份	重　要　事　件	重要女性小说
1997 年		辛西娅·奥齐克:《帕特梅瑟档案》 邝丽莎:《花网》 安妮·普鲁:《断背山》 托尼·莫里森:《天堂》
1998 年		格罗丽亚·内勒:《布鲁斯特街的男人们》 乔伊斯·卡罗尔·欧茨:《我心赤裸》 盖尔·琼斯:《疗伤》 艾丽丝·沃克:《父亲的微笑之光》 张岚:《饥饿》
1999 年	5 月 8 日,位于贝尔格莱德市中心的中国驻南斯拉夫联盟大使馆遭到北约飞机轰炸。	邝丽莎:《内部》 盖尔·琼斯:《蚊》 任璧莲:《谁是爱尔兰人》 安妮·普鲁:《近距离:怀俄明故事》
2000 年	乔治·沃克·布什(小布什)当选美国第四十三任总统。	
2001 年	9 月 11 日,两架被恐怖分子劫持的民航客机分别撞向美国纽约世界贸易中心一号楼和二号楼,致使两座建筑相继倒塌。"9.11"事件是发生在美国本土最为严重的恐怖袭击行动。以美国为首的联军从 10 月 7 日起对基地组织和塔利班宣战,该战争是美国对"9.11"事件的报复,同时也标志着反恐战争的开始。	莱丽塔·塔德米:《凯恩河》 谭恩美:《接骨师之女》
2002 年		安妮·普鲁:《老谋深算》
2003 年	3 月,以美国和英国为主的联合部队未经联合国授权就正式宣布对伊拉克开战,伊拉克战争爆发。	邝丽莎:《龙骨》 托尼·莫里森:《爱》 乔伊斯·卡罗尔·欧茨:《强奸:一个爱情故事》 汤亭亭:《第五和平书》

年　份	重　要　事　件	重要女性小说
2004 年	乔治·沃克·布什(小布什)成功连任美国总统。	辛西娅·奥齐克:《微光闪烁世界的继承者》 何舜廉:《睡梦中的玛德莲》 任璧莲:《爱妻》 艾丽丝·沃克:《现在是你敞开心扉之际》 张岚:《继承》 玛里琳·鲁宾逊:《基列家书》 莉莉·塔克:《巴拉圭消息》
2005 年	"卡特里娜"飓风侵袭美国路易斯安那州、密西西比州。	邝丽莎:《雪花与密扇》 谭恩美:《拯救溺水鱼》
2006 年		汤亭亭:《战争的老兵,和平的老兵》 克莱尔·梅苏德:《皇帝的孩子》
2007 年	美国第二大次级抵押贷款公司新世纪金融公司因经营的次级债坏账问题导致公司市值迅速蒸发而被迫申请破产保护,揭开了 2007 年美国次级房屋信贷风暴的序幕。 美国总统布什签署《北约自由统一法案》,使美国支持北约东扩行动合法化。	邝丽莎:《恋爱中的牡丹》 乔伊斯·卡罗尔·欧茨:《掘墓人的女儿》
2008 年	9 月,原世界第四大投行雷曼兄弟公司递交破产申请,正式宣告破产。美国次贷危机至此演变为百年一遇的全球金融危机。 贝拉克·奥巴马当选美国第四十四任总统,也是美国历史上首位黑人总统。	何舜廉:《汉佩尔女士编年史》 托尼·莫里森:《恩惠》 乔伊斯·卡罗尔·欧茨:《狂野之夜》 伍慧明:《望岩》
2009 年		邝丽莎:《上海女孩》 伊丽莎白·斯特劳特:《奥丽芙·基特里奇》
2010 年	英国石油公司租赁的"深水地平线"钻井平台在美国路易斯安那州附近的墨西哥湾水域发生爆炸,导致 11 名工人死亡,并引发美国历史上最严重的原油泄漏事故。	辛西娅·奥齐克:《外人》 任璧莲:《世界与小镇》 张岚:《难忘》 路易斯·厄德里克:《踩影游戏》

（续表）

年　份	重　要　事　件	重要女性小说
2011 年	12 月,美国正式宣布驻伊美军任务结束,部队开始陆续撤离伊拉克。	汤亭亭:《我热爱生命有宽广的余地》 莉迪亚·米列特:《鬼火》
2012 年		托尼·莫里森:《家园》
2013 年	美国"棱镜门"揭秘者斯诺登获得俄罗斯政府一年的庇护。 美国波士顿马拉松赛终点处发生两起爆炸事件。	乔伊斯·卡罗尔·欧茨:《被诅咒的》 谭恩美:《惊奇山谷》
2014 年		邝丽莎:《中国娃娃》 伍绮诗:《无声告白》 莉迪亚·米列特:《天堂里的美人鱼》 玛里琳·鲁宾逊:《利拉》 唐娜·塔特:《金翅雀》
2015 年		托尼·莫里森:《上帝救助孩子》 莉莉·塔克:《莉莉安的双重生活》
2017 年		伍绮诗:《小小小小的火》
2018 年		西格丽德·努涅斯:《朋友》

作家作品中英文对照表

本表列出美国主要女性小说家及其重要作品,按作家姓氏中文译名汉语拼音及作品发表年份排序。

A

哈丽雅特·辛普森·阿诺(Harriette Simpson Arnow,1908—1986)

《山路》(*Mountain Path*,1936)

《猎人的号角》(*Hunter's Horn*,1949)

《玩偶制造者》(*The Dollmaker*,1954)

《割草工的女儿》(*The Weedkiller's Daughter*,1970)

《肯塔基小径》(*The Kentucky Trace*,1974)

多萝西·艾莉森(Dorothy Allison,1949—)

《垃圾》(*Trash*,1988)

《来自卡罗来纳的私生女》(*Bastard Out of Carolina*,1992)

《穴居者》(*Cavedweller*,1998)

路易莎·梅·奥尔科特(Louisa May Alcott,1832—1888)

《花朵的寓言》(*Flower Fables*,1854)

《医院速写》(*Hospital Sketches*,1863)

《情绪》(*Moods*,1865)

《亡爱天涯》(*A Long Fatal Love Chase*,1866)

《面具背后》(*Behind a Mask*,1866)

《小妇人》(*Little Women*,1868)

《好妻子》(*Good Wives*,1869)

《传统的女孩》(*An Old-Fashioned Girl*,1870)

《小男人》(*Little Men*,1871)

《八位堂亲》(*Eight Cousins*,1875)

《盛开的玫瑰》(*Rose in Bloom*,1876)

《丁香花下》(*Under the Lilacs*,1878)

《杰克与吉尔》(*Jack and Jill*，1880)

《乔的男孩》(*Jo's Boys*，1886)

蒂莉·奥尔森(Tillie Olsen，1912—2007)

 《给我讲个谜语》(*Tell Me a Riddle*，1961)

  《我站在这里熨烫》("I Stand Here Ironing"，1957)

 《沉默》(*Silences*，1978)

弗兰纳里·奥康纳(Flannery O'Connor，1925—1964)

 《天竺葵》("The Geranium"，1946)

 《楼梯上的女人》("The Woman on the Stairs"，1949，后更名为《好运》"A Stroke of Good Fortune")

 《智血》(*Wise Blood*，1952)

 《好人难寻及其他故事》(*A Good Man Is Hard to Find and Other Stories*，1955)

  《好人难寻》("A Good Man Is Hard to Find"，1955)

  《流离失所的人》("The Displaced Person"，1955)

 《看见树林》("A View of the Woods"，1957)

 《暴力夺取》(*The Violent Bear It Away*，1960)

 《上升的一切必将汇合》(*Everything That Rises Must Converge*，1965)

  《上升的一切必将汇合》("Everything That Rises Must Converge"，1965)

  《格林利夫》("Greenleaf"，1965)

  《持久的寒意》("The Enduring Chill"，1965)

 《弗兰纳里·奥康纳短篇小说全集》(*Flannery O'Connor: The Complete Stories*，1971)

辛西娅·奥齐克(Cynthia Ozick，1928—)

 《信任》(*Trust*，1966)

 《异教徒拉比和其他短篇小说》(*The Pagan Rabbi, and Other Stories*，1971)

  《异教徒拉比》("The Pagan Rabbi"，1971)

 《斯德哥尔摩的弥赛亚》(*The Messiah of Stockholm*，1987)

 《大披巾》(*The Shawl*，1989)

  《大披巾》("The Shawl"，1980)

  《罗莎》("Rosa"，1983)

 《帕特梅瑟档案》(*The Puttermesser Papers*，1997)

 《微光闪烁世界的继承者》(*Heir to the Glimmering World*，2004)

 《外人》(*Foreign Bodies*，2010)

B

凯瑟琳·安·波特(Katherine Anne Porter，1890—1980)

《玛利亚·康塞普西翁》("Maria Concepcion"，1922)

《烈士》("The Martyr"，1923)

《偷窃》("Theft"，1929)

《开花的犹大树》(*Flowering Judas*，1930)

　　《开花的犹大树》("The Flowering Judas"，1930)

《庄园》("Hacienda"，1934)

《坟》("The Grave"，1935)

《老人》("Old Mortality"，1937)

《灰色马，灰色的骑手》(*Pale Horse，Pale Rider*，1939)

　　《灰色马，灰色的骑手》("Pale Horse，Pale Rider"，1939)

《斜塔及其他故事》(*The Leaning Tower and Other Stories*，1944)

《愚人船》(*Ship of Fools*，1962)

《凯瑟琳·安·波特故事集》(*The Collected Stories of Katherine Anne Porter*，1964)

C

莉迪亚·玛丽亚·蔡尔德(Lydia Maria Child，1802—1880)

《霍波莫克》(*Hobomok*，1824)

D

丽贝卡·哈丁·戴维斯(Rebecca Harding Davis，1831—1910)

《铁磨坊生活》("Life in the Iron Mills"，1861)

琼·迪迪翁(Joan Didion，1934—　)

《大河奔流》(*Run River*，1963)

《顺其自然》(*Play It as It Lays*，1970)

《祈祷书》(*A Book of Common Prayer*，1977)

《民主》(*Democracy*，1984)

《他要的最后一件东西》(*The Last Thing He Wanted*，1996)

F

埃德纳·费伯(Edna Ferber，1885—1968)

《如此大》(*So Big*，1924)

《演艺船》(*Show Boat*，1926)

《锡马龙》(*Cimarron*，1930)

《美国美人》(*American Beauty*，1931)

《夺妻记》(*Come and Get It*，1935)

《风尘双侠》(*Saratoga Trunk*，1941)

459

《巨人》(*Giant*，1952)

G

艾伦·格拉斯哥(Ellen Glasgow，1873—1945)

《子孙》(*The Descendant*，1897)

《内行星的位相》(*Phases of an Inferior Planet*，1898)

《人们的声音》(*The Voice of the People*，1900)

《战场》(*The Battle-Ground*，1902)

《解脱》(*The Deliverance*，1904)

《人生的年轮》(*The Wheel of Life*，1906)

《古老法律》(*The Ancient Law*，1908)

《一个平庸男人的传奇》(*The Romance of a Plain Man*，1909)

《老教堂的磨坊主》(*The Miller of Old Church*，1911)

《弗吉尼亚》(*Virginia*，1913)

《人生与加布里埃拉》(*Life and Gabriella*，1916)

《建设者》(*The Builders*，1919)

《过去》("The Past"，1920)

《在他的那个时代中的男人》(*One Man in His Time*，1922)

《模糊的第三个及其他小说》(*The Shadowy Third and Other Stories*，1923)

《不毛之地》(*Barren Ground*，1925)

《浪漫的丑角》(*The Romantic Comedians*，1926)

《他们屈从于愚蠢》(*They Stooped to Folly*，1929)

《受庇护的人生》(*The Sheltered Life*，1932)

《铁脉》(*Vein of Iron*，1935)

《我们这一辈子》(*In This Our Life*，1941)

苏珊·格拉斯佩尔(Susan Glaspell，1876—1948)

《被征服者的荣耀》(*The Glory of the Conquered*，1909)

《见识》(*The Visioning*，1911)

《忠贞》(*Fidelity*，1915)

《她的同性陪审团》("A Jury of Her Peers"，1917)

《布鲁克·埃文斯》(*Brook Evans*，1928)

《逃亡者的回归》(*The Fugitive's Return*，1929)

《安布罗斯·霍尔特与家人》(*Ambrose Holt and Family*，1931)

《清晨临近》(*The Morning Is Near Us*，1939)

《诺玛·爱什》(*Norma Ashe*，1942)

《加德·朗金之女》(*Judd Rankin's Daughter*，1945)

H

何舜廉（Sarah Shun-lien Bynum，1972—　）

 《睡梦中的玛德莲》（*Madeleine Is Sleeping*，2004）

 《汉佩尔女士编年史》（*Ms. Hempel Chronicles*，2008）

佐拉·尼尔·赫斯顿（Zora Neale Hurston，1891—1960）

 《斯蓬克》（"Spunk"，1925）

 《约拿的葫芦蔓》（*Jonah's Gourd Vine*，1934）

 《他们眼望上苍》（*Their Eyes Were Watching God*，1937）

 《摩西，山之人》（*Moses，Man of the Mountain*，1939）

 《苏旺尼的六翼天使》（*Seraph on the Suwanee*，1948）

萨拉·约瑟法·黑尔（Sarah Josepha Hale，1788—1879）

 《诺斯伍德》（*Northwood*，1827）

 《利比里亚》（*Liberia*，1853）

凯罗琳·李·亨兹（Caroline Lee Hentz，1800—1856）

 《琳达》（*Linda*，1850）

 《艾欧莲》（*Eoline*，1852）

 《种植园主的北方新娘》（*The Planter's Northern Bride*，1854）

 《罗伯特·格拉汉姆》（*Robert Graham*，1855）

伊迪丝·华顿（Edith Wharton，1862—1937）

 《高尚的嗜好》（*The Greater Inclination*，1899）

 《试金石》（*The Touchstone*，1900）

 《重要时刻》（*Crucial Instances*，1901）

 《抉择谷》（*The Valley of Decision*，1902）

 《欢乐之家》（*The House of Mirth*，1905）

 《树果》（*The Fruit of the Tree*，1907）

 《伊坦·弗洛美》（*Ethan Frome*，1911）

 《国家风俗》（*The Custom of the Country*，1913）

 《夏》（*Summer*，1917）

 《马恩河》（*The Marne*，1918）

 《纯真年代》（*The Age of Innocence*，1920）

 《一个儿子在前线》（*A Son at the Front*，1923）

 《鬼故事集》（*Ghosts*，1937）

J

夏洛特·珀金斯·吉尔曼（Charlotte Perkins Gilman，1860—1935）

 《黄色墙纸》（"The Yellow Wall-Paper"，1892）

《戴安莎的作为》(*What Diantha Did*，1910)

《改变》("Making a Change"，1911)

《移山》(*Moving the Mountain*，1911)

《睿智》("Bee Wise"，1913)

《她乡》(*Herland*，1915)

《与她同游我乡》(*With Her in Ourland*，1916)

K

薇拉·凯瑟(Willa Cather，1873—1947)

《精灵花园》(*The Troll Garden*，1905)

《亚历山大的桥》(*Alexander's Bridge*，1912)

《啊，拓荒者!》(*O Pioneers!*，1913)

《云雀之歌》(*The Song of the Lark*，1915)

《我的安东尼娅》(*My Ántonia*，1918)

《我们中间的一个》(*One of Ours*，1922)

《一个迷途的女人》(*A Lost Lady*，1923)

《教授的房子》(*The Professor's House*，1925)

《死神来迎大主教》(*Death Comes for the Archbishop*，1927)

《岩石上的影子》(*Shadows on the Rock*，1931)

《老来俏及其他》(*The Old Beauty and Others*，1948)

邝丽莎(Lisa See，1955—　)

《花网》(*Flower Net*，1997)

《内部》(*The Interior*，1999)

《龙骨》(*Dragon Bones*，2003)

《雪花与密扇》(*Snow Flower and the Secret Fan*，2005)

《恋爱中的牡丹》(*Peony in Love*，2007)

《上海女孩》(*Shanghai Girls*，2009)

《愉悦之梦》(*Dreams of Joy*，2011)

《中国娃娃》(*China Dolls*，2014)

L

内拉·拉森(Nella Larsen，1891—1964)

《越界》(*Passing*，1929)

伊丽莎白·马多克斯·罗伯茨(Elizabeth Madox Roberts，1881—1941)

《人的时间》(*The Time of Man*，1926)

《大牧场》(*The Great Meadow*，1930)

《掩埋的宝藏》(*A Buried Treasure*，1931)

《他派去了一只乌鸦》(*He Sent Forth a Raven*，1935)

《黑色是我真心爱人头发的颜色》(*Black Is My True Love's Hair*，1938)

《牧场上的歌声》(*Song in the Meadow*，1940)

《不是外邦神所为》(*Not by Strange Gods*，1941)

玛丽·罗兰森(Mary Rowlandson，1637—1711)

《玛丽·罗兰森夫人遭绑架和被归还的故事》(*A Narrative of the Captivity and Restoration of Mrs. Mary Rowlandson*，1682)

苏珊娜·哈斯威尔·罗森(Susanna Haswell Rowson，1762—1824)

《夏洛特·坦普尔》(*Charlotte Temple*，1791)

《夏洛特的女儿，或三个孤儿》(*Charlotte's Daughter; or The Three Orphans*，1828)

M

卡森·麦卡勒斯(Carson McCullers，1917—1967)

《心是孤独的猎手》(*The Heart Is a Lonely Hunter*，1940)

《金色眼睛的映像》(*Reflections in a Golden Eye*，1941)

《婚礼的成员》(*The Member of the Wedding*，1946)

《伤心咖啡馆之歌》(*The Ballad of the Sad Café*，1951)

《没有指针的钟》(*Clock without Hands*，1961)

《抵押出去的心》(*The Mortgaged Heart*，1972)

玛丽·麦卡锡(Mary McCarthy，1912—1989)

《她的圈子》(*The Company She Keeps*，1942)

《绿洲》(*The Oasis*，1949)

《学术林》(*The Groves of Academe*，1952)

《追忆天主教少女时光》(*Memories of a Catholic Girlhood*，1957)

《她们》(*The Group*，1963)

《越南》(*Vietnam*，1967)

《河内》(*Hanoi*，1968)

《美国之鸟》(*Birds of America*，1971)

《17度》(*The Seventeenth Degree*，1974)

《国家的面具：水门事件》(*The Mask of State: Watergate Portraits*，1974)

《食人者与传教士》(*Cannibals and Missionaries*，1979)

玛格丽特·米切尔(Margaret Mitchell，1900—1949)

《飘》(*Gone with the Wind*，1936)

《失落的列森岛》(*Lost Laysen*，写于1916年，出版于1996年)

托尼·莫里森(Toni Morrison，1931—2019)

《最蓝的眼睛》(*The Bluest Eye*，1970)

《秀拉》(*Sula*，1973)

《所罗门之歌》(*Song of Solomon*，1977)

《柏油娃娃》(*Tar baby*，1981)

《宠儿》(*Beloved*，1987)

《爵士乐》(*Jazz*，1992)

《天堂》(*Paradise*，1997)

《爱》(*Love*，2003)

《恩惠》(*A Mercy*，2008)

《家园》(*Home*，2012)

《上帝救助孩子》(*God Help the Child*，2015)

N

格罗丽亚·内勒(Gloria Naylor，1950—2016)

《布鲁斯特街的女人们》(*The Women of Brewster Place*，1982)

《林顿山》(*Linden Hills*，1985)

《黛妈妈》(*Mama Day*，1988)

《贝利的咖啡馆》(*Bailey's Café*，1992)

《布鲁斯特街的男人们》(The Men of Brewster Place，1998)

《1996》(*1996*，2005)

O

乔伊斯·卡罗尔·欧茨(Joyce Carol Oates，1938—)

《北门边》(*By the North Gate*，1963)

《颤栗地落下》(*With Shuddering Fall*，1964)

《世俗欢乐的花园》(*A Garden of Earthly Delights*，1967)

《奢靡的人们》(*Expensive People*，1968)

《他们》(*Them*，1969)

《奇境》(*Wonderland*，1971)

《任你摆布》(*Do with Me What You Will*，1973)

《刺客们》(*The Assassins*，1975)

《查尔德伍德》(*Childwold*，1976)

《晨之子》(*Son of the Morning*，1978)

《不神圣的爱情》(*Unholy Loves*，1979)

《贝尔福勒世家》(*Bellefleur*，1980)

《光明天使》(*Angel of Light*，1981)

《布鲁德斯摩传奇》(*A Bloodsmoor Romance*，1982)

《温特瑟恩的神秘故事》(*Mysteries of Winterthurn*，1984)

《至点》(*Solstice*，1985)

《玛丽亚的一生》(*Marya: A Life*，1986)

《你必须记住这一点》(*You Must Remember This*，1987)

《美国爱好》(*American Appetites*，1989)

《因为它味苦，因为它是我的心》(*Because It Is Bitter，and Because It Is My Heart*，1990)

《漆黑的水》(*Black Water*，1992)

《狐火：一个少女帮的自白》(*Foxfire: Confessions of a Girl Gang*，1993)

《我活着为什么》(*What I Lived For*，1994)

《僵尸》(*Zombie*，1995)

《我们是穆尔维尼一家》(*We Were the Mulvaneys*，1996)

《人疯了》(*Man Crazy*，1997)

《我心赤裸》(*My Heart Laid Bare*，1998)

《浮生如梦：玛丽莲·梦露文学写真》(*Blonde*，2000)

《中年》(*Middle-Age: A Romance*，2001)

《强奸：一个爱情故事》(*Rape: A Love Story*，2003)

《大瀑布》(*The Falls*，2004)

《妈妈走了》(*Missing Mom*，2005)

《掘墓人的女儿》(*The Gravedigger's Daughter*，2007)

《我的妹妹，我的爱》(*My Sister，My Love*，2008)

《狂野之夜》(*Wild Nights!: Stories about the Last Days of Poe，Dickinson，Twain，James and Hemingway*，2008)

　　《爱伦·坡遗作，或名灯塔》("Poe Posthumous；or The Light-House"，2008)

　　《迪金森仿真人》("EDickinsonRepliluxe"，2008)

《被诅咒的》(*The Accursed*，2013)

《黑桃 K：一个悬疑故事》(*Jack of Spades: A Tale of Suspense*，2015)

《祭品》(*The Sacrifice*，2015)

P

安·佩特里(Ann Petry，1908—1997)

《星期六警报在午时长鸣》("On Saturday the Siren Sounds at Noon"，1943)

《大街》(*The Street*，1946)

《乡村之地》(*Country Place*，1947)

《狭处》(*The Narrows*，1953)

《缪丽儿小姐及其他故事》(*Miss Muriel and Other Stories*, 1971)

西尔维亚·普拉斯(Sylvia Plath, 1932—1963)

　　《钟形罩》(*The Bell Jar*, 1963)

安妮·普鲁(Annie Proulx, 1935—　)

　　《明信片》(*Postcards*, 1992)

Q

盖尔·琼斯(Gayl Jones, 1949—　)

　　《柯雷治多拉》(*Corregidora*, 1975)

　　《伊娃的男人》(*Eva's Man*, 1976)

　　《白鼠》(*White Rat*, 1977)

　　《疗伤》(*The Healing*, 1998)

　　《蚊》(*Mosquito*, 1999)

R

任璧莲(Gish Jen, 1955—　)

　　《典型的美国佬》(*Typical American*, 1991)

　　《莫娜在希望之乡》(*Mona in the Promised Land*, 1996)

　　《谁是爱尔兰人》(*Who's Irish*, 1999)

　　《爱妻》(*The Love Wife*, 2004)

　　《世界与小镇》(*World and Town*, 2010)

S

梅·萨顿(May Sarton, 1912—1995)

　　《斯蒂文斯夫人听见美人鱼在歌唱》(*Mrs. Stevens Hears the Mermaids Singing*, 1965)

凯瑟琳·玛丽亚·塞奇威克(Catharine Maria Sedgwick, 1789—1867)

　　《一个新英格兰故事》(*A New-England Tale*, 1822)

　　《莱德伍德》(*Redwood*, 1824)

　　《霍普·莱斯利》(*Hope Leslie*, 1827)

　　《克拉伦斯》(*Clarence*, 1830)

　　《林伍德一家》(*The Linwoods*, 1835)

　　《结婚还是单身?》(*Married or Single?*, 1857)

赛珍珠(Pearl Sydenstricker Buck, 1892—1973)

　　《东风·西风》(*East Wind: West Wind*, 1930)

　　《大地》(*The Good Earth*, 1931)

《儿子》(*Sons*，1932)

《母亲》(*Mother*，1934)

《分家》(*A House Divided*，1935)

《流放者》(*The Exile*，1936)

《战斗天使》(*Fighting Angel*，1936)

《中国小说》("The Chinese Novel"，1938)

《龙种》(*Dragon Seed*，1942)

《群芳亭》(*Pavilion of Women*，1946)

《帝王女人》(*Imperial Woman*，1956)

水仙花(Edith Maude Eaton，1865—1914)

《春香夫人》(*Mrs. Spring Fragrance*，1910)

《一个与华人结婚的白人妇女的故事》("The Story of One White Woman Who Married A Chinese"，1912)

安·索菲娅·斯蒂芬斯(Ann Sophia Stephens，1810—1886)

《玛丽·德温特》(*Mary Derwent*，1838)

《玛莉丝卡——白人狩猎者的印第安妻子》(*Malaeska: The Indian Wife of the White Hunter*，1839)

《纽约的上流社会》(*High Life in New York*，1843)

《爱丽丝·科普利：一个玛丽皇后时代的传说》(*Alice Copley: A Tale of Queen Mary's Time*，1844)

《钻石项链和其他故事》(*The Diamond Necklace and Other Tales*，1846)

《时尚与饥荒》(*Fashion and Famine*，1854)

《古宅》(*The Old Homestead*，1855)

《被拒绝的妻子》(*The Rejected Wife*，1863)

《一个高尚的女人》(*A Noble Woman*，1871)

苔丝·斯莱辛格(Tess Slesinger，1905—1945)

《福林德斯太太》("Missis Flinders"，1932)

《无所属者》(*The Unpossessed*，1934)

《时光：当下》(*Time: The Present*，1935)

格特鲁德·斯泰因(Gertrude Stein，1874—1946)

《三个女人》(*Three Lives*，1909)

《好安娜》("The Good Anna"，1909)

《梅兰克莎》("Melanctha"，1909)

《温柔的莉娜》("The Gentle Lena"，1909)

《软纽扣》(*Tender Buttons*，1914)

《美国人的形成》(*The Making of Americans*，1925)

《艾丽丝自传》(*The Autobiography of Alice B. Toklas*, 1933)

《证讫》(*Q.E.D*,写于 1903 年,出版于 1950 年)

哈里耶特·比彻·斯托(Harriet Beecher Stowe, 1811—1896)

《伊莎贝尔和她的妹妹凯特》("Isabelle and Her Sister Kate", 1834)

《新英格兰地区素描》("New England Sketch", 1834)

《五月花》(*The Mayflower*, 1843)

《圣诞节美丽仙女》("Christmas; or the Good Fairy", 1843)

《运河男孩小弗莱德》("Little Fred, the Canal Boy", 1843)

《汤姆叔叔的小屋》(*Uncle Tom's Cabin*, 1852)

《德雷德:阴暗的大沼泽地的故事》(*Dred: A Tale of the Great Dismal Swamp*, 1856)

《教长的求爱》(*The Minister's Wooing*, 1859)

《奥尔岛上的明珠》(*The Pearl of Orr's Island: A Story of the Coast of Maine Agnes of Sorrento*, 1862)

《古镇上的人们》(*Men of Our Times*, 1869)

《我的妻子和我》(*My Wife and I*, 1872)

《波格纽克人》(*Poganuc People*, 1878)

伊丽莎白·斯托达德(Elizabeth Stoddard, 1823—1902)

《莫格森一家》(*The Morgesons*, 1862)

《两个男人》(*Two Men*, 1865)

《泰珀之家》(*Temple House*, 1867)

E. D. E. N. 索思沃思(E. D. E. N. Southworth, 1819—1899)

《爱尔兰难民》("The Irish Refugee", 1846)

《报应》(*Retribution*, 1849)

《被遗弃的妻子》(*The Deserted Wife*, 1850)

《克利夫顿的诅咒》(*The Curse of Clifton*, 1852)

《隐蔽的手》(*The Hidden Hand*, 1859)

T

安妮·泰勒(Anne Tyler, 1941—)

《假如黎明曾经降临》(*If Morning Ever Comes*, 1964)

《摩根的离去》(*Morgan's Passing*, 1980)

《思家饭店的晚餐》(*Dinner at the Homesick Restaurant*, 1982)

《预产期》(*Breathing Lessons*, 1988)

谭恩美(Amy Tan, 1952—)

《喜福会》(*The Joy Luck Club*, 1989)

《灶神之妻》(*The Kitchen God's Wife*, 1991)

《百种神秘感觉》(*The Hundred Secret Senses*，1995)

《接骨师之女》(*The Bonesetter's Daughter*，2001)

《拯救溺水鱼》(*Saving Fish from Drowning*，2005)

《惊奇山谷》(*The Valley of Amazement*，2013)

汤亭亭(Maxine Hong Kingston，1940—　)

《女勇士》(*The Woman Warrior: Memoirs of Girlhood among Ghosts*，1976)

《中国佬》(*China Men*，1980)

《夏威夷的一个夏天》(*Hawai'i One Summer*，1987)

《孙行者：他的伪书》(*Tripmaster Monkey: His Fake Book*，1989)

《第五和平书》(*The Fifth Book of Peace*，2003)

《战争的老兵，和平的老兵》(*Veterans of War*，*Veterans of Peace*，2006)

《我热爱生命有宽广的余地》(*I Love a Broad Margin to My Life*，2011)

W

奥古丝塔·埃文斯·威尔逊(Augusta Evans Wilson，1835—1909)

《艾内丝：圣方济会阿拉摩的故事》(*Inez: A Tale of the Alamo*，1855)

《朴菈》(*Beulah*，1859)

《玛卡瑞亚》(*Macaria*，1864)

《圣埃尔默》(*St. Elmo*，1866)

《凡世提》(*Vashti*，1869)

《因范利斯》(*Infelice*，1875)

《台比留的慈悲》(*At the Mercy of Tiberius*，1887)

《带斑点的鸟》(*A Speckled Bird*，1902)

《戴维塔》(*Devota*，1907)

哈丽雅特·威尔逊(Harriet Wilson，1825—1900)

《我们黑鬼》(*Our Nig*，1859)

尤多拉·韦尔蒂(Eudora Welty，1909—2001)

《一个旅行推销员之死》("Death of a Traveling Salesman"，1936)

《绿窗帘》(*A Curtain of Green*，1941)

《丽丽·朵和三女士》("Lily Daw and Three Ladies"，1941)

《基拉——流离失所的印第安女孩》("Keela, the Outcast Indian Maiden"，1941)

《强盗新郎》(*The Robber Bridegroom*，1942)

《大网和其他故事》(*The Wide Net and Other Stories*，1943)

《三角洲婚礼》(*Delta Wedding*，1946)

《金苹果》(*The Golden Apples*，1949)

《庞德之心》(*The Ponder Heart*，1953)

《英尼斯法伦号船上的新娘和其他故事》(*The Bride of Innisfallen and Other Stories*，1955)

《声音从何处来?》("Where Is the Voice Coming From?"，1963)

《示威者》("The Demonstrators"，1966)

《失败的战争》(*Losing Battles*，1970)

《乐观者的女儿》(*The Optimist's Daughter*，1972)

《尤多拉·韦尔蒂短篇小说集》(*The Collected Stories of Eudora Welty*，1980)

艾丽丝·沃克(Alice Walker，1944—)

《格兰奇·科普兰的第三次生命》(*The Third Life of Grange Copeland*，1970)

《梅丽迪安》(*Meridian*，1976)

《紫色》(*The Color Purple*，1982)

《寻找我们母亲的花园》(*In Search of Our Mother's Garden*，1983)

《我宠灵的神殿》(*The Temple of My Familiar*，1989)

《拥有快乐的秘诀》(*Possessing the Secret of Joy*，1992)

《父亲的微笑之光》(*By the Light of My Father's Smile*，1998)

《现在是你敞开心扉之际》(*Now Is the Time to Open Your Heart*，2004)

苏珊·沃纳(Susan Warner，1819—1885)

《宽宽的大世界》(*The Wild*，*Wild World*，1850)

《奎奇》(*Queechy*，1852)

伍慧明(Fae Myenne Ng，1956—)

《骨》(*Bone*，1993)

《望岩》(*Steer toward Rock*，2008)

伍绮诗(Celeste Ng，1980—)

《无声告白》(*Everything I Never Told You*，2014)

X

凯特·肖班(Kate Chopin，1850—1904)

《过失》(*At Fault*，1890)

《一小时的故事》("The Story of an Hour"，1894)

《牛轭湖人》(*Bayou Folk*，1894)

《德西蕾的婴孩》("Désirée's Baby"，1894)

《阿卡迪之夜》(*A Night in Acadie*，1897)

《一个正派的女人》("A Respectable Woman"，1897)

《暴风雪》("The Storm"，1898)

《职业和声音》(*A Vocation and a Voice*，1898)

《觉醒》(*The Awakening*，1899)

Y

玛丽·伊斯特曼（Mary Eastman，1818—1887）

　　《菲利斯婶婶的小屋，又或南方生活纪实》（*Aunt Phillis's Cabin；or，Southern Life As It Is*，1852）

Z

张岚（Lan Samantha Chang，1965—　）

　　《饥饿》（*Hunger*，1998）

　　《继承》（*Inheritance*，2004）

　　《难忘》（*All Is Forgotten，Nothing Is Lost*，2010）

莎拉·奥恩·朱厄特（Sarah Orne Jewett，1849—1909）

　　《詹尼·盖络的情人们》（"Jenny Garrow's Lovers"，1868）

　　《布鲁斯先生》（"Mr. Bruce"，1869）

　　《深港》（*Deephaven*，1877）

　　《乡村医生》（*A Country Doctor*，1884）

　　《白鹭及其他故事集》（*A White Heron and Other Stories*，1886）

　　　　《白鹭》（"A White Heron"，1886）

　　《尖尖的枞树之乡》（*The Country of the Pointed Firs*，1896）

English Books

Adams, Bella. *Amy Tan*. London: Palgrave Macmillan, 2005.

Allen, Marlene D. "Ann Petry," in Emmanuel S. Nelson, ed., *Contemporary African American Novelists: A Bio-bibliographical Critical Sourcebook*. Westport: Greenwood Press, 1999.

Allison, Dorothy. *Bastard Out of Carolina*. New York: A Plum Book, 1993.

Allison, Dorothy. "Introduction: Stubborn Girls and Mean Stories," in Dorothy Allison, *Trash*. New York: Penguin Books, 2018.

Alumbaugh, Heather. "In Search of Alice Walker: An Overview," in Harold Bloom, ed., *Alice Walker*. Philadelphia: Chelsea House Publishers, 2002.

Ammons, Elizabeth. *Harriet Beecher Stowe's Uncle Tom's Cabin: A Casebook*. Oxford: Oxford University Press, 2007.

Barrish, Phillip J. *The Cambridge Introduction to American Literary Realism*. Cambridge and New York: Cambridge University Press, 2011.

Baym, Nina. *Women's Fiction: A Guide to Novels by and about Women in America, 1820 - 1870*. Ithaca and London: Cornell University Press, 1978.

Baym, Nina. *Women Writers of the American West, 1833 - 1927*. Urbana, IL: University of Illinois Press, 2011.

Bell, Bernard W. *Bearing Witness to African American Literature: Validating and Valorizing Its Authority, Authenticity, and Agency*. Detroit: Wayne State University Press, 2012.

Bell, Bernard W. "Dual Tradition of African American Fiction: An Interpretation," in Kwame Appiah and Henry Louis Gates Jr., eds., *Africana: The Encyclopedia of the African and African American Experience*. New York: Oxford University Press, 2005.

Bellamy, Maria Rice. *Bridges to Memory: Postmemory in Contemporary Ethnic American Women's Fiction*. Charlottesville and London: University of Virginia Press, 2016.

Bendixen, Alfred. "The Emergence and Development of the American Short Story," in Alfred Bendixen and James Negal, eds., *A Companion to American Short Story*. Oxford: Wiley-Blackwell, 2010.

Benjamin, Shanna Greene. "Petry, Ann (1908 – 1997)," in Elizabeth Ann Beaulieu, ed., *Writing African American Women: An Encyclopedia of Literature by and about Women of Color*, *K – Z*, Vol.2. Westport: Greenwood Press, 2006.

Ben-Zvi, Linda. *Susan Glaspell: Her Life and Times*. New York: Oxford University Press, 2005.

Birch, Eva. "Harlem and the First Black Renaissance," in Harold Bloom, ed., *The Harlem Renaissance*. Broomall: Chelsea House, 2004.

Bloom, Harold. *Amy Tan*. New York: Infobase Publishing, 2009.

Bloom, Harold. *The Anxiety of Influence*. New York: Oxford University Press, 1997.

Bloom, Harold. *The Anxiety of Influence: A Theory of Poetry*. New York: Oxford University Press, 1973.

Boyd, Valerie. *Wrapped in Rainbows: The Life of Zora Neale Hurston*. New York: Scribner, 2003.

Bridgman, Richard. "*Q.E.D.* and 'Melanctha'," in Marianne DeKeven, ed., *Three Lives and Q.E.D.: A Norton Critical Edition*. New York and London: Norton, 2006.

Brooks, Cleanth, R. W. B. Lewis and Robert Penn Warren. *American Literature: The Makers and the Making*. New York: St. Martin's Press, 1973.

Byrd, Rudolph P. "Chronology," in Rudolph P. Byrd, ed., *The World Has Changed: Conversations with Alice Walker*. New York: The New Press, 2010.

Byrd, Rudolph P. "Introduction," in Rudolph P. Byrd, ed., *The World Has Changed: Conversations with Alice Walker*. New York: The New Press, 2010.

Carr, Virginia Spencer. "Carson McCullers," in Joseph M. Flora and Robert Bain, eds., *Fifty Southern Writers after 1900: A Bio-bibliographical Source-book*. Westport: Greenwood, 1987.

Carr, Virginia Spencer. *The Lonely Hunter: A Biography of Carson McCullers*. Athens: University of Georgia Press, 1975, Reprinted 2003.

Cash, W. J. *The Mind of the South*. New York: Vintage Books, 1941.

Cassuto, Leonard. "General Introduction," in Leonard Cassuto, Clare Virginia Eby and Benjamin Reiss, eds., *The Cambridge History of the American Novel*. Cambridge: Cambridge University Press, 2011.

Cather, Willa. *A Lost Lady*. New York: Vintage Books, 1972.

Chang, Iris. *The Rape of Nanking: The Forgotten Holocaust of World War II*. New York: Penguin, 2004.

Christian, Barbara. *Black Women Novelists: The Development of a Tradition*, *1892 – 1976*. Westport: Greenwood Press, 1980.

Clark, Keith. "' From a Thousand Different Points of View': The Multiple Masculinities of Ann Petry's 'Miss Muriel'," in Hazel Arnett Ervin and Hillary

Holladay, eds., *Ann Petry's Short Fiction: Critical Essays*. Westport, CT: Praeger Publishers, 2004.

Cleage, Pearl. "Gloria Naylor," in Maxine Lavon Montgomery, ed., *Conversations with Gloria Naylor*. Jackson: University Press of Mississippi, 2004.

Clemons, Walter. "Joyce Carol Oates: Love and Violence," in Milazzo Lee, ed., *Conversations with Joyce Carol Oates*. Jackson & London: University Press of Mississippi, 1989.

Coira, M. Pía. *By Poetic Authority: The Rhetoric of Panegyric in Gaelic Poetry of Scotland to C. 1700*. Edinburgh: Dunedin Academic Press, 2012.

Cole, Jean Lee and Charles Mitchell, eds. *Zora Neale Hurston: Collected Plays*. New Brunswick: Rutgers University Press, 2008.

Cooper, James Fenimore. *Gleanings in Europe: England*. Albany: State U of New York P, 1982.

Croft, Robert W. *A Zora Neale Hurston Companion*. Westport: Greenwood, 2002.

Cucinella, Catherine. "Introduction," in Catherine Cucinella, ed., *Contemporary American Women Poets: An A-to-Z Guide*. Westport: Greenwood Press, 2002.

Daly, Brenda. *Lavish Self-Divisions: The Novels of Joyce Carol Oates*. Jackson: University Press of Mississippi, 1996.

Davidson, Maria D. and Scott Davidson. "Perspectives on Womanism, Black Feminism, and Africana Womanism," in Jeanette R. Davidson, ed., *African American Studies*. Edinburgh: Edinburgh University Press, 2010.

Davis, Thadious M. "Alice (Malsenior) Walker," in James E. Kibler, ed., *American Novelists Since World War II: Second Series*. Detroit: Gale Research Co., 1980.

de Lauretis, Teresa. *Feminist Studies / Critical Studies*. Bloomington: Indiana University Press, 1986.

Denard, Carolyn C. "Toni Morrison," in Elaine Showalter, Lea Baechler, and A. Walton Litz, eds., *Modern American Women Writers*. New York: Charles Scribner's Sons, 1993.

Dickson-Carr, Darryl. *The Columbia Guide to Contemporary African American Fiction*. New York: Columbia University Press, 2005.

Dill, Bonnie Thornton. "Race, Class and Gender: Prospects for an All-Inclusive Sisterhood," in Claire Goldberg Moses and Heidi Hartmann, eds., *U. S. Women in Struggle: A Feminist Studies Anthology*. Urbana and Chicago: University of Illinois Press, 1995.

Dong, Lan. *Reading Amy Tan*. New York: Greenwood Press, 2009.

Donovan, Josephine. *New England Local Color Literature: A Women's Tradition*. New York: Continuum, 1998.

Du Bois, W. E. B. "Criteria of Negro Art," in Henry Louis Gates Jr. and Gene Andrew Jarrett, eds., *The New Negro: Readings on Race, Representation, and African American Culture, 1892 - 1938*. Princeton: Princeton University Press, 2007.

Dubey, Madhu. "'Even Some Fiction Might Be Useful': African American Women Novelists," in Angelyn Mitchell and Danille K. Taylor, eds., *The Cambridge*

Companion to African American Women's Literature. Cambridge: Cambridge University Press, 2009.

Eakin, Paul John. *How Our Lives Become Stories: Making Selves*. Ithaca: Cornell University Press, 1999.

Eaton, Clement. *The Mind of the Old South*. Baton Rouge: Louisiana State University Press, 1964.

Evans, Oliver. *The Ballad of Carson McCullers*. New York: Coward-McCann, Inc., 1966.

Evans, Robert C. *Critical Insights: The Joy Luck Club*. Ipswich: Salem Press, 2009.

Felski, Rita. *Beyong Feminist Aesthetics: Feminist Literature and Social Change*. London: Hutchinson Radius, 1989.

Ferber, Edna. *A Peculiar Treasure*. New York: Literary Guild of America, 1939.

Ferber, Edna. *Show Boat*. New York: Penguin, 1947.

Fetterley, Judith. *The Resisting Reader: A Feminist Approach to American Fiction*. Bloomington and London: Indiana University Press, 1978.

Fields, Annie. *Letters of Sarah Orne Jewett (1911)*. Montana: Kessinger Publishing, LLC, 2011.

Fowler, Virginia C. *Gloria Naylor*. New York: Twayne Publishers, 1996.

Franklin, Benjamin. *Writings*. New York: Library of America, 1987.

Furman, Nelly. "The Politics of Language: Beyond the Gender Principle?" in Gayle Greene and Coppelia Kahn, eds., *Making a Difference: Feminist Literary Criticism*. New York: Methuen, 1985.

Gates, Henry Louis, Jr. "Afterword," in Zora Neale Hurston, *Their Eyes Were Watching God*. New York: Harper Perennial, 1998.

Gates, Henry Louis, Jr. *Life Upon These Shores: Looking at African American History, 1513-2008*. New York: Alfred A. Knopf, 2013.

Gates, Henry Louis, Jr. "Preface," in Henry Louis Gates Jr. and K. A. Appiah, eds., *Gloria Naylor: Critical Perspectives Past and Present*. New York: Amistad, 1993.

Gates, Henry Louis, Jr. *The Signifying Monkey: A Theory of African-American Literary Criticism*. New York: Oxford University Press, 1988.

Gilbert, Sandra M. "Life's Empty Pack: Notes toward a Literary Daughteronomy," in Lynda E. Boose and Betty S. Flowers, eds., *Daughters and Fathers*. Baltimore: Johns Hopkins University Press, 1989.

Gilbert, Sandra, M., and Susan Gubar. *The Madwoman in the Attic: The Woman Writer and the Nineteenth-Century Literary Imagination*. New Haven and London: Yale University Press, 1979.

Giles, Paul. "Transatlantic Currents and the Invention of the American Novel," in Leonard Cassuto, Clare Virginia Eby and Benjamin Reiss, eds., *The Cambridge History of the American Novel*. Cambridge: Cambridge University Press, 2011.

Gillespie, Carmen. *Critical Companion to Toni Morrison: A Literary Reference to Her Life and Work*. New York: Infobase Publishing, 2008.

美国女性小说史

Glasgow, Ellen. *A Certain Measure*. New York: Harcourt, Brace, 1943.

Glasser, Leah B. "Landscape as Haven in American Women's Short Stories," in Alfred Bendixen and James Negal, eds., *A Companion to American Short Story*. Oxford: Wiley-Blackwell, 2010.

Golemba, Beverly E. *Lesser-Known Women: A Biographical Dictionary*. Boulder UA: Rienner, 1992.

Gottesman, Ronald, Laurence Holland, David Halstone, Francis Murphy, Hershel Parker and William Pritchard, eds. *The Norton Anthology of American Literature*, Vol. 1, Part 1. New York: W. W. Norton & Company, 1979.

Gray, Richard. *A Brief History of American Literature*. Chichester: Wiley-Blackwell, 2010.

Greenfield-Sanders, Timothy, and Elvis Mitchell. *The Black List*. New York: Atria Books, 2008.

Grossett, Thomas F. *Uncle Tom's Cabin and American Culture*. Dallas Texas: Southern Methodist University Press, 1985.

Gutjahr, Paul. "Religion," in Shirley Samuels, ed., *A Companion to American Fiction: 1780 – 1865*. Oxford: Blackwell, 2004.

Harris, Melanie L. "Womanist Spirituality: Legacies of Freedom," in Ibigbolade S. Aderibigbe and Carolyn M. Jones Medine, eds., *Contemporary Perspectives on Religions in Africa and the African Diaspora*. New York: Palgrave Macmillan, 2015.

Hart, James D. *The Oxford Companion to American Literature*. 4th ed. New York: Oxford University Press, 1965.

Hassan, Ihab. *Radical Innocence: Studies in the Contemporary American Novel*. Princeton: Princeton University Press, 1961.

Haugen, Brenda. *Harriet Beecher Stowe: Author and Advocate*. Minneapolis, MN: Compass Point Books: 2005.

Hawthorne, Nathaniel. *Letters of Hawthorne to William Ticknor, 1851 – 1864*, Vol. 1. Newark, NJ: Carteret Book Club, 1910.

Hedrick, Joan D. *Harriet Beecher Stowe: A Life*. Oxford: Oxford University Press, 1994.

Hemenway, Robert E. *Zora Neale Hurston: A Literary Biography*. Urbana: University of Illinois Press, 1980.

Hemenway, Robert E. "Zora Neale Hurston and the Eatonville Anthropology," in Cary D. Wintz, ed., *Remembering the Harlem Renaissance*. New York and London: Routledge, 2013.

Hernton, Calvin C. *The Sexual Mountain and Black Women Writers*. New York: Anchor Press, 1987.

Hurston, Zora Neale. "Characteristics of Negro Expression," in Angelyn Mitchell, ed., *Within the Circle: An Anthology of African American Literary Criticism from the Harlem Renaissance to the Present*. Durham: Duke University Press, 1994.

Hurston, Zora Neale. *Dust Tracks on a Road: An Autobiography*. New York:

Harper Perennial, 1996.

Hurston, Zora Neale. "How It Feels to Be Colored Me," in Alice Walker, ed., *I Love Myself When I Am Laughing … and Then Again When I Am Looking Mean and Impressive: A Zora Neale Hurston Reader*. New York: The Feminist Press, 1979.

Hurston, Zora Neale. *Mules and Men*. New York: Harper Perennial, 1990.

Hurston, Zora Neale. *Their Eyes Were Watching God*. New York: Harper Perennial, 1998.

Jacobus, Mary. *Women Writing and Writing about Women*. London and Sydney: Croom Helm Ltd, 1979.

Jaffe-Foger, Miriam. *Cross-Ethnic Mediums and the Autobiographical Gesture in Twentieth Century Literature*. Diss. State University of New Jersey, 2008. Ann Arbor: UMI, 2009.

Jen, Gish. *Mona in the Promised Land*. New York: Knopf, 1996.

Jen, Gish. *Typical American*. Boston: Houghton Mifflin, 1991.

Jennings, La Vinia Delois. *Toni Morrison and the Idea of Africa*. New York: Cambridge University Press, 2008.

Jewett, Sarah Orne. *The Country of the Pointed Firs*. New York: Signet Classics, 2000.

Joslin, Katherine. *Women Writers: Edith Wharton*. New York: St. Martin's, 1991.

Kelapure, Pratibha. "Gloria Naylor," in Yolanda Williams Page, ed., *Encyclopedia of African American Women Writers*, Vol. 1. Westport and London: Greenwood Press, 2007.

Kempton, Murray. *Part of Our Time*. New York: Delta, 1955.

Kennedy, J. Gerald. "National Narrative and the Problem of American Nationhood," in Shirley Samuels, ed., *A Companion to American Fiction: 1780 – 1865*. Oxford: Blackwell, 2004.

King, Lovalerie. "Zora Neale Hurston," in Timothy Parrish, ed., *The Cambridge Companion to American Novelists*. New York: Cambridge University Press, 2013.

Kingston, Maxine Hong. "Cultural Mis-reading by American Reviewers" in Guy Amirthanayagam, ed., *Asian and Western Writers in Dialogue: New Cultural Identities*. Hong Kong: The Macmillan Press, 1982.

Koch, Stephen. *The Modern Library Writer's Workshop: A Guide to the Craft of Fiction*. New York: The Modern Library, 2003.

Kort, Carol. *A to Z of American Women Writers*. Rev. ed. New York: Facts on File, 2007.

Kroll, Richard. *The English Novel, 1700 to Fielding*. London: Longman, 1998.

LaRue, Lewis H. *Political Discourse: A Case Study of the Watergate Affair*. Athens & London: University of Georgia Press, 2010.

Lenz, Millicent. "Harriet Beecher Stowe," in Glenn E. Estes, ed., *Dictionary of Literary Biography*. Detroit, MI: Gale, 1985.

Locke, Alain. "Negro Youth Speaks," in Alain Locke, ed., *The New Negro*. New

美
国
女
性
小
说
史

York: Touchstone, 1997.

Locke, Alain. "The New Negro," in Alain Locke, ed., *The New Negro*. New York: Touchstone, 1997.

Logan, Lisa. "Introduction," in Beverly Lyon Clark and Melvin Friedman, eds., *Critical Essays on Carson McCullers*. New York: Hall, 1996.

Magill, David E. "Approaches to Morrison's Work: Historical," in Elizabeth Ann Beaulieu, ed., *The Toni Morrison Encyclopedia*. Westport: Greenwood Press, 2003.

Magill, Frank N, ed. *Masterpieces of Women's Literature*. New York: Harper Collins Publishers, 1996.

Malin, Irving. *New American Gothic*. Carbondale: Southern Illinois University Press, 1962.

Maparyan, Layli. *The Womanist Idea*. New York and London: Routledge, 2012.

Mar, Wendy. "Mary McCarthy," in Elaine Showalter, Lea Baechler and A. Walton Litz, eds., *Modern American Women Writers*. New York: Simon and Schuster, 1993.

McCarthy, Mary. *The Writing on the Wall and Other Literary Essays*. New York: Harcourt, 1970.

McCullers, Carson. "The Flowering Dream: Notes on Writing," in Margarita G. Smith, ed., *The Mortgaged Heart*. New York: Penguin, 1975.

McDonald, Katrina Bell. *Embracing Sisterhood: Class, Identity, and Contemporary Black Women*. New York: Rowman & Littlefield Publishers, 2007.

McEwen, Phyllis. "Zora Neale Hurston and the Possibility of Poetry," in Deborah G. Plant, ed., *The Inside Light: New Critical Essays on Zora Neale Hurston*. Santa Barbara: Praeger, 2010.

McKay, Nellie Y. "Introduction," in Ann Petry, *The Narrows*. New York: Kensington Publishing Corp, 2008.

McKenzie, Marilyn Mobley. "Ann Petry," in Valerie Smith, ed., *African American Writers*, 2nd ed, Vol.2. New York: Charles Scribner's Sons, 2001.

Mellow, James R. *Charmed Circle: Gertrude Stein & Company*. New York: Praeger Publishers, 1974.

Meyer, Steven. "Introduction," in Gertrude Stein, *The Making of Americans: Being a History of a Family's Progress*. Normal and London: Dalkey Archive Press, 1995.

Millett, Kate. *Sexual Politics*. Urbana and Chicago: University of Illinois Press, 2000.

Mitchell, Angelyn, and Danille K. Taylor, eds., *The Cambridge Companion to African American Women's Literature*. Cambridge: Cambridge University Press, 2009.

Mithcell, Margaret. *Gone with the Wind*. New York: Macmillan, 1936.

Mitchell, Margaret. *Lost Laysen*. New York: Scribner, 1996.

Moers, Ellen. *Harriet Beecher Stowe and American Literature*. Hartford: Stowe-Day Foundation, 1978.

Moers, Ellen. *Literary Women: The Great Writers*. New York: Anchor, 1977.

Morgan, Charlotte E. *The Rise of the Novel of Manners*. New York: Columbia University Press, 1911.

Morrison, Toni. "Behind the Making of *The Black Book*," in Carolyn C. Denard, ed., *What Moves at the Margin: Selected Nonfiction*. Jackson: University Press of Mississippi, 2008.

Morrison, Toni. "Home," in Wahneema Lubiano, ed., *The House That Race Built: Original Essays by Toni Morrison, Angela Y. Davis, Cornel West, and Others on Black Americans and Politics in America Today*. New York: Vintage Books, 1998.

Morrison, Toni. "In the Realm of Responsibility: A Conversation with Toni Morrison," in Danille Taylor-Guthrie, ed., *Conversations with Toni Morrison*. Jackson: University Press of Mississippi, 1994.

Morrison, Toni. Interview with Paul Gilroy. "Living Memory: A Meeting with Toni Morrison," in Paul Gilroy, *Small Acts: Thoughts on the Politics of Black Cultures*. London: Serpent's Tail, 1993.

Morrison, Toni. "Rediscovering Black History," in Carolyn C. Denard, ed., *What Moves at the Margin: Selected Nonfiction*. Jackson: University Press of Mississippi, 2008.

Morrison, Toni. "Rootedness: The Ancestor as Foundation," in Carolyn C. Denard, ed., *What Moves at the Margin: Selected Nonfiction*. Jackson: University Press of Mississippi, 2008.

Morrison, Toni. "The Site of Memory," in Carolyn C. Denard, ed., *What Moves at the Margin: Selected Nonfiction*. Jackson: University Press of Mississippi, 2008.

Morrison, Toni. "Toni Morrison-Charles Ruas /1981," in Danille Taylor-Guthrie, ed., *Conversations with Toni Morrison*. Jackson: University Press of Mississippi, 1994.

Morrison, Toni. "Toni Morrison on a Book She Loves: Gayl Jones's *Corregidora*," in Carolyn C. Denard, ed., *What Moves at the Margin: Selected Nonfiction*. Jackson: University Press of Mississippi, 2008.

Morrison, Toni. "Toni Morrison: The Art of Fiction," in Carolyn C. Denard, ed., *Toni Morrison: Conversations*. Jackson: University Press of Mississippi, 2008.

Nair, Sashi. *Secrecy and Sapphic Modernism: Writing Romans à Clef between the Wars*. New York: Palgrave, 2001.

Naylor, Gloria. "A Conversation: Gloria Naylor and Toni Morrison," in Danille Taylor-Guthrie, ed., *Conversations With Toni Morrison*. Jackson: University Press of Mississippi, 1994.

Naylor, Gloria, and Toni Morrison. "Gloria Naylor and Toni Morrison /1985," in Maxine Lavon Montgomery, ed., *Conversations with Gloria Naylor*. Jackson: University Press of Mississippi, 2004.

Neal, Larry. "The Black Arts Movement," in Angelyn Mitchell, ed., *Within the Circle: An Anthology of African American Literary Criticism from the Harlem Renaissance to the Present*. Durham and London: Duke University Press, 1994.

Oates, Joyce Carol. "On Harriette Arnow's 'The Dollmaker'," in Danny L. Miller, Sharon Hatfield, and Gurney Norman, eds., *An American Vein: Critical Readings in Appalachian Literature*. Athens: Ohio University Press, 2005.

Olsen, Tillie. "A Biographical Interpretation," in Rebecca Harding Davis, *Life in the Iron Mills or The Korl Woman*. Old Westbury: The Feminist Press, 1972.

Olsen, Tillie. *Silences*. New York: Delta, 1978.

Ongiri, Amy Abugo. *Spectacular Blackness: The Cultural Politics of the Black Power Movement and the Search for a Black Aesthetic*. Charlottesville and London: University of Virginia Press, 2010.

Ozick, Cynthia. "Ethnic Joke," *Art & Ardor*. New York: Knopf, 1983.

Ozick, Cynthia. "Literature as Idol: Harold Bloom," in Cynthia Ozick, *Art & Ardor*. New York: Knopf, 1983.

Ozick, Cynthia. *Metaphor & Memory*. New York: Vintage International, 1989.

Ozick, Cynthia. "The Papan Rabbi," in Cynthia Ozick, *The Pagan Rabbi and Other Stories*. New York: Penguin Books, 1991.

Ozick, Cynthia. "Toward a New Yiddish," in Cynthia Ozick, *Art & Ardor*. New York: Knopf, 1983.

Parker, Jeri. *Uneasy Survivors: Five Women Writers*. Santa Barbara: Peregrine Smith, 1975.

Perry, Donna. "Gloria Naylor," in Maxine Lavon Montgomery, ed., *Conversations with Gloria Naylor*. Jackson: University Press of Mississippi, 2004.

Perry, Michael. "Toni Morrison," in Matthew C. Whitaker, ed., *Icons of Black America: Breaking Barriers and Crossing Boundaries*, Vol. 1. Santa Barbara, Denver, and Oxford: Greenwood Icons, 2011.

Petry, Ann. "Ann Petry," in Adele Sarkissian, ed., *Contemporary Authors: Autobiography Series*, Vol.6. Detroit: Gale Research, 1988.

Petry, Ann. "Ann Petry Talks about First Novel," (Interview with James W. Ivey) in Hazel Arnett Ervin, ed., *Ann Petry: A Bio-bibliography*. New York: G. K. Hall, 1993.

Petry, Ann. *The Street*. New York: Houghton, 1946.

Porter, Katherine Anne. *Flowering Judas and Other Stories*. New York: Harcourt Brace, 1935.

Pyron, Darden Asbury. *Southern Daughter: The Life of Margaret Mitchell*. Oxford: Oxford University Press, 1991.

Radway, Janice. *Reading the Romance*. Chapel Hill, NC: The University of North Carolina Press, 1984.

Roberts, Elizabeth Madox. *He Sent Forth a Raven*. New York: The Viking Press, 1935.

Roses, Lorraine Elena, and Ruth Elizabeth Randolph. "Introduction," in Lorraine Elena Roses and Ruth Elizabeth Randolph, eds., *Harlem's Glory: Black Women Writing, 1900 - 1950*. Cambridge: Harvard University Press, 1996.

Rowell, Charles H. "An Interview with Gayl Jones," in Casey Clabough, *Gayl*

Jones: The Language of Voice and Freedom in Her Writings. Jefferson, North Carolina, and London: McFarland & Company, 2008.

Roynon, Tessa. *The Cambridge Introduction to Toni Morrison*. New York: Cambridge University Press, 2013.

Rubin, Louis D., Jr., and C. Hugh Holman, eds. *Southern Literary Study: Problems and Possibilities*. Chapel Hill: University of North Carolina Press, 1975.

Sanna, Ellyn. "Biography of Toni Morrison," in Harold Bloom, ed., *Toni Morrison*. Philadelphia: Chelsea House Publishers, 2002.

Savigneau, Josyane. *Carson McCullers: A Life*. Joan E. Howard, trans. New York: Houghton Mifflin, 2001.

Scura, Dorothy M. *Ellen Glasgow: The Contemporary Reviews*. Cambridge: Cambridge University Press, 2009.

Sedgwick, Catharine. *Clarence: or, a Tale of Our Own Times*. Melissa J. Homestead and Ellen A. Foster, eds. Peterborough: Broadview Press, 2012.

Sherrard-Johnson, Cherene. "City Place /Country Place: Negotiating Class Geographies in Ann Petry's Writing," in Catherine Rottenberg, ed., *Black Harlem and the Jewish Lower East Side: Narratives Out of Time*. Albany, New York: State U of New York P, 2013.

Showalter, Elaine. *A Jury of Her Peers: American Women Writers from Anne Bradstreet to Annie Proulx*. New York: Alfred A. Knopf, 2009.

Showalter, Elaine. "Piecing and Writing," in Nancy Miller, ed., *Poetics of Gender*. New York: Columbia University Press, 1986

Showalter, Elaine. *Sister's Choice: Tradition and Change in American Women's Writing*. New York: Oxford University Press, 1991.

Showalter, Elaine. *The Vintage Book of American Women Writers*. New York: Vintage, 2011.

Simcikova, Karla. *To Live Fully, Here and Now: The Healing Vision in the Works of Alice Walker*. Lanham: Lexington Books, 2007.

Singer, Godfrey Frank. *The Epistolary Novel*. Philadelphia: University of Pennsylvania Press, 1933.

Slesinger, Tess. *On Being Told That Her Second Husband Has Taken His First Lover, and Other Stories*. Chicago: Ivan R. Dee, 1990.

Slesinger, Tess. *The Unpossessed*. New York: New York Review Books, 2002.

Smith, Barbara. "Toward a Black Feminist Criticism," in Winston Napier, ed., *African American Literary Theory: A Reader*. New York and London: New York University Press, 1977.

Smyth, J. E. *Edna Ferber's Hollywood: American Fictions of Gender, Race and History*. Austin, TX: University of Texas Press, 2010.

Sontag, Susan. "The Aesthetics of Silence," in Pat C. Hoy II, Esther H. Schor and Robert DiYanni, eds., *Women's Voices: Perspectives and Visions*. New York: McGraw-Hill Publishing Company, 1990.

Spacks, Patricia Meyer. *The Female Imagination*. New York: Knopf, 1975.

Spencer, Stephen. "Racial Politics and the Literary Reception of Hurston," in Mary Jo Bona and Irma Maini, eds., *Multiethnic Literature and Canon Debates*. Albany: State University of New York Press, 2006.

Stave, Shirley A. "Introduction," in Shirley A. Stave, ed., *Gloria Naylor: Strategy and Technique, Magic and Myth*. Newark: University of Delaware Press, 2001.

Stein, Gertrude. *Selected Writings of Gertrude Stein*. New York: Random House, 1972.

Stein, Gertrude. *Tender Buttons*. Mineola, New York: Dover, 1997.

Stein, Gertrude. *The Autobiography of Alice B. Toklas*. London: Penguin, 2001.

Stein, Gertrude. *The Making of Americans: Being a History of a Family's Progress*. Normal and London: Dalkey Archive Press, 1995.

Stewart, F. Gregory. "Community," in Elizabeth Ann Beaulieu, ed., *Writing African American Women: An Encyclopedia of Literature by and about Women of Color: A -J*, Vol. 1. Westport: Greenwood Press, 2006.

Stout, Janis P. *Through the Window, out the Door: Women's Narratives of Departure, from Austin and Cather to Tyler, Morrison, and Didion*. Tuscaloosa: University of Alabama Press, 1998.

Stout, Janis P. *Willa Cather: The Writer and Her World*. Charlottesville: University of Virginia Press, 2000.

Stowe, Harriet Beecher. *Uncle Tom's Cabin; or, Life among the Lowly*. Boston: Jewett/Cleveland: Jewett, Proctor & Worthington, 1852.

Strandberg, Victor H. *Greek Mind /Jewish Soul: The Conflicted Art of Cynthia Ozick*. University of Wisconsin Press, 1994.

Stwertka, Eve, and Margo Viscusi. *Twenty-Four Ways of Looking at Mary McCarthy: The Writer and Her Work*. London: St. Martin's Griffin, 1996.

Sundquist, Eric J. *New Essays on Uncle Tom's Cabin*. Cambridge: Cambridge University Press, 1986.

Susman, Warren. "The Thirties," in Stanley Coben and Lorman Ratner, eds., *The Development of an American Culture*. Englewood Cliffs, NJ: Prentice-Hall, 1970.

Tan, Amy. *The Joy Luck Club*. New York: Penguin Books, 2006.

Tan, Amy. *The Kitchen God's Wife*. New York: G. P. Putnam's Sons, 1991.

Taylor, Michelle L. "Ann Petry (1908 - 1997)," in Laurie Champion and Rhonda Austin, eds., *Contemporary American Women Fiction Writers: An A-to-Z Guide*. Westport: Greenwood Press, 2002.

Taylor, Michelle L. "Gayl Jones (1949 -　)," in Laurie Champion and Rhonda Austin, eds., *Contemporary American Women Fiction Writers: An A-to-Z Guide*. Westport: Greenwood Press, 2002.

Thorp, Margaret Farrand. *Sarah Orne Jewett*. Minneapolis: University of Minnesota Press, 1966.

Torsney, Cheryl B. "Glasgow, Ellen 1873 - 1945," in Elaine Showalter, Lea Baechler and A. Walton Litz, eds., *Modern American Women Writers*. New York: Simon and Schuster, 1993.

Toth, Emily. *Unveiling Kate Chopin*. Jackson: University Press of Mississippi, 1999.

Trilling, Lionel. "Afterword," in Tess Slesinger, *The Unpossessed*. New York: Avon, 1966.

Unrue, Darlene Harbour. "Porter's Sources and Influences," in Clinton Machann and William Bedford Clark, eds., *Katherine Anne Porter and Texas: An Uneasy Relationship*. College Station: Texas A & M University Press, 1990.

Vita-Finzi, Penelope. *Edith Wharton and the Art of Fiction*. London: Printer Publishers Ltd., 1990.

Wagner-Martin, Linda. *A History of American Literature*. West Sussex: Wiley-Blackwell, 2013.

Wald, Alan. *The New York Intellectuals: The Rise and Decline of the Anti-Stalinist Left from the 1930s to the 1980s*. Chapel Hill, NC: University of North Carolina Press, 1987.

Walker, Alice. "Foreword," in Robert E. Hemenway, *Zora Neale Hurston: A Literary Biography*. Urbana: University of Illinois Press, 1980.

Walker, Alice. *Horses Make a Landscape Look More Beautiful*. 1st Harvest ed. San Diego, New York, London: Harcourt Brace & Company, 1986.

Walker, Alice. *In Search of Our Mothers' Gardens: Womanist Prose*. New York: Harcourt Inc, 1983.

Walker, Alice. "Interview with John O'Brien from *Interviews with Black Writers* (1973)," in Rudolph P. Byrd, ed., *The World Has Changed: Conversations with Alice Walker*. New York: The New Press, 2010.

Walker, Alice. *Living by the Word: Selected Writings, 1973 – 1987*. San Diego, New York, London: Harcourt Brace & Company, 1989.

Walker, Alice. "Looking for Zora," in Alice Walker, *In Search of Our Mothers' Gardens: Womanist Prose*. San Diego: Harcourt, 1983.

Walker, Alice. *Now Is the Time to Open Your Heart*. New York: Random House, 2004.

Walker, Alice. "One Child of One's Own: A Meaningful Digression Within the Work(s)," in Janet Sternburg, ed., *The Writer on Her Work*. Rev. ed. New York: W. W. Norton & Company, 2000.

Walker, Alice. "Saving the Life That Is Your Own: The Importance of Models in the Artist's Life," in Alice Walker, *In Search of Our Mothers' Gardens: Womanist Prose*. New York: Harvest, 1983.

Walker, Alice. "The Only Reason You Want to Go to Heaven Is That You Have Been Driven Out of Your Mind," in Alice Walker, *Anything We Love Can Be Saved: A Writer's Activism*. New York: Ballantine Books, 1997.

Walker, Alice. "'The Richness of the Very Ordinary Stuff': A Conversation with Jody Hoy (1994)," in Rudolph P. Byrd, ed., *The World Has Changed: Conversations with Alice Walker*. New York: The New Press, 2010.

Wall, Cheryl A. "Women of the Harlem Renaissance," in Angelyn Mitchell and Danille K. Taylor, eds., *The Cambridge Companion to African American Women's Literature*. Cambridge: Cambridge University Press, 2009.

Wall, Cheryl A. "Zora Neale Hurston: Changing Her Own Words," in Harold Bloom, ed., *Zora Neale Hurston*. Philadelphia: Chelsea House Publishers, 2003.

Warren, Robert Penn. "Preface: Elizabeth Madox Roberts: Life Is From Within," in Elizabeth Madox Roberts, *The Time of Man*. Lexington: University of Kentucky Press, 2000.

Warren, Robert Penn. "Irony with a Center," in Harold Bloom, ed., *Modern Critical Views: Katherine Anne Porter*. New York and Philadelphia: Chelsea, 1986.

Weinstock, Jeffrey Andrew. "The American Ghost Story," in Alfred Bendixen and James Negal, eds., *A Companion to American Short Story*. Oxford: Wiley-Blackwell, 2010.

Wellford, Clarence. "The Author of The Descendant," *Harper's Bazaar* 30 (5 June 1897): 458. See Matthews, Pamela R., and Pamela R. Matthews. *Ellen Glasgow and a Woman's Traditions*. Virginia: University of Virginia Press, 1994.

Welsh, Mary Michael. *Catharine Maria Sedgwick: Her Position in the Literature and Thought of Her Time up to 1860*. Washington, D. C.: The Catholic University of America, 1937.

Welty, Eudora. *Eudora Welty: Complete Novels*. New York: The Library of America, 1998.

Welty, Eudora. *Losing Battle*. New York: Vintage Book, 1978.

Welty, Eudora. *One Time One Place*. New York: Vintage Books, 1971.

Welty, Eudora. *The Eye of the Story*. New York: Vintage Books, 1979.

Welty, Eudora. "The Eye of the Story," in Harold Bloom, ed., *Modern Critical Views: Katherine Anne Porter*. New York and Philadelphia: Chelsea, 1986.

Westling, Louise. *Sacred Groves and Ravaged Gardens: The Fiction of Eudora Welty, Carson McCullers, and Flannery O'Connor*. Athens: University of Georgia Press, 2008.

White, Evelyn C. *Alice Walker: A Life*. New York: W. W. Norton & Company, 2004.

Wilson, Charles E., Jr. *Gloria Naylor: A Critical Companion*. Westport & London: Greenwood Press, 2001.

Wilson, Harriet. *Our Nig*. Boston: Geo. C. Rand & Avery, 1859.

Wilson, Harriet. *Our Nig; or, Sketches from the Life of a Free Black*. New York: Vintage, 1983.

Woolf, Virginia. *The Diary of Virginia Woolf*, Vol.5. London: Penguin, 1985

Woolf, Virginia. *The Essays of Virginia Woolf*, Vol. V: 1929 - 1932. London: Hogarth Press, 2009.

Yaeger, Patricia, and Beth Kowaleski-Wallace. *Refiguring the Father: New Feminist Readings of Patriarchy*. Carbondale and Edwardsville: Southern Illinois University Press, 1989.

English Essays

Adams, Rachel. "A Mixture of Delicious and Freak: The Queer Fiction of Carson

McCullers." *American Literature*, Vol.71, No.3, 1999.

Arich-Gerz, Bruno. "Bruno Schulz's Literary Adoptees. Jewishness and Literary Father-Child Relationships in Cynthia Ozick's and David Grossmann's Fiction." *European Judaism* 42.1, (2009).

Ballard, Sandral L."Reviewed Work: Hunter's Horn by Harriette Simpson Arnow." *Appalachian Journal*, Vol.14, No.3, 1987.

Boatwright, James. "'I call this a reunion to remember, all!'." *New York Times Books*, April 12, 1970.

Brickell, Herschel. "*He Sent Forth a Raven* by Elizabeth Madox Roberts." *North American Review*, Vol.240, No.1, 1935.

Chen, Fujen and Yu, Sulin. "The Parallax Gap in Gish Jen's The Love Wife: The Imaginary Relationship between First-World and Third-World Women." *Critique*, Vol.51, 2010.

Clabough, Casey. "Afrocentric Recolonizations: Gayl Jones's 1990s Fiction." *Contemporary Literature*, Vol.46, No.2, 2005.

Clough, P.T. "The Hybrid Criticism of Patriarchy: Rereading Kate Millett's *Sexual Politics*." *The Sociological Quarterly*, Vol.35, No.3, 1994.

Faust, Drew Gilpin. "Clutching the Chains that Bind: Margaret Mitchell and *Gone with the Wind*." *Southern Cultures*, Vol.5, No.1, 1999.

Fetterley, Judith. "'My Sister! My Sister!' The Rhetoric Of Catharine Sedgwick's 'Hope Leslie'." *American Literature*, Vol.70, Issue 3, 1998.

Fox-Genovese, Elizabeth. "Scarlett O'Hara: the Southern Lady as New Woman." *American Quarterly*, Vol.33, No.4, 1981.

Gailliard, Dawson. "Gone with the Wind as Bildungsroman: or, Why Did Rhett Butler Really Leaves Scarlet O'Hara." *Georgia Review*, Vol.28, No.1, 1974.

Goldfarb, David A. "A Living Schulz: 'Noc Wielkiego Sezonu' ('The Night of the Great Season')." *Prooftexts*, Vol.14, No.1, 1994.

Gonzalez, Begona Simal. "The (Re) Birth of Mona Changowitz: Rituals and Ceremonies of Cultural Conversion and Self-making in Mona in the Promised Land." *MELUS*, Vol.26, No.2, 2001.

Harper, Michael S. "Gayl Jones: An Interview." *Massachusetts Review*, Vol. 18, No.4, 1977.

Homestead, Melissa. "Willa Cather Editing Sarah Orne Jewett." *American Literature Realism* Vol.49, No.1, 2016.

Jones, Gayl. "From *The Quest for Wholeness*: Re-Imagining the African-American Novel: An Essay on Third World Aesthetics." *Callaloo*, Vol.17, No.2, 1994.

Jordan, June. "All about Eva." *The New York Times Book Review*, 16 May 1976.

Klein, Rachel Naomi. "Harriet Beecher Stowe and the domestication of free labor ideology." *Legacy: A Journal of American Women Writers*, Vol.18. No.2, 2001.

Lim, Jeehyun. "Cutting the Tongue: Language and the Body in Kingston's The Woman Warrior." *MELUS*, Vol.31, No.3, 2006.

Lovecraft, H. P. "Supernatural Horror in Literature." *The Recluse*, No.1, 1927.

Malin, Irving. "The Messiah of Stockholm." *Hollins Critic*, Issue 24, 1987.

McCarthy, Mary. "Settling the Colonel's Hash." *On the Contrary: Articles in Belief*, *1946 – 1961*. New York: The Curtis Publishing Company, 1960.

McCarthy, Mary. "The Fact in Fiction." *On the Contrary: Articles in Belief*, *1946 – 1961*. New York: The Curtis Publishing Company, 1960.

Miller, James A. "A Talker, a Tale-teller, a Sojourner." *Boston Globe*, 17 Jan. 1999.

Millichap, Joseph R. "The Realistic Structure of 'The Heart Is a Lonely Hunter'." *Twentieth Century Literature*, Jan. Vol. 17, No. 1, 1971.

Oates, Nathan. "Gaping at a Shoe: Intellectualism in American Literature." *The Missouri Review*, Vol. 31, No. 4, 2008.

O'Brien, Sharon. "Being Noncanonical: The Case Against Willa Cather." *American Quarterly*, Vol. 40, No. 1, 1988.

Ozick, Cynthia. "America: Toward Yavneh," *Judaism* 19 (1970).

Parrot, Jill. "Form in Elizabeth Madox Roberts's *He Sent Forth a Raven*: A Burkian Perspective." *The Explicator*, Vol. 73, No 2, 2015.

Paterson, I. M. "Turns with a Bookworm." *New York Herald Tribune Books*, No. 6, 1940.

Poore, Charles. "A Fine Novel of the Deep South." *The New York Times Books*, April 14, 1946.

Prenatt, Diane. "Harriet Beecher Stowe: A Life." *Belles Lettres: A Review of Books by Women*, Vol. 10, No. 1, 1994.

Rainey, Lawrence. "Book Review: *The Making of Americans*." *Modernism / Modernity*, Vol. 4, No. 2, 1997.

Rajkowska, Bárbara Ozieblo. "The First Lady of American Drama: Susan Glaspell." *Barcelona English Language and Literature Studies*, Vol. 1, 1989.

Reynolds, Larry J. "Enlightening Darkness: Theme and Structure in Eudora Welty's 'Losing Battles'." *The Journal of Narrative Technique*, Vol. 8, No. 2, 1978.

Rosaria, Champagne. "Passionate Experience." *The Women's Review of Books*, Vol. 13, No. 3, 1995.

Rubin, Louis D.. "Carson McCullers: The Aesthetic of Pain." *The Virginia Quarterly Review*, Vol. 53, No. 2, 1977.

Schulman, Sarah. "McCullers: Canon Fodder?" *The Nation*, Vol. 270, Issue 25, 2000.

Showalter, Elaine. "Feminist Criticism in the Wilderness." *Critical Inquiry*, Vol. 8, No. 2, 1981.

Sledge, L. Ching. "Maxine Kingston's *China Men*: The Family Historian as Epic Poet." *MELUS*, Vol. 7, No. 4, 1980.

Smith, Pamela A. "Green Lap, Brown Embrace, Blue Body: The Ecospirituality of Alice Walker." *Cross Currents*, Vol. 48, No. 4, 1998/1999.

Spivak, Gayatri Chakravorty. "Imperialism and sexual difference." *Oxford Literary Review*, Vol. 8, No. 1, 1986.

Spivak, Gayatri Chakravorty. "Three Women's Texts and a Critique of Imperialism." *Critical Inquiry*, Vol. 12, No. 1, 1985.

Poore, Charles. "A Fine Novel of the Deep South." *The New York Times Books*, April 14, 1946.

Welter, Barbara. "The Cult of True Womanhood, 1820 – 1860," *American Quarterly*, Vol.18, No.2, Part 1, Summer, 1966.

Ward, Catherine C. "Gloria Naylor's *Linden Hills*: A Modern *Inferno*." *Contemporary Literature*, Vol.28, No.1, 1987.

Wong, Sau-ling Cynthia. "Necessity and Extravagance in Maxing Hong Kinston's *The Woman Warrior*: Art and the Ethnic Experience." *MELUS*, Vol.5, No.1, 1988.

Yglesias, Helen. "The Second Time Around." *The Women's Review of Books*, Vol.8, No.12, 1991.

中文专著

埃默里·埃利奥特:《哥伦比亚美国文学史》,朱通伯等译,成都:四川辞书出版社,1994年。

彼得·B.海:《美国文学掠影》,胡江萍译,上海:华东师范大学出版社,1992年。

波伏娃:《第二性》,陶铁柱译,北京:中国书籍出版社,2004年。

陈永国:《美国南方文化》,长春:吉林大学出版社,1996年。

程锡麟:《赫斯顿研究》,上海:上海外语教育出版社,2005年。

弗吉尼亚·斯潘塞·卡尔:《孤独的猎手:卡森·麦卡勒斯传》,冯晓明译,上海:上海三联书店,2006年。

弗兰纳里·奥康纳:《好人难寻》,周嘉宁译,北京:人民文学出版社,2015年。

弗兰纳里·奥康纳:《上升的一切必将汇合》,张小意译,北京:人民文学出版社,2016年。

弗兰纳里·奥康纳:《天竺葵》,陈笑黎译,北京:人民文学出版社,2016年。

弗兰纳里·奥康纳:《智血》,蔡亦默译,北京:新星出版社,2010年。

华莱士·斯特格纳:《美国小说评论集》,田维新等译,北京:美国驻华大使馆新闻文化处,1985年。

金莉:《文学女性与女性文学:19世纪美国女性小说家及作品》,北京:外语教学与研究出版社,2004年。

金莉等:《20世纪美国女性小说研究》,北京:北京大学出版社,2010年。

卡森·麦卡勒斯:《婚礼的成员》,周玉君译,上海:上海三联书店,2013年。

卡森·麦卡勒斯:《金色眼睛的映像》,陈黎译,上海:上海三联书店,2012年。

卡森·麦卡勒斯:《伤心咖啡馆之歌》,李文俊译,北京:人民文学出版社,2016年。

卡森·麦卡勒斯:《心是孤独的猎手》,秦传安译,北京:人民文学出版社,2017年。

凯瑟琳·安·波特:《灰色马,灰色的骑手》,鹿金译,上海:上海译文出版社,1997年。

凯瑟琳·安·波特:《愚人船》,鹿金译,上海:上海译文出版社,2000年。

康德:《实践理性批判》,韩水法译,北京:商务印书馆,2000年。

李公昭:《美国战争小说史论》,北京:北京大学出版社,2012年。

刘海平、王守仁:《新编美国文学史》(共四卷),上海:上海外语教育出版社,2000—2003年。

露西·丹妮尔:《格特鲁德·斯坦因评传》,王虹、马竞松译,桂林:漓江出版社,2015年。

玛丽·麦卡锡:《她们》,重庆:重庆出版社,2016年。

乔国强:《美国犹太文学》,北京:商务印书馆,2008年。

乔伊斯·卡罗尔·奥茨:《狐火:一个少女帮的自白》,闻礼华等译,武汉:长江文艺出版社,2006年。

乔伊斯·卡罗尔·奥茨:《他们》,李长兰等译,南京:译林出版社,1998年。

乔伊斯·卡罗尔·奥茨:《直言不讳:观点和评论》,徐颖果译,武汉:长江文艺出版社,2006年。

乔伊斯·卡罗尔·奥茨:《中年:浪漫之旅》,李尧译,北京:人民文学出版社,2004年。

萨克文·伯科维奇:《剑桥美国文学史》(第二卷),史志康等译,北京:中央编译出版社,2008年。

申慧辉:"现代主义的文学巨人,语言魅力的实验大师——西方文坛现代派女杰斯泰因",《软纽扣》,蒲隆、王义国译,北京:作家出版社,1997年。

斯泰因:《软纽扣》,蒲隆、王义国译,北京:作家出版社,1997年。

宋兆霖,"译者序",《奇境》,乔伊斯·卡罗尔·奥茨,宋兆霖等译,南京:译林出版社,1999年。

唐红梅:《种族、性别与身份认同:美国黑人女作家艾丽丝·沃克、托尼·莫里森小说创作研究》,北京:民族出版社,2006年。

王冬梅:"和谐共荣、充满爱的美丽新世界——艾丽斯·沃克《紫色》精神生态思想解读",载《2008文学与环境武汉国际学术研讨会论文集》,武汉:华中师范大学出版社,2010年。

王逢振:"关于赛珍珠和她的《大地三部曲》",载赛珍珠:《大地三部曲》,桂林:漓江出版社,1998年。

徐颖果、马红旗:《美国女性文学:从殖民时期到20世纪》,天津:南开大学出版社,2010年。

杨丽:《安妮·普鲁生态思想研究》,上海:复旦大学出版社,2012年。

杨仁敬:《20世纪美国文学史》,青岛:青岛出版社,2000年。

伊莱恩·肖瓦尔特:《她们自己的文学》,韩敏中译,杭州:浙江大学出版社,2011年。

尤多拉·韦尔蒂:《乐观者的女儿》,杨向荣译,南京:译林出版社,2013年。

虞建华:"女性乌托邦小说:一个女权主义者的政治构想(代序)",载曾桂娥:《乌托邦的女性想象:夏洛特·帕金斯·吉尔曼小说研究》,上海:上海大学出版社,2012年。

虞建华主编:《美国文学词典·作家与作品》,上海:复旦大学出版社,2005年。

曾桂娥:《乌托邦的女性想象:夏洛特·帕金斯·吉尔曼小说研究》,上海:上海大学出版社,2012年。

詹姆斯·乔伊斯:《尤利西斯》,金堤译,北京:人民文学出版社,2012年。

周铭:《走向人文空间诗学——薇拉·凯瑟主要小说研究》,北京:中国人民大学出版社,2009年。

佐拉·尼尔·赫斯顿:《他们眼望上苍》,王家湘译,北京:北京十月文艺出版社,1998年。

中文论文

陈亚丽:"未出场的'颠覆者'——对《德西蕾的孩子》的一种新解读",《外国文学》,2010

年第 5 期。

程心:"伊迪斯·华顿、新女性和世纪之交的友谊话语",《英美文学研究论丛》,2011 年第 15 辑。

方红:"和平·沉默·叙述技巧——《第五和平书》创作谈",《当代外国文学》,2008 年第 1 期。

桂婷:"女性文学中的医患关系分析——以《黄色墙纸》《觉醒》《钟形罩》为例",《海外英语》,2011 年第 10 期。

郭亚娟:"汤亭亭'全球化文学创作'的构想与试验——评长篇小说《引路人孙行者:他的即兴曲》",《复旦外国语言文学论丛》,2009 年第 1 期。

贺晓星、仲鑫:"异乡人的写作——对赛珍珠作品的一种社会学解释",《南京大学学报》(哲学人文社会科学版),2003 年第 1 期。

黄惠:"冲突与回归:生态批评视角下的《百种神秘感觉》",《外国文学研究》,2009 年第 3 期。

黄淑芳:"《兔子富了》中的父子竞争",《英美文学研究论丛》,2016 年第 24 辑。

吉什·任:"谁是爱尔兰人?",郭剑英译,《外国文学》,2002 年第 4 期。

焦小婷:"越界的困惑——内拉·拉森《越界》中的反讽意蕴阐释",《西安外国语大学学报》,2012 年第 4 期。

金莉:"当代美国女权主义文学批评的多维视野",《外国文学》,2014 年第 2 期。

金莉:"美国女权运动·女性文学·女权批评",《美国研究》,2009 年第 1 期。

李美华:"二十世纪美国南方女作家的小说创作主题",《译林》,2004 年第 1 期。

李维屏:"早期现代主义思想的演示:论华顿小说中多元'新女性'形象的建构",《山东外语教学》,2013 年第 1 期。

李鲜红:"可能性与限度:对美国梦的反思——评《典型的美国佬》",《暨南学报》,2013 年第 1 期。

林斌:"超越'孤立艺术家的神话'——从《奇境》和《婚姻与不忠》浅析欧茨创作过渡期的艺术观",《当代外国文学》,2003 年第 1 期。

刘风山:"疯癫,反抗的疯癫——解码吉尔曼和普拉斯的疯癫叙事者形象",《外国文学评论》,2007 年第 4 期。

卢敏:"家庭、女性与美国早期公民道德建构——以《新英格兰故事》为例",《国外文学》,2012 年第 4 期。

宁:"人所未知的伊迪丝·华顿",《外国文学评论》,2002 年第 1 期。

潘军武:"中国故事创造的融合假象——《喜福会》的重新解读",《广东外语外贸大学报》,2005 年第 2 期。

彭贵菊:"真实的束缚,虚幻的自由——试论凯特·肖班的《一个小时的故事》",《外国文学评论》,2003 年第 1 期。

石平萍:"'我是中国人'——美国华裔文学先驱水仙花",《外国文学》,2007 年第 5 期。

孙胜忠:"'分裂'的人格与虚妄的梦——论觉醒型女性成长小说《觉醒》",《外国文学》,2011 年第 2 期。

孙薇:"伊迪丝·华顿与时尚——服饰书写下的老纽约文化",《英美文学研究论丛》,2011 年第 14 辑。

田颖:"恐惧之源——《心是孤独的猎手》的'阈限空间'阐释",《国外文学》,2015 年第 2 期。

童雯、徐丽芳："莎拉·约瑟芬·黑尔的编辑思想"，《中国编辑》，2007 年第 6 期。

万雪梅："当代西方凯特·肖班研究综述"，《当代外国文学》，2013 年第 2 期。

徐崇亮："论美国犹太'大屠杀后意识'小说"，《当代外国文学》，1996 年第 3 期。

杨春："论《中国佬》对中国古典小说结构的戏仿"，《外国文学》，2007 年第 6 期。

杨春："《女勇士》：从花木兰的'报仇'到蔡琰的歌唱"，《外国文学研究》，2004 年第
　3 期。

张劲松："左翼政治与经典建构下的玛丽·麦卡锡创作研究"，《重庆大学学报》（社会
　科学版），2015 年第 3 期。

张琼："谁在诉说，谁在倾听：谭恩美《拯救溺水鱼》的叙事意义"，《当代外国文学》，
　2008 年第 2 期。

张瑞华："解读谭恩美《喜福会》中的中国麻将"，《外国文学评论》，2001 年第 1 期。

朱世达："在自己的土地上耕耘"，《读书》，1981 年第 7 期。